汪經昌編著

曲學例釋（增訂本）

中華書局印行

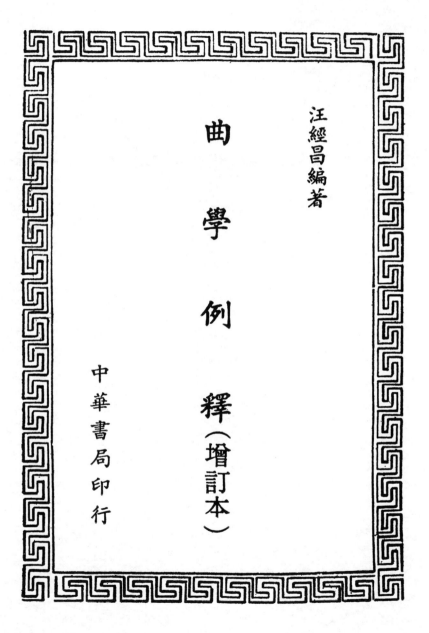

曲學例釋序

天將降文士不悅學。陋習兔園之冊。冗爭驢券之辭。其間炫露短材。譏評前輩。呼太冲為傖父。詆子美以村夫。擁紫自雄。雌黃徒侈者比比也。求一闇然覃研。卓爾樹立。紹前修之絕學。齒譁衆以希榮。如吾友汪薇史教授。不幾稀若星鳳。蔚為人龍也哉。薇史博覽蟫編。兼工蠻語。殷盤周誥。爛熟於胸中。宋艷班香。紛羅餘腕底。多文為富。同輩所推。記從傾蓋巴山。交踰廿稔。依舊校書祿閣。志切三餘。持躬勿欺。早戒君實之誑語。與世無忤。罕聞林宗之危言。可謂靄靄吉人。謙謙君子者矣。頃分暇晷。親課諸生。成曲學例釋一書。屬以一言弁諸首。余於斯道。素鮮究心。未窺樂府之藩。敢顧當筵之誤。第念金元以降。曲藝方滋。昏鴉瘦馬之詞。慣傷行役。白鷺沙鷗之句。但慕幽居。世遘多艱。人騖遠志。本異鳴岐之彩鳳。遂儕咽露之秋蟬。今也雅樂雖微。王春尚在。嘗越國十年之膽。掃齊州九點之煙。當必有詠歌雲龍。凌轢鬬馬。以紀舊邦中興之盛者。薇史纂一家言。為多士式。其繩先啟後。揚風扢雅之功。不且照曜日新。沾溉靡既耶。野色茫茫。天風浩浩。代移蒙兀。空寄黃雲絕塞之思。僕本楚人。願聆白雪陽春之奏。

辛丑六月弟成惕軒敬撰

楚魂馨香曲終人訣峯青記年時酒旗戲鼓東韓
塲排唱陽春倚北腔高遏雄越廣南曲怯囀嚶
嚀裂長笛秦淮拋鈿吳苑西遷鈴語不堪聽自胡
馬重窺江左檀板久飄零消凝甚遍時修譜淒
賸汪倫　最哀怨衣斑映海經筵款鬢星星畢
傳衣靈鴆一脈開尋夢畫玳千雲玉茗臺幽
青門夢窈宵東偷醉太平聲嘆塵過落花
時節無淚濕摺裙歌樓月甚時歸問扇底
秋宵　調寄多麗

薇史詞長屬題　苐江繫生拜稿

曲學例釋凡例

一、治學當知由徑、南北詞本文章末事、而規矩繩墨、亦殊自具門戶、諸家闡述、散見載籍、協律品藻、議論紛乘、不有采擷、轉迷遊目、曲本樂府遺裔、塡詞製譜、始爲曲學根本、欲窺堂奧、先正步趨、爰箸曲學發凡、以冠篇首。

一、自來言曲、北主南從、近世述曲、輙用概論、實則南詞自傳奇起後、曲律之用益備、而箸作燦然、不讓北詞、是猶壎篪相應、何妨金石同貞、爲期述義通明、正宜南北分論。

一、曲爲樂章、聲詞相合、工詞必熟諷勤作、工音必協律精唱、前者以範本爲先、後者以通理爲貴、因纂輯成說、箸立釋例、配附名家篇什、以當舉隅、敢求神理於跡象、還從諷詠啓詞華、學而習之義、尙實境象罔之論、恕不網羅。

一、散曲劇曲、抗庭於南北詞中、顧雜劇則在南不免續貂、在北允當正朔、而南雜劇套律之用、復爲傳奇所兼包、故於雜劇篇中、獨採合論、非故乖體例、略南詳北、唯期執簡馭繁、不辭經權互用。

一、南北曲各章內、均列舉隅一目、散曲選錄、以基本牌調爲主、不計作家時代之先後、曲詞以文采爲主、不拘曲律正旁之規格、旨在熟調嫻詞、漸資習作、劇曲以實例爲主、選錄所及、不計套式之正副。要在明律。不惜包舉。

一。選錄務求精簡。旨在配合記誦。附釋格律。以利習作。曲爲詞餘。必先具詞章知識。始足進而治曲。故有關字句典實。應已熟悉。實不煩逐一詳註。藉免繁瑣而醒眉目。

一。徵獻一章。殿諸篇餘。略舉曲人姓字時代。其有關劇曲散曲舊籍。並舉要目。以備省覽。至曲話之屬。浩如煙海。而鼎彝調珍。又實居佐貳。謹一概從略。

一。曲劇淵源。其來有自。若諸宮調。南戲文。竝足見其邅變之跡。而故事正名。尤資印證。爰附專節。酌錄篇目。敢誇縟繁。義崇遠祧。

一。北詞率多胡語。南詞間雜兩宋俗言。傳神阿堵。具在其間。强作解人。唐突機趣。偶落言詮。酌爲詁釋。附諸篇末。藉利參攷。

一。近世上庠。曲學僅備科目。而新學寵興。韵協之藝。漸替。胡乍問津於詩詞之際。乃遽掉轡乎曲壇之間。教學皆失控御。且光陰有限。精力難專。曲選之類。既已傷於繁博。曲理之學。復見遺於學課。爲補此失。義取兩全。通編體制。實備蒙習。海內鴻碩。毋訕簡陋。重光赤奮若且月薇史識於小浣玉齋。

曲學例釋目錄

篇首　曲學發凡

上篇　散曲例釋

下篇 劇曲例釋

篇餘　治曲徵獻

曲學例釋卷一

汪經昌薇史纂述

篇首　曲學發凡

一、南北曲為樂府緒餘學曲應先明源本。

歌謠之興。遠肇唐虞。賡歌擊壤。純乎天籟。稍後風詩三百。周樂以興。降及西漢樂章。唐宋詩詞。靡不聲辭俱備。有律有樂。雖代各異制異名。要其性質皆屬樂府。顧聲樂之準。賴口而傳。人有方域之分。時有今古之異。所發之音。因亦隨地隨時而有變易。樂因聲易。其律亦易。故歷代樂府歌辭。儘可保存。樂律則絕難固守不變。然其變易之迹。實相延綿。是逐步之蛻變。非一時之突變。蓋欲明其流。宜先窮其本。

東晉以後。五胡亂華。古樂因胡聲入侵而起變易。北朝齊周兩代。並用胡樂。隋初太常雅樂兼用胡聲。當時九部伎。除清樂文康。為江南舊樂外。其餘七部。皆為胡樂。唐代因之而有法曲大曲。是時龜茲樂律。流入中土。所傳二十八調。尤甚行於大曲法曲。宋簡唐樂二十八調之數。而有教坊十八調之製。（後省正平一調。遂餘十七調。）今南北曲宮調。則係襲宋教坊十七調之舊。復加變化。至若窮溯其源。固又皆唐代俗樂之遺也。

按通典紀載。祖孝孫以梁陳舊樂。雜用吳楚之音。周齊舊樂。多涉胡戎之伎。於是斟酌南北。

考以古音。而作大唐雅樂。是唐時雅樂。已有南北之分。凌次仲燕樂攷原一書中曾加論列。其言曰「龜茲琵琶未入中國前。魏晉以來相傳之俗樂。但有清商三調而已。清商者卽通典所謂清樂。唐人之法曲是也。清樂之清調平調原出於琴之正弄。不用二變者也。清樂之側調。原出於琴之側弄。用二變一也。至隋唐龜茲爲宴樂四均共二十八調。宴樂者。卽通典所謂讌樂。唐人之胡部是也。讌樂二十八調無不用二變者。於是清樂之側調。雜入於讌樂而不可復辨。故以用一凡不用一凡。爲南北之分可也。以雅樂俗樂爲南北之分不可也。然則今之南曲。唐清樂之遺聲也。今之北曲。唐讌樂之遺聲也」凌氏所稱二變。卽係指變宮變徵。亦卽曲笛所用之「乙」「凡」兩譜字。今北曲必用二變。而南曲獨無。是凌氏所論。足可徵信。且北曲慷慨直率。南曲柔靡和緩。前者本弦索噍殺斷促之音。後者實簫管纏綿抑揚之韵。然則北曲出自讌樂。南曲出自清樂。是猶源發崑崙。積厚澤長。夫豈無本而流者。故無論詞章樂律。南北曲實悉承歷代樂府餘蔭。而於唐樂爲不祧。於宋樂爲近嗣耳。

一.曲樂僅大成於金元時代。學曲應先明曲爲詞餘之義。

有宋一代。樂府流行者。曰大曲。曰詞。曰諸宮調。詞爲長短句。有「令」「引」「近」「慢」之分。（通常混列爲小令。中調。長調。實則「慢」以琵琶調爲主。「近」則由中調犯聲而成。「引」由琴調翻均。皆獨有體製。由詞樂而言。不能以字句長短爲分類依據）然皆以一首一闋爲篇段。各有牌調名目。而分立宮調以統之。（宮調者。猶今樂之分部也。按其聲類。立宮調以別之。今詞宮調失傳。通常詞集。每一詞牌上均不載明宮調。然如白石山中白雲詞等少數宋詞古本。猶多註明宮調。） 大曲者。係集合數段之「遍」以成一套歌舞之曲。碧鷄漫志。凡大曲有散序。靸。排遍。攧。正攧。入破。虛催。實催。袞遍。歇拍。殺袞。始成一曲。謂之大遍。所謂「遍」者。內有歌遍舞遍。載歌載舞。合歌詠動作而爲一。實已萌歌劇之意識。至於所謂諸宮調者。蓋小說之支流。而被之以樂曲也。自大曲散逸。就其僅存之宮調。合若干詞牌以詠謌一事。又實啓戲曲歌演故事之規模。元曲中。金元小令及院本。殆均淵源自唐宋大曲及宋之諸宮調。特益加胡聲。變化形式而踵事增華耳。又據宋張玉田詞源。宋詞七宮十二調之目。曰黃鍾。曰仙呂。曰正宮。曰高宮。曰南宮。曰中呂。曰道宮。曰大石調。曰小石調。曰般涉調。曰歇指調。曰越調。曰仙呂調。曰中呂調。曰正平調。曰高平調。曰雙調。曰黃鍾羽調。曰商調。（後敎坊簡高宮一調。遂成十八調。稍後又簡正平一調。蓋趨時尚。遂繁簡不一耳。） 則與今日流傳之曲樂宮調名稱。相差無幾。是曲之宮調。若溯本於詞之宮調。固亦歷歷可稽也。（曲之宮調。容於後節論之。）

　元曲中院本曲子。昉自金人。而大成於元代。集歌舞串演之技。以演唱一整套故事。實揉合唐宋大曲及諸宮調之體製。雜以賓白而成者。蒙古入關。朝貴嗜曲。草偃風行。作詞譜樂。斐然稱備。名作如林。遂自成門戶。占文學史上一種獨特體裁。然自樂律觀點言之。宮調固仍宋詞之遺。

自內文觀點言之，軌迹猶襲宋詞餘韻，故謂曲樂大成於金元時代則可，若竟以爲創造於金元時代，則屬忘本之論，固不得曲從俗說，窮流而昧源也。

一、曲爲音樂文學之一種，學曲應先明樂理。

元曲合「音樂」「詞章」而成體，製詞以達意，樂以宣情，宣情以和聲爲先，達意以屬詞爲貴，一有偏失，皆不成曲。曲者委宛而極其致也，務求能宣情而達意，有聲無詞，（如牌子曲類）固不足致意之所及，有詞無聲，亦不足宣情之所至，抑或聲詞俱備，而懽娛之詞，設出諸淒愴之口，靡柔之音，設歌以慷慨之句，則勢將混淆聆賞，難宣情意，故「聲旨」與「詞旨」互爲表裏，必待兩相脗合，始能申其情意而極其韻致也。

達意之詞，繫於章句，宣情之樂，繫於聲律。章句以字義爲基，階級猶可尋拾，聲律以音等爲本，噓咏自較難範圍。人因喜怒哀樂而發抑揚奮鬱之情，再循喉、顎、舌、齒、脣諸官能而宣其高下急徐之韻，賴此不同之聲韻，體達其區別有差之情感。古樂家即就此參差有別之聲域，分析其不同之音質，喉之音，深而厚，顎之音，豁而顯，舌之音，和而平，齒之音，清而厲，脣之音，柔而微，標以字符，表其特質，曰宮，曰商，曰角，曰徵，曰羽，凡此五音，實爲聲類。

聲類之立，以發音諸器官爲源，而以音質與聲等爲本，音質有清濁，聲等有高低，高者近清，低者近濁，故音質實影響聲等，音律家以字符表之，清者謂之陰，濁者謂之陽，古樂家以樂符表之。陽聲歸諸律。陰聲歸諸呂。更就律與呂中。再以次辨其強弱。而各釐爲六等。

一。六律（陽聲屬之）

黃鍾。太簇。姑洗。蕤賓。夷則。無射。

二。六呂（陰聲屬之）

大呂。夾鍾。中呂。林鍾。南呂。應鍾。

聲音之分。所以求樂律能宣其情。音質之分。所以求歌聲能達其詞。（詞係由單字組成。字各有韻。輕重陰陽。所以明字音。字音明。則詞句不因歌聲緩急而含混）此固係一般樂理基礎。而元曲既爲樂章支流。自亦不在例外。

宮。商。角。徵。羽。原爲音類之表記。古樂家卽借以作輕重之音符。發音部位有殊。形聲因亦自有輕重。爲求音符能盡其等參。乃在五音之外。更益以變宮變徵。成爲七音。以管吹之。資爲音準。六律六呂。卽吹管名稱。以管長短。準音高低。謂之音色。同一音色之牌調。輯隸一宮。唐宋以前樂制皆然。故律呂者合爲十二。猶今樂鋼琴之設十二音鍵。而宮、商、角、徵、羽、變宮、變徵、猶今樂所用之1234567七等音符也。調之高低。以十二呂律表之。一調以內。音之輕重。以七等音符表之。「輕重」所以表同一管色詞字之陰陽。「高低」復兼表不同管色之聲類。寓「陰陽」於高下之中。就「輕重」以輔陰陽之辨。而聲類與音質得以交互彰顯。故律呂十二音階與宮商角徵羽等七音符．又實具體用合一之效．

洎及南宋以後．樂工盛行燕樂簡譜．以代七音譜字．曰上、曰尺、曰工、曰凡、曰乙、曰四、曰合、謂之爲工尺音符．南北曲所用樂符．即沿此工尺簡符之舊．茲將古樂及元曲所用樂符表列於次．以明淵源．表內曲符加○者．係現時常用笛之工尺．按此常笛．比曲笛高半調．若干宮調．在曲笛中不得尋聲時．即比照常笛工尺配之．

古律之黃鍾宮即曲笛之上調與鋼琴之E調

古名	宋時俗名	律呂	譜字	曲符
黃鍾宮	正黃鍾宮（省稱正宮）	黃	△	（合）
黃鍾商	大石調	太	マ	（四）
黃鍾角	正黃鍾宮	姑	一	上
黃鍾變	正黃鍾宮轉徵	蕤	㇗	尺
黃鍾徵	正黃鍾宮正徵	林	𠆢	（尺）
黃鍾羽	般涉調	南	フ	凡
黃鍾閏	大石角	應	リ	合

古律之大呂宮即常笛之上調與鋼琴之F調

大呂宮	高宮	大	(マ)	四
大呂商	高大石調	夾	(一)	一
大呂角	高宮角	仲	𠂊	(上)
大呂變	高宮變徵	林	人	(尺)
大呂徵	高宮正徵	夷	(フ)	工
大呂羽	高般涉調	無	(川)	(凡)
大呂閏	高大石角	黃	△	(合)

古律之太簇宮即曲笛之尺調與鋼琴之F#調

太簇宮	中管高宮	太	マ	(四)
太簇商	中管高大石調	姑	一	上
太簇角	中管高宮角	蕤	㇄	尺
太簇變	中管高宮變徵	夷	(フ)	工
太簇徵	中管高宮正徵	南	フ	凡
太簇羽	中管高般涉調	應	川	合
太簇閏	中管高大石角	大	(マ)	四

古律之夾鍾宮即常笛之尺調與鋼琴之F調

夾鍾宮	中呂宮	夾	⊖	一
夾鍾商	變調	仲	夕	㊤
夾鍾角	中呂正角	林	八	(尺)
夾鍾變	中呂變徵	南	フ	(工)
夾鍾徵	中呂正徵	無	(川)	(凡)
夾鍾羽	中呂調	黃	△	(合)
夾鍾閏	變角	太	マ	㊃

古律之姑洗宮即曲笛小工調與鋼琴之Ab調

姑洗宮	中管中呂宮	姑	一	上
姑洗商	中管變調	蕤	ㄴ	尺
姑洗角	中管中呂角	夷	⑦	工
姑洗變	中管中呂變徵	無	(川)	(凡)
姑洗徵	中管中呂正徵	應	川	合
姑洗羽	中管中呂調	大	(マ)	四
姑洗閏	中管變角	夾	⊖	一

古律之仲呂宮即常笛之小工調與鋼琴之A調

仲呂宮	道宮	仲	ㄅ	(上)
仲呂商	小石調	林	ㅅ	(尺)
仲呂角	道宮角	南	フ	(工)
仲呂變	道宮變徵	應	ㅣ	合
仲呂徵	道宮正徵	黃	△	(合)
仲呂羽	正平調	太	マ	(四)
仲呂閏	小石角	姑	一	(一)

古律之蕤賓宮即曲笛之凡調與鋼琴之Bb調

蕤賓宮	中管道宮	蕤	ㄴ	尺
蕤賓商	中管小石調	夷	(フ)	工
蕤賓角	中管道宮角	無	(リ)	(凡)
蕤賓變	中管道宮變徵	黃	△	(合)
蕤賓徵	中管道宮正徵	大	(マ)	四
蕤賓羽	中管正平調	夾	(一)	一
蕤賓閏	中管小石角	仲	ㄅ	(上)

古律之林鍾宮即曲笛之六調與鋼琴之A調

林鍾宮	南呂宮	林	∧ (尺)
林鍾商	歇指調	南	フ (工)
林鍾角	南呂角	應	リ 合
林鍾變	南呂變徵	大	(マ) 四
林鍾徵	南呂正徵	太	マ (四)
林鍾羽	高平調	姑	一 (一)
林鍾閏	歇指角	蕤	L 尺

古律之夷則宮即常笛之六調與鋼琴之C調

夷則宮	仙呂宮	夷	(フ) 工
夷則商	商調	無	リ (凡)
夷則角	仙呂角	黃	△ (合)
夷則變	仙呂變徵	太	マ (四)
夷則徵	仙呂正徵	夾	(一) 一
夷則羽	仙呂調	仲	ㄅ (上)
夷則閏	商角	林	∧ (尺)

古律之南呂宮即曲笛正工調與鋼琴之Db調

南呂宮	中管仙呂宮	南	フ	凡
南呂商	中管商調	應	‖	合
南呂角	中管仙呂角	大	マ	四
南呂變	中管仙呂變徵	夾	⊖	一
南呂徵	中管仙呂正徵	姑	一	上
南呂羽	中管仙呂調	蕤	ㄴ	尺
南呂閏	中管商角	夷	⑦	工

古律之無射宮即常笛正工調與鋼琴之D調

無射宮	黃鍾宮	無	⑪	(凡)
無射商	越調	黃	△	(合)
無射角	黃鍾角	太	マ	(四)
無射變	黃鍾變徵	姑	一	(一)
無射徵	黃鍾正徵	仲	ㄅ	(上)
無射羽	羽調	林	八	(尺)
無射閏	越角	南	フ	(工)

古律之應鍾宮卽曲笛之乙調與鋼琴之Eb調

應鍾宮	中管黃鍾宮	應 リ	合
應鍾商	中管越調	大 ㋮	四
應鍾角	中管黃鍾角	夾 ㊀	一
應鍾變	中管黃鍾變徵	仲 ク	㊤
應鍾徵	中管黃鍾正徵	蕤 ㇄	尺
應鍾羽	中管羽調	夷 ⑦	工
應鍾閏	中管越角	無 ⑪	㊄凡

由右表而論。元曲樂律。實源於宋。而與古樂旋律。原可相通。然代有變易。律有闕失。亦昭然可徵。元曲樂律較諸宋律。僅屬一變。而宋之樂律較諸古樂。又有缺漏。蓋宋時樂律中之徵及變閏。已不常用。復以七音之用相襲成風。浸假十二呂律之制。乃見遺忘。然十二律呂之吹管。固猶完整。移宮之法。不致全墜。迨宋末。俗樂趨簡。原設長短不一之十二音管各司十二律呂之音者。竟致缺失。遂僅餘七音之管。音管不全。譜字失用。於是宮調不明。宋詞不復能歌。七音之管。更日益零落。循至後人以一管而翻七音。成今日之笛制。元曲初以絃索爲主。但移宮之法。猶襲宋諸宮調遺規。其後改以笛爲準。亦以一管翻七音。雖與宋樂相違。實大體存兩宋樂律殘跡。（今笛之翻調。卽古之移宮。）今之用笛。可分尋常之笛與曲用之笛兩種。常用之笛。當於宋時正黃鍾宮之音色。而曲笛較之常笛則低半調。蓋曲不失爲雅樂之遺。貴乎和平中正。不宜與常笛混淆無別。至於曲笛翻調之制。具如左圖。

樂譜與笛式

工尺表	上	尺	工	凡	合	四	一	上	尺	工	凡	六	五	乙	仩	伬	仜
西樂簡譜	1	2	3	4	5	6	7	1	2	3	4	5	6	7	1̇	2̇	3̇

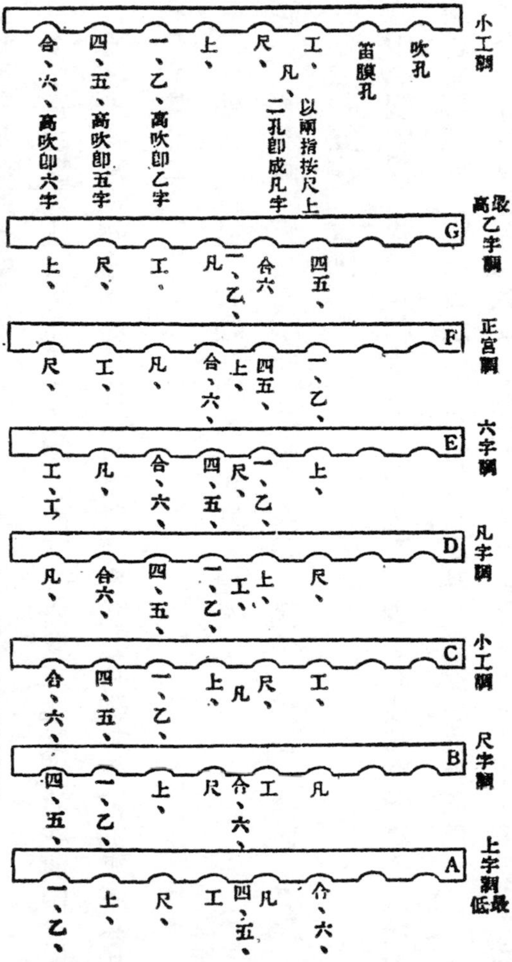

小工調爲高低適中。今之詞曲皆以小工調爲準，而於工字所起之字卽爲調名，如乙字調，係在小工乙字上起工，卽名乙字調，北曲有「乙凡一」三字，南曲不用，以此分別。

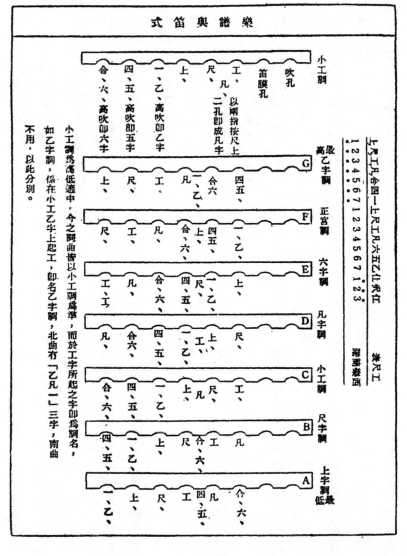

以上略述樂理淵源。而元曲音樂基礎。亦見梗概。夫六藝之中。惟樂易亡。古今樂理。時相聚訟。辨其本源。自不難條理貫通。此所以必先明兩宋樂理流變。始可進而剖析曲樂之宮調也。

一、南北曲依聲成詞。學曲應先明宮調。

自律呂不全。宮調缺失。或宮存而調亡。或調存而宮失。曲襲宋樂殘缺。故在曲中。宮與調。已無甚區別。且較之宋樂宮調。亦略有變易。各家曲譜。所載南北曲宮調。其分宮別調。不盡相同。要其通行者。不外六宮十二調。

六宮　仙呂　南呂　黃鍾　中呂　正宮　道宮

十二調　羽調　大石　小石　般涉　商角　高平　揭指　商調　角調　越調
雙調　宮調

此六宮十二調中。揭指、宮調、角調、皆有目無詞。道宮、羽調、小石、般涉、商角、高平、六調中。曲牌甚少。故常用之宮調。僅仙呂、南呂、黃鍾、中呂、正宮、大石、高調、越調、雙調、九種而已。

仙呂之音。清新綿邈。南呂之音。感歎悲傷。黃鍾之音。富貴纏綿。中呂之音。高下閃賺。正宮之音。惆悵雄壯。大石之　風流蘊藉。商調之音。凄愴怨慕。越調之音。陶寫冷笑。雙調之音。健捷激裊。此雖係芝庵論宋樂宮調之性質。然今元曲中常用之九種宮調。其風格區別。固仍可持芝庵所論相參證也。

曲笛既以一管而翻七調，故宮調之音，不得不牽就笛管音色而表之，茲將南北各宮調所用笛色，列舉於次。

仙呂宮	北小工或尺字	南小工或尺字
南呂宮	北凡字	南凡或六字
黃鍾宮	北六字或凡字	南凡或六字
中呂宮	北小工或尺字	南小工或尺字
正宮	北小工或尺字	南小工或尺字
道宮	北小工或尺字	南小工或尺字
羽調	北小工或凡字	南凡或六字
大石調	北小工或尺字	南小工或尺字
小石調	北小工或尺字	南小工或尺字
般涉調	北小工或尺字	南小工或尺字
高角調	凡字或六字	南凡字
高平調	北小工或尺字	南小工

商　調　北六字、凡字、小工、視曲牌音節高低定之　南六或凡字

越　調　北六字或凡字　南小工或凡字

雙　調　北乙字或正工　南正工或小工

元曲各宮調所統之曲牌。有出自宋大樂及諸宮調。有出自唐宋詩餘。有出自金元胡曲。有出自俗調。其牌調淵源。當於後幅南北小令篇中論之。

一、曲有南北之分。學曲應先明體製。

曲有南北之分。北曲濫觴於金。而盛於元。南曲萌芽於元末。而盛於明季與清初。風格製作。互不相同。南曲殆宋詞緒餘。北曲則胡樂較多。至其因調作詞。南曲又實以北曲爲基礎。此猶詩中之近體。唯以古體培其元。詞中之慢近。仍須以花間歸其宗也。故學作曲者必先北而後南。元曲既以和聲而創立牌調。復賴倚聲作詞。以廣牌調之運用。積久乃成完備之體制。

今日曲之體製。計分爲小令。散套。雜劇及傳奇三部。傳奇僅南曲有之。實南雜劇之延長。小令。散套同屬題詠性靈。不譜故事。故稱爲散曲。至於以套曲形式配間賓白專譜故事者。通稱爲套數。疊隻曲以成一套。疊數套以成一劇。本劇有本末。曲因配以緩急。聲情次第。釐然彰顯。是用曲能成套。套疊而前後秩序可數。故劇曲實疊套爲用。遂致格律益繁。迥與散曲不同。南北曲製名稱。略如左表。

南北曲製
- 散曲
  - 小令
  - 散套（專屬題詠不譜故事）
- 劇曲
  - 雜劇
  - 傳奇

→ 套數
㈠包括散套、劇套。
㈡劇本所組之套曲，通常稱爲套數。

一、曲學重在和聲，學曲應先明韻協。

元曲依牌調定式以成詞句，復循樂聲高下輕重，以協單字四聲陰陽之異。（元曲曲牌均有固定主腔，故譜曲家得以不可變易之主腔，表其曲牌風格，而以可變易之輔腔，協其單字之聲韻）每一曲牌詞句，不出一手，而單字之平仄陰陽，又有時可以互通，故同一牌調之詞句格式雖屬一致，但其單字聲韻，則往往不盡相同，若字音變，而樂聲輔腔不變，殊無以表單字字音之差別，設欲從樂聲以表字音，則輔腔可變，而主腔又不可變，是更不得不兼求字音能協樂韻也。（遇主腔處而爲節奏所限，不能增衍輔腔以協字音時，則單字音韻須牽就主腔，故元曲句法，有可平可仄，有必平必仄，有可陰可陽，有必陰必陽之別）樂聲賴高下輕重之音階以成旋律，字音賴强弱清濁之音質而獲區別，字音之清濁，足以影響樂韻之輕重，樂聲之高下，足以影響字音之强弱，樂聲與字音，若兩不相協，則樂聲亂而字聲失，故樂聲能協字音，則單字之音可表於樂，字音能協樂聲，則樂韻之和可表於詞，此所以通樂理者，必須明審字音，而擒藻采者，又必須旁通乎樂律也。

　　單字之形音。實合頭腹尾三部。而以發聲與收韵爲樞紐。音韵家藉此出口與收韵間差別。分析其單字之平仄陰陽。「平」之出口不抗不墜。「上」之出口高擧。「去」之出口遠送。「入」之出口斷促。此平上去入之分。謂之四聲。就其韵字以類相從勒爲部屬。謂之韵部。顧音韵家區單字之陰陽清濁及「諧」「應」等類。多準之於口。樂律家則又須準之於律。惟樂密而口疏。遂不得不細配字音之律分。例如「東」「同」兩字本皆由鼻爲陽。在律分則以「東」爲陽讀中之協陰呂。而以「同」爲陽讀中之協陽律。又如「支」「時」兩字本皆不由鼻爲陰。在律分則以「支」爲陰讀中之協陰呂。而以「時」爲陰讀中之協陽律。習而呼之。遂曰「東」陰「同」陽。或「支」陰「時」陽。（其餘諸字韵均仿此）然則樂律家所謂陰陽。殆與音韵家若綱目之相輔。實非門戶之各立。至於「應」「諧」配律。則以字韵同律分之「等」者爲「應」。同律等之級者爲「諧」。例如「東」、「通」、「同」均爲平聲。「董」、「冢」、「勇」均爲上聲。然播諸於口。東通則相應。東同則諧而不應。董冢則相應。董勇則諧而不應。是則韵目同。平仄同。而陰陽亦同者。始稱諧協。「東」「通」同一平聲。同一韵目。同一陰陽。「東」「同」雖同一平聲。同一韵目。而一陰一陽。遂有既諧而應。諧而不應之分。抑更有進者。欲準單字之四聲陰陽。又必以單字之出口與收音爲樞紐。例如「文」「尋」皆爲平聲。設出口高擧。則念

「文」成「穩」念「尋」成「瞬」出口遠送則念「文」成「問」念「尋」成「訓」必不抗不墜始得文尋本音故出口準始四聲準若再以陰陽論之「文」為陽平「尋」為半陰半陽「文」字收音必為抵顎「尋」字收音必為閉口設「尋」字收入抵顎則成純陽（前後皆平）「文」字收入閉口則成半陰陽（前平後抗）此收音之異影響單字陰陽之一例又如「文」「亭」兩字同為陽平然韵目各別「亭」屬庚亭「文」屬眞文亭字應收音入鼻設誤為抵顎則亭與文之形聲將不可辨別是欲求準辨其單字之形聲又須確準其收音之部位按此四聲均須分辨陰陽在音韵家言之雖視為後起之說然在曲樂家言之則固所必當深究故作曲者必先辨其單字之出口與收音始能不誤四聲陰陽之選擇譜曲者必先辨其單字之出口與收音始能定其音律之輕重而度曲者更須準其單字出口與收音之部位始不因樂聲長短而亂其字音曲家為便於審音作詞特彙輯單字就其出口收音之別勒成韵目立其規範於是曲韵尚矣

由來曲韵與詞韵有別詞曲韵雖同屬平仄通用而曲韵分部且較詞韵為寬然曲韵對陰陽之分收音之辨則遠比詞韵為密故曲韵與詞韵相較固似寬而實嚴也曲韵分部諸家互有異同元周德清纂中原音韵立北詞用韵準繩分目十九以六部收音其後南詞韵書繼作通常分為二十一目收音亦較細密實則北口以六部收音僅係著明大概至其吐字間固尚有詳細

區別處.至南韻收音條目.原則上與北韻大致相當.北韻特上去不分陰陽.入聲通派三聲.而少數單字呼法.與南口不同韻目.是其特異耳.茲將南北韻目及出口收音表列於次.北口收音出字細別處.並予備列.不限六部大概.以便參考.

北韻韻目	南韻韻目	南北出口	南北收音
(一)北東鍾	(一)東同	舌正中	鼻音
(二)北江陽	(二)江陽	口廣張	鼻音
(三)北支思	(三)支時	齒微啓、穿牙出。	不收音
(四)北齊微	(四)機微	嘻口出	收噫音
(五)北魚模	(六)居魚 (七)蘇模	撮脣出 滿口	收于音 收烏音
(六)北皆來	(五)歸回 (八)皆來	撮口出 出口近家麻	收噫音
(七)北眞文	(九)眞文	抵顎(勿混鼻音)	收抵顎
(八)北寒山	(十)干寒	張喉	收抵顎
(九)北桓歡	(十一)歡桓	滿口	收抵顎
(十)北先天	(十二)天田	舌端	收抵顎.作煙字切音.

（十一）北蕭豪	（十三）蕭豪	喉	收烏音
（十二）北歌戈	（十四）歌羅	舒出口	收烏音
（十三）北家麻	（十五）佳麻	張口出	收捱字土音。哀巴切音。
（十四）北車遮	（十六）車蛇	口略開	收遏字之平音。哀奢切音。
（十五）北庚青	（十七）庚亭	半口半鼻	收鼻音
（十六）北尤侯	（十八）鳩由	喉音	收烏音
（十七）北侵尋	（十九）侵尋	抵顎	收閉口
（十八）北監咸	（二十）監咸	張喉	收閉口
（十九）北廉纖	（二十一）纖廉	滿口	收閉口

一曲調定格以節拍為據。學曲、必須精究板式。

每一曲牌風格。繫於音節快慢。每一音節段落。詞家稱之為一拍。曲家稱之為一「板」。一板之內小音節。詞家稱為短拍。曲家謂之為「眼」。板所以節字與句。眼所以節字與腔。曲之板式有五。（一）為「、」下於字頭之處曰頭板（二）為「ㄴ」下於字腹之處曰腰板。亦稱掣板。（三）為「一」下於腔盡之處。板下音絕曰底板。亦稱截板。凡此三種板式。皆為正板。正板者。曲中所固有之板也。迨及南曲。輔腔益繁。因在曲中每兩正板間。各增加一板。皆為贈板。（

四)、爲「×。」下於字腔之頭。稱爲頭贈板。(五)爲「Ⅸ。」下於字腔之腹。稱爲腰贈板。(四)(五)兩種。惟南曲有之。南曲曲牌。或有贈。或無贈。均具譜律。故無論南北曲。凡選調作曲。必須審辨每隻曲子板式而定用襯位置。凡讀曲校句。必須依據隻曲板式而別正襯。始能遵軌而行。不致迷途妄進。

曲眼之式亦有三種。(一)爲「、。」下於頭板之後。曰頭眼。(二)爲「。」下於頭眼之後。曰中眼。(三)爲「、」下於中眼之後。曰末眼。頭末眼同用「、」符表之。特因點眼位置而異名稱。凡此三眼皆屬正眼。正眼着於字或腔之頭部。其着於腔之腹或尾者。曰側眼。俗名宕眼。其符記一爲「△」相當正眼之「○」眼。一爲「乚」在中眼前者。相當正眼之頭眼。在中眼後者。相當正眼之末眼。夫積眼成板。而曲快慢以分。故有三眼一板之曲。一眼一板之曲。有板板相接之快曲。有僅下截板之散板曲。大抵行動之情。多出以快曲。文靜之情。多選用慢曲。倘一誤置。則顛倒冠裳。將失倫次。抑更有進者。每一曲牌。有可獨用。有須疊用。有必先後順用者。情形不一。出入幾微。其中消息。純在宮調及曲牌板眼中求之。此又爲曲家倚聲作詞。所不得忽視者。

夫一曲之板式。卽詞章上之句法。北詞固可挪移板式。然亦有一定之通例。南詞則板式固定。尤不可紊亂。就詞章言之。遇板行逢雙處須以合璧對應之板式三行相同自成一組者。須以扇面對應之板行逢雙位在曲首者則須以平頭對應之板式雙行位在曲尾者則須以救尾對應之其板式成連環調者尤須以連環句應之若夫孰爲叠句孰爲襯句亦均須以板式爲據故恪遵板式則字句有歸而曲格乃見關於南北牌調板式與句法通則可參閱拙著南北曲小令譜不再著焉

一南北曲句法均有規矩學曲必先判正襯

宋詞元曲均屬長短句然元曲每句除固定字數外尚可增益單字曲家以每句之固定字數稱爲「正」字其額外所增單字稱爲「襯」字正字之四聲陰陽每一曲牌均有一定軌範襯字則可不拘陰陽四聲故正襯相混勢必影響句法尺度從而損及曲牌格式曲中襯字之運用不僅使文義條鬯更係配合曲樂節奏而使曲聲有疏密錯落之致清新流轉之美此正曲句貴用襯字之處惟每一曲牌之異同就文詞言全賴句法長短而獲分別顧此差別有時僅爲一二句之出入而判成不同之曲調往往因襯字失檢遂使一句誤作兩句或兩句誤爲一句或將相異曲牌誤成同一詞格或將相同曲牌誤作另一體製格式既亂自無從訂正體裁付諸管絃是曲句中雖可用襯而又不宜任意亂用如還魂記訓女折第四支玉抱肚曲云「不枉了銀娘玉姐祇做箇紡磚兒」句按照譜式本爲七字句則此處「銀娘玉姐紡磚兒」七字應是正字餘皆襯字然若牽於文義竟可讀如兩句於是句法必致紊亂此足說明襯字可用而必不可亂

用也。

用襯之法。自有規矩（一）必須檢查曲牌板式。下襯必不可當「板」。至北曲板式。雖可移動。然有疎密之別。板式繁密之句。不妨用襯。板式疎朗之句。用襯不宜過長。蓋板式繁密。兩板相距必較近。酌用襯字。可以抒展音節。若板式疎朗。則兩板相去必遠。襯字一多。將趕板不及也。（二）北曲用襯。長短固可不拘。但襯字過多。足以紊亂句法。牽混音節。曲家有襯不過三之說。此雖適用於南曲。然作北曲用襯。亦總以不濫爲是。（三）用襯祇宜用虛字。不宜用實字。如還魂閨塾折掉角兒曲云「險把負荆人唬煞」句。「險把」尙可辨明是襯字。而「負荆人」三字聯用一處。則「人」字便不易辨其屬「正」屬「襯」矣（四）用襯須顧全文義。句中正字應爲主要文義。襯字祇是輔助文義。試再以「負荆人」句爲例。「人」字實居主義而非輔義。若刪去「人」字。則不復成文理。至如同曲「從今後茶餘飯飽破工夫」句。茶餘下是主義。「從今後」是輔義。雖省去「從今後」三字。而茶餘以下七字主義仍屬通順。蓋「從今後」三字係虛詞而非實字。與下七字合則義備。離則固仍能不晦主義所在也。

曲中襯字之用。須遵守句讀、句法、曲牌板式。而又不得損害文理。例如桃花扇題畫折小桃紅曲中「放一羣吠神仙朱門犬」一句。此本上四下三之七字句法。今因用襯失檢。就文義分斷。勢必誤成三句。若以「神仙」兩字作襯。則不合句讀。若以「放吠」兩字爲襯。便又不合文理。

至若紅拂記靖渡折錦纏道第五句。「我自有屠龍劍釣鰲鈎射雕寶弓。」以本上三下四之七字句法。竟增衍至十三字之多。雖牽就製譜。歌來總感促急不舒。此又為曲中正襯配搭須趁樂節之律也。

以上略舉用襯要旨。歷來曲文半出當行手筆。半屬文章遊戲。致句法多正襯失檢。體製乖歧。學曲必應細按正譜。逐字檢覈。庶幾披沙得金。不致扣盤捫燭。

一南北曲法度出入幾微學曲應先究譜律。

元曲宮調有一定程式。每一曲牌有一定之句法與聲範。循規遵途。必須熟究譜律。

北曲中「上去」「去上」之字。最重在每句末處。曲中末句末字。若依譜須用上去聲。則絕不可任意通融。必不得已。寧多用去而不用上。故凡正譜所定之去聲字。總以遵守為宜。至於兩上兩去。最好能不疊用。入聲之字。雖可作平作上作去。以替代規定字聲。然遇每曲韵腳。須用平上去聲時。仍不宜以入聲代之。（通折用入聲字代韵者自不在此例限）又同聲三陰三陽之連用。尤須檢點。至其平上去三音相連而陰陽不同之處。如陽去陰上相連。或陽上陰去相連。或陽平陰去相連。或陰平陽上相連。謂之「務頭」是音節流美所在。應施俊語。而曲中拗句。尤須遵守其規定之平仄。故曲中軌範既密且嚴。譜律之學。為治曲者所不可或廢。歷來曲律著述。究其性質。可分為兩類。一為釐正句讀。分別正襯。附點板式。以示作曲準繩者。謂之曲譜。一為分別四聲陰陽腔格高低。旁注工尺板眼。以示度曲之準繩者。謂之宮譜。宮譜重在樹立曲牌之聲範。曲譜重在明示曲牌之詞範。雖諸書題名。均統稱爲曲譜。然面目各具。固義同而形殊也。

曲譜之書。代有述作。各見短長。論北詞者。以太和正音譜。北詞廣正譜兩書足可取法。論南詞則沈璟南曲譜。呂士雄南詞定律二書。亦稱精審。至欽定曲譜。實合沈譜及嘯餘舊譜而成。沈譜規律精密。故南曲部份。可以遵從。嘯餘譜。原失考訂。或正襯紊亂。或以兩調作一調。或選僻格而遺通行之格。欽定曲譜亦未重加勘正。其北曲部份固不宜悉從也。至宮譜之作。肇自清初。若大成九宮譜。若呂氏南詞定律。皆以曲譜而兼及宮譜。迨納書楹曲譜。與吟香堂曲譜一出。逐曲塡工尺。點板眼。始純成宮譜之製。爲倚聲譜曲所稱便。近人著述中。曲譜之作。有長洲吳先生霜厓之南北詞簡譜。宮譜之作。有長洲王季烈先生之集成曲譜。此二書問世較遲。其審律精當處。實突過舊譜。允爲曲學津梁。至其他考訂詞章。網羅舊聞之作。林林總總。雖亦不失爲曲苑鼓吹。然又在學者能善擇愼閱而已。

曲學例釋卷二

汪經昌薇史纂述

上篇　散曲例釋

北詞小令第一

甲、釋例

一、元曲北調曲牌，據欽定曲譜載目凡三百餘章，北詞廣正譜載目，凡四百餘章，九宮大成譜則存錄所及，幾近六百章，然塡詞常用之曲牌，不過二百三十章左右，而九宮譜六百章中有不少一調誤列二名，或附會存調者。按太和正音譜所錄曲牌數目，則爲黃鍾二十四章，正宮二十五章，大石調二十一章，小石調五章，仙呂四十二章，中呂三十二章，南宮二十一章，雙調一百章，越調三十五章，商調六章，商角調六章，般涉調八章，故北詞曲牌總數，實際當爲三百三十五章。（其中小石、商角、般涉三調曲牌，北曲套數中不甚用，及故陶九成輟耕錄著錄者爲二百三十章）至於曲牌之形成，大部份皆各有來歷，或出於唐宋詩餘，或出於大曲，或出於諸宮調，或出於胡樂及俗調，究其淵源，略舉於次。

黃鍾　喜遷鶯　賀聖朝　晝夜樂　人月圓　拋球樂　侍香金童　女冠子

正宮　滾繡球　菩薩蠻

大石　歸塞北（卽詞調望江南）　雁過南樓（卽詞調清商怨）　念奴嬌　青杏兒（卽詞調之青杏子）　還京樂　百字令

仙呂　點絳唇　天下樂　鵲踏枝　金盞兒（卽詞調金盞子）　憶王孫　瑞鶴仙　後庭花　太常引　柳外樓（卽詞調憶王孫）

中呂　粉蝶兒　醉春風　醉高歌　上小樓　滿庭芳　剔銀燈　柳青娘　朝天子

南呂　烏夜啼　感皇恩　賀新郎

雙調　駐馬聽　夜行船　月上海棠　風入松　萬花三臺　滴滴金　太清歌　擣練子　快活年（卽宋詞快活年近拍）　豆葉黃　川撥棹（卽宋詞撥棹子）　金盞兒　也不羅（卽宋詞一落索）　行香子　碧玉簫　驟雨打新荷　減字木蘭花　青玉案　魚游春水

越調　金蕉葉　小桃紅　三臺印　耍三臺　梅花引　看花回　南鄉子　糖多令

商調　集賢賓　逍遙樂　望遠行　玉抱肚　秦樓月

商角調　黃鶯兒　踏莎行　垂絲釣　應天長

般涉調　哨遍　瑤臺月

以上諸曲牌出於唐宋詩餘。

黃鍾　降黃龍袞

正宮　小梁州　六么遍

大石　催石子

小石　伊州遍

仙呂　八聲甘州　六么序　六么令

中呂　普天樂　齊天樂

南呂　梁州第七

以上諸曲牌出于大曲。

黃鍾　出隊子　刮地風　寨兒令　神仗兒　四門子　文如錦　啄木兒煞

正宮　脫布衫

大石　荼蘼香　玉翼蟬煞

仙呂　賞花時　勝葫蘆　混江龍

中呂　迎仙客　石榴花　鵑打兔　喬捉蛇

南呂　一枝花　牧羊關

雙調　攪箏琶　慶宣和

越調　鬬鵪鶉　青山口　凭欄人　雪裏梅

般涉　耍孩兒　墻頭花　急曲子　𤸃婆子

以上諸曲牌。出於諸宮調。

大石　六國朝

雙調　風流體　阿納忽　唐兀歹

越調　拙魯速

商調　浪裏來

黃鍾　者刺古

以上諸曲牌。出於女眞或蒙古胡樂。

一。北詞曲牌。原亦如詩餘之有上下片。其後多不用下片。乃成單隻曲牌。凡一曲連用二支或四支者。是曰么篇。長洲吳先生霜厓云。么篇爲上篇之俗字。宋詞旁譜。上皆作么。形近譌也。至么篇起句與第一隻原起句相異者。謂之么篇換頭。所以協節奏而新聆賞。其不換頭者。則直如南曲之前腔性質。按吳氏之說。應屬精當可信。因舊譜於么篇解釋。頗多聚訟。轉使本義難明。故特表而出之。又北詞原無犯曲。（九轉貨郎兒一曲僅屬例外）其兩正曲前後連綴合成一曲者謂之帶過曲。如雁兒落帶過得勝令。沽美酒帶過太平令之類是也。凡帶過曲。必取同宮調。或同音色之正曲爲之所帶曲牌最多不過三隻。通常均帶二隻。南北詞同宮調同笛色之曲牌。亦可互帶但南帶北時。南曲部份宜限於以北作南。或南北兼用之曲牌。初學者祗宜謹守成式爲之。不宜妄出新意。自創帶曲。蓋非精熟音律。創作不易入軌也。

一。北詞曲牌中其字句不拘。可酌量增減者計十七曲。黃鍾爲黃鍾尾。正宮爲端正好。貨郎兒煞尾。仙呂爲混江龍。後庭花。青哥兒。六么序。中呂爲道和。南呂爲草池春。鵪鶉兒。玄鶴鳴。雙調爲新水令。折桂令。梅花酒。攪箏琶。尾聲。所謂增損字句者。如仙呂端正好一調。在第四句下。可隨意增句。混江龍一調。字句可多可少。唯才是視之例是也。此類曲牌。作時最宜審愼。蓋凡曲中句字不拘處。皆有定格。並非亂次以濟。稍一失檢。極易損及曲格。幸毋以字句可以增損。遂自寬繩墨。輕易着筆。務必精玩曲律。妥愼出之。方不失誤。

一。北詞曲牌。有名同而實異者。作曲時宜玩譜律。免致傅會誤用。茲表擧於次。

黃鍾　古水仙子　商調雙調亦各有水仙子。句法逈異。

古神仗兒　仙呂神仗兒異

古寨兒令　越調寨兒令異

柳葉兒　仙呂商調柳葉兒異

侍香金童　商調侍金香童異

賀聖朝　中呂商調賀聖朝異

女冠子　大石女冠子異

正宮　端正好　仙呂端正好異

仙呂　上京馬　商調上京馬異

祆神急　雙調祆神急異

中呂　鬬鵪鶉　越調鬬鵪鶉異

紅芍藥　南呂紅芍藥異

鬼三台　越調鬼三台異

一、北詞曲牌、半數以上、祇能相互搭配聯用、其單獨使用、有如詞餘體製者、曲家謂之爲小令、亦稱葉兒、譜律中所載數百曲牌、可作小令單用者、僅十之二三、非可任意拈調而作小令也、小令曲牌、多出唐宋詩餘、故其體製亦近於詞、元曲本以白描爲貴、而小令獨宜俊雅、元曲用韻本可不忌俗字、用典設鄙書燕說、有時亦可不必顧忌、惟小令用韻、獨宜去俗就正、用典宜有出處、此與詩餘相似者、至其取境由近譬遠、如一丘一壑、寄諸堂奧、而情思舒卷、不飾謹嚴、則又如高臥北窗、心遊天表、與詞之深穩自持、詩之拙重正大者、又逈然相異矣、小令既有其專用之曲牌．故作小令時．必須辨明所用牌調．是否適合單用性質．例如賀聖朝一曲入黃鍾者．可作小令用．入商調者．則祇作聯套用．此中消息．必熟讀譜律．始不致迷失．茲就各宮調中可用作小令之曲牌．彙誌於次．以備參考．（所舉曲牌．均依太和正音譜及南北詞簡譜類題爲據．間有散見他譜而未爲二譜所收者．則酌予補列．至其可疑之雜曲．一概從略．）

黃鍾　出隊子　刮地風　節節高（節一作接）　者刺古　△賀聖朝（與中呂商調各不同）　△紅錦袍（一名紅衲襖）
△晝夜樂　△人月圓

正宮　叨叨令　叨叨令帶過折桂令　塞鴻秋　脫布衫　脫布衫帶過南風入松　小梁州　脫布衫帶過小梁州　醉太平（一名凌波曲）　白鶴子　雙鴛鴦　△黑漆弩（一名學士吟．又名鸚鵡曲．）　△甘草子　△漢東山

大石　△百字令（即念奴嬌．作套曲題念奴嬌．作小令題百字令．後者有板眼。）　初生月兒

小石　△青杏兒（在大石稱青杏子．略去么篇入套曲。作小令．則合么篇爲之．入小石．題作青杏兒。）　△天上謠

仙呂　△賞花時　那吒令　鵲踏枝　寄生草　青哥兒　醉中天　金盞兒　醉扶歸
△一半兒（即憶王孫．增兩「兒」字作襯．並用「一半」兩正字．專作小令用。）　△柳外樓（即憶王孫．舊譜誤將一調兩收。）　遊四門
後庭花　後庭花帶過青哥兒　六么遍（與正宮不同。亦入中呂。）　四季花（亦入商調）　△三番玉
樓人（亦入越調）　△錦橙梅　太常引

中呂　醉春風亦入正宮雙調　迎仙客　紅繡鞋一名朱履曲．亦入正宮。　普天樂即正宮黃梅雨．作小令用中呂。題作普天樂。
醉高歌一名最高樓。　醉高歌帶過紅繡鞋　喜春來一名陽春曲．又名惜芳春．亦入正宮。　△攤破喜春來
醉高歌帶過喜春來此調只做小令用。　醉高歌帶過攤破喜春來祇作小令用。　上小樓一入正宮
滿庭芳一名滿庭霜．亦入正宮仙呂與詩餘不同。　上小樓帶過滿庭芳　滿庭芳帶過清江引　十二月帶過堯民歌　剔銀燈　蔓青菜　朝天子一名謁金門．亦入正宮雙調。　四邊靜一入正宮雙調。　快活三帶過朝天子　快活三帶過朝天子四換頭　快活三帶過朝天子四邊靜　△齊天樂帶過紅衫兒　△蘇武持節本名山坡羊．自翻入南調．更立此名以爲區別．亦入黃鍾。　山坡羊帶過靑哥兒　賣花聲一名昇平樂．又名秋雲冷．秋雲冷孩兒。　△喬捉蛇

南呂　罵玉郎一名瑤華令。　感皇恩與詩餘不同。　采茶歌一名楚江秋。　罵玉郎帶過感皇恩採茶歌　四塊玉　四塊玉帶過罵玉郎感皇恩採茶歌　△乾荷葉一名翠盤秋．亦入中呂雙調。　玉交枝一作玉嬌枝．亦入雙調。　△金字經一名閱金經．亦入雙調。

雙調　駐馬聽　沈醉東風　步步嬌一名潘妃曲　慶宣和　月上海棠　慶東原一作慶東園．又名惲城春．
撥不斷一名續斷絃．又名錢絲絃。　落梅風一名壽陽曲　風入松亦入商調．此曲翻自琹曲．　得勝令一名凱歌回．又名陣陣贏．亦入商調
雁兒落帶過得勝令　水仙子一名凌波曲．又名湘妃怨．馮夷曲．亦入中宮南呂。　△大德歌亦入商調　殿前歡

一名小婦孩兒．又名鳳將雛．亦即鳳引雛．欽定譜作小鳳孫兒．乃沿嘯餘原刻之誤。　△折桂令 一名秋風第一枝．又名天香引．蟾宮曲．步蟾宮。查舊譜另有蟾宮曲一調，固本調所自出．但彼此點板不同．祇入套曲．幸勿混淆。又尙有百字折桂令一調，實係本調增襯，並入小令。　水仙子帶過折桂令　淸江引 在北調．入雙調題淸江引。在南調．去乙凡亦稱江兒水與古江兒水異．作散板則通稱淸江引。　雁兒落帶過淸江引　春閨怨 一入商調　搗練子 一名胡搗練．舊譜混列南呂生查子句法，遂與詩餘不同。　側磚兒帶過竹枝歌　沽美酒帶過太平令　水仙子帶過太平令　快活年 黃鍾快活年係入套曲．勿混用。　沽美酒帶過快活年　梅花酒帶過七弟兄　胡十八　阿納忽 即阿忽令．一作阿那忽。　△河西水仙子　△華嚴讚　碧玉簫　雁兒落帶過淸江引碧玉簫　△祆神急 與仙呂不同　△驟雨打新荷　△得勝樂 一作德聖樂亦入仙呂。　一錠銀　一錠銀帶過大德樂　楚天遙帶過淸江引　△靑玉案　△魚遊春水　△秋江送 亦入商調　△枳郎兒　△河西六娘子　△新時令　△山丹花　△十棒鼓　△殿前喜　△播海令　牡丹春　對玉環帶過淸江引　△皀旗兒 即商調酒旗兒作小令。入雙調。

越調

小桃紅 一名採蓮曲．又名武陵春．絳桃春．平湖樂。　天淨沙 一名塞上秋　寨兒令 一名柳營曲．與黃鍾不同．作小令入本調。　黃薔薇　黃薔薇帶過慶元貞　△凭欄人 本列道宮．今併入本調。　南鄉子 與詩餘相同。作小令可點板．　梅花引

商調

金菊香　梧葉兒 一名知秋令．又名碧梧秋．亦入仙呂。　△百字知秋令　醋葫蘆　望遠行　鳳鸞吟　玉抱肚 亦入商調　△秦樓月 一名憶秦娥．與詩餘同。

以上諸曲牌冠有「△」符者係單用小令其餘均係摘調小令所謂單用小令者以作小令爲主或不可入套曲或卽入曲套亦屬獨立性質至於摘調小令原係聯套曲牌或以聲律優美或以詞章清麗而爲曲家采擷從套曲內摘出單唱傳詠既久亦視同小令無異特以入套爲主耳茲特酌選小令名作疏其律例備著次節以當隅反

乙、舉隅

黃鍾賀聖朝　無名氏

春夏間遍郊原桃杏繁用盡丹青圖畫難道僮將驢鞴上鞍忍不住（祇）恁般頑（將一個）酒葫蘆楊柳上拴

（釋）本調句法爲三六七七六六共六句凡六韻

紅錦袍　無名氏

（那老子）彭澤縣懶坐衙倦將文卷押（數）十日不上馬柴門掩上咱籬下看黃花（愛的是）綠水青山（見一個）白衣人來報（來報）五柳莊幽靜煞

（釋）本調句法爲六五五五五四五六共八句凡六韻此調一名紅衲襖

人月圓　　張可久

西風吹得閒雲去。飛出爛銀盤。桐陰淡淡。荷香冉冉。桂影圓圓。（么篇換頭）鴻都人遠。霓裳露冷。鶴羽天寬。文生何處。瑤台夜永。誰駕青鸞。

又　春晚次韻　　前人

萋萋芳艸春雲亂。愁在夕陽中。短亭別酒。平湖畫舫。垂柳驕驄。（么篇換頭）一聲啼鳥。一番夜雨。一陣東風。桃花吹盡。佳人何在。門掩殘紅。

（釋）本調句法爲七五四四四共五句二韻。換頭將首句變作四字二句。次句五字變作四字。餘同。

者刺古　　楊景輝

揀山林好處居。蓋草舍茅廬。引巖泉圃渠。澆野菜山蔬。家生涯自足。遠是非榮辱。鑿石栽松。鋤雲種竹。無所拘。樂自如。

（釋）本調句法爲六五五五五五四四三三共十句。凡九韻。

正宮叨叨令　道情二首　　鄧玉賓

一個空皮囊包裹着千重氣。一箇乾骷髏頂戴著十分罪。爲兒女使盡了拖刀計。爲家私費盡了擔山力。您省的也麼哥。您省的也麼哥。這一箇長生道理何人會。

白雲深處青山下。茅庵草舍無冬夏。閒來幾句漁樵話。困來一枕葫蘆架。你省的也麼哥。你省的也麼哥。煞强如 風波千丈擔驚怕。

（釋）本調句法爲七七七七五五七。共七句。共五韵。也麼哥三字爲定格。叶韵處須用去上。

塞鴻秋　貫雲石

戰西風幾點賓鴻至。感起我南朝千古傷心事。展花箋欲寫幾句知心事。空敎我停霜毛半晌無才思。往常得興時。一掃無瑕疵。今日箇病懨懨剛寫下兩個相思字。

又　凌歊臺懷古　馬九皐

凌歊臺畔黃山鋪。是三千歌舞無家處。望夫山下烏江渡。敎八千子弟思鄉去。江東日暮雲。渭北春天樹。青山太白墳如故。

（釋）本調句法爲七七七七五五七。共七句。與叨叨令同。僅不用也麼哥三字。此處板式因之點實。遂與叨叨令異格。

黑漆弩　白賁

儂家鸚鵡洲邊住。是箇不識字漁父。浪花中一葉扁舟。睡煞江南煙雨。（么篇）覺來時滿眼青山。抖擻綠簑歸去。算從前錯怨天公。甚也有安排我處。

又　三首　馮子振

白無咎有鸚鵡曲云。儂家鸚鵡洲邊住。是個不識字漁父。浪花中一葉扁舟。睡煞江南烟雨。覺來時滿眼青山。抖擻綠簑歸去。算從前錯怨天公。甚也有安排我處。余壬寅歲留上京。有北京伶婦御園秀之屬相從風雪中恨此曲無續之者且謂前後多親炙士大夫扣於韻度如一箇「父」字便難下語。又其也有安排我處。「甚」字必須去聲字。「我」字必須上聲字。音律始諧。不然。必不可歌。此一節又難下語諸公舉酒索余和之以汴吳上都天京風景試續之

嵯峨峯頂移家住。是個不唧溜漁父。爛柯時樹老無花。葉葉枝枝風雨。（么篇）故人曾喚我歸來。却道不如休去。指門前萬疊雲山。是不費青蚨買處。 山亭逸興

江湖難比山林住。種果父勝刺船父。看春花又看秋花。不管顛狂風雨。（么篇）盡人間白浪滔天。我自醉歌眠去。到中流手脚忙時。祇靠著柴扉深處。 感事

春歸不戀風光住。向老拙問訊槎父。歎荏苒李白飄零。寂寞長安花雨。（么篇）指滄溟鐵網珊瑚。袖捲釣竿西去。錦袍空醉墨淋漓。是萬古聲名響處。 野客

（釋）本調句法為七六七六共四句。凡三韻。么篇同。惟第二句起叶。僅二韻耳。此曲第二句句法。六字七字均可不拘。

大石百字令　　滕斌

柳蘗花困。把人間恩怨。樽前傾盡。何處飛來雙比翼。直是同聲相應。寒玉嘶風。香雲捲雪。一串驪珠引。阮郎去後。有誰着意題品。（么篇換頭）誰料濁羽清商。繁絃急管。猶自餘風韵。莫是紫鸞

天上曲。兩兩玉童相並。白髮梨園。青衫老傅。試與留連聽。可人何處。滿庭霜月淸冷。

（釋）本調句法爲四五。四七六。四四五。四六。共十句。凡五韻。換頭爲六四。五。七六。四四五。四六。共十句。凡四韻。作小令必帶換頭。板式方足。入套例省換頭。改題作念奴嬌。

小石青杏兒　趙秉文

風雨替花愁。風雨過花也應休。勸君莫惜花前醉。今朝花謝。明朝花謝。白了人頭。（么篇）乘興兩三甌。揀溪山好處追遊。但教有酒身無事。有花也好。無花也好。選甚春秋。

（釋）本調句法爲五。六。七。四。四。四。共六句。凡三韻。么篇同此。調在大石名青杏子。板式逈異。專入套用。

天上謠　朱權

日月走東西。烏兔搬昏晝。把光陰攛斷的疾。轉回頭物換星移。歎人生何苦驅馳。算來名利。窮通得失。有甚稀奇。祇不如拂却是非。心收拾圓中計。

（釋）本調句法爲五。五。五。七。七。四。四。四。五。五。共十句。凡九韻。次句應仄聲。

仙呂寄生草　張可久

彤雲佈。瑞雪鋪。朔風凜冽江天暮。浩然尋得梅花樹。退之迷却藍關路。子猷訪戴凍回來。相逢不飲空歸去。

又　勸飲　白樸

長醉後方何礙。不醒時有甚思。糟醃兩個功名字。渰渰千古興亡事。麴埋萬丈虹霓志。不達時皆笑屈原非。但知音盡說陶潛是。

（釋）本調句法爲三三七七七七七共七句。凡五韻。亦有首二句以襯作正成五字對句者。板式仍屬三字句法住聲處。仄韻以去爲先用上乃第二着。

太常引　　劉燕歌

故人別我出陽關。無計鎖雕鞍。今古別離難。蹙損了蛾眉遠山。（么篇換頭）一樽別酒。一聲杜宇。寂寞又春殘。明月小樓間。第一夜相思淚彈。

（釋）本調句法爲七五五七共四句。凡四韻。換頭將首七字破成四字二句。爲四四五五七。共五句。凡三韻。作小令必帶換頭。

中呂普天樂　　張可久

爲誰忙。莫非命。西風驛馬。落月疏燈。青天蜀道難。落葉吳江冷。兩字功名頻看鏡。不饒人白髮星星。釣魚子陵。思蓴季鷹。笑我飄零。

又

老梅邊。孤山下。晴橋螮蝀。小舫琵琶。春殘杜宇聲。香冷荼蘼架。淡抹濃妝山如畫。酒旗邊三兩人家。斜陽落霞。嬌雲嫩水。剩柳殘花。

（釋）本調正格句法爲三三四四三三七七四四四。共十一句。凡七韵。尚有別格。可參玩舊譜。此調在中呂宮曰普天樂。在正宮曰黃梅雨。句同而板式異。勿混爲一談。

喜春來　周德清

月兒初上鵝黃柳。燕子先歸翡翠樓。梅魂休熳鳳香籌。人去後。鴛被冷堆愁。

（釋）本調句法爲七七七三五。共五句。凡五韵。末句須仄仄仄平平。

朝天子　西湖　張可久

瘿盃。玉醅。夢冷蘆花被。風清月白總相宜。樂在其中矣。壽過顏回。飽似伯夷。閒如越范蠡。問誰。是非。且向西湖醉。

又　山中雜書　前人

醉餘。草書。李愿盤谷序。青山一片范寬圖。怪我來何暮。鶴骨清癯。蝸殼蘧廬。得安閒心自足。蹇驢。酒壺。風雪梅花路。

又　劉致

瘿瓢。帶糟。將甕裏浮蛆舀。氤氳雙頰絳雲潮。春色添多少。稚子牽衣。山妻迎笑。急投牀脚健倒。醉了。睡好。鄉大人間小。

（釋）本調句法爲二二五七五四四五二二五。共十一句。凡十韵。末句須作仄仄平平去。

快活三帶過朝天子四邊靜　馬謙齋

（快活三）恰 簾前社燕忙。正 枝頭楚梅黃。當空旻日熾炎光。楊柳 陰 迷深巷。（朝天子）北堂。草堂。人在羲皇上。亭臺瀟灑近池塘。睡足思新釀。竹影橫斜。荷香飄蕩。一襟滿意涼。醉鄉。豔妝。水調誰家唱。（四邊靜）紅塵千丈。豈羨功名紙半張。漁樵閒訪。先生豪放。詩狂。酒狂。志不在凌煙上。

（釋）快活三句法爲五五七五。共四句。凡四韻。四邊靜正格句法爲四七四五。四四五。共六句。凡六韻。四五兩句。或作四字或破作二字二語者。均係旁格。此曲「先生豪放」「詩狂」「酒狂」即係就第四句減作四字。就第五句破作二字兩語也。朝天子參見前註。

醉高歌帶過攤破喜春來　旅中　顧君澤

（醉高歌）長江遠映青山回首難窮望眼。扁舟來往蒹葭岸。煙鎖雲林又晚。（攤破喜春來）籬邊黃菊經霜綻。囊裏青蚨逐日慳。破情思晚砧鳴。斷愁腸簷馬韻。驚客夢曉鐘寒。歸去難。脩一簡。回 兩字報平安。

（釋）醉高歌句法爲六六七六。共四句。凡四韻。攤破喜春來句法爲七七三三。六六三三五。共九句。凡七韻。兩調作法可參看拙著南北曲小令譜。

醉高歌帶過紅繡鞋　西湖賞春　前人

（醉高歌）漾金波碧甃粼粼。蕩金縷垂楊隱隱。步金蓮仙子相隨趁。縱金勒王孫笑引。（紅繡鞋）按金雁銀箏風韵。捧金鍾翠袖殷勤。聽金鶯彩燕競爭春。擲金錢頻喚酒。焚金鼎細生雲。戲金船蘭棹穩。

（釋）醉高歌句法已見前釋。紅繡鞋句法爲六六七三三五。共六句凡六韵。末句須作仄平平去上。

十二月帶過堯民歌 張養浩

（十二月）從跳出功名火坑。來到這花月蓬瀛。守著這良田數頃。看一會雨種山耕。到大來心頭不驚。每日家直睡到天明。（堯民歌）斜川鷄犬樂昇平。繞屋桑麻翠煙生。杖藜無處不堪行。滿目雲山畫難成。泉聲響時仔細聽。轉覺柴門近。

（釋）十二月句法爲四四四四四四。共六句凡五韵。堯民歌句法爲七七七七二五五。共七句凡七韵。末句須作仄仄平平去。

賣花聲 悟世 喬吉

肝腸百鍊爐間鐵。富貴三更枕上蝶。功名兩字酒中蛇。尖風薄雪。殘杯冷炙。掩靑燈竹籬茅舍。

（釋）本調句法爲七七七。四四七。共六句。凡六韵。

南呂四塊玉 張可久

曉夢雲。殘妝粉。一點芳心怨王孫。十年不寄平安信。綠水濱。碧草春。紅杏村。

（釋）本調句法爲三三。七七。三三三。共七句。凡六韵。末句須作平去平。

閱金經　張養浩

說着功名事。滿懷都是愁。何似青山歸去休。休。從今身自由。誰能彀。一蓑烟雨秋。

（釋）本調句法爲五五七。一。五三五。共七句。凡六韵。一字句不須用疊。但不可省。尤忌失韵。

乾荷葉　劉秉忠

南高峰。北高峰。慘淡煙霞洞。宋高宗。一場空。吳山依舊酒旗風。兩度江南夢。

（釋）本調句法爲三三五。三三七。五。共七句。凡六韵。首句亦可不叶。

玉交枝　無名氏

休爭閑氣。都秪是南柯夢裏。想功名到底成何濟。總虛華幾人知。百般乖不如一就癡。十分醒爭似三分醉。這的是人生落得。不受用圖箇甚的。

（釋）本調句法爲四四七六七七四七。共八句。凡八韵。末句須作上三下四。

雙調駐馬聽　舞　白樸

鳳髻盤空。嫋娜腰肢溫更柔。輕移蓮步。漢宮飛燕舊風流。謾催鼉鼓品梁州。鷓鴣飛起春羅袖。錦纏頭。劉郎錯認風前柳。

（釋）本調句法爲四七。四七。七七。三七。共八句。凡八韵。首句應起韵。第三句應住聲。此曲未盡合。

沉醉東風　關漢卿

伴夜月銀箏鳳閑，暖東風繡被鴛慳，信沉了魚書絕了雁，盼雕鞍萬水千山，本利對相思若不還，祇告與那能索債愁眉淚眼。

又　漁父詞　白樸

黃蘆岸白蘋渡口，綠楊堤紅蓼灘頭，雖無刎頸交，却有忘機友，點秋江白鷺沙鷗，傲殺人間萬戶侯，不識字烟波釣叟。

又　秋景　盧摯

掛絕壁松梢倒倚，落殘霞孤鶩齊飛，四圍不盡山，一望無窮水，散西風滿天秋意，夜靜雲帆月影低，載我在瀟湘畫裏。

又　汪元亨

羅陳稻新舂細米，採生蔬熟做酸虀，鳳棲殺鳳莫飛，龍卧死虎休起，不爲官那場伶俐，槿樹花攢繡短籬，倒勝似門排畫戟。

（釋）本調句法爲七七三三七七七，共七句，凡六韻，起處本係六六句法，而相沿多以七字兩句起式，其實板式固未變六爲七也，尚有別格，可參玩舊譜。

慶宣和　歎世二首　馬致遠

拔山力。舉鼎威。喑嗚叱咤千人廢。陰陵道北。烏江岸西。休了 衣錦東歸。不如 醉還醒醒而醉。

明月 閑旌旆。秋風 助鼓鼙。帳前滴盡英雄淚。楚歌四起。烏騅漫嘶。虞美人兮。不如 醉還醒醒而醉。

（釋）本調有正別兩格。正格入套用。作小令。可依此曲句法。計為三三七四四四。三三。共八句。凡六韻。

慶東原　白樸

忘憂艸。含笑花。勸君聞早冠宜掛。那裏也能言陸賈。那裏也良謀子牙。那裏也豪氣張華。千古 是非心。一夕漁樵話。

又　西皐亭適興　馬九皐

興為 催租敗。歡因 送酒來。酒醒。時 詩興依然在。黃花又開。朱顏未衰。正好忘懷。管甚 有監州。不可無螃蟹。

（釋）本調句法為三三七。四四四。三三。共八句。凡八韻。首句及第七句不叶者。非正格。五六兩句可偶。

撥不斷　馬致遠

立峯巒。脫簪冠。夕陽倒影松陰亂。太液澄虛月影寬。海風汗漫雲霞斷。睡眠時 小童休喚。

嘆漢儒。慢讀書。讀書須索題橋柱。題柱雖乘駟馬車。乘車誰買長門賦。且看了 長安回去。

菊花開。正歸來。伴 虎溪 僧 鶴林 友 龍山客。似杜 工部 陶 淵明李太白。有 洞庭 柑 東陽 酒 西湖蟹。哎楚 三閭休怪。

酒盃深。故人心。相逢且莫推辭飲。君若歌時我慢斟。屈原清死由他恁。醉和醒爭甚。

布衣中。問英雄。王圖霸業成何用。禾黍高低六代宮。楸梧遠近千官塚。一場惡夢。

又　張可久

抖征衫。望江南。曉奩開月裛容鑑。恨墨黏雲遠信緘。凍呵膠雪扁舟纜。利名全淡。

（釋）本調句法為三三七七七四。共六句。凡六韻。末句須作仄平平去。

得勝令　景元啓

雨溜和風鈴。客中最難聽。枕冷鴛衾剩。心焦睡不成。離情。閃得人孤另。山城。願今宵祗四更。

（釋）本調句法為五五五五二五二五。共八句。凡七韻。首句為仄仄仄平平。

雁兒落帶過得勝令　鄧玉賓

（雁兒落）乾坤一轉丸。日月雙飛箭。浮生夢一場。世事雲千變。（得勝令）萬里玉門關。七里釣魚灘。曉日長安近。秋風蜀道難。休干。誤殺英雄漢。看看。星星兩鬢斑。

（釋）雁兒落句法為五五五五。共四句。凡三韻。以通體相偶者為正格。通常僅用合璧對起式。下隻得勝令句律。參見前註。兩調原屬緊聯。故帶過以作小令。

水仙子　和盧疏齋西湖　馬致遠

春風驕馬五陵兒。暖日西湖三月時。管絃觸水鶯花市。不知音不到此。宜歌宜酒宜詩。山過雨顰眉黛。柳拖烟堆鬢絲。可戲殺睡足的西施。

又　游越福王廟　喬吉

笙歌夢斷蒺藜沙。羅綺香餘野菜花。亂雲老樹夕陽下。燕休尋王謝家。恨興亡怒煞鳴蛙。鋪金池埋荒甃。流杯亭堆破瓦。何處也繁華。

又　展轉秋思京門賦　前人

瑣窗風雨古今情。夢遶雲山十二層。香銷燭暗人初定。酒醒時愁未醒。三般兒挨不到天明。颼地羅幃靜。森地鴛被冷。忽地心疼。

又　尋梅　前人

冬前冬後幾村莊。溪北溪南兩履霜。樹頭樹底孤山上。冷風來何處香。忽相逢縞袂綃裳。酒醒寒驚夢。笛悽春斷腸。淡月昏黃。

又　暮春即事　前人

風吹絲雨噀窗紗。苔和酥泥葬落花。捲雲鉤月簾初掛。玉釵香徑滑。燕藏春銜向誰家。鶯老羞尋伴。蜂寒懶報衙。啼殺飢鴉。

又　樂閒　張可久

鐵衣披雪紫金關。綵筆題花白玉闌。漁舟棹月黃蘆岸。幾般兒君試揀。立功名只不如閑。李翰林身何在。許將軍血未乾。播高風千古嚴灘。

（釋）本調正格句法爲七七七。六六。三三四。共八句凡七韻。此曲別格甚多。大抵在七七七三句後變化句法。可參玩舊譜。

大德歌 關漢卿

風飄飄。雨蕭蕭。便做陳摶睡不着。懊惱傷懷抱。撲簌簌淚點拋。秋蟬兒噪罷寒蛩兒叫。淅零零細雨打芭蕉。

（釋）本調句法爲三三五。二三五。七五。共八句。凡八韻。起處須作仄平平二字句又須住聲。

殿前歡 二首 貫雲石

暢幽哉。春風無處不樓臺。一時懷抱俱無奈。總對天開。就淵明歸去來。怕鶴怨山禽怪。問甚功名在。酸齋是我。我是酸齋。

怕西風。晚來吹上廣寒宮。玉臺不放香奩夢。正要情濃。此時心造物同。聽甚霓裳弄。酒後黃鶴送。山翁醉我。我醉山翁。

又 次酸齋韻二首 張可久

釣魚臺。十年不上野鷗猜。白雲來往青山在。對酒開懷。欠伊周濟世才。犯劉阮貪杯戒。還李杜吟詩債。酸齋笑我。我笑酸齋。

喚歸來西湖山上野猿哀。二十年多少風流怪。花落花開。望雲霄拜將臺。袖星斗安邦策。破煙月迷魂寨。酸齋笑我。我笑酸齋。

（釋）本調正格句法爲三七七四。五五五。四四。凡八韻。

折桂令　歎世　馬致遠

咸陽百二山河。兩字功名。幾陣干戈。項廢東吳。劉興西蜀。夢說南柯。韓信功兀的般證果。蒯通言那裏是風魔。成也蕭何。敗也蕭何。醉了由他。

又　次韻秋懷　張可久

問山人索價何高。歲晚江空。興動書巢。古桂寒香。殘蘆老絮。病葉紅綃。愁倦客嗚嗚洞簫。對西風戀戀綈袍。往事徒勞。兩鬢秋霜。萬里雲濤。

（釋）本調正格句法爲六四四。四四。六六。四四四。共九句。凡七韻。「劉興西蜀」係襯句。此曲別格甚多。或十句或十一句或十三四句者。皆大同小異。可參看拙著南北曲小令譜。

清江引　春晚　前人

黃昏閉門誰笑語。燕子飛不去。珠簾濺雨花。翠塢埋煙樹。酒醒五更聞杜宇。

又　春思

黃鶯亂啼門外柳。雨細淸明後。能消幾日春。又是相思瘦。梨花小窗人病酒。

又　春晚

平安信剛來半紙。幾對鴛鴦字。花開望遠行。玉減傷春事。東風草堂飛燕子。

（釋）本調句法爲七五。五五。七。共七句。凡四韻。

碧玉簫　關漢卿

秋景堪題。紅葉滿山溪。松徑偏宜。黃菊繞東籬。正清樽斟潑醅。有白衣勸酒杯。官品極。到底成何濟。歸學取淵明醉。

又　前人

盼斷歸期。劃損短金篦。一搦腰圍。寬褪素羅衣。知他是甚病疾。好教人沒理會。揀口兒食。陡恁的無滋味。醫。越恁的難調理。

（釋）本調句法爲四五。四五。三五。三三。一。五共十句。凡十韻。一字句係定格。不可省。

越調小桃紅　張可久

滿庭落葉響哀蟬。秋入生綃扇。池上芙蓉錦成片。雨餘天。倚欄祗欠如花面。詩題翠箋。香銷金串。羅帳又孤眠。

又　春閨怨　喬吉

玉樓風颭杏花衫。嬌怯春寒賺。酒病十朝九朝嵌。瘦巖巖。愁濃難補眉兒淡。香消翠減。雨昏烟暗。

芳草遍江南。

又　紹興于侯索賦　前人

晝長無事簿書閑。未午衙先散。一郡居民二十萬。報平安。秋糧夏稅咄嗟兒辦。執花紋象簡。凭琴堂書案日看青山。

（釋）本調句法為七五七三七四四五。共八句。凡七韻。末句應仄仄仄平平。

天淨沙　馬致遠

枯籐老樹昏鴉。小橋流水人家。古道西風瘦馬。夕陽西下。斷腸人在天涯。

（釋）本調句法為六六六四六。共五句。凡五韻。末句應平平仄仄平平。

商調梧葉兒　釣臺　徐再思

龍虎昭陽殿。冰霜函谷關。風月富春山。不受千鍾祿。重歸七里灘。贏得一身閑。高似他雲臺將壇。

（釋）本調句法為三三五三三三七。共七句。凡五韻。

秦樓月　張可久

尋芳屨。出門便是西湖路。西湖路。傍花行到舊題詩處。（么篇換頭）瑞芝峰下楊柳塢。看松未了催歸去。催歸去。吳山雲暗商量又雨。

（釋）本調句法為三七三四四。共五句。凡三韻。換頭首句改作七字一句。餘同正曲西湖路催歸去應叠。

南詞小令第二

甲　釋例

一、南曲之興。實在元之中葉。而其結體殆近於詞。徐文長南詞叙錄。所引宋元舊篇曲目達六十餘種。皆屬南曲。是南曲濫觴。已在元初。至如貫酸齋西湖遊賞散套。沈和甫瀟湘八景。歡喜寃家諸曲。皆用南北合套。而南宮詞紀中。亦選有元人所撰浪淘沙小令。是南曲流行。又當在元之中葉。而不在北曲佚亡之後也。南曲曲牌本之詞牌者甚多。其句法亦多與詩餘相同。至宮調尺度。復折衷於宋詞北曲之間。故南曲實襲樂府緒餘。而調和南北之音者。其後海鹽、餘姚、弋陽、水磨諸腔。相繼流行。水磨調爲流廙崑山之豫章人魏良輔所創。腔雖晚出。而傳習至盛。其實係唱南曲而稍弄新腔。（明中葉弋陽腔唱北曲。崑腔唱南曲。故有南崑北弋之說。元曲度曲舊法。即已變質。明末弋陽既衰。於是南北詞口法。並以崑腔出之）今無論南北曲。俗統名曰崑曲。直以崑曲爲南北詞本曲。誠屬數典忘祖。不可不辨。惟今日南北曲口法盡亡之後。僅崑腔猶襲曲之宮調。曲文猶是南北詞原本。而宋詞遺音。崑腔中復可追尋一二。故崑腔尚不失爲探溯南北曲之津梁耳。

一、南曲宮調。大致與北詞宮調名稱相同。惟商角、高平、揭指、宮調、四種。均無南曲。般涉、道宮、小石、列曲甚少。羽調不甚通用。故南曲雖有仙呂、正宮、中呂、南呂、黃鐘、道宮、越調、商調、雙調、羽調、大石、小石、般涉、仙呂入雙調、十四種。然通用者。不過九種。至仙呂入雙調一調。僅南曲所獨有。係就仙呂與雙調中曲牌。分立門戶。因二調中曲牌。多利於互聯成套。故明沈璟南曲譜中特另立仙呂入雙調一門。按諸大成九宮譜。則將此調歸還仙呂及雙調中。是則仙呂入雙調。僅爲聯套便利而設。並非獨立一調也。至南曲各宮調管色分配。參見前節。不再複列。惟南曲宮調管色變化甚多。若仙呂亦有用凡用六者。其他宮調亦多變通。固未可執一以求也。

一。南曲曲牌。據明沈璟南九宮譜所載。除集曲不計外。共登錄牌調凡五百四十三章。究其淵源。出於唐宋大曲者占二十四。出於唐宋詩餘者占一百九十。出於諸宮調者占十三。出於古詞曲者占十六。出於南宋賺詞者十。同於北曲牌名者占十三。要而言之。此五百四十三章南曲出於古之詞曲者。達二百六十餘章。幾當全數之半。而北曲牌調出於古曲者。僅能舉其三分之一而已。故知南曲實爲國音。不同於北曲之雜胡樂也。玆將淵源可考之曲牌。略舉於後。

仙呂　劍器令　八聲甘州

正宮　梁州令　齊天樂

大石　催拍　長壽仙

南呂　大勝樂(引子)　薄媚　大勝樂(過曲)　薄媚衮

黃鍾　降黃龍　薄媚曲破
越調　入破　出破
雙調　新水令　六幺令
　以上各曲牌均出於大曲.
仙呂　卜算子　番卜算　探春令　醉落魄　天下樂(引子)　鵲橋仙　唐多令　似娘兒　鷓鴣天　碧牡丹　望梅花　感庭秋　喜還京(過曲)　桂枝香　河傳序　惜黃花　春從天上來　河傳　聲聲慢　杜韋娘　天下樂(近詞)　喜還京(近詞)
羽調　浪淘沙
正宮　燕歸梁　七娘子　破陣子　瑞鶴仙　喜遷鶯　緱山月　新荷葉　玉芙蓉　錦纏道　小桃紅　三字令　傾杯序　滿江紅急　醉太平　雙鸂鶒　洞仙歌
大石　東風第一枝　少年遊　念奴嬌　燭影搖紅　沙塞子　沙塞子急　念奴嬌序　醜奴兒近　安公子
　人月圓　驀山溪　烏夜啼　醜奴兒　插花三臺
中呂　粉蝶兒　行香子　菊花新　青玉案　尾犯　剔銀燈　金菊對芙蓉　泣顏回

好事近　駐馬聽　古輪臺　漁家傲　尾犯序　丹鳳吟　舞霓裳　山花子
千秋歲　醉春風　賀聖朝　沁園春　柳梢青　迎仙客

般步　哨遍

南呂　戀芳春　女冠子　臨江仙　一剪梅　虞美人　意難忘　薄倖　生查子　于
飛樂　步蟾宮　滿江紅　上林春　滿園春　賀新郎（過曲）　賀新郎袞　女
冠子　解連環　引駕行　竹馬兒　繡帶兒　鎖窗寒　阮郎歸　浣溪沙　五
更轉　滿園春　八寶妝　賀新郎（慢詞）　木蘭花　烏夜啼

黃鍾　絳都春　踈影　瑞雲濃　女冠子　點絳唇　傳言玉女（引子）　西地錦　玉
漏遲　絳都春序　畫眉序　滴滴金　雙聲子　歸朝歡　春閨怨　玉漏遲序
傳言玉女（過曲）　侍香金童　天仙子

越調　浪淘沙　霜天曉角　金蕉葉　杏花天　祝英臺近　小桃紅　雁過南樓　亭
前柳　繡停針　祝英臺　憶多嬌　江神子

商調　鳳凰閣　高陽臺　憶秦娥　逍遙遊　繞池游　三臺令　二郎神慢　十二時
滿園春　高陽臺（過曲）　繫梧桐　二郎神　集賢賓（過曲）　鶯啼序　黃鶯
兒　集賢賓（慢詞）　永遇樂　熙州三臺　解連環（慢詞）

小石　驟雨打新荷
雙調　眞珠簾　花心動　謁金門　惜奴嬌　賣鼎現　搗練子　風入松　海棠春
夜行船　賀聖朝　秋蘂香　梅花引　晝錦堂　紅林擒　醉公子　泛蘭舟
柳搖金　月上海棠　柳梢青　夜行船序　惜奴嬌　品令　豆葉黃　字字雙
玉交枝　玉抱肚　川撥棹　帝臺春
以上各曲牌，均出於唐宋詞餘。
仙呂　勝葫蘆　美中美
中呂　石榴花　古輪臺（過曲）　鶻打兎　痲婆子　茶蘼香傍拍
南呂　一枝花（引子）
黃鍾　出隊子　神仗兒　啄木兒　刮地風
越調　山痲稭
以上諸曲牌，均出於金之諸宮調。
仙呂　紫蘇丸
中呂　好女兒　縷縷金　越恁好
南呂　大迓鼓

黃鐘　太平歌
越調　蠻牌令
雙調　四國朝　破金歌　山東劉兗
仙呂　賺　薄媚賺
正宮　賺　黃鍾賺
大石　本宮賺　梁州賺　賺（近詞）
越調　本宮賺
以上諸曲牌，均出於南宋唱賺。
仙呂　青哥兒
正宮　四邊靜
中呂　紅繡鞋　紅芍藥
南呂　紅衫兒
黃鐘　水仙子
越調　禿廝兒　梅花酒　棉搭絮
商調　梧葉兒　五供養

雙調　沈醉東風　雁兒落　步步嬌

以上諸曲牌均翻自北調。

一、南曲曲牌究其性質，可歸爲正曲與輔曲兩類。輔曲者，引子尾聲與慢詞是也。其所謂過曲者方爲正曲。輔曲性質之牌調，祇能入套，不能單獨作小令用；至屬於正曲性質之牌調，亦非全部能作小令，或單用，或聯用，固當愼而辨之。凡南曲用韵規矩，平上去可以通押，惟入聲字，祇能代平，不可通押。故中州音韵一書，增南音二千餘字，平上去三聲通用，入聲則專立一類，曲之以入聲字起韵者，則通體皆叶入聲。所謂通體專押，不與其他三音混用也。

一、南北曲皆有犯調之法。在北曰借宮，在南曰犯調。南曲犯調有二，一爲如北曲之「借宮」，一爲南曲獨具之犯曲。借宮之義，已詳前節。犯曲之義，則係集取若干曲牌中句調，別成一曲，以實在樂律言之，是謂犯聲。南犯方法不一，或以一隻正曲牌調爲本，去其腹句，別取他調句律，以實之，首尾仍還本格者，是爲帶格之犯。犯一曲者，則就本調下書一犯字，如永團圓犯是也。犯二曲者，則就本調上書明二犯，如二犯傍妝臺（首尾係傍妝臺本格，中間插入八聲甘州皂羅袍二曲句調）是也。犯幾曲，則書明幾犯。皆曲有新聲，而主格猶存。又有以各曲句調協聲爲主，割裂其本格而百衲成衣，有如詩中之集句者，是謂集曲。此前後二者，實均同屬犯聲。僅一以本曲爲據，以犯他聲；一以調停衆聲，集納成曲，無復本格可尋耳。集曲之律有四：（一）所集取諸曲詞句。宮調必須彼此相合。或犯本宮。或犯笛色相同之他宮調。（二）集曲句法之佈置。必須與所截取諸曲詞句之原來順序相符合。集曲之首數句。亦必用正曲之首數句。集曲之末數句。亦必用正曲之末數句。集曲中間之句。亦必用正曲中間之句。不得前後倒置。紊亂次序。（三）集曲既截取諸曲詞句以成一曲。故往往長短不一。然截取詞句必係慢曲。急曲例不採列。一曲集成後。其首數句屬於某宮調之曲牌。則此集曲。卽屬於某宮調。例如集曲學士解酲。起處係用南呂三學士。則此集曲卽屬南呂是也。（四）集曲體製。祇許在正調中選集句調。決不得採用集曲牌調相連綴。例如合三學士解三酲兩曲調。得集成爲學士解酲一曲。但決不可合三學士與學士解酲以成另一集曲。蓋前者均係正曲。而後者一正一集。不能相犯。所謂以正集正。不得以集犯正是也。凡集曲。大多爲套數運用而設。但亦得作小令用。（參見次節及下章散套例釋）

一。南詞過曲以入套聯用者居多。其單獨作小令用者。不過十之二三。至於集曲。固非本調。文人巧思任意翻製。在套內原係獨立性質。故所有南詞集曲本可一律用作小令。惟因一部份集曲。或配套使用。致所集之曲。遂少結音。不宜作小令之獨唱。如雁兒芙蓉之類。又或疊集數曲以成套式。如沈伯明之疊集字字啼春色。林鶯泣榴紅。一作囀調泣榴紅。梧桐秋水桂枝香。一作雙梧秋夜雨。雪簇望鄉台四曲。聯成一套之類。四隻音色板式彼此實相聯貫。致未便割裂單用。更有板式過長。不合小令標格。亦不宜率意採用。（此類例外最多。如十二紅。九疑山之類。已習用作小令。尤宜參考前賢成作以定取捨）綜此而論是集曲之作小令當應審裁決非隨意拈調也玆將南詞中可用作小令之曲牌彙錄於次以供參考。

黃鐘宮

本曲　畫眉序　△大三春柳（共十六句．原係三春柳之又一體．作小令用此格。）

正　宮

本曲　錦纏道　△玉芙蓉　大普天樂（舊列中呂．今從簡譜列本宮。）　醉太平

集曲　錦亭樂　普天帶芙蓉　刷子帶芙蓉　刷子三太師　五色絲　盃底慶長生

仙呂宮

本曲　皂羅袍　傍妝臺（一名臨鏡序）　桂枝香　△一封書（舊或列作集曲．非．仍是正曲。）　△解三酲
掉角兒序　△西河柳　△春從春上來　長拍

集曲　二犯月兒高　月雲高　醉歸花月渡　醉羅歌　二犯傍妝台　甘州歌　解酲樂　封書寄姐姐　二犯桂枝香

中呂宮

本曲　尾犯序　泣顏回　△駐馬聽　△駐雲飛　小團圓　南紅繡鞋帶過北

繡鞋

集曲　榴花泣　霓裳戲舞千秋歲（一作舞霓戲千秋。）

南呂宮

本曲　△一江風　△懶畫眉　征胡兵

集曲　梁州新郎　六奏清音（六奏一作六犯）　羅江嬌（舊作羅江怨。）　楚江情帶過北金字經

（此以集曲犯北調仍是犯曲。）　七犯玲瓏　畫眉扶皂羅　懶鶯兒　春帶引

大石調

本曲　催拍　△沙塞子（一名玉河滾。）

小石調

本曲　荷葉鋪水面（一名驟雨打新荷，與北調元遺山詩餘不同。）　象牙床　罵玉郎帶過北上小樓（戲題作四犯福馬郎，吳氏簡譜易題作罵玉郎。）

雙調

本曲　△鎖南枝　柳搖金　四塊金　攤破金字令（舊或列入集曲，未是。）　夜雨打梧桐

朝天歌（題嬌鶯見）　銷金帳　錦法經　江兒水（一名岷江綠）　△風入松

（與引子不同，與急三槍聯用者亦不同。舊譜或作風入松犯，非。）　步步嬌　玉嬌枝　玉抱肚　△清江引（借北作南去乙凡。）

朝元令（不帶換頭）　△兩頭蠻　對玉環

集曲　孝南枝　江頭金桂　×二犯江兒水　錦堂月　風雲會四朝元（或列作過曲．非。）　風入三松　園林帶僥僥

商調

本曲　高陽台序（一名慶青春。舊譜無序字．非。）　×山坡羊　水紅花（與小石異。作小令用贈板。）　梧桐樹　集賢賓　黃鶯兒（作小令用贈板。）　金梧桐　喜梧桐　字字錦　琥珀貓兒墜

集曲　金絡索　七條絃（舊名七賢過關．計三格．或列南呂．或列雜調按沈譜本調第三格．係以金梧桐犯他曲．自應列在商調作小令用此第三格式。並據吳氏簡譜改題今名．藉資識別。）　黃鶯學畫眉　黃羅歌　金鶯轉　金鶯插宮花　御林叫啄木

羽調

本曲　勝如花（舊或列作集曲．非。）　△馬鞍子　排歌（舊作羽調排歌．列仙呂．茲據簡譜改正。）　月中花

越調

本曲　棉搭絮　浪陶沙　憶多嬌

集曲　桃花山　憶鶯兒

△以上過曲未冠列△符者均係摘調至集曲原非本曲匠心獨運隨時可犯聲翻製故滋

孕日繁。不勝登錄。且舊譜具在。自可依據板式自行選用。爰僅就小令所習用者。擇舉一二。聊當隅反。餘概從略。

乙、舉隅

仙呂桂枝香　　馮惟敏

危樓倚遍。天涯人遠。望不斷嶺樹重遮。空自把湘簾高捲。又韶光一年。又韶光一年。鶯花爛漫。滿懷心事。告人難。身外春如海。眉尖恨似山。

（釋）此調句法爲四四六六四四四四三五五。共十一句。凡六韵。五六叠句可叶可不叶。並宜作平平仄平。

一封書 閒適二首　　金鑾

靑溪畔小堂。四壁雖空書滿牀。碧岩下小窓。半世雖貧酒滿缸。好山有意常當戶。明月多情來遠墻。伴詩狂。與酒狂。睡向西風枕簟香。

靑溪伴小園。任荒蕪種幾年。黃庭畔小箋。任生疎寫半篇。分來紅藥春前好。摘去靑葵雨後鮮。又不顛。又不仙。拾得榆錢當酒錢。

（釋）此調句法爲五六。五六。七七。三三。七。共九句。凡八韵。第五句可韵可不韵。

正宮玉芙蓉 山居雜詠　馮惟敏

千山鳥道無。萬徑人蹤阻。滿乾坤惟有。依舊平湖。神仙迷却三山路。煙月分開八景圖。團標內。茶爐酒爐。俺祇道 海波中 現出小蓬壺。

（釋）此調句法爲五五五四。七七。三四。七。共九句。凡七韵。第七句可韵可不韵。

傍妝臺　李開先

醉醺醺。甕中乾了玉壺春。勸君 莫做千年調。苦了百年身。唾津 咽却心頭火。淚點 休湮枕上痕。拳頭硬。肐膊村。得饒人處且饒人。

雨絲絲。衝馬躍馬欲何之。閒遊 正喜風吹袂。況有雨催詩。休圖 雲裏栽紅杏。好向 山中覓紫芝。磨不磷。涅不淄。得隨時處且隨時。

曲參參。一輪殘月照邊關。恨來 口吸盡 黃河水。拳打碎 賀蘭山。鐵衣 披雪渾身濕。寶劍 飛霜撲面寒。驅兵去。破虜還。得偷閒處且偷閒。

（釋）此調句法爲三七。五五。五五。三三七。共九句。凡六韵。

中呂駐馬聽　楊　愼

嗚櫓沙頭．月落潮平送去舟．風生古渡．烟鎖平林．霧隱中流．別離早過雁鴻秋．思歸正是鱸魚候．且共忘憂．消除賴有尊中酒．

（釋）此調句法爲四七．四四四．七七．四七．共九句．凡七韻．其有增句者．非正格．

駐雲飛　施紹莘

風捲楊花．點點飛來蘸綠紗．衣帶鬆來怕．得似前春麼．嗏．淚眼問東風．沒些回話．教着鸚鸚．也把東君罵．一半嗔他一半要．

（釋）此調句法爲四七．五五一襯．五四．四五七．共九句一襯．凡七韻．

南呂懶畫眉　宋尙木

湘簾半捲夜何其．陣陣香風上舞衣．鸞簫吹徹錦帆低．驀見眞無計．似淡月疏星曉霧迷．

（釋）此調句法爲七七七五七．共五句．凡五韻．以仄仄平平仄平平起式爲首格．

雙調銷金帳　梁辰魚

松窗半掩．月落空庭暗．笑孤身在關門店．爭奈夜永不寐．剔殘燈焰．西風透入．透入芳簷破苫．起舞雙劍．驚落疎星千點．誰憐變了．變了蒼蒼鬢髯．

（釋）此調句法爲四五六六四四四四四四四四共十二句凡八韻首句不起韻者非正格

江兒水　前　人

江水明於練秋雲薄似棉奈扁舟飄忽如飛箭看牀頭翠被餘香捲囊中秀髮和愁纏怕睹社前歸燕何日重來還向舊家庭院

（釋）此調句法爲五三七七七六四六共八句凡七韻其首句起韻第二句作五字及第七句不叶者均非正格本曲第七句失韻

玉抱肚　沈　仕

驚回殘夢月當庭簾陰幾重是誰家玉笛聲飄把梅花曲中三弄不勝淸怨滿東風花自芳菲水自東

又　施紹莘

小亭低亞眼前的詩耶畫耶白梅花襯扇窗兒淡垂楊帶個棲鴉天公偏稱野人家寒似前宵略峭些

（釋）此調句法爲四七七七七七共六句凡五韻首句第三字必用平聲

商調山坡羊　旅懷　施紹莘

意惺惺怕分離的相送。虛飄飄要相逢的癡夢。急煎煎算不定的歸期。淚斑斑看不得的衣衫縱。怯曉鐘。更教人惱暮鐘。燈花暗卜却被燈花哄。歡喜誰同。淒涼誰共。朦朦。拾相思思雲樹中。匆匆。在相思記詩句中。

（釋）本調正格句法爲六六七。三五。七七。二五。二五。共十一句。凡十一韻。亦有在第二句下增墊句一句。通首成十二句。並於前四句增襯者。實昉自琵琶。明人率多效法爲之。且將前四句增字。均視同正字矣。紹莘此作。亦不例外。

黃鍾錦堂月　馮惟敏

（晝錦堂首至五）山閣蕭條。花枝瘦損。難同舊時容貌。雨淚盈盈。空有寄來鮫綃。（月上海棠末五句）將萬縷蘭麝微熏。記一點櫻桃紅小。歸期早。看取月下花前。那時歡笑。

此以晝錦堂爲主而犯他調。固是集曲有不知晝錦堂一調。而以此作爲正曲者。誤矣。

仙呂二犯傍妝臺　馮惟敏

（傍妝臺首至四）高會畫堂中。瑞煙裊裊雨濛濛。漸看花露重。莫放酒尊空。（八聲甘州五至合）敲殘棋子消清晝。捲盡湘簾對遠峰。（皂羅袍合至六）竹溪六逸。商山四翁。（傍妝臺末一句）至今千載仰高風。

（釋）此爲犯曲格式之一種。以傍妝臺原格爲主。中間別犯八聲甘州及皂羅袍。故曰二犯。末一句再歸本調。凡書明幾犯者。首尾皆須還主調本格。亦有尾處不歸本調而書幾犯者。實祇能以集曲視之。究違程式也。

中呂月雲高　閨情　王伯穀

（月兒高）別情無限。新愁怎消遣。沒奈（何）分恩愛。忍教（人）輕拆散。一寸柔腸。兩下（裏）相縈絆。去則終須去。見也還須見。（駐雲飛合至末）（祇怕）燈下佳期難上難。枕上相思山外山。

（釋）此亦犯曲格式之一種。擷集諸調句法。集腋成裘。謂之集曲。無論書明幾犯。或集調統稱曰犯。僅南曲所獨有。其句式平仄。各見本調。特運用慧心剪裁成曲耳。

北詞散套第三

甲　釋例

一。北曲曲牌淵源不一。依其蛻變成曲之迹。曲牌本質亦遂判爲兩類。一類爲板眼完整。音節曲折有致。足以暢情永懷之曲。謂之正曲。一類爲有板無眼。或音節疎簡。僅具頭尾之曲。皆屬輔曲。譜曲家就正曲中諸曲調。除一部裁作單用曲外。更擇其宮調笛色相同之曲牌。聯貫成套。謂之套數。至於輔曲牌調。則配置套數前後。作引子與尾聲之用。凡套數有長套短套之分。就曲情言之。一類爲溫文和雅之曲。一類爲鄙俚噍殺而節奏不甚美備之曲。前者多用於抒情之作。

後者多用於曲劇之中。就形式言之。抒情之作。題目不出感懷漫興登臨酬贈。篇章僅具寄意之曲文。而無述事之賓白。此類套式。謂之散套。故散套者。實小令之延長。聯貫數曲牌自首至尾如長歌然。按題作曲與作小令之法。殊無二致。至有賓白引子與尾聲之套式。係專入曲劇之用。通常所謂套數。蓋泛指散套劇套而言也。（北散套首隻以用引曲居多。有板有眼而具導引性質者謂之引曲。有截板而無眼者。謂之散板曲。散板曲而有導引性質者。即爲引子。劇套用引子。散套或用或不用）

一。聯套之法。皆有規律。舉其原則。約有四端。（一）須熟悉曲牌之笛色。必同宮或同笛色之曲牌。始能相聯。（二）須熟悉何爲正曲何爲輔曲導引性質之曲牌。必列在首支尾聲性質之曲牌。必用以殿後。（三）須熟悉曲牌來歷。北曲同名異宮之曲甚多。不能誤用。（四）須熟悉借宮之法。北曲有借宮之法（南曲則爲犯）即異宮而同一管色之曲牌。相互通用也。北曲各宮調中曲牌半數可通假互用但又非任意可以通假者此中規律必玩索甚悉。始不致誤聯套式。

一。聯套既重在熟悉牌調性質。顧曲牌至多。執簡馭繁。惟有參考古人習用曲牌。辨其用途。庶免迷失。茲將北詞習用之曲牌。就其性質。酌舉於次。

黃鍾　喜遷鶯　出隊子　刮地風　四門子　古水仙子　文如錦　節節高　者刺古

願成雙　賀聖朝　紅錦袍　晝夜樂　人月圓　侍香金童

仙呂　八聲甘州　混江龍　油葫蘆　天下樂　哪吒令　鵲踏枝　寄生草　六么序
醉中天　金盞兒　醉扶歸　村裏迓鼓　元和令　游四門　勝胡蘆　後庭花
柳葉兒　青哥兒　六么令　上京馬

南呂　梁州第七　隔尾　牧羊關　玄鶴鳴　烏夜啼　罵玉郎　感皇恩　採茶歌
賀新郎　四塊玉　草池春　閱金經

中呂　醉春風　迎仙客　紅繡鞋　石榴花　鬭鵪鶉　上小樓　滿庭芳　十二月
堯民歌　快活三　鮑老兒　古鮑老　道和　朝天子　喬捉蛇

正宮　滾繡球　倘秀才　靈壽杖　叨叨令　脫布衫　小梁州　醉太平　伴讀書
笑和尚　白鶴子　貨郎兒　塞鴻秋　黑漆弩　甘草子

道宮　凭欄人　美中美　大聖樂

大石　六國朝　雁過南樓　喜秋風　好觀音　青杏子　玉翼蟬　歸塞北

般涉　哨遍　耍孩兒　麻婆子　瑤臺月　墻頭花　急曲子

商角　黃鶯兒　踏莎行　垂絲釣　應天長

高平　于飛樂　青玉案

商調　集賢賓　逍遙樂　上京馬　梧葉兒　金菊香　醋葫蘆　浪裏來

越調　鬬鵪鶉　紫花兒序　金蕉葉　小桃紅　天淨沙　調笑令　禿廝兒　聖藥王　麻郎兒　東原樂　絡絲娘　綿搭絮　拙魯速　古竹馬　青山口　慶元眞　看花回

雙調　新水令　駐馬聽　喬牌兒　沈醉東風　步步嬌　夜行船　銀漢浮槎　慶宣和　慶東原　撥不斷　攪箏琶　落梅風　風入松　雁兒落　得勝令　川撥棹　七弟兒　梅花酒　殿前歡　折桂令　淸江引　挂玉鈎序　沽美酒　太平令　亂柳葉　豆葉黃　收江南　挂玉鈎　胡十八　錦上花　碧玉簫　十棒鼓　對玉環

以上均屬北詞常用之正曲。

黃鍾　醉花陰　人月圓

仙呂　賞花時　點絳唇　端正好（與正宮不同。專作楔兒用。）

中呂　粉蝶兒　醉春風

大石　念奴嬌　百字令

商角　糖多令　南鄉子　黃鶯兒　踏莎行

南呂　一枝花

高平　木蘭花

商調　秦樓月

以上均屬北詞常用之引曲

黃鍾　尾聲　隨煞　隨尾　黃鐘尾　神仗兒煞

正宮　收尾　啄木兒煞

中呂　煞尾　賣花聲煞

大石　帶賺煞　雁過南樓煞　淨瓶兒煞　好觀音煞

般涉　煞尾聲

商調　浪來裏煞　高平煞　高平隨調煞

越調　天淨沙煞　眉兒灣煞

雙調　鴛鴦煞　離亭燕煞　歇指煞　離亭宴帶歇指煞

仙呂　賺煞　賺尾　上馬嬌煞　後庭花煞

以上均屬北詞常用之尾曲

一、北詞套式、雖有聯套原則、然曲牌順序之間、除極重要者外、通常甚難固定、其故由於北曲板式可以移動、曲與曲間、板眼自易相銜接、凡北詞套數、首尾數隻曲牌、均有一定順序、至其中間之曲牌、則可以增删改易、以及前後倒置、然北曲大半可相通假、其例甚繁、反不易求得準繩、故作曲者、切忌小慧自憙、妄出己意、別創套式、最切要者、勿用生調、必須取譜律中標舉之成作詳加揣摩。庶不致誤。至於一套曲文。均必通押一韵。如首支用先田韵時。則以下均用先田。不得換韵。（北套僅九轉貨郎兒一套係支支換韵。應係例外。）至於曲牌之有變格者。更應注意譜律。審愼遵用。稍有出入。勢將影響前後曲牌相聯貫。凡套數之具尾曲者。作尾曲必留有餘不盡意。以永其情。此又聯套屬詞所宜知者。

一、北詞套數中。恆有每一北曲間一南曲者。是謂南北合套。此法係元人沈和所創。其後摹作遂多。至其程式。容於後節雜劇篇中論之。惟合套要旨。則有不能已於言者。明清作家對於南北合套。亂次以濟者。誠所不免。實則合套非任意雜取南北曲牌相連綴。而必須遵守以下之規律。（一）北詞部份。必係原屬已備之套式。再相間配以南詞曲牌。易言之。抽去南詞曲牌。北曲套數程式。仍屬完整。不受影響。（二）所配南詞曲牌。音色必須相合。（三）所配南詞曲牌。聲情必須相合。總以北主南從爲是也。

一、散套作法。不同於尋常曲劇中所用之套曲。散套用曲。貴乎和平雅正。譜曲家以和平雅正之曲。聯作散套。其餘配以賓白。悉作曲劇聯套之用。關於北詞中宜於作散套用之套式。擇舉如次。

黃鍾宮

（一）醉花陰　喜遷鶯　出隊子　刮地風　四門子　水仙子　塞雁兒　神仗兒

節節高借　掛金索　柳葉兒　黃鍾尾　侯正卿良夜迢迢套
（二）醉花陰　出隊子　刮地風　四門子　水仙子　尾聲　雍熙燈月交輝上元節套
（四）醉花陰　喜遷鶯　出隊子　山坡羊　刮地風　四門子　古水仙子　尾聲
楊顯之瀟湘夜雨套
（三）醉花陰　喜遷鶯　六么令　九條龍　尾聲　白无咎良夜懨懨套
（四）侍香金童　降黃龍滾　出隊子　么　神仗兒　煞　關漢卿閨夜雨套
（五）文如錦借　掛金索　隨煞　王和卿病懨懨套
（六）醉花陰　出隊子　么　尾　雍熙寶釵鬆金髻雲嚲套
（七）願成雙　么　出隊子　么　尾聲　無名氏如病弱套

正宮

（一）端正好　滾繡球　倘秀才　呆骨朶　叨叨令借　滿庭芳借　上小樓　黃梅雨借
耍孩兒借　煞　尾聲　雍熙雲淡淡套

仙呂

（一）八聲甘州　么　大安樂　元和令　煞　鮮干伯機江天暮雪套
（二）翠裙腰　六么遍　寄生草　上京馬　後庭花煞　關漢卿曉來雨過套
（三）翠裙腰　金盞兒　綠窗怨　賺煞　朱庭玉雨餘花落套

（四）祅神急　六么遍　元和令　賺煞　白无咎綠陰籠小院套

南呂

（一）一枝花　玉嬌枝　烏夜啼　鵪鶉兒　隔尾　隨煞　朱庭玉憮鋪翡翠套

（二）一枝花　梁州第七借　三煞　黃鍾尾　尾聲　關漢卿攀盡出墻套

（三）一枝花　梁州第七借　三煞三　隨煞　王和卿夭桃綻錦囊套

中呂

（一）粉蝶兒　醉春風　醉高歌　紅繡鞋　普天樂　上小樓　十二月　堯民歌

要孩兒借　煞　尾聲　陳堯明畫角蕭踈套

（二）粉蝶兒　醉春風　迎仙客　石榴花　鬪鵪鶉　紅繡鞋　普天樂　上小樓

滿庭芳借　六么序　么　快活三　鮑老兒　古鮑老借　後庭花　啄木兒煞

鄧玉賓丫髻環條套

大石

（一）青杏子　歸塞北　么　蒙童兒　還京樂　淨瓶兒　好觀音　好觀音帶賺煞

朱庭玉紫塞風目沙套

（二）青杏子　么　荼蘼香　好觀音　隨煞　關漢卿殘月下西樓套

（三）青杏子　么　催拍子　么　隨煞　曾瑞卿花月酒家樓套

（四）青杏子　蒙童兒　還京樂　淨瓶兒　催拍子　帶賺煞　朱庭玉閒倚晴空套

（五）鬱山溪　女冠子　好觀音　雁過南樓　隨煞　王和卿冬天易晚套
（六）鷓鴣天　卜金錢　喜秋風　催花樂　好觀音　隨　張子益蝶懶鶯慵套

小石

（一）惱煞人　伊州遍　尾聲　白樸紅輪西墜套

般涉

（一）哨遍　厖婆子　墻頭花　耍孩兒　尾聲　王伯成虎覷鯨吞套
（二）哨遍　急曲子　尾聲　朱庭玉喚起瑣窗套

商角調

（一）黃鶯兒　踏莎行　蓋天旗　應天長　尾聲　庾吉甫懷古懷古套
（二）黃鶯兒　么　垂絲釣　應天長　尾聲　庾吉甫無語無語套

商調

（一）集賢賓　八寶妝　梧葉兒　侍香金童　賀聖朝　水紅花借　青歌兒　尾聲
雍熙大明朝套
（二）集賢賓　逍遙樂　梧葉兒　醋葫蘆　雙雁兒　金菊香　鳳鸞吟借　山坡羊
酒旗兒　四季花　浪來裏煞　樂府羣珠替皇朝套
（三）二郎神　二郎神么　金菊香　上京馬　么　掛金索　雙雁兒　尾聲
楊景言景蕭索套

(四)集賢賓　南集賢賓　鳳鸞吟　南雙聲子借　村裏迓鼓　習混題節節高　南鮑老催借
四門子　南三句兒煞　樂府羣珠暑纔消盡套

(五)定風波　金菊香　鳳鸞吟　醋葫蘆　尾聲　玉抱肚借　三煞　商政叔渭城客套

越調

(一)鬬鵪鶉　紫花兒序　小桃紅　黃薔薇　慶元貞　禿厮兒　聖藥王　收尾
吳仁卿天氣融融套

(二)鬬鵪鶉　小桃紅　醉中天借　天淨沙　金蕉葉　眉兒彎煞　王脩甫鈌盞荷枯套

(三)南鄉子　天淨沙　古竹馬第二格　天淨沙　煞　樂府羣珠烏兔似飛梭套

(四)梅花引　紫花兒序　禿厮兒　收尾　吳仁卿蘭蕊檀心套

雙調

(一)新水令　喬牌兒　雁兒落　掛玉鉤　亂柳葉　太平令　豆葉黃　川撥棹
七弟兄　梅花酒　收江南　鴛鴦煞　商政叔彩雲聲斷套

(二)新水令　駐馬聽　喬牌兒　雁兒落　得勝令　大德歌　鎮江迴　沽美酒
太平令　荊山玉　竹枝歌　水仙子　春閨怨　牡丹春　川撥棹　七弟兄
梅花酒　收江南　尾聲　雍熙翠紅柳套

(三)新水令　駐馬聽　喬牌兒　水仙子　雁兒落　得勝令　滴滴金　折桂令
對玉環　清江引　沽美酒　太平令　尾聲　明舜耕紫山燈火套

（四）駐馬聽近　駐馬聽　鴛鴦帶離亭宴煞　鄭德輝敗葉將殘套
（五）喬牌兒　夜行船　慶宣和　錦上花　清江引　碧玉簫　歇拍煞　關漢卿世情推物理套
（六）喬木查　掛玉鉤序　么　白樸海棠初雨歇套
（七）風入松　喬牌兒　新水令　攪箏琶　離亭宴帶歇指煞　無名氏夢回鴛帳套
（八）竹香子　喬木查　撥不斷　天仙子　離亭宴帶歇指煞　李茂之春滿皇州套
（九）夜行船　么　風入松　阿納忽　轉調煞　商政叔風裹楊花套
（十）錦上花　清江引　碧玉簫　鴛鴦帶離亭宴煞　王元鼎燕語鶯啼套
（十一）蝶戀花　喬牌兒　神曲纏　離亭宴帶歇指煞　杜善夫鷗鷺同盟套
（十二）醉春風借　間金四塊玉　減字木蘭花借　過金盞兒借　賣花聲煞　第二格
貫酸齋羞睹遠山眉套
（十三）新水令　攪箏琶　殿前歡　鴛鴦煞　雍熙皇都元日套

以上所列套式。均適用於散套。亦可兼作劇套之用。至劇曲常用套式。及南北合套程式。備載後節雜劇篇中。可資參閱。按南北合套。在劇曲與散曲中每相通用。上列商調第四式係散套專用。故附及之。

乙、舉隅

△閨　怨　　關漢卿

（北仙呂翠裙腰）曉來雨過山橫秀。野水漲汀洲。闌干遍倚空回首。下危樓。一天風物暮傷秋。

（六么遍）乍涼時候。西風透碧梧脫葉。餘暑纔收。香生鳳口。簾捲玉鈎。小院深閒清晝。清幽。聽聲聲蟬噪柳梢頭。

（寄生草）爲甚憂。爲甚愁。爲蕭郎一去今經久。玉臺寶鑑生塵垢。綠窗冷落閒針繡。豈知人玉腕釧兒鬆。豈知人兩葉眉兒縐。

（上京馬）他何處。共誰人攜手小閣銀屏歌殢酒。早忘了咒。不記得低低耨。

（後庭花煞）掩袖暗含羞。開樽越釀秋。悶把苔墻畫。慵將錦字修。最風流。眞眞相愛。等閒分付等閒休。

（釋）本套以六么遍爲主。別聯他曲而成短套。其翠裙腰一隻雖係正曲在此作導引用。固不與套內各曲相連也。

△詠雪　白樸

（北大石青杏子）空外六花翻。被大風灑落千山。窮冬節物偏宜晚。凍凝沼沚。寒侵帳幕。冷濕闌干。

（歸塞北）貂裘客。嘉慶捲簾看。好景畫圖收不盡。好題詩句詠尤難。疑在玉壺間。

（好觀音）富貴人家應須慣。紅爐不畏嚴寒。開宴邀賓列翠鬟。拚酡顏暢飲休辭憚。

（么篇）勸酒佳人擎玉盞。當歌者款撤香檀。羅綺交雜笑語繁。夜將闌。畫燭銀光燦。

（隨煞）似覺筵間香風散。香風散非麝非蘭。醉眼朦朧問小蠻。多管南軒蠟梅綻。

（釋）此以青杏子爲主。別聯他曲以成短套。青杏子卽小石青杏兒。本有么篇。套內略去不用。足以說明截幅聯板之一例。隨煞係合隨調句法與煞曲尾部相聯成調。亦帶格煞也。

△孤館　馬致遠

（北仙呂賞花時）鞍馬區區山路遙。月暗星稀天欲曉。雲氣布荒郊。前途店少。僅比避風雹。

（么篇）客舍駸駸過幾朝。雨打紗窗魂欲消。離故國路途遙。柴門靜悄。無意飲香醪。

（賺煞）聽林間寒鴉噪。野店江村未曉。風刮得鬨山葉亂飄。料前村冷落漁樵。悶無聊。心內如燒。昏慘慘孤燈不住挑。濃雲漸消。月明斜照。送清香梅綻灞陵橋。

（釋）散套有短套長套及南北合套三式。此以賞花時一調爲主。主腔全在賞花時一調。作詞運意處。亦當以起曲爲主。末賺煞一隻。係尾曲性質。賺煞者。截賺曲數句。繫以煞曲尾部數句。合併而成。因所截賺曲句位不須劃一爲之。故成賺煞後。異格甚多也。

△秋思　前人

（雙調夜行船）百歲光陰如夢蝶。重回首往事堪嗟。昨日春來。今朝花謝。急罰盞夜筵燈滅。

（喬木查）秦宮漢闕。做衰草牛羊野。不恁漁樵無話說。縱荒墳橫斷碑。不辨龍蛇。

（慶宣和）投至狐蹤與兔穴。多少豪傑。鼎足三分半腰折。魏耶晉耶。

（落梅風）天教富。不待奢。無多時好天良夜。看錢奴硬將心似鐵。空辜負錦堂風月。

（風入松）眼前紅日又西斜。疾似下坡車。曉來淸鏡添白雪。上牀和鞋履相別。莫笑鳩巢計拙。葫蘆提一就裝呆。

（撥不斷）利名竭。是非絕。紅塵不向門外惹。綠樹偏宜屋角遮。靑山正補墻頭缺。竹籬茅舍。

（離亭宴帶歇指煞）蛩吟一覺纔寧貼。鷄鳴萬事無休歇。爭名利何年是徹。密匝匝蟻排兵。亂紛紛蜂釀蜜。鬧攘攘蠅爭血。裴公綠野堂。陶令白蓮社。愛秋來那些。和露摘黃花。帶霜烹紫蟹。煮酒燒紅葉。人生有限杯。幾度登高節。囑付俺頑童記者。便北海探吾來。道東籬醉了也。

（釋）本套以夜行船爲主。別聯他曲以成一中套。東籬此作。全在入聲代用上見功夫。可謂善用車遮韵者。若反復吟諷。當悟韵協之妙。

厶秋閨　鄭光祖

（雙調駐馬聽近）敗葉將殘。雨霽風高摧木杪。江干瀟灑。數株衰柳罩平橋。露寒波冷翠荷凋。霧濃霜重丹楓老。暮雲收。晴虹散。落霞飄。

（么篇換頭）雨過池塘肥水面。雲歸巖谷瘦山腰。橫空幾行塞鴻高。茂林千點昏鴉噪。日啣山。船艤岸。鳥尋巢。

（駐馬聽）悶入孤幃。靜掩重門情似燒。文窗寂靜。畫屏冷落暗魂消。倦聞近處竹相敲。思聽隣院砧聲搗。景無聊。閒階落葉從風掃。

（幺篇）玉露遲遲。銀漢澄澄涼月高。金爐烟燼。錦衾寬剩越難熬。強捱夜永把燈挑。欲求歡夢和衣倒。眼纔交。惱人促織叨叨鬧。

（離亭宴煞）一點來不彀身軀小。響喉嚨針眼裏應難到。煎聒的離人。鬬來合噪。草蟲之中你般薄劣。把人焦急睡着。急驚覺。緊截定陽臺路兒叫。

（釋）此爲普通套式。套內駐馬聽近一隻。與駐馬聽相較。僅末三語作三字句式。原係單用曲。在套內不與他曲相聯。本套固以駐馬聽一調爲成套主幹也。

△別　情　　白无咎

（仙呂袄神急）綠陰籠小院。紅雨點蒼苔。誰想東君。也是人間客。縱分連理枝。漫解合歡帶。傷春早是心地窄。愁山和悶海。暢會栽排。

（六幺遍）暗別離。怨風流債。雲歸楚岫。月冷秦臺。當時眷愛。如今阻隔。準備從今因他害。冷清清日月怎生捱。

（元和令）鸞交何日重。鴛鴦幾時再。清明前後約歸期。到如今牡丹開。空等待。翠屏香裏掩東風。鋪成下愁境界。

（賺尾）無情子規聲更長。暢好明白。旣道不如歸去。看你幾聲兒攛掇。得那人來。

（釋）此亦爲短套式。袄神急六么遍並爲套內主幹。作詞勝處亦當於此二調中見之。

△江天暮雪　　鮮于伯機

（仙呂八聲甘州）江天暮雪。最可愛青帘搖曳長杠。生涯閒散。占斷水國漁邦。煙浮草屋梅近砌。水遶柴扉山對窗。時復竹籬旁。犬吠汪汪。

（么篇）向滿目斜陽裏。見遠浦歸舟。帆力風降。山城欲閉。時聽戍鼓鼕鼕。群鴉噪晚千萬點。寒雁書空三四行。畫向小屏間。夜夜停缸。

（大安樂）從人笑我愚和戇。瀟湘影裏且徜徉。不談劉項與孫龐。近小窗。誰羨碧油幢。

（元和令）粳米吹長腰。鯿魚煮縮項。悶携村酒飲空缸。是非一任講。恣情拍手掉漁歌。高低不論腔。

（煞）浪滂滂。水淙淙。小舟斜纜壞橋樁。綸竿蓑笠。落梅風裏釣寒江。

（釋）此以八聲甘州爲主。別聯他曲成套。亦爲普通套式。套內煞曲。係用中呂啄木兒煞。並非煞曲全格也。

△辭朝　　不忽麻

（北仙呂點絳唇）寧可身臥糟丘。强如命懸君手。尋幾箇知心友。樂以忘憂。願作林泉叟。

（混江龍）布袍寬袖樂然何處謁王侯。但樽中有酒。身外無愁。數着殘棋江月曉。一聲長嘯海門秋。山間深住。林下隱居。淸泉濯足。强如閑事縈心。淡生涯。一味誰參透。草衣木食。勝如肥馬輕裘。

（油葫蘆）雖住在洗耳溪邊不飲牛。貧自守。樂閑身翻作抱官囚。布袍寬褪拏雲手。玉霄占斷談江口。吹簫訪伍員。棄瓢學許由。野雲不斷深山岫。誰肯官路裏半途休。

（天下樂）朋放着伏侍君王不到頭。休休。難措手。遊魚兒見食不見鈎。都祇爲半紙名。一筆勾。急回頭兩鬢秋。

（那吒令）誰待似落花、般鶯朋燕友。誰待似轉燈、般龍爭虎鬭。你看這迅指、間烏飛兎走。假若名利成。至如田園就。都是些去馬來牛。

（鵲踏枝）臣則待醉江樓。臥山丘。一任教談笑虛名。小子封侯。臣向這仕路上爲官倦手。枉沉埋了錦袋吳鈎。

（寄生草）但得黃鷄嫩白酒熟。一任教疏籬墻缺茅庵漏。則要窗明坑煖蒲團厚。問甚身寒腹飽麻衣舊。飮仙家水酒兩三甌。强如看翰林風月三千首。

（村裏迓鼓）臣離了九重宮闕。來到這八方宇宙。尋幾箇詩朋酒友。向塵世外消磨白晝。臣則待領着紫猿。携白鹿。跨蒼虬。觀着山色。聽着水聲。飮着玉甌。倒大來省氣力。如誠惶頓首。

（元和令）臣向山林得自遊。比朝市內不生受。玉堂金馬間瓊樓。控珠簾十二鈎。臣向草庵門外見瀛洲。看白雲天盡頭。

（上馬嬌）但得箇月滿舟。酒滿甌。則待雄飲醉時休。紫簫吹斷三更後。暢好是孤鶴唳一聲秋。

（遊四門）世間閒事挫心頭。唯酒可忘憂。非是微臣常戀酒。歎古今榮辱。看興亡成敗。則待一醉解千愁。

（後庭花）揀溪山好處遊。向仙家酒旋篘。會三島十洲客。强如宴功臣萬戶侯。不索你問緣由。把玄關洩漏。這簫聲世間無。天上有。非微臣說强口。酒葫蘆掛厨頭。打魚船攬渡口。

（柳葉兒）則待看山明水秀。不戀你市曹中物擾人稠。想高官重職難消受。學耕耨。種田疇。倒大來無慮無憂。

（賺煞）既把世情疎。感謝君恩厚。臣怕飲的是黃封御酒。杖芒鞋任意留。揀溪山好處追遊。就着這曉雲收冷落了深秋。飲遍金山月滿舟。那其間潮來的正悠。船開在當溜。臥吹簫管到揚州。

（釋）本套以混江龍油葫蘆爲主別聯他曲爲仙呂宮中長套程式之一。那吒令一隻起處一三五句。實止兩字所用「落花般」「轉燈般」「迅指間」各語均係句下加襯。是爲創格。餘參見下節雜劇篇。

南詞散套第四

甲、釋例

一、南詞聯套之法。大抵引子曲在前。過曲居中。尾聲殿後。一曲之內。引子與尾聲。視作獨立性質。不須與過曲音節論序列。所謂一套定式。實決於過曲部份聯調之先後。此中關鍵有三。（一）過曲部份之聯調。不得混用引子曲。南詞過曲部份牌調。往往與引子同名者。如傳言玉女一調。列在黃鍾者有二。一屬引子。一屬過曲。絕不相侔。當聯調時。如應聯過曲傳言玉女者。卽不得以引子傳言玉女混用。反之當用引子時。亦不得以同名之過曲相替代。（二）必須辨明過曲緩急性質。以定聯調序列之標準。南詞同一宮調同一管色之曲牌。其情致大體可相類別。而其音節尤有緩急之分。聯套時。緩曲必須在前。急曲必須在後。至就緩曲而言。又有較緩與最緩之分。急曲前。如聯二隻緩曲則較緩者在前。最緩者列後。如聯二隻以上之緩曲。則次緩者與最緩者相間聯用。總以留次緩者一隻。與以後急曲相聯爲原則。如一套之末。不用急曲。則必留一二隻次緩曲子殿後也。（三）聯套須注意特例。南詞聯套特例甚多。如聯套原則本以同宮同笛色之曲牌相聯爲限。然實際上同管色而異宮之曲牌亦可相聯。謂之借宮。孰可借孰不可借。或須取決於樂程之進展。或須斟酌於曲情之變化。純在意會。非盡可着相以求。此有關套式之特例者。一也。引子在套前。原係獨立地位。然部份過曲。又兼具引子性質。若光光乍一江風之類是也。在一套之首。設聯用此類牌調數隻。則第一隻視作引子。以次數隻均作過曲填製。若一律作成過曲。自非當行手筆。此有關套式特例者二也。南詞集曲甚多。在套內視作獨立性質。搭配使用。原不受前後曲牌之影響。然何隻集曲可與其他過曲相間用。何隻集曲可自成一套。亦非漫無規則。大抵在散套中揷用集曲。應從樂程上求其勻稱。在曲劇套中。又須從場面上求其脗合。此有關套式之特例者三也。引子與尾聲。例居套數之首尾。然亦有不用引子與尾聲者。在曲劇套中甚屬常見。求其運用適當。必先注意成譜規格。此有關套式之特例者四也。

一。南詞過曲中部份牌調。既兼具引子性質。復又多與引子牌名相混同。故孰正孰引。不可不辨。以免聯套誤用。至於南詞引子。大別有二。一爲純引子。通體散板。無主要腔格。如菊花新。一枝花之類。多用於曲劇套中。一爲具有主腔之過曲而可兼作引子用者。若一江風。縷縷金之類。除用於曲劇套式外。在散套中尤獨用之。然究與純引子作法有別。須視配置地位而定。故孰爲純引子。孰爲過曲兼引曲。是又不可不辨者。至於舊譜所列慢詞牌調。復有與過曲及引子牌調相同者。其實慢詞全由詩餘轉入。腔格早失。已與引子相等。無論劇套與散套中均極少用。及故聯套時。愼毋以「慢」誤「過」。混用同名調牌。蓋聯套原以正曲相聯爲主。引子慢詞皆屬輔曲。主從釐別。實爲聯套基礎。茲將各曲牌正輔性質。擇要列舉於次。以爲識別主從之參考。

黃鐘　天仙子　絳都春　疏影　瑞雲濃　女冠子　點絳唇　傳言玉女　翫仙燈

　　　西地錦　玉漏遲　兩相宜

正宮　燕歸梁　七娘子　梁州令　破陣子　齊天樂　破齊陣　半夜樂　瑞鶴仙

　　　喜遷鶯　緱山月　新荷葉　滿堂春　錦堂春　薔薇花引

仙呂　卜算子　番卜算　劍器令　小蓬萊　探春令　醉落魄　天下樂　鵲橋仙

　　　金鷄叫　奉時春　紫蘇丸　糖多令　梅子黃時雨　似孃兒　望遠行　鷓鴣

　　　天　桂枝香一名疎簾淡月・與過曲桂枝香逈異・

中呂　粉蝶兒　四園春　思園春　醉中歸　滿庭芳　行香子　菊花新　青玉案

　　　尾犯　繞紅樓　剔銀燈引　金菊對芙蓉　漁家傲　春心破

南呂　大勝樂　金蓮子　戀芳春　小女冠子　臨江仙　一剪梅　一枝花　薄媚

　　　虞美人　意難忘　稱人心　三登樂　轉山子　薄倖　生查子　哭相思　于

　　　飛樂　步蟾宮　滿江紅　上林春　滿園春　掛眞兒　惜春令　獅子序　鳳

　　　馬兒引　阮郎歸

道宮　西河柳　瑤臺月　眼兒媚

大石　東風第一枝　碧玉令　少年遊　念奴嬌　燭影搖紅　玉樓春

小石　如夢令　西平樂　宴蟠桃　顆顆珠本調依南北詞簡譜載列

雙調　眞珠簾　花心動　謁金門　惜奴嬌　寶鼎現　金瓏璁　搗練子　胡搗練
　　　風入松　海棠春　夜行船　四國朝　玉井蓮　新水令　五供養　賀聖朝
　　　秋蕊香　探蓮船　梅花引

商調　鳳凰閣互見黃鍾　風馬兒　高陽臺　憶秦娥　逍遙樂　繞池游俗誤作繞地遊・積習已久・未能改正。
　　　三臺令　十二時　訴衷情　長相思

般涉　金落索　一絡索　甲馬引　宴陳平

羽調　惜春慣　于飛樂　怨東風　淸平樂本調依南北詞簡譜列載

越調　浪淘沙　霜天曉角　霜蕉葉　杏花天　祝英臺近　金蕉葉　滿宮花　桃李
　　　爭春　喬八分　賣花聲

　　　△以上均係純引子。散板・無主要腔格・

黃鍾　降黃龍慢

正宮　安公子

仙呂　河傳　聲聲慢　八聲甘州

中呂　醉春風　沁園春　柳梢青
南呂　賀新郎　木蘭花　烏夜啼（互見大石）　驀山溪　醜奴兒
商調　集賢賓　永遇樂　解連環
般涉　哨遍
越調　養花天

△以上均係慢詞而作引子用。（大部係由詩餘翻入。原有板眼已失。現已視同散板引子。不復主腔可循。又有二郎神慢一調。舊譜原列在引子內。其實是過曲而兼引曲。蓋自水磨調塡具板眼後。已非慢詞原格。固不應以牌名有慢字而强入慢詞也。至其餘慢詞並多廢置不用矣。）

黃鍾　出隊子
仙呂　光光乍　大齋郎　勝葫蘆（即大河蟹）　青歌兒　五方鬼　胡女怨　臘梅花　望梅花　望吾鄉　上馬踢
中呂　縷縷金　荼蘼香近拍
南呂　一江風　秋夜月　金錢花
雙調　哭岐婆　窣地錦襠　雙勸酒　字字雙　雁兒舞　普賢歌　倒拖船
商調　吳小四

越調　梨花兒　水底魚　趙皮靴　禿廝兒　憶多嬌　浪淘沙（過曲與引子異）　丞相賢

△以上過曲兼引曲用。

黃鍾　絳都春序　鬧樊樓　下小樓　畫眉序　滴滴金　滴溜子　神仗兒　鮑老催
雙聲子　啄木兒　三段子　歸朝歡　水仙子　刮地風　降黃龍袞　獅子序
太平歌　賞宮花　玉漏遲序　侍香金童　傳言玉女　月裏嫦娥

正宮　玉芙蓉　刷子序　錦纏道　朱奴兒　普天樂　雁過聲　風淘沙　四邊靜
福馬郎　小桃紅　一撮棹　傾杯序　長生道引　白練序　醉太平　洞仙歌
山漁燈　雁過沙　金殿喜重重　賺

仙呂　月兒高　油核桃　木丫牙　長拍　短拍　醉扶歸　皂羅袍　傍妝臺　八
聲甘州　一盆花　桂枝香（與引子異）　河傳序　十五郎　一封書　解三醒　棹角
兒序　惜黃花　春從天上來　古皂羅袍　賺　三囑咐　小措大　四換頭

中呂　泣顏回　石榴花　駐馬聽　駐雲飛　古輪臺　撲燈蛾　大和佛　好孩兒
粉孩兒　紅芍藥　耍孩兒　會河陽　越恁好　漁家傲　剔銀燈　攤破地錦
花　麻婆子　尾犯序　永團圓　瓦盆兒　喜漁燈　舞霓裳　山花子　千秋

歲　紅繡鞋　馱環著　合笙　風蟬兒

南呂　梁州序　賀新郎　節節高　大勝樂　山子花　青衲襖　紅衲襖　梅花塘　香柳娘　女冠子　孤雁飛　大迓鼓　薄媚袞　繡帶兒　太師引　瑣窗寒　宜春令　三學士　刮鼓令　金蓮子　香羅帶　三換頭　香遍滿　懶畫眉　浣溪沙　東甌令　劉潑帽　五更轉　劉袞　滿園春　賺　三仙橋　燒夜香　犯胡兵　怨別離　朝天子

道宮　鵝鴨滿渡船　赤馬郎　拗芝麻　雙赤子　畫眉兒　鬪金令　雁翎天　鶻翎天　海仙歌　采茶歌　賺

大石　念奴嬌序　催拍　賽觀音　人月圓　長壽仙　沙塞子　插花三臺　賺

小石　驟雨打梧桐　漁燈兒　錦漁燈　錦上花　錦中拍　錦後拍　罵玉郎（漁燈兒以下六曲。為舊譜所不載。據李日華南西廂聽琴折一套補列。）

雙調　柳搖金　攤破金字令　鎖南枝　孝順歌　夜雨打梧桐　五馬江兒水　朝天歌　朝元令　銷金帳　灞陵橋　錦法經　畫錦堂　紅林擒　醉翁子　僥僥令　月上海棠　三月海棠　江兒水　古江兒水　夜行船序　黑蠊序　惜奴

㛹序　錦衣香　漿水令　嘉慶子　尹令　品令　么令　豆葉黃　雙蝴蝶
六么令　三棒鼓　風入松　急三槍　好姐姐　金娥神曲　桃紅曲　錦上花
青天歌　步步嬌　忒忒令　沉醉東風　園林好　五供養　玉交枝　玉抱肚
川撥棹　玉芻子　松下樂　武陵花　柳梢青　疊字錦　雌雄畫眉　灞陵橋
山東劉袞　川豆葉　福青歌　破金歌　打毬場　一機錦　絮婆婆　元卜算
十二嬌　辣薑湯　櫻桃花　賺

商調　字字錦　滿園春　高陽臺　山坡羊　水紅花　梧葉兒　梧桐花　金梧桐
梧桐樹　二郎神　集賢賓　鶯啼序　黃鶯兒　囀林鶯　簇御林　琥珀貓兒
墜

般涉　渡江雲　水仙子　耍孩兒（與中呂全異）　海榴花　錦海棠　賺

羽調　金鳳釵　四季花　勝如花　慶時豐　道和　四時花　賣花聲　小蓮歌　歸
仙洞　倒上橋　馬鞍兒　馬鞍子　急急令　山麻客　賺

越調　小桃紅　下山虎　蠻牌令　五般宜　五韻美　山麻稭　江神子　黑麻令
江頭送別　鬬黑麻　鬬寶蟾　祝英臺　綿搭絮　亭前柳　章臺柳　羅帳裏

坐　醉娘子　雁過南樓　望歌兒　鏵鍬兒　繡停針　引軍旗　憶多嬌　梨花兒　繫人心　豹子令　一疋布　博頭錢　吒精令

△以上諸曲牌。均係過曲。　舊譜尚列有仙呂入雙調一調。實係就仙呂與雙調兩調中部份曲牌。採集而成者。純爲聯套便利而設。茲依九宮大成譜。將此調曲牌。仍分別列記於仙呂及雙調兩原調中。

一。散套如不用純引子曲導先。而以過曲領套者。此冠列套前之隻曲。實具引曲性質。無論在樂程上或作詞上。除前半段須能籠罩全套。後半幅須能引度蹊徑外。中間或委宛。或騰挐。儘可暢盡情致。不若純引子曲僅具濫觴之意而已也。凡可冠列套前作首隻之過曲。決非隨意配製者。取捨之間。實視其聲律中有無導引性質爲關鍵。茲將過曲中具有導引聲律之牌調略舉於次。以備聯套隅反之助。

黃鍾　絳都春序　畫眉序　滴滴金　啄木兒　降黃龍　春雲怨　獅子序

正宮　錦纏道　玉芙蓉　普天樂　白練序

仙呂　醉扶歸　八聲甘州　桂枝香　解三醒（卽南呂針線箱）

中呂　泣顏回　漁家傲　瓦盆兒

南呂　太師引　宜春令　香羅帶　香遍滿　古針線箱　懶畫眉　繡帶兒　大勝樂

梁州序

雙調　破金歌　打毬場　攤破金字令　武陵花　步步嬌　忒忒令　疊疊錦　黑蠊序　畫錦堂　鎖南枝　夜行船序　惜奴嬌　沉醉東風　園林好　二犯江兒水　小措大

商調　山坡羊　高陽臺　字字錦　二郎神　集賢賓　黃鶯兒　鶯啼序　金梧桐　梧桐樹

越調　小桃紅　亭前柳　綿搭絮

一、南詞正曲。原以過曲為主。自集曲盛行後。代有述作。沿用既廣。幾與正曲無異。且標新立異。牌名常與過曲相牽混。故治南曲者。首在分別正集。茲就通常沿用之集曲。將其名稱。及犯聲程式。擇要錄列。以資識別。

黃鍾　畫眉上海棠 畫眉序首至合。犯月上海棠末三句。　畫眉姐姐 畫眉序首至合。犯好姐姐末三句。　畫眉臨鏡 畫眉序首至四。犯臨鏡序五至末。

畫眉錦堂 畫眉序首至四。犯畫錦堂六至末。　畫眉帶一封 畫眉序首至四。犯一封書三至末。　滴溜神杖 滴溜子首至四。犯神杖兒五至末。

鮑老節 鮑老催首至三。犯節節高四至末。　滴金樓 滴滴金首至合。犯下小樓合至末。　雙聲滴 双聲子首至六。犯滴溜子五至末。

啄木歌 啄木兒全。犯太平歌末。　三啄雞 三段子首至四。犯啄木兒五至合。　歸朝出隊 歸朝歡首至合。犯出隊子末。

黃龍醉太平 降黃龍首至四。犯醉太平五至末。　玉絳畫眉 玉漏遲序首至三。犯絳都春序五至合，畫眉序四至末。　燈月照畫眉 燈月交輝首至三・犯畫眉序三至末。

霓裳六序 絳都春序首四句・犯玉漏遲序五至末尾犯序換頭首至三念奴嬌序三至七梁州序八至合河傳序八至合・

羽衣第二疊 畫眉序首至二・犯皂羅袍四至五醉太平五至六白練序二至合双赤子五至七畫眉兒四至末拗芝蔴五至合小桃紅四至五花藥欄八至十怕春歸第二句古輪臺合至末。

黃龍燈月 降黃龍首至六・犯燈月交輝五至末。

龍宜山天 降黃龍首至六・犯宜春令五至六朝天子末二句。

正宮

錦天樂 錦纏道首至六・犯普天樂七至末。

錦芙蓉 錦纏道首至六・犯玉芙蓉合至末。

錦梁州 錦纏道首至四・犯梁州序六至末。

錦樂纏 錦纏道首至四・犯普天樂三至末。

羽衣三疊 錦纏道首至四・犯玉芙蓉四至七四塊玉末錦漁燈首至合錦上花四至合普天樂首至三舞霓裳五至六千秋歲合至末㾊婆子首至五滾繡球六至八紅繡鞋七至末。

三十腔 錦纏道首至二・犯漁家傲三至四侍香金童七至九燈月交輝二至三春雲怨八至九永團圓第二句掉角兒五至六柳搖金八至九刮鼓令第七句下小樓末句綠襴衫首至二醉太平四至五絳都春序四至五尾犯序五至合皂羅袍末句剔銀燈首二句山漁燈五至六馬鞍兒首至二大迓鼓三至四傳言玉女七至八永團圓九至十一鮑老催末三句五更轉首至三普天樂三至四啄木兒第六句恨更長三至四雁過聲末二句。

刷子錦 刷子序首至合・犯錦纏道七至末。

刷子樂 刷子序首至合・犯普天樂五至末。

刷子帶芙蓉 刷子序首至合・犯玉芙蓉七至末。

芙蓉樂 玉芙蓉首至合・犯小普天樂合至末。

普天芙蓉 普天樂首至合・犯玉芙蓉末一句。

樂顏回 普天樂首至六・犯泣顏回合至末。

天邊雁 普天樂首至六・犯雁過聲合至末。

普門大士 普天樂首至四・犯賽觀音三至末。

傾杯賞芙蓉 傾杯序首至五・犯玉芙蓉四至末・又一體傾杯序換頭首至合・犯玉芙蓉合至末。

杯底慶長生 傾杯序首至五・犯長生道引十至末。

朱奴帶錦纏 朱奴兒首至合・犯錦纏道七至末。

朱奴插芙蓉 朱奴兒首至六・犯玉芙蓉末一句。

雁聲傾 雁過聲首至合・犯傾杯序六至末。

雁聲樂 雁過聲首至七・犯普天樂末一句。

雁燈錦 雁過聲首至合・犯錦纏道七至末。

雁漁錦 (第一段)雁過聲全隻(第二段)雁過聲首二句・犯漁家傲第四句雁過聲六至七錦纏道第五句山漁燈第三句雁過聲四至五山漁燈第七句雁過聲七至末(第三段)雁過聲首二句犯漁家傲第四句雁過聲第六句山漁燈第六句雁過聲七至末・(第四段) 雁過聲首

至二．犯山漁燈第二句，朱奴兒第六句，玉芙蓉第六句漁家傲四至六雁過聲七至末。（第五段）錦纏道首至七雁過聲七至末。

五色絲 白練序首至二．犯黃鶯兒四至五青歌兒三至四紅芍藥合至末黑蠊序合至末。

白樂天九歌 白練序首至合．犯昇平樂三至末朝天子合至末解三醒首至合三學士首至合急三槍四至末。

醉宜春 醉太平首至六．犯宜春令六至末。

醉太師 醉太平首至六．犯太師引五至末。

醉天樂 醉太平首至六．犯普天樂五至末。

漁燈映芙蓉 山漁燈首至合．犯玉芙蓉合至末。

小桃拍 小桃紅首至合．犯催拍合至末。

桃紅醉 小桃紅首至五．犯醉太平末一句。

四時八種花 小桃紅首至二．犯月上海棠三句紅芍藥合至末石榴花五至合水紅花二至三玉芙蓉四至合梅花塘五至六水仙子末句。

雙紅嵌芙蓉 小桃紅首至二．犯玉芙蓉三至合。

小玉醉 小桃紅首至五．犯玉芙蓉四至合。

中呂

顏子樂 泣顏回首至四．犯刷子序五至合普天樂八至末。

泣銀燈 泣顏回首至四．犯剔銀燈合至末。

榴花泣 石榴花首至四．犯泣顏回五至末。

花尾雁 石榴花首至四犯尾犯序四至合雁過聲七至末。

榴花馬 石榴花首至二．犯駐馬聽五至末。

榴花三和 石榴花首至三．犯泣顏回五句大和佛合至末。

榴子雁聲 石榴花首至四．犯雁過聲七至末。

駐馬摘金桃 駐馬聽首至七．犯金娥神曲合至五櫻桃花合至末。

番馬舞秋風 駐馬聽首至七．犯一江風末。

駐雲聽 駐雲飛首至五．犯駐馬聽五至末。

撲燈紅 撲燈蛾首至六．犯紅繡鞋七至末。

芍藥掛雁燈 紅芍藥首句．犯剔銀燈二句雁過聲七至末。

孩兒帶芍藥 耍孩兒首至三．犯粉孩兒三至合，紅芍藥合至末。

金孩兒 縷縷金首至六．犯般涉耍孩兒四至末。

縷金丹鳳尾 縷縷金首至合．犯丹鳳吟七句尾犯序合至末。

縷金嵌孩兒 縷縷金首至六．犯好孩兒三句。

漁家燈 漁家傲首至四．犯剔銀燈四至末。

漁家雁 漁家傲首至五．犯雁過聲七至末。

兩漁聽雁 漁家傲首至三．犯剔銀燈三至六．雁過聲七至末。

漁家醉芙蓉 漁家

傲首至五・犯醉太平五至合玉芙蓉合至末。　銀燈紅剔銀燈首至合・犯朱奴兒合至末。　燈影搖紅剔銀燈首至二犯大影戲四至合紅芍藥合至末。　銀燈照錦花剔銀燈首至合・犯攤破地錦花五至末。　銀燈照芙蓉剔銀燈首至合・犯玉芙蓉合至末。　花六么攤破地錦花首至五・犯六么令四至末。　麻婆穿繡鞋麻婆子首至四・犯紅繡鞋七至末。　麻婆好繡鞋麻婆子首至五・犯越恁好六至八紅繡鞋七至末。　尾犯芙蓉尾犯序首至七・犯玉芙蓉七至末。　尾犯錦尾犯序首至合犯・錦纏道九至末。　尾犯燈尾犯序首至三・犯剔銀燈合至末。　尾漁燈尾犯序首至三犯山漁燈七至末。　霓裳戲舞千秋歲舞霓裳首至六・犯大影戲合至七千秋歲合至末。　兩紅燈兩休休首至四・犯紅芍藥五至合剔銀燈合至末。　九品蓮兩休休首至四・犯五供養五至八雙蝴蝶合至末。　雙瓦合漁燈古瓦盆兒首至合・犯瓦盆兒四至六山漁燈三至六剔銀燈合至末。　團圓同到老永團圓首至四・犯耍鮑老五至末鮑老催全。

南呂

梁州新郎梁州序・犯賀新郎合至末。　梁州錦序梁州序首至五・犯刷子序五至合錦纏道合至末。　梁溪劉大娘梁州序首至五・犯浣溪紗首至三劉潑帽三至末大迓鼓首至合。　六奏清音梁州序首至五・犯桂枝香十至末排歌合至七・八聲甘州五至合皂羅袍七至末黃鶯兒合至末。　新郎撫孤雁賀新郎・犯孤雁飛三至末。　節節令節節高・犯東甌令合至末。　節節金蓮節節高・犯金蓮子末句。　大節高大聖樂・犯節節高四至末。　大聖花大聖樂首至六・犯柰子花合至末。　大聖棹大聖樂首至六・犯川撥棹合至末。　聖寒花大聖樂首至二・犯瑣窗寒三至合柰子花合至末。　大瑣窗大聖樂首至二・犯瑣窗寒三至末。　柰子宜春柰子花首至四・犯宜春令末句。　柰子樂柰子花首至四・犯大聖樂合至末。　柰子窗柰子花首至四・犯瑣窗寒合至末。　花落五更寒柰子花首至四・犯五更轉六至合瑣窗寒末二句。　迓鼓娘大迓鼓首至六・犯香柳娘末二句。　繡太平繡帶兒首至四・犯醉太平五至末。　繡帶宜春繡帶兒首至五・犯宜春令五至末。　繡帶引繡帶兒首至五・犯太師引五至末。　繡鍼線繡帶兒首至四・犯鍼線箱五至末。

帶醉行春　繡帶兒首至四·犯醉太平五至七宜春令末二句。

十樣錦　繡帶兒首至五·犯宜春令五至末，降黃龍首至五醉太平五至末浣溪紗首至七下小樓全雙聲子首至六鶯啼序五至末。

宜春樂　宜春令首至七·犯大聖樂合至末。

宜春引　宜春令首至七·犯太師引八至末。

宜春序　宜春令·犯獅子序六至末。

宜春絳　宜春令·犯絳春序三句。

宜春兒　宜春令·犯懶畫眉第三句繡帶兒五至末。

宜春瑣窗　宜春令·犯瑣窗寒末三句。

春甌蓮　宜春令犯東甌令三至五金蓮子末二句。

春溪潑月蓮　宜春令·犯浣溪紗首至五劉潑帽三至末秋夜月四至末金蓮子三至末。

太師令　太師引·犯刮鼓令末一句。

太師帶　太師引·犯繡帶兒五至末。

師帶引　太師引首至三犯繡帶兒三至四。

太師解帶　太師引首至五·犯解三醒五至七繡帶兒末二句。

太師入瑣窗　太師引首至六·犯瑣窗寒末二句。

太師見學士　太師引首至四·犯三學士三至末。

瑣窗郎　瑣窗寒首至六·犯賀新郎八至末。

瑣窗花　瑣窗寒首至三·犯奈子花四至末。

瑣窗繡　瑣窗寒首至七·犯繡衣郎末二句。

寒窗秋月　瑣窗寒首至六·犯秋夜月四至末。

學士解醒　三學士首至四·犯解三醒五至末。

學士解溪紗　三學士首二句·犯解三醒三至七浣溪紗七至末。

學士醉江風　三學士首至四·犯醉太平末二句一江風第三句。

羅鼓令　刮鼓令首至五·犯皂羅袍六至末刮鼓令七至末。

羅江嬌　香羅帶首至六·犯一江風五至九步步嬌末一句。

七犯玲瓏　香羅帶首至三·犯梧葉兒三至五水紅花五至八皂羅袍三至八桂枝香十至末排歌末三句黃鶯兒末句。

九疑山　香羅帶首至四·犯征胡兵四至末懶畫眉首至三·醉扶歸四至末梧桐樹首至五瑣窗寒五至末大迓鼓首至四解三醒四至七劉潑帽三至末。

香遍五更　香遍滿首至五·犯五更轉四至末，香遍滿末二句。

香滿繡窗　香遍滿首至三·犯繡帶兒三至四瑣窗寒末二句。

遍滿五更香　香遍滿首二句·犯五更轉五至末香柳娘末四句。

懶扶歸　懶畫眉首三句·犯醉扶歸四至末。

懶鍼線　懶畫眉首三句·犯鍼線箱三至末。

懶醉皂　懶畫眉首四句·犯醉扶歸三至四皂羅袍七至末。

浣溪樂　浣溪紗首至五·犯大聖樂末三句。

浣

溪帽　浣溪紗首至五・犯劉潑帽三至末。
浣紗潑秋蓮　浣溪紗首至五・犯劉潑帽三至末秋夜月四至五金蓮子三至末。
三仙序　三仙橋首至四・犯白練序四至末
九重春　三仙橋首至六・犯三換頭五至十三學士末二句。
巫山十二峰　三仙橋首至四・犯白練序四至末醉太平首至五普天樂五至末征胡兵首至四香遍滿四至末瑣窗寒首至三劉潑帽三至末三換頭首至六賀新郎末三句節節高首至七東甌令第二句。
東甌蓮　東甌令首至六・犯金蓮子末二句。
令節賞金蓮　東甌令首至四・犯節節高四至八金蓮子末二句。
潑帽落東甌　劉潑帽首至三・犯東甌令五至末。
潑金甌　劉潑帽首至三・犯金蓮子第三句東甌令末二句。
五更香　五更轉首至六・犯香柳娘末四句。
五更歌　五更轉首至六・犯排歌末六句。
紅衫繫白練　紅衫兒首至四・犯白練序三至末。
紅白醉　紅衫兒首至四・犯白練序三至五醉太平七至末。
朝天畫眉　朝天子首至五・犯懶畫眉四至末。
朝天紅　朝天子首至四・犯紅衫兒五至末。
征胡遍　征胡兵首至四・犯香遍滿五至末。

仙呂

三犯月高　月兒高首至合犯五更轉三至五紅葉兒合至末上馬踢八至末。
月雲高　月兒高全隻・犯駐雲飛合至末。
月照山　月兒高首至合・犯山坡羊七至末。
月上五更　月兒高首至合・犯五更轉三至五。
鶯花皂　皂羅袍首至五・犯黃鶯兒四至合水紅花七至末。
天香滿羅袖　皂羅袍首至三・犯桂枝香三至七歸皂羅袍末一句。
皂羅罩金衣　皂羅袍首至五・犯黃鶯兒合至末。
羅袍帶封書　皂羅皂首至合・犯一封書合至末。
羅袍歌　皂羅袍全隻犯排歌合至末。
醉羅袍　醉扶歸首至末・犯皂羅袍四至八。
醉歸花月飛　醉扶歸首至合・犯四季花三至五月兒高五至末駐雲飛合至末。
醉歸月紅轉　醉扶歸首至四犯四季花四至六月兒高五至末紅葉兒合至末五更轉末二句。
二犯傍妝臺　傍妝臺首至四・犯八聲甘州五至合皂羅袍合至六歸傍妝臺末一句。
妝臺望鄉　傍妝臺首至合・犯望吾鄉合至末。
妝臺甘州歌　傍妝然首至四犯八聲甘州五至六排歌合至末。

甘州解醒八聲甘州首至五・犯解三醒五至末。

甘州歌八聲甘州首至合・犯排歌合至末。

八仙會蓬海八聲甘州首至五・犯月上海棠四至末。

甘州八犯八聲甘州首句・犯泣顏回第二句風入松第三句桃紅菊第三句沈醉東風第五句美中美第五句上馬踢第七句喜還京末句。

二犯桂枝香桂枝香首至四犯四季花四至合皂羅袍五至八歸桂枝香末二句。

桂坡羊桂枝香首至合・犯山坡羊合至末。

桂東羅桂枝香首至四犯東甌令首至四・皂羅袍七至末。

香歸雙羅袖桂枝首至七犯香羅帶五至六醉扶歸三至四皂羅袍五至六・歸桂枝香末二句。

桂發轉佳期桂枝香首至五・犯五更轉四至五誤佳期十一至末。

桂袍妝桂枝香首至四犯皂羅袍七至八傍妝臺末一句。

桂花遍南枝桂枝香首至四・犯鎖南枝四至末。

一秤金桂枝香首至六・犯月兒高三至四排歌五至七傍妝臺二至五金鳳釵八至九洞仙歌五至六四季花五至六園林好合至末漁家傲二至五鮑老催末二句。

一封羅一封書首至二・犯皂羅袍三至末。

九迴腸解三醒首至七犯三學士首至合急三槍四至末・

解醒歌解三醒首至合・犯一封書合至末。

解醒樂解三醒首至四犯大聖樂五至末。

解醒望鄉解三醒首至合・犯望吾鄉合至末。

解醒芙蓉解三醒首至合・犯玉芙蓉合至末。

解醒甘州解三醒首至合犯八聲甘州合至末。

解醒畫眉解三醒首至七犯懶畫眉第三句寄生子合至末。

掉歌郎掉角兒序首至合・犯排合至七。

掉角望鄉掉角兒序首至合犯望吾鄉合至末。

十二紅醉扶歸首至三犯醉公子換頭首至二解紅序二至三紅林擒近末三句賽紅娘第五句醉娘子三至六紅衫兒五至末小桃紅三至五滿江紅五至七紅葉兒五至六紅繡鞋末三句紅芍藥末三句・今俗譜在第五句後・改作永團圓四句皂羅袍五句玉交枝一句江兒水二句步步嬌二句排歌六句十五郎二句・流唱已久・轉昧原式・茲照徐子室九宮正始所錄列載・此式專入套用。

大石

觀音水月賽觀音首二句・犯江兒水四至六人月圓末二句。

催拍銀燈催拍首至四・犯剔銀燈四至末。

催拍棹催拍首至六・犯一撮棹八至末。

小石

妙體觀音 准妙體首至六・犯賽觀音三至末。

羊踏菜園 羊頭靴首至五・犯園林好末二句。

漁燈月 漁燈兒首至三・犯人月圓末二句。

雙調

南桂枝 鎖南枝一至五・犯桂枝香七至末。

南江風 鎖南枝一至五・犯一江風末四句。

鎖順枝 鎖南枝首至五・犯孝順歌六至末鎖南枝換頭末四句。

孝南枝 孝順歌・犯鎖南枝換頭末四句。

南枝映水清 鎖南枝首至六・犯五馬江兒水十一至十二鎖南枝末四句。

孝江水 孝順歌・犯江兒水四至末。

孝金歌 孝順歌首至六・犯金字令十至十一及孝順歌末一句。

雙金令 四塊金首至六・犯攤破金字令五至末。

金風曲 四塊金首四句・犯一江風三至末。

淘金令 攤破金字令首至六・犯朝元令五至六五馬江兒水末五句。

金馬朝元令 攤破金字令首六句・犯五馬江兒水三至五朝元令十至十一金字令末三句。

金

三段 攤破金字令首至六・犯三段子末四句。

金水柳 攤破金字令首六句・犯五馬江兒水八至十朝元令十至十一柳搖金末三句。

江頭金桂 五馬江兒水首至五犯金字令五至九桂枝香末五句。

風雲會四朝元 五馬江兒水首五句犯桂枝香一疊句柳搖金八至十一一江風六至九朝元令末二句。

二犯江兒水 五馬江兒水首至五・犯金字令十至末朝天歌末三句。

五馬搖金 五馬江兒水首至十・犯柳搖金末四句。

朝金羅鼓令 朝元令首至六・犯四塊金第九句刮鼓令末三句皂羅袍六至九刮鼓令末二句。

錦堂月 畫錦堂首至五・犯月上海棠末五句。

錦棠姐 畫錦堂換頭首至六・犯月上海棠五六兩句好姐姐末三句。

畫錦畫眉 畫錦堂換頭首至六・犯畫眉序末四句。

醉僥僥 醉翁子首至七・犯僥僥令末四句。

醉翁對春風 醉翁子首至五・犯沉醉東風末六句。

二犯僥僥令 僥僥令首三句・犯川撥掉十一至五好姐姐第六句僥僥令末一句。

僥僥撥棹 僥僥令首至三・犯川撥掉末二句。

僥僥飽老 僥僥令首三句・犯飽老催末六句。

月上令 月上海棠首四句・犯忒忒令末四句。

月上堂 月上海棠首四句・犯畫錦堂末六句。

月上沉醉 月上海棠首六句犯・沉醉東風末四句。

月上園林 月上海棠首四句・犯園林好末三句。

海棠姐 三月海棠首至七・犯好姐姐末五句。

三枝花 三月海棠首四句・犯玉嬌枝三至五武陵花末二句。

雙海棠 三月海棠首至七・犯月上海棠末三句。

江水遶園林 江兒水首至六・犯園林好末二句。

江水撥棹 江兒水首至六・犯川撥棹末二句。

六么姐兒 六么令首三句·犯好姐姐四五兩句梧葉兒末二句。

六宮花 六么令首四句·犯賞宮花末二句。

六么江水 六么令首四句·犯江兒水末二句。

風入三松 風入松首四句·犯急三槍三至五歸風入松末二句。

風入園林 風入松首三句·犯園林好末三句。

風送嬌音 風入松首三句·犯惜奴嬌末四句。

姐姐揷嬌枝 好姐姐首至四犯玉嬌枝末三句。

好玉供海棠 好姐姐首二句·犯玉嬌枝三四兩句五供養五至八月上海棠末二句。

姐姐棹橈 好姐姐首至四·犯川撥棹二至五僥僥令末二句。

步月兒 步步嬌首至五·犯月兒高末四句。

步江水 步步嬌首至六·犯江兒水末二句。

姐姐帶六么 好姐姐首至四·犯六么令末三句。

步扶歸 步步嬌首至五·犯醉扶歸末二句。

步入園林 步步嬌首至五·犯園林好末三句。

沉醉海棠 沉醉東風首至五·犯月上海棠末三句。

沉醉姐姐 沉醉東風首至五·犯好姐姐末四句。

東風吹江水 沉醉東風首至四·犯江兒水末三句。

園林沉醉 園林好首至四·犯沉醉東風末五句。

園林見姐姐 園林好首至三·犯好姐姐末五句。

園林醉海棠 園林好首至三·犯沉醉東風四至七月上海棠末三句。

九華燈 園林好首至三·犯江兒水末二句玉嬌枝首至六五供養首至五好姐姐首三句忒忒令三至八鮑老催首至六川撥棹三至五桃紅菊末三句。

供養海棠 五供養首至九·犯月上海棠末二句。

五交枝 五供養首至五·犯玉嬌枝末四句。

供養江水 五供養首至七·犯江兒水末二句。

五枝供海棠 五供養首至五·犯玉交枝五六兩句五供養八七二句月上海棠末兩句。

玉枝供 玉交枝首至六·犯五供養末三句。

玉嬌鶯 玉交枝首至六犯黃鶯兒末三句。

玉雁枝 玉交枝首至四·犯雁過沙三至五玉嬌枝末二句。

嬌海棠 玉交枝首至四·犯月上海棠末五句。

嬌撥棹 玉交枝首至六·犯川撥棹末二句。

玉六么 玉嬌枝首二句·犯六么令末五句。

玉山頹 玉抱肚首至四·犯五供養末五句。

玉桂排枝 玉抱肚首至四·犯桂枝香五至八排歌九至末鎖南枝末四句。

商調

山羊轉五更 山坡羊首至四·犯五更轉五至末。

山羊嵌五更 山坡羊首至四·犯五更轉六至末。

二犯山坡羊 山坡羊首至四·犯金梧桐首至五五更轉六至十歸山坡羊本調末四句。

十二紅 山坡羊首四句·犯五更轉首至六園林好首二句江兒水六至末玉交枝首至四五 供養首至七 好姐姐首至五五供養末四句鮑老催首三句川

撥棹首至五桃紅菊三至末僥僥令首至末。

花鶯皂　水紅花首至三·犯黃鶯兒四至六皂羅袍末三句。

水紅葉　水紅花首至八·犯梧葉兒末二句。

金井水紅花　梧葉兒首至三·犯水紅花五至末柳搖金十至末皂羅袍六至末。

梧葉雙水香　梧葉兒首至三犯水紅花二至三·五馬江兒水八至十桂枝香五至末。

梧葉花柳　梧葉兒首至三·犯水紅花七至末柳搖金九至末。

梧水柳山　梧葉兒首至三·犯水紅花五至末柳搖金九至末。

桐樹滿山坡　梧桐樹首至四·犯山坡羊三至末。

桐花結子　梧桐樹首至六·犯水紅花七至八惜黃花五至七寄生子末二句。

梧桐墜五更　梧桐樹首至六·犯五更轉末三句。

桐月窗寒　梧桐樹首至七·犯秋夜月四五二句瑣窗寒末二句。

六宮春　梧桐樹首至六·犯東甌令四至末浣溪紗首至五劉潑帽三至末大迓鼓首至六香柳娘九至末。

金絡索　金梧桐首至五·犯東甌令二至四鍼線箱第六句解三酲第七句懶畫眉第三句寄生子末三句。

梧桐秋水桂枝香　金梧桐首至四·犯秋夜月首至四五馬江兒水九至十桂枝香五至末。

七條絃　金梧桐首至四·犯黃鶯兒四五兩句五更轉四至六懶畫眉首二句鍼線箱五六二句皂羅袍六至七桂枝香末二句。

八寶妝　金梧桐首至四·犯高陽台七八兩句猫兒墜 第四句 女冠子五至七金鳳釵第十一句綠欄衫五六句駿甲馬末二句。

字字啼春色　字字錦首至八·犯鶯啼序四至五絳都春序末三句。

雪簇望鄉臺　雪獅子首至六·犯簇御林三至四望吾鄉五至七傍妝臺末五句。

二賢賓　二郎神首至五犯集賢賓五至末。

二啼鶯　二郎神首至三犯鶯啼序第五句黃鶯兒四至五二郎神七至末。

二郎抱公子　二郎神換頭首至四·犯黃鶯兒三至五二郎神七至末。

二郎畫眉　二郎神首至七·犯畫眉序末二句。

集賢降黃龍　集賢賓首至五·犯降黃龍末三句。

集賢聽畫眉　集賢賓首至六·犯畫眉序末二句。

集鶯花　集賢賓首二句·犯賞宮花末二句。

集賢貓　集賢賓首至六·犯猫兒墜末三句。

集賢鶯　集賢賓首至六·犯黃鶯兒末三句。

鶯啼春色中　鶯啼序首至六·犯猫兒墜末三句。

鶯集御林　鶯啼序首二句·犯集賢賓三至五簇御林末四句。

鶯集御林春　鶯啼序首二句·犯集賢賓三至五簇御林第四句三春柳末二句。

啼鶯喚啄木　鶯啼序換頭首至四·犯啄木兒末三句。

鶯集園林二月花　鶯啼序換頭首至四·犯集賢賓三至六滿園春五至七園林好二至三二郎神換頭首至六月上海棠末五句。

公子集賢賓　金衣公子首至六·犯集賢賓末二句。

鶯啄皂羅袍　黃鶯兒首至三·犯啄木兒四至七皂羅袍末五句。

雙文啼　黃鶯兒首至三·犯鶯啼序三至六黃鶯兒末六句。

鶯玉袍　黃鶯兒首至三·犯玉

抱肚四五兩句皂羅袍末五句。金衣間皂袍金衣公子首至六・犯皂羅袍六至末黃鶯兒末三句。黃貓兒黃鶯兒首至三・犯貓兒墜末四句。鶯袍間鳳花黃鶯兒首句・犯皂羅袍二三兩句金鳳釵六至九皂羅袍八九兩句四季花末六句。黃鶯花黃鶯兒首至七・犯賞宮花末二句。黃林封花袍黃鶯兒首至三・犯簇御林第五句一封書七至八皂羅袍末五句。御袍黃簇御林首至五・犯皂羅袍六至末黃鶯兒末三句。御林鶯簇御林首至四・犯黃鶯兒末三句。御林出隊簇御林首至五犯出隊子末二句。御林啄木簇御林首至五・犯啄木兒末三句。御林賞羅袍簇御林首至六・犯賞宮花四至末皂羅袍末五句。林間三鳥音簇御林首至三・犯啄木兒四至末畫眉序第七句黃鶯兒末一句。清商七犯簇御林首至三・犯高陽台六至八貓兒墜末二句啄木兒四至五集賢賓五六兩句黃鶯兒第七句鶯啼序末一句。貓兒戲畫眉貓兒墜首至五・犯畫眉序末二句。貓兒節節高貓兒墜首至三・犯節節高末七句。雙貓出隊貓兒墜首至三・犯出隊子三四兩句貓兒墜末二句。貓兒墜梧枝貓兒墜首至四・犯梧桐葉玉嬌枝末二句。貓兒墜桐葉貓兒墜首至四・犯梧桐葉末二句。貓兒逐黃鶯貓兒墜首至四・犯黃鶯兒末三句。

羽調

花叢道和四時花首至六・犯道和三至四勝如花七至九四季花末二句。四季盆花燈四季花首至六・犯瓦盆兒五至九石榴花末二句剔銀燈末三句。金釵十二行金鳳釵首至三・犯勝如花三至四醉扶歸首二句望吾鄉六至七道和末兩句傍妝台三至四解三醒第七句一盆花六至七一封書五至六掉角兒序十至十一皂羅袍末三句排歌末三句。鳳釵花落索金鳳釵首至三・犯勝如花四至五醉扶歸三四兩句梧葉兒首至三水紅花五至八浣溪紗四至五望吾鄉六至七大聖樂五至六傍妝台三至四解三醒合至末一封書五至六皂羅袍六至九黃鶯兒六至七月兒高五六兩句排歌合至末桂枝香末二句。慶豐歌慶時豐首至四・犯排歌末六句。慶豐鄉慶時豐首至四・犯望吾鄉末三句。馬鞍歌馬鞍兒令首至八・犯排歌末六句。馬鞍帶皂袍馬鞍兒令一至四・犯皂羅袍末五句。道和排歌道和全・犯排歌末六句。桃花山今體小桃紅首至七・犯下山虎七至末。桃紅虎白兎小桃紅首至十・犯下山虎十至末。山桃紅下山虎首至四・犯小桃紅五至九歸下山虎末四句。山虎看桃下山虎首至六・犯小桃紅六至九下山虎末四句。山下夭桃下山虎首至四・犯小桃紅三至末。山虎嵌蠻牌下山虎首至七・犯蠻牌令三至六下山虎末三句。山雲江風嬌 下山虎首二句．犯駐雲飛三至四一江風五至七憶多嬌末三句。下山遇多嬌 下山虎首至九．犯憶多嬌末三句。憶虎序 下山虎首至五．犯鬬黑麻五至六憶多嬌末三句。五般韵美 五般宜首至四．犯五韵美末四句。．蠻山憶 蠻虎令首至六．犯下山虎憶多嬌末三句。蠻牌帶寶蟾 蠻牌令首至六．犯鬬寶蟾末三句。送江神 江頭送別首至五．犯江神子末二句。江神心 江頭送別首至七．犯江神子第三句繫天心末四句。江頭帶蠻牌 江頭送別首至八．犯蠻牌令末四句．此曲舊題鬬蝦蟆．大正曲．誤。憶鶯兒 憶多嬌首至四．犯黃鶯兒末六句。憶梨花 憶多嬌首至四．犯梨花兒三至末。英臺惜奴嬌 祝英台首至三．犯惜奴嬌四至末．又祝英台換頭首至三．犯惜奴嬌同上曲。亭前送別 亭前柳首至四．犯江頭送別末二句。帳裏多嬌 羅帳裏坐首至六．犯憶多嬌末三句。醉過南樓 醉娘子首至四犯雁過南樓末四句。南樓蟾影 雁過南樓首至五．犯鬬寶蟾末三句。望歌樓 望歌兒首至六．犯雁過南樓末三句。

一．南曲板式有正贈之分．已見前述．此項正贈板式實爲曲牌音節緩急之樞紐．有贈之曲．必屬舒緩．無贈之曲．必屬明快．亦有可贈可不贈者．則聯套時固可高下在心．審奪音節而定前後．大抵有贈之曲在前．無贈之曲在後．其可贈可不贈者．或加增板置於無贈之前．或置於贈板更緩之主曲前後．以度引首尾音程．故欲判明一曲之緩急．必先知其板式有無正贈．倘不明察．作散套時如以二郎神接貓兒墜．作劇套時如以武生唱金絡索．則鮮不顚倒冠裳．音程乖謬者．是孰爲有贈之曲．孰爲無贈之曲．孰爲可贈可不贈之曲．必詳爲分辨．始能著手聯套．茲擇常用曲牌．判其正贈性質．列舉於次．以資隅反．

黃鍾　畫眉序　啄木兒　獅子序　降黃龍　侍香金童

正宮　錦纏道　雁過聲　傾盃序　刷子序　白練序　醉太平
仙呂　月兒高　醉扶歸　八聲甘州　傍妝台　桂枝香
中呂　泣顏回　好事近　石榴花　漁家傲　粉孩兒　瓦盆兒
南呂　梁州序　賀新郎　一江風　繡帶兒　太師引　宜春令　香遍滿　懶畫眉
　　犯胡兵
大石　念奴嬌序
小石　漁燈兒　錦漁燈
雙調　晝錦堂　孝順歌　鎖南枝　柳搖金　金字令　夜雨打梧桐　朝元令　風雲
　　會四朝元　夜行船序　黑蠊序　惜奴嬌　步步嬌　忒忒令　沉醉東風　園
　　林好　武陵花　銷金帳　叠字錦　尹令
商調　山坡羊　字字錦　梧桐樹　二郎神　集賢賓　鶯啼序　囀林鶯
羽調　金鳳釵　四季花
越調　小桃紅　祝英台　綿搭絮
　　以上均屬有贈板之曲
黃鍾　啄木鸝　太平歌　玉漏遲序　出隊子

正宮　玉芙蓉　普天樂　朱奴挿芙蓉　金殿喜重重
仙呂　八聲甘州　二犯傍妝台　河傳序　望吾鄉　上馬踢　一封書　小措大
中呂　榴花泣　駐馬聽　駐雲飛　尾犯序　喜漁燈　山花子　駄環著
南呂　東甌令　香羅帶　刮鼓令　羅帶兒　二犯香羅帶　五更轉　懶針線　古
　鍼線箱　瑣窗寒　香柳娘　梅花塘　三仙橋　二犯朝天子
大石　賽觀音
小石　錦上花
雙調　孝南歌　二犯孝順歌　四塊金　淘金令　二犯江兒水　江兒水、　古江兒水
　好姐姐　月上海棠　嘉慶子　風入松　桃紅菊　玉山供
商調　高陽台　黃鶯兒　水紅花　梧桐花　金梧桐　滿園春　鶯集御林春
羽調　排歌　勝如花　慶時豐
越調　下山虎　繡停針　憶多嬌
　以上均屬贈板可有可無之曲
黃鍾　鬧樊樓　耍鮑老　鮑老催　滴滴金　滴溜子　神仗兒　雙聲子　三段子
　歸朝歡　水仙子　刮地風　賞宮花　傳言玉女　月裏嫦娥　黃龍袞
正宮　朱奴兒　朱奴剔銀燈　小桃紅　雁過沙　四邊靜　福馬郎　綠襴衫　三字

仙呂　令　一撥棹　洞仙歌　沙雁揀南枝　刬鍬令　雙鸂鶒
木丫牙　感亭秋　喜還京　美中美　油核桃　長拍　短拍　皂羅袍　一盆花
勝葫蘆　解三酲　掉角兒序　春從天上來　三囑咐

中呂　古輪臺　千秋歲　撲燈蛾　念佛子　大和佛　大影戲　紅芍藥　耍孩兒
會河陽　越恁好　紅繡鞋　剔銀燈　攤破地錦花　麻婆子　合笙　舞霓裳
永團圓　太平令　縷縷金　風蟬兒

南呂　節節高　大聖樂　奈子花　單調風雲會　女冠子　孤雁飛　石竹花　解連
環　薄媚袞　竹馬兒　番竹馬　阮郎歸　三學士　金蓮子　浣溪紗　劉潑
帽　三換頭　紅芍藥　撓夜香　引駕行　搗白練　秋夜月　大迓鼓　金錢
花　劉袞

大石　人月圓　催拍

小石　錦中拍　錦後拍　鬭玉郎

雙調　醉翁子　僥僥令　窣地錦襠　三月海棠　哭岐婆　雙勸酒　普賢歌　雁兒
舞　打毬場　倒拖船　急三槍　川撥棹　錦衣香　漿水令　豆葉黃　玉交
枝　玉抱肚　六么令　五供養　品令

道宮　鵝鴨滿渡船　赤馬兒　拗芝麻
商調　簇御林　琥珀猫兒墜　五團花　梧葉兒
羽調　馬鞍兒
越調　蠻牌令　五般宜　五韻美　羅帳裏坐　江頭送別　醉娘子　雁過南樓　山
麻稭　鏵鍬兒　道和　包子令　亭前柳　博頭錢　望兒歌　鬬寶蟾　鬬黑
麻　憶鶯兒　江神子　園林杵歌　入破至出破

以上均屬無贈板之曲

以上所舉曲牌、均就習用者言之、至於集曲、幾以有贈爲主、僅或後幅間不用贈、易言之、集曲皆係緩曲、故本節所列集曲、祇擇其例外者表而出之、不復一一詳舉也、抑更有進者、有贈之曲中、其緩度、應尙有等次之分、無贈之曲中、其急度亦應有等差之別、至贈板可有可無之曲中、復有疾徐粗細之異、正未可專執贈板之有無而籠統論列、固當視曲情內容斟酌次第、當另於後幅雜劇傳奇篇中再詳論之、

一、南曲各曲牌、皆有固定板式、曲家稱爲板色、點板疎密、固爲一曲緩急所由分、而點板位置、尤屬一曲體製之經緯、譬如南呂一江風有十句十一句兩式、而以板色相同、並不判成兩調、仙呂桂枝香亦有兩式、則以板色互異、直判成兩調、一入引子、一入過曲、絕不相侔、至於孰爲某

曲之又一體。孰爲某曲之省格。純視板色而衡量之。此賴板色裁定曲體之例也。古曲相沿。恆易糾纏。如欽定曲譜收慶時豐馬鞍兒兩調。賴板色尺寸之依據。始知末幅多聯排歌合頭六句。又如俗譜通常誤以好事近爲正曲。不知係顏子樂之別名。而梁州序與梁州新郎牌名更相互冒襲。惟賴板式固定。始不因字句出入而混淆。此賴板色裁別正集及釐定冒失之例也。一曲句法。皆因板色而定。例如五字句之曲文。其僅第四字點頭板者。必爲上一下四之句法。其第四字第五字俱點頭板。必爲上二下三之句法。又如二字句不點頭板而點其他板式者。句法必係誤斷。此恃板式裁定句法之例也。折腰之句。折腰處多當腰板。襯字之句。襯字必當板隙（即襯不在板上）如牡丹亭閨塾云「險把負荆人嚇殺」襯字當板影響四字句法。而使正襯不分。此恃板式裁定用襯尺度。及分別正襯之例也。聯套之曲。先後次第。不僅緩急相配。管色相聯。尤須板色能相貫串。如二郎神必與集賢賓相聯。猫兒墜例在黃鶯兒後。各曲音節急速粗細。猫兒墜與黃鶯兒相同。集賢賓與二郎神相似。其聯用標準。即按各曲板色而定。至於一套首隻過曲以板結者。次隻必以頭眼起句。以末眼結者。次隻必以頭板起句。以下隻隻過曲。板眼皆必相互銜接。不得脫節。是又殆爲聯套之定規。此賴板色裁定聯牌前後之例也。綜上諸例。可知必熟悉各曲板色。然後始知造句、用襯、選調、聯牌、諸方法。然後始足言作曲門徑。大抵曲家皆先有詞章根柢。往往不患無華贍之詞句。而獨難於協律之製作。故初學作曲。幸勿舍難就易。修談詞章。不究規律也。

一、南曲引子與尾聲，在套內居於獨立地位，不與過曲相聯，已詳前節。純引子，在散套內用法較簡，當於劇套內論之。又引子曲，除用慢詞詩餘之類外，亦有集二種曲牌而成者，如破齊陣乃破陣子中間，揷以齊天樂二句，女臨江乃女冠子頭合臨江仙尾而成者。此類引子，句法雖較長，仍無主要腔格，祇於每句末下一截板，固同於散板曲也。至於尾聲用法，須視每套聯牌情形而定，未可拘泥。大抵凡拈一調，疊作二隻或四隻六隻八隻，以成套式者，如朝元令疊用四隻、祝英臺疊用四隻之類，或僅用二種曲牌，而各止一二曲者，如風入松二隻、急三槍二隻相間聯套之類，則多不用尾聲，此通例也。至其聯用某類曲牌，須配某式尾聲，備載譜律，可資稽覈，茲不復贅述。惟宜注意者，各宮調內之尾聲，實具有「普通」與「帶格」兩種性質。前者爲各套所通用，後者祇限用於特定套式，諸譜多混同列式，不甚特別標明。茲將帶格尾聲列式於次，以備尋稽譜律時可資印證，庶免疑惑。

帶格尾聲式㈠譜律所載尾式，合左表所擧程式者，均係帶格尾聲，不合者均係普通尾聲，詳細用法，可依譜律爲之。

㈡左表內僅載有式之格尾，其屬本曲末句煞尾之格，概不備列。

格名	格式
情未斷煞	仄平平韻 平平平叶 仄平平仄仄平平叶 仄仄平平平仄平叶
尙輕圓煞	平平仄句 仄仄平韻 仄平仄平平仄仄叶 平仄平平仄仄仄叶
尙如縷煞	平平仄仄平平仄韻 平仄平仄平仄平叶 平平仄仄叶 平平平仄平仄仄叶
喜無窮煞	仄平仄仄平平仄韻 仄仄平平仄仄平叶 仄仄平平仄仄平叶
尙按節拍煞	(一)仄仄平平平仄仄韻 平仄平平平仄仄叶 平仄平平仄仄平叶 (二)平平仄仄平平仄韻 仄平平仄仄平叶 平仄平平平仄平叶
不絕令煞	平仄平平平仄仄韻 平平平仄平仄平叶 仄仄平平仄仄平叶
三句兒煞	平平仄仄平平仄韻 平仄仄平平平仄叶 仄仄平平平仄仄叶
有餘情煞	平平仄仄平平仄韻 平可仄 仄仄平平平仄叶 仄可平 仄平平仄可平 仄平叶
尙繞梁煞	平平仄仄平平仄韻 平仄仄平平仄叶 仄仄平平仄仄平叶
收好因煞	平平仄仄平平仄韻 平平仄仄平平仄叶 平平仄仄平平叶
有結果煞	平平仄仄平平仄韻 仄平仄仄平仄仄叶 仄平仄仄平平平叶

一、南曲聯套。規則甚繁。散套雖較劇套爲簡。其實選詞協律亦非易事。故必熟玩古曲成套。始能循徑而求。茲將適用於南散套套式。擇舉於后以備參玩。

仙呂

（一）醉扶歸　皂羅袍　月上海棠　江兒水　僥僥令　尾聲沈伯英效于飛鶯侶天生就套

（二）醉扶歸　江兒水　皂羅袍　香柳娘　尾聲李文瀾敲窗夜雨知多少套

（三）醉扶歸　步步嬌　園林好　江兒水　玉交枝　川撥棹　尾聲沈伯明青萍浮一葉相逢乍套

（四）醉扶歸　步步嬌　江兒水　園林好　五供養　僥僥令　尾聲張伯起相思欲見渾難見套

（五）八聲甘州二支帶換頭　不是路　掉角兒序二支　尾聲杜圻山梨花小雨套

（六）八聲甘州二支帶換頭　不是路　解三酲二支　尾聲梁少白紅樓繡榜套

（七）八聲甘州　皂羅袍　羽調排歌　掉角兒序　尾聲袁于令寃家聚首套

（八）桂枝香　不是路　長拍　短拍　尾聲梁少白江東日暮套

（九）二犯月兒高　桂枝香　不是路　羽調排歌　皂羅袍　大勝樂　解三酲　掉角兒序　尾聲梁少白月冷青松殿套

（十）二犯傍妝台二支　不是路　掉角兒序二支　尾聲馮海浮恨匆匆套

（十一）醉羅歌四支　王雅宜爲你爲你擔愁悶套

（十二）小措大　不是路　長拍　短拍　尾聲史叔考敲冰進舫套

羽調

正宮

（一）四季花　集賢賓　簇林鶯　琥珀貓兒墜　水紅花　尾聲沈伯英秋雨過空堦套

（二）勝如花二支　三段子　滴溜子　尾聲秦冰澳從他去春幾更套

（一）錦纏道　普天樂　古輪台　尾聲史叔考滿帆風套

（二）錦纏道四支　古輪台二支　尾聲秦復菴記當時套

（三）錦纏道　太師引　三學士　解三酲　尾聲楊升菴心悒怏套

（四）普天樂　雁過聲　傾盃序　玉芙蓉　小桃紅　尾聲沈靑門建安才河陽貌套

（五）白練序　醉太平　換頭　白練序　換頭　醉太平　換頭　尾聲梁少白西風裏套

（六）刷子帶芙蓉　山漁燈犯　普天帶芙蓉　朱奴揷芙蓉　尾聲劉東生雲雨阻巫峽套

（七）刷子帶芙蓉　雁過聲　換頭　傾盃序　換頭　玉芙蓉　小桃紅與越調異　一棍

棹　尾聲王伯良白眼看靑天套

（八）刷子帶芙蓉　錦芙蓉　普天帶芙蓉　朱奴揷芙蓉　尾聲張旭初紅粉命常薄套

（九）錦庭樂四支　尾聲陳秋碧被兒餘枕兒單套

（十）傾杯賞芙蓉　玉芙蓉　普天樂犯　朱奴帶錦纏　尾聲史叔考隔墻新月上梅花套

（十一）傾杯賞芙蓉　雁過聲　換頭　普天樂　朱奴兒　小桃紅越調異　尾聲王伯

良一徑春風轉狹斜套

大石

(一)念奴嬌序　錦纏道　玉芙蓉　小桃紅越調異　尾聲王西樓麃譙落月套

(二)賽觀音二支　人月圓二支　尾聲王伯良恨着羞添着恨套

中呂

(一)泣顏回　換頭　長拍　短拍　餘文張伯起解語一枝花套

(二)泣顏回　換頭　撲燈蛾二支　尾聲陳秋碧薄倖忒情雜套

(三)泣顏回　駐馬聽　漁家燈　千秋歲　尾聲沈伯英風露怯青衫套

(四)泣顏回二支　千秋歲二支　越恁好二支　紅繡鞋二支　意不盡高東嘉東野翠烟消套

(五)石榴花　駐馬聽　剔銀燈　漁家燈　尾聲沈伯英碧桃花外套

(六)漁家傲　剔銀燈　攤破地錦花　麻婆子王伯良再到天台訪玉眞套

(七)瓦盆兒　榴花泣　喜漁燈　攤破地錦花　麻婆子　尾聲楊德芳西陵渡口套

(八)瓦盆兒　榴花泣　喜漁燈　尾聲高深甫相思到底套

(九)好事近　錦纏道　普天樂　古輪台　尾聲毛蓮石風月兩無功套

(十)好事近　榴花泣　錦纏道　千秋歲　普天樂　鮑老催　古輪臺　尾聲梁少白書寄秣陵賒套

(十一)榴花泣　錦纏道　節節高　漁家燈　尾聲顧太初瑞天夜晃套

(十二)榴花泣二支　泣顏回二支　催拍二支　尾聲梁少白長江東注套
(十三)榴花泣　錦纏道　玉芙蓉　普天樂　喜漁燈　節節高　大迓鼓　撲燈蛾
尾聲王伯良伯勞飛燕套
(十四)榴花泣　喜漁燈　撲燈蛾　尾聲王伯良經年驛使套

南呂

(一)紅衲襖　五更轉　浣溪沙　東甌令　大迓鼓　節節高　金蓮子　尾聲金白
嶼犁香肩鬆金臂套
(二)太師引　鎖窗寒　三段子　東甌令　三換頭吳騷合編南呂卷二三換頭下注・前二句五韵美・中四句蠟梅花・後四句似犯梧葉兒・譜亦未詳。
(三)一江風四支　陳秋碧到春來套
解三醒　三學士　節節高　尾聲高深甫花飛陌上春套
(四)宜春令　太師引　瑣窗寒　三段子　東甌令　三換頭　劉潑帽　解三醒
節節高　三學士　大迓鼓　撲燈蛾　尾聲史叔考燕台駿套
(五)宜春令　太師引　瑣窗寒　三段子　東甌令　三換頭　劉潑帽　大勝樂
解三醒　節節高　三學士　大迓鼓　撲燈蛾　尾聲高深甫燈前恨套
(六)宜春令　太師引　瑣窗寒　東甌令　浣溪紗　解三醒　尾聲王伯良章台路套

（七）宜春令四隻　沈則平寒侵夜套

（八）香羅帶二支　醉扶歸二支　香柳娘二支　尾聲康對山東風一夜冽套

（九）香羅帶　醉扶歸　香柳娘　尾聲梁少白天寒澤國秋套

（十）香羅帶　醉扶歸　香柳娘　江兒水　園林好　玉交枝　玉抱肚　貓兒墜玉枝　尾聲秦復菴去年三月中套

（十一）香遍滿　懶畫眉　梧桐樹犯　浣溪紗　劉潑帽　秋夜月　東甌令　金蓮子　尾聲陳秋碧因他消瘦套

（十二）香遍滿　懶畫眉　金絡索　浣溪紗　劉潑帽　秋夜月　東甌令　金蓮子　尾聲梁少白雲容月貌套

（十三）古針線箱二支　解三醒二支　尾聲古詞自別來杳無音信套

（十四）古針線箱　紅衫兒　太師引　醉太平　三學士　大砑鼓　尾聲史叔考萬斛愁等閒堆垜套

（十五）懶畫眉　不是路　掉角兒　尾聲張少谷玉人家傍碧湖頭套

（十六）懶畫眉　不是路　掉角兒序　尾聲沈靑門寶花欄十二玉亭亭套

（十七）繡帶兒　換頭　太師引二支　三學士二支　龍子猷離情慘何曾慣者套　按此套不用尾聲

（十八）大勝樂二支　不是路　掉角兒序二支　尾聲龍子猷劣冤家難遣心窩套。

（十九）梁州序　換頭王伯良傭妝玉鏡套

（廿）梁州新郎二支　換頭二支　節節高二支　尾聲陳秋碧西園暮景套

（廿一）繡帶引　懶針線　醉宜春　鎖窗繡　大節高　東甌蓮　尾聲沈伯英驀忽地雙眉頓鎖套

（廿二）繡帶引　懶針線　醉宜春　鎖窗繡　大節高　浣溪帽　東甌蓮　尾聲龍子猷風流性歡山笑海套

（廿三）宜春樂　太師垂繡帶　學士解酲　潑帽落東甌　尾聲王伯良牛郎遠隔絳河套

（廿四）羅江怨四支　無名氏懨懨病漸濃套

（廿五）九疑山　尾聲梁少白江東日暮雲套

（廿六）十樣錦　尾聲元詞幽窗下沉吟半響套

黃鍾

（一）絳都春序　出隊子　鬧樊樓　滴滴金　畫眉序　浣溪紗犯　三段繡　滴溜子　下小樓　永團圓犯　尾聲王渼陂情濃乍別套

（二）絳都春序　出隊子　鬧樊樓　滴滴金　畫眉序　沙上啄木兒　三段繡　滴溜子　下小樓　永團圓犯　尾聲高深甫春愁羨結套

（三）畫眉序　黃鶯兒　集賢賓　琥珀貓兒墜　尾聲虞竹西花下見妖嬈套

（四）畫眉序四支　滴溜子　鮑老催　滴滴金　鮑老催　雙聲子　尾聲梁少白金風動南國套

（五）降黃龍一支　換頭一支　沈伯英雨細階墀套　按本套不用尾聲

（六）啄木兒二支　三段子　滴溜子　尾聲杜圻山從別後淚暗流套

（七）啄木兒　賣花聲　歸仙洞　尾聲梁少白誰家女兩髻了套

（八）啄木兒二支　三段子二支　歸朝歡秦復菴香風縹緲開套　按本套不用尾聲

（九）畫眉上海棠　錦堂月　集賢聽黃鶯　黃鶯帶一封　一封羅　皂羅歌　甘州
解醒　解醒姐姐　姐姐插海棠　醉僥僥　尾聲劉東生鸜鵒報春曉套

（十）畫眉着皂袍　羅袍帶一封　一封付黃鶯　黃鶯叫集賢　集賢伴醉公　醉看
貓兒墜　貓兒趕畫眉　尾聲唐伯虎扶病倚南樓套

越調

（一）小桃紅　下山虎　山麻稭　五韻美　蠻牌令　五般宜　江頭送別　江神子
尾聲王元和晴思昔日配春嬌套

（二）小桃紅　下山虎　山麻稭　五韻美　蠻牌令　五般宜　江頭送別　憶多嬌
尾聲梁少白江東逐客賫北歸鞭套

（三）亭前柳二支　皂羅袍二支　下山虎二支　尾聲唐伯虎瓶墜簪折套

(四)綿搭絮四支　楊夫人長空如洗套　按此套例不用尾

商調

(一)山坡羊　玉交枝　忒忒令　好姐姐　川撥棹　尾聲梅禹金嬌滴滴一團風味套

(二)山坡羊　皂羅袍　解醒帶甘州　玉抱肚　掉角望鄉　尾聲陳秋碧風兒疎喇喇吹動套

(三)山坡羊　五更轉　園林好　江兒水　玉抱肚　川撥棹　僥僥令　尾聲路永叔碧雲窩冰輪初上套

(四)山坡羊四支　文衡山春染郊原如繡套　此套例不用尾

(五)二郎神　換頭　集賢賓　黃鶯兒二支或一支　琥珀貓兒墜二支　尾聲高東嘉人別後套

(六)二郎神　換頭　集賢聽黃鶯二支　黃鶯兒二支　琥珀貓兒墜二支　尾聲梁少白銅壺轉套

(七)二郎神　鶯啼序　簇林鶯　啄木兒　滴溜子　水紅花犯　尾聲梁少白相逢久套

(八)二郎神　集賢賓　鶯啼序　啄木兒　黃鶯兒　琥珀貓兒墜　尾聲高深甫西風緊套

(九)集賢賓　簇林鶯　啄木兒　琥珀貓兒墜　尾聲沈子勺登樓倚闌香暮景套

(十)集賢賓二支　啄木鸝　琥珀貓兒墜　滴溜子　尾聲沈子勺天涯自他爲去客套

(十一)集賢賓二支　黃鶯兒二支　琥珀貓兒墜二支　尾聲張熙伯懷珠袖壁空悄拟套

(十二)高陽台一支　換頭五支　陸包山萬點殘紅套　此套例不用尾

（十三）字字錦二支　不是路　鵲踏枝　換頭　尾聲楊彥華羣芳綻錦鮮套

（十四）字字錦　滿園春即鵲踏枝一名遍地錦又名雪獅子　梁少白秋來怕倚欄套　按本套祇二支不用尾聲

（十五）黃鶯兒　香羅帶　醉扶歸　好姐姐　玉山供　香柳娘　尾聲文衡山孤鏡畫愁眉套

（十六）黃鶯兒四支　楊夫人采藥憶天台套　例不用尾

（十七）鶯啼序　黃鶯兒　集賢賓　滴溜子　簇柳林　琥珀貓兒墜　尾聲陳秋碧孤
幃一點殘燈套

（十八）鶯啼序　集賢賓　黃鶯兒　琥珀貓兒墜　尾聲孫百川梧桐一葉秋已凋套

（十九）金梧桐　東甌令　大勝樂　解三醒　尾聲陳秋碧香醪爲解愁套

（廿）金梧桐　東甌令　浣溪紗　尾聲曹含齋相思借酒澆套

（廿一）金梧桐　東甌令　劉潑帽　奈子花　浣溪紗　金錢花　尾聲陳秋碧浸浸瑞雪鋪套

（廿二）梧桐樹　東甌令　皂羅袍　尾聲梅禹金鶯啼柳外聲套

（廿三）金絡索　五更轉　簇御林　琥珀貓兒墜　尾聲梁少白瑞台一降仙套

（廿四）金絡索四支　龍子猶曾叨金屋光套　例不用尾

（廿五）金甌線解酲　浣溪樂　春太平　奈子落瑣窗　尾聲沈伯英相思沒奈何套

雙調

(一)鎖南枝四支　陳海樵黃昏後鼓一更套

(二)錦堂月　堂上集賢賓　集賢賓　集賢聽黃鶯　黃鶯兒　黃鶯帶一封　一封書　一封羅　皂羅袍　皂羅歌　甘州歌　甘州解酲　解三酲　解酲姐姐　好姐姐　姐姐撥棹　撥棹入僥僥　僥僥令　尾聲龍子猶花滿金庭套

(三)夜行船序　黑蠊序二支　錦衣香　漿水令　尾聲周秋汀翠擁紅遮套

(四)黑蠊序二支　忒忒令　五供養　好姐姐　川撥棹　錦衣香　漿水令　尾聲

陳秋碧點簡梅花套

(五)黑蠊序　忒忒令　五供養犯　好姐姐　玉交枝　川撥棹　尾聲馮二酉兩字鴛鴦套

(六)步步嬌　江兒水　園林好　五供養犯　川撥棹　錦衣香　漿水令　尾聲

沈伯英別鳳離鸞驚時變套

(七)步步嬌　孝南枝　香柳娘　園林好　江兒水　僥僥令　尾聲劉東生月夕花朝成盧度套

(八)步步嬌　山坡羊　五更轉　園林好　江兒水　玉交枝　玉抱肚　玉山供　三學士　解三酲　川撥棹二支　僥僥令　尾聲舊詞昨夜春歸今朝夏套

(九)步步嬌　醉扶歸　皂羅袍　好姐姐　香柳娘　尾聲唐伯虎樓閣重重東風曉套

(十)步步嬌　忒忒令　尹令　品令　豆葉黃　玉交枝　月上海棠　江兒水　川

撥棹二支　尾聲梁少白一夜梧桐金風剪套

(十一)步步嬌　香羅帶　醉扶歸　皂羅袍　好姐姐　香柳娘　尾聲文衡山簾控金鈎深閨鎖套

(十二)步步嬌　沉醉東風　忒忒令　好姐姐　桃紅菊　園林好　川撥棹　錦衣香　漿水令　尾聲舊詞暗想當年新詩寫套

(十三)步步嬌　忒忒令　沉醉東風　好姐姐　園林好　江兒水　五供養犯　玉交枝　川撥棹　香柳娘　尾聲梁少白半夜蕭疎芭蕉雨套

(十四)沉醉東風　忒忒令　品令　豆葉黃　玉交枝　月上海棠　江兒水　川撥棹　尾聲鄭虛舟海棠花開還未開套

(十五)園林好二支　江兒水二支　五供養犯二支　玉交枝二支　川撥棹二支　尾聲汪伯玉常相伴淮南小山套

乙、舉隅

△客　懷　　文三橋

(黃鍾畫眉序)白露破春烟。曙色波光宛如練。見蕭條景物。易把愁牽。家鄉裏空自留連。山水興總難消遣。滿懷。無限淒涼處。芙蓉冷落誰憐。

（黃鶯兒）茅舍兩三間。傍危橋淺水邊。蓬窗獨倚空長嘆。寒江接天。寒山影懸。征人怕覩孤飛雁。悄無言驪歌在耳。不覺又經年。

（集賢賓）層巒萬叠如翠纏。飛泉瀉石涓涓。蕭寺疎鐘人漸遠。頃刻間行過前川。遙聞籬犬幾度。把青帘頻盼灣再轉。凝望處白雲千片。

（琥珀貓兒墜）碧灘楓冷。紅樹咽啼鵑。似寫長途離恨篇。巫山夢斷雨雲間。無緣甚日得重回。舊家庭院。

（尾聲）異鄉風景都嘗遍。回首教人思慘然。怎能彀歸夢剛剛到枕前。

（釋）首支畫眉序係黃鍾過曲而兼具引曲性質。散套中多以兼有引曲性質之過曲。以代替套首純引子。此爲與曲劇不同之處。本套黃鶯兒若單用一支。例在集賢賓後。而集賢賓之首句。又宜用平平去上平去平也。

△題情　陳鐸

（商調山坡羊）風兒踈喇喇吹動。雨兒淅零零風送。雨兒凄楚風兒橫。繡幕中燈兒一點紅。燈兒照破人兒夢。夢繞巫山若個峰。朦朧。徘徊兩意濃。匆匆。歡娛一霎空。

（皂羅袍）翠被今宵寒重。聽蕭蕭落葉。亂走簾櫳。堆枕香雲任鬅鬆。不知溜却金釵鳳。惱人堦下。凄凄候蛩。驚心樓上。噹噹曉鐘。無端畫角聲三弄。

（解醒帶甘州）（解三醒首至合）最無奈漏長更永。怎支吾恨多愁冗。夜深私語無人共。他那裏驟青驄。笙歌醉吟花笑擁。多應在蘇小湖頭柳市東。（八聲甘州合至末）放情一霎時採徧芳叢。

（玉抱肚）音書誰送。知隔着關山幾重。見如今水濶山高促急裏怎覓鱗鴻。寒衣費盡剪刀工。線線針針手自縫。

（掉角望鄉）（掉角兒首至合）一任他浮跡浪踪。終須是有箇相逢。既然他能全始終。做來的儘自包籠。告神靈都無用。捧玉鍾流霞滿泛親陪奉。（望吾鄉合至末）生前共。死後從。願再把連枝種。

（尾聲）寵愛深恩情重。風流過犯且姑容。多少閒言過耳風。

（釋）本套山坡羊係商調過曲。皂羅袍玉抱肚則分列在仙呂及雙調中。一套之內聯用異宮曲牌。即係借宮。山坡羊亦兼具引曲性質。例居套首。其下聯用皂羅袍玉抱肚。再加尾聲。本屬一套。中間解醒帶甘州掉角望鄉兩支係犯曲（即集曲）。祇作單用性質。穿插搭配。不計在套數聯牌以內。蓋若去此犯曲二支。固無損原定之套式也。此爲集曲與其他過曲相間入套之一例

△夏閨　前人

（南呂梁州新郎）（梁州序首至末）西園暮景。南軒初夏。長日端居多暇。樓頭楊柳。陰陰漸可藏鴉。無奈關心杜宇。惹恨鶬鶊。占定荼蘼架。芭蕉分綠也。上窗紗。閒看兒童捉柳花。（賀新郎合至末）珠箔捲。金鉤掛。怪無端一夜東風大。花亂落。漫嗟呀。

（前腔）瑤台寂靜。畫欄幽雅。一樹薔薇低壓。鴛鴦兩兩。飛來暖傍晴沙。為甚 金鍼閒却。綵線丟開。刺繡都停罷。舊巢新燕子。語窗紗。又見 蛺蝶雙雙入菜花。（合頭）珠箔捲。金鈎掛。怪 無端一夜東風大花亂落漫嗟呀

（換頭）枕痕橫面玉生霞。篆烟微。麝香消鴨。對銀箏無緒。雁行空駕。幾度 閒尋舊譜。試學新聲。欲演還拋下。絲絲梅子雨。潤窗紗。無奈 少女風前爛熳花。（合）珠箔捲金鈎掛。怪 無端一夜東風大花亂落漫嗟呀。

（前腔換頭）對香奩朱粉慵搽。臨寶鏡青螺羞畫。病懨懨多半。為他瀟灑。堪笑 鸚鵡解語。鸜鵒能言。把 薄倖提名罵。閒遲紅芍藥。映窗紗。為甚 送盡春風始見花。（合）珠箔捲金鈎掛。怪 無端一夜東風大花亂落漫磋呀。

（節節高）蓮舟戲女娃。笑聲譁。蘭橈水濺湊波襪。貪歡耍。兩鬢叉。雙鬟亞。青青荷葉無多大。折來莫把絲牽掛。（合頭）翠雨飛來綠葉叢。玉盤歌側瓊珠下。

（前腔）乘陰傍水涯。數歸鴉。那堪淚染鮫綃帕。音書假。辜負咱。多嬌姹。歸期總是虛脾話。長房縮地憐無法。（合）翠羽飛來綠葉叢。玉盤歌側瓊珠下。

（尾聲）芳時一任東風嫁。對良辰懽情未洽。難到經秋不到家。

（釋）本套為集曲入套位居套首之一例。節節高聯用數隻再加尾聲。即可成套。但音節太短。作曲劇

中短套則可因前後有情節長短爲之襯托也。今欲彌補套式之短促，故前加集曲以永其格。所加集曲仍屬獨立使用，並不與下曲相聯。本套首二支集曲以梁州序居首。梁州序原具引曲性質，故此梁州新郎集曲亦可作引曲用。是又足說明集曲之冠列套首者，其首數句必出於具有引曲性質之曲牌，非任何集曲皆可隨意冠置套首也。

△閨怨　林石崗

（商調十二紅）（山坡羊首至四）照孤衾寒燈半滅。捱譙鼓三更初歇。要甚麼夢兒中見他，蛋醒來添箇新離別。（五更轉七至末）恨鐘聲和鷄唱催殘月。幾番眼上眼上空流血。守着露冷霜寒枕衾何曾寧貼。（亥亥令首至四）轉流鶯枝頭韵切。催花雨朝來凜冽。寒料峭曉風。把繡戶偏推拽。（古江兒水四至末）惱人半響心頭熱。剩枕閒衾堆疊。雲鬟鬅鬆。掙不住起來嬌怯。（玉交枝首至四）香奩頓撇。剖雙鸞菱花半缺。瘦龐兒粉褪胭脂謝。賣花聲空自嘔咽。（五供養首至六）你看雲收雨歇。弄新晴花影半斜。時過五十刻，腸斷兩三折。情在心頭，人還離別。（好姐姐首至三）生惹相思病拙。挨一刻如挨半月。（五供養六至末）沉思倦想，忘却坐來時節。暮雲扶日色，又回車。踈林掩映夕陽遮。（鮑老催首至三）登樓慘切。爭喧渡頭人歸也。恨他何處貪歡悅。（川撥棹首至四）看投林鳥疾如梭，不暫歇。照紗窗又見新月。照紗窗又見新月。（嘉慶子首至四）更照我孤星偏皎潔。把相思定掛唇舌。把相思定掛唇舌。幾箇黃昏經挫折。（僥僥令首至末）却憐更漏永，那得繡衾熱。展轉無眠成瘦怯。便合眼莊周飛浪蝶。

（尾聲）十二時中成萬結。奈離別經年動月。却教我 晝夜思君空自說。

（釋）此為一支集曲成套例。集曲因係犯調性質。故音節融會貫通。自成首尾。與過曲配套。固無齟齬之憾。若單獨成套。尤無傷旋律之周全。此為後來集曲踵事增華。使用日廣之原因。曲名十二紅係用十二支曲句綴集而成。集曲固可隨意提名。不限嵌用原曲牌名。且可更變程式。此治南曲者。又所必須明辨。毋使正集相混誤也。

曲學例釋卷三

汪經昌薇史纂述

下篇　劇曲例釋

雜劇第一

甲、釋例

一、「雜劇」之名濫觴於宋。初則附麗大曲。備宮廷春秋宴饗之用。陳暘樂書中載記。「讌時。皇帝四舉爵。樂工道詞以述德美。詞畢弄拜。乃奏大曲。五舉爵。琵琶工升殿。獨奏大曲。曲上引小兒舞使間以雜劇。」然猶大曲純爲歌舞。而雜劇祗演故事。不相混合。稍後有王子高等以六么譜故事。始以大曲宮調羼入雜劇。降及南宋。整套大曲已告零落。其以殘存曲調而作雜劇者。則相繼風起。周密武林舊事中就南宋官本雜劇段數。曾紀有四僧梁州。三索梁州。詩曲梁州。四孝梁州等名目。於是大曲與雜劇混合爲一。不復分別。所謂「大曲雜劇」者此一時也。南宋中葉以後。盛行以樂府小令歌譜故事。如趙德麟用商調蝶戀花。譜述會眞記故事。石曼卿作拂霓裳轉踏。述開元天寶遺事。均拈一詞牌合數闋以詠一事。迨王平以大樂滾遍譜明皇太眞故事。曾布以水調歌頭大曲詠馮燕故事。董穎作道宮薄媚大曲詠西子故事。於是諸宮調之名始彰。然歌詞句意。猶類旁觀之言。至楊誠齋作歸去來引。純用代言體。前後凡四調。每調三疊。共十二疊而通用一韵。實啓元曲套數之先聲。金董解元相襲以譜西廂故事。即今所稱搊彈西廂。一時用諸宮調而成之雜劇。迄金及元初。騰播朝野。除官府編撰外。大部均由行院中爨弄流佈。北地之行院。猶南地之勾欄。皆敎坊遺制。所謂「金元院本雜劇」者。此又一時也。自元關漢卿諸家。整理諸宮調殘曲。度以新聲。創作伊尹扶湯（見鄭光祖雜劇目）進西施等雜劇。將金院本舊劇。翻成北十三調旋律。於是雜劇面目一變。馬致遠之漢宮秋。白仁甫之梧桐雨。競用新聲。遂成北劇定制。至雜劇所用之牌調。亦逐漸釐定程式。據太和正音譜勘定爲黃鍾三十四章。正宮二十五章。大石二十一章。小石五章。仙呂四十二章。中呂三十二章。南呂二十一章。雙調一百章。越調三十五章。商調十六章。商角調六章。般涉調八章。都三百三十五章。（按上篇北小令章內曾已述及其小石、般涉、商角、三調。元劇從未援用。僅備其目而已）後之作者。遵軌而行。不再凌亂無次。規矩繩墨。因得樹立。此卽今猶存之北曲牌調也。所謂院本與雜劇之分。當以此始。而院本以前諸雜劇。僅具戲劇雛形。不過爲北雜劇之前身。通常所謂雜劇。係指元人所作之北雜劇而言。至金元院本。乃諸宮調之遺。與元北雜劇截然不同。固不可混爲一談也。

一。北曲雜劇。係合「歌」「舞」「念」「作」四者而成。在此以前。大曲雜劇。僅具述事之調。並非代言之體。雖有舞蹈動作。究非氍毹身手。金元院本。歌詞與表白。亦均以作劇者述事之語氣出之。且均坐唱。無舞合動作。故宣情有餘而徵象不足。迨北雜劇一出。始全部採用代言方式。歌詞有如賓主應對之語。此特點一也。大曲雜劇。歌詞猶屬「歌舞樂曲」性質。金元院本。

曲間雖增表白。但非賓白。迨北雜劇一出。表白之外。復有「賓白」使晤對之情。益形逼眞。此特點二也。大曲雜劇。雖有脚色。然徒手袖爲容。蹋足爲節。進退悉本舞蹈之規矩。不能有自由表情之動作。金元院本。以歌唱爲主。而各以本嗓出之。無寬窄做音之事。自不能與脚色外形相配合。實質上仍屬彈唱範疇。迨至北雜劇出。脚色「唱」「做」分工。每種脚色均有其基本動作之規律。復求面容與劇情發展相脗合。而更增衍會意之舉措。（例如以行路步伐制作分脚標準。是謂基本之動作。以抖袖反目。判作表情變幻。是謂會意之舉措）於是喜怒哀樂之情備彰。進退應對之節。更自如而無格閡。此特點三也。大曲雜劇。以整套曲調爲基礎。用一整套曲調。譜一故事。金元院本。原係諸宮調緒餘。故規矩仍之。於是故事發展。遂皆隨樂程發展爲起訖。亦自無分幕之規定。（純以歌曲樂調爲主。一套樂調奏畢。則故事㬉弄亦畢。故大曲雜劇。遂多獨幕性質。金元院本雖分段。然猶根據樂調程式而分。尚非完全分幕性質）故聆賞之際。甚少變化。迨北雜劇著重分幕。規定折數。每一故事之演奏。始得不限採用一套曲調。而表情主體。遂復不再單純。蓋獨幕則表情主體不便中途更換。分幕則表情中心及曲牌樂調。可隨幕分而變易。於是有「場」有「景」。故事之大關目爲「場」。故事之小交代爲「景」。合而言之。謂之「場面」。分而言之。大關目所以表故事之首要。是爲正場。小交代所以補正場之疎漏。是爲過場。故「場面」一者。實包括脚色之扮演。樂程之進展。劇情之分合。樂工之執役。發展至此。曲劇組織益周全。聆賞功用益美備。故若謂吾國眞正之戲劇。賴北雜劇而建立者。殆無不可也。

一、北曲雜劇判科白爲二事。以「科」紀動作。以「白」紀言語。而脚色分焉。北劇之脚色名目。雖淵源於大樂古劇。然分科實較完備。大抵以忠、正、佞、邪、四義爲主。脚色之身分固須與四義相合。唱詞之曲調。與脚色之身分。亦須相稱。生唱正聲。旦唱文韵。凈唱渾雄。丑唱調笑。而選調配套之律作焉。竊嘗謂曲律之嚴密艱難。起於北劇之有場面。因劇情之分場。選套須配每折關目。每折（場）時間。而長短套之制作矣。因劇情之分場。主角得隨場而變易。曲調之播唱。亦須求與主角身份相配合。於是借宮之制作矣。因角色之分場。唱詞亦須相配合。生不唱旦詞。丑不唱生語。而審體作詞之律作矣。（散曲中所謂短柱。獨木橋。疊韵。犯韵。疊字。嵌字。反覆。回文。重白。連環。足古。集古。集語。集劇名。集詞名。集藥名。概括。翻譜。諷刺。嘲笑。風流。淫謔。簡梅。雪花。等二十五俳體。黃冠。承安。玉堂。草堂。楚江。香奩。騷人。俳優。丹邱。宗匠。盛元。江東。江西。東吳。淮南。等十五體見太和正音譜均間有不足爲訓者。然實兼爲適合劇曲場面而爾也。）故作北劇者。不可不知角色。對選調配詞。關鍵至大。玆將北劇角色性質列表明之。（金元院本脚色與北劇不同。概存不論）

普通脚色	支系脚色	脚色身份
正末	副末。冲末。外末。小末。	扮男童者謂之小末。餘均爲當場男子。

正旦	副旦、貼旦、外旦、狚兒、小旦、大旦、老旦、花旦、色旦、搽旦。	狚兒、花旦、色旦、搽旦、飾下等婦女。餘均爲當場女子、因年歲而分目也。
淨	副淨　中淨	副淨中淨無固定身份、僅爲免使角色之重複而設、又副淨亦作丑用。
特殊脚色	身　份	附　　註
卜兒	扮老婦女	按此項名目、祇是代表人物、固非脚色性質、當派作代表年老鴇母時、係由搽旦扮演、如派作老夫人身份時、則由老旦扮飾、並無一定之身份。
孤	扮官吏	如「卜兒」、無固定身份。
孛老	扮老人	
邦老	扮强盜	
徠兒	扮小孩	
祗候	抵僕人	

一、北劇因分折以變場面。場面變。曲情及演奏時間亦隨之而變。作曲選套。必須配合同一時間。同一場面而備不同脚色。一套所聯隻曲。隻隻必求能適合各角身分。故作雜劇選用套曲。實比散套爲難。一、須注意套式長短以配合場面之時節。二、須注意全套樂程。以配合場面之情緒。三、須注意套內聯曲秩序以配合故事發展之階段。而每折故事。必有主要處。尤須以主曲當之。四、須注意套內隻曲性質。以切合角色演唱之身分。凡此四端。失一則不得當。大抵北劇選套。悲劇用南呂商調。喜劇用黃鍾仙呂。英雄豪傑用正宮。滑稽嘲笑用越調。茲選北劇中通用套式。就其性質。酌擧一二。以當隅反。

黃鍾

(一)醉花陰　喜遷鶯　出隊子　刮地風　四門子　水仙子　煞尾

(二)醉花陰　出隊子　刮地風　四門子　水仙子　尾聲

仙呂

(三)村裏迓鼓　元和令　上馬嬌　勝葫蘆　煞尾

(四)點降唇　混江龍　油葫蘆　天下樂　后庭花　靑歌兒　賺煞

以上諸套歡樂言情時用

中呂

(五)粉蝶兒　醉春風　迎仙客　石榴花　上小樓　么篇　小梁州　么篇　朝天子　煞尾

（六）粉蝶兒　上小樓　么篇　滿庭芳　快活三　朝天子　四邊靜　耍孩兒　三煞　二煞　一煞　煞尾

（七）粉蝶兒　醉春風　十二月　堯民歌　石榴花　鬭鵪鶉　上小樓　么篇　煞尾

大石

（八）六國朝　喜秋風　歸塞北　六國朝　雁過南樓　擂鼓體　歸塞北　好觀音　好觀音煞

△以上諸套適於訴情時用

商調

（九）集賢賓　逍遙樂　上京馬　梧葉兒　醋葫蘆　么篇　金菊香　柳葉兒　浪裏來　高過隨調煞

（十）集賢賓　逍遙樂　金菊香　梧葉兒　醋葫蘆　么篇　后庭花　柳葉兒　浪裏來煞

南呂

（十一）一枝花　梁州第七　四塊玉　哭皇天　烏夜啼　尾聲

（十二）一枝花　梁州第七　牧羊關　四塊玉　罵玉郎　玄鶴鳴　烏夜啼　尾聲

（十三）一枝花　梁州第七　九轉貨郎兒

以上諸套適於哀情用

正宮

（十四）端正好　滾繡球　叨叨令　脫布衫　小梁州　么篇　快活三　朝天子　煞尾

（十五）端正好　滾繡球　叨叨令　倘秀才　滾繡球　白鶴子　耍孩兒　三煞　二煞　一煞　煞尾

以上諸套適於壯烈訴情用

雙調

（十六）新水令　駐馬聽　喬牌兒　攪箏琶　雁兒落　得勝令　沽美酒　太平令　鴛鴦煞

（十七）新水令　駐馬聽　胡十八　沽美酒　太平令　沈醉東風　慶東原　雁兒落　得勝令　攪箏琶　煞尾

以上諸套適於慷慨訴情用

越調

（十八）鬭鵪鶉　紫花兒序　小桃紅　金蕉葉　調笑令　禿廝兒　聖藥王　麻郎兒　絡絲娘　尾聲

（十九）看花回　綿搭絮　么篇　青山口　聖藥王　慶元貞　古竹馬　煞尾

以上諸套宜陶寫用

一。北劇體式。止於四折。外加楔子。每折限用北曲一套。劇末冠以題目正名。此通式也。惟紀君祥趙氏孤兒則有五折又有楔子。張時起之賽花月秋千紀等雜劇。則有六折。（見錄鬼簿登目）殆屬變格。除此三種外。大抵四折一本。或全譜一故事。如關漢卿竇娥冤白仁甫梧桐雨之類。最爲通式。或疊數本。合譜一事。而自具題目段落。分之成爲四折一本。合之則關目亦可接連。如王實甫西廂記合疊五本（末一本係關漢卿作）之例。故四折一本。殆屬北劇定式。至於題目正名。多以偶句出之。首句爲題目。次句爲正名。而正名句。亦卽全劇題名。亦有祗用題目或正名一項者。設兩者皆省略不用。亦可於劇末以表白方式。或配念下場詩方式。點出劇題主旨。其斟酌運用之間。可不拘一格。但求各適所宜而已。

一。北劇之楔子。乃副場性質。不得以正折視之。說文「楔。櫼也。」今木工於兩木間有不固處。則斫木扎入之。謂之楔子。亦謂之櫼。雜劇之楔子。卽援用其義。四折之外。情有未盡。則以楔子輔之。故北劇楔子。無固定地位。作序幕用時。可冠列劇折之首。作過場用時。又可間入劇折之中也。惟楔子均止用隻曲一隻。或疊用同調一隻。且限用仙呂賞花時。端正好兩曲牌。亦可不用隻曲。全用詩詞句法。以表白或賓白方式作之。但不可用全套整曲。西廂記第二劇中楔子。用正宮端正好全套。此爲僅見之作。未宜以變爲常也。（西廂第二劇正宮端正好一套。實楔子性質。毋視作正劇。）

一。元人北劇。常有南北合套之製。是雜劇之用南曲。在元北劇盛行時。卽已有之。固不待北劇之衰而南劇始作也。南雜劇昉於元末。盛於明初。其實卽照北劇規模。塡以南曲耳。故南雜劇應屬北劇之附庸。惟降及明季。踵事增華。致與北劇準繩約略差異。（一）北劇每折以一角唱到底爲限。如漢宮秋第一折。全套曲由生一人獨唱。其他配角祇說不唱是也。南雜劇無此限制。一折之內。不僅所有角色可以分唱一套整曲。且可同唱隻曲詞句。此南北相異一也。（二）北劇楔子。列在劇首者。其角色排場猶係與正折人物相連貫。南雜劇開場往往以末引場而以第三者語氣出之。與正折人物全無關連。殆遠祧大樂致語之遺韵。近襲溫州南戲之餘風。此南北相異二也。（三）北劇除題目正名用七字或六字句外。絕少每折再題分目。而南雜劇設若分折。每折多冠列分題。此南北相異三也。（四）北劇每折限用整曲一套。套長則「折」長。套短則「折」短。南雜劇一折不限一套。一套復不限一折。一折可兼兩套整曲。又可將一套整曲派成數折。此南北相異四也。至於選四種長套分譜四類不同故事。而冠以總名。視爲一部雜劇。若徐文長四聲猿之類。雖塡北詞。而例實開在南雜劇既起之後。是又文人故弄狡獪。亦南雜劇舒卷之處也。惟不論以一套整曲分爲四折。以成一本雜劇。或疊四套不同單劇以成一部雜劇。均概以一本四折爲限。（易言之。疊四類故事。卽以每一故事爲一折論。最多疊至四類。不能多疊）是爲定制。惟單套雜劇。亦可不必分折。則南北固相同也。至南雜劇排場及適用套曲。以南雜劇介乎北雜劇與南傳奇之間。排場同於北劇之簡。曲套同於傳奇之用。故於南雜劇適用曲套。於次節傳奇篇中統論之。不再專列。幸參校焉。

乙、舉隅

△漢宮秋　北雜劇　馬致遠

楔子

（冲末扮番王引部落上詩云）氈帳秋風迷宿草。穹廬夜月聽悲笳。控弦百萬爲君長。款塞稱藩屬漢家。某乃呼韓耶單于是也。久居朔漠。獨覇北方。以射獵爲生。攻伐爲事。文王曾避俺東徙。魏絳曾怕俺講和。獯鬻玁狁。逐代易名。單于可汗。隨時稱號。當秦漢交兵之時。中原有事。俺國强盛。有控弦甲士百萬。俺祖公公冒頓單于。圍漢高帝于白登七日。用婁敬之謀。兩國講和。以公主嫁俺國中。至惠帝呂后以來。每代必循故事。以宗女歸俺番家。宣帝之世。我衆兄弟爭立不定。國勢稍弱。今衆部落立我爲呼韓耶單于。實是漢朝外甥。我有甲士十萬。南移近塞。稱藩漢室。昨曾遣使進貢。欲請公主。未知漢帝肯尋盟約否。今日天高氣爽。衆頭目每向沙堤射獵一番。多少是好。正是番家無產業。弓矢是生涯。（下）（淨扮毛延壽上詩云）爲人鵰心鷹爪。做事欺大壓小。全憑諂佞姦貪。一生受用不了。某非別人。毛延壽的便是。見在漢朝駕下爲中大夫之職。因我百般巧詐。一味諂諛。哄的皇帝老頭兒十分歡喜。言聽計從。朝裏朝外。那一個不敬我。那一個不怕我。我又學的一個法兒。只是教皇帝少見儒臣。多昵女色。我這寵幸。纔得牢固。道猶未了。聖駕早上。（正末扮漢元帝引內官宮女上詩云）嗣傳十葉繼炎劉。獨掌乾坤四百州。邊塞久盟和議策。從今高枕已無憂。某漢元帝是也。俺祖高皇帝奮布衣。起豐沛。滅秦屠項。掙下這等基業。

傳到朕躬。已是十代。自朕嗣位以來。四海晏然。八方寧靜。非朕躬有德。皆賴衆文武扶持。自先帝晏駕之後。宮女盡放出宮去了。今後宮寂寞。如何是好。（毛延壽云）陛下。田舍翁多收十斛麥。尙欲易婦。況陛下貴爲天子。富有四海。合無遣官徧行天下。選擇室女。不分王侯宰相軍民人家。但要十五以上二十以下者。容貌端正。盡選將來。以充後宮。有何不可。（駕云）卿說的是。就加卿爲選擇使。賫領詔書一通。徧行天下刷選。將選中者。各圖形一軸送來。朕按圖臨幸。待卿成功回時。別有區處。（唱）

（仙呂賞花時）四海平安絕士馬。五穀豐登沒戰伐。寡人待刷室女選宮娃。你避不的驅馳困乏。看那一個合屬俺帝王家。（下）

（釋）楔子爲助場性質。視地位而定。不計在正折以內。此處楔子居劇首。係導場用性質。例用引曲一隻。虛籠全劇。亦有用二隻者。但決不宜超過二隻也。楔子例不成套。雖有脚色賓白。純係交代過場。勿作正式首場格式。楔子後正場。止於四折。此爲北雜劇之通式。其不用楔子交代者。卽以交代關目併入正場第一折首數隻曲中。全劇固亦止於四折也。劇後列題目與正名兩項。題目者點出故事之關鍵。正名者。點出劇旨之結穴。皆用偶句表之。其正名之句。卽屬全部曲劇之總名。本劇題目爲沉黑江明妃靑塚恨。正名爲破幽夢孤雁漢宮秋。漢宮秋卽爲本劇之總名。此最爲雜劇題名之通式。亦有省去一項。或單用題目一句。或單用正名一句。則此一句卽爲全劇之總名。（例截去虛字。就主要語意取三四實字以爲劇名。）其二項均略而不用時。則劇末或在末支曲文。或在下場表白中。（偶句表白或詩句表白均可。）點出全劇結穴大意。此又雜劇尾幕之別式也。

第一折

（毛延壽上詩云）大塊黃金任意撾。血海王條全不怕。生前只要有錢財。死後那管人唾罵。某毛延壽。領着大漢皇帝聖旨。徧行天下。刷選室女。已選勾九十九名。各家儘肯餽送。所得金銀。却也不少。昨日來到成都秭歸縣。選得一人。乃是王長者之女。名喚王嬙。字昭君。生得光彩射人。十分艷麗。眞乃天下絕色。爭奈他本是莊農人家。無大錢財。我問他要百兩黃金。選爲第一。他一則說家道貧窮。二則倚着他容貌出衆。全然不肯。我本待退了他……（做忖科云）不要倒好了他。眉頭一縱。計上心來。只把美人圖點上些破綻。到京師必定發入冷宮。敎他受苦一世。正是恨小非君子。無毒不丈夫。（下）（正旦扮王嬙引二宮女上詩云）一日承宣入上陽。十年未得見君王。良宵寂寂誰來伴。惟有琵琶引興長。妾身王嬙。小字昭君。成都秭歸人也。父親王長者。平生務農爲業。母親生妾時。夢月入懷。復墜於地。後來生下妾身。年長一十八歲。蒙恩選充後宮。不想使臣毛延壽將妾身影圖點破。不曾得見君王。現今退居永巷。妾身在家頗通絲竹。彈得幾曲琵琶。當此夜深孤悶之時。我試理一曲消遣咱。（做彈科）（駕引內官提燈上云）某漢元帝自從刷選室女入宮。多有不曾寵幸。煞是怨望咱。今日萬幾稍暇。不免巡走一遭。看那個有緣的得遇朕躬也呵。（唱）

（仙呂點絳唇）車輾殘花。玉人月下。吹簫罷。未遇宮娃。是幾度添白髮。

（混江龍）料必他珠簾不掛。望昭陽一步一天涯。疑了些無風竹影。恨了些有月窗紗。他每見紘

管聲中巡玉輦。恰便似斗牛星畔盼浮槎。（且做彈科）（駕云）是那裏彈的琵琶響（內官云）是

（正末唱）是誰人偷彈一曲寫出嗟呀。（內官云）快報去接駕（駕云）不要（唱）莫便要忙傳聖旨。報與他家。我則怕乍蒙恩。把不定心兒怕。驚起宮槐宿鳥庭樹棲鴉。

（云）小黃門你看是那一宮的宮女彈琵琶傳旨去敎他來接駕不要驚唬着他。（內官報科云）兀那彈琵琶的是那位娘娘聖駕到來。急忙迎接者（且趨接科）（駕唱）

（油葫蘆）恕無罪吾當親問咱。這裏屬那位下。休怪我不曾來往乍行踏。我特來塡還你這淚揾濕鮫綃帕。溫和你露冷透凌波襪。天生下這艷姿。合是我寵幸他今宵畫燭銀臺下。剝地管喜信爆燈花。

（云）小黃門你看那紗籠內燭光越亮了。你與我挑起來看咱（唱）

（天下樂）和他也弄着精神射絳紗。卿家。你覷咱。則他那瘦岩岩影兒可喜殺。（旦云）妾身早知陛下駕臨。只合遠接。接駕不早。妾該萬死。（駕唱）迎頭兒稱妾身。滿口兒呼陛下。必不是尋常百姓家。

（云）看了他容貌端正。是好女子也呵（唱）

（醉中天）將兩葉賽宮樣眉兒畫。把一個宜梳裏臉兒搽。額角香鈿貼翠花。一笑有傾城價。若是越勾踐姑蘇臺上見他。那西施半籌也不納。更敢早十年敗國亡家。

（云）你這等模樣出衆。誰家女子。（旦云）妾姓王名嬙。字昭君。成都秭歸縣人。父親王長者。祖父以來務農爲業。閭閻百姓。不知帝王家禮度。（駕唱）

（金盞兒）我看你眉掃黛鬢堆鴉。腰弄柳臉舒霞。那昭陽到處難安插。誰問你一犂兩壩做生涯。也是你君恩留枕簟。天教雨露潤桑麻。既不沙俺江山千萬里。直尋到茅舍兩三家。

（云）看卿這等體態。如何不得近幸。（旦云）妾父王長者。當初選時。使臣毛延壽索要金銀。妾家貧寒無湊。故將妾眼下點成破綻。因此發入冷宮。（駕云）小黃門你取那影圖來看。（黃門取圖看科）（駕唱）

（醉扶歸）我則問那待詔別無話。却怎麼這顏色不加搽。點得這一寸秋波玉有瑕。端的是卿眇目他雙瞎。便宜的八百姻嬌比並他。也未必强如俺娘娘帶破賺丹青畫。

（云）小黃門傳旨說與金吾衛。便拏毛延壽斬首報來。（旦云）陛下妾父母在成都見隸民籍。望陛下恩典寬免。量與些恩榮咱。（駕云）這個煞容易。（唱）

（金盞兒）你便晨挑菜夜看瓜。春種穀夏澆麻。情取棘針門粉壁上除了差法。你向正陽門改嫁的倒榮華。俺官職頗高如村社長。這宅、院剛大似縣官衙。謝天地可憐窮女壻。再誰敢欺負俺丈人家。

（云）近前來聽寡人旨。封你做明妃者。（旦云）量妾身怎生消受的陛下恩寵。（做謝恩科）（駕唱）

（賺煞）且盡此宵情。休問明朝話。（旦云）陛下明朝早早駕臨。妾這裏候駕（駕唱）到明日多管是醉臥在昭陽御榻。（旦云）妾身微賤雖蒙恩寵。怎敢望與陛下同榻。（駕唱）休煩惱吾當且是要。鬬卿來便當眞假。恰纔家輦路兒熟滑。怎下的眞個長門再不踏。明夜裏西宮閣下。你是必悄聲兒接駕。我則怕六宮人攀例撥琵琶。（下）

（旦云）駕回了也。左右且掩上宮門我睡些去。（下）

（釋）首支點絳唇。爲純引子。例用散板。首二句叶韵。此與南引區別之處。南引有時兼用換頭。因係截取詩餘。故南北句法大致相同。但樂譜大異。是宜注意。愼勿混用。北套如用點絳唇作引。例止一隻。且必緊接混江龍。同作散板唱。

混江龍爲字句增減不拘格。但若增句。宜在第六句後。並以平平仄仄句法重疊爲之。最後仍歸到平平去平平平仄。仄仄平平。勿因貪作增句。忘却歸還收處格式。油葫蘆一隻亦爲字句不拘格。按正格句法共九句。第一第三均係七字句。第二句係三字句。第四第五又爲七字句。第六第七三字句。第八七字句。第九五字句。天下樂「卿家」二字句內可加「也不」或「也麼」二襯字。不論文義。如卿也麼家之類。醉中天姑蘇臺上見他句。本用仄叶。半籌不納句。亦有作二字句者。金盞兒末四句。均應偶句。如五言律。但元人曲中或有不對者。醉扶歸第五句正格作六字句法。此作七字。實屬加襯。第二句有作二字句者。乃屬別格。賺煞係合賺詞數句及煞曲尾數句而成。以截取句位多寡不一。故別格甚多。惟第三句宜押仄韵。勿誤以入作平。套內各曲均由一人獨唱到底。猶是諸宮調遺法。亦北劇定式也。

第二折

（番王引部落上云）某呼韓單于。昨遣使臣款漢。請嫁公主與俺。漢皇帝以公主尙幼爲辭。我心中好不自在。想漢家宮中無邊宮女。就與俺一個打甚不緊。直將使臣趕回。我欲起兵南侵。又恐怕失了數年和好。且看事勢如何別做道理。（毛延壽上云）某毛延壽。只因刷選宮女。索要金銀。將王昭君美人圖點破。送入冷宮。不想皇帝親幸。問出端的。要將我加刑。我得空逃走了。無處投奔。左右是左右。將着這一軸美人圖獻與單于王。着他按圖索要。不怕漢朝不與他。走了數日。來到這裏。遠遠的望見人馬浩大。敢是穹廬也。（做問科云）頭目。你啓報單于王知道。說漢朝大臣來投見哩。（卒報科）（番王云）着他過來。（見科云）你是什麼人。（毛延壽云）某是漢朝中大夫毛延壽。有我漢朝西宮閣下美人王昭君。生得絕色。前者大王遣使求公主時。那昭君情願請行。漢主捨不的。不肯放來。某再三苦諫。說豈可重女色。失兩國之好。漢主倒要殺我。某因此帶了這美人圖獻與大王。可遣使按圖索要。必然得了也。這就是圖樣。（進上看科）（番王云）世間那有如此女人。若得他做閼氏。我願足矣。如今就差一番官率領部從。寫書與漢天子。求索王昭君與俺和親。若不肯與。不日南侵。江山難保。就一壁廂引控甲士。隨他打獵。延入塞內。偵候動靜。多少是好。（下）（旦引宮女上云）妾身王嬙。自前日蒙恩臨幸。不覺又旬月。主上昵愛過甚。久不設朝。聞的升殿去了。我且向妝臺邊梳妝一會。收拾整齊。只怕駕來好伏侍。（做對鏡科）（駕上云）自從西宮閣下。得見了王昭君。使朕如痴似醉。久不臨朝。今日方才升殿。等不的散了。只索再到西宮看一看去。（唱）

（南呂一枝花）四時雨露勻。萬里江山秀。忠臣皆有用。高枕已無憂。守着那皓齒星眸。爭忍的虛白晝。近新來染得些證候。一半兒爲國憂民。一半兒愁花病酒。

（梁州第七）我雖是見宰相似文王施禮。一頭地離明妃早宋玉悲秋。怎禁他帶天香着莫定龍衣袖。他諸餘可愛。所事兒相投。消磨人幽悶。陪伴我閑游。偏宜向梨花月底登樓。芙蓉足下藏鬮。體態是二十年挑剔就的溫柔。姻緣是五百載該撥下的配偶。臉兒有一千般說不盡的風流。寡人乞求他左右。他比那落伽山觀自在無楊柳。見一面得長壽。情繫人心早晚休。則除是雨歇雲收。

（做望見科云）且不要驚着他。待朕悄悄地看咱。（唱）

（隔尾）恁的般長門前抱怨的宮娥舊。怎知我西宮下偏心兒夢境熟。愛他晚妝罷描不成畫不就。尚對菱花自羞。（做到旦背後看科）（唱）我來到這妝臺背後。原來廣寒殿嫦娥在這月明裏有。

（旦做見接駕科）（外扮尚書丑扮常侍上詩云）調和鼎鼐理陰陽。秉軸持鈞政事堂。只會中書陪伴食。何曾一日爲君王。某尚書令五鹿充宗是也。這個是內常侍石顯。今日朝罷。有番國遣使來索王嬙和番。不免奏駕。來到西宮閤下。只索進去（做見科云）奏的我主得知。如今北番呼韓單于差一使臣前來。說毛延壽將美人圖獻與他。索要昭君娘娘和番。以息刀兵。不然他大事南侵。江山不可保矣。（駕云）我養軍千日。用軍一時。空有滿朝文武。那一個與我退的番兵。都是些畏刀避箭的。恁不去出力。怎生教娘娘和番。（唱）

（救羊關）興廢從來有。干戈不肯休。可不食君祿命懸君口。太平時賣你宰相功勞有。事處把俺佳人遞流。你們乾請了皇家俸。着甚的分破帝王憂。那壁廂鎖樹的怕彎着手。這壁廂攀欄的怕攧破了頭。

（尚書云）他外國說陛下寵昵王嬙朝綱盡廢壞了國家若不與他與兵弔伐……臣想紂王只為寵妲己國破身亡是其鑒也。（駕唱）

（賀新郎）俺又不曾徹青霄高蓋起摘星樓。不說他伊尹扶湯。則說那武王伐紂。有一朝身到黃泉後。若和他留侯留侯廝遘。你可也羞那不羞。您臥重裀食列鼎。乘肥馬衣輕裘。你須見舞春風嫩柳宮腰瘦。怎下的教他環珮影搖青塚月。琵琶聲斷黑江秋。

（尚書云）陛下咱這裏兵甲不利又無猛將與他相持倘或疎失如之奈何望陛下割恩與他以救一國生靈之命。（駕唱）

（鬭蝦蟆）當日個誰展英雄手。能梟項羽頭。把江山屬俺炎劉。（全虧韓元帥）九里山前戰鬬十大功勞成就。恁也丹墀裏頭。枉被金章紫綬。恁也朱門裏頭。都寵着歌衫舞袖。恐怕邊關透漏。央及家人奔驟。似箭穿着雁口沒個人敢咳嗽吾當僝僽他也他也紅妝年幼無人搭救昭君共你每有甚麼殺父母寃仇休休。少不的滿朝中都做了毛延壽。我呵空掌着文武三千隊。中原四百州只待要割鴻溝。陡恁的千軍易得一將難求。

（常侍云）見今番使朝外等宣。（駕云）罷罷罷。教番使臨朝來。（番使入見科云）呼韓邪單于差臣南來奏大漢皇帝北國與南朝自來結親和好曾兩次差人求公主不與今有毛延壽將一美人圖獻與俺單于特差臣來單索昭君爲閼氏以息兩國刀兵陛下若不從俺有百萬雄兵刻日南侵以決勝負伏望聖鑒不錯。（駕云）且教使臣館驛中安歇去。（番使下）（駕云）您衆文武商量有策獻來可退番兵免教昭君和番。大抵是欺娘娘軟善若當時呂后在日一言之出誰敢違拗若如此久以後也不用文武只憑佳人平定天下便了。（唱）

（哭皇天）你有 甚事疾忙奏。俺無那 鼎鑊 邊滾熱 油。我道你 文臣 合安社稷。武將 合定戈矛。您只會 文武班頭山呼萬歲舞蹈揚塵道那聲誠惶頓首。如今 陽關路上昭君出塞。當日 未央宮裏。女主垂旒。（文武每）我不信 你敢差排呂太后。枉以後 龍爭虎鬭。都是俺 鸞交鳳友。

（旦云）妾既蒙陛下厚恩當效一死以報陛下。妾情願和番得息刀兵亦可留名青史但妾與陛下幃房之情怎生拋捨也。（駕云）我可知捨不得卿哩。（尚書云）陛下割恩斷愛以社稷爲念早早發送娘娘去罷（駕唱）

（烏夜啼）今日嫁 單于宰相休生受。早則俺 漢明妃有國難投。它那裏 黃雲不出青山岫。投至兩處凝眸。盼得 一雁橫秋。單注着 寡人今歲攬閒愁。王嬙這運添憔瘦。翠 羽冠香羅綬。都做了 錦蒙頭 煖帽。珠絡 縫 貂裘。

（云）卿等今日先送明妃到驛中交付番使。待明日親出灞陵橋送餞一盃去。（尚書云）只怕使不的惹外夷恥笑。（駕云）卿等所言我都依著。我的意思如何不依。好歹去送一送。我一會家只恨毛延壽那廝（唱）

（三煞）我則恨那忘恩咬主賊禽獸。怎生不畫在凌烟閣上頭。紫臺行都是俺手裏的衆公侯。有那椿兒不共卿謀。那件兒不依卿奏。爭忍教第一夜夢迤逗。從今後不見長安望北斗。生扭做織女牽牛。

（尚書云）不是臣等強逼娘娘和番。奈番使定名索取。況自古以來多有因女色敗國者。（駕唱）

（二煞）雖然似昭君般成敗都皆有。誰似這做天子的官差不自由。情知他怎收那臁滿的紫驊騮。往常時翠轎香兜。兀自擔朱簾揭繡。上下處要成就。誰承望月自空明水自流。恨思悠悠。

（旦云）妾身這一去雖為國家大計。爭奈捨不的陛下。（駕唱）

（黃鍾尾）怕娘娘覺飢時吃一塊淡淡鹽燒肉。害渴時喝一杓兒酪和粥。我索折一枝斷腸柳。餞一盃送路酒。眼見得趕程途。趁宿頭。痛傷心。重回首。則怕他望不見鳳閣龍樓。今夜且則向灞陵橋畔宿。（下）

（釋）一枝花例在首支。末句須用上去收。又末二句須對。梁州第七一隻。首二句宜對。第三句作單領。以下四字四語各自對偶。以下七字二語作上三下四。亦須相對。以下七字三語又必用扇面對。此為本調正格。按本曲牌在梁州序中排七。故云梁州第七。若以一枝花一隻冠其前。煞尾一隻殿其後。即可成一普通套式。

隔尾一隻。實南呂尾正格。凡用此尾後。別無他曲則稱爲尾聲。若更聯他曲。則稱隔尾。牧羊關一隻。第三句係作上三下四。宜從。有在「食君祿」處斷句者。大誤。乾請皇家俸以下四句作對。最爲正格。

賀新郎二三兩句須作對。四五皆七字句。第四句作上四下三。第五句作上三下四。末句聲斷黑江秋以仄（首字可不拘）仄平平收。俱是叶律處。應遵守。鬪蝦蟆一名草池春。字句可以增損。但祇在六字四字句上多少不論。哭皇天一名玄鶴鳴。字句不拘。可以增損。此曲多與烏夜啼聯接。作者往往有將本曲末二句移至烏夜啼首句前者。如醉花陰喜遷鶯例。宜辨明之。本套烏夜啼起處。末移冠哭皇天末二句。最爲正格。

本套所用三煞二煞。係南呂宮煞曲。與正宮及般涉曲句法不同。而用法相同。凡用煞曲一隻者。但題一「煞」字。若用二煞以上。須題明數目。如一煞二煞之類。凡套曲聯用數煞時。少自二煞。多止八煞。此定式也。黃鍾尾係以煞曲首二句作起。以黃鍾尾聲末句七字作收。中間字句。可以增益不拘。

第三折

（番使擁旦上奏胡樂科旦云）妾身王昭君。自從選入宮中。被毛延壽將美人圖點破。送入冷宮。甫能得蒙恩幸。又被他獻與番王形像。今擁兵來索。待不去。又怕江山有失。沒奈何將妾身出塞和番。這一去。胡地風霜。怎生消受也。自古道紅顏勝人多薄命。莫怨春風當自嗟。（駕引文武內官上云）今日灞橋

餞別送明妃。却早來到也。（唱）

（雙調新水令）錦貂裘生改盡漢宮妝。我只索看昭君畫圖模樣。舊恩金勒短。新恨玉鞭長。本是對金殿鴛鴦。分飛翼怎承望。

（云）你文武百官計議怎生退了番兵。免明妃和番者。（唱）

（駐馬聽）宰相每商量。大國使還朝多賜賞。早是俺夫妻悒怏。小家兒出外也搖裝。尚兀自渭城衰柳助凄涼。共那灞橋流水添惆悵。偏您不斷腸。想娘娘那一天愁都撮在琵琶上。

（做下馬科）（與旦打悲科）（駕云）左右慢慢唱者。我與明妃餞一盃酒。（唱）

（步步嬌）您將那一曲陽關休輕放。俺咫尺如天樣。慢慢的捧玉觴。朕本意待尊前捱些時光。且休問劣了宮商。您則與我半句兒俄延着唱。

（番使云）請娘娘早行。天色晚了也。（駕唱）

（落梅風）可憐俺別離重。你好似歸去的忙。寡人心先到他李陵臺上。回頭兒却纔魂夢裏想。便休題貴人多忘。

（旦云）妾這一去。再何時得見陛下。把我漢家衣服都留下者（詩云）正是今日漢宮人。明朝胡地妾。忍着主人裝爲人作春色。（留衣服科）（駕唱）

（殿前歡）則甚麼留下舞衣裳。被西風吹散舊時香。我委實怕宮車再過青苔巷。猛到椒房。那一會想菱花鏡裏妝風流。相兜的又橫心上。看今日 昭君出塞。幾時似 蘇武還鄉。

（番使云）請娘娘行罷。臣等來了多時了也（駕云）能。能。能。明妃你這一去。休怨朕躬也。（做別科。駕云）我那裏是大漢皇帝。（唱）

（雁兒落）我 做了 別虞姬 楚霸王。全不見 守玉關 征西將。那裏取保親的李左車。送女 客的 蕭丞相。

（尚書云）陛下不必掛念。（駕唱）

（得勝令）他去也不沙 架海紫金梁。枉養着那邊 庭上鐵衣郎。您也要 左右人扶持。俺可甚 糟糠妻下堂。您但提起刀槍。却早 小鹿兒心頭撞。今日央及煞 娘娘。怎做的 男兒當自強。

（尚書云）陛下。咱回朝去罷。（駕唱）

（川撥棹）怕不待 放絲韁。咱可甚 鞭敲金鐙響。你管 燮理陰陽。掌握朝綱。治國安邦。展土開疆。假若 俺高皇。差你 個梅香。背井離鄉。臥雪眠霜。若是他 不戀恁春風畫堂。我便 官封你 一字王。

（尚書云）陛下不必苦死留他。着他去了罷。（駕唱）

（七弟兄）說什麼 大王。不當。戀王嬙。兀良 怎禁 他臨去 也回頭望。那堪這散風雪旌節影悠揚。動關山鼓角聲悲壯。

（梅花酒）呀俺向着還 迥野荒涼。草已添黃。兎色 早迎霜。犬褪 得毛蒼。人搠 起纓槍。馬負 着行裝。駝運 着餱糧。人獵 起圍場。他他他 傷心辭漢主。我我我 攜手上河梁。他部從入窮荒。前面 早叫擺衍。我鑾輿返咸陽。返咸陽過宮墻。過宮墻繞迴廊。繞迴廊近椒房。近椒房月昏黃。月昏黃夜生涼。夜生潦泣寒螿。泣寒螿綠紗窗。綠紗窗不思量。

（收江南）呀。不思量。除是鐵心腸。鐵心腸也愁淚滴千行。美人圖今夜掛昭陽。我那裏供養。便是高燒銀燭照紅妝。

（尚書云）陛下回鑾吧。娘娘去遠了也。（駕唱）

（鴛鴦煞）我煞大臣行說一個推辭謊。又則怕筆尖兒那火編修講。不見他花朵兒精神。怎趁那草地裏風光。唱道佇立多時。徘徊半晌。猛聽的塞雁南翔。呀呀的聲嘹亮。却原來滿目牛羊。是兀那載離恨的氈車半坡裏響。（下）

（番王引部落擁昭君上云）今日漢朝不棄舊盟。將王昭君與俺番家和親。我將昭君封為寧胡閼氏。坐我正宮。兩國息兵。多少是好。衆將士。傳下號令。大衆起行。望北而去。（做行科）（旦問云）這裏甚地面了。（番使云）這是黑龍江。番漢交界去處。南邊屬漢家。北邊屬我番國。（旦云）大王借一盃酒。望南澆奠。辭了漢家。長行去罷。（做奠酒科云）漢朝皇帝。妾身今生已矣。尚待來生也。（做跳江科）（番王驚救不及歎科云）嗨。可惜可惜。昭君不肯入番。投江而死。罷罷罷。就葬在此江邊。號為「青塚」者。我想來人也死了。枉與漢朝結下這般仇隙。都是毛延壽那廝攛弄出來的。把都兒將毛延壽拿下解送漢朝處治。我依舊與漢朝結和。永為甥舅。却不是好。（詩云）則為他丹青畫誤了昭君。背漢主暗地私奔。將美人圖又來哄我。要索取出塞和親。豈知道投江而死。空落的一見消魂。似這等奸邪逆賊。留着他終是禍根。不如送他去漢朝哈喇。依還的甥舅禮兩國常存。（下）

（釋）新水令一隻。例居套首。三四句爲三字句法。且須對。有斷爲五字句者。大誤。直以襯爲正矣。金殿鴛鴦亦屬四字句。且可叠句。多少不拘。東籬此作。一句不增。最爲正格。宜從。步步嬌用在首支時多用散板。但亦可配在套數中間。末句用去聲收。落梅風第四句。末二字須去上。末句亦以去聲收韵。殿前歡一名小鳳孩兒。首三字。次七字各一句。次四字一句。五字三句。再以四字兩句收。前後共九句。是爲本調正格。然元人曲中亦有省作五字句二句者。蓋別格也。又五字三句須扇面對。末四字二句亦須對。

川撥棹一隻。中間四字句。正格止二句。但可增句。不拘多少。惟增句平仄。必用仄仄平平。本折自治國安邦。至臥雪眠霜。皆屬增句。若作增句格式。可以此作爲法。七弟兄多與梅花酒聯用。或有將梅花酒首數句作此曲之收尾者。實大誤。不可從。梅花酒句法亦可增損。不拘本格。爲首三次四字三句。五字二句。末以六字句收。共七句。長洲吳先生霜厓云。若要增句。可在四字句處增加。若要增字。可就五字句增作七字句式。謹按此最爲易知易守之繩墨。若照大成譜列十三格。廣正譜列九格。反複雜無所適從也。東籬此曲省去首三字句。加四字五句。五字二句。六字八句。咸陽後八句。爲連環調。實以此曲爲首創。亦本隻增句體式之一格也。

鴛鴦煞格式甚不一致。此爲增句格。大抵首二句爲七字。係一定不移者。第三第四四字二句。可以增減。又可變成三字句。第五六兩句亦可增加。並在第五句四字句前恆加「唱道」二襯字。第七句爲七字句。亦可分爲二句。或用暗韵。並可作上三下四。末兩句又以四字及七字句法作

收

第四折

（駕引內官上云）自家漢元帝自從明妃和番寡人一百日不曾設朝今當此夜景蕭索好生煩惱且將這美人圖掛起少解悶懷也呵（唱）

（中呂粉蝶兒）寶殿涼生夜迢迢六宮人靜對銀台一點寒燈枕席間臨寢處越顯的吾身薄倖萬里龍庭知他宿誰家一靈眞性

（云）小黃門你看爐香盡了再添上些香（唱）

（醉春風）燒盡玉爐香再添黃串餅想娘娘似竹林寺不見半分形則留下這個影影未死之時在生之日我可也一般恭敬

（云）一時困倦我且睡些兒（唱）

（叫聲）高唐夢苦難成那裏也愛卿愛卿却怎生無些靈聖偏不許楚襄王枕上雨雲情

（做睡科）（旦上云）妾身王嬙和番到北地私自逃回兀的不是我主人陛下妾身來了也（番兵上云）恰才我打了個盹王昭君就偸走回去了我急急趕來進的漢宮兀的不是昭君（做拿旦下）

（駕醒科云）恰才見明妃回來這些兒如何就不見了（唱）

（剔銀燈）恰纔這答兒單于王使命呼喚俺那昭君名姓偏寡人喚娘娘不肯燈前應却原來是畫

上的丹靑。猛聽得仙音院鳳管鳴。更說甚簫韶九成。

（蔓青菜）白日裏無承應。教寡人不曾一覺到天明。做的個團圓夢境。（雁叫科唱）却原來雁叫長門兩三聲。怎知道更有個人孤另。

（雁叫科唱）

（白鶴子）多管是春秋高觔力短。莫不是食水少毛骨輕。待去後愁江南網羅寬。待向前怕塞北雕弓硬。

（么篇）傷感似替昭君思漢主。哀怨似作薤露哭田橫。悽愴似和半夜楚歌聲。悲切似唱三疊陽關令。

（雁叫科）（云）則被那潑毛團叫的悽楚人也。（唱）

（上小樓）早是我神思不寧。又添個寃家纏定。他叫得慢一會兒緊一聲兒和盡寒更。不爭你打盤旋。這搭裏同聲相應。可不差訛了四節時令。

（么篇換頭）你却待尋子卿。覓李陵。對着銀台叫醒咱家對影生情。則俺那遠鄉的漢明妃。雖然得命不見你個潑毛團。倒也耳根淸淨。

（雁叫科）（云）這雁兒呵。（唱）

（滿庭芳）又不是心中愛聽。大古似林風瑟瑟。巖溜泠泠。我只見山長水遠天如鏡。又生怕誤了你途程。見被你冷落了瀟湘暮景。更打動我邊塞離情。還說甚過留聲。那堪更瑤階夜永。嫌殺月兒明。

（黃門云）陛下省煩惱。龍體爲重。（駕云）不由我不煩惱也。（唱）

（十二月）休道是 咱家動情。你宰相 每也 生憎。不比那 雕梁燕語。不比那 錦樹鶯鳴。漢昭君 離鄉背井。知他在 何處愁聽。

（雁叫科）（唱）

（堯民歌）呀呀 的飛過蓼花汀。孤雁 兒不離 了鳳凰城。畫簷 間鐵馬響丁丁。寶殿 中玉榻冷清清。寒 也波 更蕭蕭落葉聲。燭暗長門靜。

〔尾聲〕一聲 兒遶漢宮。一聲 兒寄渭城。暗添 人白髮成衰病。直恁 的吾家 可也 勸不省。

（尚書上云）今日早朝散後。有番國差使命綁送毛延壽來。說因毛延壽叛國敗盟。致此禍釁。今昭君已死。情願兩國講和。伏候聖旨。（駕云）既如此。便將毛延壽斬首。祭獻明妃。着光祿寺大排筵席。犒賞來使回去。（詩云）葉落深宮雁叫時。夢回孤枕夜相思。雖然青塚人何在。還爲蛾眉斬畫師。

題目　沈黑江明妃青塚恨

正名　破幽夢孤雁漢宮秋

（釋）粉蝶兒在北中呂中通首用仄韻處。概應去聲。凡七字句。皆應作上三下四。醉春風。字句可以增減。但末句必用去韵方合。此曲例不用板。叫聲一隻。用五字句法。最爲正格。作者當以此曲爲法。

又此曲例在粉蝶兒後。醉春風前。亦散板曲性質。剔銀燈一隻。末二句應係三字句法。但元人亦有作六字者。損及曲格。不必從也。蔓菁菜係快板曲。白鶴子。列在正宮。亦入中呂。上小樓。第三四五句。有作四字三句者。惟按格當作三字兩句。四字一句。此曲必與么篇聯用。末句又須去聲。滿庭芳一名滿庭霜。冷落了二句須上三下四。堦增夜永句用平平去平。最應遵守。十二月一隻。長洲吳先生霜厓云末二句各譜皆作上三下四七字句法。雖唱時無礙。而論格則不合矣。謹按。所謂「格」者。係依一曲板式爲根據。不究板色。侈談文義爲句法標準者。皆非講求曲格眞正之根據。必須於板色上求之。則分別正襯。整理句法。方能六轡在手。不失羈馭。堯民歌。寒也波更句。也波亦可作也麼。此二字雖係襯字。然已成格。不宜省去。尾聲。末句須仄仄平平去平上。細玩此尾係中呂尾聲本格。舊籍有冠以隨煞者。蓋未究其板色而混稱也。

△梧桐雨 北雜劇 白樸

楔子

（冲末扮張守珪引卒子上）（詩云）坐擁貔貅鎮朔方。每臨塞下受降王。太平時世轅門靜。自把雕弓數鴈行。某姓張名守珪。見任幽州節度使。幼讀儒書。兼通韜略。爲藩鎮之名臣。受心膂之重寄。且喜近年以來。邊烽息警。軍士休閒。昨日奚契丹部擅殺公主。某差捉生使安祿山率兵征討。不見來回話。左右。轅門前覷者。等來時報復我知道。（卒云）理會者。（淨扮安祿山上）（詩云）軀幹魁梧膽力雄。六蕃文字頗皆通。男兒若遂平生志。柱地撐天建大功。自家安祿山是也。積祖以來。爲營州雜胡。本姓康氏。母阿史德爲突厥覡者。禱于軋犖山戰鬭之神而生某。生時有光照穹廬。野獸皆鳴。遂名軋犖山。後母改嫁安延偃。乃隨安姓。改名安祿山。開元年間。延偃攜某歸國。遂蒙聖恩。分隸張守珪部下。爲某通曉六蕃言語。膂力過人。現任捉生討擊使。昨因奚契丹反叛。差我征討。自恃勇力深入。不料衆寡不敵。遂致喪師。今日不免回見主帥。別作道理。早來到府門首也。左右。報復去。道有捉生使安祿山求見。（卒報科）（張守珪云）著他進來。（安祿山做見科）（張守珪云）安祿山征討勝敗如何。（安祿山云）賊衆我寡。軍士畏怯。遂至敗北。（張守珪云）損軍失機。明例不宥。左右推出去。斬首報來。（卒推出科）（安祿山大叫云）主帥不欲滅奚契丹耶。奈何殺壯士。（張守珪云）某也惜你驍勇。但國有定法。某不敢賣法市恩。送你上京。取聖斷如何。（安祿山云）謝主帥不殺之恩。（押下）（張守珪云）安祿山去了也。（詩云）須知生殺有旗牌。只爲軍中惜將才。不然斬一胡兒首。何用親煩聖斷來。（下）（正末扮唐玄宗駕。且扮楊貴妃。引高力士楊國忠宮娥上）（詩云）高祖乘時起晉陽。太宗神武定封疆。守成繼統當兢業。萬里河山拱大唐。寡人唐玄宗是也。自高祖神堯皇帝起兵晉陽。全仗我太宗皇帝。滅了六十四處煙塵。一十八家擅改年號。立起大唐天下。傳高宗中宗。不幸有宮闈之變。寡人以臨淄郡王。領兵靖難。大哥哥寧王讓位於寡人。即位以來。二十餘年。喜的太平無事。賴有賢相姚元之、宋璟、韓休、張九齡、同心致治。寡人得遂安逸。六宮嬪御雖多。自武惠妃死後。無當意者。去年八月中秋。夢遊月宮。見嫦娥之貌。人間少有。昨壽邸楊妃。絕類嫦娥。已命爲女道士。既而取入宮中。策爲貴妃。居太眞院。寡人自從太眞入宮。朝歌暮宴。無有虛日。高力士。你快傳旨排宴。梨園子弟奏樂。寡人消遣咱。（高力士云）理會的。（外扮張九齡押安祿山上）（詩云）調和鼎鼐理陰陽。位列鵷班坐省堂。四海承平無一事。朝朝曳履侍君王。老夫張九齡是也。南海人氏。早登甲第。荷聖恩直做到丞相之職。近日邊帥張守珪解送失機蕃將一人名安祿山。我見其身軀肥矮。語言利便。有許多異相。若留此人。必亂天下。我今見聖人面奏此事。早來到宮門前也。（入見科）（云）臣張九齡見駕。（正末云）卿來何事。（張九齡云）近日邊臣張守珪解送失機蕃將安祿山。例該斬首。未敢擅便。押來請旨。（正末云）你引那蕃將來看我。（張九齡引安祿山見科云）這就是失機蕃將安祿山。（正末云）一員好將官也。你武藝如何。（安祿山云）臣左右開弓。一十八般武藝。無有不會。能通六蕃言語。（正末云）你這等肥胖。此胡腹中何所有。（安祿山云）惟有赤心耳。（正末云）丞相不可殺此人。留他做箇白衣將領。（張九齡云）陛下。此人有異相。留他必有後患。（正末云）卿勿以王夷甫識石勒。留著怕做甚麼。兀那左右。放了他者。（做放科）（安祿山起謝云）謝主公不殺恩。（做跳舞科）（正末云）這是甚麼。（安祿山云）這是胡旋舞。（旦云）陛下。這人文挫矮。又會舞旋。留著解悶倒好。（正末云）貴妃。就與你做義子。你領去。（旦云）。多謝聖恩。（同安祿山下）（張九齡云）國舅此人有異相。他日必亂唐室。衣冠受禍不小。老夫老矣。國舅恐或見之。奈何。（楊國忠云）待下官明日再奏。務要屏除爲妙。（正末云）不知後宮中爲什麼這般喧笑。左右可去看來回話。（宮娥云）是貴妃娘娘與安祿山做洗兒會哩。（正末云）既做洗兒會。取金錢百文。賜他做賀禮。就與我宣祿山來。封他官職。（宮娥拿金錢下）（安祿山上見駕科云）謝陛下賞賜宣臣那廂使用。（正末云）宣卿來不爲別。卿既爲貴妃之子。卽是朕之子。白衣不好出入宮掖。就加你爲平章政事者。（安祿山云）謝了聖恩。（楊國忠云）陛下。不可不可。安祿山乃失律邊將。例當處斬。陛下免其死足矣。今執事宮庭。已爲非宜。有何功勳。加爲平章政事。況胡人狼子野心。不可留居左右。望陛下聖鑒。（張九齡云）楊國忠之言。陛下不可不聽。（正末云）你可也說的是。安祿山且加你爲漁陽節度使。統領蕃漢兵馬。鎭守邊庭。早立軍功。不次陞擢。（安祿山云）感謝聖恩。（正末云）卿休要怨寡人。這是國家典制。非輕可也呵。（唱）

〔仙呂端正好〕則爲你不會建甚奇功。便教你做元輔。滿朝中都指斥鑾輿。眼見的平章政事難停住。寡人待定奪些別官祿。

〔幺篇〕且著你做節度。漁陽去。破强寇。永鎭幽都。休得待國家危急纔防護。常先事。設權謀。收猛將。保皇圖。分鐵券。賜丹書。怎肯便辜負、了你這功勞簿。（同下）

（安祿山云）聖人回宮去也。我出的宮門來。叵奈楊國忠這廝。好生無禮。在聖人前奏准。著我做漁陽節度使。明陞暗貶。別的都罷。只是我與貴妃有些私事。一旦遠離。怎生放的下心。罷罷罷。我這一去到的漁陽。練兵秣馬。別作箇道理。正是畫虎不成君莫笑。安排牙爪好驚人。（下）

（釋）北端正好有二。一入仙呂。一入正宮。入正宮者係正曲。在仙呂者專用作楔子。例不入套。愼毋互混。此調第四句下可以增句。末句又須以仄仄平平去收。楔子用法。參看前節。

第一折

（旦扮貴妃引宮娥上云）妾身楊氏。弘農人也。父親楊玄琰。爲蜀州司戶。開元二十二年。蒙恩選爲壽王妃。開元二十八年八月十五日。乃主上聖節。妾身朝賀。聖上見妾貌類嫦娥。令高力士傳旨度爲女道士。內住太眞宮。賜號太眞。天寶四年冊封爲貴妃。半后服用。寵幸殊甚。將我哥哥楊國忠。加爲丞相。姊妹三人封做夫人。一門榮顯極矣。近日邊庭送一蕃將來。名安祿山。此人猾黠。能奉承人意。又能胡旋舞。聖人賜與妾爲義子。出入宮掖。不期我哥哥楊國忠看出破綻。奏准天子。封爲漁陽節度使。送上邊庭。妾心中懷想。不能再見。好是煩惱人也。今日是七月七夕。牛女相會。人間乞巧令節。已曾分付宮娥。排設乞巧筵在長生殿。妾身乞巧一番。宮娥。乞巧筵設定不曾。（宮娥云）已完備多時了。（旦云）咱乞巧則箇。

（正末引宮娥挑燈拿砌末上云）寡人今日朝回無事。一心只想著貴妃、已令在長生殿設宴。慶賞七夕。內使。引駕去來。（唱）

（仙呂八聲甘州）朝綱倦整。寡人待痛飲昭陽。爛醉華淸。却是吾當有幸。一箇太眞妃傾國傾城。珊瑚枕上兩意足。翡翠簾前百媚生。夜同寢。晝同行。恰似鸞鳳和鳴。

（帶云）寡人自從得了楊妃。眞所謂朝朝寒食。夜夜元宵也。

（混江龍）晚來乘興。一襟爽氣酒初醒。鬆開了龍袍羅扣。偏斜了鳳帶紅鞓。侍女齊扶碧玉輦。宮娥雙挑絳紗燈。順風聽。一派簫韶令。

（內作吹打喧笑科）（正末云）是那裏這等喧笑。（宮娥云）是太眞娘娘在長生殿乞巧排宴哩。

（正末云）衆宮娥、不要走的響。待寡人自看去、（唱）多喈是胭嬌簇擁。粉黛施呈。

（油葫蘆）報接駕的宮娥且慢行。親自聽。上瑤階挪步近前楹。悄悄蹩蹩。款把紗窗映。撲撲簌簌風颭珠簾影。我恰待行。打個嚶掙。怪玉籠中鸚鵡知人性。不住的語偏明。

（內作鸚鵡叫云）萬歲來了接駕。（旦驚云）聖上來了。（做接駕科）（正末唱）

（天下樂）則見展翅忙呼萬歲聲。驚的那娉婷。將鑾駕迎。一箇暈龐兒畫不就描不成。行的一步步嬌。生的一件件撐。一聲聲似柳外鶯。

（云）卿在此做甚麼。（旦云）今逢七夕妾身設瓜果之會。問天孫乞巧哩。（正末看科云）排設的是好也（唱）

（醉中天）龍麝焚金鼎。花萼插銀缾。小小金盆種五生。供養著鵲橋會丹青幀。把一箇米大蜘蛛兒抱定。搶奪盡六宮寵幸。更待怎生般智巧心靈。

（正末與旦砌末科云）這金釵一對鈿盒一枝。賜與卿者。（旦接科云）謝了聖恩也。（正末唱）

（金盞兒）我著輕紗蒙翠盤。盛兩般禮物堪人敬。趁著這新秋節令賜卿卿。七寶金釵盟厚意。百花鈿盒表深情。這金釵兒教你高聳聳頭上頂。這鈿盒兒把你另巍巍手中擎。

（旦云）陛下這秋光可人。妾待與聖駕亭下閒步一番。（正末做同行科）（唱）

（憶王孫）瑤堦月色晃疏欞。銀燭秋光冷畫屏。消遣此時此夜景。和月步閒庭。苔浸的凌波羅襪冷。

（云）這般秋景與四時不同。（旦云）怎見的與四時不同。（正末云）你聽我說。（唱）

（勝葫蘆）露下天高夜氣清。風掠得羽衣輕。香惹丁東環珮聲。碧天澄淨。銀河光瑩。只疑是身在玉蓬瀛。

（旦云）今夕牛郎織女相會之期。一年只是得見一遭。怎生便又分離也。（正末唱）

（金盞兒）他此夕把雲路鳳車乘。銀漢鵲橋平。不甫能今夜成歡慶。枕邊忽聽曉雞鳴。却早離愁情脉脉。別淚雨泠泠。五更長嘆息。則是一夜短恩情。

（旦云）他是天宮星宿。經年不見。不知也曾相憶否。（正末云）他可怎生不想來。（唱）

（醉扶歸）暗想那織女分牛郎命。雖不老是長生。他阻隔銀河信杳冥。經年度歲成孤另。你試向天宮打聽。他決害了些相思病。

（旦云）妾身得侍陛下。寵幸極矣。但恐容貌日衰。不得似織女長久也。（正末唱）

（後庭花）偏不是上列著星宿名。下臨著塵世生。把天上姻緣重。將人間恩愛輕。各辦著眞誠。天心必應。量他每何足稱。

（旦）妾想牛郎織女。年年相見。天長地久。只是如此。世人怎得似他情長也。（正末唱）

（金盞兒）咱日日醉霞觥。夜夜宿銀屛。他一年一日見把佳期等。若論著多多爲勝咱也合贏。我爲君王猶妄想。你做皇后尚嫌輕。可知道斗牛星畔客。回首問前程。

（旦云）妾蒙恩寵無比．但恐春老花殘．主上恩移寵衰．使妾有龍陽泣魚之悲．班姬題扇之怨．奈何．（正末云）妃子你說那裏話．（旦云）陛下請示私約以堅終始．（正末云）咱和你去那處說話去．（做行科）（唱）

（醉中天）我把你半軃的肩兒凭．他把箇百媚臉兒擎．正是金闕西廂扣玉扃．悄悄廻廊靜．靠著這招綵鳳舞青鸞金井梧桐樹影．雖無人竊聽．也索悄聲兒海誓山盟．

（云）妃子朕與卿儘今生偕老．百年以後．世世永爲夫婦．神明鑒護者．（旦云）誰是盟證．（正末唱）

（賺煞尾）長如一雙鈿盒盛．休似兩股金釵另．願世世姻緣注定．在天呵做鶼鶼常比並．在地呵做連理枝生．月澄澄銀漢無聲．說盡千秋萬古情．咱各自辦著至誠．你道誰爲顯證．有今夜度天河相見女牛星．（同下）

（釋）本折以長套組成．八聲甘州一隻在此地位．居於引曲性質．其油葫蘆以後．始爲聲華最盼處．先慢後快．快後復慢．再以賺煞盡之．是爲北套特色．勝葫蘆末句身在玉蓬瀛．以平韵收之．最爲正格．蓋元人往往平仄兩煞也．

第二折

（安祿山引衆將上云）某安祿山是也．自到漁陽．操練蕃漢人馬．精兵見有四十萬．戰將千員．如今明皇年已昏眊．楊國忠李林甫播弄朝政．我今祇以討賊爲名．起兵到長安．搶了貴妃．奪了唐朝天下．纔是我平生願足．左右．軍馬齊備了麼．（衆將云）都齊備了．（安祿山云）著軍政司發檄一道．說某奉密旨討楊國忠等。隨後令史思明領兵三萬。先取潼關。直抵京師。成大事如反掌耳（衆將云）得令。（安祿山云）今日天晚。明日起兵。（詩云）統精兵直指潼關。料唐家無計遮攔。單要貴妃一個。非專爲錦繡江山。（同下）（正末引高力士。鄭觀音抱琵琶。寧王吹笛。花奴打羯鼓。黃翻綽執板。攙旦上）（正末云）今日新秋天氣。寡人朝回無事。妃子學得霓裳羽衣舞。同往御園中沈香亭下。閒要一番。早來到也。你看這秋來風物。好是動人也呵。（唱）

（中呂粉蝶兒）天淡雲閒。列長空數行征鴈。御園中夏景初殘。柳添黃。荷減翠。秋蓮脫瓣。坐近幽闌。噴清香玉簪花綻。

（帶云）早到御園中也。雖是小宴。到也整齊。（唱）

（叫聲）共 妃子醉開顏。等閒等閒。御園中 列餚饌。酒注嫩鵝黃。茶點鷓鴣班。

（醉春風）酒 光泛紫金鍾。茶 香浮碧玉盞。沉香亭畔晚涼多。把一搭兒親自 揀揀。粉黛濃妝。管絃齊列。綺羅相間。

（外扮使臣上詩云）長安廻望繡成堆。山頂千門次第開。一騎紅塵妃子笑。無人知是荔枝來。小官四川道差來使臣。因貴妃娘娘好啖鮮荔枝。遵奉詔旨。特來進鮮。早到朝門外了。宮官通報一聲。說四川使臣來進荔枝。（做報科）（正末云）引他進來。（使臣見駕科云）四川道使臣進貢荔枝。（正末看科云）妃子你好食此果。朕特令他及時進來。（旦云）是好荔枝也。（正末唱）

（迎仙客）香噴噴 味正甘。嬌滴滴 色初綻。只疑是 九重天 謫來人世間。取時難。得後慳。可惜 不近長安。因此上敎驛使把紅塵踐。

（旦云）這荔枝顏色嬌嫩。端的可愛也。（正末唱）

（紅繡鞋）不則向金盤中好看。便宜將玉手擎餐。端的個絳紗籠罩水晶寒。爲甚敎寡人醒醉眼。妃子暈嬌顏物稀也人見罕。

（高力士云）陛下。酒進三爵。請娘娘登盤演一回霓裳之舞。（正末云）依卿奏者。（正旦做舞）（衆樂擷撥科）（正末唱）

（快活三）囑咐你仙音院莫怠慢。道與你敎坊司要迭辦。把箇太眞妃扶在翠盤間。快結束宜妝扮。

【鮑老兒】雙撮得泥金衫袖挽。把月殿裏霓裳按。鄭觀音琵琶准備彈。早搭上鮫綃襻。賢王玉笛。花奴羯鼓。韻美聲繁。壽寧錦瑟。梅妃玉簫。嘹喨循環。

（古鮑老）屹刺刺撒開紫檀。卻原來黃翻綽向前手拈板。低低的叫聲玉環。太眞妃笑時花近眼。紅牙筯趁五音。擊著梧桐按。嫩枝柯猶未乾。更帶著瑤琴音泛。（卿呵。）你則索出幾點瓊珠汗。（旦舞科）（正末唱）

（紅芍藥）腰鼓聲繁。羅襪弓彎。玉佩丁東響珊珊。即漸裏舞鞸雲鬟。施逞你蜂腰細。燕體翻。作兩袖香風拂散。（帶云）卿倦也。飲一盃酒者。（唱）寡人親捧盃玉露甘寒。你可也莫要留殘。拚著個醉醺醺直吃到夜靜更闌。

（旦飲酒科）（淨扮李林甫上云）小官李林甫是也。見爲左丞相之職。今早飛報將來。說安祿山反叛。軍馬浩大。不敢抵敵。只得見駕。（做見駕科）（正末云）丞相有何事這等慌促。（李林甫云）邊關飛報安祿山造反。大勢軍馬殺將來了。陛下承平日久。人不知兵。怎生是好。（正末云）你慌做甚麼。

（唱）

（剔銀燈）止不過奏說邊庭上造反。也合看空便覷遲疾緊慢。等不的俺筵上笙歌散。可不氣丕丕冒突天顏。那些個齊管仲。鄭子產。敢待做假忠孝龍逢比干。

（李林甫云）陛下。如今賊兵已破潼關。哥舒翰失守逃回。目下就到長安了。京城空虛。決不能守。怎生是好。（正末唱）

（蔓菁菜）險些兒慌殺你個周公旦。（李林甫云）陛下。只因女寵盛。讒夫昌。惹起這刀兵來了（正末唱）你道我因歌舞壞江山。你常好是占姦。早難道羽扇綸巾笑談間。破强虜三十萬。

（云）既賊兵壓境。你衆官計議。選將統兵。出征便了。（李林甫云）如今京營兵不滿萬。將官衰老。如哥舒翰名將。尚且支持不住。那一個是去得的。（正末唱）

（滿庭芳）你文武兩班。空列些烏靴象簡。金紫羅襴。內中沒個英雄漢。掃蕩塵寰。慣縱的個無徒祿山。沒揣的撞過潼關。先敗了哥舒翰。疑怪昨宵晚。不見烽火報平安。

（云）卿等有何計策。可退賊兵。（李林甫云）安祿山部下蕃漢兵馬四十餘萬。皆是一以當百。怎與他拒敵。莫若陛下幸蜀。以避其鋒。待天下兵至。再作計較。（正末云）依卿所奏。便傳旨。收拾六宮嬪御。諸王百官。明日早起幸蜀去來。（旦作悲科云）妾身怎生是好也。（正末唱）

（普天樂）恨無窮。愁無限。爭奈倉卒之際。避不得驀嶺登山。鑾駕遷。成都盼。更都堪滻水西飛鴈。一聲聲送上雕鞍。傷心故園。西風渭水。落日長安。

（旦云）陛下怎受的途路之苦。（正末云）寡人也沒奈何哩。（唱）

【啄木兒煞】端詳了你上馬嬌。怎支吾蜀道難。替你愁那嵯峨峻嶺連雲棧。自來驅馳可慣。幾程兒推得過劍門關。（同下）

（釋）本折醉春風、迎仙客、紅繡鞋、爲套內主曲。前冠粉蝶兒、叫聲、兩隻。實同引曲。粉蝶兒例用散板。其中七字句。皆應作上三下四。叫聲亦屬散板曲。且由來甚早。北宋宣和間。仿京師諸負販叫喚聲而成叫聲樂調。牌名本繁。今流存曲中者。原係夷則羽內零隻小曲。牌名既失。遂以叫聲名之。其實叫聲乃此一樂類之總稱。非一曲之牌名。即就曲格而論。末幅本應以三七各一語作收。自壬甫作十字二語後。遂競相踵效。且更用以偶語。是本格亦在存亡之間矣。紅繡鞋第四五兩句。各作三字一語。是爲正格。往往誤襯作正。而成五字兩語者。最不足法。此牌疊用六八隻。亦可成套。惟不用尾聲耳。快活三原具截搭性質。首二句用快板。第三句用散板。第四句用慢板。通常緊接朝天子。今聯以鮑老兒。古鮑老。是爲特例。鮑老兒除見壬甫此曲及關漢卿散曲外。元人甚少用及。古鮑老前四句。亦可作扇面對。至紅芍藥一隻。以壬甫茲作最正。其有減末一句者。實非正格。

此折末幅。以啄木兒合煞曲數句作收。亦帶格煞中之一式也。

第三折

（外扮陳玄禮上詩云）世受君恩統禁軍。天顏喜怒得先聞。太平武備皆無用。誰料狂胡起戰塵。某右龍武將軍陳玄禮是也。昨因逆胡安祿山倡亂。潼關失守。昨日宰臣會議。大駕暫幸蜀川。以避其鋒。今早飛報說賊兵離京城不遠。聖主令某統領禁軍護駕。軍馬點就多時。專候大駕起行。（正末引旦及楊國忠高力士幷太子扈駕郭子儀李光弼上）（正末云）寡人眼不識人。致令狂胡作亂。事出急迫。只得西行避兵。好傷感人也呵。（唱）

（雙調新水令）五方旗招颭日邊霞。冷清清半張鑾駕。鞭倦裊。鐙慵踏。回首京華。一步步放不下。（帶云）寡人深居九重。怎知閭閻貪苦也。（唱）

〔駐馬聽〕隱隱天涯。剩水殘山五六搭。蕭蕭林下。壞垣破屋兩三家。秦川遠樹霧昏花。灞橋衰柳風蕭灑。煞不如碧窗紗晨光閃爍鴛鴦瓦。

（衆扮父老上云）聖上鄉里百姓叩頭。（正末云）父老有何話說。（衆云）宮闕、陛下家居。陵寢、陛下祖墓。今捨此欲何之。（正末云）寡人不得已暫避兵耳。（衆云）陛下既不肯留。臣等願率子弟從殿下東破賊。取長安。若殿下與至尊皆入蜀。使中原百姓誰爲之主。（正末云）父老說的是。左右宣我兒近前來者。（太子做見科）（正末云）衆父老說中原無主。留你東還統兵殺賊。就令郭子儀李光弼爲元帥。後軍分撥三千人跟你回去。你聽我說。（唱）

（沉醉東風）父老每忠言聽納。教小儲君專任征伐。你也合分取些社稷憂。怎肯教別人把江山霸。將這顆傳國寶你行留下。（太子云）兒子只統兵殺賊。豈敢便登天位。（正末唱）剿除了賊徒救了國家。更避甚稱孤道寡。

（太子云）既爲國家重事。兒子領詔旨。率領郭子儀李光弼回去也。（做辭駕科）（衆軍不行科）

（正末唱）

〔慶東原〕前軍疾行動。因甚不進發。（衆軍吶喊科）一行人覷了皆驚怕。嗔忿忿停鞭立馬。惡歆歆披袍貫甲。明颩颩掣劍離匣。齊臻臻鴈行班排。密匝匝魚鱗似亞。

（陳玄禮云）衆軍士說。國有姦邪。以致乘輿播遷。君側之禍不除。不能歛戢衆志。（正末云）這是怎麼說。（唱）寡人呵

（步步嬌）萬里煙塵你也合嗟呀。就勢兒把吾當謊。國家又不曾虧你半掐。因甚軍心有爭差。問卿咱。爲甚不說半句兒知心話。

（陳玄禮云）楊國忠專權誤國。今又與吐蕃使者交通。似有反情。請誅之以謝天下。（正末唱）

（沉醉東風）據著楊國忠合該萬剮。鬬的祿山賊亂了中華。是非寡人股肱難棄捨。更兼與妃子骨肉相牽掛。斷遣盡枉展污了五條刑法。把他剁了官職貶做窮民也是。陣殺允不允陳玄禮將軍鑒察。

（衆軍怒喊科）（陳玄禮云）陛下。軍心已變。臣不能禁止。如之奈何。（正末云）隨你能。（衆殺楊

國忠科）（正末唱）

（鴈兒落）數層鎗密匝匝。一聲喊山摧塌。元來是陳將軍號令明。把楊國忠施行罷。（衆軍仗劍擁上科）（正末唱）

（撥不斷）語喧嘩鬧交雜。六軍不進屯戈甲。把箇馬嵬坡簇合沙。（又待做甚麼）諕的我戰欽欽遍體寒毛乍。吃緊的軍隨印轉將令威嚴。（兵權在手主弱臣强卿呵則你道波。）寡人是怕也那不怕。

（云）楊國忠已殺了。您衆軍不進。却爲甚的（陳玄禮云）國忠謀反。貴妃不宜供奉。願陛下割恩正法。（正末唱）

（攪箏琶）（高力士道與陳玄禮休。）沒高下。豈可教妃子受刑罰。他見請受著皇后中宮。兼著寡人御榻。他又無罪過頗賢達。須不似周褒姒舉火取笑。紂妲己敲脛觀人。早間把他哥哥壞了。總便有萬千不是。看寡人也合饒過他。一地胡拿。

（高力士云）貴妃誠無罪。然將士已殺國忠。貴妃在陛下左右。豈敢自安。願陛下審思之。將士安。則陛下安矣。（正末唱）

（風入松）止不過鳳簫羯鼓間琵琶。忽刺刺板撒紅牙。假若更添箇麼花十八。那些兒是敗國亡家。可知道陳後主遭著殺伐。皆因唱後庭花。

（旦云）妾死不足惜。但主上之恩。不曾報得。數年恩愛。教妾怎生割捨。（正末云）妃子。不濟事了。六軍心變。寡人自不能保、

（胡十八）似您地對咱。多應來變了卦。見俺留戀著他。龍泉三尺手中拿。便不將他刺殺。也將他嚇殺。更問甚陛下。大古是知重俺。帝王家。

（陳玄禮云）願陛下早割恩正法。（旦云）陛下怎生救妾身一救。（正末云）寡人怎生是好。（唱）

（落梅風）眼兒前不甫能栽起合歡樹。恨不得手掌裏奇擎著解語花。盡今生翠鸞同跨。怎生般愛他看待他。忍下的教拖在馬鬼坡下。

（陳玄禮云）祿山反逆。皆因楊氏兄妹。若不正法。以謝天下。禍變何時得消。望陛下乞與楊氏。使六軍馬踏其尸。方得憑信。（正末云）他如何受的。高力士引妃子去佛堂中。令其自盡。然後教軍士驗看。（高力士云）有白練在此。（正末唱）

（殿前歡）他是朵嬌滴滴海棠花。怎做鬧荒荒亡國禍根芽。再不將曲彎彎遠山眉兒畫。亂鬆鬆雲鬢堆鴉。怎下的磣磕磕馬蹄兒臉上踏。則將細裊裊咽喉掐。早把條長攙攙素白練安排下。他那裏一身受死。我痛煞煞獨力難加。

（高力士云）娘娘去罷。誤了軍行。（旦回望科云）陛下好下的也。（正末云）卿休怨寡人。（唱）

（沽美酒）沒亂殺怎救拔。沒奈何怎留他。把死限誤延了多半霎。生各支勒殺陳玄禮鬧交加。

（高力士引旦下）（正末唱）

〔太平令〕怎的教 酩子裏 題名單罵。腦背 後著 武士金瓜。教幾箇 鹵莽的宮娥監押。休將那 軟軟的娘娘驚諕。你呀見他問咱可憐 見唐朝天下。

（高力士持旦衣上云）娘娘已賜死了。六軍進來看視。（陳玄禮率衆馬踐科）（正末做哭科云）妃子。閃殺寡人也呵。（唱）

〔三煞〕不想你 馬嵬坡下今朝化。沒指望 長生殿裏當時話。

〔太清歌〕恨 無情捲地狂風刮。都吹落宮花。想他魂斷天涯。作幾縷 兒綵霞。天那。一箇漢 明妃遠把單于嫁。止不過泣 西風淚濕胡笳。幾曾見 六軍 廝踐踏。將一箇 尸首臥黃沙。（正末做拿汗巾哭科云）妃子不知那裏去了。止留下這箇汗巾兒。好傷感人也。

〔二煞〕雖收了 錦纏 聯窄面吳綾襪。空感歎這 淚斑 斕擁項鮫綃帕。

〔川撥棹〕痛憐他 不能勾 水銀灌玉匣。又沒甚 綵嬙宮娃。拽布拖麻。奠酒澆茶。只索 淺土兒權時葬下。又不及選山陵將墓打。

〔鴛鴦煞〕黃埃散漫悲風颯。碧雲黯淡斜陽下。一程程 水綠山青。一步步 劍嶺巴峽。唱道 感嘆情多。恓惶淚灑。早得升遐。休休却是今生罷。這箇不得已的 官家哭上逍遙玉驄馬。（同下）

（釋）本折沉醉東風以次爲主曲。新水令駐馬聽兩隻在此處均係引曲性質。新水令正格共六句。

鞭倦裊鐙慵踏。各作三字一句。最爲守律。元明人多作十字兩語者。相沿訛謬。不復能改。第五句亦可增疊。但必仍歸還末句本格。以仄仄仄平仄收耳。攙箏琶一隻。字句原可相互增減。正格共九句。若增句則在第四句處增之。第五句處亦可增疊。若減句則將第五句二字一語省去。壬甫斯作。係屬增格。惟「高力士道與陳元禮休。」一語。實係揷白。刻本未加區別。混入曲句。俗本且斷成「高力士道與陳元禮休沒高下」遂致迷亂本格。玆爲訂正。胡十八一隻。壬甫所製。係用增格。在「將他嚇殺」句下。多用二字一語。至太清歌一調。又名太平歌。句法亦可增減。舊譜程式不一。要在善爲參用耳。

第四折

（高力士云）自家高力士是也。自幼供奉內宮。蒙主上擡舉。加爲六宮提督太監。往年主上悅楊氏容貌。命某取入宮中。寵愛無比。封爲貴妃。賜號太眞。後來逆胡稱兵。僞誅楊國忠爲名。逼的主上幸蜀。行至中途。六軍不進。右龍武將軍陳玄禮奏過。殺了國忠。禍連貴妃。主上無可奈何。只得從之。縊死馬嵬驛中。今日賊平無事。主上還國。太子做了皇帝。主上養老。退居西宮。晝夜祇是想貴妃娘娘。今日敎某掛起眞容。朝夕哭奠。不免收拾停當。在此伺候咱。（正末上云）寡人自幸蜀還京。太子破了逆賊。即帝子位。寡人退居西宮養老。每日只是思量妃子。敎畫工畫了一軸眞容。供養著。每日相對。越增煩惱也呵。（做哭科）（唱）

（正宮端正好）自從幸西川。還京兆。甚的是月夜花朝。還半年來白髮添多少。怎打疊愁容貌。

（么篇）瘦岩岩不避羣臣笑。玉叉兒將畫軸高挑。荔子花果香檀桌目覷了傷懷抱。（做看眞容科）（唱）

（滾繡球）險些把我氣沖倒。身謾葬把太眞妃放聲高叫。叫不應雨淚嚎咷。這待詔手段高。畫的來沒半星兒差錯。雖然是快染能描。畫不出沈香亭畔廻鸞舞花蕚樓前上馬嬌。一段兒妖嬈。

（倘秀才）（妃子呵常記得）千秋節華清宮宴樂七夕會長生殿乞巧誓願學連理枝比翼鳥。誰想你乘綵鳳返丹霄命天。

（帶云）寡人越看越添傷感。怎生是好。（唱）

（呆骨朶）寡人有心待蓋一座楊妃廟。爭奈無權柄謝位辭朝。則俺這孤辰限難熬。更打著離恨天最高。在生時同衾枕。不能勾死後也同棺槨。誰承望馬嵬坡塵土中。可惜把一朶海棠花零落。

（帶云）一會兒身子困乏。且下這亭子去閒行一會咱。（唱）

（白鶴子）那身離殿宇。信步下亭皐。見楊柳裊翠藍絲。芙蓉拆胭脂蕚。

（么）見芙蓉懷媚臉。遇楊柳憶纖腰。依舊的兩般兒點綴上陽宮。他管一靈兒瀟灑長安道。

（么）常他得碧梧相相陰下立紅牙筯手中敲。記笑整金縷衣舞按霓裳樂。

【么】到如今翠盤中荒草滿。芳樹下暗香銷。空對井梧陰。不見傾城貌。

（做歎科云）寡人也怕閒行。不如回去來。（唱）

（倘秀才）本待閒散心追歡取樂。倒惹的感舊恨天荒地老。快快歸來鳳幃悄。甚法兒捱今宵。懊惱。

（帶云）回到這寢殿中。一弄兒助人愁也。（唱）

〔芙蓉花〕淡氤氳串烟裊。昏慘剌銀燈照。玉漏迢迢。纔是初更報。暗覷淸宵。盼夢裏他來到。却不道口是心苗不住的頻頻叫。

（帶云）不覺一陣昏迷上來。寡人試睡些兒。（唱）

（伴讀書）一會家心焦懆。四壁厢秋蟲鬧。忽見掀簾西風惡。遙觀滿地陰雲罩。俺這裏披衣悶把幃屏靠。業眼難交。

（笑和尙）原來是滴溜溜閒遶閒階敗葉飄。疎剌剌落葉被西風掃。忽魯魯風閃得銀燈爆。厮琅琅鳴殿鐸。撲簌簌動朱箔。吉丁當玉馬兒向簷間鬧。（做睡科唱）

〔倘秀才〕悶打頦和衣臥倒。軟兀剌方纔睡著。（旦上云）妾身貴妃是也。今日殿中設宴。宮娥請主上赴席咱。（正末唱）忽見靑衣走來報。道太眞妃將寡人邀宴樂。

（正末見旦科云）妃子你在那裏來。（旦云）今日長生殿排宴請主上赴席。（正末云）分付梨園子弟備齊著。（旦下）（正末做驚醒科云）呀。元來是一夢。分明夢見妃子。却又不見了。（唱）

（雙鴛鴦）斜軃翠鸞翹。渾一似出浴的舊風標。映著雲屏一半兒嬌。好夢將成還驚覺。半襟情淚濕鮫綃。

（蠻姑兒）懊惱窨約。驚我來的又不是 樓頭過鴈。砌下寒蛩。簷前玉馬。架上金鷄。是兀那 窗兒外梧桐 上雨瀟瀟。一聲聲 灑殘葉。一點點 滴寒梢。會把愁人定虐。

（滾繡球）這雨呵又不是 救旱苗。潤枯草。洒開花萼。誰望道秋雨如膏。向青翠條。碧玉梢。碎聲兒剝剝。增百十倍歇和芭蕉。子管裏 珠聯玉碎飄千顆。平白地 瀽甕翻盆分一宵。惹的人心焦。

（叨叨令）一會價緊呵似 玉盤中萬顆珍珠落。一會價響呵似 玳筵前幾簇笙歌鬧。一會價淸呵似 翠岩頭一派寒泉瀑。一會價猛呵似 綉旗下數面征鼙操。兀的不 惱殺人也麼哥。兀的不 惱殺人也麼哥。則被他 諸般兒雨聲相聒噪。

〔倘秀才〕這雨 一陣陣打梧桐葉凋。一點點滴人心碎了。枉著 金井銀牀緊圍繞。只好把 潑枝葉、做柴燒鋸倒。

（帶云）當初妃子舞翠盤時。在此樹下。寡人與妃子盟誓時。亦對此樹。今日夢境相尋。又被他驚覺了。

（唱）

〔滾繡球〕長生殿 那一宵。轉廻廊 說誓約。不合對梧桐 並肩斜靠。儘言詞絮絮叨叨。沉香亭 那一朝。按霓裳 舞六么。紅牙筯 擊成腔調。亂宮商鬧鬧炒炒。是兀那 當時歡會栽排下。今日淒涼廝輳著。暗地量度。

（高力士云）主上這諸樣草木皆有雨聲。豈獨梧桐。（正末云）你那裏知道。我說與你聽者。（唱）

（三煞）潤濛濛 楊柳雨。淒淒 院宇侵簾幕。細絲絲 梅子雨。妝點 江干滿樓閣。杏花雨 紅濕闌干。梨花雨 玉容寂寞。荷花雨 翠蓋翩翻。豆花雨 綠葉蕭條。都不似你 驚魂破夢。助恨添愁。徹夜連宵。莫不是 水仙弄嬌。蘸 楊柳洒風飄。

（二煞）咮咮似 噴泉瑞獸臨雙沼。刷刷似 食葉春蠶散滿箔。亂灑瓊堦。水傳宮漏。飛上雕簷。酒滴新槽。直下的 更殘漏斷。枕冷衾寒。燭滅香消。可知道 夏天不覺。把高鳳麥來漂。

（煞尾）順 西風低把紗窗哨。送 寒氣頻將繡戶敲。莫不是 天故將人愁悶攪。度 鈴聲響棧道。似花奴羯鼓調。如伯牙水仙操。洗黃花潤籬落。漬蒼苔倒墻角。渲湖山漱石竅。浸枯荷溢池沼。沾殘蝶粉漸消。灑流螢焰不著。綠窗前促織叫。聲相近鴈影高。催鄰砧處處擣。助新涼分外早。斟量來這一宵雨和人緊廝熬。伴銅壺點點敲。雨更多淚不少。雨 濕寒梢。淚 染龍袍。不肯 相饒。共隔著 一樹梧桐 直滴到曉。

題目　安祿山反叛兵戈舉。
　　　陳玄禮拆散鸞凰侶。
正名　楊貴妃曉日荔枝香。
　　　唐明皇秋夜梧桐雨。

（釋）本折以滾繡毬以夾爲主曲。端正好一隻例居套首。作衝場曲用。滾繡毬一隻。共分三節。前兩節句法。同爲三三。四七。後一節用七七四收之。前兩節實是一排。就樂拍言之。第一節之拍調。亦卽第二節之拍調。周而復始。逆句相襲。故以滾繡毬名之。倘秀才末句。壬甫皆以仄韻住聲。最爲正格。呆骨朶第四句應作平平仄平。第五句應作仄仄平平。末句又應以仄平收之。壬甫此作。未能盡協。至芙蓉花。末韻用去。伴讀書。末韻用平。又屬守律之處。可謂法也。笑和尙本唱賺遺曲在北調內。例加疊字。如壬甫所用滴溜溜。踈刺刺之類。但和絃索鈴板之節。固無定式耳。雙鴛鴦一曲。古本在「翠鸞翹」句前。原有「語音淸眉眼顰翠黛雲鬟不欲整寶髻斜偏亂鬅鬙」四句。時本刪之。逐成減格。又蠻姑兒全格共十句。臧晉叔元曲選將曲中樓頭過雁四句刪去。盖循太和正音譜之誤。並爲訂正。煞尾一章。字句本可不拘。惟前數句是煞曲。末一句是黃鍾尾聲。故曰煞尾。大抵七七兩語起首。以後增簡不拘。但增句必用煞曲中原來句法。或三字語。或四字語。末句又以仄仄平平仄平仄歸黃鍾尾格。正宮本卽黃鍾正宮。此尾係黃鍾調。時本遂混稱爲黃鍾尾。且望文斷義。句法又復不一。爰比照舊譜。細爲勘訂。

△竇　娥　寃　北楔劇　　關漢卿

楔子

〔卜兒蔡婆上詩云〕花有重開日。人無再少年。不須長富貴。安樂是神仙。老身蔡婆婆是也。楚州人氏。嫡親三口兒家屬。不幸夫主亡逝已過。止有一個孩兒。年長八歲。俺娘兒兩個。過其日月。家中頗有些錢財。

這裏一個竇秀才，從去年問我借了二十兩銀子，如今本利該銀四十兩，我數次索取，那竇秀才只說貧難，沒得還我。他有一個女兒，今年七歲，生得可喜，長得可愛，我有心看上與我家做個媳婦，就准了這四十兩銀子，豈不兩得其便。他說今日好日辰，親送女兒到我家來，老身且不索錢去，專在家中等候，這早晚竇秀才敢待來也。（冲末扮竇天章引正旦扮端雲上詩云）讀盡縹緗萬卷書，可憐貧殺馬相如，漢庭一日承恩召，不說當罏說子虛。小生姓竇名天章，祖貫長安京兆人也。幼習儒業，飽有文章，爭奈時運不通，功名未遂，不幸渾家亡化已過，撇下這個女孩兒，小字端雲，從三歲上亡了他母親，如今孩兒七歲了也。小生一貧如洗，流落在這楚州居住，此間一個蔡婆婆，他家廣有錢物，小生因無盤纏，曾借了他二十兩銀子，到今本利該對還他四十兩，他數次問小生索取，敎我把甚麼還他，誰想蔡婆婆常常着人來說，要小生女孩兒做他兒媳婦，況如今春榜動，選場開，正待上朝取應，又苦盤纏缺少，小生出於無奈，只得將女孩兒端雲送與蔡婆婆做他兒媳婦去。（做歎科云）嗨，這個那裏是做媳婦，分明是賣與他一般，就准了他那先借的四十兩銀子，分外但得些少東西，勾小生應舉之費，便也過望了。說話之間，早來到他家門首，婆婆在家麼？（卜兒上云）秀才請家裏坐，老身等候多時也。（做相見科竇天章云）小生今日一徑的將女孩兒送來與婆婆，怎敢說做媳婦，只與婆婆早晚使用，小生目下就要上京進取功名去，留下女孩兒在此，只望婆婆看覷則個。（卜兒云）這等，你是我親家了，你本利少我四十兩銀子，兀的是借錢的文書，還了你，再送與你十兩銀子做盤纏，親家，你休嫌輕少。（竇天章做謝科云）多謝了婆婆，先少你許多銀子，都不要我還了，今又送我盤纏，此恩異日必當重報。婆婆，女孩兒早晚呆癡，看小生薄面看覷女孩兒咱。（卜兒云）親家。這不消你囑咐令愛到我家。就做親女兒一般看承他。你只管放心的去。（竇天章云）婆婆端雲孩兒該打呵看小生面則罵幾句當罵呵則處分幾句孩兒你也不比在我跟前。我是你親爺。將就你的。你如今在這裏。早晚若頑劣呵。你只討那打罵喫兒噪。我也是出于無奈。（做悲科）（唱）

（仙呂賞花時）我也只爲**無計營生四壁貧**。因此上 **割捨**得**親兒**在**兩處分**。從今日 **遠踐洛陽塵**。又不知 **歸期定准**。則落的 **無語闇消魂**。（下）

（卜兒云）竇秀才留下他這女孩兒與我做媳婦兒。他一徑上朝應舉去了。（正旦作悲科云）爹爹。你直下的撇了我孩兒去也。（卜兒云）媳婦你在我家。我是親婆你是親媳婦只當自家骨肉一般。你不要啼哭。跟着老身前後執照去來。（同下）

第一折

「淨扮賽盧醫上詩云」行醫有斟酌。下藥依本草。死的醫不活。活的醫死了。自家姓盧。人道我一手好醫。都叫做賽盧醫。在這山陽縣南門開着生藥局。在城有個蔡婆婆。我問他借了十兩銀子。本利該還他二十兩。數次來討這銀子。我又無的還他。若不來便罷。若來呵。我自有個主意。我且在這藥舖中坐下。看有甚麽人來。（卜兒上云）老身蔡婆婆。我一向搬在山陽縣居住。儘也靜辦。自十三年前竇天章秀才留下端雲孩兒之後。不上二年。不想我這孩兒害弱症死了。媳婦兒守寡。又早三個年頭。服孝將除了也。我和媳婦兒說知。我往城外賽盧醫家索錢去也。（做行科云）驀過隅頭。轉過屋角。早來到他家門首。

賽盧醫在家麼。（盧醫云）婆婆。家裏來。（卜兒云）我這兩個銀子長遠了。你還了我罷。（盧醫云）婆婆。我家裏無銀子。你跟我庄上去取銀子還你。（卜兒云）我跟你去。（做行科）（盧醫云）來到此處。東也無人。西也無人。這裏不下手。等甚麼。我隨身帶的有繩子。兀那婆婆。誰喚你哩。（卜兒云）在那裏。（做勒卜兒科孛老同副淨張驢兒衝上賽盧醫慌走下孛老救卜兒科張驢兒云）爹。是個婆婆。爭些勒殺了。（孛老云）兀那卜兒。你是那裏人氏。姓甚名誰。因甚着這個人將你勒死。（卜兒云）老身姓蔡。在城人氏。止有個媳婦兒相守過日。因為賽盧醫少我二十兩銀子。今日與他取討。誰想他賺我到無人去處。要勒死我賴這銀子。若不是遇着老的和哥哥呵。那得老身性命來。（張驢兒云）爹。你聽的他說麼。他家還有個媳婦哩。救了他性命。他少不得要謝我。不若你要這婆子。我要他媳婦兒。何等兩便。你和他說去。（孛老云）兀那婆婆。你無丈夫。我無渾家。你肯與我做個老婆。意下如何。（卜兒云）是何言語。待我回家多備些錢鈔相謝。（張驢兒云）你敢是不肯。故意將錢鈔哄我。賽盧醫的繩子還在。我仍舊勒死了你罷。（做拿繩科）（卜兒云）哥哥。待我慢慢地尋思咱。（張驢兒云）你尋思些甚麼。你隨我老子。我便要你媳婦兒。（卜兒背云）我不依他。他又勒殺我。罷罷罷。你爺兒兩個隨我到家中去來。（同下）（正旦上云）妾身姓竇。小字端雲。祖居楚州人氏。我三歲上亡了母親。七歲上離了父親。俺父親將我嫁與蔡婆婆為兒媳婦。改名竇娥。至十七歲與夫成親。不幸丈夫亡化。可早三年光景。我今二十歲也。這南門外有個賽盧醫。他少俺婆婆銀子。本利該二十兩。數次索取不還。今日俺婆婆親自索取去了。竇娥也。你這命好苦也呵。（唱）

〔仙呂點絳唇〕滿腹閒愁。數年禁受天知否。天若是知我情由。怕不待和天瘦。

〔混江龍〕則問那黃昏白晝。兩般兒忘飡廢寢幾時休。大都來昨宵夢裏。和着這今日心頭。催人淚的是錦爛熳花枝橫繡闥。斷人腸的是剔團圞月色掛粧樓。長則是急煎煎。按不住意中焦。悶沉沉展不徹眉尖皺。越覺的情懷冗冗。心緒悠悠。

（云）似這等憂愁。不知幾時是了也呵。（唱）

〔油葫蘆〕莫不是八字兒該載着一世憂。誰似我無盡頭。須知道人心不似水長流。我從三歲母親身亡後。到七歲與父分離久。嫁的個同住人。他可又拔着短籌。撇的俺婆婦每都把空房守。端的個有誰問有誰偢。

〔天下樂〕莫不是前世裏燒香不到頭。今也波生招禍尤。勸今人早將來世修。我將這婆侍養。我將這服孝守。我言詞須應口。

（云）婆婆索錢去了。怎生這早晚不見回來。（卜兒同孛老張驢兒上）（卜兒云）你爺兒兩個且在門首。等我先進去。（張驢兒云）妳妳你先進去。就說女婿在門首哩。（卜兒見正旦科）（正旦云）妳妳回來了。你吃飯麼。（卜兒做哭科云）孩兒也。你教我怎生說波。（正旦云）

〔一半兒〕為甚麼淚漫漫不住點兒流。莫不是為索債與人家惹爭鬪。我這裏連忙迎接慌問候。他那裏要說緣由。（卜兒云）羞人答答的教我怎生說波。（正旦唱）則見他一半兒徘徊一半兒醜。

（云）婆婆你爲什麼煩惱啼哭那。（卜兒云）我問賽盧醫討銀子去。他賺我到無人去處。行起兇來。要勒死我。虧了一個張老並他兒子張驢兒救得我性命。那張老就要我招他作丈夫。因這等煩惱。（正旦云）婆婆這個怕不中麼。你再尋思咱。俺家裏又不是沒有飯吃。沒有衣穿。又不是少欠錢債。被人催逼不過。況你年紀高大。六十以外的人。怎生又招丈夫那。（卜兒云）孩兒也。你說的豈不是。但是我的性命。全虧他這爺兒兩個救的。我也曾說道。待我到家。多將些錢物酬謝你救命之恩。不知他怎生知道我家裏有個媳婦兒。道我婆媳婦又沒老公。他爺兒兩個又沒老婆。正是天緣天對。若不隨順他。依舊要勒死我。那時節我就慌張了。莫說自己許了他。連你也許了他。兒也。這也是出于無奈。（正旦云）婆婆。你聽我說波。（唱）

〔後庭花〕避凶神要擇好日頭。拜家堂要將香火修。梳着霜雪白般鬏髻。怎將這雲霞般錦帕兜。怪不的女大不中留。你如今六旬左右。可不道到中年萬事休。舊恩愛一筆勾。新夫妻兩意投。枉教人笑破口。

（卜兒云）我的性命都是他爺兒兩個救的。事到如今。也顧不得別人笑話了。（正旦云）

〔青哥兒〕你雖然是得他得他營救。須不是筍條筍條年幼。剗的便巧畫蛾眉成配偶。想當初你夫主遺留。替你圖謀。置下田疇。蚤晚羹粥。寒暑衣裘。滿望你鰥寡孤獨。無崖無靠。母子每到白頭。公公也則落得乾生受。

（卜兒云）孩兒也。他如今只待過門喜事。匆匆的教我怎生回得他去。（正旦唱）

〔寄生草〕你道他匆匆喜。我替你道細細愁。愁則愁興闌刪嚥不下交歡酒。愁則愁眼昏騰扭不上同心扣。愁則愁意懞朧睡不穩芙蓉褥。你待要笙歌引至畫堂前。我道這姻緣敢落在他人後。

(卜兒云)孩兒也再不要說我了。他爺兒兩個都在門首等候。事已至此。不若連你也招了女壻罷。(正旦云)婆婆。你要招你自招。我並然不要女壻。(卜兒云)那個是要女壻的。爭奈他爺兒兩個自家挨過門來。教我如何是好。(張驢兒云)我們今日招過門去也。帽兒光光。今日做個新郎。袖兒窄窄。今日做個嬌客。好女壻好女壻。不枉了。不枉了。(同孛老入拜科)(正旦做不禮科云)兀那廝靠後。(唱)

(賺煞)我想這婦人每休信那男兒口。婆婆也怕沒的貞心兒自守。到今日招着個村老子。領着個半死囚。〔張驢兒做嘴臉科云〕你看我爺兒兩個這等身段。儘也選得女婿過。你不要錯過了好時辰。我和你早些兒拜堂罷。(正旦不理科唱)則被你坑殺人燕侶鶯儔。婆婆也你豈不知羞。俺公公撞府沖州。闒闠的銅斗兒家緣百事有。想着俺公公置就。怎忍教張驢兒情受。(張驢兒做扯正旦拜科正旦推跌科唱)兀的不是俺沒丈夫的婦女下場頭。(下)

(卜兒云)你老人家不要惱懆。難道你有活命之恩。我豈不思量報你。只是我那媳婦兒氣性最不好惹的。既是他不肯招你兒子。教我怎好招你老人家。我如今拼的好酒好飲養你爺兒兩個在家。待我慢慢的勸化俺媳婦兒。待他有個回心轉意。再作區處。(張驢兒云)這歪剌骨便是黃花女兒。剛剛扯的一把。也不消這等使性。平空的推了我一交。我肯乾罷。就當面賭個誓與你。我今生今世不要他做老婆。

我也不算好男子。（詞云）美婦人我見過萬千向外。不似這小妮子生得十分憊賴。我救了你老性命死裏重生。怎割捨得不肯把肉身陪待。（同下）

（釋）本折以混江龍油葫蘆一套聯調組成。而以點絳唇作引。賺煞作尾。爲仙呂宮中最通常之套式。其中一半兒一曲與憶王孫本係同調。但一半兒以多兩襯字。又重兩正字作收。板式成半連環。閃賺不實。憶王孫每入聯套。此處不用憶王孫而改用一半兒。蓋屬揷賺性質。凡北宮套內前後過嫌板實。得揷一隻單用小曲。謂之揷賺。此屬樂譜家虛聲側弄之義。而非曲律家所謂之「賺詞」。更與大曲唱賺無關。並與場面無涉。非若南劇必以排場爲據也。一半兒板式。例賺金盞兒。全套程式。本爲點絳唇→混江龍→油葫蘆→天下樂→金盞兒→後庭花→醉中天→金盞兒→雁兒→後庭花→醉中天→一半兒→金盞兒→賺煞。自天下樂以下。以後庭花反復相賺。稱爲繡球賺。每賺一次。再加一新曲。如後庭花賺金盞兒。第一回中揷入醉中天。第二回中揷入雁兒。謂爲揷花繡球賺。末次揷入一半兒。側賺全套。俗稱浪裏來。絃漸緊。音漸急。再以賺煞瀉暢之。漢卿此套係自天下樂後簡便而出。祗以一半兒虛賺之後。即殿用靑哥兒寄生草。前者字句不拘。後者係暗連環。均閃賺不實。故知此處一半兒之用。旨在聯絡後庭花與靑哥兒間之虛實。亦即調停全套前實後虛之變。北宮組套。純重音節。可於此等處玩之。

第二折

（賽盧醫上詩云）小子太醫出身。也不知道醫死多人。何嘗怕人告發。關了一日店門。在城有個蔡家婆子。剛少的他廿兩花銀。屢屢親來索取。爭些撚斷脊筋。也是我一時智短。將他賺到荒村。撞見兩個不識姓名男子。一聲嚷道。浪蕩乾坤。怎敢行兇撒潑。擅自勒死平民。唬得我丟了繩索。放開脚步飛奔。雖然一夜無事。終覺失精落魂。方知人命關天關地。如何看做壁上灰塵。從今改過行業。要得滅罪修因。將以前醫死的性命。一個個都與他一卷超度的經文。小子賽盧醫的便是。只爲要賴蔡婆婆二十兩銀子。賺他到荒僻去處。正待勒死他。誰想遇見兩個漢子。救了他去。若是再來討債時節。教我怎生見他。常言道的好。三十六計。走爲上計。喜得我是孤身。又無家小連累。不若收拾了細軟行李。打個包兒。悄悄的躲到別處。另做營生。豈不乾淨。（張驢兒上云）自家張驢兒。可奈那竇娥百般的不肯隨順我。如今那老婆子害病。我討服毒藥與他吃了。藥死那老婆子。這小妮子好歹做我的老婆。（做行科云）且住。城裏人耳目廣。口舌多。倘見我討毒藥。可不嚷出事來。我前日看見南門外有個藥舖。此處冷靜。正好討藥。（做到科叫云）太醫哥哥。我來討藥的。（賽盧醫云）你討甚麽藥。（張驢兒云）我討服毒藥。（賽盧醫云）誰敢合毒藥與你。這厮好大膽也。（張兒驢云）你眞個不肯與我藥麽。（賽盧醫云）我不與你你就怎地我。（張驢做拖盧云）好呀。前日謀死蔡婆婆的不是你來。你說我不認的你哩。我拖你見官去。（賽盧醫做慌科云）大哥你放我。有藥有藥。（做與藥科引驢兒云）既然有了藥。且饒你罷。正是得放手時須放手。得饒人處且饒人。（下）（賽盧醫云）可不悔氣。剛剛討藥的這人。就是救那婆子的。我今日與了他這服毒藥去了。以後事發。越越要連累我。趁早兒關上藥舖。到涿州賣老鼠藥去也。（下）（卜兒上做病伏几科）（孛老同張驢兒上云）老漢自到蔡婆婆家來。本望做個接脚。却被他媳婦堅執不從。那婆婆一向收留俺爺兒兩個在家同住。只說好事不在忙。等慢慢裏勸轉他媳婦。誰想那婆婆又害起病來。孩兒你可曾等我兩個的八字紅鸞天喜幾時到命哩。（張驢兒云）要看什麼天喜到命。只賭本事做得去自去做。（孛老云）孩兒也。蔡婆婆害病好幾日了。我與你去問病波。（做見卜兒問科。）婆婆。你今日病體如何。（卜兒云）我身子十分不快哩。（孛老云）你可想些甚麼吃。（卜兒云）我思量些羊肚兒湯吃。（孛老云）孩兒你對竇娥說。做些羊肚兒湯與婆婆吃。（張驢兒向古門云）竇娥。婆婆想羊肚兒湯吃。快安排將來。（正旦持湯上云）妾身竇娥是也。有俺婆婆不快。想羊肚湯吃。我親自安排了與婆婆吃去。婆婆也。我這寡婦人家。凡事也要避些嫌疑。怎好收留那張驢兒父子兩個。非親非眷的。一家兒同住。豈不惹外人談議。婆婆也。你莫要背地裏許了他親事。連我也累做不清不潔的。我想這婦人心好難保也呵。（唱）

（南呂一枝花）他則待一生鴛帳眠。那裏肯半夜空房睡。他本是張郎婦。又做了李郎妻。有一等婦女每相隨。並不說家克計。則打聽些閒是非。說一會不明白打鳳的機關。使了些調虛囂撈龍的見識。

（梁州第七）這一個似卓氏般當罏滌器。這一個似孟光般舉案齊眉。說的來藏頭蓋脚多怜悧。道着難曉。做出纔知舊恩忘卻。新愛偏宜。墳頭上土脉猶濕。架兒上又換新衣。那裏有奔喪處哭倒長城。那裏有浣紗時甘投大水。那裏有上山來便化頑石。可悲可恥。婦人家直恁的無仁義。多淫弃。少志氣。虧殺前人在那裏。更休說本性難移。

（云）婆婆羊肚兒湯做成了。你吃些兒波。（張驢兒云）等我拿去。（做接嘗科云）這裏面少些鹽醋。你去取來。（正旦下）（張驢兒放藥科）（正旦上云）這不是鹽醋。（張驢兒云）你傾下些。（正旦唱）

（隔尾）你說道少鹽欠醋無滋味。加料添椒纔脆美。但願娘親蚤痊濟。飲羹湯一杯。勝甘露灌體。得一個身子平安倒大來喜。

（孛老云）孩兒。羊肚湯有了不曾。（張驢兒云）湯有了。你拿過去。（孛老將湯云）婆婆。你吃些湯兒。（卜兒云）有累你。（做嘔科云）我如今打嘔。不要這湯吃了。你老人家吃罷。（孛老云）這湯特做來與你吃的。便不要吃也吃一口兒。（卜兒云）我不吃了。你老人家請吃。（孛老吃科）（正旦唱）

（賀新郎）一個道你請吃。一個道婆先吃。這言語聽也難聽。我可是氣也不氣。想他家與咱家有甚的親和戚。怎不記舊日夫妻情意。也曾有百縱千隨。（婆婆也）你莫不為黃金浮世寶。白髮故人稀。因此上把舊恩情全不比新知契。則待要百年同墓穴。那裏肯千里送寒衣。

（孛老云）我吃下這湯去。怎覺昏昏沉沉的起來。（做倒科）（卜兒慌科云）你老人家放精神着。你扎掙着些兒。（做哭科云）兀的不是死了也。（正旦唱）

（鬭蝦蟆）空悲戚。沒理會。人生死是輪迴。感着這般病疾。值着這般時勢。可是寒風暑濕。或是饑飽勞役.各人證候自知.人命關天關地.別人怎生替得.壽數非干今世.相守三朝五夕.說甚一家一計.又無羊酒叚匹.又無花紅財禮.把手爲活過日.撒手如同休棄.不是竇娥忤逆.生怕傍人論議.不如聽咱勸你.認個自家晦氣.割捨的一具棺材.停置幾件布帛.收拾出了咱家門裏.送入他家墳地.這不是你那從小兒年紀指脚的夫妻.我其實不關親.無半點悽惶淚.休得要心如醉.意似痴.便這等嗟嗟怨怨.哭哭啼啼.

(張驢兒云)好也囉.你把我老子藥死了.更待乾罷.(孛兒云)孩兒.這事怎了也.(正旦云)我有什麼藥在那裏.都是他要鹽醋時自家傾在湯兒裏的.(唱)

〔隔尾〕這廝搬調咱老母收留你.自藥死親爺待要誆嚇誰.(張驢兒云)我家的老子.倒說是我做兒子的藥死了人也不信.(做叫科云)四鄰八舍聽着.竇娥藥殺我家老子哩.(卜兒云)罷麼.你不要大驚小怪的嚇殺我也.(張驢兒云)你可怕麼.(卜兒云)可知怕哩.(張驢兒云)你要饒麼.(卜兒云)可知要饒哩.(張驢兒云)你叫竇娥隨順了我.叫我三聲的親親的丈夫.我便饒了他.(卜兒云)孩兒.你也隨順了他罷.(正旦云)婆婆.你怎說這般言語.(唱)我一馬難將兩鞍鞴.男兒在日.曾兩年四配.却教我改嫁別人.其實做不得.

(張驢兒云)竇娥.你藥殺了俺老子.你要官休.要私休.(正旦云)怎生是官休.怎生是私休.(張驢兒云)你要官休呵.拖你到官司.把你三推六問.你這等瘦弱身子.當不過拷打.怕你不招認藥死我老

子的罪犯。你要私休呵。你早些與我做了老婆。倒也便宜了你。（正旦云）我又不曾藥死你老子。情願和你見官去來。（張驢兒拖正旦卜兒下）（淨扮孤引祗候上詩云）我做官人勝別人。告狀來的要金銀。若是上司當刷卷。在家推病不出門。下官楚州太守桃杌是也。今日升廳坐衙。右左喝攛廂。（祗候么喝科）（張驢兒拖正旦卜兒上云）告狀。告狀。（祗候云）拿過來。（做跪見孤亦跪科云）請起。（祗候云）相公。他是告狀的。怎生跪着他。（孤云）你不知道。但來告狀的。就是我衣食父母。（祗候么喝科孤云）那個是原告。那個是被告。從實說來。（張驢兒云）小人是原告張驢兒。告這媳婦兒喚做竇娥。合毒藥下在羊肚兒湯裏。藥死了俺的老子。這個喚做蔡婆婆。就是俺的後母。望大人與小人做主咱。（孤云）是那一個下的毒藥。（正旦云）不干小婦人事。（卜兒云）也不干老婦人事。（張驢兒云）也不干我事。（孤云）都不是。敢是我下的毒藥來。（正旦云）我婆婆也不是他後母。他自姓張。我家姓蔡。我婆婆因為與賽盧醫索錢。被他賺到郊外。勒死我婆婆。却得他爺兒兩個救了性命。因此。我婆婆收留他爺兒兩個在家。養膳終身。報他的恩德。誰知他兩個起不良之心。冒認婆婆做了接脚。要逼勒小婦人做他媳婦。小婦人原是有丈夫的。服孝未滿。堅執不從。適值我婆婆患病。着小婦人安排羊肚湯兒吃。不知張驢兒那裏討得毒藥在身。接過湯來。只說少些鹽醋。支轉小婦人。闇地傾下毒藥。也是天幸。我婆婆忽然嘔吐。不要湯吃。讓與他老子吃。纔吃的幾口便死了。與小婦人並無干涉。只望大人高擡明鏡。替小婦人做主咱。（唱）

（牧羊關）大人你 明如鏡。清似水。照妾身肝膽虛實。那羹本 五味俱全。除了外 百事不知。他推道嘗滋味。吃下去 便昏迷。不是妾 訟庭 上胡支對〔大人也〕却 教我 平白地 說甚的。
（張驢兒云）大人詳情。他自姓蔡。我姓張。他婆婆不招俺父親接脚。他養我父子兩個在家做甚麼。這
媳婦年紀兒雖小。極是個賴骨頑皮。不怕打的。（孤云）人是賤虫。不打不招。左右與我選大棍子打着。
〔祗候打正旦三次噴水科〕（正旦唱）
（罵玉郎）這 無情棍棒 教我 捱不的。婆婆 也須是你自家做下。怨他誰。勸 普天下。前婚後嫁 婆娘每。
都看取我這般 傍州例。
〔感皇恩〕呀。是誰人唱叫揚疾。不由我不魄散魂飛。恰消停。纔蘇醒。又昏迷。捱 千般打拷。萬種凌逼。一
杖下。一道血。一層皮。
〔採茶歌〕打的我 肉都飛。血淋漓。腹中冤枉有誰知。則我這小婦人 毒藥來從何處也。（天那）怎麼
的 覆盆不照太陽暉。
（孤云）你招也不招。（正旦云）委的不是小婦人下毒藥來。（孤云）既然不是你。與我打那婆子。
（正旦忙云）住住住。休打我婆婆。情願我招了罷。是我藥死公公來。（孤云）既然招了。着他畫了伏
狀。將枷來枷上。下在死囚牢裏去。到來日判個斬字。押付市曹典刑。（卜兒哭科云）竇娥孩兒。這都是
我送了你性命。兀的不痛殺我也。〔正旦唱〕
（黃鍾尾）我做了個 衙冤負屈沒頭鬼。怎肯便放了你 好色荒淫漏面賊。想人心。不可欺。冤枉事。天地

知。爭到頭。競到底。到如今。待怎的。情願認 藥殺公公。與了招罪。（婆婆也）我若是 不死 呵 如何救得你。（隨祗候押下）

（張驢兒做叩頭科云）謝青天老爺做主。明日殺了竇娥。纔與小人的老子報的寃。（卜兒哭科云）明日市曹中殺竇娥孩兒也。兀的不痛殺我也。（孤云）張驢兒。蔡婆婆都取保狀。著隨衙聽候。左右。打散堂鼓。將馬來。回私宅去也。（同下）

（釋）本折套式實從大曲歇指調大遍蛻變而成。梁州第七在大曲梁州序中居第七隻。按梁州遍曲每小遍後均附歇曲。亦即歇尾。若接他遍。謂爲隔尾。隔尾。係南北曲中俗稱。大曲固無隔尾之名。但稱「歇」稱「闋」耳。若止於隔尾。則帶煞曲。（入曲後尾後不聯他曲則稱尾聲）入曲後成爲一套。而兩帶隔尾。按南劇通例。每折若用曲兩套時。中間輒插用隔尾。以別前後。此隔尾蓋即前套之尾聲。然固不能持以例諸北套。如本套之隔尾。係插曲性質。或用或不用。皆有定式。且北劇例以一折一套爲原則。本折雖兩見隔尾。幸毋以兩套視之。漢卿玆作。頗見斟酌。依其排場次第。殆以買藥進湯及毒亡爲關目。而隔尾皆適當關目變動之際。又足說明北套中凡帶隔尾。前後曲情恒多變幻。正係發展排場處。倚聲作詞。必不得輕心放過。致懈關目也。

第三折

「外扮監斬官上云」下官監斬官是也。今日處決犯人。着做公的把住巷口。休放往來人閒走。「淨扮公人鼓三通。鑼三下科。劊子磨旗提刀。押正旦帶枷上。劊子云」行動些。行動些。監斬官去法場上多時

了。（正旦唱）

（正宮端正好）沒來由犯王法。不提防遭刑憲。叫聲屈動地驚天。頃刻間遊魂先赴森羅殿。怎不將天地也生埋怨。

（滾繡球）有日月朝暮懸。有鬼神掌著生死權。天地也只合把淸濁分辨。可怎生糊突了盜跖顏淵。爲善的受貧窮更命短。造惡的享富貴又壽延。天地也做得個怕硬欺軟。却原來也這般順水推船。地也你不分好歹何爲地。天也你錯勘賢愚枉做天。（哎）只落得兩淚漣漣。

（劊子云）快行動些。悞了時辰也。（正旦唱）

（倘秀才）則被這枷紐的我左側右偏。人擁的我前合後偃。我竇娥向哥哥行有句言。（劊子云）你有甚麽話說。（正旦唱）前街裏去心懷恨。後街裏去死無冤。休推辭路遠。

（劊子云）你如今到法場上面有甚麽親眷要見的。可敎他過來見你一面也好。（正旦唱）

（叨叨令）可憐我孤身隻影無親眷。則落的呑聲忍氣空嗟怨。（劊子云）難道你爺娘家也沒有的。（正旦云）止有一個爹爹十三年前上朝取應去了。至今杳無音信。（唱）蚤已是十年多不覩爹爹面。（劊子云）你適纔要我往後街裏去是什麽主意。（正旦唱）怕則怕前街裏被我婆婆見。（劊子云）你的性命也顧不得。怕他見怎的。（正旦云）俺婆婆若見我披枷帶鎖赴法場餐刀去呵。（唱）枉將他氣殺也麽哥。枉將他氣殺也麽哥。告哥哥臨危好與人行方便。

（卜兒哭上科云）天那。兀的不是我媳婦兒。（劊子云）婆子靠後。（正旦云）既是俺婆婆來了。叫他來。待我囑咐他幾句話咱。（劊子云）那婆子近前來。你媳婦要囑咐你話哩。（卜兒云）孩兒痛殺我也。（正旦云）婆婆。那張驢兒把毒藥放在羊肚兒湯裏。實指望藥死了你。要霸佔我為妻。不想婆婆讓與他老子吃。倒把他老子藥死了。我怕連累婆婆。屈招了藥死公公。今日赴法場典刑。婆婆此後遇着冬時年節。月一十五。有瀽不了的漿水飯。瀽半碗兒與我吃。燒不了的紙錢。與竇娥燒一陌兒。則是看你死的孩兒面上。（唱）

（快活三）念竇娥葫蘆提當罪愆。念竇娥身首不完全。念竇娥從前已往幹家緣。（婆婆也）你只看竇娥少爺無娘面。

（鮑老兒）念竇娥念扶婆婆這幾年。遇時節將碗涼漿奠。你去那受刑法屍骸上烈些紙錢。只當把你亡化的孩兒薦。（卜兒哭科云）孩兒放心。這個老身都記得。天那。兀的不痛殺我也。（正旦唱）（婆婆也）再也不要啼啼哭哭煩煩惱惱怨氣衝天。這都是我做竇娥的沒時沒運。不明不闇負屈銜冤。

（劊子做喝科云）兀那婆子靠後。時辰到了也。（正旦跪科）（劊子開枷科）（正旦云）竇娥告監斬大人。有一事肯依竇娥。便死而無怨。（監斬官云）你有甚麼事你說。（正旦云）要一領淨席。等我竇娥站立。又要丈二白練掛在旗鎗上。若是我竇娥委實冤枉。刀過處頭落。一腔熱血休半點兒沾在地下。都飛在白練上者。（監斬官云）這個就依你。打甚麼不緊。（劊子做取席站科。又白練掛鎗上科）（正旦唱）

（耍孩兒）不是我 竇娥罰下 這等 無頭願。委實 的 寃情不淺。若沒些 兒 靈聖 與世人傳。也不見得 湛湛靑天。我不要 半星熱血紅塵灑。都只在 八尺旗鎗素練懸。等他四下裏 皆瞧見。這就是咱 萇弘化碧。望帝啼鵑。

（劊子云）你還有甚的說話。此時不對監斬大人說幾時說那。（正旦再跪科云）大人如今是三伏天道。若竇娥委實寃枉。身死之後。天降三尺瑞雪。遮掩了竇娥屍首。（監斬官云）這等三伏天道。你便有衝天的怨氣。也召不得一片雪來。可不胡說。（正旦唱）

（二煞）你道是那 暑氣暄。不是那 下雪天。豈不聞 飛霜六月因鄒衍。若果有 一腔怨氣噴如火。定要感的 六出冰花滾似綿。免着我 屍骸現。要什麼 素車白馬。斷送出 古陌荒阡。

（正旦再跪科云）大人。我竇娥死的委實寃枉。從今以後。着這楚州亢旱三年。（監斬官云）打嘴。那有這等說話。（正旦唱）

〔一煞〕你道是天公 不可欺。人心 不可憐。不知 皇天也肯從人願。做甚麼 三年不見甘霖降。也只爲東海曾經孝婦寃。如今輪到你 山陽縣。這都是官吏每 無心正法。使百姓 有口難言。

（劊子做磨旗科云）怎麼這一會兒天色陰了也。（內做風科劊子云）好冷風也。（正旦唱）

（煞尾）浮雲 爲我陰。悲風 爲我旋。三樁 兒 誓願明題徧。〔做哭科云〕婆婆也直等待雪飛六月。亢旱三年呵。（唱）那其間纔把你個 屈死 的 寃魂這 竇娥顯。

（劊子做開刀正旦倒科）（監斬官驚云）呀。眞個下雪了。有這等異事。（劊子云）我也道平日殺人。滿地都是鮮血。這個竇娥的血。都飛在那丈二白練上。並無半點落地。委實奇怪。（監斬官云）這死罪必有寃枉。早兩樁兒應驗了。不知亢旱三年的說話。准也不准。且看後來如何。左右。也不必等待雪晴。便與我擡他屍首。還了那蔡婆婆去罷。（衆應科擡屍下）

（釋）本折所用套式。端正好至叨叨令各曲。屬正宮。快活三鮑老兒屬中呂。耍孩兒屬般涉。合三種宮調中曲牌以組一套。是謂借宮。蓋以正宮爲本。而借中呂般涉牌調爲用也。、正宮般涉。原屬黃鍾。中呂雖在夾鍾。但律字用黃。譜字用△。正與黃鍾正宮相應。此足說明曲中牌調借宮。必限於笛色相同之故。耍孩兒後。慣接煞曲。惟須注意者。正宮南呂越調皆有煞曲。耍孩兒下必接般涉調中專屬之煞。愼毋勿與別宮之煞混用耳。至接用多寡。殆無定式。由二煞以至十二煞。皆可酌情用之。若套內舉目例逆數而書。譬如共接三隻煞曲。則首書三煞。再以次及二及一。按此煞雖備十二之數。體實爲一。蓋煞曲本屬句法不拘。除起尾守定格外。不過各就中間字句。或增或減而已。

第四折

（竇天章冠帶引丑張千祗從上詩云）獨立空堂思黯然。高峯月出滿林烟。非關有事人難睡。自是驚魂夜不眠。老夫竇天章是也。自離了我那端雲孩兒。可蚤上六年光景。老夫自到京師。一舉及第。官拜參知政事。只因老夫廉能淸正。節操堅剛。謝聖恩可憐。加老夫兩淮提刑肅政廉訪使之職。隨處審囚刷卷。

體察濫官汚吏。容老夫先斬後奏。老夫一喜一悲。喜呵。老夫身居臺省。職掌刑名。勢劍金牌。威權萬里。悲呵。有端雲孩兒。七歲上與了蔡婆婆爲兒媳婦。老夫自得官之後。使人往楚州問蔡婆婆家。他鄰里街坊道。自當年蔡婆婆不知搬在那裏去了。至今音信皆無。老夫爲端雲孩兒。啼哭的眼目昏花。憂愁的鬚髮斑白。今日來到這淮南地面。不知這楚州爲何三年不雨。老夫今在這州廳安歇。張千說與那州中大小屬官。今日免參。明日蚤見。（張千向古門云）一應大小屬官。今日免參。明日蚤見。（竇天章云）張千說與那六房吏典。但有合刷照文卷。都將來。待老夫燈下看幾宗波。（張千送文書科竇天章云）張千你與我掌上燈。你每都辛苦了。自去歇息罷。我喚你便來。不喚你休來。（張千點燈同祗從下竇天章云）我將這文卷看幾宗咱。一起犯人竇娥。將毒藥致死公公。我纔看頭一宗文卷。就與老夫同姓。這藥死公公的罪名。犯在十惡不赦。俺同姓之人。也有不畏法度的。這是問結了的文書。不看他。我將這文卷壓在底下。別看一宗咱。（做打呵欠科云）不覺的一陣昏沉上來。皆因老夫年紀高大。鞍馬勞困之故。待我搭伏定書案歇息些兒咱。〔做睡科魂旦上唱〕

（雙調新水令）我每日哭啼啼守住望鄉臺。急煎煎把讐人等待。慢騰騰昏地裏走。足律律旋風中來。則被這霧鎖雲埋。攛掇的鬼魂快。

（魂旦望科云）門神戶尉不放我進去。我是廉訪使竇天章女孩兒。因我屈死。父親不知。特來託一夢與他咱。（唱）

（沈醉東風）我是那提刑的女孩。須不比現世的妖怪。怎不容我到燈影前。却攔截在門桯外。（做叫科云）我那爺爺呵。（唱）枉自有勢劍金牌。把俺這屈死三年的腐骨骸。怎脫離無邊苦海。
（做入見哭科竇天章亦哭科云）端雲孩兒你在那裏來。（魂旦虛下）（竇天章做醒科云）好是奇怪也老夫纔合眼去夢見端雲孩兒恰便似來我跟前一般如今在那裏。我且再看這文卷咱。（魂旦上做弄燈科）（竇天章云）奇怪。我正要看文卷怎生這燈忽明忽滅的。張千也睡着了。我自己剔燈咱。（做剔燈魂旦翻文卷科竇天章云）我剔的這燈明了也再看幾宗文卷。一起犯人竇娥藥死公公。（做疑怪科云）這一宗文卷。我爲頭看。壓在文卷底下。怎生又在這上頭。這幾時問結了的。還壓在底下。我別看一宗文卷波。（魂旦再弄燈科竇天章云）怎麼這燈又是半明半闇的。我再剔這燈咱。（做剔燈魂旦再翻文卷科竇天章云）我剔的這燈明了。我另拿一宗文卷看咱。一起犯人竇娥藥死公公。呸。好是奇怪。我纔將這文書分明壓在底下。剛剔了這燈。怎生又翻在面上。莫不是楚州後廳有鬼麼。便無鬼呵。這樁事必有冤枉。將這文卷再壓在底下。待我另看一宗如何。（魂旦又弄燈科竇天章云）怎生這燈又不明了。敢有鬼弄這燈。我再剔一剔去。（做剔燈科魂旦上做撞見科竇天章舉劍擊桌科云）呸。我說有鬼。兀那鬼魂。老夫是朝廷欽差帶牌走馬肅政廉訪使。你向前來。一劍揮之兩段。張千。虧你也睡的着。快起來。有鬼有鬼。兀的不諕殺老夫也。（魂旦唱）

（喬牌兒）則見他疑心兒胡亂猜。聽了我這哭聲兒轉驚駭。（哎）你個竇天章直恁的威風大。且受我竇娥這一拜。

（竇天章云）兀那鬼魂。你道竇天章是你父親。受你孩兒竇娥拜。你敢錯認了。我的女兒叫做端雲。七歲上與了蔡婆婆爲兒媳婦。你是竇娥。名字差了。怎生是我女孩兒。（魂旦云）父親。你將我與了蔡婆婆家。改名做竇娥了也。（竇天章云）你便是端雲孩兒。我不問你別的。這藥死公公是你不是。（魂旦云）是你孩兒來。（竇天章云）噤聲。你這小妮子。老夫爲你啼哭的眼也花了。憂愁的頭也白了。你剗地犯下十惡大罪。受了典刑。我今日官居臺省。職掌刑名。來此兩淮。審囚刷卷。體察濫官汚吏。你是我親生之女。老夫將你治不的。怎治他人。我當初將你嫁與他家呵。要你三從四德。三從者。在家從父。出嫁從夫。夫死從子。四德者。事公姑。敬夫主。和妯娌。睦街坊。今三從四德全無。剗地犯了十惡大罪。我竇家三輩無犯法之男。五世無再婚之女。到今日被你辱沒祖宗世德。又連累我的清名。你快與我細吐眞情。不要虛言支對。若說的有半釐差錯。牒發你城隍祠內。着你永世不得人身。罰在陰山。永爲餓鬼。（魂旦云）父親停嗔息怒。暫罷狼虎之威。聽你孩兒慢慢的說一徧咱。我三歲上亡了母親。七歲上離了父親。你將我送與蔡婆婆做兒媳婦。至十七歲與夫配合。纔得兩年。不幸兒夫亡化。和俺婆婆守寡。這山陽縣南門外有個賽盧醫。他少俺婆婆二十兩銀子。俺婆婆去取討。被他賺到郊外。要將婆婆勒死。不想撞見張驢兒父子兩個。救了俺婆婆性命。那張驢兒知道我家有個守寡的媳婦。便道你婆兒媳婦。既無丈夫。不若招我父子兩個。俺婆婆初也不肯。那張驢兒道。你若不肯。我依舊勒死你。俺婆婆懼怕。不得已含糊許了。只得將他父子兩個領到家中。養他過世。有張驢兒數次調戲你女孩兒。我堅執不從。那一日俺婆婆身子不快。想羊肚兒湯吃。你孩兒安排了湯。適值張驢兒父子兩個問病。道將湯來我嘗一嘗。說湯便好。只少些鹽醋。賺的我去取鹽醋。他就闇地裏下了毒藥。實指望藥死俺婆婆。要強逼我成親。不想俺婆婆偶然發嘔。不要湯吃。却讓與老張吃。隨即七竅流血。藥死了。張驢兒便道。竇娥藥死了俺老子。你要官休。要私休。我便道。怎生是官休。怎生是私休。他道。要官休。告到官司。你與俺老子償命。若私休。你便與我做老婆。你孩兒便道。好馬不鞴雙鞍。烈女不更二夫。我至死不與你做媳婦。我情願和你見官去。他將你孩兒拖到官中。受盡三推六問。吊拷繃扒。便打死孩兒也不肯認。怎當州官見你孩兒不認。便要拷打俺婆婆。我怕婆婆年老。受刑不起。只得屈認了。因此押赴法場。將我典刑。你孩兒對天發下三樁誓願。第一樁。要丈二白練。掛在旗鎗上。若係寃枉。刀過頭落。一腔熱血。休滴在地下。都飛在白練上。第二樁。現今三伏天道。下三尺瑞雪。遮掩孩兒屍首。第三樁着他楚州大旱三年。果然血飛上白練。六月下雪。三年不雨。都是爲你孩兒來。（詩云）不告官司只告天。心中怨氣口難言。防他老母遭刑憲。情願無辭認罪愆。三尺瓊花骸骨掩。一腔鮮血練旗懸。豈獨霜飛鄒衍屈。今朝方表竇娥寃。（唱）

（鴈兒落）你看這文卷曾道來不道來。則我這寃枉要忍耐如何耐。我不肯順他人倒着我赴法場。我不肯辱祖上倒把我殘生壞。

（得勝令）呀。今日個搭伏定攝魂臺。一靈兒怨哀哀。（父親也）你現掌着刑名事。親蒙聖主差。端詳這文册。那廝亂綱常當合敗。便萬剮了喬才。還道報寃讎不暢懷。

（竇天章做泣科云）哎。我那屈死的兒。則被你痛殺我也。我且問你。這楚州三年不雨。眞個是爲你來。（魂旦云）是爲你孩兒來。（竇天章云）有這等事。到來朝我與你做主。（詩云）白頭親苦痛哀哉。屈殺了你個青春女孩。只恐怕天明了。你且回去。到來日我將文卷改正明白。（魂旦暫下）（竇天章云）呀。天色明了也。張千。我昨日看幾宗文卷。中間有一鬼魂。來訴寃枉。我喚你好幾次。你再也不應。直恁的好睡那。（張千云）我小人兩個鼻子孔。一夜不曾閉。並不聽見女鬼訴什麼寃狀。也不曾聽見相公呼喚。（竇天章做叱科云）喥。今蚤升廳坐衙。張千喝攛廂者。（張千做厶喝科云）在衙人馬平安擡書案。（稟云）州官見。（外扮州官入參科）（張千云）該房吏典見。（丑扮吏入參見科）（竇天章問云）你這楚州一郡三年不雨。是爲着何來。（州官云）這是天道亢旱。楚州百姓之災。小官等不知其罪。（竇天章做怒云）你等不知罪麼。那山陽縣有用毒藥謀死公公犯婦竇娥。他問斬之時。曾發願道。若是果有寃枉。着你楚州三年不雨。寸草不生。可有這件事來。（州官云）這罪是前陞任桃州守問成的。現有文卷。（竇天章云）這等糊塗官也着他陞去。你是繼他任的。三年之中。可曾祭這寃婦麼。（州官云）此犯係十惡大罪。元不曾有祠。所以不曾祭得。（竇天章云）昔日漢朝有一孝婦守寡。其姑自縊身死。其姑女告孝婦殺姑。東海太守將孝婦斬了。只爲一婦含寃。致令三年不雨。後于公治獄。彷佛見孝婦抱卷哭於廳前。于公將文卷改正。親祭孝婦之墓。天乃大雨。今日你楚州大旱。豈不與此事相類。張千分付該房僉牌。下山陽縣着拘張驢兒賽盧醫蔡婆婆一起人犯。火速解審。毋得違悞片刻者。（張千云）理會得。（下丑扮解子押張驢兒蔡婆婆同張千上稟云）山陽縣解到審犯聽點。（竇天章云）張驢兒。（張兒驢云）有。（竇天章云）蔡婆婆（蔡婆婆云）有。（竇天章云）怎麼賽盧醫是緊要人犯不到。（解子云）賽盧醫三年前在逃。一面着廣捕批緝拿去了。待獲日解審。（竇天章云）張驢兒那蔡婆婆是你的後母麼。（張驢兒云）母親好冒認的。委實是。〔竇天章云〕這藥死你的父親的毒藥。卷上不見有合藥的人。是那個的毒藥。（張驢兒云）是竇娥自合就的毒藥。（竇天章云）這毒藥必有一個賣藥的醫舖。想竇娥是個少年寡婦。那裏討這藥來。張驢兒敢是你合的毒藥嗎。（張驢兒云）若是小人合的毒藥。不藥別人。倒藥死自家老子。（竇天章云）我那屈死的兒㖿。這一節是緊要公案。你不自來折辯。怎得一個明白。你如今冤魂却在那裏。（魂旦上云）張驢兒這藥不是你合的。是那個合的。「張驢兒做怕科云」有鬼有鬼。撮鹽入水。太上老君急急如律令勅。「魂旦云」張驢兒你當日下毒在羊肚兒湯裏。本意藥死俺婆婆。要逼勒我做渾家。不想俺婆婆不吃。讓與你父親吃。被藥死了。你今日還敢賴哩。（唱）

（川撥棹）猛見了你這 吃敲材。我只問你這 毒藥 從 何處來。你本意待 闇裏栽排。要逼 勒 我和諧。倒把你親爺毒害。怎教咱 替你耽罪責。

（魂旦做打張驢兒科）（張驢兒避科云）太上老君急急如律令勅。大人說這毒藥必有個賣藥的醫舖。若尋得這個賣藥的人。來和小人折對。死也無詞。（丑扮解子解賽盧醫上云）山陽縣續解到犯人一名賽盧醫。（張千喝云）當面。（竇天章云）你三年前要勒死蔡婆婆。賴他銀子。這事怎生說。（賽盧醫叩頭科云）小的要賴蔡婆婆銀子的情是有的。當被兩個漢子救了。那婆婆並不曾死。（竇天章云）這兩個漢子你認的他叫什麼名姓。（賽盧醫云）小的認便認得。慌忙之際。可不曾問他的名姓。（竇天章云）現有一個在階下。你去認來。（賽盧醫做下認科云）這個是蔡婆婆。（指張驢兒云）想必這毒藥事發了。（上云）是這一個。容小的訴稟。當日要勒死蔡婆婆時。正遇見他爺兒兩個救了那婆婆去過得幾日他到小的鋪中討服毒藥。小的是念佛吃齋人。不敢做昧心的事。說道。鋪中只有官料藥。並無什麼毒藥。他就睜着眼道你昨日在郊外要勒死蔡婆婆。我拖你見官去。小的一生最怕的是見官。只得將一服毒藥與了他去。小的見他生相是個惡的。一定拿這藥去藥死了人。久後敗露。必然連累小的。一向逃在涿州地方賣些老鼠藥。剛剛是老鼠被藥殺了好幾個。藥死人的藥其實再也不曾合。（魂旦唱）

（七弟兄）你只爲賴財。放乖。要當災。（帶云）這毒藥呵。（唱）原來是你賽盧醫出賣。張驢兒買。沒來由塡做我犯由牌。到今日官去衙門在。

（竇天章云）帶那蔡婆婆上來。我看你也六十外人了。家中又是有錢鈔的。如何又嫁了老張做出這等事來。（蔡婆婆云）老婦人因爲他爺兒兩個救了我的性命。收留他在家養膳過世。那張驢兒常說要將他老子接腳進來。老婦人並不許他。（竇天章云）這等說你那媳婦就不該認做藥死公公了。（魂旦云）當日問官要打俺婆婆。我怕他年老受刑不起。因此喒認做藥死公公。委實是屈招個。（唱）

（梅花酒）你道是咱不該這招狀供寫的明白。本一點孝順的心懷。倒做了惹禍的胚胎。我只道官吏每還覆勘。怎將咱屈斬首在長街。第一要素旗鎗鮮血灑。第二要三尺雪將死屍埋。第三要三年旱示天災。咱誓願委實大。

（收江南）呀還的是衙門從古向南開。就中無個不寃哉。痛殺我嬌姿弱體閉泉臺。蚤三年以外。則落的悠悠流恨似長淮。

（竇天章云）端雲兒也。你這冤枉我已盡知。你且回去待我將這一起人犯。並原問官吏另行定罪。改日做個水陸道場超度你生天便了。（魂旦拜科唱）

（鴛鴦煞尾）從今後把金牌勢劍從頭擺。將濫官汚吏都殺壞。與天子分憂萬民除害。（云）我可忘了一件。爺爺俺婆婆年紀高大無人侍養你可收恤家中替你孩兒盡養生送死之禮我便九泉之下可也瞑目。（竇天章云）好孝順的兒也（魂旦唱）囑付你爹爹收養我奶奶。可憐他無婦無兒誰管顧。年衰邁。再將那文卷舒開。（帶云）爺爺也把竇娥我名下（唱）屈死的於伏罪名兒改。（下）

（竇天章云）喚那蔡婆婆上來。你可認的我麼。（蔡婆婆云）老婦人眼花了不認的。（竇天章云）我便是竇天章。適纔的鬼魂便是我屈死的女孩兒端雲。你這一行人聽我下斷張驢兒毒殺親爺姦佔寡婦。合擬凌遲。押付市曹中釘上木驢。剮一百二十刀。處死。陞任州守桃杌。並該房吏典刑名違錯。各杖一百永不敘用。賽盧醫不合賴錢勒死平民。又不合修合毒藥致傷人命發煙瘴地面永遠充軍。蔡婆婆我家收養。竇娥罪改正明白（詞云）莫道我念亡女與他滅罪消愆。也只可憐見楚州郡大旱三年昔于公曾表白東海孝婦果然是感召得靈雨如泉豈可便推諉道天災代有。竟不想人之意感應通天。今日個將文卷重行改正方顯的王家法不使民冤。

題目　秉鑑持衡廉訪法

正名　感天動地竇娥冤

（釋）北宮套式。原有長套短套之別。短套多就長套簡易成之。故有子母套性質。非如南套。套式長短。彼此不相淵源。此四折一本之北雜劇中。設一折用母套。則其餘三折不得重見子套。反之。既用子套於前。亦不得複用母套於後。本折所用新水令套式。卽係子套。按雙調中以新水令聯調者。為式甚多。究其基本套式。不外四種。其餘均就此四種增減而成。其中之一。為新水令→喬牌兒→雁兒落→掛玉鉤→亂柳葉→太平令→豆葉黃→川撥棹→七弟兄→梅花酒→收江南→鴛鴦煞。此套以新水令聯七弟兄梅花酒收江南為主。雁兒落至川撥棹。皆側弄。本折套式。卽係就上套減去側弄而成。所以特加沉醉東風者。因側弄既去。套律太促。故增綴曲一隻。以永其情俾成正弄。是知北宮各調相聯。均有數曲正弄。以作套內基幹。其側弄部份。盖可增減。不拘要在調停得當耳。

△倩女離魂 北楔劇 鄭德輝

楔子

（旦扮夫人引從人上詩云）花有重開日。人無再少年。休道黃金貴。安樂最值錢。老身姓李。夫主姓張。早年間亡化已過。止有一個女孩兒。小字倩女。年長一十七歲。孩兒針指女工。飲食茶水。無所不會。先夫在日曾與王同知家指腹成親。王家生的是男。名喚王文擧。此生年紀今長成了。聞他滿腹文章。尚未娶妻。老身也曾數次寄書去。孩兒說要來探望老身。就成此親事。下次小的每。門首看者。若孩兒來時。報的我知道。（正末扮王文擧上云）黃卷清燈一腐儒。三槐九棘位中居。世人只說文章貴。何事男兒不讀書。小生姓王名文擧。先父任衡州同知。不幸父母雙亡。父親存日。曾與本處張公弼指腹成親。不想先母生了小生。張宅生了一女。因伯父下世。不曾成此親事。岳母數次寄書來問。如今春榜動。選場開。小生一者待往長安應擧。二者就探望岳母走一遭去。可早來到也。左右報復去道。有王文擧在於門首。（從人報科云」報的夫人知道．外邊有一個秀才說是王文舉．（夫人云）我語未懸口．孩兒早到了．道有請．（做見科）（正末云）孩兒一向有失探望．母親請坐．受你孩兒幾拜．（做拜科）（夫人云」孩兒請起．穩便．（正末云）母親你孩兒此來．一者拜候岳母．二者上朝進取去．（夫人云）孩兒請坐．下次小的每．說與梅香．繡房中請出小姐來拜哥哥者．（從人云）理會的．後堂傳與小姐．老夫人有請．（正旦引梅香上云）妾身姓張．小字倩女．年長一十七歲．不幸父親亡逝已過．父親在日．曾與王同知指腹成親．後來王宅生一子．是王文舉．俺家得了妾身．不想王生父母雙亡．不曾成就這門親事．今日母親在前廳上呼喚．不知有甚事．梅香跟我見母親去來．「梅香云」姐姐行動些．（做見科）（正旦云）母親喚你孩兒有何事．（夫人云）孩兒向前拜了你哥哥者．（做拜科）（夫人云）孩兒．這是倩女小姐．且回繡房中去．（正旦出門科云）梅香喒．那裏得這個哥哥來．（梅香云）姐姐你不認的他．則他便是指腹成親的王秀才．（正旦云）則他便是王生．俺母親着我拜爲哥哥．不知主何意也呵．「唱」

（仙呂賞花時）他是個嬌帽輕衫小小郎．我是個繡帔香車楚楚娘．恰才貌正相當．俺娘向陽臺路上．高築起一堵雨雲墻．

（幺篇）可待要隔斷巫山窈窕娘．怨女鰥男各自傷．不爭你左使着一片黑心腸．你不拘箝我可倒不想．你把我越間阻越思量．（同梅香下）

（夫人云）下次小的每．打掃書房．着孩兒安下．溫習經史．不要誤了茶飯．（正末云）母親休打掃書房．您孩兒便索長行．往京師應舉去也．（夫人云）孩兒且往一兩日．行程也未遲哩．（詩云）試期尚

遠莫心焦。且在寒家過幾朝。（正末詩云）只爲禹門浪煖催人去。因此匆匆未敢問桃夭。（同下）

第一折

〔正旦引梅香上云〕妾身倩女。自從見了王生。神魂馳蕩。誰想俺母親悔了這親事。着我拜他做哥哥。不知主何意思。當此秋景。是好傷感人也呵。〔唱〕

（點絳唇）捱徹涼宵。颯然驚覺紗窗曉。落葉蕭蕭。滿地無人掃。

（混江龍）可正是暮秋天道。儘收拾心事上眉梢。鏡臺兒何曾覽照。繡針兒不待拈着。常恨夜坐窗前燭影昏。一任晚妝樓上月兒高。俺本是乘鸞艷質。他須有中雀手標。苦被煞尊堂間阻。爭把俺情義輕拋。空悞了幽期密約。虛過了月夕花朝。無緣配合。有分煎熬。情默默難解自無聊。病懨懨則怕娘知道。窺之遠天寬地窄。染之重夢斷魂勞。

（梅香云）姐姐你省可裏煩惱。（正旦云）梅香似這等幾時是了也。（唱）

（油葫蘆）他不病倒。我猜着敢消瘦了。被拘箝。的不忿心。教他怎動脚。雖不是路迢迢。早情隨着雲渺渺。淚灑做雨瀟瀟。不能勾傍闌干數曲湖山靠。恰便似望天涯一點青山小。（帶云）秀才他寄來的詩。也埋怨俺娘哩。（唱）他多管是意不平自發揚。心不遂綴作十分的賣風騷。顯秀麗誇才調。我這裏詳句法看揮毫。

〔天下樂〕只道他讀書人志氣高。元來這淒涼甚日了。想俺這孤男寡女忒命薄。我安排着鴛鴦宿錦被香。他盼望着鸞鳳鳴。琴瑟調。怎做得蝴蝶飛錦樹繞。

（梅香云）姐姐那王秀才生的一表人物聰明浪子論姐姐這個模樣。正和王秀才是一對兒。姐姐且寬心省煩惱。（正旦云）梅香似這般如之奈何也（唱）

（那吒令）我一年一日過了團圓日較少。三十三天覷了離恨天最高。四百四病害了相思病怎熬。（帶云）乢如今待應擧去呵。（唱）千里將鳳闕攀。一擧把龍門跳。接絲鞭總是妖嬈。

（梅香云）姐姐那王生端的內才外才相稱也。（正旦唱）

（鵲踏枝）據胸次那英豪。論人物更淸高。他管跳出黃塵。走上靑霄。又不比鬧淸曉茅檐燕雀。他是擊風濤鯤海鯨鰲。

（帶云）梅香那書生呵。（唱）

（寄生草）他拂素楮鵝溪繭。蘸中山玉兎毫。不弱如駱賓王夜作論天表。也不讓李太白醉寫平蠻藁。也不比漢相如病受徵賢詔。他辛勤十年書劍洛陽城。決崢嶸一朝冠蓋長安道。

（梅香云）姐姐王生今日就要上朝應擧去。老夫人着俺折柳亭與哥哥送路哩。（正旦云）梅香。咱折柳亭與王生送路去來。（同下）（正末同夫人上云）母親。今日是吉日良辰。你孩兒便索長行往京師進取去也。（夫人云）孩兒你既是要行。我在這折柳亭上與你餞行。小的每請小姐來者。（正旦引梅香上云）母親。孩兒來了也。（夫人云）孩兒今日在這折柳亭與你哥哥送路。你把一盃酒者。（旦云）理會的。（把酒科云）哥哥滿飲一盃。（正末飲科云）母親你孩兒今日臨行有一言動問。

當初先父母曾與母親指腹成親。俺母親生下小生。母親添了小姐。後來小生父母雙亡。數年光景。不曾成此親事。小生特來拜望母親。就問這親事。母親着小姐以兄妹稱呼。不知主何意。小生不敢自專。母親尊鑒不錯。（夫人云）孩兒。你也說的是。老身爲何以兄妹相呼。俺家三輩兒不招白衣秀士。想你學成滿腹文章。未曾進取功名。你如今上京師。但得一官半職。回來成此親事。有何不可。（正末云）既然如此。索是謝了母親。便索長行去也。（正旦云）哥哥。你若得了官時。是必休別接了絲鞭者。（正末云）小姐。但放心。小生得了官時。便來成此親事也。（正旦云）好是難分別也呵。（唱）

（村里迓鼓）則他這渭城朝雨。洛陽殘照。雖不唱陽關曲本。今日來祖送長安年少。兀的不取次棄舍。等閑拋掉。因而零落。（做歎科云）哥哥。（唱）恰楚澤深。秦關杳。泰華高。嘆人生離多會少。

（正末云）小姐。我若爲了官呵。你就是夫人縣君也。（正旦唱）

（元和令）盃中酒和淚酌。心間事對伊道。似長亭折柳贈柔條。（哥哥）你休有上梢沒下梢。從今虛度可憐宵。奈離愁不了。

（正末云）往日小生也曾掛念來。（正旦云）今日更是淒涼也。（唱）

（上馬嬌）竹窗外。響翠梢。苔砌下深綠草。書舍頓蕭條。故園悄悄無人到。恨怎消。此際最難熬。

（游四門）抵多少彩雲聲斷紫鸞簫。今夕何處繫蘭橈。片帆休遮西風惡。雪捲浪淘淘。岸影高。千里水雲飄。

（勝葫蘆）你是必休做了冥鴻惜羽毛。常言道好事不堅牢。你身去休教心去了。對郎君低告。恰梅香報道。恐怕母親焦。

（夫人云）梅香看車兒着小姐回去。（梅香云）姐姐。上車兒者。（正末云）小姐請回。小生便索長行也。（正旦唱）

（後庭花）我這裏翠簾車先控着。他那裏黃金鐙懶去挑。我淚濕香羅袖。他鞭垂碧玉梢。望迢迢。恨堆滿西風古道。想急煎煎人多情人去了。和青湛湛天有情天亦老。俺氣氳氳喟然聲不定交助。疎剌剌動羇懷風亂掃。滴撲簌簌界殘妝粉淚拋。灑細濛濛浥香塵暮雨飄。

（柳葉兒）見淅零零滿江干樓閣。我各剌剌坐車兒懶過溪橋。他矻蹬蹬馬蹄兒倦上皇州道。我一望望傷懷抱。他一步步待迴鑣。早一程程水遠山遙。

（正末云）小姐放心。小生得了官。便來取你。小姐請上車兒回去罷。（正旦唱）

（賺煞）從今後只合題恨寫芭蕉。不索占夢揲蓍草。有甚心腸更珠圍翠遶。我這一點眞情魂縹緲。他去後不離了前後周遭。廝隨着司馬題橋。也不指望駟馬高車顯榮耀。不爭把瓊姬棄却。比及盼子高來到。早辜負了碧桃花下鳳鸞交。（同梅香下）

（正末云）你孩兒則今日拜別了母親。便索長行也。左右將馬來。則今日進取功名。走一遭去（下）

（夫人云）王秀才去了也。等他得了官回來。成就這門親事。未爲遲哩。（下）

（釋）本套以混江龍油葫蘆爲主。別聯他曲。其中那吒令一隻。前六句。本爲二四語作三排。元詞中往往作四字六句。實害定格。此二字句亦有在句下加襯者。（參見上篇不忽麻辭朝套）是爲花底聞鶯格。不習見也。鵲踏枝一曲。第五句亦有變作四字二語者。究非常式。寄生草本三字二語起式。其將襯作正成五字偶語者。實誤自明人。玆勘元詞正襯。仍當以正格律之。村裏迓鼓第五句後變幻無定格。務宜斟酌舊譜。始不致迷惑。元和令末句。例係平煞。此用上煞者。蓋平仄固可兩收。非如下隻勝葫蘆末句專限平煞也。

第二折

（夫人慌上云）歡喜未盡。煩惱又來。自從倩女孩兒在折柳亭與王秀才送路辭別回家。得其疾病。一臥不起。請的醫人看治。不得痊可。十分沉重。如之奈何。則怕孩兒思想湯水吃。老身親自去繡房中探望一遭去來。（下）（正末上云）小生王文擧自與小姐在折柳亭相別。使小生切切于懷。放心不下。今艤舟江岸。小生橫琴于膝。操一曲以適悶咱。（做撫琴科）（正旦別扮離魂上云）妾身倩女。自與王生相別。思想的無奈。不如跟他同去。背着母親。一徑的趕來。王生也。你只管去了。爭知我如何過遣也呵。

（唱）

（越調鬭鵪鶉）人去陽臺。雲歸楚峽。不爭他江渚停舟。幾時得門庭過馬。悄悄冥冥。瀟瀟灑灑。我這裏踏岸沙。步月華。我覷這萬水千山。都只在一時半霎。

（紫花兒序）想倩女心間離恨。趕王生柳外蘭舟。似盼張騫天上浮槎。汗溶溶瓊珠瑩臉。亂鬆鬆雲譽堆鴉。走的我筋力疲乏。你莫不夜泊秦淮賣酒家。向斷橋西下。疎剌剌秋水菰蒲。冷清清明月蘆花。

（云）走了半日。來到江邊。聽的人語喧鬧。我試覷咱。（唱）

（小桃紅）我驀聽得馬嘶人語鬧喧譁。掩映在垂楊下。諕的我心頭丕丕那驚怕。原來是響璫璫鳴榔板捕魚蝦。我這裏順西風悄悄聽沉罷。趁着這厭厭露華。對着這澄澄月下。驚的那呀呀呀寒雁起平沙。

（調笑令）向沙堤款踏莎。草帶霜滑。掠濕湘裙翡翠紗。抵多少蒼苔露冷凌波襪。看江上晚來堪畫。玩冰壺瀲灩天上下。似一片碧玉無瑕。

（禿厮兒）你覷遠浦孤鶩落霞。枯藤老樹昏鴉。聽長笛一聲何處發。歌款乃櫓咿啞。

（元）兀那船頭上琴聲響。敢是王生。我試聽咱。（唱）

（聖藥王）近蓼洼。纜釣槎。有折蒲衰柳老蒹葭。近水凹。傍短槎。見烟籠寒水月籠沙。茅舍兩三家。

（正末云）這等夜深。只聽得岸上女人音聲。好似我倩女小姐。我試問一聲波。（做問科云）那壁不是倩女小姐麼。這早晚來此怎的。（魂旦相見科云）王生。也我背着母親。一逕的趕將你來。咱同上京去罷。（正末云）小姐。你怎生直趕到這裏來。（魂旦唱）

（麻郎兒）你好是舒心的伯牙。我做了沒路的渾家。你道我為甚麼私離繡榻。待和伊同走天涯。

（正末云）小姐是車兒來。是馬兒來。（魂旦唱）

(么篇換頭)嶔把咱家走乏。比及你遠赴京華。薄命妾爲伊牽掛。思量心幾時撇下。

(絡絲娘)你拋閃咱比及見咱。我不瘦殺多應害殺。(正末云)若老夫人知道怎了也。(魂旦唱)

他若是趕上咱待怎麽。常言道做着不怕。

(正末做怒科云)古人云聘則爲妻。奔則爲妾。老夫人許了親事。待小生得官回來。諧兩姓之好。却不名正言順。你今私自趕來。有玷風化。是何道理。(魂旦云)王生。(唱)

(雪裏梅)你振色怒增加。我凝睇不歸家。我本眞情非爲相謔。已主定心猿意馬。

(正末云)小姐。你快回去罷。(魂旦唱)

(紫花兒序)只道你急煎煎登程路。元來是悶沉沉困倚琴書。怎不教我痛煞煞淚濕琵琶。有甚心着霧鬢輕籠蟬翅。雙眉淡掃宮鴉。似落絮飛花。誰待問出外爭如祇在家。更無多話。願秋風駕百尺高帆。儘春光付一樹鉛華。

(云)王秀才趕你不爲別。我只防你一件。(正末云)小姐防我那一件來。(魂旦唱)

(東原樂)你若是赴御宴瓊林罷。媒人每攔住馬。高挑起染渲佳人丹青畫。賣弄他生長在王侯宰相家。你戀着那奢華。你敢新婚燕爾在他門下。

(正末云)小生此行。一舉及第。怎敢忘了小姐。(魂旦云)你若得登第呵。(唱)

(綿搭絮)你做了貴門嬌客。一樣矜誇。那相府榮華錦繡堆壓。你還想飛入尋常百姓家。那時節似魚躍龍門播海涯。飲御酒。插宮花。那其間占鰲頭 占鰲頭登上甲。

（正末云）小生倘不中呵。却是怎生。（魂旦云）你若不中呵。妾身荊釵裙布。願同甘苦。（唱）

（拙魯速）你若是 似賈誼。困在長沙。我敢似 孟光般顯賢達。休想我 半星兒意差。一分兒抹搭。我情願 舉案齊眉傍書榻。任粗糲淡薄生涯。遮莫 戴荊釵穿布麻。

（正末云）小姐。既如此眞誠志意。就與小生同上京去如何。（魂旦云）秀才肯帶妾身去呵。（唱）

（幺篇）把梢公快喚咱。恐家中廝捉拿。只見 遠樹寒鴉。岸草汀沙。滿目黃花。幾縷殘霞。快先把雲帆高掛。月明直下。便東風刮。莫消停疾進發。

（正末云）小姐。則今日同我上京應舉去來。我若得了官。你便是夫人縣君也。（魂旦唱）

（收尾）各刺刺向長安道上 把車兒駕。但願得 文苑客當時奮發。則我還臨邛市 沽酒卓文君。甘伏侍你濯錦江 題橋漢司馬。（同下）

（釋）本折以越調套曲組成。小桃紅綿搭絮爲本套基幹。而以紫花兒序爲冠冕。此其大勢也。鬬鵪鶉在此作引場用。句法爲四字八句。三字兩句。計共十句。亦有或增或減者。皆係旁格。通體均應以上聲字叶韵。六月華句。按當時北地俗口。讀華字類呼啞切音。仍是叶上。此足推見元人作詞。大都就絃索成叶。非必字字皆査韵籍也。紫花兒序第六句。實祇二字一語。其有用疊或加字者。皆係用襯。北調往往襯多於正。可於此等處見之。小桃紅句法。本屬增損不拘。但起式以七字句爲正格。南調中亦有小桃紅與此絕無關聯。南調以前後用兩也字爲定式。作北詞者幸毋混涉。調笑令例與小桃紅相聯。或前或後。蓋可不拘。禿厮兒首句亦可平仄兩用。至聖藥王末句則仍以平煞爲正。德輝用茅舍兩三家作收。正合律處。厖郎兒換頭首三句作二字三語。是謂短柱體。凡短柱均二字一叶。必不可省。絡絲娘止於四句。亦屬正格。東原樂第六句。亦有作六字語者。應係旁格。本折絡絲娘棉搭絮拙魯速以次各曲句律多變。舊譜具載。宜細玩也。

第三折

（正末引祗從上云）小官王文擧。自到都下。攛過卷子。小官日不移影。應對萬言。聖人大喜。賜小官狀元及第。夫人也隨小官至此。我如今修一封平安家書。差人岳母行報知。左右的。將筆硯來。（做寫書科云）寫就了也。我表白一遍。咱寓都下小婿王文擧。拜上岳母座前。自到闕下。一擧狀元及第。待授官之後。文擧同小姐一時回家。萬望尊慈垂照。不宣。書已寫了。左右的。與我喚張千來。（淨扮張千上詩云）我做伴當實是強。公差幹事多的當。第一日走了三百里。第二日剛剛捱下炕。自家張千的便是。狀元爺呼喚。須索走一遭去。（做見科云）爺喚張千那廂使用。（正末云）張千你將這一封平安家信。直至衡州。尋問張公弼家。投下。你見了老夫人。說我得了官也。你小心在意者。（淨接書云）張千知道了。我將着這一封書。直至衡州走一遭去。（同下）（老夫人上云）誰想倩女孩兒。自與王生別後。臥病在牀。或言或笑。不知是何症候。這兩日不曾看他。老身須親看去。（下）（正旦抱病梅香扶上云）自從王秀才去後。一臥不起。但合眼便與王生在一處。則被這相思病害殺人也呵。（唱）

（中呂粉蝶兒）自執手臨岐。空留下這場憔悴。想人生最苦別離。說話處少精神。睡臥處無顚倒。

茶飯上不知滋味。似這般廢寢忘食折挫得一日瘦如一日。

(醉春風)空服徧瞑眩藥不能痊。知他這腤臢病何日起要好時直等的見他時也只爲這症候。因他上得得。一會家縹緲呵忘了魂靈。一會家精細呵使着軀殼。一會家混沌呵不知天地。

(云)我眼裏只見王生在面前原來是梅香在這裏梅香。如今是甚時候了。(梅香云)如今春光將盡綠暗紅稀將近四月也。(正旦唱)

(迎仙客)日長也愁更長。紅稀也信尤稀。(帶云)王生你好下的也。(唱)春歸也奄然人未歸。

(梅香云)姐姐俺姐夫去了未及一年你如何這等想他。(正旦唱)我則道相別也數十年。我則道相隔着幾萬里。爲數歸期。則那竹院裏刻徧琅玕翠。

(紅繡鞋)去時節楊柳西風秋日。如今又過了梨花暮雨寒食。(梅香云)姐姐你可曾卜一卦麼。(正旦唱)則兀那龜兒卦無定准。枉央及喜蛛兒難憑信。靈鵲兒不誠實燈花兒何太喜。

(夫人上云)來到孩兒房門首也梅香您姐姐較好些麼。(正旦云)是誰。(梅香云)是妳妳來看你哩。(正旦云)我每日眼界只見王生。那曾見母親來。(夫人見科云)孩兒你病體如何。(正旦唱)

(普天樂)相思病最關心。似宿酒迷春睡。遶晴雪楊花陌上。趁東風燕子樓西。拋閃殺我年少人。辜負了這韶華日。早是離愁添縈繫。更那堪景物狼籍。愁心驚一聲鳥啼。薄命趁一春事已。香魂逐一片花飛。

（正旦昏科）（夫人云）孩兒你掙挫些兒。（正旦醒科）（唱）

（石榴花）早是俺抱沉痾添新病發昏迷。也則是死限緊相催逼。膏肓針灸不能及。（夫人云）我請個良醫來調治你。（正旦唱）若是他來到這裏。煞強如請扁鵲盧醫。（夫人云）我如今着人請王生去。（正旦唱）把似請他時便許做東牀婿。到如今悔後應遲。（夫人云）王生去了再無音信寄來。（正旦唱）他不寄個報喜的信息緣何意。有兩件事我先知。

（鬬鵪鶉）他得了官別就新婚。剝落呵羞歸故里。（夫人云）孩兒休過慮且將息自己。（正旦唱）眼見的千死千休。折倒的半人半鬼。爲甚這思竭損的枯腸不害饑。苦懨懨一肚皮。（夫人云）孩兒吃些湯粥。（正旦云）母親。（唱）若肯成就了燕爾新婚。強如喫龍肝鳳髓。

（云）我這一會昏沉上來只待睡些兒哩。（夫人云）梅香休要吵鬧等他歇息我且回去咱。（夫人同梅香下）（正旦睡科）（正末上見旦科云）小姐我來看你哩。（正旦云）王生你在那裏來。（正末云）小生我得了官也。（正旦云）

（上小樓）則道你辜恩負德。你原來得官及第。你直叩丹墀。奪得朝章。換却白衣。覷面儀。比向日相別之際。更有三千丈五陵豪氣。

（正末云）小姐我去也。（下）（正旦醒科云）分明見王生說得了官也。醒來却是南柯一夢。（唱）

（幺篇換頭）空疑惑了一大會。恰分明這搭裏。俺淘寫相思。敘問寒溫。訴說眞實。他緊摘離我猛跳起。早難尋難覓。只見這冷清清半竿殘日。

（梅香上云）姐姐。爲何大驚小怪的。（正旦云）我恰纔夢見王生。說他得了官也。（唱）

（十二月）元來是一枕南柯夢裏。和二三子文翰相知。他訪四科。習五常典禮。通六藝有七步才識。憑八韻賦縱橫大筆。九天上得遂風雷。

（堯民歌）想十年身到鳳凰池。和九卿相八元輔勸金盃。則他那七言詩六合裏少人及。端的個五福全四氣備占倫魁。震三月春雷雙親行先報喜。都爲這一紙登科記。

（淨上云）自家張千的便是。奉俺王相公言語。差來衡州下家書。尋問張公弼宅子。人說這裏就是。（做見梅香科云）姐姐。唱喏哩（梅香云）兀那廝你是甚麼人。（淨云）這裏敢是張相公宅子麼。（梅香云）則這裏就是。你問怎的。（淨云）我是京師來的。俺王相公得了官也。着我寄書來與家裏夫人知道。（梅香云）你則在這裏。我和小姐說去。（見旦云）姐姐。王秀才得了官也。着人寄家書來。見在門首哩。（正旦云）着他過來。（梅香見淨云）兀那寄書的。過去見小姐。（淨見正旦驚科背云）一個好夫人也。與我家妳妳生的一般兒。（回云）我是京師王相公差我寄書來與夫人。（正旦云）梅香將書來我看。（梅香云）兀那漢子將書來。（淨遞書科）（正旦念書科云）寓都下小婿王文舉拜上岳母座前。自到闕下。一舉狀元。及第待授官之後。文舉同小姐一時回家。萬望尊慈垂照。不宣。他原來有了夫人也。兀的不氣殺我也。（氣倒科）（梅香救科云）姐姐甦醒者。（正旦醒科）（梅香云）都是這寄書的。（做打淨科）（正旦云）王生則被你痛殺我也。（唱）

（哨徧）將往事從頭思憶。百年情只落得一口長吁氣。爲甚麼把婚聘禮不曾題。恐少年墮落了春闈。想當日。在竹邊書舍。柳外離亭。有多少徘徊意。爭奈匆匆去急。再不見音容瀟灑。空留下這詞翰清奇。把巫山錯認做期夫石。將小簡帖聯做斷腸集。恰微雨初陰。早皓月穿窗。使行雲易飛。

（耍孩兒）悞娘把冰綃剪破鴛鴦隻。不忍別遠送出陽關數里。此時無計住雕鞍。奈離愁與心事相隨。愁縈徧垂楊古驛絲千縷。淚添滿落日長亭酒一盃。從此去孤辰限。凄涼日憶鄉關愁雲阻隔。着牀枕鬼病禁持。

（四煞）都做了一春魚雁無消息。不甫能一紙音書。盼得我則道春心滿紙墨淋漓。原來比休書多了個封皮。氣的我痛如淚血流難盡。爭些魂逐東風吹不回。秀才每心腸黑。一個個貧兒乍富。一個個飽病難醫。

（三煞）這秀才則好謁僧堂三頓齋。則好撥寒罏一夜灰。則好教偷燈光鑿透隣家壁。則好教一場雨淬了中庭麥。則好教半夜雷轟了薦福碑。不是我閒淘氣。便死呵死而無怨。待悔呵悔之何及。

（二煞）倩女呵病纏身。則願的天可憐。梅香呵我心事則除是你盡知。望他來表白我眞誠意。半年甘分躭疾病。鎮日無心掃黛眉。不甫能捱得到今日。頭直上打一輪皁蓋。馬頭前列兩行朱衣。

（尾煞）並不聞琴邊續斷絃。倒做了山間滾磨旗。剗地接絲鞭別娶了新妻室。這是我棄死忘生落來的。（梅香扶正旦下）

（淨云）都是俺爺不是了。你要了老婆便罷。又着我寄紙書來做什麽。我則道是平安家信。原來是一封休書。把那小姐氣死了。梅香又打了我一頓。想將起來。都是俺爺不是了。（詩云）想他做事沒來由。寄的書來惹下愁。若還差我再寄信。只做烏龜縮了頭。（下）

（釋）本折套式。以石榴花鬭鵪鶉上小樓十二月爲基幹。再前後間配他曲。若簡爲短套。則石榴花前冠粉蝶兒一隻。上小樓么篇後。即逕用尾聲。亦無不可。又可揷配南調泣顏回撲燈蛾兩曲。以作南北合套。故中呂宮中以石榴花一套爲最能左右逢源也。粉蝶兒係散板。例作衝場引子。醉春風例不用板。格同詩餘。惟疊字處減疊一字耳。末句「不知天地」用去聲作收。最爲合律。迎仙客方是正曲。至此始入套。緊接紅繡鞋普天樂各一隻。俱係小唱性質。亦猶今樂所謂前奏曲者是。鬭鵪鶉越調中亦有此名。但絕不相同。中呂鬭鵪鶉五六兩句。以上七下四爲定格。元明人往往逾軌。乃與越調相亂矣。上小樓三四五句。本以三字兩語四字一語爲本格。然元明人作此。亦無準則。結習使然。殆不能改。十二月堯民歌兩調。套內例係緊接聯用。出套又可用帶過式。以作小令。本套至此。轉借般涉。先用哨遍以聯其板式。再用耍孩兒煞曲一套。便不覺其突兀。哨遍出自大曲。入曲後僅般涉調中尚存一目。與詩餘名同實異。別格至多。宜參閱舊譜。免致迷惑。餘分見前幅各例釋中。不再贅複。

第四折

（正末上云）歡來不似今朝。喜來那逢今日。小官王文舉。自從與夫人到了京師。可早三年光景也。謝聖恩。可憐除小官衡州府判。着小官衣錦還鄉。左右收拾行李。輛起細車兒。小官同夫人往衡州赴任去。
則今日好日辰。便索長行也。（魂旦上云）相公我和你兩口兒衣錦還鄉。誰想有今日也呵。（唱）
（黃鍾醉花陰）行李蕭蕭倦修整。甘歲月淹留帝京。只聽的花外杜鵑聲。催起歸程。將往事從頭
省。我心坎上猶自不惺惺。做了場棄業拋家惡夢境。
（喜遷鶯）據才郎心性。莫不是向天公買撥來的聰明。那更內才外才相稱。一見了不由人不動
情。忒志誠。兀的不傾了人性命。引了人魂靈。
（正末云）小姐。兜住馬慢慢的行將去。（魂旦唱）
（出隊子）騎一匹龍駒暢好口硬。恰便似馱張紙不恁般輕。騰騰騰收不住玉勒常是虛驚。火火火
坐不穩雕鞍劃地眼生。撒撒撒挽不定絲韁則待攛行。
（刮地風）行了些遠遠的撒和的長途有十數程。越恁的骨瘦蹄輕。暮春天景物撩人興。更見景留情。
怪的是滿路花生。一攢攢綠楊紅杏。一雙雙紫燕黃鶯。一對蜂。一對蝶。各相比並。想天公知他是
怎生。不肯教惡了人情。
（四門子）中間裏列一道紅芳徑。教俺美夫妻並馬兒行。咱如今富貴還鄉井。方信道耀門閭晝
錦榮。若見俺娘那一會驚。剛道來的話兒不中聽。是這等門廝當戶廝撐。怎教咱做妹妹哥哥答應。
（古水仙子）全不想這姻親是舊盟。則待教祆廟火刮刮匝匝烈焰生。將水面上鴛鴦忒楞楞騰

分開交頸。疎剌剌沙鞴雕鞍撒了鎖鞓。廝琅琅湯偷香處喝號提鈴。支楞楞爭絃斷了不續碧玉筝。吉丁丁璫精磚上摔破菱花鏡。撲通通冬井底墜銀缾。

（正末云）早來到家中也小姐我先過去。（做見跪云）母親望饒恕你孩兒罪犯則箇。（夫人云）你有何罪。（正末云）小生不合私帶小姐上京。不曾告知。（夫人云）小姐現今染病在床。何曾出門。你說小姐在那裏。（魂旦見科）（夫人云）這必是鬼魅。（魂旦云）

（寨兒令）可憐我伶仃。也那伶仃。閣不住兩淚盈盈。手拍着胸脯自招承。自感歎。自傷情。自懊悔自由性。

（古神仗兒）俺娘他毒害的有名。全無那子母面情。則被他將一箇癡小冤家。送的來離鄉背井。每日價煩煩惱惱。孤孤另另。少不得厭煎成病。斷送了潑殘生。

（正末云）小鬼頭你是何處妖精從實說來若不實說一劍揮之兩段。（做拔劍砍科魂旦驚科云）可怎了也。（唱）

（幺篇）沒揣的叫一聲。狠似雷霆。猛可裏諕一驚。丟了魂靈。這的是俺娘的弊行。要打滅醜聲。佯做箇失驚。妖精也甚精。男兒也看我這舊恩情。你且待我這潑生命。

（夫人云）王秀才。且留人。他道不是妖精。着他到房中看那個是伏侍他的梅香。（梅香扶正旦昏睡科）（魂旦見科唱）

（掛金索）驀入門庭。則教我 立不穩 行不正。望見 首飾 妝奩志。不寧心不定。見幾箇 年少丫鬟口不住手不停。擁着箇 半死佳人。喚不醒呼不應。

（尾聲）猛地回身來合併牀兒畔 一盞孤燈。兀良早則照 不見伴人清瘦影。（魂旦附正旦體科下）

（梅香做叫科云）小姐小姐王姐夫來了也。（正旦醒科云）王郎在那裏。（正末云）小姐在那裏。

（梅香云）恰纔那個小姐。附在俺小姐身上就甦醒了也。（旦末相見科）（正末云）小生得官後。着張千曾寄書來。（正旦唱）

（側磚兒）哎你箇 辜恩負德王學士。今日也有稱心時。不甫能 盼得音書至。倒揣與我 箇悶弓兒。

（竹枝歌）打聽爲官折了桂枝。別取了新婚甚意思。着 妹妹目下恨難支。把 哥哥閒傳示。則問這小妮子。被我都 搯搯扯做紙條兒。

（正末云）小姐分明在京隨我三年。今日如何合爲一體。（正旦唱）

（水仙子）想當日 暫停征棹飲離尊。生恐怕 千里關山勞夢頻。沒揣的 靈犀一點潛相引。便一似生箇 身外身。一般 般 兩箇佳人。那一箇跟他取應。這一箇 淹 煎 病損。（母親）則這是 倩女離魂。

（夫人云）天下有如此異事。今日是吉日良辰。與你兩口兒成其親事。小姐就受五花官誥做了夫人縣君也。一面殺羊造酒。做箇大大慶喜的筵席。（詩云）鳳闕詔催徵舉子。陽關曲慘送行人。調素琴王生寫恨。迷靑瑣倩女離魂。

題目　調素琴王生寫恨

正名　迷青瑣倩女離魂

（釋）本折係以黃鍾醉花陰喜遷鶯一套組成。黃鍾宮中此套最爲通式。平譜可用作慶樂中音譜可用作行動。高譜又可作言情及凄楚音。是知南北牌調。除一二聲情固定。不克變換。如商調山坡羊越調小桃紅等必屬悲調。黃鍾滴溜子雙聲子必屬鬧聲者外。其餘大都視樂譜翻音而定。是以黃鍾醉花陰套式。本係慶樂性質。但並見用及賜福水關及此折離魂諸場面各劇雖文武不同。悲歡異趣。而能俱不違律者。正賴此樂譜翻音作轉圜之地。非諸套皆可任意變質。有可變與不可變之分。作詞者因而必須精通南北曲聲律。嘗見清末詞客陳潛翁楊蓬海輩所作劇曲。斤斤然用某宮某套。墨守程式。而不通音律變化。亦直如刻舟求劍。是其所是耳。是折尾聲後復有側磚兒竹枝歌水僊子三曲。乃係時本所增。爲弔場小曲。曲各別韵。同於單用小令。以示與正套無涉。故李玄玉以爲皆作散場用也。

△昭君出塞　南雜劇　　陳與郊

（雙調夜行船）（貼扮宮女上）彩鳳曉銜丹詔往。青鸞遠降賜戎王。一霎宮闈。萬端悲愴。忍使翠匳珠坱。

金壺漏盡禁門開。飛燕昭陽侍寢廻。隨分獨眠秋殿裏。遙聞笑語自天來。奴家是漢宮中一個女官是也。領着君王詔旨。宣王昭君上殿。守宮的快請你王娘娘承旨。

（金瓏璁）（旦扮昭君上）倚簾聽半嚮。宮嬪笑語風香。何忽忽喚娘娘。（貼）有旨（旦）空庭春暮矣。驚傳詔奉清光。疑錯報幸平陽。

朝日殘鶯伴妾啼。開簾惟見草萋萋。庭前時有東風入。楊柳千條盡向西。宮人有甚旨來。（貼）官家今日御未央宮。傳旨宣王嬙上殿。下嫁單于。（旦作悲介）兀的不悶殺人也。（貼）請娘娘寬心。

（商調二郎神）（旦）心悒怏。歎韶年受深宮業障。（貼）娘娘向來情緒如何。（旦）只粉淚香魂消共長。這分明瑣定。沉沉金殿鴛鴦。鳳吹鸞笙霞外響。（貼）娘娘人人道六宮中是閬苑蓬萊。人間天上哩。（旦）羞殺人蓬萊天上。（貼）娘娘官家也曾行幸來麼。（旦）說甚雨雲鄉。到巫山、才知宋玉荒唐。

（換頭）思量。愁容鏡裏。春心紘上。戶牖恩光猶妄想。（宮人宮人）怎落花飛燕。這般樣銜出宮牆。（貼）只爲前日毛延壽。指寫丹青。遍需金帛。娘娘自恃天香國色。不送黃金。因此番點畫圖。故淹珠玉。今日官家按圖遣嫁。就誤了娘娘也。（旦）元來如此。（唱）却信着翻覆丹青浪主張。悔那日黃金空阻當。我待想君王。（貼）娘娘面奏時。那毛延壽該萬死也。（旦）宮人你覷我面貌呵。正是一時憔悴盡。如今却是舊圖中。（唱）怕如今。雙雙淚眼相當。（下）

（衆扮中常侍二人中涓二人力士二人隨生扮漢皇上）（衆報）至尊來也。

（遶池遊頭）（生）和親定請此日天孫降。向銀河蚤塡漭沆。

看女官到時速宣王嬙上殿來。（衆應介）（旦上叩頭介）（生作驚介）呀。怎生與畫圖中模樣。相去天淵。分明是洛浦仙姿。藍橋豔質。壓倒三千粉黛。驚廻十二金釵。毛延壽這厮。好生誤事。着武士將毛延壽斬了。（衆應介）（生）我便別銓淑女。遠賜單于。省得埋沒了這照乘明珠。連城美玉。也由得我。只一件。姓名已去。若寡人失信單于。眼見得和親不志誠也。罷罷罷。美人你。

（囀林鶯）（集賢賓首至六）雙蛾淡掃忒恁妝。教人追恨貪狼。（旦拜辭介）（生）看你 雲鬟斂怨辭仙仗。（白）宮恩虜信勢不兩全。（唱）今日裏 恩和信怎地商量。天公醞釀。千般痛 盡在這去留一晌。（琥珀貓兒墜五至合）謾 匆忙。美人少留一刻呵。强如 別後空尋履跡衣香。

（前腔）（旦）君王愛奴鸞與鳳。便鸞燕老何妨。自嗟薄命投夷帳。無情是畫筆平章。沉吟自想。可憐臣妾此去呵。只明月送人關上。更徬徨。金徽形影。誰憐我 玉殿肝腸。

（生）着中常侍四人。中涓二十人。羽林將領一一如嫁公主舊例。好送昭君出關也。（衆應介）（生下）（衆）請娘娘換了新裝上馬者。（旦更衣介）

（北雙調新水令）征袍生改漢宮妝。看昭君 可是 畫圖模樣。舊恩 金勒短。新恨 玉鞭長。迤逗春光。旌旆下 塞垣上。

（南步步嬌）（衆）翠擁珠圍雕鞍傍。遮莫驪駒唱。齊紈漢苑香。吹落龍沙。艸迴花放。（娘娘）何必悶膻鄉。（白）比着先前孤另啊（唱）便綺羅 宮裏同惆悵。

（旦）中常侍。我不為別的。

（北折桂令）聽了些皷角笙簧。氣結愁雲。淚灑明琅。守宮砂點臂猶紅。襯階苔履痕空。綠辟寒金。照腕徒黃。隔幾重山幾疊遮攔仙掌。雲一攜雨一握奚落巫陽。（外末）那單于是一國之主（旦）道甚君王。想甚風光。單則為 名下閼氏。就誤了 紙上王嬙。

將琵琶上來。（作彈介）

（南江兒水）（二貼）燈下茱萸帳。車前苜蓿鄉。（白）常言道言語傳情不如手（唱）傷情併入琵琶唱。那更這 灞橋流水傷來往。渭城新柳添悽愴。（娘娘。）着甚支吾鞅掌。（白）女兒每啊。轉向長門。兩地一般情況。

（北雁兒落帶過得勝令）（旦）（宮人。）那裏是哭虞姬。別了楚霸王。端的是送嬌娃。替了山西將。保親的像 李左軍。送女的一似 蕭丞相。止不過 漢戟凜胡霜。則待出 紅兒擾白狼。壓翻他 殺氣三千丈。那里管 啼痕一萬行。（貼）娘娘。你怨着官家。可想着宮中來麼。（旦）蒼黃。今日箇盼宮中忘鞍上。參商。來日個望天山疑帝鄉。望天山疑帝鄉。

（南僥僥令）（外末）（娘娘。）傷心懷漢壤。（衆官員啊）携手上河梁。你有 一日蒲桃春醼賞。

又只怕 鴻雁秋來斷八行。

(北收江南)(旦)呀恁便是鴻雁秋來斷八行。誰一會把六宮忘。儘着他箜篌馬上漢家腔。央及煞愁腸。(俺自)料西施北方。料西施北方。百不學東風笑倚玉欄牀。

(南園林好)(一貼)謫青鸞冤生畫郎。(今日呵)辭丹鳳愁生故鄉。(白)娘娘雖未度關。想這一片心呵。(唱)先向李陵臺上憐歲月伴淒涼。還遣夢到椒房。

(衆)已到玉門關了。請娘娘過關。(旦)俺只着馬兒欵欵行。車兒慢慢隨。緣何這般樣到的快也。左右替我勒駐馬者。(應介)

(北沽美酒帶過太平令)(旦)覷中常扣索韁。覷中涓泣紅粧。西出陽關更渺茫。似仙姝投鬼方。如天女付魔王。護送官。(衆應介)還宮奏當今主上。只說感皇恩去國婆娘。若問咱新來形像。休道比舊時摧喪。(我好恨也恨殺人也)這一斷鐵腸。酌量兩廂。死不分未央歡賞。

(南尾)(衆)可憐一曲琵琶上寫盡關山九轉腸。却使千秋羅綺傷。

請娘娘過關保重。(旦)生受你這一天愁怎生發付我也。

(衆)驚燕銜花出上陽　一枝寒玉任烟霜

(旦)淚痕不覺君恩斷　拭却千行更萬行

(釋)本劇以兩套牌調組場。二郎神與囀林鶯爲一套。北新水令以次各曲爲一套。二郎神係商調細曲。例同集賢賓。聯用套式可長可短。長則下聯集賢賓黃鶯兒簇御林琥珀貓兒墜。短則截去集賢賓．遞接簇御林或黃鶯兒各一隻．再接琥珀貓兒墜．至新水令各曲．則係南北合套．且爲本劇主幹．今在其前冠一南套細曲．殆爲排場而設．昭君深宮待命．是文靜場面．故以二郎神一套細曲應之．及陛見辭闕．百官護送．淒情中而具紛華景象．故用新水令南北合套．以北之爽朗．狀紛華之情．以南之柔靡．申悽惋之緒．此有關兩套組場之用．其義一也．劇中場面．既以新水令一套爲主．爲明主從之用．二郎神套式．自不宜過長．但若截去集賢賓．而接用無贈板之黃鶯兒或貓兒墜．則音節又嫌太促．且新水令例用散板．緊接聯唱．極易誤爲尾聲．（凡在前套快曲後再唱散板．雖係後套引子．但聆賞之際．易誤混成尾聲）此又不得不於二郎神後改用囀林鶯兩隻以通其變．囀林鶯本以集賢賓首六句犯貓兒墜末三句．實係集曲．（舊譜列入正曲．殆失考訂）集曲例慢唱．以之接承二郎神後套數．因此而簡其式．聆賞因此而永其情．然後接以南北合套．則正如春雲漸展．不覺突兀．此有關佈局之方．其義二也．集曲原係獨立．不與他曲相聯．今揷用於兩套之間．分隔前後音程．使新水令一套．駿發新聲．不爲附庸．此層次分明之處．其義三也．二郎神套．應具尾聲．但集曲之後．其尾可省．使場面上不與南北合套之尾相重複．此有關結聲之道．其義四也．二郎神以接集賢賓及殿以貓兒墜．爲常格．今囀林鶯．以集賢賓冠首．適承二郎神後．以貓兒墜居殿．適結套尾．自音程言之．有若整套．此鬪合之巧．其義五也．聯套之法．從經從權．當於此等處求之．又套內雜用金瓏璁．夜行船．繞池遊各曲．皆係引子．宮調例屬不拘．搭配其間．純便上場之用．至北太平令及收江南二隻．均各有增句．蓋從教坊俗格．作墊句論．

△洛水悲 南雜劇　汪道昆

（末上）（臨江仙）金谷園中生計拙。高陽池上名流。山公任放是良謀。歌聲終夜發。酒債幾時勾。漢水悠悠東到海。繁華總是浮漚。趁他未白少年頭。樽前宜粉澤。座上郎丹丘。部中更有一段新詞。名洛神記。小子略陳綱目。大家齊按宮商。

帝子馳名八斗　神人結好重淵
鄴下風流遺事　郢中巴里新篇

（旦扮洛神上）

（步步嬌）白蘋紅蓼清川上。風起濤聲壯。懷人各一方。脉脉窮愁。昭昭靈響。何處斷人腸。斜陽煙柳憑欄望。

美人嬌且閑。高門結重關。容華豔早日。誰不希令顏。佳人慕高義。求賢良獨難。衆人徒嗷嗷。安知彼所觀。妾身甄后是也。待字十年。傾心七步。無奈中郎將弄其權柄。遂令陳思王失此盟言。嘉偶不諧。貞心未泯。後來郭氏專寵。致妾殞身。死登鬼錄。誰與招魂。地近王程。寧辭一面。將欲痛陳顛末。自分永隔幽明。畢露精誠。恐干禁忌。如今帝子已度伊闕。將至此川。不免托爲宓妃。待之洛浦。正是漢主不須求地下。楚妃準擬到人間。明珠翠羽何在。（小旦二人上）川上孤鸞鶱。哀鳴求匹儔。我願執此鳥。惜哉無輕舟。不知娘娘有何懿旨。（旦）今日渡河。欲與陳思王相會。你每捧百和香。持七寶扇。同我去走一遭。（小旦）理會得。（旦）我想那陳思王啊。

（好姊姊）他是。皇家麒麟鳳凰。華國手還須天匠。建安詞賦。伊人獨擅場。（合頭）長瞻仰。歸來旌節雲霄上。悵望關河道路長。

（小旦）曾聞織女渡河。不意今日有此良會。

（前腔）天孫離居自傷。弄機杼含顰悽愴。牽牛幾許。今來河漢旁。（合頭）長瞻仰。歸來旌節雲霄上。悵望關河道路長。

（旦）遠看後車數十乘。從者數百人。想是帝子車從。我與你且在江湄緩步慢慢等他。也知行路難如此。未會牽牛意若何。（虛下）（生陳思王淨丑中涓外末力士上）

（神仗兒）王程鞅掌。王程鞅掌。君恩駘蕩。歇馬 登高馳望。極目雲沙煙莽。山歷水湯湯。

謁帝承明廬。逝將歸舊疆。清晨發皇邑。日夕過首陽。伊洛廣且深。欲濟川無梁。汎舟越洪濤。怨彼東路長。顧瞻戀城闕。引領情內傷。寡人應詔入朝。言歸東國。方從伊闕。來到洛川。你看白日西馳。黃河東逝。車煩馬憊。前驅不行。不免在此假宿一宵。多少是好。從扈諸臣。各宜就舍。明日早行。（衆應介）謹奉旨。（外末同下）（生）你看雲光未暮。風致頗佳。只着中涓二人隨我到陽林之下。縱步一會。散悶則箇。（淨丑）理會得。（生）

（泣顏回）千騎出長楊。回首五雲天上。孤身去國。伊闕幾重巖障。臨淵望洋。見沙頭鷗鳥閑來往。

想我半生枉過。百事無成。怎如得那鷗鳥。（合頭）問何如機事渾忘。一任取煙波消長。

行到陽林足力稍倦。不免在此倚杖片時。（生淨丑下）（旦引小丑上）侍兒我和你到洲上採芝去來。（應介）（旦）

（換頭）徜徉步屧水雲鄉。旦和伊 采采中洲平莽。雲英五色芝草叢生。彌望猗蘭馥香。折芳華欲寄同心賞。（合頭）涉江流已沒紅梁。具河舟又無蘭槳。

（生淨丑上）（生）豎子那河洲之上有一麗人你得見否。（淨丑）不曾見。（生）你每且猜他是何等女子。直怎如此娉婷。（淨）我猜他又抱琵琶過別船。想是潯陽妓女。（生）不是（丑）羅綺晴嬌綠水洲。想是江漢游女。（生）不是。（淨）淸江碧石傷心麗。莫不是浣紗烈女。（生）也不是。（丑）環佩空歸月夜魂。定是嫁河伯的鬼女。（生）胡說。你每凡胎肉眼。怎得見國色天香。你看那女子。翩若驚鴻。婉若游龍。榮曜秋菊。華茂春松。穠纖得中。修短合度。芳澤無加。鉛華弗御。踐遠遊之文履。曳霧綃之輕裾。體迅飛鳧。飄忽若神。凌波微步。羅襪生塵。髣髴若輕雲蔽月。飄飄若流風迴雪。動無常則。若危若安。進止難期。若往若還。含辭未吐。氣若幽蘭。華容婀娜。令我忘餐。若非水月眞人。定是玉天仙子。他在那壁廂立地。不免斂容少進。存問一番。（旦）侍兒帝子玉趾親來。妾身且立下流。待他相見。（生）豎子。你傳言與仙子。寡人欲接令顏。傾蓋數語。肯相容壓。（傳介）（旦）侍兒你傳與君王。旣辱先施。願承顏色。（傳介）（生）如此。就請相見。（相見介生）久抗塵容。叨陪文履。幸玆神遇。甚愜夙心。（旦）雅聞令譽。快覩光儀。敬拜下風。願當末照。（生）寡人陳思王曹植。應詔入朝。畢事之國。願聞仙子起居。（

旦）妾乃洛水之神。居此數千年矣。（生）吾聞洛水之神。乃伏羲氏之女。名曰宓妃。不知是否。（旦）
王言是也。（生起介）靈妃安坐。寡人少違。（旦）請王自便。（生背語）你看宓妃容色。分明與甄后
一般。教我追亡㭊存。好生傷感人也。

（泣顏回）歸路洛川長。見佳人嬌麗無雙。蛾眉宮樣。容華如在昭陽。你看睢鳩。尚然有偶。吾曹何獨
無緣。臨風悼亡。忓忓愁匹鳥河洲上。（合頭）嘆陳人何處歸藏。對靈妃願與翱翔。

（旦）你看帝子一見顏色。十分沉吟。教我無語自傷。有懷莫吐。

（換頭）悲凉人世苦參商。（想當初呵）心違鳳卜。寵奪椒房。（生）吾聞神人異道。不得相干。不意寡
人有此良覿。（旦）妾慕君久矣。多君倜儻。照人前玉質金章。論君家文藝呵。眞個是人文紀綱。發天
葩揚馬還誰讓。（合頭）幾年間展轉興思。一霎時盼睞生光。

（生）子好芳草。豈忘爾貽。此間旣無紹介。又乏蹇修。羇旅之人。無以爲好。願解懷中佩玉。少効區區。（
旦）美人贈我瓊瑤琚。何以報之明月珠。妾身願奉明璫。以酬令德。（生）得此簡珠。敢不懷德。（旦）
服玆良玉。豈敢忘情。（生收介）呀。是好明珠也呵。

（解三醒）誰探取玄珠象罔。抵多少離佩琳琅。我比他英英玉色連城賞。他比我烱烱明珠照乘
光。且休疑江妃曲渚遺交甫。端的是神女陽臺薦楚王。（合頭）分明望。猶疑夢寐。恐涉荒唐。（旦）

（前腔）邂逅逢東都才望。殷勤獻南國明璫。我思他懷中密意頻觀望。他思我耳畔佳音遠寄將。

只怕他 洞房珮冷愁無極。幾能勾 合浦珠還樂未央。（合頭）分明望。心同澤畔。跡異潯陽。

（小旦）告娘娘你看空山脫翠。古渡昏黃日云暮矣請娘娘還宮。（生）才得相逢安忍遽別。（旦悲介）妾身雖以私心自効終難以遺體相從侍人促行就此告別幸王自愛永矢不忘。（拜介）

（五更轉）意未申。神先愴。東流逝水長。晨風願送 願送 人俱往。落日江關。撇天風浪。丹鳳棲烏鵲橋應無望。夢魂不斷 不斷 春閨想。妾身從此別去呵。（合頭） 寂寞金舖蕭條塵網。

（生）呀。靈妃端的去了。離別永無會。執手將何時。（旦）王其愛玉體。永享黃髮期。君王尊重。（旦小旦同下）（生）可憐素手明於雪。只恐廻身化作雲。洛神既去。寡人神馳力困。我想那孤館獨眠。怎捱到晚。

（前腔）結綺窗。流蘇帳。孏棲五夜長。無端惹得 惹得 風流況。半晌恩私。千迴思想。 想那洛神臨去之時呵。顰翠眉。掩玉襦。增惆悵。（他既去呵。） 好似 天邊牛女遙相望。（合頭） 一葦難航。無如河廣。

豎子。今宵無限憂思。應難成寐。你每與我秉燭達旦。待我作賦一篇。（淨丑）只今深宮傳燭。別院聞香。已多時了。請大王早回。（生）是如此。

欲歸亡故道　　顧望但懷愁

誰令君多念　　自是懷百憂

（釋）本劇副末開場。誦臨江仙詞。隱括全劇主旨。是謂「報家門。」其後接念「部中更有一段新詞」等語。是謂「交代排場。」全劇實屬獨幕性質而體制俱全。斯足爲示者一也。劇內用曲。步步嬌好姐姐爲一套。隸雙調。小工殺聲。泣顏回四隻一套。隸中呂。小工殺聲。就宮調而言。此兩套既可彼此獨立門戶。又可藉同一笛色相互依傍。其飛宮截帶之用甚明。斯足爲式者二也（一套之內。同笛色而異宮之曲牌相聯者是爲借宮。凡套與套間。彼此映帶。析之各成套式。合之又若聯體。是謂截帶。截帶者。猶制藝中之截搭題是。）至於末幅用解三酲兩隻爲一套。解三酲。本隸仙呂。（舊譜每將此牌與針線箱強判爲二。出入南呂）但以凡字殺聲、今在抑鬱感歎之後。略用凡字揚聲。以宣沉悶。而凡字僅較小工高半音。場上聆賞。固不覺突異。且牌隸仙呂。卽案頭披閱。亦儼若首尾相應。（按雙調仙呂彼此原可聯借。故有仙呂入雙調之設）是爲胎息換骨之法。斯足爲式者三也。按此三小套。步步嬌及解三酲兩套後。均應具尾聲。依南劇組折通例。凡一齣用兩套者。兩套之間。必用隔尾（此隔尾。卽尾聲。不接後套逕書爲尾聲。套後若再接套。則題作隔尾。）此劇既屬獨幕。場面至促。前後均係短套。而隔尾又屬用作下場之散板曲。若揷用隔尾。不僅阻窒場面。且份量亦嫌不稱。蓋亦猶撰數十字短札。而於末幅煌煌以「結論」標題。其小大失體。鮮不一望失笑者。故於好姐姐後用神仗兒一隻。以替隔尾。神仗兒本屬單用。不與他曲相聯。且疏逷明快。通快所以替尾曲之韵。疏明所以承好姐姐一曲流轉之勢。以導入泣顏回縝密之聲。經緯賴以判然。彌縫復得勻淨。至解三酲例用四隻成套。設竟以解三酲四隻殿後。

則全劇截成三套。有若珠串分陳。自覺散漫。故減用兩隻。另用五更轉二曲以殿後。五更轉例用於一套前後。冠前作引曲。殿後作尾韻。且用凡字殺聲。適與解三酲相配。而單獨殿此兩曲以弔場。又恰如采筆圖龍。點睛最後。凡諸斟酌。皆具匠心。此有關分套用尾權變之間。足以爲示者四也。所用各曲並勘校於次。步步嬌一隻。例居套首。四五兩句。正格係上三下四。自琵琶作四字二語後。遂昧原格。此處脈脈窮愁。昭昭靈響。蓋從琵琶新格。好姐姐。接在步步嬌後。可加贈板。二字起句宜用韵。神仗兒一隻。常格共九句。首尾皆叠。但亦可不叠。明人作此。或僅叠首而不叠尾。又或省去六七兩語。尾幅不叠。而通體共作七句者。惟末句。諸譜均作六字。今「山歷水湯湯」一句。却以五字作收。但板式並無違失。殆此調或屬字句不拘一類耳。泣顏回。常格首曲仄煞。換頭平煞。其平仄兩煞者。亦無不可。解三酲第四句係六字折腰。正當腰板。道昆在腰板處多下一字。應是襯非正。五更轉第三第九兩句皆止七字。所加襯字用頂眞格。乃一時俗尚。亦非定律也。

△湘眞閣　南雜劇

吳梅

第一折　花宴

（生上唱）

（南呂一江風）甚風兒。吹得鶯花曆盡日。把紅樓閉。耐朝寒。豔夢初醒。還記前宵。枕上餘香膩。離他不肯離。離他不肯離。依他怎樣依。破工夫 沒奈 這溫柔味。

（白）秦淮春水碧於油。十二珠簾盡上鈎。領略南朝好風月。綠楊陰裏是紅樓。卑人姜垓。表字如須。山東萊陽人也。簪纓世族。辭賦專家。長兄給事春坊。卑人備員主事。只是左徒直諫。不堪流謫江潭。庾信中年。又是感懷家國。功名似紙。朝局如棋。家兄既供職京師。卑人遂言歸故里。去年辛巳。來止金陵。偶與秦淮妓女李十娘相遇。便住在湘眞閣裏。韋刺史未免有情。宋大夫不妨好色。因此閉門謝客。對酒看花。把胸中閒恨閒愁。洗刷得虛空粉碎。今日清晨早起。要與十娘玩賞牡丹。方纔盥漱已畢。你看脂箱粉盒。位置清幽。此間就是妝臺了。十娘敢要出來梳洗也。（旦上）

（引）爲看花絕早披衣起。是喬性子的風流壻。

（白）官人。今晨起的恁早。（生白）只爲貪看花枝。倒辜負如花的人了。呀。看你雙頰飛霞。一肩削玉。亂頭粗服。愈覺可人。佳人最是殘妝好。記取初眠乍起時。此言眞不差了。（旦白）官人直如此錯愛。奴家今日也懶得動彈。官人既愛殘妝。奴家就不梳頭了。（生白）這卻如何使得。你既懶得動彈。消停一時。再上妝臺。就是。怎能說不梳頭呢。（旦白）如此說來。官人亦葉公之好龍也。你只要我梳頭。可知奴沒心緒呀。（生白）這等說。只好由卑人替你梳洗了。（旦白）這是當不起的。還請官人穩便。（生白）不妨。（合唱）

（梁州新郎）（梁州序首至）花修妝譜。雲消鏡翳。綰個盤龍高髻。新翻宮樣。（生）今朝梳裏名姬。但把蛾眉淡掃。蟬鬢勻梳。出落得人姝麗。淡妝濃抹處總相宜。不枉你本色人兒脂粉稀。（旦白）多謝官人了。（生白）我想那元微之水晶簾下看梳頭。怎及我親爲美人梳洗也。（合唱）（賀新郎合至末）春景秀。春懷沸人生豔福非容易。論恩愛。我和你。

(丑上白)銷金帳裏鴛鴦活。繡玉樓中蝶夢酣。請官人用茶。吓姐姐。今日想爲玩賞牡丹。特地梳起盤龍髻麼。(旦白)這是官人梳的。(丑白)眞是讀書人聰明連梳頭都會我想官人弗要回去做子梳頭老爺罷阿好。(旦白)休要胡說。(生白)且住。我問你牡丹筵席可曾完備。(丑白)久已完備擺在湘眞閣上阿要就去吔。(旦白)如此叫保兒暖酒侍候。(丑白)曉得哉賞花須飲酒。好色莫忘餐。(下)(生白)十娘和你到湘眞閣去。(吹打)(生旦行介)(生白)十娘你看。穠華豔質逕微香。春色三分勝業坊。若把花容比妃子。牡丹不及美人妝。是好花也。(旦白)如此請官人滿飲一杯。(生白)使得。

(旦唱)

(前腔換頭)濺花枝春意芳菲。殢春風花容豔麗。正春魂睡了花魂銷矣。(白)官人這花煞是可愛也。(生白)卑人愛不在花。特愛愛花之人耳。(旦白)奴家得遇官人眞好徼倖也。(唱)仗你知疼著熱。體貼溫存。百樣相憐惜。是兩情和合也。莫暫離。恰好把 湖上繁華細品題。(生白)只是今日早起。未免有一些番性子兒。(旦白)誰教你早起來。(合頭) 春景秀春懷沸人生豔福非容易。論恩愛。我和你。

(旦白)天色向晚。敢是要下雨哩。(丑上白)且把金尊勸明月。故燒高燭照紅妝。姐姐。天色已晚。燈臺在此。(生白)卑人淸早起身。怎不多時。天就晚了。這天公好不做美也。(丑白)官人起身之時。已是申刻光景。還說甚早起。(旦白)這等早起。好不愧煞人也。(丑下)(生白)如此不消飲酒。和你到房中閒話去者。(旦白)請(生白)請。正是今朝有酒今朝醉。(旦)昨夜星辰昨夜風。(同下)

第二折　設計

(末上唱)

(朝天懶)(朝天子首至五)恰纔的放棹秦淮兩槳飛。又到了長橋外舊院西。猛抬頭風月冷淒淒。故人稀。

(老生上接唱)(懶畫眉末二句)南朝自古傷心地。向歌舞叢中憑弔伊。

(末)月暈梨渦夜有痕。(老生)懺愁未斷落花魂。(末)琴心劍膽相思骨。(合)六尺匡牀夢不溫。(末)我孫臨。(老生)我方以智。(末)密之兄。(老生)武公兄。(末)我和你來此數月。怎的見同社一人。昨說久不見姜如須。不知他作何勾當。兄莫非知其消息麼。(老生)昨見余澹心談及如須方知他寓在湘眞閣裏。(末)如此。何不同去訪他。也省得旅次寂寞。只是不識門徑。這卻怎處。(老生)小弟到還認得。(末)這就妙極了。請問湘眞閣究在何處。是怎樣的門庭。(老生)尊兄聽者。

(唱)

(前腔)則在這長林橋邊小巷西。十尺紅樓影蘸碧溪。試驕驄。一路落花堤。掩瑤扉。(末)那湘眞閣是甚麼所在。(老生)是有名的李十娘家。(末)吓。李十娘呵。(唱)你伴著司香吏。拖逗兒郎著了迷。

（老生）只是我和你驟然往訪他必不肯相見。（末）爲著甚來。（老生）聞得他杜門謝客。數月於茲。無論何人他都不願接見。（末）這也奇了怎的使他出來方好。（老生）要他出來。不如前去就他。（末）可有什麼妙計。（老生）待我想來。吓有了你我何不如此如此。（附耳介）（末）妙妙（老生）就此同行何如。（末）使得安排假金彈。（老生）小警野鴛鴦。（同下）

第三折　鬧譚

（生旦同上）（旦白）吓官人月兒上來也。（生白）我和你同步階前玩月一回去者。（合唱）

（秋夜月）涼月低。照見儂和你絮語天階脂粉細。愛嫦娥他也解人中意將清光遮翳把春魂喚起。（生白）十娘俺的睏情來也。（旦白）官人良宵難再得。（生白）好事莫蹉跎。（同入幔介）（場上打三更內白）三更了。我和你就此去者。（末與老生盜裝假髯持刀急上乾唱）

（前腔）打扮齊首裹腰刀利窄袖輕衫剛稱體。飛簷走壁神乎技。是一場遊戲。是文人狡計。（白）走（急急風打霸住）（末與老生舉刀拍案白）呔要命的快快起來。（一鑼）（生赤膊出帳伏地白）啊呀啊呀。大王爺饒命可憐卑人呵。（唱）

（奈子花）數年間作客東西。殢南都青樓暫寄。祗蕭條一肩平頭行李。（白）如今情願將一切銀錢衣服。獻與大王。只是莫嚇壞了我的十娘。（末老生用刀指介白）住口誰要你的東西。（生白）這等大王爺來此做甚。(末老生)特來尋你。(生驚恐介白)吓(唱)卻教咱怎生廻避聽啓。敢莫觸犯了綠林兄弟。

(老生末白)也沒有得罪我們。只是要你這個人罷了。(生白)這是要我的命了。啊呀大王爺吓。

(前腔)瘦書生命本低微。用不著牛刀割雞。(啊呀十娘啊)誰想到此番風波平地起。(啊呀大王爺吓)欺負俺窮酸何意。(末老生白)三郎郎當三郎郎當。(生白)(奇呀)(唱)端的猜不透杜家詩謎。

(末老生白)你抬起頭來。(生起視介)(末老生摘鬚笑介白)如須兄受驚了。(生驚顧介白)呀方纔的兩個強徒呢。(末老生白)現在這裏。(生驚介白)在那裏。(末白)在這裏便是我與密之兄兩個。(白)有這等怪事。(末老生白)也作弄得你夠了。老實告訴你吧。(生白)請教。(末老生同白)我兩人來了數月。不曾見一故人。聽得你在此處。本要奉訪。只因你閉門謝客。諒來不肯相見。所以想出這條計策來。教你小受驚恐。豈不有趣。(生白)兄等亦可謂惡作劇矣。險點嚇殺我也。(末老生同白)如須兄你也太覺不情了。(合)

(大聖樂)你烏紗紅袖相攜。把花月醉鄉題。閉門翻作瞞天計。渾不許故人知。你青樓買笑餘三月那想到黑夜偷營出一奇。(如今沒有話說)則要你開宴紅妝相見。聽春風一曲爛醉如泥。

(生白)這都可以。但二兄這般裝束。難道好到湘眞閣去麼。(老生末同白)眞是豈有此理。如今不是強盜了。要這等衣服何用。哈哈哈哈(收裝介)(生白)忽而強人。忽而秀士。二兄眞兒戲也。(末老生同白)祇是你這般光景也不雅觀。(生驚視介白)怎的赤身在此。(入內更衣携且上白)十娘。請看這兩個潑賊。（旦白）請二位。就去湘眞閣裏。啣杯夜話。選韻吟詩吧。（生旦白）果然好朋友。

（末老生白）嚇殺假夫妻。（同下）

第四折　歷鶯

（場上設筵吹打打四更生旦末老生依次上入席介）（生白）二位兄長。你要罰我的酒。酒也來了。要十娘奉陪。他也來了。但不知二兄自己。罰些什麽（末老生白）合罰酒三杯吧。（生白）那得這碎便宜。（旦白）二位相公呵。（唱）

（宜春令）你眞無賴。忒弄奇。嚇得人魂散魄飛。（你們還是讀書君子噓）辱沒煞金張門第。妙才華公子千金體。（生白）如此也有一法。明日也罰你作個東道。還請小弟。（唱）好圓場一局和棋。好收場一團和氣。（末老生白）還有麽。（生唱）還要你生花妙筆。做一篇板橋遊記。

（末白）既要陪酒。又要陪文。兄長太便宜了。小弟也有一法。倒要勞動十娘（旦白）有甚麽用著奴家。（末白）祇要你緩歌一曲。侑我一觴。（旦白）使得（唱）

（前腔）春痕黯。秋影微。背銀缸梨雲夢裏。嫩涼天氣。龍鬚八尺冰紋細。軟纏綿弱雨輕飛。瘦伶仃頑雲扶起。此際。曉寒風緊。問春魂醒未。（末老生白）妙極了。這該是他的供狀。我要浮一大白。（生白）

這等明日的遊記。是再也不能賴了。（末老生白）嘜。（唱）

（三學士）恐老去江郎才盡矣。瘦詞華唐突吳姬。（生白）只單敍今宵之事吧。（末老生唱）俺瞞神唬鬼喬模樣。急的你 蕩地驚天沒轉移。這就是 一段煙花眞妙諦。（白）只是有一事得罪你了。（生白）是甚麼。（末老生）這半夜的工夫 畢竟是躭誤你。

（五更）（老生末白）弟等醉矣就此告辭。（生白）現巳五鼓就在此間草榻吧。（末白）這又是惡作劇了。（各笑介）（合唱）

（尾聲）先朝逸事重提起。問金粉南都餘幾。俺且詠一箇 逝水繁華弔古題。（同下）

（釋）此爲一套套曲。分成四折式。通行於南雜劇中套式不多故楔子及劇後正名等均可省用。此類劇本最不易着筆。因用曲一套。所包各曲未必逐一悉能脗合排場。而四折雜劇。文武唱做。必須齊備。宜靜者未必宜動。宜武者未必宜文。且全劇有悲歡離合不同之情節。凡套曲風格大致歸類。套內各曲勢難專狥排場而使聲情如吳越。此如何商量兩全其難一也。一套之中例不用引。但場上每折開始勢須有引。因全劇止於四折。每折皆具正場性質。無法省簡。而正場脚色。多須念引上場。格於套例。又不能任意加引。其難二也。一折中必有一二主曲。今祇用一套。每折主曲如何分配。其難三也。本劇卽針對此三難下功夫。首折不用長引。代以一江風小曲。一江風原單用。例置套前作引曲。今劇式既短。若墨守上念全引成例。勢必頭重脚輕。不如代以三眼一板引曲。既娛聆賞。又合排場。南劇副角上場或副場開始引子可不必全念。故首折旦角祗念生查子兩句。凡引子照牌調全塡者須書明牌調。若不全塡。亦可省書爲「引」。本劇以生旦爲主。蘊藉風流。套取嫺雅。今兩老生作關西大漢狀。聲情不協。因用朝天懶集曲應之。集曲例在套內獨立。

遂無牽礙。且暗中又代衝場之用。引子卽可免去。本套實從秋夜月開始。秋夜月原可作首曲唱。藉以暗代引子。此不長不短。亦細亦和之曲。連用兩隻緊接奈子花大聖藥。遂構成主場情趣。大聖樂後例可接宜春令。宜春令適用於行動訴情。既飄逸而諧婉。又可置套首作引曲。正如懶畫眉太師引等調用法。此處適當第四折生旦上場地位。無形中如念引曲上場。天衣無縫。具見巧思。最後勻出三學士以作大圓場極聲情酣暢跳脫之用。其騰挪曲套處。純恃集曲穿插。故知凡用南曲一套譜四折一本之雜劇。必須精熟犯調。能酌情插用。則全劇排場始不因套式固定而困擾。至本劇襲弄時。聆賞兩便之情。猶餘事也。特輯存於此。以爲揩示。

傳奇第二

甲、釋例

一。傳奇之名。實始於唐。傳奇之義。自唐迄明。代各不同。唐之傳奇。爲小說家言。如裴鉶作傳奇六卷之類。宋之傳奇。則指諸宮調譜故事。皆與戲曲無涉。至元以傳奇爲雜劇別稱。始闌入戲曲範圍錄鬼簿著錄北雜劇。統以傳奇稱之。是傳奇爲雜劇別稱之證。明代復以南劇折數之長者爲傳奇。短者爲雜劇。於是自明迄今。皆以明人以來所作之南詞長劇爲傳奇。故於今視之。傳奇實南雜劇之延長。南雜劇至明初。規矩大壞。有多至六七折者。殆爲傳奇長劇演變之過渡。惟按傳奇實質而言。則又淵源舊曲形式。不過以南詞牌調爲主。間以北詞曲套爲用。與南雜劇爲近。支與南宋以後之戲文。又厲遠祧。徐渭南詞叙錄「南戲宣和間則已濫觴。其盛行則自南渡。其曲則宋人詞。而益以里巷歌謠。不叶宮調。故士大夫罕有留意者。」祝允明猥談「南戲出於宣和之後。南渡之際。謂之溫州雜戲。」其後又演變而成戲文周德清中原音韻云「南宋都杭。吳興與切鄰。故其戲文。如樂昌分鏡等。唱念呼吸皆如約韵。」是爲宋之「戲文」著籍之始。按此種南戲。今從遺存篇目考之。(一)每一故事分幕。多至十數折。(二)每折皆有分題。今傳奇分折。通常在二三十齣左右。而每齣復冠以折目。實近南戲體式。(三)按前條南詞叙錄所紀考之。可知南戲所唱。仍是舊詞及時曲。惟缺系統宮調。今傳奇易以南詞套曲。不過使宮調能有體系。此應視爲南戲蛻變之軌迹。不得認爲無源而流之創作。(四)又按傳奇一齣之內。不以一套套曲爲限。而一套之內又不以一宮調之曲爲限。實師諸宮調之遺意。其有一齣首尾祗用一曲終而復始者。實又襲北宋傳踏之遺制。而琵琶記辭朝折所用入破諸曲。顯係北宋大曲舊製。綜此四點而論。今之傳奇。殆取徑於雜劇。溯源於南宋戲文。而又雜糅舊曲。以興於元末。盛於明季耳。其淵源之迹。可如左表。

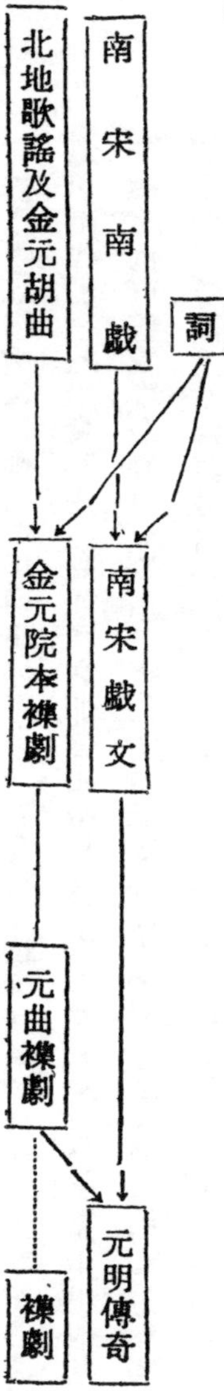

一、傳奇之興、實戲劇一大進步、雜劇止於四折、其後明人。雖不惜損害程式增衍折數、亦不過六七折而已、每劇折數既短、自不能多用過場、於是每折均係正場、用曲自以長套爲多、不僅形式板滯、且聆賞亦覺冗繁、傳奇則不限折數、可就故事內容及編劇技巧、分成正場過場文場武場等面目、表演既多變化、用曲範圍亦廣、可以南詞聯套、可以北詞配場、更可用南北合套以變耳音、復可用集曲成套以濟關節、體式之靈活完備、實較雜劇爲勝、顧傳奇亦有早期與後期之分、元末之琵琶拜月、以迄明初荊釵殺狗諸作、體式既近南戲、曲調亦係南曲舊譜、此一時也、嘉靖以後、水磨調與、梁伯龍浣紗記一出、不僅曲譜翻新、而排場益見繁密、踵效嗣起、於是操觚之律益嚴且繁、如何因應場面變換、殆爲研究傳奇作法之根本、倘徒逞詞華、亂配宮調、若玉茗還魂紫釵之類、實不足當驪珠之得也、本節祇論曲律、不言詞藻、玉茗諸作、詞華之高、無待品評、學作南曲、可學玉茗之意境藻采、勿師其章法排場、庶能趨利捨弊、而善學玉茗也。

一、傳奇定式、故事開端之前、必以副末開場、略述扮演全劇大意、謂之「家門」、凡傳奇家門一場、可作爲全劇第一折、然多不算在正折以內、所塡牌調、必係詞牌、決不可誤詞爲曲、通常係塡詞二首、其一虛詞、隨意揮灑、其二敘述通部關鍵大要、二詞既畢、以四語總括之、謂之題目正名、詞後亦可接以對白、場上問而場內答、不外籠括全劇大意、其後諸家傳奇刻本、多於家門二首開場詞下、註以「交過排場」字句、即係指四句題目正名及對白而言、蓋此種對白已屬套語。僅中間視劇情關鍵。配合數語。避繁就簡。遂以交過排場四字代之。並非省而不用也。然亦有僅用詞一首。領起大意。並題目正名不用者。則又究非古法矣。

一、傳奇之脚色。悉沿用南雜劇脚色名稱。正規脚色分爲正生、小生、正旦、貼旦、老旦、小旦、外、末、淨、丑、此外更有副末、小外、副淨、中淨、雜、小淨等名色。蓋最初祇定十二角色。此後續有增衍。雖均沿用。然絕不出上述十六種之外。入清乾嘉以後。優伶爨弄。復妄立大冠生、小冠生、巾生、武生、閨門旦（俗稱五旦）刺殺旦等名目。從不見諸載籍。正式傳奇劇本。向無用此者。詞客作劇。支配角色。必以前十六種名目爲限。萬勿羼入歌場所定名目。而貽傖俗之誚也。

一、傳奇每折主角之上場。必念引子。引子用法。視排場情形而定。大約言之。（一）正場用引。過場不用引。（二）引子均用散板純引子曲牌。但因排場關係。亦用兼作引曲用之過曲。如一江風懶畫眉之類。（三）純引子之曲牌。可照曲牌格式全塡。亦可祇塡首二句。而不必全部照塡。但作全隻引子時。應標明所用引子牌名。若不全塡。祇須標一「引」字。不必標明牌名。（四）一折之內。用引次數。並無拘束。須視排場而定。大抵主角上場用引。副主角上場亦可用引。或三四角緊接出場。亦可各派引子。職是之故。各角可專用一不同曲牌之引子。亦可用一引而由各脚分唱。因時制宜。唯賴匠心。（五）第一折正生上場。須用稍長引子。且必須全塡。普通多用戀芳春。滿庭芳。絳都春。東風第一枝之類。至於如轉山子。船入荷花蓮。及南呂之金蓮子（非過曲金蓮子）折腰一枝花等類生僻引子。應不宜用。（六）引子除第一折外。以愈短愈妙。蓋引子多係散板。長則損及聆賞。故引子可不必全塡。又丑淨出場。多沿用引曲。雖係過曲。而習用之下。幾與引子無異。如光光乍大齋郎之類是也。參見前節散套釋例（七）丑淨引子。不宜亂用。蓋淨有二種。一爲英雄。一爲奸猾。丑亦有二種。一爲佞人。一爲賤役。身份不同。用引亦異。宜斟酌也。（八）每一人出場。祇許用一次引子。有時數人出場合用一引。但決不可在一場之內。一人而用兩次引子。（九）引子曲牌。作尾聲用者。僅哭相思、鷓鴣天、臨江仙三曲。係於離別悲哀時用之。均不宜用諸過曲之前。而與普通引子等也。（十）南曲諸譜。列有慢詞。其用雖同於引子。惟自來傳奇罕有用者。曲譜僅備其體而已。可置弗論。作傳奇者宜留意之。

一。傳奇每折之尾聲。隨套式而定。而套式又隨排場情形而定。有尾聲者。由脚色一人主唱。或二人分唱。或二人合唱。皆可酌量運用。並無拘束。惟尾聲句法必須照式塡全。不若引子可祇塡數句也。

一。南曲之賺。雖係散板。然與引子尾聲性質不同。通常在傳奇一折內作隔越排場。或調劑笛色之用。例如還魂記尋夢折。用懶畫眉領場。以描寫小旦入園情景。接用忒忒令一套。始入小旦一人尋夢之正題。爲顯示主題所在。插入惜花賺曲牌。以醒眉目。又如金雀記喬醋折。旦與小生對場追究金雀。是劇中主題。在此以前。生在衙內候信。及旦進入縣衙等情節。均是輔助性質。

故中間插以賺詞分隔前後。且既以追究金雀爲主場。因配以曲折之細曲。而此折小生又係名士。小生引場又不得不用細曲。爲使主從有別。於是主場用極細之正宮集曲引場用小工太師引之普通細曲。而以賺詞分其前後。使兩類不同笛色之曲。趣於調和。集曲向係獨立性質。故可不拘笛色。配置套內。由是言之。傳奇用賺。須視排場而定。萬勿以其爲散板曲子。遽與引子尾聲混作一談也。

一。傳奇脚色之支配及劇情發展之情形。是謂排場。凡劇情段落之主從。是屬場面範圍。凡每場脚色之悲歡離合文武正邪之動作。是屬排場範圍。合場面與排場之條件。以構成選套作曲之基礎。正場必用正式套曲。過場必用過場套曲。文場不得用武場套曲。生旦不得唱凈丑之曲。哀怨不得唱歡樂之曲。設一折之內而備此不同之情緒。不同之脚色時。則選套極費斟酌。運用之法。不外數端。（一）一折之內。配以兩套套曲。以適合排場繁複之性質。如長生殿聞樂折。前半用南南呂曲以表老旦貼之過場。後半用南小石曲以表貼及衆旦同場歡劇是也。（二）一折之內。配用南北合套。如長生殿絮閣折用黃鍾合套。以北曲表小旦纏綿之情。以南曲表生丑陶寫之意是也。（三）一折以內。配用集曲。並在其前用賺或衲襖之類曲牌。分隔引曲。以濟排場之變動。如金雀記喬醋折。後半段用江頭金桂集曲。以表明生旦之追究金雀。西廂記佳期折。後半段用十二紅集曲。以表明紅娘窺伺之排場。而金雀前半段用太師引。西廂前半段用臨鏡序。又均係以引曲表明生旦出場之交代性質是也。

除以上四端。每折以用一套者爲常式。兩折合用一套。或一折合用兩套者爲變式。第每套之選用。必須脗合脚色身份及劇情發展性質。一有乖誤。即屬失律。茲就常用套式及其用法。擇舉一二。甄而索之。則取捨斟酌之間。亦思可過半矣。

（一）仙呂　引　桂枝香二隻或四支　長拍　短拍　尾

（二）引　河傳序二隻　三春柳　一機錦　尾

（三）黃鍾　引　啄木兒　三段子　歸朝歡　尾

（四）引　獅子序　太平歌　賞宮花　降黃龍　大聖樂　尾

（五）引　侍香金童　傳言玉女　月裏嫦娥　尾

（六）正宮　引　普天樂　傾盃序　雁過聲　玉芙蓉　小桃紅　尾

（七）引　錦纏道　小普天樂　古輪臺　尾

（八）玉芙蓉二支　剔銀燈　朱奴兒　尾

（九）越調　引　鏵鍬兒　憶多嬌　鬬黑麻　尾

引　章臺柳　醉娘子　雁過南樓　山麻稭　尾

△右屬於普通訴情之單套

（一）雙調　北新水令　南步步嬌　北折桂令　南江兒水　北雁兒落帶過得勝令

南僥僥令　北收江南　南園林好　北沽美酒帶過太平令　南尾聲　（南尾聲式改清江引亦可）

（三）中呂　北粉蝶兒　南泣顏回　北石榴花　南泣顏回　北鬬鵪鶉　南撲燈蛾　南尾

△右屬於普通訴情之南北合套式。△以上單套及合套兩類套式。亦適用於文靜之正場。

（一）正宮　玉芙蓉四支

（二）中呂　駐馬聽　越恁好各二支

（三）南呂　懶畫眉四支或六支

（四）秋夜月　解三醒各二支

（五）引　太師引　劉潑帽各二支

（六）羽調　引　勝如花二支

△右均屬文靜正場之短劇用

（一）中呂　尾犯序四支　（二）駐雲飛四支　（三）縷縷金　撲燈蛾　（四）雙調　孝順歌四支　（五）仙呂　引　皂羅袍二支　（六）商調　引　水紅花二支

△右均屬過場短劇用

（一）正宮　引　四邊靜四支　（二）仙呂　六么令四支　（三）黃鍾　神仗兒
滴溜子各二支　（四）中呂　引　馱環着二支　（五）四邊靜二支清江引
△右均屬武場套式
△又黃鍾及正宮南北合套曲。亦適用。
（一）中呂　引　粉孩兒　福馬郎　紅芍藥　耍孩兒　會河陽　縷縷金　越恁好
紅繡鞋　尾
（二）正宮　漁家傲一支或二支　剔銀燈　攤破地錦花　麻婆子
△右屬於行動排場用
（一）南呂　引　梁州新郎四支　節節高二支　尾
（二）仙呂　引　甘州歌四支　尾　用排歌四支亦同
（三）南排歌　北寄生草　南排歌　北寄生草　尾
（四）正宮　南普天樂　北朝天子　南普天樂　北朝天子　南普天樂　北朝天子　南
普天樂
△右均屬遊覽排場套式。　△第四套不專屬遊覽。凡每支上下場者。均可用。
（一）商調　引　二郎神二支　集賢賓二支　琥珀貓兒墜二支　尾
（二）引　二郎神二支　鶯啼序二支　集賢賓二支　黃鶯兒　簇御林　尾
（三）仙呂　引　桂枝香二支或四支　長拍　短拍　尾

（四）南呂　引　繡帶兒二支　宜春令二支　三換頭　東甌令　劉潑帽　秋夜月
金蓮子　尾
（五）　引　解三醒四支　太師引二支　三學士二支　尾
（六）　香羅帶二支　梅花塘二支　香柳娘二支或四支
△右屬訴情細曲套式。△宜生旦用。

（一）商調　山坡羊二支　黃鶯兒二支　琥珀貓兒墜二支　尾
（二）　山坡羊二支　金絡索二支　琥珀貓兒墜二支　尾
（三）越調　引　小桃紅　下山虎　五般宜　五韵美　山麻稭　蠻牌令　江頭送
別　亭前柳　江神子　尾
（四）南呂　引　三仙橋三支
（五）雙調　引　風雲會四朝元四支
（六）商調　引　金絡索四支
△右均屬悲哀套式。　△右列（一）（二）（三）（五）（六）各套祇適用於生旦。

（一）正宮　引或用梁州新郎亦可　漁燈兒一支或二支　錦漁燈　錦上花　錦中拍　錦後拍　罵玉
郎　尾
（二）雙調　引　江頭金桂四支

△右屬於幽怨用　△凡悲哀套式亦可酌作幽怨用

（一）雙調　引　錦堂月二支或四支　醉翁子二支　僥僥令二支　尾

（二）大石　引　念奴嬌序四支　古輪臺二支　尾

（三）　引　念奴嬌序二支　賽觀音　人月圓　尾

（四）南呂　引　山花子四支　大和佛　舞霓裳　紅繡鞋一支或二支　尾

（五）黃鍾　畫眉序四支　滴溜子　鮑老催　滴滴金　鮑老催　雙聲子　尾

（六）　引　畫眉序　絳都春序　鬧樊樓　鮑老催　滴溜子　滴滴金　雙聲子　尾

△右均屬歡樂套式

以上所列套式。僅舉大概。其實際運用。隨排場而變化。譬如梁州新郎節節高一套。本屬遊覽用。但亦可作歡樂用。梁州新郎若接以漁燈兒一套。則變作悲哀用矣。故如何運用變化。純在多讀名家傳奇。逐一比較。始能悟其要旨。至於一套正曲。酌配一隻集曲。原爲適應排場及變化聆賞而設。如上舉悲哀套內第二式是也。但若純以集曲成套。則萬不可雜配零支正曲。如上述悲哀套第五六兩式。均係以集曲成套。絕不雜配零支正曲。此爲用集曲一定規則。又不可不知者。總之。傳奇套式配搭。千變萬化。未宜執一以求。尤非文字所得備舉。精心較律。廣讀名作。不厭參詳互證。庶幾中矣。

一。傳奇作法關鍵。在乎聯套是否適合排場。其事之難。納見上述。茲更就傳奇作法通例。綜舉於下。（一）傳奇每本折數。不得少於十八折。通常都在二三十折左右。蓋雜劇每本四折。而有時以一故事疊作四本。分之則爲四部。合之則達十六折之數。故傳奇折數。必須多於雜劇四部合數也。（二）第一折之前。必列家門。家門若算在第一折內。則第二折必爲故事正式開場之首幕。（三）故事正式之首幕（家門在外、即係第一折、家門在內、即係第二折。）必以正末開場。引子後。必念定場白。定場白前必冠以律詩四句。明人傳奇中多集唐爲之。（四）每折末曲完後。通常念下場白。下場白前再冠以律詩四句、（亦有作六句或八句者視排場定之）由一脚獨念。或數脚分念一句。是謂下場詩。明人亦均以集唐爲之。按此項下場詩下場白。宜視套式而定。套式有尾聲者。實不必贅用。無尾聲者。應綴下場詩白。明人傳奇中。多不甚注意。一律爲之。蓋文人祗喜炫弄才情。不顧規律體製。未足法也。（五）一部傳奇。每折必分冠題目。通常以二字或四字作題。從無用六字或七字者。且每折題目。不宜重複。武場之後。不宜緊接鬧場。文場之後。不宜緊接靜場。此故事分折之關鍵也。各門脚色。不可缺遺。五門主要脚色。必須於前五折內出齊。其他各脚色。可在十折以前斟酌出之。但不可缺漏一二角色不用也。又脚色之支配。務須停勻。生旦同場後。不宜接上生旦排場。武生排場後。不宜接上正淨排場。此又屬傳奇運用脚色之關鍵。（七）一部傳奇所用套曲。概南主北從。但決不可盡用南套而摒北套。此猶詩人刻別集。近體詩外。必列若干古體。若專錄近體。每致貽笑方家。傳奇固亦如是也。(八)南北合套及集曲聯套。均係文人巧慧。所以濟應配場面之急。然務須用之得當。不可與脚色及排場情形失協調。至於丑淨武生出場套曲。尤有專用曲牌。務須詳查譜律。免致乖誤。(九)傳奇之詞藻。必須注意脚色身份。有違身份。雖典雅。亦非佳作。例如水滸記之魂勾折。以張文遠閻婆惜惡俗脚色。而竟唱一句一典之雅詞。其所謂馬嵬埋玉珠樓墜粉(皆魂勾詞句)者。轉覺比擬不倫。令人失笑。若山亭魯智深唱赤條條來去無牽掛者。乃得之矣。(十)傳奇分折既多。敘事亦長。其間交代補充。正賴過場短劇以爲卷舒。然過場太多。亦傷零落。故一部傳奇。固不可不用過場短劇以補眉目而協聆賞。但尤不可亂用過場。反貽蛇足之誚。其間斟酌務須審愼。總須爲氍毹上扮演着想。庶不致閉門造車。徒成案上清供。又丑角插科打諢。亦宜注意。雅俗稍一失宜。便傷及整個排場。此中消息。惟賴觀摩爨弄。始可神明爲用也。

傳奇之律。至爲苛細。非筆墨所得詳盡。一恃多讀譜律及名家傳奇。二恃多觀曲劇爨弄。能實際登場。亦足助編劇經驗。三則須賴天分。傳奇雖小道。然命意造曲。無一不恃天分。故臨川能以天分取勝。而詞隱精律。反居下風。斯可證也。按傳奇名作。限於篇幅。未能多舉。茲就足供曲律例範之作。於次節舉隅中擇錄一二。備省察焉。

乙、舉隅

△高堂稱慶　琵琶記　高明

（瑞鶴仙）（生）十載親燈火。論高才絕學。休誇班馬。風雲太平日。正驊騮欲騁。魚龍將化。沈吟一和。怎離卻雙親膝下。且盡心甘旨。功名富貴。付之天也。（鷓鴣天）宋玉多才未足稱。子雲識字浪傳名。奎光已透三千丈。風力行看萬里程。經世手。濟時英。玉堂金馬豈難登。要將萊綵歡親意。且戴儒冠盡子情。蔡邕沈酣六籍。貫串百家。自禮樂名物以及詩賦詞章。皆能窮其妙。由陰陽星曆以至聲音書數。靡不得其精。抱經濟之奇才。當文明之盛世。幼而學。壯而行。雖望青雲之萬里。入則孝。出則弟。怎離白髮之雙親。到不如盡菽水之歡。甘齏鹽之分。正是行孝於己。責報於天。自家新娶妻房。纔方兩月。卻是陳留郡人趙氏五娘。儀容俊雅。也休誇桃李之姿。德性幽閒。儘可弄蘋蘩之託。正是夫妻和順。父母康寧。詩中有云。為此春酒。以介眉壽。今喜雙親既壽而康。對此春光。就花下酌杯酒。與雙親稱壽。多少是好。昨已囑咐五娘子安排酒席。催促則箇。娘子酒完了。請爹媽出來。（旦內應科）（外扮蔡公淨扮蔡婆上）

（雙調寶鼎現）（外）小門深巷春到芳草。人閒清晝。（淨）人老去星星非故。春又來年年依舊。

（旦扮趙五娘上）最喜今朝春酒熟。滿目花開如繡。（合頭）願歲歲年年人在花下。常酌春酒。（外云）孩兒你請我兩箇出來做甚麼。（生跪科）告爹娘得知。人生百歲。光陰幾何。幸喜爹媽年滿八旬。孩兒一則以喜。一則以懼。當此靑春光景。閒居無事。聊具一杯蔬酒。與爹媽稱壽則箇。（淨笑云）阿老有得吃。（外云）阿婆。這是子孝雙親樂。家和萬事成。（生進酒科）（生）

（錦堂月）（畫錦堂首至五）簾幕風柔。庭幃晝永。朝來峭寒輕透。親在高堂。一喜又還一憂。（月上海棠五至末）惟願取百歲椿萱。長似他三春花柳。酌春酒。看取花下高歌。共祝眉壽。

（前腔）（旦）輻輳獲配鸞儔。深慚燕爾。持杯自覺嬌羞。怕難主蘋蘩。不堪侍奉箕箒。惟願取偕老夫妻。長侍奉暮年姑舅。酌春酒。看取花下高歌。共祝眉壽。

（前腔）（外）還愁白髮蒙頭。紅英滿眼。心驚去年時候。只恐時光催人去也難留。（孩兒）惟願取黃卷靑燈。及早換金章紫綬。酌春酒。看取花下高歌。共祝眉壽。

（前腔）（淨）還憂松竹門幽。桑榆暮景。明年知他健否安否。歎蘭玉蕭條。一朵桂花堪茂。（媳婦）惟願取連理芳年。得早遂孫枝榮秀。酌春酒。看取花下高歌。共祝眉壽。

（醉翁子）（生）回首。歎瞬息烏飛兎走。喜爹媽雙全。謝天相佑。（旦）不謬。更清淡安閒。樂事如今誰更有。（合）相慶處。但酌酒高歌。共祝眉壽。（外云）孩兒你今日爲我兩箇慶壽。這便是你的孝心。人生須要忠孝兩全。方是箇丈夫。我纔想將起來今年是大比之年。昨日郡中有吏來辟召。你可上京取應。倘得脫白掛綠。濟世安民。這纔是忠孝兩全。（生云）爹媽高年在堂。無人侍奉。孩兒豈敢遠離。實難從命。

(前腔)(外)卑陋。論做人要光前耀後。勸我兒青雲萬里。早當馳驟。(淨)聽剖。眞樂在田園。何必區區公與侯。相慶處。但酌酒高歌。共祝眉壽。

(僥僥令)(生旦)春花明彩袖。春酒泛金甌。但願歲歲年年人長在。父母共夫妻相勸酧。

(前腔)(外淨)夫妻好廝守。父母願長久。坐對兩山排闥青來。好看將一水護田疇。綠繞流。

(尾聲)山青水綠還依舊。嘆人生青春難又。惟有快樂是良謀。

(外)逢時對景且高歌　(淨)須信人生能幾何

(生)萬兩黃金未爲貴　(旦)一家安樂値錢多

(釋)本折緊在家門後。雖係次齣。實屬全劇首幕。故以大正場應之。凡傳奇正幕開始。必冠以大正場。謂之衙場。主角副主角必念全引。第一隻並用較長引子。若屬普通正場。俱不必上念全引。此處用瑞鶴仙寳鼎現兩隻長引。正合大正場之律。其用數角合念寳鼎現者。蓋因連用兩全引。恐嫌沉悶。今派數人分念出場。藉可一聳耳目。凡大正場。必取堂皇而唱做兼備。上角不妨稍多。唱工不妨稍重。關目不妨紛華。本折以醉翁子僥僥令各二隻。前後加引尾爲一套。由生旦等四種脚色同唱。已不寂寞。復恐不饜聆賞。插配集曲錦堂月四隻。務求全場聲容並備。殊具匠心。錦堂月係單獨使用。不與套內各曲相聯。其第二隻起式。乃用晝錦堂換頭。故與上隻句法不盡相同。僥僥令末句本七字一語。亦有於上四間用叶。復加點斷。作上四下三各一句者。遂成別格。又傳奇分幕。稱折爲齣。齣本齝之俗字。義喻伶人場上。入而復出。若牛之反芻也。

△臨妝感嘆 琵琶記 高明

（破齊陣）（旦）（破陣子首二句）翠減祥鸞羅帳。香銷寶鴨金爐。（齊天樂三至五）楚館雲閒。秦樓月冷。動是離人愁思。（破陣子三至五）目斷天涯雲山遠。親在高堂雪鬢疏。緣何書也無。（集唐）明明匣中鏡。盈盈曉來妝。憶昔事君子。雞鳴下君牀。臨鏡理笄總。隨君問高堂。一旦遠別離。鏡匣掩青光。流塵暗綺疏。青苔生洞房。零落金釵鈿。慘淡羅衣裳。傷哉憔悴容。無復蕙蘭芳。有懷悽以楚。有路阻且長。妾身豈嘆此。所憂在姑嫜。念彼猨猱遠。眷此桑榆光。願言盡婦道。遊子不可忘。勿彈綠綺琴。絃絕令人傷。勿聽白頭吟。哀音斷人腸。人事多錯迕。羞彼雙鴛鴦。奴家自嫁與蔡伯喈。纔方兩月。指望與他同事雙親。偕老百年。誰知公公嚴命。强他赴選。自從去後。竟無消息。把公婆抛撇在家。教奴家獨自應承。奴家一來要成丈夫之名。二來要盡爲婦之道。盡心竭力。朝夕奉養。正是天涯海角有窮時。只有此情無盡處。

（雙調風雲會四朝元）（五馬江兒水首至五）春闈催赴。同心帶綰初。嘆陽關聲斷。送別南浦。早已成間阻。（桂枝香五至六）漫羅襟淚漬。漫羅襟淚漬。（柳搖金六至九）和那寶瑟塵埋。錦被羞鋪。寂寞瓊窗。蕭條朱戶。（駐雲飛四至六）空把流年度。嗏。瞑子裏自尋思。（一江風六至九）妾意君情。一旦如朝露。君行萬里途。妾身萬般苦。（朝元令末兩句）君還念妾。迢迢遠遠也須回顧。

（前腔）朱顏非故。綠雲懶去梳。奈畫眉人遠。傅粉郎去。鏡鸞羞自舞。把歸期暗數。把歸期暗數。只見鴈杳魚沈。鳳隻鸞孤。綠徧汀洲。又生芳杜。空自思前事。嗏。日近帝王都。芳草斜陽。教我望斷長安路。君身豈蕩子。妾非蕩子婦。其間就裏。千千萬萬有誰堪訴。

（前腔）輕移蓮步。堂前問舅姑。怕食缺須進。衣綻須補。要行時須與扶。奈西山景暮。奈西山景暮。教我倩著誰人傳語。我的兒夫。你身上青雲。只怕親歸黃土。我臨別也曾多囑付。嗏。那些箇意孜孜。只怕十里紅樓貪戀著他人豪富。（丈夫）你雖然是忘了奴。也須念父母苦。無人說與。這淒淒冷冷怎生辜負。

（前腔）文場選士。紛紛都是才俊徒。少甚麼鏡分鸞鳳。都要榜登龍虎。偏是他將奴誤。也不索氣蠱。也不索氣蠱。既受託了蘋蘩。有甚推辭。索性做箇孝婦賢妻。也落得名標青史。不枉受了些閒悽楚。嗏。俺這裏自支吾。休得污了他的名兒左右與他相回護。你便做腰金衣紫。須記得釵荊與裙布苦。一場愁緒。堆堆積積宋玉難賦。

回首高堂日已斜。　遊人何事在天涯。
紅顏勝人多薄命。　莫愁春風當自嗟。

（釋）　此爲集曲組套之一例。集曲與正曲本不相聯屬。通常間插一二隻在套內。若小令傳唱性質。今以風雲會四朝元四隻單獨組場。頓覺生面別開。而應用益便。蓋劇曲往往以劇情爲套式所困。不易停當。自集曲組場之例一開。則常套有所不便者。輒可自出巧思。集調組場。性靈觸發。不受限制。東嘉擧此四隻。其爲開來者乎。以後各家用本調四隻組場者。率仿此折。莫能先也。前用引子。亦係集調犯曲組套。

用引本不限正犯。今並用及犯調。使通場面目不雜。正前輩謹嚴處。此折爲小正場。小正場者。實與過場無異。但不似過場之草率。略加唱工。差如正場。惟具體而微耳。

△丹陛陳情琵琶記　　高明

（北點絳唇）（末）夜色將闌。晨光欲散。把珠簾捲。移步丹墀。擺列著金龍案。

（混江龍）（末）官居宮苑。漫道是天威咫尺近龍顏。每日間親隨車駕。只聽鳴鞭。去螭頭上拜跪。隨著豹尾盤旋。朝朝宿衞。早早隨班。做不得卿相當朝一品貴。先隨著朝臣待漏五更寒。空嗟嘆。山寺日高僧未起。算來名利不如閒。自家是漢朝一箇小黃門。往來紫禁。侍奉丹陛。領百官之奏章。傳一人之命令。正是主德無瑕閹宦習。天顏有喜近臣知。如今天色漸明。正是早朝時分。官裏升殿。怕有百官奏事。只得在此祗候。（內問）怎見早朝時分。（末云）但見銀河清淺。珠斗爛斒。數聲角吹落殘星。三通鼓報傳清曙。銀箭銅壺。點點滴滴。尙有九門寒漏。瓊樓玉宇。聲聲隱隱。已聞萬井晨鐘。曈曈曚曚。蒼茫紅日映樓臺。拂拂霏霏。葱蒨瑞煙浮禁苑。嵬嵬巍巍。千尋玉掌。幾點瀼瀼露未晞。澄澄湛湛。萬里璇空。一片團團月初墜。三唱天雞。咿咿喔喔。共傳紫陌更闌。百囀流鶯。間間關關。報道上林春曉。午門外碌碌刺刺。車兒碾得塵飛。六宮裏嘔嘔啞啞。樂聲奏如鼎沸。只見那建章宮。甘泉宮。未央宮。長楊宮。五柞宮。長秋宮。長信宮。長樂宮。重重疊疊。萬萬千千。盡開了玉闕金鎖。又見那昭陽殿。金華殿。長生殿。披香殿。金鑾殿。麒麟殿。太極殿。白虎殿。隱隱約約。三三兩兩。都捲上繡箔珠簾。半空中。忽聽得一聲轟轟劃劃。如雷如霆。震耳的鳴梢響。合殿裏。只聞得一陣氤氤氳氳。非煙非霧。撲鼻的御爐香。縹縹緲緲。紅雲裏雉尾扇遮著赭黃袍。深深沈沈。丹陛間龍鱗座覆著彤芝蓋。左列著森森嚴嚴。前前後後的羽林軍。期門軍。控鶴軍。神策軍。虎賁軍花迎劍佩星初落右列著濟濟蹌蹌高高下下金吾衛。龍虎衛。拱日衛。千牛衛。驃騎衛。柳拂旌旂露未乾金間玉玉間金。炯炯爍爍燦燦爛爛的神仙儀從紫映緋。緋映紫。行行列列。整整齊齊的文武官僚螭頭陛下立著一對妖妖嬈嬈花容月貌。繡鸞袍鴛鴦靴的奉引昭容。豹尾班中擺著一對端端正正。銅肝鐵膽。白象簡獬豸冠的糾彈御史拜的拜。跪的跪。那一箇敢挨挨搊搊縱諠譁。升的升下的下。那一箇不欽欽敬敬依禮法但願得常瞻仙仗聖德日新日新日日新。與羣臣共拜天顏。聖壽萬歲萬歲萬萬歲從來不信叔孫禮今日方知天子尊道猶未了。一箇奏事的官人早來。

（南黃鍾點絳脣）（生）月淡星稀。建章宮裏千門曉。御爐煙裊。隱隱鳴梢杳。忽憶年時。問寢高堂早。鷄鳴了。悶縈懷抱。此際愁多少。不寢聽金鑰因風想玉珂明朝有封事數問夜如何自家爲父母在堂因上表辭官回去侍奉。如今天色已明這是午門外廂。不免進入去咱。（末云）奏事官搢笏三舞蹈。

（神仗兒）（生）揚塵舞蹈。揚塵舞蹈。遙瞻天表。見龍鱗日耀。咫尺重瞳高照。遙拜著赭黃袍。遙拜著赭黃袍。

（滴溜子）（生）臣邕的。臣邕的。荷蒙聖朝。臣邕的。臣邕的拜還紫誥。（末云）狀元。你莫不是嫌官小麽。（生）念邕非嫌官小。奈家鄉萬里遙。雙親又老。干瀆天威。萬乞恕饒。（末云）狀元吾乃黃門職掌奏章。有何文表。就此披宣。（生跪科）

（南越調入破第一）議郎臣蔡邕啓。今日蒙恩旨。除臣爲議郎官職。重蒙賜婚牛氏。干瀆天威。臣謹誠惶誠恐。稽首頓首。伏念微臣。初來有志。誦詩書。力學躬耕。修己不復貪榮利。事父母樂田里。初心願如此而已。不想州司。謬取臣邕充試。到京畿。豈料蒙恩叨居上第。

（破第二）重蒙聖恩。婚賜牛公女。臣草茅疏賤。如何當此隆遇。況臣親老。一從別後。光陰又幾。廬舍田園。荒蕪久矣。（末云）老親在堂。必自有人奉侍。狀元不必憂慮。

（衮第三）（生）那更老親。鬢髮白、筋力皆癯瘁。形隻影單。無兄弟。誰奉侍。況隔千山萬水。生死存亡。雖有音書難寄。最可悲。他甘旨不供。我食祿有愧。（末云）聖上作主。太師聯姻。狀元這也是奇遇。

（歇拍）（生）不告父母。怎諧匹配。臣又聽得家鄉里。遭水旱。遇荒饑。多想臣親。必做溝渠之鬼。未可知。怎不教臣。悲傷淚垂。（生哭）（末云）狀元。此非哭泣之處。不得驚動天聽。

（中衮第五）（生）臣享厚祿。掛朱紫。出入承明地。惟念二親。寒無衣。飢無食。喪溝渠。憶昔先朝。朱買臣守會稽。司馬相如。持節錦歸。

（衮尾）他遭遇聖時。皆得回鄉里。臣何故別父母。遠鄉閭。沒音書。此心違。伏望陛下。特憫微臣之志。遣臣歸。得侍雙親。隆恩無比。

（出破）若還念臣有微能。鄉郡望安置。庶使臣、忠心孝意得全美。臣無任瞻天仰聖。激切屏營之至。（末云）元來如此。吾當與狀元轉達天聽。可在午門外廂俟候聖旨。正是眼望旌旗捷。耳聽好消息。（生起科）

（神仗兒）（生）彤廷隱耀。彤廷隱耀。見祥雲縹緲。思黃門已到。料應重瞳看了。多應哀念。我私情烏鳥。顒望斷九重霄。顒望斷九重霄。（生云）黃門已將我奏章轉達。未知聖意允否。不免乘間禱告天地一番。

（滴溜子）（生）天憐念。天憐念。蔡邕拜禱。雙親的。雙親的。死生未保。（天那）可憐恩深難報。一封奏九重。知他聽否。（爹娘呵俺和你）會合分離。都在這遭。黃門去了多時。怎的不見回報。想必是官裏准了。天那。若能穀回家侍奉父母。蔡邕何須做官。（末）（奉詔同二昭容上）

（前腔）（末）今日裏。今日裏。議郎進表。傳達上。傳達上。聖目看了。（生云）聖目看了如何說。（末）道太師昨日先奏。把乘龍女壻招。多少是好。（生云）黃門大人。你莫不是哄我。（末）現有玉音。傳降聽剖。（末云）聖旨已到。跪聽宣讀。皇帝詔曰。孝道雖大。終於事君。王事多艱。豈遑報父。朕以涼德。嗣纘丕基。眷茲警動之風。未遂雍熙之化。朕招俊髦。以輔不逮。咨爾才學。允愜輿情。是用擢居議論之司。以求繩糾之益。爾當恪守乃職。勿有固辭。其所議婚姻事。可曲從師相之請。以成桃夭之化。欽予時命。裕汝乃心。謝恩。（生云）黃門大人。煩你與我再去奏知官裏。我情願不做官。（末云）咲。這秀才好不曉事。聖旨誰敢違背。（生云）黃門大人。你不去時節。待我自去拜還聖旨如何。（末云）咲。這秀才好怪蹺。這所在你如何去得。（生哭科）

（啄木兒）（生）我親衰老。妻幼嬌。萬里關山音信杳。他那裏舉目淒淒。俺這裏回首迢迢。他那

裏 望得眼穿兒不到。俺這裏 哭得淚乾親難保。閃殺人一封丹鳳詔。

（前腔）（末）（狀元）你 何須慮。不用焦。人世上 離多歡會少。大丈夫 當萬里封侯。肯守著故園空老。畢竟 事君事親一般道。人生怎全忠和孝。卻不見 母死王陵歸漢朝。

（三段子）（生）這懷怎剖。望丹墀天高聽高。這苦怎逃。望白雲山遙路遙。（末）（狀元）你 做官與親添榮耀。高堂管取加封號。與他 改換門閭。偏不是好。

（歸朝歡）（生）寃家的。寃家的苦苦見招。俺媳婦埋寃怎了。飢荒歲飢荒歲。怕他怎熬。俺爹娘怕不做溝渠中餓殍。（末）（狀元）譬如 四方戰爭多征調。從軍遠戍沙場草。也只是 爲國忘家怎憚勞。

（生）家鄉萬里信難通　（末）爭奈君王不肯從

（合）情到不堪回首處　一齊分付與東風

（釋）本折以兩套套曲組成。是爲一折兩套之例。僅南劇有之。非如北劇以一折一套爲準則也。南點絳唇滴溜子神仗兒滴溜子啄木兒三段子歸朝歡爲一套。入破至出破爲一套。此又足說明南劇一折內若用曲兩套。不僅前後套式可魚貫順接。抑更可藉一套爲前後排場之主。中間揷配另一副套。本折副套爲入破套曲。此本兩宋大曲孑遺。入曲後僅存此越調大曲一套。用之組場。實以東嘉爲創始。其餘繼出。皆係學步。兩宋大曲本格。不復可據。故此入破以次各調句法不便强別正襯。今樂譜可考者。入破出破皆散板。破二下半以後則起板耳。若襲用此套。其前祗須冠一南引。本折在入破前所用之點絳唇。即係南引。南調點絳唇第三句起韵。第四句必作仄平平仄。且有么篇換頭。北調則首二句叶。第四句用平仄平平。不帶換頭。以此區別。本折折首列用北調兩隻。均散板。作引子性質。(混江龍點板便成正曲)其所以外加兩隻北引者。因北調可用嗩吶配腔。(南調點絳唇不能配嗩吶)壯健雄偉。俾能襯托富貴場面。且兩引後。賓白復延綿。其間實已與後套不相關聯。是則師法古人。亦須顧及排場。賓白有時固可學而不可學也。劇後殿以歸朝歡。省用尾聲。殆亦滴溜子神仗兒套之定式。

△書館悲逢　琵琶記　高明

(鵲橋仙)(生)披香侍宴。上林遊賞。醉後人扶馬上。金蓮花炬照回廊。正院宇梅梢月上。日晏下彤闈。平明登紫閣。何如在書案。快哉天下樂。自家早臨長樂。夜直嚴更。召問鬼神。或前宣室之席。光傅太乙。時頒天祿之藜。惟有戴星衝黑出漢宮。安能滴霜研朱點周易。俺這幾日且喜朝無繁政。官有餘閒。庶可留志於詩書。從事於翰墨。正是事業要當窮萬卷。人生須是惜分陰。(看書科)這是甚麼書。是尙書。呀。這堯典道虞舜父頑母嚚象傲。克諧以孝。唉。他父母那般相待他。他猶自克諧以孝。我父母虧了我甚麼。我到不彀奉養。看甚麼尙書。這是甚麼書。是春秋。呀。春秋中潁考叔曰。小人有母。未嘗君之羹。請以遺之。唉。他有一口湯喫。兀自尋思著娘。我如今做官享天祿。到把父母撇了。看甚麼春秋。天那。枉看這書。行不得。濟甚麼事。你看那書中那一句不說著孝義。當年俺父母教我讀詩書知孝義。誰知道反被詩書誤了我。還看他怎的。

（解三醒）（生）歎雙親把兒指望教兒讀古聖文章．似我會讀書的到把親撇漾．少甚麼不識字的到得終奉養．（書呵）我只爲其中自有黃金屋．反教我撇却椿庭萱草堂．（合頭）還思想．畢竟是文章誤我．我誤爹娘．

（前腔）（生）比似我做箇負義虧心臺館客．到不如守義終身田舍郎．白頭吟記得不曾忘．綠鬢婦何故在他方．（書呵）我只爲其中自有女顏如玉．反教我撇却糟糠妻下堂．還思想．畢竟是文章誤我．我誤妻房．書既懶看他．且看這壁間書畫散悶則箇．呀．這一軸畫像．是我昨日在彌陀寺中燒香拾得的．如何院子也將來挂在此間．且看甚麼故事．

（太師引）（生）細端詳．這是誰筆仗．覰著他教我心兒好感傷．（細看科）好似我雙親模樣．差矣．我的媳婦會鍼指．便做是我的爹娘呵．恁穿著破損衣裳．前日已有書來．道別後容顏無恙．怎的這般淒涼形狀．且住．我這裏要寄一封書回去．尚不能彀他那裏呵．有誰來往．直將到洛陽．天下也有面貌廝像的．須知道．仲尼陽虎一般龐．我理會得了．

（前腔）這是街坊上誰劣相．砌莊家形衰貌黃．假如我爹娘呵若沒箇媳婦來相傍．少不得也這般淒涼．敢是箇神圖佛像．呀．卻怎的我正看間猛可的小鹿兒心頭撞．這也不是神圖佛像．敢是當元的畫工有甚緣故．丹青匠．由他主張．須知道．毛延壽誤了王嬙．若是箇神圖佛像．背面必有標題．待我轉過來看．呀．元來有一首詩在上面．（讀詩科）這好廝無禮．句句道著下官．等閑的怎敢到此．想必夫人知道．

待我問他。便知分曉。夫人那裏。

（夜遊湖）（貼）惟恐他心思未到。教他題詩句暗中指挑。翰墨關心。丹靑入眼。强如把言語相告。（生怒云）夫人誰人到我書館中來。（貼云）沒有人。（生云）我前日去彌陀寺中燒香。拾得一軸畫像。院子不省得。也將來掛在這裏。甚麼人在背面題著一首詩。（貼云）敢是當原寫的。（生云）那裏是。墨蹟尙未曾乾。（貼云）噁。我理會得了。相公這詩如何說。請讀與奴家知道。（生讀詩科）（貼云）相公。奴家不省其意。請解說一遍與奴家曉得也好。（生云）崑山有良璧。鬱鬱璠璵姿。嗟彼一點瑕。掩此連城瑜。崑山是地名。產得好玉。價值連城。若有些兒瑕玷。便不貴重了。人生非孔顏。名節鮮不虧。孔子顏子。是大聖大賢。德行渾全。大凡人非聖賢。能忠不能孝。能孝不能忠。所以名節多致欠缺。拙哉西河守。胡不如皐魚。西河守吳起是戰國時人。魏文侯拜他爲西河守。母死不奔喪。皐魚是春秋時人。只爲周遊歷國。父母死了。後來回歸。自刎而亡。宋弘既以義。王允何其愚。宋弘是光武時人。光武試把姐姐湖陽公主嫁他。宋弘不從。對道貧賤之交不可忘。糟糠之妻不下堂。王允是桓帝時人。司徒袁隗要把姪女嫁他。他就休了前妻。娶了袁氏。風木有餘恨。連理無傍枝。孔子聽得皐魚啼哭。問其故。皐魚說道。樹欲靜而風不止。子欲養而親不在。西晉時東宮門有槐樹兩株。連理而生。四傍皆無小枝。寄語靑雲客。愼勿乖天彝。傳言與做官的。切莫違了天倫。（貼云）相公。那不奔喪。和那自刎的。那一箇是孝道。（生云）那不奔喪的是亂道。（貼云）那不棄妻和那棄妻的。那一箇是正道。（生云）那棄了妻的是亂道。（貼云）相公比你待學那一箇。（生云）呀。我的父母。知他存亡如是。我決不學那不奔喪的見識。（貼云）

相公你雖不學那不奔喪的。且如你這般富貴。腰金衣紫。假使有糟糠之婦。襤褸醜惡。可不辱沒了你。你
莫不也索休了。（生怒云）夫人你說那裏話。縱是辱沒殺我。終是我的妻房。義不可絕。
（鏵鍬兒）（生）（夫人）你說得好笑。可見你心兒窄小。（我決不學那王允的見識。）沒來由
濮卻苦李再尋甜桃。（古人云。棄妻止有七出之條）他不嫉不淫與不盜。終無去條。那棄妻的衆所
誚。那不棄妻的人所褒。縱然他醜貌。怎肯相休棄了。
（前腔）（貼）伊家富貴。那更青春年少。看你紫袍掛體。金帶垂腰。（做你的媳婦呵）應須有封
號，金花紫誥。必俊俏。須娟嬌。若還他醜貌。怎不相休棄了。
（前腔）（生）（夫人）你言顛語倒。惱得心兒轉焦。莫不是你把咱奚落。特兀自妝喬。引得我淚
痕交。撲簌簌這遭。這題詩的是誰。（貼云）相公。你問他待怎的。（生）（夫人）他把我嘲。難恕饒。你
說與我知道。怎肯干休罷了。
（前腔）（貼）（相公）我心中忖料。想不是箇薄情分曉。管教夫婦。會合在今朝。你還認得那
題詩的麼（生云）不認得（貼）伊家枉然焦。只怕你哭聲漸高。（生云）是誰（貼）是伊大嫂。
身姓趙。正要說與你知道。怎肯干休罷了 姐姐有請。
（竹馬兒賺）（旦）聽得鬧吵。敢是我兒夫看詩囉唣。（貼云）姐姐快來。（旦）是誰忽叫姐姐。想是
夫人召。必有分曉。（貼）相公。是他題詩句。你還認得否。（生云）他從那裏來。（貼）相公。他從陳留

郡爲你來尋討。（生認科）呀。我道是誰。原來是你呵。娘子。你怎的穿著破襖。衣衫盡是素縞。莫不是
我雙親不保。（旦）官人（換頭）從別後遭水旱。我兩三人只道同做餓殍。（生云）張太公曾
周濟你麼（旦）只有張公可憐。歎雙親別無依靠。（生云）後來卻如何。（旦）兩口顛連相繼死。
（生云）苦。原來我爹娘都死了。娘子那時如何得殯斂。（旦）我剪頭髮賣錢來送伊妣考。（生云）如
今安葬了未曾。（旦）把墳自造。土泥盡是我麻裙裹包。（生云）罷了。聽得伊言語。教我痛腸噎倒。
（生倒旦貼作扶起科）（旦云）官人。這畫像就是你爹媽的眞容。（生哭拜科）
（山桃紅）（下山虎首至四）蔡邕不孝。把父母相拋。（爹娘。我與你別時豈知恁地。）早知你形衰耄。怎留聖
朝。（娘子。）（小桃紅中五句）你爲我受煩惱。你爲我受劬勞。謝你葬我爹葬我娘。你的恩難報也。（下山虎末四句）
又道是養子能代老（合頭）這苦知多少。此恨怎消。天降災殃人怎逃。娘子。這眞容是誰畫的。
（前腔）（旦）這儀容像貌。是我親描。（生云）娘子路途遙遠。你那得盤纏來到此間。（旦低唱科）
乞丐把琵琶撥。怎禁路遙。（官人。）說甚麼受煩惱。說甚麼受劬勞。不信看你爹。看你娘。比別時兀自
形枯槁也。我的一身難打熬（合頭）這苦知多少。此恨怎消。天降災殃人怎逃。
（前腔）（貼）設著圈套。被我爹相招。（相公。）你也說不早。況音信杳。（姐姐。）你爲我受煩惱。
你爲我受劬勞。（相公。）是我誤你爹。誤你娘。誤你名兒不孝也。做不得妻賢夫禍少。（合頭）這

苦知多少此恨怎消天降災殃人怎逃

（前腔）（生）我 脫卻巾幘。解卻衣袍。（貼）（相公。）急上辭官表。共行孝道。（生云）夫人只怕你去不得。（貼）相公（唱）我 豈敢憚劬勞。豈敢憚劬勞。同去 拜你爹。拜你娘。親把 墳塋掃也。使地下亡靈安宅兆。（合頭）這苦知多少此恨怎消。天降災殃人怎逃。

（尾聲）幾年 間分別無音耗。奈千山萬水迢遙。祇爲 天那三 不從 生出 這禍苗。

（生）只爲君親三不從　（旦）致令骨肉兩西東

（貼）今宵賸把銀缸照　（旦）猶恐相逢是夢中

（釋）此爲大正場。大正場之式有二。或以群戲出之。或以情節緊凑唱做繁重出之。皆所以取精用宏。盡善盡美者也。凡一部傳奇。大正場必占十之三四。設一部三十齣傳奇。前十齣內應配一大正場。通常在若干正場後。用一大正場以作段落。是爲前軸。二十齣後再配一二大正場。是爲軸子。戲之開展。必在中部。故軸子不妨稍多。最後十齣揷配二三大正場。用三。則在五折後揷配一場。結穴前配置兩場。是爲壓軸。結穴前兩場。前者又爲壓軸。後者亦稱大軸。若祇用二大正場。除五折後仍須配置一場外。通常在結穴時僅配大軸一場。附帶饒戲一場。若桃花扇以餘韵結穴是也。亦有省去饒戲。逕配一大場作結。謂之爲大圓場。本折係壓軸子。以唱做取勝。蓋大場必須聲容並茂。十全十美。稍一不足。便與普通正場無異。夫彩筆生花。每有妙文。而不易得奇文。正場者。

猶妙文也。大場者。猶奇文也。奇文若數數見。則奇亦不奇矣。故大場不可無。但亦不宜過多。要以特色取勝。本折卽係壓軸子。專在唱做上顯工夫。特用兩套掩抑之曲爲骨幹。解三酲至太師引爲一套。夜遊湖以後爲一套。解三酲本屬仙呂。但其笛色用凡用六。遂多混入南呂。後因舊曲末句有針線箱一語。又強判爲兩調。徐子室等且謂針線箱與解三酲。乃在第四句有無襯板之分。實則二者皆六字折腰。無不用襯也。太師引用在套前作引曲用。殿諸套尾。則不用尾聲。夜行船一隻。係次套引子。以下鏵鍬兒竹馬兒賺方是正套。此套帶山桃紅四隻。專供追急場面用。犯曲本不固定入套。玆因用作套式。而又須守犯曲單用之律。故以竹馬兒賺隔越前後。以示此套形式。乃一定不可移易。鏵鍬兒第五句止五字。此作用七字。前二字不在板內。仍是襯非正也。

△母子避難　幽閨記　施惠

（南正宮破陣子）（老旦上）況是君臣分散。那堪母子臨危。（旦上）嚴父東行何日返。天子南遷甚日回。家邦無所依。

（老旦）（望江南）身狼狽。荒急便奔馳。貼肉金珠揣得甚。隨身衣服着些兒。子母緊相隨。（旦）離帝輦。前路去投誰。風雨催人辭故國。鄉關回首暮雲迷。何日是歸期。（老旦）孩兒。顧不得你鞋弓襪小。只得趲行幾步。（旦）是母親請。

（漁家傲）（老旦）天不念 去國愁人最慘悽。淋淋的 雨若盆傾。風如箭急。（旦）侍妾從人皆星散。各逃生計。（合）身居處 華屋高堂。但尋常 珠遶翠圍。那曾經 地覆天翻。天翻來受苦時。

（老旦）孩兒。兩條路。不知往那一條路去。

（剔銀燈）迢迢路不知是那裏。前途去安身在何處。（旦）一點點雨間着一行行悽惶淚。一陣陣風對著一聲聲愁和氣。（合）雲低。天色傍晚。子母命存亡兀自尚未知。

（攤破地錦花）（旦）繡鞋兒。分不得幫和底。一步步提。百忙裏褪了跟兒。（老旦）冒雨盪風。帶水施泥。（合）步難移。全沒些氣和力。

（麻婆子）（老旦）路途路途行不慣。心驚膽顫摧。（旦）地冷地冷行不上。人荒亂語催。（老旦）年高力弱怎支持。（倒科旦扶科）泥滑跌倒在凍田地。款款扶將起。（合）心急步行遲。

最苦家尊去遠　怎當車馬臨城。
正是福無雙至　果然禍不單行（下）

（釋）此爲過場式。過場者。兩正場間之接脈處也。有文武過場。有大小過場。文武大過場。均以帶唱帶做爲主。小過場則偏於行動。僅具關目而已。本折卽係文大過場。以關目係旅途奔走。故所用套式。均係急曲。攤破地錦花。是本曲。有疑爲犯曲者。實非。攤破不過就本格調節其板眼。勻攤其正字。固未犯調也。麻婆子爲急曲。殿用此牌。例省尾聲。幽閨記。多本拜月亭原句改編。故此折各曲句法。間與本格不符。可參玩舊譜。

△硬拷　還魂記　湯顯祖

（風入松慢）（生上）無端雀角土牢中。是什麼孔雀屏風。一杯水飯東牀用。草牀頭繡褥芙蓉。天呵繫頸的是定昏店赤繩羈鳳。領解的是藍橋驛配遞乘龍。（集唐）夢到江南身旅羈。（方干）包羞忍恥是男兒。（杜牧）自家妻父猶如此。（孫元冥）若問旁人那得知。（崔顥）俺柳夢梅因領杜小姐言命去淮陽見杜安撫。他在衆官面前。怕俺寒儒薄相。故意不行認識。遞解臨安。想他將次下馬。提審之時。見了春容。不容不認。只是眼下悽惶也。（淨扮獄官丑扮獄卒持棍上）試喚臯陶鬼。方知獄吏尊。咄淮安府解來囚徒那裏。（生見舉手介）（淨）見面錢。（生）少有。（丑）入監油。（生）也無。（淨惱介）哎呀一件也沒有。大膽來舉手。（打介）（生）不要打。儘行裝檢去便了。（丑檢介）這個酸鬼。一條破被單。裏軸小畫兒。（看畫介）（丑）是軸觀音。送奶奶供養去（生）都與你去。則留下畫軸兒。（丑作搶畫生扯介）（末扮公差上）偃殺乘龍壻。寃遭下馬威。獄官那裏。（丑揖介）原來平章府祗候哥。（末票示介）平章府提取遞解犯人一名及隨身行李赴審。（丑）人犯在此。行李一些也無。（生）都是這獄官攙去了。（末）攙了幾件。拏狗官平章府去。（丑淨慌叩頭介）則這畫軸兒。（末）這狗官還了秀才。快起解去。（淨丑應介）（押生行介）老相公。你便行動些兒。略知孔子三分體。不犯蕭何六尺條。（下）

（唐多令）（外引衆上）玉帶蟒袍紅。新參近九重。耿秋光長劍倚崆峒。歸到把平章印總。渾不是黑頭公。（集唐）秋來力盡破重圍。入掌銀臺護紫微。回頭卻歎浮生事。長向東風有是非。自家杜平章。因淮陽平寇。叨蒙聖恩。超遷相位。前日有箇棍徒。假充門壻。已著遞解臨安府監候。今日不免取來細審一番。（淨丑押生上）（雜扮門官唱門介）臨安府解犯人進。（見介）（生）岳丈大人拜揖（外坐笑介）（生）人將禮樂爲先。（衆呼喝介）（生歎介）

（雙調北新水令）則這怯書生劍氣吐長虹。原來丞相府十分尊重。聲息兒忒洶湧。咱禮數缺通融。曲曲躬躬。他那裏半擡身全不動。（外）寒酸。你是那色人數。犯了法。在相府階前不跪。（生）生員嶺南柳夢梅。乃老大人女壻。（外）呀。我女已亡故三年。不說到納采下茶。便是指腹裁襟。一些沒有。何曾得有箇女壻來。可笑可恨。祗候們與我拏下。（生）誰敢拏。

（南步步嬌）（外）我有女無郎早把他青年送。劃口兒輕調閧。（便做是我遠房門壻呵。）你嶺南吾蜀中。牛馬風遙甚處裏絲蘿共。敢一棍兒走秋風。指說關親騙的軍民動。（生）你這樣女壻眠書雪案立榜雲霄自家行止用不盡。要秋風頭大人。（外）還要强嘴。搜他裏袱裏。定有假雕書印併贓拏賊。

（丑開袱介）破布單一條。畫觀音一幅。（外看畫驚介）呀。見贓了。這是我女孩兒春容。你可到南安認的石道姑麽。（生）認的。（外）認的箇陳敎授麽。（生）認的。（外）天眼恢恢。原來劫墳賊。便是你。左右採下打。（生）誰敢打。（外）這賊快招來。（生）誰是賊。老大人拏賊見贓。不曾捉奸見牀。

（北折桂令）（生）你道證明師一軸春容。（外）春容分明是殉葬的。（生）可知道是蒼苔石縫迸坼了雲蹤。（外）快招來。（生）我一謎的承供。供的是開棺見喜。攩煞逢凶。（外）壙中還有玉魚金碗。（生）有金椀呵。兩口兒同匙受用。玉魚呵。和我九泉下比目和同。（外）還有哩。（生）玉碾的玲瓏。金鎖的玎玲。（外）都是那道姑。（生）則那石姑姑他識趣拏奸縱。卻不似你杜爺爺逞拏賊威風。（外）他明明招了叫令史取過一張堅厚宮綿紙寫下親供犯人一名柳夢梅開棺劫財者斬。寫完。發與那死囚於斬字下押箇花字。會成一宗文卷放在那裏。（貼扮吏取供紙上）稟爺定箇斬字。（外寫介）（貼叫生押花字）（生不伏介）（外）你看這吃敲才。

（江兒水）眼腦兒天上賊。心機使的兇。還不畫紙。（生）誰慣來。（外）你紙筆硯墨則好招詳用。（生）生員又不犯奸盜。（外）你奸盜詐僞機謀中。（生）因令愛之故。（外）你精奇古怪虛頭弄。（生）令愛現在。（外）現在麼。把他玉骨拋殘心痛。（生）拋在那裏。（外）後苑池中月冷斷魂波動（生）誰見來。（外）陳敎授來報知。（生）生員爲小姐費心除了天知地知陳最良那得知。

（北鴈兒落帶過得勝令）我爲他禮春容叫的兇。我爲他展幽期耽怕恐。我爲他點神香開墓封。我爲他唾靈丹活心孔。我爲他偎熨的體酥融我爲他洗發的神清瑩。我爲他度情腸款款通。我爲他啓玉股輕輕送。我爲他軟溫香把陽氣攻。我爲他搶性命把陰程迸。神通。醫的他女孩兒能活動。通也麼通。到如今風月兩無功。（外）這賊都說的是甚麼話。著鬼了。左右取桃條打他長流水噴他。（丑取桃條上）要的門無鬼先敎園有桃。桃條在此。（外）高弔起打。（衆弔起生作打介）（生叫痛轉動衆彈打鬼介噴水介）（淨扮郭駝拐杖同老旦貼扮軍校持金瓜上）天上人間忙不忙。開科失卻狀元郎。一向找尋柳夢梅。今日再尋不見。打老駝。（淨）難道要老駝賠。買酒你吃。叫去是。（叫介）狀元柳夢梅那裏。（外聽介）（衆叫下）（外問丑介）（丑）不見了新科狀元。聖旨著沿街尋叫。（生）

大哥開榜哩。狀元誰。（外惱介）這賊閒管掌嘴掌嘴。（丑掌生嘴介）（生叫冤屈介）（老旦貼淨依前上）但聞丞相府。不見狀元郎。咦平章府打諠鬧哩。（聽介）（淨）裏面聲息像有俺家相公哩。（衆進介）（淨向前哭介）弔起的不是相公也。（生）列位救俺。（淨）誰弔相公來。（生）是這平章。（淨將拐杖打外介）拚老命打這平章。（外惱介）誰敢無禮。（老旦貼）嫣上的來尋狀元柳夢梅。（生）大哥柳夢梅便是小生。（淨向前解生外扯淨跌介）（生）你是老駝因何至此。（淨）俺一徑來尋相公。喜的中了狀元（生）眞箇的。快向錢塘門外報杜小姐喜。（老旦貼）找著了狀元。連俺們也報知黃門官奏去。未去朝天子。先來謁相公。（下）（外）一路光棍去了正好。且拷問這廝。左右再與俺弔將起來。（生）待俺分訴些。難道狀元是假的。（外）凡爲狀元者。登科記爲證。你有何據。則是弔了打便了。（生叫苦介）（淨扮苗舜賓引老旦貼扮堂候官捧冠袍帶上）踏破鐵鞋無覓處。得來全不費工夫。老相公住手。有登科記在此。

（南僥僥令）（淨）他是御筆親標第一紅。柳夢梅爲樑棟。（外）敢不是他。（淨）是晚生本房取中的。（生）是苗老師哩。救門生一救。（淨笑介）你高弔起文章鉅公。打桃枝受用。告過老相公。軍校快請狀元下弔。（貼放生叫疼煞介）（淨）可憐可憐。是斯文倒喫盡斯文痛。無情棒打多情種。（生）他是俺丈人。（淨）原來是倚太山壓卵欺鸞鳳。（老旦）狀元懸梁刺股。（淨）罷了。一領宮袍遮蓋去。（外）什麼宮袍。扯了他。

（北收江南）（外扯住冠服介）（生）呀。你敢抗皇宣罵敕封。早裂綻我御袍紅。似人家女壻呵拜門也似乘龍。偏我帽光光走空。你桃夭夭煞風。（老旦替生冠服揷花介）（生）老平章好看我（唱）揷宮花帽壓君恩重。（外）柳夢梅怕不是他。果是他。童生應試。也要候案。怎生殿試了不候榜開。淮陽狐擅

（生）老平章是不知。爲因李全兵亂。放榜稽遲。令愛聞的老平章有兵寇之事。着我一來上門。二來報他再生之喜。三來扶助你爲官。好意成惡意。今日可是你女壻了。（外）誰認你女壻。

（南園林好）（淨衆）嗔怪你會平章的老相公。不刮目破窰中呂蒙。式做作前輩性重。（笑介）敢折倒你丈人峰。（外）悔不將劫墳賊監候奏請爲是。

（北沽美酒帶過太平令）（生笑介）你這孔夫子把公冶長陷縲絏中。我柳盜蹠打地洞向鴛鴦塚。有日呵把燮理陰陽問相公。要無語對春風。則待列笙歌畫堂中搶絲鞭御街攔縱。把窮柳毅賠笑在龍宮。你老夫差失敬了韓重。我呵人雄氣雄。老平章深躬淺躬。請狀元升東轉東。那時節纔提破了牡丹亭杜鵑殘夢。老平章請了你女壻赴宴去也。

（北尾）你險把司天臺失陷了文星空。把一箇有對付的玉潔冰清烈火烘。（咱想有今日呵）越顯的俺玩花柳的女郎能。則要你那打桃條的相公懂。（下）（外弔場）異哉異哉。還是賊。還是鬼。堂候官。去請那新黃門陳老爺到來商議。（丑）知道了。謁者有如鬼狀元還似人。（下）（末扮陳黃門上）官運精神老不眠。早朝三下聽鳴鞭。多沾聖主隨朝米。不受村童學俸錢。自家陳最良。因奏捷聖恩可憐。欽授黃門。此皆杜老相公擡舉之恩。敬此趨謝。（丑上見介）正來相請。少待通報。（進報見介）（外笑介）

可喜可喜。昔爲陳白屋。今作老黃門。（末）新恩無報效。舊恨有還魂。適間老先生三喜臨門。一喜官居宰輔。二喜小姐活在人間。三喜女壻中了狀元。（外）陳先生教的好女學生成精作怪哩。（末）老相公葫蘆提認了罷。（外）先生差矣。此乃妖孽之事。爲大臣的。必須奏聞滅除爲是。（末）果有此意。容晚生登時奏上。取旨如何。（外）正合吾意。

夜渡滄州怪亦聽　可開妖氣暗文星

誰人斷得人間事　神鏡高懸照百靈

（釋）南北合套。熟陳前節。在劇曲內運用至廣。南劇利濟場面。除以集曲組場外。亦同北劇隨時運用南北合套。攷其利便之處有三。（一）便於配合悲歡或動靜不一之同場。（二）便於搭配群戲。（三）便於唱做繁重大場。本折爲全劇結穴。計必用群戲大場。應之所以振耳目。矣後勁。俾留聆賞於不盡地也。是謂圓場。其下有圓駕一齣。乃大圓場矣。此套北主南從。北調以折桂令雁兒落等曲爲骨幹。北沽美酒一隻。尤極騰挐之勝。可謂善於配場矣。此曲經懷庭改訂。故聲調得以流美。惟句法不能盡如格耳。僥僥令犯。諸譜均不能明確所犯何調。長洲吳氏簡譜以爲不如列爲僥僥令第二格。固亦曾聞缺疑之義也。

△復召　長生殿　洪昇

（虞美人）（生上）無端惹起閒煩惱。有話將誰告。此情已自費支持。怪殺鸚哥不住向人提。

鸞路生春草。上林花滿枝。凭高何限意。無復侍臣知。寡人昨因楊妃嬌妒。心中不忿。一時失計。將他遣出。

誰想佳人難得自他去後。觸目總是生憎。對景無非惹恨。那楊國忠入朝謝罪。寡人也無顏見他。（歎介）唉。欲待召取回京。卻又難於出口。若是不召他來。教朕怎生消遣。好割劃不下也。

（十樣錦）（繡帶兒首至五）春風靜宮簾半啓。難消日影遲遲。聽好鳥猶作歡聲。覩新花似鬪容輝。追悔。（宜春令五至末）悔殺咱一劃兒粗疏。不解他十分的嬌殢。枉負了憐香惜玉。那些情致。（副淨扮內監上）膾下玉盤紅縷細。酒開金甕綠醅濃。（跪見介）請萬歲爺上膳。（生不應介）（副淨又請介）（生惱介）唗。誰著你請來。（副淨）萬歲自清晨不曾進膳。後宮傳催排膳侍候。（生）唗。甚麼後宮。（叫內侍）（二內侍應上）（生）揣這廝去打一百。發入淨軍所去。（內侍）領旨。（副同揣淨下）（生）哎。朕在此想念妃子。却被這來攪亂一番。好煩惱也。（降黃龍換頭首至五）思伊。縱有天上瓊漿。海外珍饈。知他甚般滋味。除非可意立向跟前。方慰調饑。（淨扮內監上）尊前綺席陳歌舞。花外紅樓列管絃。（見跪介）請萬歲爺沈香亭上飲宴。過賞梨園新樂。（生）唗。說甚沈香亭。好打。（淨叩頭介）非干奴婢之事。是太子諸王說萬歲爺心緒不快。特請消遣。（生）唗。我心緒有何不快。（叫內侍）（內侍應上）（生）揣這廝去打一百。發入惜薪司當火者去。（內侍）領旨（同揣淨下）（生）內侍過來。（內侍應上）（生）著你二人看守宮門。不許一人擅入。違者重打。（內侍）領旨。（作立前場介）（生）唉。朕此時有甚心情。還去聽歌飲酒。（醉太平五至末）想亭際憑闌。仍是玉闌干。問新妝有誰同倚。就有新聲呵。知音人逝。他鵾絃絕響。我玉笛羞吹。（丑肩搭髮上）（浣溪紗首至七）離別悲相思意。兩下裏抹媚誰知。我從旁參透箇中機。要打合鸞凰在一處飛。（見內侍介）萬歲爺在那裏。（內侍）獨自坐在宮中。（丑欲入內侍攔介）（丑）你怎麼攔阻咱家。（內侍）萬歲爺十分著惱。把進膳的連打了兩箇。特著我每看守宮門。不許一人擅入。（丑）原來如此。咱家且候著。（生）朕委無聊賴。且到宮門外閒步片時。（行介）看一帶瑤階。依然芳草齊。不見蹤裙裾。珠履追隨。（丑望介）萬歲爺出來了。咱且閃在門外。覷箇機會。（虛下即上過介）（生）寡人在此思念妃子。不知妃子又怎生思念寡人哩。早間問高力士。他說妃子出去淚眼不乾。教朕寸心如割。這半日間。無從再知消息。高力士這廝。也竟不到朕前。好生可惡。（丑見介）奴婢在這裏。（生）高力士你肩上搭的甚麼東西。（丑）是楊娘娘的頭髮。（生笑介）什麼頭髮。（丑）娘娘說道自恨愚昧。上忤聖心。罪應萬死。今生今世。不能夠再覩天顏。特剪下這頭髮。著奴婢獻上萬歲爺。以表依戀之意。（獻髮介）（生執髮看哭介）哎喲我那妃子呵。（喙木兒西廂格五至末）記前宵枕邊聞香氣。到今朝鬋卻和愁寄。覷青絲腸斷魂迷。想寡人與妃子。恩情中斷又似這頭髮也。（唱）一霎裏落金刀長辭雲髻。（丑）萬歲爺（鮑老催首至七）請休慘悽。奴婢想楊娘娘既蒙恩幸。萬歲爺何惜宮中片席之地。乃使淪落外邊。春風肯教天上回。名花便從別苑歸。（生作想介）只是寡人已經放出。怎好召還。（丑）有罪放出。悔過召還。正是聖主如天之度。（生點頭介）（丑）況今早單車送出。纔是黎明。此時天色已暮。開了安慶坊。從太華宅而入。外人誰得知之。（叩頭介）乞鑒原賜迎歸。無淹滯。穩情取一笑愁城自解圍。（生）高力士。就著你迎取貴妃回宮便了。（丑）領旨。（下）（生）唉。妃子來時。教寡人怎生相見也。（下山虎全支）喜得玉人歸矣。又愁他慣嬌嗔背面唬。那時將

何言語飾前非。罷罷這原是寡人不是。拚把百般親媚。酬他半日分離。（丑同內侍宮女紗燈引旦上）

（雙聲子首至六）香車曳。香車曳。穿過了宮槐翠。紗籠對。紗籠對。掩映著宮花麗。（內侍宮女下）（丑進報介）楊娘娘到了。快宣進來。（丑）領旨。楊娘娘有宣。（旦進見介）臣妾楊氏見駕。死罪死罪。（俯伏介）（生）平身。（丑喑下）（旦跪泣介）臣妾無狀。上干天譴。今得重覩天顏。死亦瞑目。（生同泣介）妃子何出此言。

（鶯啼序五至末）（旦）念臣妾如山罪累。荷皇恩如天容庇。今自艾。願承魚貫。敢妬蛾眉。（生扶旦起介）寡人一時錯見。從前的話不必再提了。（旦泣起介）萬歲（生攜旦手與旦拭淚介）

（尾聲）從今識破愁滋味。這恩情更添十倍。妃子。我且把這一日相思訴與伊。（宮娥上）西宮宴備。請萬歲爺娘娘上宴。

（生）陶出眞情酒滿尊　（旦）此心從此更何言

（生）別離不慣無窮憶　（旦）重入椒房拭淚痕

（釋）此亦爲集曲組場之一例。係屬尋常正場性質。尋常正場必備關目。而唱工須重。梨園中所謂骨子場面者是也。每部傳奇此類正場。必佔十之三四。過多傷於沉悶。過少無曲可聽也。凡骨子排場文場多用集調。或細膩曲牌。武場概不用犯曲。祇用美聽之正曲數隻以補關目而已。

△**冥追**　長生殿　洪昇

（山坡五更）（魂旦白練繫頸上）（山坡羊首至四）惡噷噷一場嘍囉。亂匆匆一生結果。蕩悠悠一縷斷魂。痛察察一條白練香喉鎖。（五更轉六至末）風光盡。信誓捐。形骸涴。只有痴情一點一點無摧挫。拚向黃泉。牢牢擔荷。我楊玉環隨駕西行。剛到馬嵬驛內。不料六軍變亂。立逼投繯。（泣介）唉不知聖駕此時到那裏了。我一靈渺渺。飛出驛中。不免望著塵頭。追隨前去。（行介）

（北雙調新水令）望鑾輿纔離了馬嵬坡。咫尺間不能飛過。俺悄魂輕似葉。他征騎疾如梭。剛打箇磨陀。翠旗尖又早被樹煙鎖。（虛下）（生引丑二內侍四軍擁行上）

（南步步嬌）沒揣傾城遭凶禍。去住渾無那。行行喚奈何。馬上回頭。兩淚交墮。（丑）啓萬歲爺。前面就是駐驛之處了。（生嘆介）唉我已厭一身多。傷心更說甚今宵臥。（齊下）（旦行上）

（北折桂令）一停停古道逶迤。俺只索虛趁雲行。弱倩風馱。（向內望科）（呀好了。望見大駕就在前面了也）遮不是羽蓋飄揚。鸞旌蕩漾。翠輦嵯峨。不免疾忙趕上者。（急行科）願一靈早依御座。便牢牽袞袖黃羅。（內鳴鑼作風起科）（旦作驚退科）（呀我望著鑾輿正待趕上。忽然黑風過處。遮斷去路。影都不見了。好苦呀）暗濛濛煙障林阿。杳沈沈霧塞山河。閃搖搖不住徘徊。悄冥冥怎樣騰挪。（貼在內叫苦科）（旦）你看那邊愁雲苦霧之中。有箇鬼魂來了。且閃過一邊。（虛下）（貼扮虢國夫人魂上）

（南江兒水）豔冶風前謝。繁華夢裏過。風流誰識當初我。玉碎香殘荒郊臥。雲拋雨斷重泉墮（二鬼卒上）走那裏去（貼）奴家虢國夫人（鬼卒笑介）原來就是你。你生前也忒受用了。如今且隨我到枉死城中去。（貼哭介）哎喲。好苦呀。怨恨如山堆垜。只問你多大幽城。怕著不下這愁魂一箇。（雜拉貼叫苦下）（旦急上看科）呀。方纔這箇是我裴家姊姊。也被亂兵所害了。兀的痛殺人也。

（北雁兒落帶過得勝令）想當日天邊奪笑歌。今日裏地下同零落。痛殺俺冤由一命招。更不想慘累全家禍。呀。空得提起著淚滂沱。何處把恨消磨。怪不得四下愁雲裏。都是俺千聲怨氣呵。（望科）那邊又是一箇鬼魂。滿身鮮血。飛奔前來。好怕人也。悲麼。泣孤魂獨自無回和。驚麼。只落得伴冥途野鬼多。（虛下）（副淨扮楊國忠鬼魂跑上）

（南僥僥令）生前遭刼殺。死後見閻羅。（牛頭執鋼叉夜叉執鐵鎚索上攔介）（副淨跑下牛頭夜叉復趕上）楊國忠那裏走。（副淨）呀。我是當朝宰相。方纔被亂兵所害。你每做甚又來攔我。（牛頭）奸賊。俺奉閻王之命。特來拿你。還不快走。（副淨）那裏去。（牛頭夜叉唱）向小小酆都城一座。教你去劍樹與刀山尋快活。（牛頭拉副淨執叉叉背夜叉鎖副淨下旦急上看科）阿呀。那不是我的哥哥。好可憐人也。（作悲科）

（北收江南）呀。早則是五更短夢瞥眼醒南柯。把榮華拋却只留得罪殃多。（唉。想我哥哥如此。奴家豈能無罪。）怕形消骨化。懺不了舊情魔。且住。一望茫茫。前行無路。不如仍舊到馬嵬驛中去罷。（轉行科）待重轉驛坡。心又早怯懦。聽了這 歸林暮雀。猶錯認 亂軍訶。（虛下）（副末扮土地上）地下常添枉死鬼。人間難覓返魂香。小神馬嵬坡土地是也。奉東嶽帝君之命。道 貴妃玉環原係蓬萊仙子。今死在吾神界內。特命將他肉身保護。魂魄安頓。以候玉旨。不免尋他去來。（行介）

（南園林好）只他在 軟紅鄉歡娛事過。粉香叢冤孽債多。一霎做 電光石火。將肉質護泉窩。教魂魄守墳窠。（虛下）（旦行上）

（北沽美酒帶太平令）度 寒煙蔓草坡。行 一步一延俄。（看介）呀。這樹上寫的有字。待我看來。（作念科）貴妃楊娘娘葬此。（作悲科）原來把我就埋在此處了。唉玉環玉環。（泣科） 只這冷 土荒 堆樹半科。 娉婷婀娜 落來 便是的 好巢窩。我臨死之時。曾分付高力士。將金釵鈿盒與我殉葬。不知曾埋下否。（唱）怕 舊物向 塵埃拋墮。則俺這 眞情肯爲 生死差訛。（白）就是果然埋下呵。（唱）還只怕這 殘屍敗蛻。抱不牢同心並朵。不免叫喚一聲。（叫科）楊玉環你的魂靈在此。（唱）我呵 悄臨風 叫他喚他。（泣科）可知道伊原 是我。呀 直恁地 推眠妝臥。（副末上喚科）兀那啼哭的可是貴妃楊玉環鬼魂麼。（旦）奴家正是。是何尊神。乞恕冒犯。（副末）吾神乃馬嵬坡土地。（旦）望尊神與奴做主咱。（副末）貴妃聽吾道來。你本是蓬萊仙子。因微過謫落凡塵。今雖是浮生限滿。舊仙山隔斷紅雲。（代旦解白練科）吾神奉岳帝敕旨。解冤結免汝沉淪。（旦福科）多謝尊神。只不知奴與皇上。還有相見之日麼。（副末）此事非吾神所曉。（旦作悲科）（副末）貴妃且在馬嵬驛暫住幽魂。吾神去也。（下）（旦）苦啊。不免到驛中佛堂

裏。暗且棲託則箇。(行科)

(南尾聲)重來絕命庭中過。看樹底淚痕猶涴。怎能勾飛去蓬山尋舊果。

土埋幽骨草離離。　回首人間總禍機。
雲雨馬嵬分散後。　何年何路得同歸。

(釋)此折可說明兩例。一爲南北合套前配用犯曲。二爲以南北合套配應過場情節。本場旨在描述魂遊追蹤本身是行動場面。原可作小過場了結。今因鋪張其事。不顧草率。不得不作小正場。亦即大過場。故以南北合套應之。有唱有做。是爲南北合套適應場面行動之一例。開場本可即唱新水令。惟以玉環生前。乃絕世佳人。小正場開始即唱大套。亦嫌直實。且新水令聲律激越。弱質臨風。而作關西大漢鐵板銅琶情狀。亦阻淸致。故前配置犯曲。婉轉以揭其情。排盪以緩其節。款段而出。以代衝場定式。此正調停排場處也。凡正戲前配插一二隻單用曲。是爲引場。若在場後再繫隻曲。是爲散聲收場。均不計入套內也。

△彈詞　長生殿　洪昇

(末白鬚舊衣抱琵琶上)一從鼙鼓起漁陽。宮禁俄看蔓草荒。留得白頭遺老在。譜將殘恨說興亡。老漢李龜年。昔爲內苑伶工。供奉梨園。蒙萬歲爺十分恩寵。自從朝元閣教演霓裳。曲成奏上。龍顏大悅。與貴妃娘娘各賜纏頭。不下數萬。誰想祿山造反。破了長安。聖駕西巡。萬民逃竄。俺每梨園部中。也都七零八落。各自奔逃。老漢來到江南地方。盤纏都使盡了。只得抱着這面琵琶。唱個曲兒餬口。今日乃淸溪鷲

峯寺大會。遊人甚多。不免到彼賣唱。（嘆科）咳。想起當日天上清歌。今日沿門鼓板。好不頹氣人也。（行科）

（南呂一枝花）不隄防餘年值亂離。逼拶得歧路遭窮敗。受奔波風塵顏面黑。歎衰殘霜雪鬢鬚白。今日個流落天涯。祇留得琵琶在。揣羞臉上長街又過短街。那裡是高漸離擊筑悲歌。倒做了伍子胥吹簫也那乞丐。

（梁州第七）想當日奏清歌趨承金殿。度新聲供應瑤階。說不盡九重天上恩如海。幸溫泉驪山雪霽。泛仙舟興慶蓮開。翫嬋娟華清宮殿。賞芳非花蕚樓台。正擔承雨露深澤。驀遭逢天地奇災。劍門關塵蒙了鳳輦鸞輿。馬嵬坡血汚了天姿國色。江南路哭殺了瘦骨窮骸。可哀落魄。又得把霓裳御譜沿門賣。有誰喝聲彩。空對着六代園陵草樹埋。滿目興衰。

（虛下）（小生巾服上）花動遊人眼。春傷故國心。霓裳人去後。無復有知音小生李謩。向在西京留滯。亂後方回。自從宮牆之外。偸按霓裳數疊。未能得其全譜。昨聞有一老者。抱着琵琶賣唱。人人都說手法不同。像個梨園舊人。今日鷲峯寺大會。想他必在那裏。不免前去尋訪一番。一路行來。你看遊人好不盛也。（外巾服副淨衣帽淨長帽帕子包首扮山西客携丑妓上）（外）閒步尋芳惜好春。（副淨）且看勝會逐遊人。（淨）大姐。喈和你及時行樂休空過。（丑）客官好聽琵琶一曲新。（小生向副淨科）老兄請了。動問這位大姐說甚麼琵琶一曲新。（副淨）老兄不知。這裏新到一個老者。彈得一手好琵琶。今日在鷲峯寺趕會。因此大家同去一聽。（小生）小生正要去尋他。同行如何。（衆）極好。（

同行科）行行去去。去去行行。已到鷲峯寺了。就此進去。（同進科）（副淨）那邊一個圈子。四圍板欖。想必是波。我每一齊捱進去。坐下聽者。（衆作坐科）（末上見科）列位請了。想都是聽曲的。請坐了。待在下唱來請教波。（衆）正要領教。（末彈琵琶唱科）

（九轉貨郎兒）（貨郎兒全）唱不盡興亡夢幻。彈不盡悲傷感嘆。大古里 淒涼滿眼對江山。我只待撥繁弦 傳幽怨。翻別調 寫愁煩。慢慢的把天寶當年遺事彈。

（外）天寶遺事。好題目波。（淨）大姐。他唱的是什麼曲兒。可就是喒家的西調麼。（丑）也差不多兒。（小生）老丈。天寶年間遺事。一時那裏唱得盡者。請先把楊貴妃娘娘。當時怎生進宮。唱來聽波。（末彈唱科）

（二轉）（貨郎兒首至三）想當初 慶唐皇太平天下。訪麗色把 蛾眉選刷。有佳人 生長在 弘農楊氏家。（中呂賣花聲二至四）深閨 內端的玉無瑕。那君王一見了 歡無那。把 鈿 盒金 釵親納。（貨郎兒末句）評跋做 昭陽第一花。

（丑）那貴妃娘娘。怎生模樣波。（淨）可有喒家大姐這樣標致麼。（副淨）且聽唱出來者。（末彈唱科）

（三轉）（貨郎兒首至五）那娘娘 生得來 仙姿佚貌。說不盡幽閒窈窕。眞個是 花輸雙頰柳輸腰。比昭君 增妍麗。較西子 倍風標。（中呂鬬鵪鶉二至六）似 觀音 飛來 海嶠。恍、嫦娥 偷離 碧霄。更 春情韻饒。春酣態嬌。春眠夢悄。（歸貨郎兒末句）縱有好丹靑那 百樣娉婷難畫描。

（副淨笑科）聽這老翁說的楊娘娘標致。恁般活現。倒像是親眼見的。敢則謊也。（淨）只要唱得好聽。管他謊不謊。那時皇帝怎麼樣看待他來。快唱下去者（末彈唱科）

（四轉）（貨郎兒首至三）那君王看承得似明珠沒兩。鎮日裏高擎在掌。賽過那 漢宮飛燕倚新妝。（中呂山坡羊首至九）可正是玉樓中 巢翡翠。金 殿上 鎖著 鴛鴦。宵偎晝傍 直弄得個伶俐的官家顛不剌撇不下 心兒上。弛了朝綱。占了情場。百 支支寫 不了風流帳。行廝並。坐廝當。雙。赤緊的 倚了御牀。（貨郎兒末句）博得個 月夜花朝同受享。

（淨倒科）哎呀。好快活。聽得嚇似雪獅子向火哩。（丑扶科）怎麼說。（淨）化了。（衆笑科）（小生）當日宮中有霓裳羽衣一曲。聞說出自御製。又說是貴妃娘娘所作。老丈可知其詳。請唱與小生聽咱。（末彈唱科）當日呵

（五轉）（貨郎兒首至三）那娘娘 在荷庭 把 宮商細按。譜新聲 將 霓裳調翻。晝長時 親自教雙鬟。（中呂迎仙客全支）舒素手。拍香檀。一字字都 吐自朱脣皓齒間。恰便似一串驪珠。聲 和韻間。恰便似 鶯與 燕 弄關關。恰便似鳴泉 花底流溪澗。（中呂紅繡鞋首至五）恰便似明 月下冷冷清梵。恰便是緱 嶺上鶴唳高寒。恰便似 步虛仙珮夜珊珊。傳集了 梨園部。教坊班。（貨郎兒末句本格）向翠盤中高簇擁着個娘娘 引得那君王帶笑看。

（小生）一派仙音。宛然在耳。好形容波。（外嘆科）哎。只可惜當日天子。寵愛了貴妃。朝歡暮樂。致使漁陽兵起。說起來令人痛心也。（小生）老丈休只埋怨貴妃娘娘。當日只爲誤任邊將。委政權奸。以致

廝謨顛倒四海動搖。若使姚宋猶存。那見得有此。（外）這也說的是波。（末）嗨。若說起漁陽兵起一事。眞是天翻地覆。慘目傷心。列位不嫌絮煩。待老漢再慢慢彈唱出來者。（衆）願聞。（末彈唱科）

（六轉）（貨郎兒首至三）恰正好嘔嘔啞啞霓裳歌舞。不隄防撲撲突突漁陽戰鼓。剗地裏出出律律紛紛攘攘奏邊書。（中呂四邊靜二至四）急得個上上下下都無措。早則是喧喧嚥嚥驚驚遽遽倉倉卒卒挨挨拶拶出延秋西路。鑾輿後攜着個嬌嬌滴滴貴妃同去。（普天樂首至四）又只見密密匝匝的兵。惡惡狠狠的語。鬧鬧炒炒轟轟剨剨四下喳呼。生逼散恩恩愛愛疼疼熱熱帝王夫婦。（貨郎兒末句本格）霎時間畫就了這一幅慘慘悽悽絕代佳人絕命圖。

（外副淨同歎科）（小生淚科）哎。天生麗質遭此慘毒。眞可憐也。（淨笑科）這是說唱老兒怎麼認眞掉下淚來。（丑）那貴妃娘娘死後葬在何處。（末彈唱科）

（七轉）（貨郎兒首至三）破不剌馬嵬驛舍冷清清佛堂倒斜。一代紅顏爲君絕。（小梁州全篇）千秋遺恨。滴羅巾血。半棵樹是薄命碑碣。一抔土是斷腸墓穴。再無人過荒涼野。莽天涯誰弔梨花謝。（貨郎兒末句本格）可憐那抱幽怨的孤魂。只伴著嗚嗚咽咽的望帝悲深唬夜月。

（外）長安兵火之後。不知光景如何。（末）哎呀列位。好端端一座錦繡長安。自被祿山破陷。光景十分不堪了。聽我再唱波。（彈唱科）

（八轉）（貨郎兒首至二）自鑾輿西巡蜀道。長安內兵戈肆擾。（脫民歌四至末）千官無復紫宸朝。把繁華頓消頓消。六

宮中朱戶掛蟏蛸。御榻傍白日狐狸嘯。（叨叨令五至六）叫鵐鴞也麼哥。長蓬蒿也麼哥。（倘秀才末句）野鹿兒亂
跑。（堯民歌四至末）苑柳宮花一半兒凋。有誰人去掃去掃。玳瑁梁燕泥兒抛。祇留得缺月黃昏照。（叨叨令五至六）
嘆蕭條也麼哥。染腥臊也麼哥。（貨郎兒末句本格）玉砌空堆馬糞高。
（淨）呸。聽了半日餓得荒了。大姐咱和你喝燒刀子吃蒜包兒去。（做腰邊解錢與末同丑諢下）（
外）天色將晚。我每也去罷。（送銀科）酒資在此。（末）多謝了。（外）無端唱出興亡恨。（副淨）
引得旁人也淚流。（同外下）（小生）老丈。我聽你這琵琶。非同凡手。得自何人傳授。乞道其詳。（末）
（九轉）（貨郎兒首至三）這琵琶曾供奉開元皇帝。重提起心傷淚滴。（小生）這等說起來。定是梨園部內人
了。（末）我也曾在梨園籍上姓名題。（脫布衫全隻）親向那沈香亭裏去承值。華清宮宴上去追隨。（小生）
莫不是賀老。（末）俺不是賀家的懷智。（小生）敢是黃旛綽。（末）黃旛綽同咱皆老輩。（小生）
這等想必是雷海青。（末）（醉太平首至七）我雖是弄琵琶。却不姓雷。他呵罵逆賊久已身死名垂。（小生）
這等想必是馬仙期了。（末）我也不是擅場方響馬仙期。那些舊相識都休話起。（小生）因何來到
這裏。（末）我只爲家亡國破兵戈沸。因此上孤身流落在江南地。（小生）畢竟老丈是誰波。（末）（貨郎兒末
句本格）你官人絮叨叨苦問俺爲誰。則俺老伶工名喚做龜年身姓李。（小生揖科）呀。原來却是李教師失瞻了。
（末）官人尊姓大名。爲何知道老漢。（小生）小生姓李名謩。（末）莫不是吹鐵笛的李官人麼。（小生）
然也。（末）幸會。幸會。（揖科）（小生）請問老丈那霓裳全譜。可還記得波。（末）也還記得。官人

爲何問他。(小生)不瞞老丈說。小生性好音律。向客西京。老丈在朝元閣演唱霓裳之時。小生曾傍著宮牆細細竊聽。已將鐵笛偸寫數段。只是未得全譜。各處訪求。無有知音。今日幸遇老丈。不識肯賜教否。(末)旣遇知音。何惜末技。(小生)如此多感。請問尊寓何處。(末)窮途流落。尙乏居停。(小生)屈到舍下暫住。細細請教如何。(末)如此甚好。

(煞尾)俺一似驚烏繞樹向空枝外。誰承望做舊燕尋巢入畫棟來。今日箇知音喜遇知音在。這相逢異哉。恁相投快哉。(李官人呵)待我慢慢的傳與你這一曲霓裳播千載。

(末)桃蹊柳陌好經過　(小生)聊復廻車訪薜蘿

(末)今日知音一留聽　(小生)江南無處不聞歌

(釋)本折爲中軸子。故以大場應之。以唱工取勝。用兩套爲骨幹。一枝花梁州第七尾聲爲一套。轉調貨郎兒爲一套。今將貨郎兒套。揷配在梁州第七與尾聲間。蓋肇自元人貨郎旦雜劇。昉思此作。亦祇墨守成法。轉調貨郎兒。實同犯曲。北曲本祇有借宮。而無犯調。僅此曲爲特例。故用法務宜細心。本套共九隻。除首隻是貨郎兒本格外。以次隻隻就上隻本句犯調。故九隻必聯用。若漏用一隻。則板式將致脫節。此宜留意者一也。此套以九隻相聯。但隻隻犯調。越北詞規例。故雖互聯用。仍視同聯章小令性質。因而作此套曲。必須隻隻換韻。以示區別。此宜留意者二也。排場內。貨郎兒九隻。係揷用性質。祇能適合戲中串戲。若本場係作李龜年彈唱揷曲之用。其前後本場。仍應在一枝花梁州第七煞尾身上。故此套不宜單獨作大場用。設在雜劇四折內配用一折。自無不可若屬獨立一折。（若徐文長漁陽三撾類）則決不能用此套式。蓋無主場可言耳。若用一枝花梁州第七煞尾反可成獨立排場。此曲套有正副之分。所宜留意者三也。貨郎兒犯聲。晦澹已久。嗣經長洲吳先生霜厓詳爲考訂。始得具明犯格。玆謹據吳氏簡譜。將所犯各調。照式分註。以辨體用。

△餘韵　桃花扇

孔尙任

（淨扮樵子挑擔上）（西江月）放目蒼崖萬丈。拂頭紅樹千枝。雲深猛虎出無時。也避人間弓矢。建業城啼夜鬼。維揚井貯秋屍。樵夫賸得命如絲。滿肚南朝野史。

在下蘇崑生。自從乙酉年同香君到山。一住三載。俺就不曾回家。往來牛首棲霞。採樵度日。誰想柳敬亭。與俺同志。買隻小船。也在此捕魚爲業。且喜山深樹老。江闊人稀。每日相逢。便把斧頭敲著船頭。浩浩落落。儘俺歌唱。好不快活。今日柴擔早歇。專等他來。促膝閒話。怎的還不見到。（歇擔盹睡介）（丑扮漁翁搖船上）年年垂釣鬢如銀。愛此江山勝富春。歌舞叢中征戰裏。漁翁都是過來人。俺柳敬亭送侯朝宗修道之後。就在這龍潭江畔。捕魚三載。把些興亡舊事。付之風月閒談。今値秋雨新晴。江光似練。正好尋蘇崑生飮酒談心。（指介）你看他早已醉倒在地。待我上岸喚他醒來。（作上岸介）（呼介）蘇崑生。（淨醒介）大哥果然來了。（丑拱介）賢弟偏杯呀。（淨）柴不曾賣。那得酒來。（丑）愚兄也沒賣魚。都是空囊。怎麼處。（淨）有了有了。你輸水。我輸柴。大家煮茗淸談罷。（副末扮老贊禮提絃攜壺上）江山江山。一忙一閑。誰贏誰輸。兩鬢皆班。（見介）原來是柳蘇兩位老哥。（淨丑拱介）老相公到福德祠。（副末）老夫住在燕子磯。今乃戊子年九月十七日。是福德星君降生之辰。我同些山中社友。怎得到神祠祭賽已畢。路過此間。(淨)爲何挾着絃子。提着酒壺。(副末)見笑。見笑。老夫編了幾句神絃歌。名曰問蒼天。今日彈唱樂神。社散之時。分得這瓶福酒。恰好遇着二位。就同飲三杯罷。(丑)怎好取擾。(副末)這就叫有福同享。(淨丑)好好。(同坐飲介)(淨)何不把神絃歌領略一回。

(副末)使得。老夫的心事。正要請教二位哩。(彈絃唱巫腔。淨丑拍手襯介)

(問蒼天)新歷數順治朝五年戊子。九月秋十七日。嘉會良時。擊神鼓。揚靈旗。鄉鄰賽社。老逸民。剃白髮。也到叢祠。椒作棟。桂爲楣。唐修晉建。碧和金。丹間粉。畫壁精奇。貌赫赫。氣揚揚。福德名位。山之珍。海之寶。總掌無遺。超祖禰。邁君師。千人上壽。焚郁蘭。奠清醑。奪戶爭墀。草笠底。有一人。掀髯長嘆。貧者貧。富者富。造命奚爲。我與爾。較生辰。同月同日。囊無錢。竈斷火。不啻乞兒。六十歲。花甲週。桑榆暮矣。亂離人。太平犬。未有亨期。稱玉斝。坐瓊筵。爾餐我看。誰爲靈。誰爲蠢。貴賤失宜。臣稽首。叫九閽。開聾啓瞶。宣命司。檢祿籍。何故差池。金闕遠。紫宸高。蒼天瞢。迎神來。送神去。輿馬風馳。歌舞羅。雞豚收。須臾社散。倚枯槐。對斜日。獨自凝思。濁享富。清享名。或分兩例。內才多。外財少。應不同規。熱似火。福德君。庸人父母。冷如冰。文昌帝。秀士宗師。神有短。聖有虧。誰能足願。地難塡。天難補。造化如斯。釋罷了。胸中愁。欣欣微笑。江自流。雲自卷。我又何疑。

(唱完放絃介)丟醜之極。(淨)妙絕。逼眞離騷九歌了。(丑)失敬。失敬。不知老相公竟是財神一轉哩。(副末讓介)請乾此酒。(淨咂舌介)這寡酒好難吃也。(丑)愚兄倒有些下酒之物。(淨)是什麼東西。(丑)請猜一猜。(淨)你的東西。不過是些魚鱉蝦蟹。(丑搖頭介)猜不著。猜不著。(

淨）還有什麼異味。（丑指口介）是我的舌頭。（副末）你是舌頭。你自下酒。如何讓客。（丑笑介）你不曉得古人以漢書下酒。這舌頭會說漢書。豈非下酒之物。（淨取酒斟介）我替老哥斟酒。老哥就把漢書說來。（副末）妙妙只恐菜多酒少了。（丑）既然漢書太長。有我新編的一首彈詞。叫做秣陵秋。唱來下酒罷。（副末）就是俺南京的近事麼。（丑）便是。（淨）這都是俺們耳聞眼見的。你若說差了。我要罰的。（丑）包管你不差。（丑彈絃介）六代興亡。幾點清談千古慨。半生湖海。一聲高唱萬山驚。（照盲女彈詞唱介）

（秣陵秋）陳隋煙月恨茫茫。井帶胭脂土帶香。駘蕩柳綿沾客鬢。叮嚀鶯舌惱人腸。中興朝市繁華續。遺孽兒孫氣焰張。只勸樓臺追後主。不愁弓矢下殘唐。蛾眉越女纔承選。燕子吳歈早擅場。力士僉名搜笛步。龜年協律奉椒房。西崑詞賦新溫李。烏巷冠裳舊謝王。院院宮妝金翠鏡。朝朝楚夢雨雲牀。五侯閫外空狼燧。二水州邊白雀舫。指馬誰攻秦相詐。入林都畏阮生狂。春鐙已錯從頭認。社黨重鉤無縫藏。借手殺讎長樂老。脅肩媚貴半閒堂。龍鍾閣部啼梅嶺。跋扈將軍譟武昌。九曲河流晴喚渡。千尋江岸夜移防。瓊花刼到雕欄損。玉樹歌終畫殿涼。滄海迷家龍寂寞。風塵失伴鳳徬徨。青衣啣璧何年返。碧血濺沙此地亡。南內湯池仍蔓草。東陵輦路又斜陽。全開鎖鑰淮揚泗。難整乾坤左史黃。建帝飄零烈帝慘。英宗困頓武宗荒。那知還有福王一。臨去秋波淚數行。

（淨）妙妙果然一些不差。（副末）雖是幾句彈詞。竟似吳梅村一首長歌。（淨）老哥學問大進。該敬一杯。（斟酒介）（丑）倒介我吃寡酒了。（淨）愚弟也有些須下酒之物。（丑）你的東西。一定是山殽野蔌了。（淨）不是不是。昨日南京賣柴特地帶來的。（丑）取來共享罷。（淨指口介）也是舌頭。（副末）怎的也是舌頭。（淨）不瞞二位說。我三年沒到南京。忽然高興進城賣柴。路過孝陵。見那寶城享殿。成了芻牧之場。（丑）呵呀呀。那皇城如何。（淨）那皇城牆倒宮塌。滿地蒿萊了。（副末掩淚介）不料光景至此。（淨）俺又一値走到秦淮。立了半晌。竟沒一個人影兒。

（丑）那長橋舊院。是咱們熱遊之地。你也該去瞧瞧。（淨）怎的沒瞧。長橋已無片板。舊院賸了一堆瓦礫。（丑搥胸介）咳慟死俺也。（淨）那時疾忙回首。一路傷心。編成一套北曲。名爲哀江南。待我唱來。俺樵夫呵。

（哀江南）（北新水令）山松野草帶花挑。猛抬頭秣陵重到。殘軍留廢壘。瘦馬臥空壕。村郭蕭條。城對著夕陽道。

（駐馬聽）野火頻燒。護墓長楸多半焦。山羊群跑。守陵阿監幾時逃。鴿鴿蝠糞滿堂拋。枯枝敗葉當階罩。誰祭掃。牧兒打碎龍碑帽。

（沈醉東風）橫白玉八根柱倒。墮紅泥半堵牆高。碎琉璃瓦片多。爛翡翠窗櫺少。舞丹墀燕雀常朝。直入宮門一路蒿。住幾個乞兒餓殍。

（折桂令）問秦淮舊日窗寮。破紙迎風。壞檻當潮。目斷魂銷。當年粉黛。何處笙簫。罷燈船端陽不鬧。收酒旗重九無聊。白鳥飄飄。綠水滔滔。嫩黃花有些蝶戀。新紅葉無個人瞧。

（沽美酒）你記得跨青溪半里橋。舊紅板沒一條。秋水長天人過少。冷清清的落照。賸一樹柳彎腰。

（太平令）行到那舊院門。何用輕敲。也不怕小犬哰哰。無非是枯井頹巢。不過些磚苔砌草。手種的花條柳梢。儘意兒採樵。這黑灰是誰家廚竈。

（離亭宴帶歇指煞）俺曾見金陵玉殿鶯啼曉。秦淮水榭花開早。誰知道容易冰消。眼看他起朱樓。眼看他讌賓客。眼看他樓塌了。這青苔碧瓦堆。俺曾睡風流覺。將五十年興亡看飽。那烏衣巷不姓王。莫愁湖鬼夜哭。鳳凰台棲梟鳥。殘山夢最眞。舊境丟難掉。不信這輿圖換稿。謅一套哀江南。放悲聲唱到老。

（副末掩淚介）妙是絕妙。惹出多少眼淚。（丑）這酒也不忍入脣了。大家談談罷。（副淨時服扮皁隸暗上）朝陪天子輦。暮把縣官門。皁隸原無種。通侯豈有根。自家魏國公嫡親公子徐青君的便是。生來富貴。享盡繁華。不料國破家亡。賸了區區一口。沒奈何在上元縣。當了一名皁隸。將就度日。今奉本官籤票。訪拏山林隱逸。只得下鄉走。（望介）那江岸之上。有幾個老兒閑坐。不免上前討火。就便訪問。正是開國元勳留狗尾。換朝逸老縮龜頭。（前行見介）老哥們有火借一個。（丑）請坐。（副淨坐介）（副末問介）看你打扮。像一位公差大哥。（副淨）便是。（淨問介）要火吃煙麼。小弟帶有高煙。取出奉敬罷。（敲火吸煙奉副淨介）（副淨吃煙介）（丑）（問副末介）記得三年之前。老相公捧著史閣部衣冠要葬在梅花嶺下。後來怎樣。（副末）後來約了許多忠義之士。齊集梅花嶺。招魂埋葬。倒也算千秋盛事。但不曾立得碑碣。（淨）好事好事。只可惜黃將軍刎頸報主。抛屍路旁。竟無人埋葬。（副末）如今好了。也是我老漢同些村中父老。檢骨殯殮。起了一座大大的墳塋。好不體面。（丑）你這兩件功德。卻也不小哩。（淨）二位不知。那左寧南氣死戰船時。親朋盡散。卻是我老蘇殯殮了他。（副末）難得難得。聞他兒子左夢庚襲了前程。昨日搬柩回去了。（丑掩淚介）左寧南是我老柳知己。我曾托藍田叔畫他一幅影像。又求錢牧齋題贊了幾句。逢時遇節。展開祭拜。也盡俺一點報答之意。（副淨醒作悄語介）聽他說話。像幾個山林隱逸。（起身向介）三位是山林隱逸麼。（衆起拱介）不敢不敢。爲何問及山林隱逸。（副淨）三位不知麼。現今禮部上本。搜尋山林隱逸。撫按大老爺。張掛告示。布政司行文。已經月餘。並不見一人報名。府縣著忙。差俺各處訪拏。三位一定是了。快快跟我回話去。（副末）老哥差矣。山林隱逸。乃文人名士。不肯出山的。老夫原是假斯文的一個老贊禮。那裡去得。（丑淨）我兩個是說書唱曲的朋友。而今做了漁翁樵子。益發不中了。（副淨）你們不曉得。那些文人名士。都是識時務的俊傑。從三年前俱已出山了。目下正要訪拏你輩哩。（副末）啐。徵求隱逸。乃國家盛典。公祖父母。俱當以禮相聘。怎麼要拏起來。實是你這衙役們奉行不善。（副淨）不干我事。有本縣籤票在此。取出你看。（取看籤票欲拏介）（淨）果然這事哩。（丑）我們竟走開何如。（副末）有理。避禍今何晚。入山惜未深。（各分走下）（副淨趕不上介）你看他登岸涉澗。各逃走無踪。

（淸江引）大澤深山隨處找。預備官家要。抽出綠頭籤。取開紅圈票。把幾個白衣山人諕走了。

（立聽介）遠遠聞得吟詩之聲．不在水邊．定在林下．待我信步找去便了．（急下）內吟詩曰．

漁樵同話舊繁華　短夢寥寥記不差
曾恨紅箋啣燕子　偏憐素扇染桃花
笙歌西第留何客　煙雨南朝換幾家
傳得傷心臨去語　每年寒食哭天涯

（釋）此劇爲結穴饒戲式．實祇用新水令一套．反復憑弔．總結全劇主旨．其章法足以爲式者．（一）桃花扇演南明興廢．而以侯方域李香君離合爲經緯．設以侯李不再相遇爲結穴．則全劇主旨．仍係兒女離合．故再增餘韵一場．由箇人離合無常．歸至國家滄桑．難料．俾成龜鑒史筆．此方是正式結穴．題作餘韵．不過故示涵蓄．不露圭角耳．（二）結穴之場．須不泛不漏．漏則珠遺珊網．綱紀落空．泛則江奔湖湧．轉失源流．就曲情言之．漏則不能完其情．泛則不能警其旨．就場面言之．漏則易使場面零落．泛則足令場面鬆懈．且一部桃花扇．頭緒紛紜．欲以一場扣住不漏不泛之旨．實不容易．今從大處着眼．特以短套新水令（新水令長套．可聯用八九隻曲牌．）一氣呵成蒼涼感歎之句．意皆包舉．曲無閒調．若一用長套．務求完篇．必涉拖沓．文貴簡鍊．斯乃得之．（二）最後之場．必貴氣足神完．氣足者．唱做力盡其致．聆賞酣愜其心．神完者．則務求不始繁而終促．且結穴之場．尤忌板滯．若屬寥落不堪．將更難終場．盡與．本齣餘韵．既以悼逝爲主．其情已是寥落．且場上不過樵夫一類人物．如何振聳視聽．場面實費斟酌．故前以問蒼天秣陵秋等雜調開場。集淨丑末於同場。且夾用科介。使紛華場面。酣透眼前。即一面將亡國之恨。緩緩道出。然後始慷慨悲歌新水令一套正曲自如黃河天上。一瀉千里。匪特不感沈寂。抑更有哀家梨啖。爽澈心脾之勝。此所謂氣足之師。一鼓而下者也。太平令唱完後。若竟聯唱清江引而嘯傲下場。即屬始緊後鬆。了無餘致。今由一末路王孫。收拾場面。將遺老龜縮。新朝虎視情形一一點出。寓太息於諧誹之中。使無心者爲之葫蘆。有心者爲之掩抑。而全劇即在此不靜不鬧之際終焉。是謂弔場。猶文章之有尾閭。始氣足而神完。竊嘗謂傳奇之難。不在塡詞。而在酌量排場。套式安排。胥賴適當關鍵。然此固非筆墨可盡。要在潛心玩索名作。神會其理而已。

曲學例釋卷四

篇餘　治曲徵獻

汪經昌薇史纂述

曲家第一

一、自諸宮調盛行後，洎至金末，樂章面目漸異，元人本諸宮調殘餘，就流用之正宮、中呂、南呂、仙呂、黃鍾、大石、雙調、商調、越調外，復增列小石、般涉、商角三調舊名，於是有十三調之目。從此依軌作詞，斠若畫一，北詞門戶，於焉以立。作家輩出，致力爨弄，間或出其緒餘，旁及散曲，摛藻流章，蔚然稱盛。綜有元一代，上承金末，下逮明初，樂府流傳，殆以雜劇為主，而北詞堂奧，具備其間。著其人物，則白關馬鄭，竝推大家，其餘風起雲湧之士，正如麒麟閣上，濟濟陪勳，豈僅詞苑蜚聲，要亦文章華國。著元代曲家凡若干人，其卒於明初者，概不列入，其事蹟失載者，不論先後，備列待考，而謳家名字，並酌附焉。

董解元　名字俱佚，本係諸宮調曲家，以其搊彈西廂，實啓北詞前路，故太和正音譜內著其姓氏，並稱其「仕於金，始製北曲」。鍾嗣成錄鬼簿稱「董解元，金章宗時人，以其創始，故列諸首云」。其卒年不詳，或亦由金而入元歟。元時世俗目讀書人，輒尊稱以解元，不必果屬科甲出身，茲援崇源敦本之義，仍著首端。

白　樸　字仁甫一字太素號蘭谷本陝州人後流寓眞定父華字文擧仕金官至樞密院判金史有傳樸爲文擧次子金亡樸方八歲入元後徙居金陵暮年返里以子貴獲贈嘉議大夫太常禮儀院太卿丹丘評其曲如鵬摶九霄爲元曲四大家之一

楊　果　字正卿號西庵祁州蒲陰人金正大進士歷官滿城陝縣尹入元後流寓河朔卒於至正年間工樂府有西庵集丹丘評其曲如花柳芳姸

劉秉忠　字仲晦邢州人初名侃因從釋氏又名子聰晚號長春道人爲元開國功臣俗本太和正音譜內著其姓字作劉聰蓋係脫漏秉忠有藏春樂府長短句兼工北詞今散見於各北詞選集中

胡祗遹　字紹聞號紫山又號少凱生於金正大四年入元後官至江南浙西道提刑按察使至正三十年卒仁宗時追謚文靖工北詞丹丘評其曲如秋潭孤月

商　挺　字孟卿號在山一作左山曹州人生於宋寧宗嘉定二年卒於元至元二十五年元史有傳工散曲今散存於各北詞選集中太和正音譜著其姓字

商　道　字政叔或作叔正金末元初人見遺山集三十九卷千秋錄中爲曲林前輩丹丘評其曲如朝霞散彩

元好問　字裕之號遺山太原容秀人生於金章宗明昌元年卒於元憲宗七年金史有傳遺山爲金之遺臣登金宣宗興定三年進士歷尙書省左司員外郞翰林院知制誥金亡不仕遨遊河北各地卒客死河北獲

鹿縣境。生前以詩文雄天下。出其緒餘。偶作樂府。丹丘評其曲如窮崖孤松。

王仲文　名佚。金末進士。入元後曾爲集賢殿大學士。史惟良師。丹丘評其曲如劍氣騰空。

徐　琰　字子方。或作子芳。號容齋。又號汶叟。東平人。至元初薦爲陝西行省郎中。官至翰林學士承旨。謚文獻。太和正音譜內著其姓字。

史天澤　里籍不詳。錄鬼簿稱爲「史中書丞相天澤。」應屬顯仕。工散曲。子敬仙亦以曲名。

趙孟頫　字子昂。湖州人。本宋宗室。仕元官至翰林學士承旨。元史有傳。子昂以書法著。出其餘力。兼作樂府。太和正音譜內著其姓字。

侯克中　字正卿。號艮齋。眞定人。有艮齋詩集行世。其樂府散曲尙散見於各曲集選本內。雜劇數種。反不存傳。太和正音譜中著其姓字。

李文蔚　名佚。河北正定人。嘗官江州路瑞昌縣尹。丹丘評其曲如雪壓蒼松。

杜仁傑　字仲梁。號止軒。又號善夫。長淸人。中統間曾被辟爲翰林承旨。堅辭不赴。退隱靈巖。後以子貴。卒謚文穆。丹丘評其曲如鳳池春色。

梁進之　名佚。大都人。官警巡院判。除縣尹。又除大興府判。次除知和州。爲杜仁傑妹婿。丹丘評其曲如花裏啼鶯。

關漢卿　號已齋叟。大都人。金末官太院醫尹。入元後棄官不仕。元曲四大家。關實居首。爲北雜劇創始者之一在關以前作家類似諸宮調爲主而體例復不能一致故鍾嗣成及涵虛子均推關爲前茅至以時代言之關又較白樸稍遲近人考證關係至元泰定間人其卒年約在延祐七年以後泰定元年以前又按輟耕錄所紀中統初關尚健在故以關爲元人亦不爲無據也

王　鼎　字和卿大名人官學士與關漢卿友善工樂府多嘲謔之辭太和正音譜內著其姓字

王德信　字實甫一作實父大都人生平事蹟不詳西廂記雜劇前四本卽係德信所作後一本爲關漢卿續成故其時代當與漢卿同時甚或稍先丹丘評其曲如花間美人

馬致遠　字東籬大都人生平事蹟不詳嘗官江浙省務提舉爲元曲四大家之一丹丘評其曲如朝陽鳴鳳

楊顯之　名佚大都人事蹟失考賈仲明弔楊顯之詞中有「公末中補缺加新令」事故時人又號顯之爲「楊補丁」丹丘評其曲如瑤臺夜月

費君祥　字聖父大都人有愛女論一書傳世工樂府太和正音譜中著其姓字

李時中　名佚大都人歷中書省椽除工部主事爲元成宗時以前人

趙文敬　一作文殷又作文英或作敬夫彰德人至元時任教坊色長藝名明鏡太和正音譜錄在曲人姓字內因著存之

孔學詩　字夕卿南宗聖裔六世祖按自魯徙吳曾祖父又自吳徙溧陽因占籍溧陽生於中統元年卒於至

正元年。太和正音譜著其姓字。

盧摯 字處道。一字莘老。號疎齋。涿郡人。一云永嘉人。至元五年進士。官至翰林學士承旨。

李直夫 或作眞夫。名佚。女眞族人。本姓蒲察。人稱蒲察李五。居德興府。官至湖南肅政廉訪使。丹丘評其曲如梅邊月影。

鄭廷玉 字佚。彰德人。丹丘評其曲如佩玉鳴鑾。現僅傳留雜劇六種。餘均散佚。

李壽卿 名佚。太原人。歷將仕郎。除縣丞。丹丘評其曲如洞天春曉。

紀君祥 一作天祥。字不詳。大都人。丹丘評其曲如雪裏梅花。

高文秀 字不詳。東平人。府學生。都人時號小漢卿。丹丘評其曲如金瓶牡丹。

姚守中 名佚。洛陽人。姚樞之孫。姚燧之侄。官平江路吏。丹丘評其曲如秋月揚輝。

陳寧甫 一作定甫。名佚。大名人。太和正音譜中著其姓字。

庾天錫 一作天福。字吉甫。大都人。中書省椽。除員外郎。中山府判。丹丘評其曲如奇峯散綺。

趙祐 字天錫。宛丘人。初辟椽於吳。轉官鎭江府判。丹丘評其曲如秋水芙蕖。

李致遠 字里不詳。至元中人。丹丘評其曲如玉匣昆吾。

趙明道 或作明遠。字不詳。大都人。太和正音譜內著其姓字。

趙公輔　名佚。平陽人。曾任儒學提舉。丹丘評其曲如空山清嘯。

趙熊　字子詳。宣城人。嘗為池州路吏。大德時人。丹丘評其曲如馬嘶芳草。

劉唐卿　名佚。太原人。曾任皮貨司提舉。與王彥博左丞相善。嘗即席賦折桂令小令以博山銅細裊香風一曲得名。太和正音譜內著其姓字。

汪德潤　字澤民。眞定人。事蹟不詳。太和正音譜內著其姓字。

王伯成　名佚。涿州人。工樂府雜劇外。復擅長諸宮調。丹丘評其曲如紅鴛戲波。

孫仲章　或云李姓。名佚。大都人。事蹟不詳。丹丘評其曲如秋風鐵笛。

李子中　名佚。大都人。曾官縣尹。丹丘評其曲如清廟朱瑟。

武漢臣　字不詳。濟南人。丹丘評其曲如遠山疊翠。

陸顯之　名佚。汴梁人。曾著有小說好兒趙正話本。邀譽一時。工樂府。太和正音譜內著其姓字。

李取進　或作進取。字不詳。大名人。丹丘評其曲如壯士舞劍。

于伯淵　名佚。平陽人。事蹟不詳。丹丘評其曲如翠柳黃鸝。

岳伯川　名佚。濟南人。或云鎮江人。丹丘評其曲如雲林樵響。

康進之　名佚。一云陳姓。棣州人。事蹟不詳。太和正音譜內著其姓字。

王廷秀　字失載。益都人。曾任淘金千戶。丹丘評其曲如月印寒潭。

李好古　名佚。東平人。一作保定人。或云西平人。丹丘評其曲如孤松掛月。
狄君厚　名佚。平陽人。事蹟不詳。太和正音譜內著其姓字。
張壽卿　名佚。東平人。浙江省椽吏。事蹟不詳。太和正音譜內著其姓字。
吳昌齡　字失載。西原人。事蹟不詳。丹丘評其曲如庭草交翠。
石君寶　字失載。平陽人。事蹟不詳。丹丘評其曲如羅浮梅雪。
張時起　字才英。一作才美。東平人。府學生員。居長蘆。丹丘評其曲如雁陣驚寒
李寬甫　名佚。大都人。除廬州合肥縣尹。太和正音譜內著其姓字。
彭伯成　一作伯威。名佚。保定人。生平事蹟不詳。太和正音譜內著其姓字。
李潛夫　字行道。一作行甫。絳州人。事蹟不詳。太和正音譜內著其姓字。
孟漢卿　名佚。亳州人。事蹟不詳。太和正音譜內著其姓字。
尙仲賢　名佚。眞定人。官江浙省務提舉。丹丘評其曲如山花獻笑。
戴善夫　一作善甫。名佚。江浙行省務官。工樂府。丹丘評其曲如荷花映水。
顧仲清　名佚。東平人。官清泉場司令。事蹟不詳。丹丘評其曲如鵰鶚冲霄。
費唐臣　名佚。費君祥子。大都人。丹丘評其曲如三峽波濤。
鄭光祖　字德輝。平陽襄陵人。以儒補杭州路吏。正直不阿俗好。故仕路蹇滯。工樂府。尤擅雜劇。勾欄梨園咸

尊爲鄭老先生。丹丘評其曲如九天珠玉。與關漢卿馬致遠白樸並稱爲元曲四大家。卒後火葬西湖靈芝寺。

宮天挺　字大用。大名開州人。除釣臺書院山長。卒於常州。丹丘評其曲如西風鵰鶚。

曾瑞　字瑞卿。號褐夫。家世平州。自其祖始遷燕。旋寄籍錢塘。著有詩酒餘音樂府。及雜劇多種。太和正音譜內著其姓字。

金仁傑　字志甫。杭州人。工樂府。丹丘評其曲如西山爽氣。

楊梓　字號失載。楊發子。至元三十年以招諭爪哇等處宣慰司官。積功官至安撫大元帥。嘉議大夫。杭州路總管。致仕。卒贈兩浙都轉運鹽使。上輕車都尉。追封弘農郡侯。諡康惠。梓精音律。工樂府。其家童千指。亦均善南北歌調。因蔚爲地方風氣。元姚桐壽樂郊私語稱海鹽少年多善歌樂府。皆出於「澉州楊氏」。亦可謂扢揚風雅。澤遠流長矣。

范居中　字子正。號冰壺。杭州人。父玉壺。精卜術。子正既長。才高不遇。工樂府。太和正音譜內著其姓字。

施惠　字君美。一作均美。或云沈姓。杭州人。世居吳山城隍廟。以賈爲業。工樂府。有古今砌話一書。今已失傳。太和正音譜內著其姓字。

沈和　字和甫。杭州人。首創南北合套。製瀟湘八景歡喜寃家諸曲。倍極工巧。後居江州。贛人稱爲蠻子漢卿。卒於至順初年。丹丘評其曲如翠屏孔雀。

黃天澤　字德潤。杭州人。沈和同母弟。幼年屈居簿書。先在漕司。後居省府。崑山補州吏。迄不獲用。竟不歸而終。工樂府。太和正音譜內著其姓字。

沈　珙　字珙之。杭州人。暮年館陳以仁家。工樂府。太和正音譜內著其姓字。

馮子振　字海粟。號怪怪道人。攸州人。官集賢待制。元史附陳孚傳。工樂府。太和正音譜內著其姓字。

白　賁　字无咎。錢塘人。官至學士。父白挺亦詩人。无咎工樂府。丹丘評其曲如太華孤峯。

鄧玉賓　里貫不詳。丹丘評其曲如幽谷芳蘭。

張養浩　字希孟。號雲莊。濟南人。官至行臺中丞。卒謚文忠。元史有傳。工樂府。丹丘評其曲如玉樹臨風。

劉　致　字時中。號逋齋。洪都人。或作石州寧鄉人。以翰林待制出爲浙江省都事。太和正音譜內著其姓字。

鮮于樞　字伯機。漁陽人。歷浙江行省都事。官至太常典簿。有困學齋集。生於憲宗七年。卒於大德六年。工樂府。太和正音譜內著其姓字。

鮮于必仁　字去矜。與父伯機並以樂府見稱。丹丘評其曲如奎壁騰輝。

睢舜臣　字嘉賢。一作景臣。後字景賢。揚州人。工樂府。丹丘評其曲如鳳管秋聲。

趙良弼　字君卿。東平人。補嘉興路吏。遷調杭州。善丹青。工樂府。卒於天曆元年。

喬　吉　字夢符。號笙鶴翁。又號惺惺道人。太原人。有題西湖梧葉兒百篇。負譽一時。所著天風環珮。撫掌三集。俱未傳世。丹丘評其曲如神鰲鼓浪。

范　康　字子安。或作子英。杭州人。工樂府。丹丘評其曲如竹裏鳴泉。

鮑天祐　字吉甫。杭州人。初業儒。長事吏簿書之役。終至崑山州吏。丹丘評其曲如山蛟泣珠。

汪勉之　名佚。慶元人。由學官歷浙東帥府令吏。

陳以仁　字存甫。杭州人。工樂府。丹丘評其曲如湘江雪竹。

周文質　字仲彬。其先建德人。後居杭州。工樂府。卒於元統二年。丹丘評其曲如平原孤隼。

高克禮　字敬德。一作字敬臣。號秋泉。河間人。蔭官至慶元理官。工樂府。太和正音譜內著其姓字。

任　昱　字則明。四明人。事蹟不詳。工樂府。太和正音譜內著其姓字。

錢　霖　字子雲。松江人。中年入道。更名抱素。號素庵。有江湖清思。醉邊餘興等集。今俱不傳。

貫雲石　自名小雲石海涯。號酸齋。又號蘆花道人。畏吾族人。父名貫貝哥。遂以貫爲氏。仁宗朝拜翰林侍讀學士。既而稱疾歸。賣藥錢塘。詭名易服。人無識者。泰定元年卒。年三十九。元史有傳。擅散曲。丹丘評其曲如天馬脫羈。

徐再思　字德可。號甜齋。嘉興人。與貫酸齋同以散曲負譽。世稱酸甜樂府。丹丘評其曲如桂林秋月。

張伯遠　字可久。一作字仲遠。號小山。可久或作久可。慶元人。曾爲廬州典史。有小山樂府六卷。今流傳者乃近人所補輯。丹丘評其曲如瑤天笙鶴。

吳仁卿　字弘道。號克齋先生。或云蒲陰人。曾官府判。有金縷新聲。原本久佚。今流傳者。乃近人所補輯。丹丘評其曲如山間明月。

曹鳴善　字里不詳。歷衢州路吏。官至山東憲使。工樂府。太和正音譜內著其姓字。

秦簡夫　名號不詳。大都人。事蹟失考。丹丘評其曲如峭壁孤松。

王仲元　名字失載。杭州人。與鍾嗣成善。當係大德至正間人。工雜劇。太和正音譜內著其姓字。

屈恭之　字子敬。籍里不詳。以學官除本路教授。爲院本曲家屈彥英之侄。

趙善慶　或作孟慶。字文賢。一作文寶。樂平人。曾任陰陽正。工雜劇。丹丘評其曲如藍田美玉。

陸登善　或云姓陳。字仲良。原籍維揚。隨父至杭。因而家焉。所作雜劇。均佚不傳。

徐子羽　名號失考。儀徵人。所作雜劇。均佚不傳。太和正音譜內著其姓字。

朱　凱　字士凱。籍里不詳。有昇平樂府。嘗類集當時名公隱語。題曰包羅萬象。復有謎韵一書。今俱不傳。

杜善夫　履貫不詳。丹丘評其曲如鳳池春色。

趙明道　履貫不詳。丹丘評其曲如太華晴雲。

范子安　履貫不詳。丹丘評其曲如竹裏鳴泉。

吳西逸　履貫不詳。丹丘評其曲如空谷流泉。

秦竹村　事蹟不詳。丹丘評其曲如孤雲野鶴。

陳無妄　字彥實。東平人。歷衢州務官。浙東憲史。天曆年間卒。太和正音譜內著其姓字。

吳　本　字中立。杭州人。工樂府。有道齋小藁。貧病不祿而終。太和正音譜內著其姓字。

劉宣子　字昭叔。淮東憲使。工樂府。見錄鬼簿。

黃公望　字子久。又字一峰。爲權豪所中。以卜術閑居。易姓名爲苦行。號淨墅。又號大痴。工丹青。稱南宗大師。名見錄鬼簿。

徐　琬　字子方。號容齋。一號養齋。又號汶叟。東平人。歷官南臺中丞。江南浙西肅政廉訪使。翰林學士承旨。大德五年卒。

王　位　字守中。蘆花場令。工樂府。見錄鬼簿。

孫周卿　古邠人。按傅若金序孫蕙蘭綠窗遺稿云。「故妻孫氏蕙蘭。早失母。父周卿先生。」是周卿係蕙蘭之父。若金之外舅。事蹟不詳。

蕭天瑞　字德祥。杭州人。業醫。號復齋。工南曲及戲文。見錄鬼簿。

吳　朴　字純卿。平江人。工樂府。見錄鬼簿。

胡正臣　杭州人。見錄鬼簿。

李顯卿　東平人。隨宦居杭。蔭職錢穀。工樂府。見錄鬼簿。

李齊賢　工樂府。事蹟不詳。見錄鬼簿。

王思順　工樂府。見錄鬼簿。

蘇彥父　曹楝亭刊本錄鬼簿中作曹彥文。有地冷天寒越調及諸樂府。

屈英夫　曹楝亭刊本錄鬼簿中作屈彥英。字英甫。編一百二十行及看錢奴院本。

李　洞　字溉之。滕州人。歷翰林國史院編修官。中書椽。太常博士。官至翰林直學士。元史有傳。太和正音譜內著其姓字。

薩都刺　四庫提要作「都拉」。字天錫。號直齋。姓荅失蠻。蒙古人。泰定進士。官京口錄事。長南行臺辟為椽。轉閩海廉訪知事。河北廉訪經歷。有雁門集。工樂府。太和正音譜內著其姓字。

曹元用　字光輔。與曹子貞同名。應係兩人。子貞名元用。其父宗輔。是子貞名字內不應再用輔字。復按鍾嗣成錄鬼簿中著錄曲人例祇舉其姓字。不書正名。獨於本條則書明曹光輔學士名元用。特將正名附及。豈當時已因二人同名相混。意示區別歟。

馬九皐　名昂夫。以字行。畏吾族人。官至太平路總管。王靜安氏校注鍾嗣成錄鬼簿。在本條下稱「案元草堂詩餘有「九皐司馬昂父」一語。」丹丘則兩評其曲。首曰「馬九皐之詞如松陰鳴鶴」。繼曰「馬昂夫之詞如秋蘭獨茂。」

班維志　字彥功。號恕齋。籍里不詳。曾官縣尹。太和正音譜內著其姓字。

王元鼎　太和正音譜內著其姓字。錄鬼簿中作曹元鼎學士。事蹟不詳。

虞　集　字伯生。宋丞相允文五世孫。歷大都路儒學教授。太常博士。官至翰林直學士。兼國子祭酒及經筵講習。卒後追封仁壽郡公。元史有傳。

馬守芳　見錄鬼簿。曹楝亭本作「馮雪芳」。存此待考。

劉士常　見錄鬼簿。稱其爲省椽。事蹟待考。

王士熙　字繼學。一作維學。東平人。王構子。官至中丞。太和正音譜內著其姓字。

石子章　履里不詳。丹丘評其曲如蓬萊瑤草。

朱庭玉　履貫不詳。丹丘評其曲如百卉爭芳。

楊立齋　履貫不詳。丹丘評其曲如風煙花柳。

阿魯威　履貫不詳。丹丘評其曲如鶴唳淸霄。

呂止庵　事蹟失考。丹丘評其曲如晴霞結綺。

薛昂夫　履貫不詳。丹丘評其曲如雪窗翠竹。

閻仲章　錄鬼簿稱爲閻仲章學士。事蹟不詳。據近人王靜安氏校註本本條下引稱。「白蘭谷天籟集附載僧九日述懷念奴嬌。闋下有註云。仲璋俗姓閻。法諱志蓮。號山泉道人。」

趙彥暉　名里失考。

盍士常　一作志學。號西村。錄鬼簿稱爲盍士常學士。工樂府。丹丘評其曲如清風爽籟。

姚　燧　字端甫。號牧庵。本籍柳城。後徙路陽。晚年居郢。官至翰林學士承旨。太和正音譜內錄其姓字。

不忽木　木多作麻。茲據元史訂正。不忽木。世爲康里部大人（卽漢時古高車國）漢名時用。一字用臣。歷工部尚書。河東按察使。官至昭文館大學士。平章軍國事。卒年四十有六。武宗時追贈太傅魯國公。諡文貞。元史有傳。時用本重臣。出其緒餘。以製樂府。丹丘評其曲如閑雲出岫。

張弘範　見錄鬼簿稱爲張九元帥。太和正音譜內著其姓字爲張久。與定興張宏範同名。事蹟不詳。

荆幹臣　幹臣或作漢臣。錄鬼簿稱爲參軍。事蹟失考。丹丘評其曲如珠簾鸚鵡。

陳草庵　字籍俱佚。錄鬼簿稱爲中丞。事蹟失考。

馬彥良　見錄鬼簿稱爲都事。事蹟不詳。太和正音譜內著其姓字。

劉敏中　字端甫。號中菴。濟南章丘人。歷中書椽。淮西肅政廉訪使。官至翰林學士承旨。卒後追封齊國公。諡文簡。元史有傳。有中菴集廿五卷行世。太和正音譜內著其姓字。

闞　復　字彥舉。至元間翰林學士。太和正音譜內著有闞志學姓字。是否一人待考。

滕　賓　一名斌。字玉霄。黃岡人。或云睢陽人。曾官應奉。丹丘評其曲如碧海閒雲。

曹　鑑　字克明。號以齋。宛平人。歷鎮江淮海書院山長。湖廣省左右司員外郎。官至禮部尚書。卒後追封譙郡侯。諡文穆。元史有傳。太和正音譜內著其姓字。

張孔孫　字夢符．其先出遼之烏若部．歷奉侍郎．南京總管府判官．至集賢殿大學士．以翰林學士承旨中善大夫致仕．大德十一年卒．元史有傳．

曹元用　字子貞．世居阿城．後徙汶上．始以鎮江路儒學正．歷翰林國史院編修官．御史臺椽史．禮部主事．拜中奉大夫．翰林侍講學士．兼經筵官．預修英宗仁宗兩朝實錄．卒後追封東平郡公．諡文獻．元史有傳．太和正音譜內著其姓字．

趙伯寧　名佚．見錄鬼簿．稱之爲趙伯寧中丞．事蹟待考．

郝天挺　字繼先．號新庵．一作新齋．其先出於朵魯別族．歷參知政事．陝西漢中道廉訪使．官至吏部尚書．卒後追封冀國公．諡文定．元史有傳．天挺嘗修雲南實錄五卷．又註唐人鼓吹集十卷行世．兼工樂府．太和正音譜內著其姓字．

高　栻　字則成．北小令名家．其姓字每與高則誠相混．則誠名明．乃作琵琶記者．爲元末人．高栻則較前也．

周德清　字挺齋．高安人．爲宋詞人周美成之後．工韻律．纂中原音韻．立北韻準繩．丹丘評其曲如玉笛橫秋．

王　曄　字日華．號南齋．其先睦人．後遷杭州．有優語錄．今不見傳．太和正音譜內著其姓字．

楊朝英　號澹齋．青城人．自署爲青城後學．以與貫酸齋相知．酸齋嘗有「我酸則子澹」一語．因以澹齋自號．工樂府所選輯陽春白雪太平樂府均負譽一時流傳至今丹丘評朝英之曲如碧海珊瑚。

鍾嗣成 字繼先自號醜齋先世開封人後居杭州以明經屢試不售銳意詞章妙工樂府嘗纂輯金元曲人姓名及作品成錄鬼簿一書流傳至今成爲曲苑寶筏丹丘評繼先之曲如騰空寶氣。

劉庭信 先名廷玉爲南臺御史劉廷翰族弟行五人稱黑劉五舍丹丘評其曲如摩雲老鶻。

顧德潤 字均澤一作君澤松江人杭州路吏有九仙樂府自號九仙丹丘評其曲如雪中喬木。

李用之 松江人工樂府錄鬼簿著其姓字。

顧廷玉 松江人錄鬼簿著其姓字。

兪姚夫 杭州人見錄鬼簿曹楝亭刊本作兪仁夫。

張以仁 湖州人錄鬼簿著其姓字。

高可道 工小曲見錄鬼簿曹楝亭刊本作高可通。

徧立中 太和正音譜著其姓字事蹟無考有散曲殿前歡兩隻尙存留太平樂府中。

李伯瞻 號熙怡太和正音譜錄其姓字有省悟北詞一套存散曲選本中。

趙顯宏 號學村太和正音譜著其姓名事蹟失考其所作北詞尙多散見各散曲選集中。

查德卿 太和正音譜著其姓字事蹟失考有慶東原一隻今尙存留太平樂府中。

景元啓 字里失考太和正音譜著其姓名所作北詞尙散見散曲選本中。

王舉之　太和正音譜著其姓字。事蹟失考。

王愛山　字敬甫，長安人。太和正音譜錄其姓名。有水仙子小令十隻。尚存留散曲選本中。

奧敦周卿　見太和正音譜。事蹟失考。按奧敦即漢族曹氏。所作北詞。尚流存散曲選本中。

蒲察善長　見太和正音譜。按蒲察即漢姓李氏。所作北詞。散見各散曲選本中。

張子堅　事蹟失考。太和正音譜著其姓名。有德勝令小令存見散曲選本中。

陳德和　見太和正音譜。事蹟失考。有雪中十事北詞。尚存見樂府群玉中。

李愛山　里貫不詳。太和正音譜錄其姓字。

宋方壺　里貫不詳。太和正音譜著其姓字。

程景初　字里失載。太和正音譜著其姓名。其春情一套北詞。現尚流存。

唐毅夫　名佚。太和正音譜著其姓字。有怨雪一套北詞。現尚流存。

孛　羅　太和正音譜著爲「孛羅御史」。按孛羅係姓氏。至御史究係譯名抑係官職。無從考證。惟其所作辭官一套北詞。現尚流傳。是「御史」或屬其職銜也。

李伯瑜　名里不詳。太和正音譜著其姓字。有小桃紅散曲十隻。今尚流存。

李德載　字里失考。太和正音譜著其姓名。有陽春曲十隻。現尚流存。

陳叔寶　太和正音譜錄其姓字。事蹟失考。

張子益　名里失考。太和正音譜著其姓字。錄鬼簿作張子益學士。

陳子厚　見太和正音譜事蹟失考。

孫叔順　見太和正音譜。事蹟失考。

杜遵禮　見太和正音譜。事蹟失考。有醉中天散曲二隻。現尚流存。

呂元禮　太和正音譜著其姓名。事蹟失考。

李茂之　太和正音譜錄其姓名。事蹟失考。

亢文苑　太和正音譜錄其姓字。事蹟無考。別刻一作元文苑。

鄧學可　見太和正音譜。名里失考。勾曲外史張伯雨集中有雪中寄鄧學可詩。應與伯雨同時。有樂道一套北詞。現尚流存。

沙正卿　見太和正音譜。名里失載。按元詩選癸辛集有沙可學其人。而楊鐵厓送沙可學序中有云。「某官來總行省事。求從事椽之賢能者。首得一人焉。曰沙可學氏。又得一人焉。曰高則誠氏。又得一人焉。曰葛元哲氏。三人者用而浙稱治」。高則誠卽高明。與沙可學並稱。豈可學正卿為一人耶。正卿應與則誠同時期人。其所作散曲。尚得見一二。其閨情一套北詞。風格固不在東嘉之前。姑存疑於此。以俟考證。

王仲誠　太和正音譜著其姓字。名里失考。其避紛北詞一套。現尚流存。

呂天用　太和正音譜著其姓名字里失載。有北詞秋蜨套曲。今尚流存。

睢玄明　見太和正音譜。睢景臣子。揚州人。散曲有詠鼓北詞一套。今尚流存。

張子嶶　太和正音譜著其姓字名里失考。

阿里耀卿　見太和正音譜。爲里西瑛之父。事蹟不詳。

里西瑛　阿里耀卿之子。嘗築嬾雲窩。以殿前歡小令題詠之。一時名手皆有和作。太和正音譜著其姓字。

童童　又作同字里失考。元有二童童。一字同初。狀元及第。官至翰林待制。又一同同。載江西通志。官廉訪司經歷。陳友諒陷城。罵賊死。此童童稱學士。見太和正音譜。是否係另一人。待考。

廖毅　字弘道。建康人。泰定三年與鍾嗣成交。由周仲彬爲介。一見如生平懽。其北詞越調一點靈光一套。最負時譽。天曆二年歿於友人江漢卿家。太和正音譜中著其姓字。

蕭德潤　太和正音譜著錄。爲黃德潤。錄鬼簿又作蕭德祥。杭州人。以醫爲業。號復齋。有雜劇及南曲戲文等行世。

丘士元　見太和正音譜。字里不詳。散曲愁山悶海一套。最負時譽。

李邦傑　見錄鬼簿。一作李邦基。有散曲寄別一套。今尚流傳。太和正音譜著其姓名。

高安道　見太和正音譜。事蹟失考。有御史歸莊南呂小曲。已佚。散曲行雲一套。今尚流存。

臧懋循　字晉叔。號顧渚。吳興人。嘗就元人百種舊本删輯成元曲選一書行世。

張酷貧　行院子弟。按酷貧本腳色科名之一種。猶今劇壇間所謂窮生者。是元初行院中有大都人張姓者。任教坊勾管。以善演酷貧一科。遂被稱爲張酷貧。所編七里灘等劇本。文士擊節。因更寵以嘉名曰國賓。義取諸音。固非張之本名也。其後沿誤。又作國寶。臧晉叔以文人媚之曰國賓者。非是。固不爲無見。蓋酷貧本藝名。古時梨園積習。師徒得承襲藝名。以爲世守。迄至近代。遺風猶可概見。咸同及光緒初葉秦腔優伶藝名中如元元紅十三旦之類。仍世承襲其名。不稍更易。逮及清末民初。始以「小」「蓋」「賽」諸字冠列名前。以爲識別。所謂紅梅閣紅橋贈珠少安趕船等劇。不過爲該科伶人私有之秘本。不必果出自唱者一人之手。現所存國賓雜劇數種。實同科班子弟之秘笈。而以張姓負譽。遂承其名耳。茲以既有國賓一名。是已名有專屬。故仍著存曲家之林。並備及本末。以供考訂。

紅字李二　行院子弟。大都人。爲元代名伶劉耍和婿。按李二通文墨。嘗與馬致遠諸名士合作黃粱夢雜劇。元行院中俚語謂「盛譽」爲「紅字」。蓋名優登場必朱榜高張其名也。反是則墨。優伶或顯或晦。輒以紅黑稱之。

花李郎　行院子弟。亦爲劉耍和婿。嘗共編黃粱夢襍劇。行院中並以花李郎學士稱之。

春牛張　行院子弟。通文墨。嘗編荆娘盜菓襍劇。其曲文尚散見北詞廣正譜中。

王　生　名字俱失載。所補鶯鶯紅娘着圍棋一折。尚存。見明弘治十一年金臺岳刻西廂記中。

夢　簡　姓字不詳。見太和正音譜。尚存有射雁北詞一套。

武林隱　姓名失載。太和正音譜著錄。尚存有折桂令詠昭君一曲。

附謳家三十六人　據寧獻箸錄列登

盧　剛　咸陽人。其音屬宮而雜商。丹丘評其謳如神虎嘯風。雄而且壯。

李良辰　漢陽人。其音屬角。丹丘評其謳如蒼龍之吟秋水。

蔣康之　金陵人。其音屬宮。丹丘評其謳如玉磬之擊明堂。清潤可愛。

李　通　宛平人。其音屬羽。丹丘評其謳如玉笙之吹瓊館。清而且潤。

李伯擧　鎮江人

王子敬　臨清人

九敬之　色目人

幞頭王　杭川匠人出身。按幞頭係脚色名稱。

甘仲平　鎮江人

秦梧葉　陝西人。按梧葉兒聯章。爲散唱體式之一。秦梧葉。喻其善唱梧葉兒耳。

史九皋　杭州人

劉彥達 通州人

華士良 杭州人。官臨洮知府。

張仲文 揚州人

吳友執 汴梁人

王善甫 宛平人

傅秉文 永平人

李時敬 通州人

俞允中 宛平人

湯執中 沛縣人

張仲實 塗陽人

李弘遠 塗陽人

劉廷簡 塗陽人

梅景初 宛平人

李秉質 塗陽人

馮彥皋 台州人

郝　璉　字國器宛平人

李彥中　汴梁人

俞景中　宛平人

靳士名　宛平人業醫

賀從善　杭州人業醫

蔣原佐　宜興人

徐仕傑　杭州人

胡維中　濟寧人

王均佐　遵化人

楊景輝　鳳陽人

一、朱明代興建極之始勝國子遺猶峙靈光關河雖改餘韵未歇曲苑蜚聲雅存北調而南調雜劇傳奇頭角已覺崢嶸至領袖風華若賈仲民汪元亨高則誠輩或擅北詞或作南音要皆故元詞客獨惜晚沒明初遂爾閱兩世之衣冠因斷代而降輩者此一時也洪武永樂以後南調大昌南雜劇傳奇相繼爭席北劇之作幾同告餼此一時也嘉靖而還競尚傳奇南雜劇亦成附庸清代仍之又一時矣至其爨弄乘時變化亦復可跡洪武年間化北爲南尚兼主中州而餘姚、海鹽、義烏、弋陽、青陽、四平、樂平、太平諸腔。已相繼入曲。永樂以降。海鹽弋陽竝盛。雄傑音少。舒和腔多。分套刌角。去古益遠。周郎顧誤。翻重詞章。才士拈毫着意藻飾。於是場上案頭相異。協律乖口相爭。而水磨調復騁馳於嘉隆之後。節益柔。詞益靡。但眩八寶樓臺。漸遺元音律呂。其硜硜繩墨自守者。固推詞隱爲宗師。其錯采鏤金。暱欵詞場者。又拱玉茗爲班首。斯固曲運盈消之漸。抑又不得不謂爲一代之壯觀。因著明代曲家凡若干人。謳家亦附及之。其由故元入明者。撰諸斷代體例。併冠列焉。

汪元亨　號雲林。饒州人。元末任浙江省椽。後徙常熟。至正門有歸田錄雲林清賞等集。

谷子敬　金陵人。仕元任樞密椽吏。明洪武初戍源。時通周易。擅樂府。丹丘評其曲如崑山片玉。

丁埜夫　西域人。元西監生。卜居錢塘。入明後不仕。有雜劇多種。

邾　經　字仲誼。號觀夢道士。又號西淸居士。本隴人。僑居吳山下。曾爲淛州省考試官。蓋亦由元入明者。

王子一　名號不詳。爲由元入明之曲家。丹丘評其曲如長鯨飲海。

劉　兌　一作劉兊。字東生。籍里不詳。丹丘評其曲如海嶠雲霞。

李士英　錢塘人。工醫。擅樂府。有雜劇數種。

羅　本　一作羅貫。字貫中。自號湖海散人。浙江錢塘人。一說係太原人。生於元季。歿於明初。以小說家言負時譽。

唐　復　字以初。號冰壺道人。籍隸京口。後居金陵。丹丘評其曲如天女散花。

陸進之　名佚。嘉禾人。爲福建省都事。有雜劇多種。見續錄鬼簿。

楊　暹　後改名訥。字景賢。號汝齋。本元蒙古氏。因從姊丈楊鎮撫人。遂以楊姓稱之。後卒金陵。丹丘評其曲如雨中之花。

金文質　湖州人。事蹟不詳。有樂府行世。見續錄鬼簿。

李唐賓　號玉壺道人。仕元官淮南宣慰使。丹丘評其曲如孤鶴鳴皐。

張　擇　字鳴善。或誤作明善。號頑老子。本籍平陽。家於湖南。流寓揚州。官淮東道宣慰使司。元亡後。遷吳江。有英華集行世。所作雜劇均不見傳。丹丘評其曲如彩鳳刷羽。

劉君錫　燕山人。故元省奏人。稱爲白眉翁。所作樂府行世極多。見續錄鬼簿。

陶國英　晉陵人。事蹟不詳。見續錄鬼簿。

夏伯和　號雪簑釣徒。松江人。有青樓集行世。

高　明　字則誠。永嘉平陽人。至正五年張士堅榜中第。授處州錄事。調浙江閫幕都事。轉江西行臺椽。又轉福建行省都事。方國珍聘置幕下。不行。旅寓鄞之櫟社。以詞曲自娛。乃作琵琶記。負譽一時。洪武定鼎後。聞名召見。參脩史宬。均以老病託詞不赴。隱居而沒。有柔克齋集。爲元代入明之詞章家而有學問者。又蔣仲舒堯山堂外紀云。作琵琶記者乃高拭。則成。靜志居詩話引之。並云。涵虛子曲譜有高拭而無高明。則蔣氏之說。或有所據云云。按元刊張小山北曲聯樂府三卷。前有海粟馮子振。燕山高拭題詞。而太平樂府卷一。載有殿前歡小令一支。作者高栻。雖筆劃微歧。要屬一人。其人與小山友善。當生在元之中葉。自不得與高明混爲一談也。

陳伯將　無錫人。元進士。累官至河南參政。遷中書參知政事。由元入明。工樂府。

高茂卿　涿州人。事蹟不詳。亦由元入明者。

全子仁　名普庵撒里。高昌家秃兀兒氏。仕元任贛州路監郡。由元入明。見續錄鬼簿。

劉士昌　宛平人。仕元官中書椽。授府庫院經歷。由元入明。工樂府。

花士良　高郵人。至正末從張士誠。往吳下。爲省都鎮撫。洪武初擢知鳳翔府事。引年歸老。家於錢塘。工樂府。後以事死。

金文石　本康里人。與弟武石。仕元。俱承父元素恩蔭。補國子生。元亡。因父隨元帝北去。憂心成疾。卒於金陵。

金壽臣　淮東人。住吳門。故元左司郎中。由元入明。工樂府。

盛從周　淮南人。事蹟失載。

黃元吉　字里不詳。爲由元入明之曲家。所作雜劇。現僅一種。尚見流傳。

須子壽　名號失考。錢塘人。曾官縣尹。後卒金陵。亦爲由元入明之曲家。

劉元臣　淮南人。事蹟不詳。

龔敬臣　淮南人。曾任經歷。
龔國器　敬臣姪。淮南人。事蹟不詳。
趙元臣　任都事。按右上五人竝見續錄鬼簿在本條下並云倶淮南人。各有樂府隱語行於世。
藍楚芳　西域人。仕元官至江西元帥。工樂府。丹如評其典如秋風桂子。
臧彥洪　事蹟待考。名見續錄鬼簿。
莊　麟　字文昭。事蹟不詳。名見續錄鬼簿。
王文新　淮東人。字履不詳。兵亂居京江。不求聞達。年八十餘卒於家。名見續錄鬼簿。
張伯剛　京口人。宋統制硬弓張之後。洪武初任臨洮太守。有文集行世。
王景榆　女眞人。完顏氏。故元時任鎭江貳牧。因家於其地。明初徵辟至京師。尋卒。
陳敬齊　事蹟待考。名見續錄鬼簿。
月景輝　也里可溫氏。仕元官至令尹。爲由元入明之曲家。
賽景初　西域人。仕元任常熟判官。入明後老於錢塘。
穆仲義　西域人。續錄鬼簿作沐仲易。工樂府。丹丘評其曲如洛神凌波。
虎伯恭　西域人。工樂府。名見續錄鬼簿。
魏士賢　高郵州人。元末避兵渡江。隱於蘇門。充淮南省宣使。洪武初。卜居句容。名見續錄鬼簿。

王　庸　字彥中。武林人。有百梅藁三百篇行世。

徐景祥　錢塘人。與王彥中齊名。善樂府。有詩謎一卷曰包羅天地。見續錄鬼簿。

丁仲明　徐景祥門弟子。工隱語。時人皆稱丁猜。見續錄鬼簿。

王文昌　字履待考。丹丘評其曲如崑山片玉。

陳克明　事蹟不詳。丹丘評其曲如九畹芳蘭。

楊　賁　字彥華。自號春風道人。洪武辛巳以明經擢濮陽縣令。永樂初改除趙府紀善。丹丘評其曲如春風飛花。

楊文奎　字里不詳。丹丘評其曲如匡廬疊翠。所作雜劇。僅流存一種。

徐　㽔　字仲由。淳安人。洪武初徵秀才。至藩府。辭歸。著有巢松集。

夏均政　名貫事蹟均待考。丹丘評其曲如南山秋色。

賈　固　字伯堅。山東沂州人。仕元。官揚州路總管。中書左參政事。善樂府。諧音律。續錄鬼簿著其姓字。

孫行簡　金陵人。洪武初任上元縣縣丞。後棄官卜商。工樂府。續錄鬼簿著其姓字。

徐孟曾　號愛夢。蘭陵人。工醫。擅樂府。續錄鬼簿著其姓字。

郟啓文　仲誼子。仕元任中書宣使。擅樂府。續錄鬼簿著其姓字。

倪　纘　號雲林子。又號風月主人。一署倪迂。錫峰人。丹青而外。尤工樂府。入明後卒於荊溪。

湯　式　字舜民。號菊莊。象山人。工樂府。永樂帝在燕邸時。寵遇甚厚。有菊莊樂府。筆花集。及雜劇數種。丹丘評其曲如錦屛春風。

沈　廉　字士廉。錢塘縣學生。洪武中拜監察御史。坐事戍遼陽。永樂中徙金陵。

俞　川　字行之。臨江人。永樂中官營膳大使。

陳熙齋　工樂府。名里失載。

陳子一　名佚。號太朴生。

賈仲明　一作仲名。號雲水散人。淄川人。工樂府。永樂帝在燕邸時。卽加寵遇。後徙居蘭陵。有雲水遺音續錄鬼簿及雜劇多種。丹丘評其曲如錦帷瓊筵。

陳　枵　字大用。江陵人。事蹟不詳。

薛伯安　字里失考。

董原庸　字里失考。

陳益初　字里失考。

徐　元　字叔回。錢塘人。

馬惟厚　汀州人。事迹失考。見續錄鬼簿。

馮彥恭　字里失考。見續錄鬼簿。

劉時中　見續錄鬼簿事蹟失考．與元劉逋齋字偶同但非一人．

成彥存　見續錄鬼簿事蹟失考．

趙元重　見續錄鬼簿事蹟失考．

張碧山　見續錄鬼簿事蹟失考．

戴伯可　見續錄鬼簿事蹟失考．

朱　權　明洪武諸子．自號涵虛子．一號臞仙．又署丹丘先生．襲封寧王．卒後謚憲．著太和正音譜及雜劇數種行世．

朱有燉　號誠齋．洪武之孫．襲封周王．洪武七年生．正統四年卒．謚憲．有誠齋樂府及雜劇數種行世．誠齋性冲夷．嘗自署全陽子、全陽道人、全陽翁、全陽老人、老狂生、及錦窩老人等名號以寄志．

王　越　字世昌．濬縣人．景泰二年進士．永樂三十一年生．萬曆二十六年卒．歷巡撫尙書．封威寧伯．謚襄敏．明史有傳．有雲山老嬾集行世．

周朝俊　字稊玉．又作儀玉．吳縣人．工樂府．事蹟失考．

高　濂　字深甫．號瑞南．錢塘人．事蹟失載．

薛近兗　字里失考．有繡襦記傳奇行世．

康　海　字德涵．號對山．武功人．弘治十五年狀元．授翰林院編修．有傳奇及沜東樂府行世．

王九思　字敬夫。號美陂。鄠縣人。官至吏部郎中。坐劉瑾黨謫罷。有碧山樂府。

李開先　字伯華。號中麓。章邱人。官至太常寺少卿。弘治十四年生。隆慶二年卒。明史有傳。

常　倫　字明卿。自號樓居子。沁水人。正德六年進士。官大理寺評事。謫爲壽州判。有常評事寫情集行世。

韓邦靖　字汝慶。號五泉。陝西朝邑人。正德進士。歷官山西右參政。弘治元年生。嘉靖二年卒。有韓五泉集行世。

韓邦奇　字汝節。號苑洛。有苑洛集。

楊循吉　字君謙。吳縣人。自號南峰山人。成化進士。官禮部主事。景泰七年生。嘉靖二十三年卒。有松籌堂集及南峰逸稿行世。

馮惟敏　字汝行。號海浮山人。臨朐人。嘉靖舉人。官保定府通判。有浮海山房詞稿及雜劇多種行世。

王　磐　字鴻漸。號西樓。高郵人。有西樓樂府行世。

金　鑾　字在衡。號白嶼。隴西人。僑寓金陵。有蕭爽齋樂府。

王　田　字舜耕。號西樓。濟南人。官縣佐。工樂府。與王鴻漸同號西樓。致常牽混。舜耕善山水。學高房山。不失距度。鴻漸則但以曲名耳。

楊廷和　字介夫。新都人。楊愼父。成化進士。官至華蓋殿大學士。明史有傳。

楊　愼　字用修。號升庵。廷和子。正德狀元。充經筵講官。因議禮謫戍雲南永昌衛。卒於任所。明史有傳。箸述甚富。以學人偶事詞章。所傳陶情樂府四卷。拾遺一卷。並見工力。至流行之升庵夫婦樂府。玲瓏唱和集等編。均係近人補輯而成。固非原璧矣。

徐復祚　原名篤儒。字陽初。改字訥川。號暮竹。別署破慳道人。陽初子。落誦生。休休生。三家村老。忍辱頭陀。慳吝道人。常熟人。工部尚書栻之孫。有傳奇行世。

唐　寅　字伯虎。又字子畏。號六如居士。吳縣人。弘治舉人。工樂府。居桃花塢以終。明史有傳。

祝允明　字希哲。駢指。因號枝山。又署枝指生。長洲人。曾官應天通判。有才名。天順四年生。嘉靖五年卒。明史有傳。

王　異　原名元功。郃陽人。名凡兩改。初易曰權。字无功。後改名異。舊時著錄。或致互岐。

王元壽　字伯彭。元功弟。工樂府。祁氏遠山堂劇品錄其所譔凡二十三種。並列爲能品。

邵　璨　字文明。一字宏治。號半江。宜興人。官給諫。舊時著錄。璨或作燦。

姚茂良　字靜山。武康人。

盧　柟　字次楩。一字子木。大名人。

文九玄　號澹然。隆慶時人。世居吳中。自署赤城山人。

王穉登　字百穀。一字伯谷。長洲人。與太原王穉登異。太原王氏與曲作無關。

沈受先　字壽卿。里居待查。

許三階　字里待查。

龍膺　字朱陵。一字君善。又字君御。自號龍渠翁。武陵人。官至副都御史。

陸采　字子玄。號天池。又署天奇及清癡叟。長洲人。嘉靖諸生。年十九作明珠記傳奇。稱吳中才子。

李日華　吳縣人。事蹟不詳。與萬歷進士嘉興人李日華異。舊時箸錄或相糾纏。按徐元長箸錄中有李景雲其人。或疑即日華別字。一說景雲早於日華。均待考。

茅維　字孝若。號僧曇。歸安人。

許自昌　字玄佑。玄改作元。別署梅花主人。吳縣人。與陳眉公友善。好詞曲。榜所居曰梅花墅。嘗改汪廷訥種玉及許三階節俠兩劇。並搜名手傳奇。彙入梅花墅叢刻中。致啓後來坊刊藉以冒附。

徐霖　號髯仙。應天人。

端鏊　號平川。字里待查。

單本　字槎仙。會稽人。舊或箸錄爲單槎。疑奪仙字。

孫鍾齡　字仁儒。舊時箸錄或作仁孺。籍里待查。

鄒玉卿　字崑圃。長洲人。

陳曉江　號江曉。字里待查。

楊柔勝　字新吾。武進人。

吾邱瑞　字國璋。杭人。本蒙古吾邱衍之後。或箸錄爲邱瑞吾。實誤。邱一作丘。

陳　鐸　字大聲。號秋碧。又號七一居士。本下邳人。爲睢寧伯陳文後裔。居南京。世襲指揮。有秋碧樂府二卷。

陳所聞　字蓋卿。秣陵人。曾輯南北宮詞紀。負一時之譽。

陳　沂　字宗魯。更字魯南。號石亭。又號小波。鄞縣人。歷官翰林編脩。侍講。江西參議。山東參政。山西行太僕卿。抗疏致仕。嘉靖十七年卒。

夏　言　字公瑾。貴溪人。正德進士。官至華蓋殿大學士。成化十八年生。嘉靖三十七年卒。諡文愍。明史有傳。有桂洲近體樂府及鷗園新曲一卷。

沈　仕　字懋學。一字子登。號野筠。自署青門山人。又署東海迷花浪仙。仁和人。刑部侍郎沈銳子。有唾窗絨樂府。原本已佚。近人又補輯行之。

沈　鯨　號涅川。一作塗川。平湖人。或云吳縣人。事蹟不詳。有傳奇行世。

王　濟　字雨舟。浙之烏鎮人。官橫州通判。

沈　釆　字練川。一作練堂。嘉定人。

宋　讓　字號待查。廣陽人。所作雜劇見次節著錄。

吳世美　字叔華。義烏人。所著驚鴻奇傳奇。今已散佚。

湯顯祖　字義仍。號若士。臨川人。嘉靖九年生。萬曆進士。除南太常博士。以遂昌縣尹終。所著四夢傳奇。負譽一時。

汪道昆　字伯玉一字玉卿。號南溟。又號南明。太函。晚號函翁。嘉靖進士。由縣府尹官至兵部侍郎。有大雅堂樂府行世。

王世貞　字元美又號弇州山人。太倉人。嘉靖進士。官至青州兵備副使。有鳴鳳記傳奇行世。

梁辰魚　字伯龍。號少白。一署仇池外史。崑山人。以浣紗記負譽一時。

鄭若庸　字中伯。號虛舟。崑山人。有蛣蜣集。及傳奇多種行世。

張鳳翼　字伯起。號靈墟。又署冷然居士。長洲人。嘉靖六年生。萬曆四十一年卒。有敲月軒詞稿及傳奇多種行世。

朱應辰　字拱之。一字振之。太學生。有逍遙館集。及淮海新聲等編行世。

屠　龍　字長卿。又字緯眞。號赤水。自署由拳山人。一衲道人。鄞縣人。官禮部主事。著由拳集及傳奇多種行世。明史有傳。

沈　璟　字伯英。號寧庵。自署詞隱生。嘉靖三十二年生。萬曆甲戌科進士。官至光祿寺丞。卒於萬曆三十八年。天啓初追贈光祿大夫。所纂南九宮譜一書。推爲詞林寶筏。

王驥德　字伯良。自署秦樓外史。又號方諸生。山陰人。有方諸館樂府及傳奇多種行世。天啓三年卒。

陳子龍　字臥子。號大樽。雲間人。

錢直之　號海屋。錢塘人。

章大綸　字金庭。一字全定。錢塘人。

金無垢　號逍遙。鄞縣人。舊時著錄或作金天垢。或作金无垢。均待考。

程文修　字叔子。仁和人。

陸濟之　字利川。無錫人。陸或作陳。一作隋。均待考。

祝長生　號金粟。海鹽人。

顧希雍　字懋仁。崑山人。

顧仲雍　字懋儉。崑山人。希雍之弟。

汪　鋑　字劍池。錢塘人。明坊本題作王鋑。待考。

史　槃　字叔考。一字載言。山陰人。有傳奇多種。

卜世臣　字大匡。一字大荒逋客。秀水人。有樂府指南。巵言。多識篇。山水合譜。及傳奇多種。

施紹莘　字子野。自署峯泖浪仙。華亭人。隱居不仕。生於萬曆元年。卒於崇禎十三年。有花影集行世。

徐　渭　字文長。山陰人。遊胡少保宗憲幕。胡敗。懼罪發狂。著四聲猿雜劇。一折一事。合爲四折。一本現尚傳世。渭長才調不羈。每有述作。輒題別名。如天池、天池漱生、天池生、天池山人、鵬飛處人、青籐山人、青籐道士、漱老人、山陰布衣、白鷴山人、田水月、海笠、福壽等。均其別署也。

高應玘　字仲子。又字仲純。號筆峰子。章邱人。李開先弟子。曾作縣丞。有醉鄉小稿。筆峰詩草。歸田諸稿。

梅鼎祚　字禹金別署勝樂道人。宣城人。梅守德子。按禹金爲明國子監生。淡泊自甘。退隱書帶園。稱天逸閣。以藏書及著述名世。所譔除劇曲外尚有鹿裘石室集。歷代文紀。漢魏八代詩乘。古樂苑。尚有洞詮。宛雅。靑泥蓮花記。才鬼記。才妖記等書。著述甚富。生於嘉靖二十八年。卒於萬曆四十三年。

胡汝嘉　字懋禮一字沁南。號秋宇。金陵人。嘉靖進士。官翰林編脩。河南參議。有蒨園集。沁南稿行世。

陳自得　嘉靖年人。字里失考。

王　衡　字辰玉。號緱山別署蘅蕪室主人。太倉人。王錫爵子。萬曆進士。有緱山集紀遊稿歸田詞等集行世。

呂　文　原名天成字勤之。號棘津。別署鬱藍生。餘姚人。呂姜山子。王伯良稱其風貌玉立。才名藉甚。爲沈璟入室弟子。不及四十而卒。今尚存其曲品二卷行世。

汪廷訥　字昌朝。一作昌期。別署坐隱先生。無無居士。全一眞人。淸癡叟。休寧人。官至鹽運使。有環翠堂集。華袞集。環翠堂樂府行世。

陳繼儒　字仲醇。號眉公。又號麋公。華亭人。諸生。隱居崑山。後築室東佘山。屢奉詔徵用不赴。有眉公全集六十卷。及校輯寶顏堂秘笈等編行世。

陳與郊　原姓高。字廣野。號禺陽。一作隅陽。或虞陽。又號漫卿。別署玉陽仙史。海寧人。萬曆進士。官至太常寺少卿。

桑紹良　字季子。濮縣人。事蹟待查。

王　澹　字澹翁。別署澹居士。會稽人。有墻東集行世。

胡文煥　字德甫。一作德父。號全庵。別署抱琴居士。錢塘人。有胡氏詩識。皇圖要覽。素問心得。文會堂琴譜諸作行世。

佘　翹　字聿雲。一作聿文。銅陵人。萬曆舉人。有浮齋集。翠微集等作行世。

朱京藩　字价人。別署不可解人。有傳奇及散曲諸作。今多散佚。僅尚存傳奇一種行世。

車任遠　字遠之。號梶齋。別署舜水蓮然子。上虞人。工樂府。與陶望齡同時。

陳汝元　字太乙。號太乙山人。又號燃藜仙客。顏其書齋曰函三館。會稽人。嘗官知州。工樂府。有雜劇傳奇行世。

李九標　字逢時。錢塘人。事蹟不詳。有雜劇一種行世。舊時箸錄。或名字互易。疑誤。

陸江樓　杭州人。名字待考。

朱從龍　字春霖。句容人。

朱　期　號萬山。上虞人。

盧鶴江　無錫人。名字待考。

朱　鼎　字永懷。崑山人。

吳　鵬　字圖南。宜興人。

張從懷　一作從德。字同谷。海寧人。

楊　珽　字夷白。或作第白。錢塘人。

黃維楫　字說仲。天台人。

程子偉　字正夫。江都人。

徐時敏　敏或作勉。字學父。南州人。

戴應鰲　杭人。事蹟不詳。按所著金鈿盒傳奇。與現存明刊本西湖居士金鈿盒二卷。向著錄在無名氏內。是否西湖居士卽係應鰲別署。仍俟查考。

李素甫　字位行。吳江人。

蘇元儁　字漢英。自署不二道人。

徐應乾　號孔坪。曾官醫巫。字里待查。

王國柱　字里待查。自署夢覺道人。故所刻傳奇。多混入無名氏。按遠山堂劇品列其製作入能品。

楊　弘　字景夏。號脈望。青浦人。

沈季彪　四明人。自署四明山環谿漁父。

湯家霖　字賓陽。舊時著錄或作楊賓陽。或作湯陽賓。均待考。

周公魯　字公望。崑山人。

庾庚　字生子。杭人。

徐陽輝　字玄輝。鄞縣人。有青雀舫樂府。爲時推重。所製雜劇。今尚流傳。

凌濛初　字玄房。號初成。一號稚成。亦名凌波。又字波厈。別署卽空觀主人。烏程人。以廩餼生授上海縣丞。署令事。又署海防。擢徐州判。崇禎十七年卒。精曲學。有曲律。譚曲雜劄。南音三籟。與吳載伯善。時以吳凌並稱。

李磐隱　名里未詳。工樂府。所作雜劇。惜均散佚。

葉憲祖　字美度。一字相攸。號桐柏。又號六桐。別署槲園居士。紫金道人。籍隸餘姚。萬曆進士。崇禎初歷任南刑部郎。湖廣副使。後轉任四川參議。廣西按察使。均辭不赴。崇禎十四年卒。所作雜劇。今尚流傳。

屠本畯　字田叔。鄞縣人。屠大山子。以蔭授刑部檢校。遷太常典簿。歷南禮部郎中。兩淮運司同知。福建運使。辰州知府。有田叔詩草。太常典錄等作行世。

田藝衡　字子藝。錢塘人。田汝成子。以歲貢爲休寧教諭。有留青日札。大明同文集。田子藝集。煮泉小品諸作行世。

林章　原名春元。字初文。福清人。萬曆年間擧人。嘗從戚繼光遊。後僑寓金陵。發憤南曹枉法。斷梗陽之獄。攘臂直之。轉自坐繫金陵獄。逮三年。釋出後復遊京師。終因抗疏請止開鑛。兼陳立兵行鹽之策。遭沈一貫忌構陷下獄死。有雜劇傳奇均未流傳。

張國籌　或誤作張國壽。字號不詳。章邱人。隆慶間以拔貢官行唐知縣。工樂府。有雜劇傳奇數種。均未流傳。

程士廉　字小泉。休寧人。有雜劇四種。總題爲小雅堂樂府。其鄉前輩汪道昆有大雅堂樂府。故相對名之。

朱恩鐺　宗室。封遼王。工樂府。有唾窓絨春風十調及雜劇等作。後安置鳳陽。遼邸紀聞謂其含思凄楚。不減南唐後主。

許潮　字時泉。靖州人。有山石集及雜劇合集泰和記行世。

楊維中　字里失考。有雜劇樂府。均未流傳。

李槃　字里不詳。工樂府。所製雜劇數種。均未流傳。

顧瑾　字懷琳。華亭人。一云杭州人。待查。

王恒　字伯貞。號少谷。奉化人。寄居四明。或錄爲杭人。恐誤。所著合璧一劇。東瀛尚存刊本。

吳大震　字東宇。號長孺。別署市隱生。休寧人。

沈嵊　字孚中。一字會古。號唵庵。錢塘人。

許炎南　字有丁。海鹽人。舊時箸錄或又名字相出入。

姜以立　興安人。

葉良表　字正之。里居待查。

周履靖　字逸之。號螺冠。秀水人。

王翃　字介人。自署秋懷老人。或秋槐老人。籍隸嘉興。著有秋懷堂集。

張楚　又名琦。先字楚叔。改字叔文。一字旭初。別署西湖居士。玃道人。杭郡人。嘗輯吳騷集。榜所居曰白雪齋。
倚聲製曲一時推重。

韋宓　字長賓。浙人。事蹟待查。

宋存標　字子建。號蒹葭秋士。華亭人。

張四維　字治卿。號聿文。上元人。自署玉山秀士。五山秀才。亦署五山。

虞巍　字君哉。金壇人。

邱濬　字仲深。號瓊山。瓊州人。一署華山居士。官至大學士。

吳溢　字千頃。吳江人。一字汪度。流寓長洲。

謝弘儀　號寤雲。字里待查。清錄避諱。改弘爲宏。

馮之可　一作時可。字易亭。彭澤人。

沈祚　字希福。溧陽人。

王光魯　字漢恭。邗江人。

魏浣初　字仲雪。上虞人。

李梅實　杭人。事蹟待查。

謝讜　一名泰輿，號海門，上虞人。

劉鍵邦　眞定人。舊時著錄鍵邦一作建邦。

戴子晉　字金蟾，永嘉人。舊時著錄子晉或作子普，疑誤。

鄭國軒　浙人。事蹟待查。自署浙郡逸士。

黃伯羽　號釣叟，上海人。

蔣麟徵　字瑞書，一號西宿，浙郡烏程人。後流寓吳郡長洲。事蹟待查。

許炎南　字有丁，或云名有丁，海鹽人。

鄒玉卿　字崑圃，長洲人。

王紫濤　名里不詳。

王鳴九　字鶴皋，吳縣人。

王翔千　字起鳳，太倉人。

湯子垂

程麗先　字光鉅，新安人。

鄒逢時　號海門，餘姚人。

張翀　字子儀。別署渾然子。馬平人。與潼川人張翀異。舊時箸錄或誤牽混。

汪宗姬　一名肇郃。字師文。徽州人。槑伯著錄爲德州人。恐係筆誤。

江義田　字晴帆。上元人。

黃廷奉　或作廷俸。字君選。常熟人。

金懷玉　字爾音。會稽人。

沈孚中　字會吉。錢塘人。

謝廷諒　字九索。湖廣人。

姚子翼　字襄侯。號仁山。秀水人。

王玉峯　字同谷。松江人。佚其名。別署月榭主人。

馬佶人　字吉甫。號更生。更一作亘。吳縣人。

羅懋登　字登之。別署二南里人。

鄭之珍　新安人。自署高石山人。事蹟待査。

謝天佑　一作天瑞。號思山。杭郡人。

李雨商　字桑林。河南人。

顧大典　字道行。一字衡宇。吳江人。官至福建提學副使。舊時箸錄大典之名爲大輿。實誤。所著傳奇暨散曲風教編一種。均號稱清音閣傳奇。

黃廷奉　一作廷俸。字君選。常熟人。

陳　鶴　號海樵。浙人。事蹟待查。

張泰和　號屏山。錢塘人。

陸　弼　字君弼。一字無從。江都人

高汝栻　字里不詳。別署藻香子。

鄭之文　字應尼。一字豹先。新城人。舉進士。官南部郎部郎。後出任知府。

李玉田　佚名。汀州人。李或作朱。待考。

楊之烱　一作文烱。字星水。餘姚人。

趙於禮　字心雲。一作心武。上虞人。

張景嚴　號瀨濱。溧陽人。

傅一臣　字青眉。號無技。別署西冷野史。杭縣人。其所製雜劇凡十二種。總題名曰蘇門嘯。坊刻或誤技爲枝。署題西冷外史無枝甫譔。而舊時箸錄失察。將「枝」「甫」相連。乃刲作「西冷外史無枝甫合譔」。海寧王氏曲錄。遂亦沿誤。

孟稱舜　字子若。又作子適。或子塞。山陰人。諸生。所居曰花嶼別業。遠山堂劇品。列其製作入逸品。

卓人月　字珂月。仁和人。卓左車子。有蟾臺集蘂淵集。寤歌詞。古今詞統諸書行世。遠山堂劇品。列其樂府爲逸品。

沈自徵　字君庸。吳江人。國子監生。沈璟侄。喜讀兵書。熟山川形勢。天啓間。居京師十年。爲諸大臣籌劃機宜。聲名大振。旋退隱故鄉。不出。崇禎十三年以賢良方正辟。崇禎十四年卒於家。君庸精音律。爲詞隱傳人。

沈自晉　字伯明。晚字長康。別署鞠通生。沈璟侄。生於萬曆八年。卒於永曆十四年。嘗重訂詞隱舊譜。別成爲南詞新譜。清呂士雄。卽本此書而譔南詞定律。

沈君謨　以字行。號蘇門。吳江人。沈璟侄。

沈自繼　字君善。號礙隱生。沈璟侄。

王應遴　字堇父。別署雲來居士。山陰人。崇禎時官大理寺評事。誥勅房辦事。中書舍人。禮部員外郎。曾預脩天啓時天象歷事。明亡殉國。

祁麟佳　字元孺。別署太室山人。山陰人。藏書家澹生堂祁承㸁子。祁彪佳兄。工樂府。有太室山房四劇。

祁駿佳　字季超。山陰人。麟佳之弟。遠山堂劇品。列其所製樂府入豔品。

祁豸佳　字止祥。彪佳之從兄。天啓丁卯擧人。官吏部。所作傳奇。今已罕傳。

祁彪佳　字虎子。一字幼文。號世培。山陰人。麟佳之弟。天啓壬戌進士。福王時官至右都御史。南都破。在繼園投水死。年四十有五。唐王追贈兵部尚書。謚忠敏。

梅孝己　字里待查。與馮夢龍同時。卒在崇禎末年。

阮大鋮　字集之。號圓海。一號石巢。又署百子山樵。懷寧人。萬曆進士。官至光祿寺卿。崇禎甲申變起。與馬士英迎立福王。明史列在奸臣傳。然所著傳奇。極爲詞林推重。清兵下南京。圓海奉福王出降。後殛死閩中。

吳　炳　字石渠。號粲花室主人。宜興人。萬曆進士。崇禎末。官江西提學副使。永明卽位。擢兵部右侍郎。戶部尚書兼東閣大學士。永明奔靖州時。扈從太子。途遇淸兵被執。不屈死。有傳奇多種行世。

馮夢龍　字子猶。號猶龍。一作龍猶。又字耳猶。別署姑蘇詞奴。顧曲散人。茂苑野史。墨憨子。吳縣人。生於萬曆三年。榜所居曰墨憨齋。富收藏。隆武元年。在壽寧縣尹任內殉難。譔有七樂齋稿及傳奇數種行世。

胡遵華　見遠山堂劇品著錄。列其製作入逸品。

陳貞貽　見遠山堂劇品著錄。列其製作入逸品。

王　烋　見遠山堂劇品著錄。列其製作入艷品。

王　潾　見遠山堂劇品著錄。列其製作入能品。

王　韶　見遠山堂劇品著錄。列其製作入能品。

何斌臣　見遠山堂劇品著錄。列其製作入能品。

韓上桂　見遠山堂劇品著錄。列其製作入能品。

包胤祺　見遠山堂劇品著錄。列其製作入能品。

程守兆　見遠山堂劇品著錄。列其製作入能品。

徐羽化　名里失考。工樂府。所製劇曲均未傳世。

王　湘　字里失考。作品參見次節著錄。

顧思義　字里失考。作品參見次節著錄。

董　玄　字里不詳。作品見次節著錄。

李大蘭　字號籍里失載。見遠山堂劇品著錄。列其製作入能品。

王淑忭　見遠山堂劇品著錄。列其製作入能品。

葉汝薈　號乖庵。遠山堂劇品列其製作入能品。

諸葛味水　見遠山堂劇品著錄。列其製作入能品。

吳禮卿　見遠山堂劇品著錄。列其製作入能品。

楊伯子　見遠山堂劇品著錄。列其製作入能品。

胡士奇　見遠山堂劇品著錄。列其製作入能品。

黃中正　見遠山堂著錄。列其製作入能品。

陳六如　見遠山堂劇品著錄。列其製作入能品。

錢　珠　見遠山堂劇品著錄。列其製作入能品。
許次紓　見遠山堂劇品。列其製作入能品。
李旣明　字少谷。隴右人。遠山堂劇品列其製作入能品。
孫一化　見遠山堂劇品著錄。列其製作入能品。
吳於東　見遠山堂劇品著錄。列其製作入能品。
徐胤佳　見遠山堂劇品著錄。列其製作入能品。
周繼魯　見遠山堂劇品著錄。列其製作入能品。
王伯原　見遠山堂劇品著錄。列其製作入能品。
趙藺如　見遠山堂劇品著錄。列其製作入能品。
穆成章　見遠山堂劇品著錄。列其製作入能品。
黃粹吾　見遠山堂劇品著錄。列其製作入能品。
馮延年　見遠山堂劇品著錄。列其製作入能品。
程從周　見遠山堂劇品著錄。列其製作入能品。
王　洙　見遠山堂劇品著錄。列其製作入能品。
聞　王　見遠山堂劇品著錄。列其製作入能品。

陳衷脈　見遠山堂劇品著錄．列其製作入能品．

沈應台　見遠山堂劇品著錄．列其製作入能品．

張應昌　見遠山堂劇品著錄．列其製作入能品．

金三秉　見遠山堂劇品著錄．列其製作入能品．

吳仁仲　見遠山堂劇品著錄．列其製作入能品．仁仲一作仲仁．

任皐臣　見遠山堂劇品著錄．列其製作入能品．

陳顯祖　見遠山堂劇品著錄．列其製作入能品．

汪拱恕　見遠山堂劇品著錄．列其製作入具品．

翁子忠　見遠山堂劇品著錄．列其製作入具品．

陳世寶　見遠山堂劇品著錄．列其製作入具品．

彭南溟　名里待査．劇品著錄．列其製作入具品．

許以忠　見遠山堂劇品著錄．列其製作入具品．

夏　邦　見遠山堂劇品著錄．列其製作入具品．

鄭元禧　見遠山堂劇品著錄．列其製作入具品．

王玉門　佚名．見遠山堂劇品著錄．列其製作入具品．

王玄曠　見遠山堂劇品著錄。列其製作入具品。

盛於斯　見遠山堂劇品著錄。列其製作入具品。

陳開泰　見遠山堂劇品著錄。列其製作入具品。

邵春懷　邵世榮之後。見祁氏曲品著錄。列其製作入具品。

王萬幾　見遠山堂劇品著錄。列其製作入具品。

陸華甫　見遠山堂劇品著錄。列其製作入具品。

古時月　見遠山堂劇品著錄。列其製作入具品。

吳德脩　見遠山堂劇品著錄。列其製作入具品。

黃　瀾　見遠山堂劇品著錄。列其製作入具品。

王　畿　見遠山堂劇品著錄。列其製作入具品。

蔣俊卿　蔣或作薄。待查。按遠山堂劇品著錄。列其製作入具品。

丁鳴春　見遠山堂劇品著錄。列其製作入具品。

陳六龍　見遠山堂劇品著錄。列其製作入具品。

程九鳴　見遠山堂劇品著錄。列其製作入具品。

黃　日　見遠山堂劇品著錄。列其製作入具品。

吳文義　見遠山堂劇品著錄．列其製作入具品．

陳德中　見遠山堂劇品著錄．列其製作入具品．

葉泰華　見遠山堂劇品著錄．列其製作入具品．

沈　棹　見遠山堂劇品著錄．列其製作入具品．

謝　惠　見遠山堂劇品著錄．列其製作入具品．

沈維生　見遠山堂劇品著錄．列其製作入具品．

朱道明　見遠山堂劇品著錄．列其製作入具品．

程良錫　見遠山堂劇品著錄．列其製作入具品．

陳宗鼎　見遠山堂劇品著錄．列其製作入具品．

陳龍光　見遠山堂劇品著錄．列其製作入具品．

張子賢　見遠山堂劇品著錄．列其製作入具品．

謝　恩　見遠山堂劇品著錄．列其製作入具品．

李陽春　見遠山堂劇品著錄．列其製作入具品．

戴之龍　見遠山堂劇品著錄．列其製作入具品．

陳清長　見遠山堂劇品著錄．列其製作入具品．

凌星卿　見遠山堂劇品著錄。列其製作入具品。
張大諶　見遠山堂劇品著錄。列其製作入具品。
謝天惠　見遠山堂劇品著錄列其製作入具品。
王素完　一作五完。見遠山堂劇品著錄。並列其製作入具品。
王崑玉　見遠山堂劇品著錄。列其製作入具品。
吳懷綠　見遠山堂劇品著錄。列其製作入具品。
董應翰　見遠山堂劇品著錄。列其製作入雜調。
葉　倖　見遠山堂劇品著錄。列其製作入雜調。
暨廷熙　見遠山堂劇品著錄。列其製作入雜調。
朱少齋　見遠山堂劇品著錄。列其製作入雜調。
童養中　見遠山堂劇品著錄。列其製作入雜調。
鄭汝耿　見遠山堂劇品著錄。列其製作入雜調。
席正吾　見遠山堂劇品著錄。列其製作入雜調。
汪湛溪　見遠山堂劇品著錄。列其製作入雜調。
魯懷德　見遠山堂劇品著錄。列其製作入雜調。

金成初　見遠山堂劇品著錄，列其製作入雜調。

胡湛然　字靈臺，遠山堂劇品著錄，列其製作入雜調。

許宗衡　見遠山堂劇品著錄，列其製作入雜調。

張竹亭　見遠山堂劇品著錄，列其製作入雜調。

葉碧川　見遠山堂劇品著錄，列其製作入雜調。

李　槃　字里待查。

朱大經　字里待查。

楊維中　字里待查。

蘇復之　名里待查。

李宗泰　方外，字華峰，臨海人，受法姓道，名曰秦，鳴雷卓錫天台等地，舊時著錄或誤判一爲二，或又法俗互混。

張中和　方外，號屏山，爲曹洞宗第三十七傳弟子，錢塘人。

智　達　釋，號心融，別署心師，亦署懶融道人，萬曆杭州報恩寺僧。

湛　然　釋，號散木，卒在南明之末，舊時著錄或移列清代。

黃　娥　閨秀，工部尙書鴻玉女，楊用修繼室，世稱楊夫人。

梁玉兒　閨秀，見遠山堂劇品著錄。

顧采屏　崑山人顧茂儉之妹．嬪孫簽憲．

馬守眞　小字玄兒．一字月嬌．又號湘蘭．金陵人．為明末舊院名伎．

隱　求　見遠山堂劇品著錄．列其製作入能品．姓名待查．

樵　風　見遠山堂劇品著錄．列其製作入能品．姓名待查．

闇　甫　闇一作闇．姓名待查．遠山堂劇品錄其製作入具品．

漢　眉

白鳳詞人　見遠山堂劇品著錄．列其製作入逸品．

三昊居士　見遠山堂劇品著錄．列其製作入逸品．

秋閣居士　閣一作閒．按居士吳縣人．遠山堂劇品錄其製作入能品．

鹿陽外史　遠山堂劇品錄其製作入能品．

心一子　遠山堂劇品錄其製作入能品．按心一子係杭縣人．姓名待查．

泰華山人　遠山堂劇品錄其製作入能品．

寒潭主人　見遠山堂劇品著錄．列其製作入能品．

更生子　見遠山堂劇品著錄．列其製作入能品．

若水居士　見遠山堂劇品著錄．列其製作入能品．

青山高士　見遠山堂劇品著錄。列其製作入能品。
秋郊子　見遠山堂劇品著錄。列其製作入能品。
兩宜居士　見遠山堂劇品著錄。列其製作入能品。
水雲逸士　見遠山堂劇品著錄。列其製作入能品。
翀圓生　見遠山堂劇品著錄。列其製作入能品。
初陽子　見遠山堂劇品著錄。列其製作入能品。
萬春主人　姓名待查。萬春或作蒙春。實誤。
寄鳴道人　遠山堂劇品錄其製作入具品。
涵陽子　遠山堂劇品錄其製作入能品。
瀫南子　遠山堂劇品錄其製作入具品。
心一山人　見遠山堂劇品著錄。列其製作入具品。
漢上公　見遠山堂劇品著錄。列其製作入具品
木石山人　見遠山堂劇品著錄。列其製作入具品。
閒閒子　見遠山堂劇品著錄。列其製作入具品。
鵬鶤居士　見遠山堂劇品著錄。列其製作入具品。

陳情表　遠山堂劇品錄其製作入逸品.
海來道人
覺非子　見遠山堂劇品著錄.列其製作入能品.
龍門山人　見遠山堂劇品錄其製作入能品.
竹林逸士　見遠山堂劇品錄其製作入能品.
玩花主人　姓名待查.
長嘯山人　姓名待查.
青霞仙客　見遠山堂劇品著錄.列其製作入具品.
陽明子　遠山堂劇品錄其製作入具品.
固無居士　姓名待查.
金粟子　遠山堂劇品列其製作入能品.
冶城老人　金陵人.遠山堂劇品錄其製作入能品.
鐸夢野人　遠山堂劇品錄其製作入具品.
醒狂散人　遠山堂劇品錄其製作入具品.
欣欣客　遠山堂劇品錄其製作入雜調.

磊道人　姓名待查。

陽初子　遠山堂劇品錄其製作入逸品。

恒居士　見遠山堂曲品錄其樂府入逸品。

吳中情奴　吳縣人。姓名待查。

收春醉客　姓名待考。

附謳家二人

魏良輔　號尙泉。豫章人。流寓婁東。明張元長曲談謂居太倉之南關。淸李調元曲話謂嘉隆間。有豫章魏良輔者。流寓婁東鹿城之間。按良輔本弋陽班子弟。絀於北人王友山。退而精習南曲。與吳中紈綺少年。競創新聲。時南曲直率少意致。良輔諳音律。乃轉喉押調。跌換巧掇。其音若絲。復就南曲增贈。調用水磨。拍捱冷板。聲則平上去入婉協。字則頭腹尾音畢勻。張小泉。季敬波。戴梅川。包郎之輩。爭師之。號爲水磨腔。梁伯龍特製江東白苧及浣紗記諸曲。付良輔以水磨腔譜唱。聲詞並茂。於是大江南北。不脛而走。海鹽弋陽諸舊腔。一時都廢。所謂里人度曲魏良輔。高士塡詞梁伯龍者是也。良輔久居太倉崑山間。教子弟。故水磨腔以崑山爲發祥地。世又稱爲崑腔。然南北曲原音。至此澌滅。良輔老死崑山。又混稱爲崑山魏良輔。轉昧其豫章原籍。茂仁靖甫並得其傳。茲將水磨調一脈授受淵流。簡列於次。

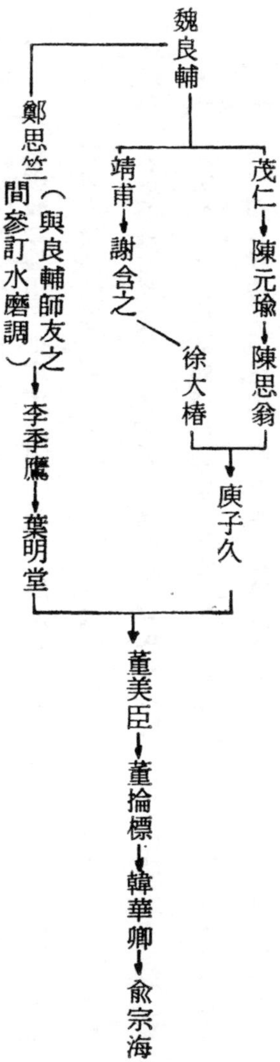

蘇崑生

固始人，一作蔡州人，明末固始屬光州，光州與上蔡同隸汝寧府，故崑生本籍應屬汝寧府。工水磨調，吳梅村稱其歌陰陽抗墜，分刌比度，如崐刀之切玉，叩之栗然，非時世所爲工也。崑生曾客左良玉幕，明遺直良玉者，推愛屋烏，率賦詩張之，聲名大振，然僅善謳而已，未可與良輔竝論。良玉死，崑生無所依，流落江左，清初貧病而終。好事者以其用崑字爲名，遂附會崑腔係崑生所創，大誤。

一、天命東興，崇慕漢學，雲驤虎騎，竝飾文華，順治混一，化浹中外，仁憲純三廟，承累葉熙洽之治，宏八方淳雅之風，目無晉唐，氣凌兩漢，四庫爭富，學粹昌明，詞餘身價，雖無當於珠璣，而草澤同春，亦既不遺於雨露，是以峻德鴻業，包匝一氣，若經若史，若詩若文，固已闇然日章，將欲超凡入聖，即南北曲製，亦能備律於興微繼絕之後，此豈明賢所及料者，至若風流銷長，異代皆然，曲詞嚴於熙乾之時，曲聲替於乾嘉之會，水磨迷離，弋陽蛻變，弋腔代興，詞口荆棘，聯套徒守形式宮調漸成具文。嘉道後。遂致有精刻之傳奇。無協律之曲劇。此在學士以餘力作排遣。在優伶以弋腔作鴻裁。詞句無關乎聲音。聆賞竟同諸諷詠。光宣末造。新學乍盛。簡便爲先。避難趨易。掇拾殘叢。侈談掌故。詡爲考據之學。翻成皮相之論。樂章旨用。更覺難言。綜此二百六十年來曲運隆汙。實以乾嘉爲樞紐。開國之始。若駿公籜庵玄玉等輩。皆以勝朝孑遺。翊贊新運。傳奇猶是水磨正聲。規矩不脫明賢習氣。康乾嗣聖。曲家輩出。若徐靈胎葉懷庭等。刻羽調宮。辨析黍粒。律事大嚴。發東壁久秘。微學峙中流。不墜砥柱。而東塘昉思展成心餘笠翁諸賢。復踔躐其間。或煥以詞華。或豔諸爨弄。青出於藍。直逼明人而上。要亦如百喙爭鳴。江山共效者矣。蓋溯雍乾以前諸賢所作。殆無不協律。及嘉道以降。則虎賁中郎。徒取貌似。雖賴謳家韓華亭延水磨一脈之韻。然詞章之道。終無當於樂。嗚呼。何炳蔚乎開國之盛。而式微遽及於數世後也。著曲家凡若干人。謳家亦酌附焉。

沈　謙　字去矜。號東江。仁和人。生於明泰昌元年。卒於清康熙九年。爲由明入清之曲家。

吳偉業　字駿公。號梅村。太倉人。明末進士。入清官國子監祭酒。

袁　晉　本名韞玉。又名于令。字令昭。一字白賓。號籜庵。亦號鳧公。別署幔亭仙史。吉衣道人。明末舉人。吳縣人。入清後官至荊州知府。所撰兩樓記。馮子猶曾據以改訂爲楚江情。

鄒兌金　字叔介。無錫人。事蹟不詳。

陳　軾　字靜機，福建人，明崇禎十三年進士，官部曹，入清不仕，流寓江浙間，自號靜庵居士，晚年久居宜興，又別署荆溪老人。

劉　方　字地如，一字晉充，長洲人，由明入清，舊時著錄，亦列明代，或又誤題作劉普充。

徐叔夔　由明入清，名里待查。

周如璧　號芥庵，里居未詳。

查繼佐　字伊璜，號東山，海寧人，別署東山釣史。

李　玉　字元玉，吳縣人，明末副貢，入清後絕意仕進，顏所居曰一笠庵，著有傳奇數十種，及北詞廣正譜十四卷，新傳奇品稱其詞如康衢走馬，操縱自如。

李　漁　字笠鴻，一字謫凡，蘭谿人，明末諸生，生於明萬曆三十九年，卒在清康熙十九年前後，曾流寓錢塘秣陵兩地，因自號湖上笠翁，新亭客樵，又每別署爲隨菴主人，覺道人，笠道人，或覺世稗官，博洽藝文，而富著述，其十種曲及閒情偶寄中論曲諸作，尤見重詞壇，所居蘭谿伊山別業與秣陵芥子園中，皆廣蓄聲樂，自度新譜，北里南曲，咸以李十郎呼之，中年浪跡大江南北，晚終故里，太倉吳偉業稱其能治唐人小說，兼以金元詞曲知名，新傳奇品稱其詞如桃源笑傲，別有天地。

徐士俊　本名翽，或誤作許劇，字三野，號野君，又號紫珍道人，耶溪老人，仁和人，有雁樓集行世，遠山堂劇品，列其樂府製作入逸品。

堵庭棻　字伊令。一字芬木。無錫人。順治丁亥進士。官歷城縣知縣。

朱　㿥　字素臣。以字行。吳縣人。或誤為錢塘人。工樂府。新傳奇品稱其詞如少女簪花。修容自愛。李玉撰北詞廣正譜。素臣實參訂之。

王夫之　字而農。號船山。衡陽人。

金　堡　字里待查。

宋　琬　字玉叔。號荔裳。萊陽人。官四川按察使。

龍　燮　字二為。號改庵。江山人。舉康熙博學鴻詞。授檢討。左遷大理寺評事。

朱彝尊　字錫鬯。號竹垞。秀水人。康熙鴻博。官翰林院檢討。自號小長蘆釣師。

李天根　字里待考。

葉稚斐　字美章。吳縣人。工詞曲。新傳奇品稱其詞如漁陽三弄。意氣縱橫。

岳　瑞　字兼山。號紅蘭主人。安和親王第三子。襲封愼郡王。

朱佐朝　字良卿。吳縣人。所著傳奇三十種。負譽一時。新傳奇品稱其詞如八音縱鳴。時見節奏。

邱　園　字嶼雪。別署烏丘山人。常熟人。工樂府。尤西堂為作像贊云。君善顧曲。梨園樂府。吾和而歌。紅牙畫鼓。

畢　魏　字晉卿。一字萬後。或作萬侯。別署第二狂。吳縣人。工樂府。新傳奇品稱其詞如白璧南金。精彩耀日。

周　杲　一名坦綸。號杲庵。又署西疇。疇或作圃。江蘇人。所著傳奇十四種。頗負時譽。新傳奇品稱其詞如老僧談禪。眞諦妙理。

呂士雄　字子乾。吳縣人。預修律呂正義。有南詞定律十三卷行世。

劉　璜　字子秀。吳縣人。與呂士雄合纂南詞定律。

張宣彝　後名大復。字星期。一字心其。號寒山。蘇州人。新傳奇品評其詞如去病用兵。暗合孫吳。

楊　緒　字震英。錢塘人。預修律呂正義。與呂士雄等合纂南詞定律。

高　奕　字晉音。一字太初。會稽人。著有傳奇十四種。新傳奇品評其詞如淸修潔操。不染世氣。

唐尚信　字心如。吳縣人。預修律呂正義。與呂士雄等合纂南詞定律。

盛際時　字昌期。吳縣人。工樂府。新傳奇品評其詞如珍奇羅列。時發精光。

史集之　字友益。溧陽人。寄籍吳縣。工樂府。新傳奇品評其詞倜儻不羈。笑傲一世。

朱雯虬　又名雲從。字際飛。吳縣人。工樂府。新傳奇品評其詞如駿馬嘶風。馳驟有矩。

陳二白　字于令。長洲人。工樂府。新傳奇品評其詞如閨女靚妝。不增矯飾。

呂守齋　名里待查。

胡介祉　字循齋。號茨村。大興人。原籍山陰。官至河南按察使。

王　曇　字仲瞿。秀水人。事蹟不詳。

沈永令　字文人。號一指。沈若宇子。吳江人。

沈非病　吳江人。沈伯明族人。有何處樓及流楚集。均未傳。

沈永馨　字建芳。號篆山。吳江人。沈璟族孫。

沈　雄　字偶僧。吳江人。沈伯明族人。

沈繡裳　字長文。一字素先。沈璟族孫。伯明從子。

沈永隆　字治佐。吳江人。沈伯明子。

沈永喬　字友彝。一字樹人。沈璟族孫。

沈　昌　字聖勸。沈珙辰子。

曹　寅　字子清。號荔軒。又號楝亭。嘗別署爲遺民外史。亦稱銀臺子清。官織造通政使。滿洲正白旗人。

陸世廉　字起頑。號生公。又署晚庵。弘光時任光祿卿。入清後。退隱以終。

張　韜　字權六。別署紫薇山人。海寧人。官烏程司訓。與徐倬。韓純玉相友善。著有大雲樓集。嚮榛堂偶參及襍劇多種行世。

張積潤　字次璧。雲間人。

徐　潪　字深明。徐珙辰子。

吳　亨　號百還。吳江人。

顧百起　字元喜．吳江人．
宋徵輿　字轅文．別署佩月主人．華亭人．
俞琬倫　字君宣．吳縣人．
范希招　浙人．事蹟待查．
曹大章　字一呈．號含齋．金壇人．
張　匀
姚子懿　懿一作儀．嘉興人．事蹟待查．
汪光被　字幼闇．號薦山．別署蒼山子．雙溪薦山或西泠薦山．杭人．舊時箸錄有作泠薦山者實誤．
汪　愷　字雲樵．江寧人．
王元模　會稽人．事蹟待查．
嚴　鑄　字里待查．
丁　鈺　長洲人．
郎玉甫　名佚．當塗人．事蹟待查．
吳　寵　字士科．號名翰．臨川人．
呂藥庵　名里待查．

李蔭桂　山陰人。字號待查。

鄭　瑜　字無瑜。西神人。事蹟待查。

周　起　一名樹。蕭山人。字號待查。

張新梅　字玉堂。事蹟待查。

洪　昇　字昉思。號稗畦。錢塘人。生於康熙初年。卒於乾隆中葉。以長生殿傳奇。負譽天下。爲精通音律之詞客。其音律造詣。係受徐靈胎指點。所著雜劇傳奇。今尚流傳。

孔尚任　字季重。號云亭。又號東塘。曲阜人。官戶部郎中。以桃花扇傳奇負譽一時。有南洪北孔之稱。實則東塘乃驚詞章。不及稗畦精嚴音律。

徐大椿　字靈胎。原名大業。吳江人。生於康熙三十二年。卒於乾隆三十六年。精音律。有廻溪道情一卷行世。

顧　彩　字天石。號夢鶴。無錫人。官內閣中書。

裘叔度　名里待查。

萬　澍　字花農。號紅友。宜興人。曾爲兩廣總督馬與祚幕客。精音律。所著詞律二十卷。至今爲倚聲圭臬。有堆絮閣集。又有雜劇傳奇至二十餘種。其目可考者。僅存十餘種而已。

吳幌珏　字里失考。

郎潛長　名里待查.
曹　岩　字里待查.
容美田　事蹟不詳.
朱龍田　華亭人.字號待查.
王鶴尹　名里不詳.
路術淳　汶水人.事蹟待查.
過孟起　邑庠生.字里不詳.
蔣秋崖　名里待查.
吳雪舫　名里待查.
田　民　字里不詳.
盛國琦　字履不詳.
石　琰　字恂齋.一字紫佩.吳縣人.
沈　篘　字實甫.上海人.
林奕構　字里待查.
汪　祚　字敦士.江都人.

吳又翁　名里待查。
劉赤江　鎮海人。名字待查。
毛奇齡　原名甡。字大可。蕭山人。乾隆時官翰林院檢討。
王　抃　字鶴尹。太倉人。
沈起鳳　字桐威。自號紅心詞客。又號蕡漁。有紅心詞及傳奇多種行世。乾隆南巡揚州。揚州鹽政蘇杭織造
　所備迎鑾戲文。皆出桐威之手。
周　書　字澹園。寶山人。
查慎行　字夏重。號初白。又號他山老人。海寧人。乾隆時官翰林院編修。
石子斐　字成章。紹興人。
許紹珣　字里待查。
沈永喬　字友聲。一字樹人。湖洲人。沈璟族孫。
許　恒　字南言。吳縣人。事蹟不詳。
周稺廉　字冰持。華亭人。周倫之子。有客居堂詞。及雜劇數種行世。
胡士瞻　字雲壑。杭州人。事蹟待查。
王維新　平江人。字號不詳。

李　凱　字圖南，號雪崖，鄞縣人。

沈名孫　字磵芳，一作磵房，仁和人，康熙北榜舉人。

陸次雲　字雲士，錢塘人。

石　龐　字天外，號晦村，蕪湖人。

錢維喬　字竹初，別署林棲居士，常州人。

蔡潛莊　名不詳，青溪人，自署玉塵山人，有傳奇數種行世。

謝宗錫　紹興人，字號不詳。

汪　楫　字舟次，江都人，官至福建布政使。

顧元標　紹興人，字號不詳。

路術淳　汶水人，字號待查。

王聖徵　字里待查。

沈瑤琴　名里待查。

徐石麟　字又陵，號坦庵，江都人。按王靜安云傳奇彙考載徐善譔大轉輪雜劇。善字長公，江都人，與石麟里相同，疑石麟一名善，字長公，非別一人也。

俞德滋　字里待查。

黃兆森　原名之雋。字石牧。號唐堂。松江人。有香屑集行世。

嵇永仁　字留山。號抱犢山農。無錫人。與范文貞公承謨同死耿精忠之亂。

范文若　字香令。號荀鴨。又自稱吳儂。松江人。

張　照　字得天。華亭人。官至刑部尚書。曾應制撰進月令承應法宮雅奏諸戲曲。今尚流傳。

吳可亭　名里待查。

丁　澎　字藥園。西陵人。與尤西堂相友善。事蹟不詳。

薛　旦　字既揚。一字季央。號訢然子。訢或作听。無錫人。本籍長洲。明末諸生。卒於清康熙中葉。新傳奇品評其詞如蛟人泣淚。點滴成珠。

陳治徵　字里待查。

陳子玉　字希甫。吳縣人。工樂府。新傳奇品評其詞如盆花小景。工致自佳。

王續古　字香裔。里居待查。

李蕊庵

張世璋　字里待查。

夏秉衡　字平千。一字谷香。華亭人。

陳貞禧　字號不詳。宜興人。

薦清軒　事蹟不詳。

顧景星　字赤方。號黃公。蘄春人。

黃　振　字瘦石。號紫瀶邨農。有斜陽館詩文集行世。

歸　莊　字元恭。號恒軒。崑山人。

朱　夰　盧見曾觀察之幕客。旗亭記卽其手筆。而經見曾潤色。世遂以旗亭記爲見曾作。曲考亦沿俗登列。

按朱夰字雲裁。號蕙稗。浙江長興人。

唐宇昭　字孔明。號雲谷。武進人。

許見山　名里。待查。

金兆燕　字棕亭。金椒人。乾隆進士。官國子監博士。

鄭小白　名佚。江都人。事蹟失載。

吳　綺　字園次。江都人。官湖州府知府。園次曾奉勅撰忠愍記。譜楊椒山事。由中書遷武選司員外郞。卽係以椒山原官官之。傳爲詞林佳話。

王文治　號夢樓。丹徒人。乾隆進士。官翰林院編脩。

崔應階　字拙圃。江夏人。

蔣士銓　字心餘。一字苕生。號清容。晚號定甫。又號藏園。鉛山人。乾隆二十二年進士。官翰林院編脩。

楊潮觀　字宏度。號笠湖。金匱人。乾隆元年舉人。官至瀘州知州。有吟風閣雜劇行世。

錢樹川　事蹟待查。

李雲墟　名里待查。

尤侗　字同人。一字展成。號西堂。長洲人。官翰林院檢討。所著讀離騷雜劇。曾獲仁廟激賞。

毛季連　名里待查。

黃家舒　字漢臣。無錫人。事蹟不詳。

毛鍾紳　蘇州人。事蹟不詳。鍾紳或作維紳。

張來宗　字里待查。

陳世廉　號晚庵。事蹟不詳。

張龍文　字掌霖。武進人。

孫源文　字笨庵。事蹟不詳。

蔡東　字履待查。

盧見曾　字抱孫。號雅雨山人。德州人。官兩淮鹽運使。

厲鶚　字太鴻。又字雄飛。號樊榭。錢塘人。領博學鴻詞。官翰林院檢討。有樊榭山房集行世。

吳梅岑　名里待查。

吳　城　字敦復。錢塘人。國子生。高宗南巡時。曾與厲樊榭合進迎鑾新曲。一時稱太平盛事。

唐　英　字雋公。號叔子。別署蝸寄居士。蝸寄老人。曾官九江關監督。所著襍劇傳奇。尚多流存行世。

裘　璉　號蔗村。別署廢莪子。慈谿人。事蹟待查。

呂星垣　字叔訥。常州人。曾官贊皇縣尹。

張　堅　字齊元。號漱石。金陵人。有玉燕堂雜劇四種行世。

周聖懷　事蹟待查。

夏　綸　字惺齋。錢塘人。諸生。曾官縣尹。

朱　英　字寄林。號樹聲。吳縣人。寄寓上海。

李本宣　字蘧門。江都人。按本宣或作本宜。待查。

王　墅　字北疇。蕪湖人。

范　梧　字素園。鄞縣人。事跡不詳。

楊國賓　字里待查。有傳奇行世。

袁　聲　濟南人。字號不詳。

高宗元　字伯揚。一號求誨居士。山陰人。

沈　沐　仁和人。字號不詳。

黎　簡　字簡民。號二樵。順德人。有五百四峯草堂詩集行世。

黃文暘　字時若。號平山。江都人。乾隆間。設局揚州。修改曲劇。時若任總校。既成。撰曲海目行世。

程　枚　字時齋。自號蒼梧寄客。海州人。乾隆時。修改曲劇。時齋曾任參校。

陳　治　字里待查。與文暘同時參校曲劇修改事宜。

荊如爲　江都人。文暘校訂曲劇時。如爲同任參校。

焦　循　字里堂。江都人。撰曲考以補文暘曲海之不足。有里堂叢書行世。

葉　堂　字廣明。一字廣平。號懷庭。長洲人。爲詞隱四傳弟子。又爲魏氏水磨調一脈傳人。有納書楹曲譜二十二卷行世。

吳次叔　名里待查。

程命三　名里待查。

莊伯鴻　名里待查。

陸　曜　常熟人。字號待查。

程　端　常熟人。諸生。字號待查。

張蠡秋　名里待查。

趙慶禧　字秋舲。仁和人。乾隆末年生。卒於道光中年。有散曲一卷行世。

黃周星　字景明。改字九煙。自號芙蒼道人。上元人。

鄭含成　自署影園灌者。

張異資　通州人。事蹟待查。

万成培　字仰松。歙縣人。

吳秉鈞　字佚。山陰人。事蹟待查。

高蘭墅　名佚。字履不詳。

仲振履　號拓菴。官番禺縣令。別署木石老人。籍里待查。

金　椒　字蘭皋。籍里待查。

王　曦　字季旭。太倉人。

萬玉卿　號心青居士。名里待查。

陳鍾麟　字厚甫。元和人。官觀察。寓居武林。

彭劍南　名里待查。

謝　堃　字佩禾。甘泉人。有春草堂集行世。

瞿　頡　字菊亭。栞川人。

左　潢　字巽毅。龍眠人。自號古塘樵子。

王　渥　字亞伶。慈谿人。

李文瀚　字雲生。青陽人。

徐檢郗　楓江人。

趙埜航　名里待查。自署浮槎山樵。

陳莘衡　事蹟待查。

張　衢　字情齋。蕭山人。

陸繼輅　字祁生。履貫不詳。

朱仲香　字醒叔。里貫不詳。

董　榕　字恒岩。號謙山。又號漁山。自署繁露居士。湖州人。官至觀察。

靈皐軒　名里待查。

董定園　錢維喬之甥。常州人。

邱相卿　名里待查。

舒　位　字立人。號鐵雲。大興人。工樂府。能吹笛鼓琴。精度曲。所作院本。老伶工皆可按字而歌。不煩點竄。

周若霖　字蕙鍾。嘉定人。

張九鉞　字度西。號陶園。一號紫峴。湘潭人。官廣東知縣。嘗自署爲羅浮花農。

黃燮清　原名憲清。字韵珊。海鹽人。道光廿五年擧人。所著傳奇。號稱倚晴樓七種。

張雲驤　字南湖。文安人。

曾茶村　名里俱佚。曾官廣西知縣。

許光治　字龍華。海昌人。生於嘉慶年間。卒於咸豐中葉。有江山風月譜行世。

羅　隱　字小隱。南昌人。

仲雲澗　自署紅豆村樵。吳縣人。

吳　鎬　鎮洋人。監生出身。自號荆石山民。有荆石山房詩文集。漢魏六朝志墓金石例行世。

梁廷枏　字子章。有籐花館曲話及樂府等集行世。

劉伯章　字景賢。廣東樂昌人。

劉熙載　字伯簡。號融齋。興化人。道光進士。官至左中尹。

桂　馥　字未谷。曲阜人。官永平知縣。

李　楝　字吉四。興化人。

劉　翬　字漢翔。號藹堂。南徐人。

侗文泉　名佚。自號練情子。

單瑤田　號湘湖蕭山人。

嚴保庸　字問樵。丹徒人。曾官山東知縣。
王　復　字彥卿。吳縣人。
湯貽汾　字雨生。常州人。流寓秣陵。
楊恩壽　字蓬海。長沙人。生於道光年間。歿於同治中年。有坦園六種行世。
陳　烺　字潛翁。陽湖人。卒於光緒年間。有玉獅堂傳奇十種。詞藻之作。無當曲律。
意　園　姓名待查。
去　村　一署西湖放人。或籍隸杭郡。姓名待查。
昜　山　一署靜寄軒主人。姓名待查。
泊　庵　一署西泠長疑屬浙人。姓名待查。
旦陽道人　姓名待查。
蓉鷗漫叟　姓名待查。
研雪子　姓名待查。
月鑑主人　姓名待查。
雪合龍
離幻老人　姓名待查。

嗇軒道人　姓名待查．

有情癡　姓名待查．

痴野詞憨　姓名待查．

紫陽道人　姓名待查．

看雲主人　姓名待查．

雲溪散人　雲或作雪康熙前人．姓名待查．有錄入明代者．以其所作傳奇考之．應入清代．

霅川樵者　姓名失載．

西泠釣徒　姓名失載．

休休居士　姓名失載．

芙蓉山樵　姓名失載．

洞口漁郎　姓名待查．

石樵山人　姓名待查．

擁書主人　姓名待查．

湖上逸人　姓名待查．

竹中人　姓名待查．

種香生　姓名待查．
文漣閣主人　姓名待查．
種花農　姓名待查．
筆花主人　姓名待查、
衡棲老婦　姓名待查．
衡棲老人　姓名待查．
鐵笛道人　姓名待查．
青城山樵　姓名待查．
獨逸散人　姓名待查．
抱影子　姓名待查．
紫虹道人　姓名待查．
野航居士　姓名待查．
臞道人　姓名待查．
又盧居士　姓名待查按盧疑應作廬．
研露樓主人　姓名待查．

南山逸史　姓名待查。
群玉山樵　姓名待查。
碧蕉軒主人　姓名待查。
土室遺民　姓名待查。或錄作土室道人。疑誤。
介石逸叟　姓名待查。
飲墨者　姓名待查。
蒼山子　姓名待查。
餘石卿後人　姓名待查。
半隱主人　姓名待查。
蕉窗居士　姓名待查。
方外畸人　姓名待查。
沈蕙端　閨秀。吳江人。沈集逸孫。嬪卜大荒甥顧來屏。屏家。
葉蕙綢　閨秀。字小紈。吳江人。沈璟孫婦。有午堂集行世。
徐淑媛　閨秀。吳縣人。有散曲。吳郡范長白室。
梅正妍　閨秀。映蟾。吳江人。工散曲。

吳　藻　閨秀。號蘋香。自署錢塘女史。錢塘人。有花簾詞行世。

何珮珠　閨秀。號蕊香。京兆人。

林亞青　閨秀。錢名臣室。

姜孟昭　閨秀。字夯素。錢塘人。

姜玉潔　女冠。由明入清。自署竹雪居士。玉潔本名舜玉。

附謳家三人

顧覺宇　謳家子弟。吳縣人。

顧以恭　吳縣人。為乾嘉間謳家子弟。曾客程端友馬秋玉家。與張仲芳同譜五香球傳奇。

韓華卿　婁縣人。為葉懷庭三傳弟子。（指謳唱而言）卒於光緒末年。華卿本謳家。無預詞華。但實為水磨調最後傳人。故附著之。

一。昭代光華。文治日新。聲化廣開。無間重舌。已不囿於北箭南精。固窮接乎東瀛西會。學問多方。人才濟濟。於是兼治南北曲之學者。輒衆名家。踔躒指不勝屈。共和伊始。如海寧王國維氏以考據方法治曲學。所著宋元戲曲史等書。雖成於清末宣統前後。而收拾殘叢。發明條理。實啓近數十年來治曲風氣。遂爾下筆千言。翊贊聲華者。風起雲蔚。成中興之盛。自疚孤陋。聞見不週。謹就詞隱懷庭以後。一脈相傳者。略舉一二。以殿篇末。其師承有自之訂譜家及謳家數人。亦酌附焉。知也無涯。筆有未盡。珠逸珊網。敢存取捨私衷。材備藥籠。惟待鴻碩明教。

吳　梅　字瞿安。晚號霜崖。少時一署靈鳷。長洲人。清光緒十年生。爲殿撰公禮部侍郎吳鍾駿曾孫。十八歲以府元入泮。十九歲食廩餼。年二十二。執教東吳大學。共和後歷任北京大學。北京高等師範。廣州中山大學。上海光華大學。南京中央大學教授。幼從潘少霞氏習古文詞章。年十八。受王湘綺知遇。從而精研六朝詞賦。復與朱彊村氏切磋倚聲之學。與徐靈胎再傳弟子韓晉香鄭覲文作忘年交。因通邃古樂。燕樂。尤精並師承懷庭水磨調傳人韓華卿俞粟廬口法。遂盡諳南北曲韻律。又善排練唐曲霓裳舊譜。及大曲瀛州袞遍。故能集南北曲中撰詞、製譜、擫弄、吹奏諸伎於一身。合玄玉懷庭斠詞調律而爲一。所著南北詞簡譜十卷。爲治曲津逮。顏所居曰百嘉室。及奢摩他室。藏金元孤本曲籍。其自撰及改補前人雜劇傳奇凡五十餘種。汰其大半。最後僅刻佈數種。總題曰霜厓三劇。又有文錄。曲錄。詞錄。詩錄。曲話。曲叢數種。或已刊行。或屬定稿。廿八年乙卯歿於滇省大姚縣李旂屯客次。得年五十有六。

王季烈　字君九。號螾廬。長洲人。清光緒癸卯舉人。曾任郵傳部事。通南北曲。尤精北譜。嘗輯集成曲譜。爲曲苑推重。

附製譜家一人　康乾以前。製譜協律。責在樂工。中葉而後。傖俗日增。之無不識。遑論韻協。而文人學士又薄之不爲。曲製因鮮協喉。其通翰墨。又偶能守靈胎成法。刻徵調宮者。遂直若星鳳乍現。於是有製譜家之稱。於昔無據。在今可珍。非敢妄立名目。實欲激勵來茲。

劉富樑 字鳳叔。吳縣人。清末附生。曾任交通部主事。通南北詞製譜之學。南調尤精。王君九纂集成曲譜。其中初稿半出自鳳叔之手。

附謳家一人

俞宗海 字粟廬。松江婁縣人。生於清道光末葉。卒於共和初年。曾任江陰營守備。幼從韓華卿遊。盡得水磨調歌訣。爲魏腔最後傳人。

箸錄第二

一。金元樂曲。以雜劇爲主。明昌之際。雜劇院本。尙無區異。進入元際。始釐爲二。自關漢卿王實甫輩。按十三調塡詞。以四折一本爲率。於是北雜劇正格始立。而所謂院本者。流入豔段。或存諸宮調緒餘。或雜唱賺遺意。祇可義崇遠祧。究難與北雜劇昭穆同禋。近人錄北劇劇目。騖求博贍。豔段搊彈。廣收竝列。亦太覺氣應四海。吳越一家矣。至明人南雜劇。實本南戲體用。而摹擬北雜劇之面目。立調旣在慢賺之間。立器又依簫管爲準。趁下羽而應正徵。弦均與律音並用。南風不競。望北稱臣。是亦猶玉牒之別裁。列藩之外廟。已茲以北雜劇爲本。附及南劇。箸元明清及昭代襍劇凡若干目。其屬十三調以外之古劇曲。另列專節。備省覽焉。

白　樸　計十五種。存三種。佚十二種。

唐明皇秋夜梧桐雨一本

裴少俊墻頭馬上一本

董秀英花月東墻記一本

李克用箭射雙鵰一本　原本不傳。盛世新聲詞林摘豔雍熙樂府北詞廣正譜九宮大成譜中尚殘存佚文。

祝英臺死嫁梁山伯一本　已佚

蘇小小月夜錢塘夢一本　已佚。按長洲吳先生霜厓云。錢塘夢係小說體。非雜劇。今附見李卓吾批評西廂後。似不應入劇曲目中。茲據錄鬼簿姑列於此。以待考證。

十六曲崔護謁漿一本　原本已佚

楚莊王夜宴絕纓會一本　已佚

蕭翼智賺蘭亭記一本　已佚

薛瓊瓊月夜銀箏怨一本　已佚

漢高祖澤中斬白蛇一本　已佚

秋江風月鳳凰船一本　已佚

閻師道趕江江一本　已佚

唐明皇遊月宮一本　已佚

高祖歸莊一本　已佚

老莊周一枕蝴蝶夢一本

史　樟　計存一種。

石子章　計二種。佚一種。

秦脩然絲塢聽琴一本

黃桂娘秋夜竹窗雨一本　原本不傳。各曲譜中尚散見佚文。

王仲文　計十種。存一種。

救孝子賢母不認屍一本

諸葛亮軍屯五丈原一本　原本不傳。太和正音譜博山堂北曲譜廣正譜中尚散見佚文。

漢張良辭朝歸山一本　原本不傳。雍熙樂府廣正譜中尚存佚文。

雒陽令董宣強項一本　已佚

感天地王祥臥冰一本　已佚

孟月梅寫恨錦香亭一本　已佚

齊賢母三教王孫賈一本　已佚

遇漂母韓信乞食一本　已佚

趙太祖夜斬石守信一本　　已佚
七星壇諸葛祭風一本　已佚
關盼盼春風燕子樓一本　已佚
侯克中　計一種　已佚
李文蔚　計十二種存三種
同樂院燕青博魚一本
破苻堅蔣神靈應一本
張子房圯橋進履一本
金水題紅怨一本　已佚
漢武帝死哭李夫人一本　已佚
盧亭亭擔水澆花旦一本　已佚
謝安東山高臥一本　已佚
蔡蕭閒醉寫石州慢一本　已佚
濯錦江魚雁傳情一本　已佚
秋夜芭蕉雨一本　已佚

風雪推車旦一本 已佚
燕青射雁一本 已佚
梁進之 計二種。全佚。
趙光普進梅諫一本 已佚
東海郡于公高門一本 已佚
關漢卿 計六十六種。存十七種。
關大王單刀會一本
關張雙赴西蜀夢一本
閨怨佳人拜月亭一本
詐妮子調風月一本
感天動地竇娥冤一本
杜蕋娘智賞金線池一本
望江亭中秋切鱠旦一本
溫太眞玉鏡臺一本
趙盼兒風月救風塵一本

錢大尹智勘緋衣夢一本

錢大尹智寵謝天香一本

包待制三勘蝴蝶夢一本

包待制智擒魯齋郎一本

狀元堂陳母教子一本

山神廟裴度還帶一本

鄧夫子痛苦存孝一本

崔鶯鶯待月西廂記第五本

唐明皇啓瘞哭香囊一本　已佚　廣正譜中尚存殘文

風流孔目春衫記一本　已佚　廣正譜尚存殘文

孟良盜骨　已佚　廣正譜尚見佚文

呂蒙正風雪破窰記一本　已佚

唐太宗哭魏徵一本　已佚

風流郎君三負心一本　已佚

老女婿金馬玉堂春一本　已佚

徐夫人雪恨萬花堂一本　已佚
荒墳梅竹鬼團圓一本　已佚
風雪賢婦雙駕車一本　已佚
柳花亭李婉復落娼一本　已佚
秦少游花酒惜春堂一本　已佚
太常公主認先皇一本　已佚
請退軍勾踐進西施一本　已佚
昇仙橋相如題柱一本　已佚
甲馬營降生趙太祖一本　已佚
金花交鈔三告狀一本　已佚
劉盼盼鬧衡洲一本　已佚
盧亭亭挑水澆花旦一本　與李文蔚作同名。今已失傳。
曹太后死哭李夫人一本　已佚
薄太后走馬救周勃一本　已佚
宋上皇御斷姻緣簿一本　已佚

魯元公主三噉赦一本　三噉赦一作三嚇嚇三噉嚇三嚇赦原本現已失傳
呂無雙銅瓦記一本　已佚
晏叔原風月鷓鴣天一本　已佚
雙提屍鬼報汴河寃一本　已佚
開封府蕭王勘龍衣一本　已佚
醉娘子三撇嵌一本　已佚
隋煬帝牽龍舟一本　已佚
武則天肉醉王皇后一本　已佚
漢元帝哭昭君一本　已佚
丙吉教子立宣帝一本　已佚
楚雲公主酹江月一本　已佚
翠華妃對玉釵一本　已佚
介休縣敬德降唐一本　已佚
劉夫人救啞子一本　已佚
金谷園綠珠墮樓一本　已佚

漢匡衡鑿壁偷光一本　已佚
沒興風雪瘸馬記一本　已佚
蘇氏進織錦迴文一本　已佚
董解元醉走柳絲亭一本　已佚
白衣相高鳳漂麥一本　已佚
修南山管寧割席一本　已佚
萱草堂玉簪記一本　已佚
月落江梅怨一本　已佚
屈勘宣華妃一本　已佚
風雪狄梁公一本　已佚
孫康映雪一本　已佚
藏鬮會一本　已佚

王德信　計十三種．存四種．
崔鶯鶯待月西廂記四本　共五本．後一本為關漢卿作．
四丞相歌舞麗堂春一本

呂蒙正風雪破窰記一本　與關漢卿所作同名。王作爲「旦」本。

詩酒麗春園一本

韓彩雲絲竹芙蓉亭一本　已佚

信安王斷沒販茶船一本　已佚

趙光普進梅諫一本　與梁進之作同名。今已不傳。

賢孝士明達賣子一本　已佚

厚陰德于公高門一本　與梁進之作同名。現已失傳。

曹子建七步成章一本　已佚

才子佳人多月亭一本　已佚

作賓客陸績懷橘一本　已佚

雙蕖怨一本　已佚

馬致遠　計十六種。存七種。

破幽夢孤雁漢宮秋一本

西華山陳摶高臥一本

江州司馬靑衫淚一本

半夜雷轟薦福碑一本
呂洞賓三醉岳陽樓一本
馬丹陽三度任風子一本
開壇闡教黃粱夢一折　全部四折。第一折馬致遠作。第二三四折係出李時中。花李郎及紅字李二手。現尚流傳。
晉劉阮誤入桃源一本　已佚。太和正音譜及北詞廣正譜中尚見殘文。
凍吟詩踏雪尋梅一本　已佚
風雪騎驢孟浩然一本　已佚
呂蒙正風雪齋後鐘一本　已佚
呂太后㒜戚夫人一本　已佚
孟朝雲風雪歲寒亭一本　已佚
劉伯倫酒德頌一本　已佚
王祖師三度馬丹陽一本　按姚梅伯今樂考證。以爲卽馬丹陽三度任風子劇。然據此本正名。當係演王眞人嘉度化弟子馬丹陽事。至所謂三度任風子一本。係演馬丹陽度屠戶任風子成道事。關目絕不相同。姚說不甚可據。

牧羊記一本　此與傳奇牧羊記無關。今並失傳。

李時中　存一種。

開壇闡教黃粱夢第二折　餘爲馬致遠紅字李二作

趙文敬　計三種。全佚。

張果老度啞觀音一本　已佚

宦門子弟錯立身一本　已佚

渡孟津武王伐紂一本　已佚

孔學詩　計存一種。

地藏王證東窗事犯一本　曹楝亭本錄鬼簿在此劇下註云「一云楊駒兒作。」現尚流傳。

李直夫　計十二種。存一種。

便宜行事虎頭牌一本

吳太守卿伯道棄子一本　已佚。正音譜廣正譜博山堂北曲譜尚存見佚文

風月郎君怕媳婦一本　已佚

宦門子弟錯立身一本　與趙文敬作同名。已佚。

歹鬭娘子勸丈夫一本　已佚

俏郎君占斷風光一本　已佚
穎考叔孝諫鄭莊公一本　已佚
尾生期女渰藍橋一本　已佚
謊郎君壞盡風光一本　已佚
晏叔原風月夕陽樓一本　已佚
念奴教樂府一本　已佚
大燒祆廟一本　已佚

鄭廷玉　計二十三種。存六種。

楚昭公疎者下船一本
看錢奴買寃家債主一本
包待制智勘後庭花一本
布袋和尚忍字記一本
宋上皇御斷金鳳釵一本
崔府君斷寃家債主一本
吹簫女悔教鳳凰兒一本　已佚

風月郎君雙敎化一本　已佚
子父夢秋夜欒城驛一本　已佚
老敬德鞭打李煥一本　已佚
曹伯明復勘贓一本　已佚
一百二十行販揚州一本　已佚
孟縣宰因禍致福一本　已佚
釆石渡漁父辭劍一本　已佚
冷面劉斌料到底一本　已佚
齊景公駟馬奔陣一本　已佚
漢高祖哭韓信一本　已佚
孟姜女送寒衣一本　已佚
寃報寃貧兒乍富一本　已佚
賣兒女沒興王公綽一本　已佚
奴殺主因禍折福一本　已佚
風月七眞堂一本　已佚

孫恪遇猿一本　已佚

李壽卿　計十種。存二種。

說鱄諸伍員吹簫一本

月明三度臨岐柳一本

鼓盆歌莊子歎骷髏一本　已佚。盛世新聲詞林摘豔雍熙樂府廣正譜尚存見殘文。

呂無雙遠波亭一本　已佚

呂太后計斬韓信一本　已佚

船子和尚秋蓮夢一本　已佚

司馬昭復奪受禪臺一本　已佚

呂太后夜鎭鑑湖亭一本　已佚

呂太后祭滻水一本　已佚

辜負呂無雙一本　已佚

紀君祥　計六種。存一種。

寃報寃趙氏孤兒一本

陳文圖悟道松陰夢一本　已佚。雍熙樂府廣正譜中。尚存見佚文。

信安王復斷販茶船一本　已佚。與王寶甫作同名。
韓湘子三度韓退之一本　已佚
曹伯明錯勘贓一本　已佚。與鄭廷玉作同名。
驢皮記一本　已佚

高文秀　計三十四種。存五種。
好酒趙元遇上皇一本
黑旋風雙獻頭一本　臧刻曲選。雙獻頭作雙獻功。
劉玄德獨走襄陽會一本
須賈誶范睢一本
保成公徑赴澠池會一本
周瑜謁魯肅一本　已佚。盛世新聲詞林摘豔雍熙樂府博山堂北曲譜太和正音譜廣正譜尚存見佚文。
黑旋風詩酒麗春園一本　已佚。與王德信作同名。
黑旋風窮風月一本　已佚
黑旋風大鬧牡丹園一本　已佚

黑旋風喬教學一本　已佚
黑旋風借屍還魂一本　已佚
黑旋風鬭鷄會一本　已佚
黑旋風敷演劉耍和一本　已佚
太液池兒女並頭蓮一本　已佚
老郎君養子不及父一本　已佚
泗州大聖鎖水母一本　已佚
鄭元和風雪打瓦罐一本　已佚
醉秀才戒酒論杜康一本　已佚
豹子令史干請俸一本　已佚
御史臺趙堯辭金一本　已佚
志封侯班超投筆一本　已佚
伍子胥棄子走樊城一本　已佚
五鳳樓潘安擲果一本　已佚
豹子秀才不當差一本　已佚

京兆尹張敞畫眉一本　已佚
志公和尚問啞禪一本　已佚
禹王廟覇王舉鼎一本　已佚
粧旦色害夫人一本　按此劇係「末」色本另有趙熊「旦」色本現俱失傳。
烟月門神訴寃一本　已佚
病樊噲打呂胥一本　已佚
窮秀才雙棄瓢一本　已佚
豹子尚書謊秀才一本　已佚
相府門廉頗負荆一本　已佚
雙獻頭武松大報讎一本　已佚

姚守中　計三種全佚。

褚遂良扯詔立東宮一本　已佚
東都門逢萌掛冠一本　已佚
漢太守郝廉留錢一本　已佚

陳寧甫　計一種佚。

風月兩無功一本　已佚

庚天錫　計十五種．全佚．

黑旋風詩酒麗春園一本　與王實甫高文秀所作同名．現已失傳．

封隲先生罵上元一本　已佚

薛昭誤入蘭昌宮一本　已佚

隋煬帝江月錦帆舟一本　已佚

楊太眞霓裳怨一本　已佚

楊太眞浴罷華清宮一本　已佚

孟嘗君雞鳴度關一本　已佚

善蓋厲周處三害一本　已佚

會稽山買臣負薪一本　已佚

中郎將常何薦馬周一本　已佚

玉女琵琶怨一本　已佚

秋夜凌波夢一本　已佚

列女青陵臺一本　已佚

裴航遇雲英一本　已佚

秋月蕋珠宮一本　已佚

趙　祐　計二種。全佚。

試湯餅何郎傅粉一本　已佚

買愛卿金釵剪燭一本　已佚

李致遠　計一種。存。

都孔目風雨還牢末一本　脈望館校鈔本總題標作大婦小妻還牢末又正音譜列入無名氏作。

趙明道　計三種。全佚。

陶朱公范蠡歸湖一本　已佚

韓湘子三赴牡丹亭一本　已佚

韓退之雪擁藍關記一本　已佚

趙公輔　計二種。全佚。

晉謝安東山高臥一本　與李文蔚作同名。此就李本改用鹽咸韵重編者。現已失傳。

迷青瑣倩女離魂一本　已佚。與鄭德輝作同名。

趙　熊　計三種。全佚。

風月害夫人一本　與高文秀作同名。現已失傳。

太祖夜斬石守信一本　與王仲文作同名。現已失傳。

崔和擔生一本　已佚

劉唐卿　計二種。存一。

降桑椹蔡順奉母一本

李三郎麻地捧印一本　已佚

汪德潤　計一種。佚。

糊突包待制一本　已佚

王伯成　計三種。全佚。

李太白貶夜郎一本

興劉滅項一本　已佚九宮大成譜南北詞宮譜中尚存見佚文

張騫泛浮槎一本　已佚

孫仲章　計三種。全佚。

河南府張鼎勘頭巾一本　已佚

金章宗斷遺留文書一本　已佚

卓文君白頭吟一本　已佚

李子中　計二種。全佚。

賈充宅韓壽偷香一本　已佚

崔子弒齊君一本　已佚

武漢臣　計十一種。存三種。

散家財天賜老生兒一本

李素蘭風月玉壺春一本　與玉堂春係兩劇。元曲選目作「玉堂春」。大誤。

包待制智賺生金閣一本

鄭瓊娥梅雪玉堂春一本　已佚。元曲選目將此本與玉壺春誤爲一劇。

四哥哥神助提頭鬼一本　已佚。按元曲選目。誤與生金閣混爲一劇。

曹伯明錯勘贓一本　已佚。與紀君祥作同名。

棄子全姪魯義姑一本　已佚

趙太祖天子班一本　已佚

女元帥掛甲朝天一本　已佚

楚江樓月夜關山怨一本　已佚

窮韓信登壇拜將一本　已佚

陸顯之　計一種。佚。

宋上皇碎多凌一本　已佚

李取進　計三種。全佚。

神農殿欒巴噀酒一本　已佚。盛世新聲詞林摘豔雍熙樂府廣正譜中。尚存佚文。

司馬昭復奪受禪臺一本　已佚。與李壽卿作同名。

窮解子破雨傘一本　已佚

于伯淵　計六種。全佚。

莽和尚復奪珍珠旗一本　已佚

丁香香回回鬼風月一本　已佚

尉遲恭病立小秦王一本　已佚

狄梁公智斬武三思一本　已佚

呂太后餓劉友一本　已佚

白門斬呂布一本　已佚

岳伯川　計二種。

呂洞賓度鐵拐李岳一本

羅公遠夢斷楊貴妃一本　已佚。盛世新聲雍熙樂府廣正譜九宮大成譜南北詞宮譜中尚存佚文。

康進之　計二種存一。

梁山泊黑旋風負荆一本　別名杏花莊

黑旋風老收心一本　已佚

王廷秀　計四種。全佚。

周亞夫屯細柳營一本　已佚

秦始皇坑儒焚典一本　已佚

石頭和尚草庵歌一本　已佚

鹽客三告狀一本　已佚

李好古　計三種存一種。佚二種。

沙門島張生煑海一本

巨靈神劈華岳一本　已佚

趙太祖鎭凶宅一本　已佚

狄君厚　計一種存。

晉文公火燒介子推一本

張壽卿　計一種存。

謝金蓮詩酒紅梨花一本

吳昌齡　計十二種。存二種。

花間四友東坡夢一本

張天師斷風花雪月一本

唐三藏西天取經一本　已佚。萬壑清音廣正譜九宮大成南北詞宮譜納書楹曲譜尚散見佚文。或誤與明雜劇西遊記混冒。

張天師夜祭辰勾月一本　已佚。按黃文暘及王靜安氏均將此目與風花雪月混爲一劇實誤。

哪吒太子眼睛記一本　已佚

浪子回回賞黃花一本　已佚

浣花女抱石投江一本　已佚

鬼子母揭鉢記一本　已佚

老回回探胡洞一本　已佚

夜月走昭君一本　已佚

貨郎末泥一本　已佚

狄青撲馬一本　已佚

石君寶　計十種．存三種．

諸宮調風月紫雲亭一本

李亞仙花酒曲江池一本

魯大夫秋胡戲妻一本

柳眉兒金錢記一本　已佚

東吳小喬哭周瑜一本　已佚

呂太后醢彭越一本　已佚

趙二世醉走雪香亭一本　已佚

張天師斷歲寒三友一本　已佚

窮解子紅綃驛一本　已佚

士女秋香怨一本　已佚

張時起　計四種．全佚．

賽花月秋千記一本　已佚

覇王垓下別虞姬一本　已佚

沈香太子劈華山一本　已佚

昭君出塞一本　已佚

李寬甫　計一種。佚。

漢丞相丙吉問牛喘一本

彭伯成　計二種。全佚。

四不知月夜京娘怨一本　已佚

灰欄記一本　見孟稱舜刊本錄鬼簿。題目正名均缺。此劇現已佚傳。

李潛夫　計一種。存。

包待制智勘灰欄記一本　與彭伯成作同名。彭作題目正名均佚。故關目是否相同。有待考證。李作現尚流傳。

孟漢卿　計一種。存。

張鼎智勘魔合羅一本

尚仲賢　計十一種。存四種。

漢高祖濯足氣英布一本

洞庭湖柳毅傳書一本

尉遲恭三奪槊一本

尉遲恭單鞭奪槊一本

陶淵明歸去來兮一本　已佚。正音譜博山堂北曲譜廣正譜雍熙樂府中尚殘存佚文。

鳳凰坡越娘背燈一本　已佚。正音譜博山堂北曲譜廣正譜中尚殘存佚文。

王魁負桂英一本　已佚。雍熙樂府廣正譜中尚殘存佚文。

受顧命諸葛論功一本　已佚

沒興花前秉燭旦一本　已佚

崔護謁漿一本　已佚。與白樸作同名。續錄鬼簿以尚作爲次本。

張生煮海一本　已佚。與李好古作同名。續錄鬼簿以尚作爲次本。

戴善夫　計五種。存一種。

陶學士醉寫風光好一本

柳耆卿詩酒翫江樓一本　已佚。盛世新聲詞林摘豔雍熙樂府中尚殘存佚文。

關大王三提紅衣怪一本　已佚

宮調風月紫雲亭一本　已佚。與石君寶作同名。

伯瑜泣杖一本　已佚

顧仲清　計二種。全佚。

滎陽城火燒紀信一本　已佚
　知漢興陵母伏劍一本　已佚
費唐臣　計三種。存一種。
蘇子瞻風雪貶黃州一本
漢丞相韋賢籯金一本　已佚
斬鄧通一本　已佚
鄭光祖　計十八種。存八種。
輔成王周公攝政一本
醉思鄉王粲登樓一本
㑳梅香翰林風月一本
迷靑瑣倩女離魂一本　與趙公輔作同名。趙作在前。續錄鬼簿以鄭作爲次本。
虎牢關三戰呂布一本　與武漢臣作同名。鄭作在後。曹棟亭本錄鬼簿以鄭作爲次本。
耕莘野伊尹扶湯一本
醜齊后無鹽破連環一本
程咬金斧劈老君堂一本

崔懷寶月夜聞箏一本　已佚。雍熙樂府博山堂北曲譜正音譜廣正譜中尚存佚文。

三落水鬼泛采蓮舟一本　已佚

李太白醉寫秦樓月一本　已佚

周亞夫細柳營一本　已佚。與王廷秀作同名。鄭作在後。

王太后摔印哭孫子一本　已佚

秦趙高指鹿爲馬一本　已佚

齊景公哭晏嬰一本　已佚。與元無名氏作同名。

陳後主玉樹後庭花一本　已佚

謝阿蠻梨園樂府一本　已佚

紫雲孃一本　已佚。題目正名均失考。

曾　瑞　計一種。已佚。

才子佳人悞元宵一本　已佚。諸本著錄。多誤與無名氏元夜百鞋記混爲一劇。茲據正音譜校錄。

金仁傑　計七種。存一種。

蕭何月夜追韓信一本

秦太師東窗事犯一本　已佚。與孔學詩作同名。

長孫皇后鼎鑊諫一本　已佚

周公旦抱子攝朝一本　已佚

蘇東坡夜宴西湖夢一本　已佚

玉津園智斬韓太師一本　已佚

蔡琰還朝一本　已佚

楊　梓　計存三種。

承明殿霍光鬼諫一本

忠義士豫讓吞炭一本

下高麗敬德不伏老一本

宮天挺　計六種存二種。

死生交范張雞黍一本

嚴子陵垂釣七里灘一本　與張酷貧作同名。宮作在後。諸本或題爲釣魚臺。茲據元刻雜劇三十種。仍復本名。

宋仁宗御覽托公書一本　已佚

使河南汲黯開倉一本　已佚

宋上皇御賞鳳凰樓一本　已佚

棲會稽越王嘗膽一本　已佚

范居中　計一種已佚。

鷫鸘裘第一折　已佚此劇一本四折現已失傳第一折爲范居中作二三四折由施均美黃德潤沈珙之分成之。

施　惠　計一種已佚。

鷫鸘裘第二折　已佚

黃天澤　計一種已佚。

鷫鸘裘第三折　已佚

沈　珙　計一種已佚。

鷫鸘裘第四折　已佚

睢舜臣　計三種已佚。

楚大夫屈原投江一本　已佚

鴛鴦牡丹記一本　已佚

千里投人一本　已佚

趙良弼　計一種已佚。

春夜梨花雨一本　已佚
沈　和　計六種．已佚．
祈甘雨貨郎朱蛇記一本　已佚
徐駙馬樂昌分鏡一本　已佚
鄭玉娥燕山逢故人一本　已佚
鬧法場郭興阿陽一本　已佚
歡喜冤家一本　已佚
瀟湘八景一本　已佚
喬　吉　計十一種．存三種．
杜牧之詩酒揚州夢一本
玉簫女兩世姻緣一本
李太白匹配金錢記一本
死生交託妻寄子一本　已佚
怨風月嬌雲認玉釵一本　已佚
燕樂毅黃金臺一本　已佚
馬光祖勘風情一本　已佚

荆公遣妾一本　已佚

節婦牌一本　已佚

賢孝婦一本　已佚

九龍廟一本　已佚

范　康　計二種。存一。

陳季卿悟道竹葉舟一本

曲江池杜甫遊春一本　已佚

鮑天祐　計八種。俱佚。

王妙妙死哭秦少游一本　已佚。詞林摘豔廣正譜雍熙樂府中。尚存佚文。

史魚屍諫衞靈公一本　已佚。博山堂北曲譜廣正譜中。尚見佚文。

孝順女曹娥泣江一本　已佚。據曹楝本錄鬼簿稱。此劇係與汪勉之合作。

重糟糠宋弘不諧一本　已佚

東策守楊震畏金一本　已佚

諫紂惡比干剖腹一本　已佚

志封侯班超投筆一本　已佚

貪財漢爲富不仁一本　已佚

汪勉之　計一種．已佚．

孝順女曹娥泣江二折、　鮑天佑作二折．汪作二折．今俱不傳．

陳以仁　計二種．存一．

十八騎誤入長安一本　別名雁門關．存孝打虎．簡名誤入長安．

錦堂風月一本　已佚

周文質　計四種．俱佚．

持漢節蘇武還鄉一本　已佚

敬新磨戲諫唐莊宗一本　已佚

春風杜韋娘一本　已佚

孫武子教女兵一本　已佚

吳弘道　計五種．俱佚．

楚大夫屈原投江一本　已佚

火燒正陽門一本　已佚

醉遊阿房宮一本　已佚

子房貨劍一本　已佚

手卷記一本　已佚

秦簡夫　計五種存三種

孝義士趙李讓肥一本

東堂老勸破家子弟一本

晉陶母剪髮待賓一本

天壽太子邢臺記一本　已佚

玉溪館一本　已佚

王仲元　計三種俱佚

楊六郎私下三關一本　已佚

厚陰德于公高門一本　已佚

郎中令袁盎卻座一本　已佚

屈恭之　計五種俱佚

宋上皇三恨李師師一本　已佚

昇仙橋相如題柱一本　已佚

縱火牛田單復齊一本　已佚

孟宗哭竹一本　已佚

敬德撲馬一本　已佚

趙善慶　計八種。俱佚。

唐太宗驪山七德舞一本　已佚

燒樊城糜竺收資一本　已佚

孫武子教女兵一本　已佚。與周文質作同名。周係「末」本。趙係「旦」本。

敦友愛姜肱共被一本　已佚

褚遂良擲笏諫一本　已佚

醉寫滿庭芳一本　已佚

負親沉子一本　已佚

村學堂一本　已佚

陸登善　計二種。俱佚。

張鼎勘頭巾一本　已佚。與孫仲章作同名。

開倉糶米一本　已佚

孫子羽　計一種。佚。

杜秋娘月夜紫鸞簫一本　已佚

朱　凱　計二種．存．

劉玄德醉走黃鶴樓一本

放火孟良盜骨殖一本

王　曄　計三種存一種．

破陰陽八卦桃花女一本

臥龍岡一本　已佚

雙賣華一本　已佚

鍾嗣成　計七種．俱佚．

寄情韓翃章臺柳一本　已佚

讒貨賂魯褒錢神論一本　已佚．

宴瑤池王母蟠桃會一本　已佚

韓信泜水斬陳餘一本　已佚

漢高祖詐遊雲夢一本　已佚

孝諫鄭莊公一本　已佚

馮驩焚券一本　已佚　此劇以焚券事爲主．與淸劇馮驩市義題材稍泛者不同．舊錄每誤混目．

張　擇　計三種。俱佚。

包待制判斷煙花鬼一本　已佚

薰金蓮夜月瑤琴怨一本　已佚

十八公子大鬧草園閣一本　已佚

王　生　計存一種。

鶯鶯紅娘着圍棋一折　此係增補王實甫西廂記第一本之作。按明初詹時雨亦有補西廂奕棋一折與此用套不同。

張酷貧　計五種。存三種。

薛仁貴衣錦還鄉一本

相國寺汗衫記　元曲選正名作相國寺公孫合汗衫。此劇亦簡稱合汗衫。

羅李郎大鬧相國寺一本　此劇亦簡稱羅李郎。

嚴子陵垂釣七里灘一本　已佚

歌大風高祖還鄉一本　已佚

花李郎　計四種。存一種。

開壇闡教黃粱夢第三折　與馬致遠。李時中。紅字李二合譔。

相府院曹公勘吉平一本　已佚
𢥞懆判官釘一釘一本　已佚
像生欒子酷寒亭一本　已佚

紅字李二　計五種．存一種．
開壇闡教黃粱夢第四折　與馬致遠．李時中．李郎合譔．
折擔兒武松打虎一本　已佚
板踏兒黑旋風一本　已佚
窄袖兒武松一本　已佚
全火兒張弘一本　已佚

春牛張　計一種．佚．
賢達婦荊娘盜果一本　已佚

無名氏　計貳百參拾陸種．存一〇八種．
諸葛亮博望燒屯一本
小張屠焚兒救母一本
王鼎臣風雪漁樵記一本

風雨象生貨郎旦一本

玎玎璫璫盆兒鬼一本

硃砂擔滴水浮漚記一本

玉清庵錯送鴛鴦被一本

龐涓夜走馬陵道一本

孟光女舉案齊眉一本

金水橋陳琳抱妝盒一本

包待制陳州糶米一本

包待制智賺合同文字一本

錦雲堂美女連環記一本

薩真人夜斷碧桃花一本

逞風流王煥百花亭一本

漢鍾離度脫藍采和一本

王元英月夜留鞋記一本　向誤爲才子佳人混元宵。實則才子佳人劇係曾瑞作。與此不同。

鄭月蓮秀秋夜雲窗夢一本

狄青復奪衣襖車一本
施仁義劉弘嫁婢一本
劉千病打獨角牛一本
摩利支飛刀對箭一本
關雲長千里獨行一本
龍濟山野猿聽經一本
二郎神醉射鎖魔鏡一本
蘇子瞻醉寫赤壁賦一本
閥閱舞射柳蕤丸記一本
張公藝九世同居一本
趙匡義智娶符金錠一本
王脩然斷殺狗勸夫一本
瘸李岳詩酒翫江亭一本
海門張仲春樂堂一本
凍蘇秦衣錦還鄉一本

神奴兒大鬧開封府一本
爭報恩三虎下山一本
隨何賺風魔蒯通一本
謝金吾詐拆清風府一本
兩軍師隔江鬬智一本
小尉遲將鬬將將鞭認父一本
馮玉蘭夜月泣江舟一本
十八國臨潼鬬寶一本
伍子胥鞭伏柳盜跖一本　此劇係取臨潼鬬寶刪改而成．蓋病臨潼鬬寶角色太多．不適場上也．
現兩劇皆尚流傳．
田穰苴伐晉興齊一本
後七國樂毅圖齊一本
吳起敵秦掛帥印一本
守貞節孟母三移一本
漢公卿衣錦還鄉一本

運機謀蕭何騙英布一本
韓元帥暗度陳倉一本
司馬相如題橋記一本
馬援撾打聚獸牌一本
漢銚期大戰邳彤一本
寇子翼定時捉將一本
鄧禹定計捉彭寵一本
雲臺門聚二十八將一本
劉關張桃園三結義一本
關雲長單刀劈四寇一本
張翼德大破吉林莊一本
關雲長大破蚩尤一本
宋大將岳飛精忠一本
張于湖誤宿女眞觀一本
梁山五虎大刼牢一本

梁山七虎鬧銅臺一本
王矮虎大鬧東平府一本
宋公明排九宮八卦陣一本
女姑姑說法陞堂記一本
女學士明講春秋一本
清廉官長勘金環一本
若耶溪漁樵閒話一本
認金梳孤兒尋母一本
徐伯株貧富興衰記一本
秦月娥誤失金環記一本
薛包認母一本
王文秀渭塘奇遇記一本
月明和尚度柳翠一本　此本與李壽卿月明三度臨岐柳套式及情節完全不同。應係兩劇。今存在
　脈望館古名家雜劇中。
飛虎峪存孝打虎一本　係就十八騎誤入長安一劇刪節而成。應係元末或明初人刪訂。非以仁

原本。

二郎神射鎖魔鏡一本　此本係取元無名氏二郎神醉射鎖魔鏡一劇、改編而成。蓋為場上扮演計也。現存脈望館鈔校古名家雜劇中。

燕孫臏智捉袁達一本

魯智深喜賞黃花峪一本

十探子大鬧延安府一本

張翼德單戰呂布一本

張翼德三出小沛一本

莽張飛大鬧石榴園一本

楚鳳雛旁掠四郡一本

陽平關五馬破曹一本

壽亭侯怒斬關平一本

周公瑾志娶小喬一本

陶淵明東籬賞菊一本

魏徵改詔風雲會一本

徐懋功智降秦叔寶一本
長安城四馬投唐一本
尉遲恭鞭打單雄信一本
立功勳慶賞丹陽一本
十八學士登瀛州一本
唐李靖陰山破虜一本
賢達婦龍門隱秀一本
衆僚友喜賞浣花溪一本
招涼亭賈島破風詩一本
李嗣源復奪紫泥宣一本
壓關樓疊掛午時牌一本
趙匡胤打董達一本
穆陵關上打韓通一本
存仁心曹彬下江南一本
八大王開詔救忠臣一本

焦光贊活拿蕭天佑一本

曹操夜走陳倉路一本

楊六郎調兵破天陣一本

十樣錦諸葛論功一本

鯁直張千替殺妻一本　已佚

孝順賊魚水白蓮池一本　已佚

行孝道郭巨埋兒一本　已佚

樊事眞金篦刺目一本　已佚

風月所舉問汝陽記一本　已佚

剮王莽一本　已佚

比射轅門一本　已佚

喬踏碓一本　已佚

摔表諫一本　已佚

梅梢月一本　已佚

竹林寺一本　已佚

烏林皓月一本　已佚
紅葉傳情一本　已佚
桂英記一本　已佚
鴛鴦會一本　已佚
瑞香亭一本　已佚
像生番語罟罟旦一本　已佚
劉公緘書一本　已佚
拂塵子仁義禮智信一本　已佚
楚金仙月夜杜鵑啼一本　已佚
藍采和鎖心猿意馬一本　已佚。正音譜博山堂曲譜尚存佚文。
女學三勸後姚婆一本　已佚
風風魔魔紙扇記一本　已佚。廣正譜中尚存佚文。
張順水裏報寃一本　已佚。正音譜中尚見佚文。
火燒阿房宮一本　已佚。正音譜博山堂曲譜廣正譜詞林摘豔雍熙樂府中。並存佚文。
刀劈史鴉霞一本　已佚。博山堂曲譜中尚見佚文。

望思臺一本　已佚。盛世新聲詞林摘豔雍熙樂府中尚存佚文。
十面埋伏一本　已佚。雍熙存有佚文。
藍關記一本　已佚。正音譜博山堂北曲譜北詞廣正譜均見佚文。
趕蘇卿一本　已佚。雍熙樂府尚存佚文。
割耳奇一本　已佚。雍熙樂府尚存佚文。
夢天台一本　已佚。博山堂北曲譜廣正譜九宮譜均存佚文。
小二哥大鬧查子店一本　已佚
愚鼓惜氣勸世道情一本
十詠水仙子一本　已佚
趙宗讓肥一本　已佚。此與秦簡夫作同名。
滕王閣一本　已佚
借布衫一本　已佚
張小屠智賺鬼擘口一本　已佚
十樣配像生四國旦一本　已佚
鎮山夫人還牢旦一本　已佚

老敬德撾怨鼓一本　已佚
四顆頭任千鬭法場一本　已佚
包待制智賺三件寶一本　已佚
村姑兒鬧元宵一本　已佚
孝壬貫救父鬧法場一本　已佚
人不知大鬭雲臺觀一本　已佚
疏財漢天賜孋乾兒一本　已佚
秦從僧大鬧相國寺一本　已佚
馬均祥沒倖血水記一本　已佚
寃家債主鬧陰司一本　已佚
沒倖呆驢大報雠一本　已佚
清廉司吏鬼提牢一本　已佚
阮提學鬼鬧森羅殿一本　已佚
孫孔目智賺明昌夢一本　已佚
孝順子磨刀勸父一本　已佚

清官斷永不分別一本　已佚
感藥王神救婢生子一本　已佚
魯智深大鬧消災寺一本　已佚
行孝道目蓮救母一本　已佚
豫章城人月兩團圓一本　已佚
申包胥興兵完楚一本　已佚
人頭峯崔生盜虎皮一本　已佚
塲廟四聖歸天一本　已佚，正名首字原缺。
斬蔡陽一本　已佚
風流娘子兩相宜一本　已佚
黃魯直打到底一本　已佚
明皇村院會佳期一本　已佚
哀哀怨怨後庭花一本　已佚
危太僕衣錦還鄉一本　已佚
包待制雙勘丁一本　已佚

搥碎黃鶴樓一本 已佚
盧仝七碗茶一本 已佚
夜月荆娘墓一本 已佚
卓文君駕車一本 已佚
策立陰皇后一本 已佚
搬運太湖石一本 已佚
風雪包待制一本 已佚
柳成錯背妻一本 已佚
郭桓盜官糧一本 已佚
陶侃拿蘇峻一本 已佚
紈扇題詩一本 已佚
袁覺拖笆一本 已佚
楊香跨虎一本 已佚
螺螄末尼一本 已佚
化胡感佛一本 已佚

雪裏報冤一本　已佚
佳人寫恨一本　已佚
才子留情一本　已佚
朱砂記一本　已佚
打球會一本　已佚
打陳平一本　已佚
祭三王一本　已佚
三賢婦一本　已佚
雙鬬醫一本　已佚
桂花精一本　已佚
黃花寨一本　已佚
水簾寨一本　已佚
屎鴛鴦雙鎭梧桐樹一本　已佚
銷金帳一本　已佚
望香亭一本　已佚

羊角哀鬼戰荆軻一本　已佚

諸葛亮掛印氣張飛一本　已佚

關大王月下斬貂蟬一本　已佚

狗家疃五虎困彥章一本　已佚

莊周半世蝴蝶夢一本　已佚。與史樟作同名。仍是二劇

四公子夷門元宵宴一本　已佚

巫娥女醉赴陽臺夢一本　已佚

鄄鄆璋昆陽大戰一本　已佚

金穴富郭況遊春一本　已佚

施仁義岑母大賢一本　已佚

諸葛亮石伏陸遜一本　已佚

壽亭侯五關斬將一本　已佚

老陶謙三讓徐州一本　已佚

關雲長古城聚義一本　已佚

米伯通衣錦還鄉一本　已佚

李存孝大戰葛從周一本 已佚

朱全忠五路犯太原一本 已佚

蘇東坡誤入佛遊寺一本 已佚

小李廣大鬧元宵夜一本 已佚

宋公明刼法場一本 已佚

宋公明喜賞新春會一本 已佚

李瓊奴月夜江陵怨一本 已佚

崔驢兒指腹成婚一本 已佚

鵲奔亭蘇娥自許嫁一本 已佚

賽金蓮花月南樓記一本 已佚

賣嫁一本 已佚

放偷一本 已佚

△右元雜劇計錄七百二十有五目 內除合襲重目及零作不計實得柒百壹拾柒種.

羅本 計三種存一種.

宋太祖龍虎風雲會一本
三平章死哭蜚虎子一本　已佚
忠正孝子連環諫一本　已佚
王子一　計四種存一種
劉晨阮肇悞入天台一本
鶯燕蜂蝶一本　已佚
楚臺雲一本　已佚
海棠風一本　已佚
劉　兌　計二種存一種
金童玉女嬌紅記一本　與王實甫作異辭
月下老定世間配偶一本　已佚
谷子敬　計五種存一種
呂洞賓三度城南柳一本
邯鄲道盧生枕中記一本　已佚
昌孔目雪恨鬧陰司一本　已佚

司牡丹借屍還魂一本　已佚

卞將軍一門忠孝一本　已佚

楊文奎　計四種存一種

翠紅鄉兒女兩團圓一本

王魁不負心一本　已佚

封陟遇上元一本　已佚

玉盒記一本　已佚

李唐賓　計二種存一種

李雲英風送梧桐葉一本

梨花夢一本　已佚

楊訥　計十八種存二種

西遊記一本　明寶文堂書目不著撰者姓字明萬曆甲寅坊刻本題作吳昌齡撰遂致後來誤將吳作西天取經一劇與本目兩相冒混近人辨之綦詳足資參考按孟氏柳枝集內選存此劇第四本曲文簡題作猪八戒並循俗標爲吳昌齡撰復眉批謂吳嘗擬作西廂記知不能與王實甫爭勝乃作西遊云云可知西遊西天兩劇彼此混冒已久蓋吳作早逸而殘遺曲詞又多被後來傳唱三藏故事有

關諸爨本所剿襲如爨弄本中之蓮花寶筏(非朱佐朝本)安天會及西遊記傳奇內之北套均襲用西天取經殘曲一時坊刻亦競託附昌齡名字以誇矜重其實西遊西天兩劇彼此關目迥異吳作之題目與正名爲「老回回東樓叫佛唐三藏西天取經」而萬曆甲寅本之西遊記則共分四本其題目正名第一本爲「賊劉洪殺秀士老和尙救江流觀音佛說因果陳玄奘大報仇」第二本爲「唐三藏登途路村姑兒逞囂頑木義送天龍馬華光下寶德關」第三本爲「李天王捉妖怪孫行者會師徒沙和尙拜三藏鬼子母救愛奴」第四本爲「朱太公告官司裴海棠遇妖怪三藏託孫悟空二郞收猪八戒」第五本爲「女人國遭險難採藥仙說艱難孫行者借扇子唐僧遇火焰山」第六本爲「胡麻婆問心字孫行者答空禪靈鷲山廣聚會唐三藏大朝元」譜三藏神話應以楊作最備至國內著錄有所謂「四卷」本卽此六卷本之簡編又明初北劇未歇而南劇日盛歌壇對同目之劇輒標榜南北故西廂有南北之稱自西遊記有傳奇登場後遂亦相對而稱此六卷本爲北西遊今日本京都大學所藏之傳奇彙考標目內列有北西遊一目仍係捨正就俗不宜以「一名」或「又名」之例視之

馬丹陽度脫劉行首一本

柳耆卿詩酒翫江樓一本　與元戴善夫作同目異辭。已佚。
佛印燒豬待子瞻一本　已佚
感天地田眞泣樹一本　已佚
史教坊斷生死夫妻一本　已佚
盧時長老天台夢一本　已佚
貪財漢爲富不仁一本　已佚
楚襄王夢會巫娥女一本　已佚
陶秀英鴛鴦宴一本　已佚
月夜西湖怨一本　已佚
一箭保韓莊一本　已佚
磨勒盜紅綃一本　已佚
大鬧東嶽殿一本　已佚
風月海棠亭一本　已佚
偃時救駕一本　已佚
紅白蜘蛛一本　已佚

兩團圓一本　已佚

湯　式　計二種。佚。

風月瑞仙亭一本　已佚

嬌紅記一本　與劉兌金文質作同目。已佚。

唐　復　計一種。佚。

陳子春四女爭夫一本　已佚

陳伯將　計一種。佚。

晉劉阮誤入桃源一本

丁野夫　計五種。俱佚。

碧梧堂雙鸞棲鳳一本　已佚

月夜賞西湖一本　已佚

遊賞淛江亭一本　已佚

寫盡清風領一本　已佚

俊憨子一本　已佚

劉君錫　計三種。存一種。

龐君士誤放來生債一本 已佚
石夢卿三爽不學一本 已佚
賢大夫疏廣東門宴一本 已佚
李士英 計三種俱佚.
金章宗御賽詩禪記一本
折征衣一本
群花會一本
須子壽 計二種佚.
雙鸞棲鳳碧梧堂一本 與丁埜夫作同目.已佚.
泗州大聖滰水母一本 已佚
金文質 計三種俱佚.
誓死生錦片嬌紅記一本 與劉兌湯舜民作同目.已佚.
松陰記一本 已佚
三官齋一本 已佚
汪元亨 計三種俱佚.

劉晨阮肇桃源洞一本　元明人均有同作.此本已佚.
娥皇女英班竹記一本　已佚
仁宗認母一本　已佚

邾　經　計四種.俱佚.

死葬鴛鴦塚一本　已佚
玉嬌春一本　已佚
胭脂女子鬼推門一本　已佚
西湖三塔記一本　已佚

陸進之　計二種.俱佚.

韓湘子引度昇仙會一本
血骷髏大鬧百花亭一本　已佚

賈仲明　計十七種.存四種.

荊楚臣重對玉梳記一本
蕭淑蘭情寄菩薩蠻一本
鐵拐李度金童玉女一本

呂洞賓桃柳昇仙夢一本
紫竹瓊梅雙坐化一本　已佚
山神廟裴度還帶一本　已佚
上林苑梅杏爭春一本　已佚
癩曹司七世寃家一本　已佚
丘長三度碧桃花一本　已佚
李素臣風月玉壺春一本　與元武漢臣作同目。已佚。
正性佳人雙獻頭一本　已佚
湯汝梅秋夜燕山怨一本　已佚
順時秀月夜英山夢一本　已佚
志烈夫人節婦牌一本　已佚
屈死鬼雙告狀一本　已佚
花柳仙姑調風月一本　已佚
意馬心猿一本　已佚

黃元吉　計一種存。

黃廷道夜走流星馬一本

陶國英　計一種佚

四鬼魂大鬥森羅殿一本　已佚

高茂卿　計一種佚

翠紅鄉兒女兩團圓一本　與楊文奎作同目已佚

朱　權　計十二種存二種

冲漠子獨步大羅天一本

卓文君私奔相如一本

淮南王白日飛昇一本　已佚

周武帝辨三教一本　已佚

齊桓公九合諸侯一本　已佚

肅清瀚海平胡傳一本　已佚

北酆大王勘妬婦一本　已佚

楊娭復落娼一本　已佚

瑤天笙鶴一本　已佚

豫章三害一本　已佚

煙花鬼判一本　已佚

客窗夜話一本　已佚

宋　讓　計一種佚。

客窗夜話一本　與朱權作同目已佚。

朱有燉　計三十一種存。

甄月娥春風慶朔堂一本

美姻緣風月桃源景一本

清河縣繼母大賢一本

劉盼春守志香囊怨一本

宣平巷劉金兒復落娼一本

趙貞姬身後團圓夢一本

福祿壽仙官慶會一本

神后山秋獮得騶虞一本

黑旋風仗義疏財一本

紫陽仙三度常椿壽一本
東華仙三度十長生一本
群仙慶壽蟠桃會一本
瑤池會八仙慶壽一本
呂洞賓花月神仙會一本
洛陽風月牡丹仙一本
天仙圃牡丹品一本
十美人慶賞牡丹園一本
張天師明斷辰鈎月一本　與元吳昌齡作同目異辭。
孟浩然踏雪尋梅一本
小天香半夜朝元一本
李妙清花裏悟眞如一本
李亞仙花酒曲江池一本
惠禪師三度小桃紅一本
搊搜判官喬斷鬼一本

豹子和尚自還俗一本
蘭紅葉從良煙花夢一本
河嵩神靈芝慶壽一本
四時花月賽嬌容一本
南極星度脫海棠仙一本
文殊菩薩降獅子一本
關雲長義勇辭金一本

馬惟厚　計一種佚.
風月囊集一本　已佚

康　海　計二種存.
東郭先生誤救中山狼一本　或云馬中錫作.
王蘭卿服信明貞烈一本

王九思　計二種存.
杜子美沽酒遊春記一本
中山狼一本　與汪廷訥康海陳與郊作同目.

楊　慎　計一種存

宴清都洞天玄記一本

陳　沂　計一種存

善知識苦海回頭一本

李開先　計柒種存二種

園林午夢一本

打啞禪一本

攪道場一本　已佚

喬坐衙一本　已佚

昏厮謎一本　已佚

三枝花大鬧土地堂一本　已佚

皮匠參禪一本　已佚

徐　渭　計五種存

狂鼓吏漁陽三弄一本

玉禪師翠鄉一夢一本

雌木蘭替父從軍一本
女狀元辭凰得鳳一本　以上四種合稱四聲猿
歌代歗一本
馮惟敏　計二種。存。
梁狀元不伏老一本
僧尼共犯一本
汪道昆　計五種。佚一種。
高唐記一本
五湖記一本
洛神記一本
京兆記一本
唐明皇七夕長生殿一本　已佚
梁辰魚　計二種。佚一種。尚有無雙補傳一種。係補陸天池明珠記中一折。實非整本雜劇。茲不著錄。
紅線女夜竊黃金盒一本
紅綃妓手語情傳一本　已佚

陳　鐸　計二種。俱佚。
花月妓雙偷納錦郎一本　已佚
鄭耆老義配好姻緣一本　已佚
高應玘　計一種。佚。
北門鎖鑰一本　已佚
胡汝嘉　計一種。佚。
紅線一本　已佚
陳自得　計一種。
證無爲太平仙記一本
王　衡　計四種。佚二種。
王摩詰拍碎鬱輪袍一本
沒奈何哭倒長安街一本　今樂考證及曲錄均割裂爲二目。實誤。
再生緣一本　與吳仁仲作同名。已佚。
裴湛和合一本　已佚
王驥德　計五種。存一種。

男王后一本　現存盛明雜劇本標題男王后秦台外史撰不著姓字。諸著錄遂誤入無名氏。此劇題目正名爲「臨川王不辨雌雄對玉華生喬配裙釵婿穠桃婢誤作女媒人陳子高改妝男后記」故本劇又別名裙釵壻。

金屋招魂一本　已佚

棄官救友一本　已佚

兩旦雙鬟一本　已佚

倩女離魂一本　南詞與元人北雜劇同目。已佚。

史槃　計三種。佚。

蘇臺奇遘一本　已佚

三卜眞狀元一本　已佚

清涼扇餘一本　與王驥德傳奇同目。已佚。

呂文　計八種。佚。

齊東絕倒一本　已佚

秀才送妾一本　已佚

勝山大會一本　已佚

夫人大一本 已佚
兒女債一本 已佚
耍風情一本 已佚
纏夜帳一本 已佚
姻緣帳一本 已佚

汪廷訥 計六種。存一種。
廣陵月重會姻緣一本
青梅佳句一本 已佚
詭男爲客一本 已佚
捐奩嫁妹一本 已佚
太平樂事一本 已佚
中山救狼一本 已佚

陳繼儒 計一種。存。
杜祁公藏身眞傀儡一本 一作王衡撰。茲從祁氏曲品著錄。

桑紹良 計一種。
獨樂園司馬入相一本 今樂考證著錄此劇。並註云按一本「葉」作「桑」待考。殆以爲紹良姓葉而非姓桑也。今從也是園書目。及脈望館孤本著錄訂正之。

梅鼎祚　計一種。存。

崑崙奴劍俠成仙一本

王　澹　計一種。存。

櫻桃園一本　一作櫻桃夢。

胡文煥　計一種。佚。

桂花風一本　已佚

徐復祚　計二種。佚一。

一文錢一本　按盛明雜劇及四大癡第三卷均收此劇。的係雜劇。至今彙弄本之一文錢。乃係無名氏所作之傳奇。訂曲海目未能分清。著錄實誤。

梧桐雨一本　今樂考證及王氏曲錄將此劇列在傳奇內實誤

佘　翘　計一種。

鎖骨菩薩一本

葉憲祖　計二十四種。存十二種。

灌將軍使酒罵座記一本

壯荊卿易水離情一本

金翠寒衣記一本

琴心雅調一本

北邙說法一本

俏佳人巧含團花鳳一本

夭桃紈扇一本　明崇禎間原刻四豔記之一列入春豔本

碧蓮繡符一本　四艷記之二列入夏艷本

丹桂鈿盒一本

素梅玉蟾一本

三義成姻一本

渭塘夢一本

芙蓉屏一本　已佚

賀季眞一本　已佚

死生緣一本　已佚

龍華夢一本　已佚

會香衫一本　已佚

巧配閤越娘一本　已佚

碧玉釵一本　已佚

玳瑁梳一本　已佚

鴛鴦寺冥勘陳玄禮一本　已佚

西樓夜話一本　已佚

桃花源一本　已佚

要梅香一本　已佚

屠本畯　計一種。佚。

崔氏春秋補傳一本　已佚

田藝衡　計一種。佚。

歸去來辭一本　已佚

林　章　計一種。佚。

青虬記一本　已佚

陳與郊　計五種。存。

昭君出塞一本

文姬入塞一本

袁氏義犬一本

淮陰侯一本

中山狼一本　與康海王九思汪廷訥諸作同目。又一刻本。合刻文姬入塞袁氏義犬淮陰侯中山狼四劇。而將文姬入漢改名蔡文姬。袁氏義犬改名義犬記。並署爲林於閣主人撰。王靜安氏曲錄列入清代。實誤。

張國籌　計五種。佚。

脫穎一本　已佚

茅廬一本　已佚。以上兩本。今樂考證及王氏曲錄均列爲清張國壽作。實誤。國籌爲隆慶時拔貢。行誼見明章邱縣志。

章臺柳一本　已佚

韋蘇州一本　已佚

申包胥一本　已佚

程士廉　計四種。

幸上苑帝妃春遊一本
泛西湖蘇秦夏賞一本
醉學士韓陶月宴一本
憶故人戴王訪雪一本

楊之烱　計一種.
天臺奇遇一本

朱恩鏳　計三種.佚.
金兒弄丸記一本　已佚
誤佳期一本　已佚
玉欄杆一本　已佚

許　潮　計十三種.　佚陸種.
公孫丑東郭息忿爭一本　已佚.群音類選中尚存一齣曲文.
王羲之蘭亭顯才藝一本　簡名蘭亭會.
劉蘇州席上寫風情一本　簡名寫風情.
東方朔割肉遺細君一本　已佚.群音類選中尚存曲文.

張季鷹因風憶故鄉一本　已佚．群音類選中尚存曲文．
蘇子瞻泛舟遊赤壁一本　簡名赤壁遊．
晉庾亮月夜登南樓一本　簡名南樓月．
陶處士栗里致交遊一本　已佚．群音類選中尚存曲文．
桓元帥龍山會僚友一本　已佚．群音類選中尚存曲文．
謝東山雪期試兒女一本　已佚．群音類選中尚存曲文．
武陵春一本
午日吟一本
同甲會一本　以上十三種總名爲泰和記．
朱京藩　計一種．佚．
玉珍娘一本　已佚
車任遠　計五種．佚．
蕉鹿夢一本　已佚
高唐夢一本　已佚
邯戰夢一本　已佚

南柯夢一本　已佚．以上四種統稱四夢記．為雜劇體．曲品稱為傳奇．蓋泛稱也．

福先碑一本　已佚

陳汝元　計一種．

紅蓮債一本　明刊本署題吳越函三館編

李逢時　計一種．

酒懂一本　四大癡傳奇內第一本．按四大癡係輯酒色財氣四類故事彙刻一編．唐宋以來小說院本均泛稱傳奇．今樂考證列四大癡入南傳奇．蓋為題名所誤耳．

沈自徵　計三種．

傻狂生畬臉鞭歌妓一本

楊升菴詩酒簪花髻一本

杜秀才痛哭霸亭秋一本　以上三種總名漁陽三弄．

王應遴　計一種．

衍莊新調一本　別名逍遙遊．非冶城老人本．

徐陽煇　計二種．

有情癡一本

脫囊穎一本

凌濛初　計九種。佚五種。

識英雄紅拂莽擇配一本

虬髯翁正本扶餘國一本

宋公明鬧元宵一本

顛倒因緣一本

驀忽因緣一本　已佚

穴地報仇一本　已佚

禰正平一本　已佚

劉伯倫一本　已佚

桃花莊一本　已佚

李磐隱　計一種佚。

度柳翠一本　與元人雜劇及明徐文長作同目

吳仁仲　計一種。佚。

再生緣一本　已佚。與陳自得作同目。

楊維中　計一種佚。
俞桃獻壽一本　已佚
李　槃　計八種佚。
首陽高節一本，已佚
獨居教子一本　已佚
庳國君一本　已佚
夏六賢一本　已佚
魯敬姜一本　已佚
周父母一本　已佚
王開府一本　已佚
趙宣孟一本　已佚，
徐羽化　計一種佚。
羅浮夢一本　已佚
王　湘　計一種。
梧桐雨一本　與元人雜劇及明徐復祚作同目。已佚。

顧思義　計一種佚

餘慈相會一本　已佚

董　玄　計一種

文長問天一本　已佚

李大蘭　計五種佚

裴渭源一本　已佚

白鹿洞一本　已佚

華陽叟一本　已佚

訪師論道一本　已佚

老歸正道一本　已佚

王淑忭　計一種佚

蟠桃記一本　已佚

葉汝薈　計一種佚

夫子禪一本　已佚

諸葛味水　計一種佚

女豪傑一本 已佚

吳禮卿 計一種。佚。

孍童公案一本 已佚

楊伯子 計一種。佚。

都中一笑一本 已佚

胡士奇 計一種。佚。

小青傳一本 已佚

黃中正 計一種。佚。

五老慶賀一本 已佚

陳六如 計一種。佚。

九曲明珠一本 已佚

錢 珠 計一種。佚。

問貍倩諸一本 已佚

陳清長 計一種。佚。

一麟三鳳一本 已佚

凌星卿　計一種。佚。
關岳交代一本　已佚
張大諶　計三種。佚。
誅雄虎一本　已佚
報恩虎一本　已佚
三難蘇學士一本　已佚
謝天惠　計二種。佚。
孝義記一本　已佚
善惡分明一本　已佚
王素完　計一種。佚。
玻璃鏡一本　已佚
傅一臣　計十二種。
買笑局金一本
賣情紮囤一本
沒頭疑案一本

截舌公招一本

智賺還珠一本

錯調合璧一本

賢翁激婿一本

死生寃報一本

義妾存孤一本

人鬼夫妻一本

蟾蜍佳偶一本

鈿盒奇姻一本　諸著錄中或別作鈿盒奇緣。且列爲清西冷野史與無枝甫合作。實誤。以上十二種總名蘇門嘯。

孟稱舜　計六種。佚一種。

桃花人面一本

死裏逃生一本　一名伽藍救。見日本京都大學所藏抄本傳奇彙考。

花前一笑一本

鄭節度殘唐再創一本

陳教授泣賦眼兒媚一本

紅顏年少一本　已佚

卓人月　計二種。

唐伯虎千金花舫緣一本

徐士俊　計二種。

小靑娘情死春波影一本

奇女子風裏絡冰絲一本　重訂曲海總目提要誤題爲徐歲羽代徐野君作。

祁麟佳　計四種存一種。

錯轉輪一本

救精忠一本　已佚

慶長生一本　已佚

紅粉禪一本　已佚。以上四種。總名太室山房四劇。

祁駿佳　計一種佚。

鴛鴦錦一本　已佚

祁豸佳　計一種。

眉頭眼角一本

衎莊一本　置冶城老人撰。姓字已佚。

無名氏　計壹百捌拾柒種。

喝采獲名姬一本　署恒居士撰。姓字待查。

相思譜一本　署吳中情奴撰。姓字待查。

雪浪探奇一本　署金粟子撰。姓字待查。

可破夢一本　署鐸夢野人撰。姓字待查。

劍俠完貞一本

孝感幽明一本

宦遊淸美一本

參禪成佛一本　以上四種署樵風撰。姓字失考。

曲中人一本　署收春醉客撰。醉客金陵人，姓名失考。

朱翁子一本　爲陳姓撰。名字失考。

五老慶庚星一本　爲高姓撰。名字失考。

鈍秀才一本　署陳情表撰。姓名已佚。

寶光殿天眞祝萬壽一本

衆羣仙慶賞蟠桃會一本

此本係據朱有燉原作改竄而成。

降丹墀三聖慶長生一本

衆神聖慶賀元宵節一本

祝聖壽金母獻蟠桃一本

祝聖壽萬國來朝一本

爭玉板八仙過滄海一本

慶豐年五鬼鬧鍾馗一本

紫微宮慶賀長春節一本

賀昇平羣仙祝壽一本

賀萬壽五龍朝聖一本

衆天仙慶賀長生會一本

慶冬至共宴太平宴一本

賀昇平羣仙祝壽一本

慶千秋金母賀延年一本

廣成子祝賀齊天壽一本
黃眉翁賜福上延年一本
感天地羣仙朝聖一本
南極仙金鑾慶壽一本
賀萬壽拜舞黃金殿一本
獻禎祥祝延萬壽一本
西王母祝壽瑤池會一本　右二十一本均明教坊所編
奉天命三寶下西洋一本
雷澤遇仙記一本
風月南牢記一本
慶豐門蘇九淫奔記一本
釋迦佛雙林坐化一本
觀音菩薩魚籃記一本
許眞人拔宅飛昇一本
孫眞人南極登仙會一本

呂翁三化邯鄲店一本
呂純陽點化度黃龍一本
李雲卿得道悟昇眞一本
太乙仙夜斷桃符記一本
邊洞玄慕道昇仙一本
時眞人四聖鎖白猿一本
猛烈哪吒三變化一本
二郎神鎖齊天大聖一本
灌口二郎斬健蛟一本
幽王擧烽取笑一本
龍陽君泣魚固寵一本
秦樓簫引鳳一本
折梅逢驛使一本
青樓訪妓一本
逢人騙一本

天官賜福一本
蝴蝶夢一本
孟山人踏雪尋梅一本
種松堂慶壽茶酒筵宴大會一本
唐苑鼓催花一本
見雁憶故人一本
男風記一本
炎涼傳一本
呂洞賓戲白牡丹飛劍斬黃龍一本
伍子胥力伏十虎將一本
馬孟起奮勇大報仇一本
藺相如奪錦標名一本
渡天河織女會牽牛一本
范疆帳下斬張飛一本
慶端陽誤宴龍舟會一本

大羅天羣仙慶壽一本
諸葛亮赤壁鏖兵一本
齊景公夾谷大會一本
岳飛大破太行山一本
李太白醉寫定夷書一本
趙子龍大鬧塔泥鎮一本
哪吒神力擒巡使一本
張畏之一段風流事一本
幽冥神報應風流鬼一本
羅妙娟恨題卜算子一本
趙妙喜謀殺親夫一本
爛柯山王質觀碁一本
陳孝婦守節荆釵一本
無艷女刀撲胭脂馬一本
傅玉英賢女配姚期一本

金振遠疎財仗義一本
施陰功神助拜天恩一本
炳靈公斷丹客燒銀一本
盡忠孝路冲教子一本
莽樊噲大鬧鴻門會一本
志登仙左慈飛盃一本
朱善眞生死姻緣記一本
表正風化輪迴記一本
居仁叟化愚作賢記一本
雲魔洞四女爭夫一本
岳飛三箭赫金營一本
水宮慶會碧蓮池一本
一文錢纏到底一本　別名兩生天，遂與另本傳奇混目。
尹喜蓮嫌夫記一本
馮伯玉子弟棄烟花一本

漢忠臣疊土望嗣臺一本

張繼宗怒殺烟花女記一本

陳子容仁義交朋記一本

老萊子一本

蟠桃宴一本

呂洞賓戲白牡丹一本　係另一本。與飛劍斬黃龍本同目。

保國公安邊破虜一本

英國公平定安南一本

穀儒記一本

鬫風情一本

小春秋一本

陶彭澤一本

宋公明一本

鼓盆歌一本

五嶽遊一本

善戲譃一本

竹林小記一本

琪園六訪一本

青樓夢覺一本

分錢記一本　共七折。按祁氏曲品是未了傳奇。以與傳奇不合。姑錄於此。以俟考究。

竹林勝集一本

遊觀海市一本

銅雀春深一本

相送出天台一本

陳翠娥貞節賞元宵一本

平百夷火燒鹿川寨一本

劉玄德私出東吳國一本

漢李陵撞臺全忠孝一本

諸葛亮火燒戰船一本

明旌表顏母訓子一本

劈華山神香救母一本
孝義感慶會進慈堂一本
孫玉蓮秋月鸞鳳記一本
乞骸骨兩疏見幾一本
呂眞人九度國一禪師一本
漢相如四喜俱全記一本
張翼德力扶雷安天下一本
孟姜女死哭長城一本
薩眞人白日飛昇一本
董卓戲貂蟬一本
柳梅成仙記一本
陽關三疊記一本
諸仙慶壽記一本
蘇增謁墓記一本
宋庠渡蟻記一本

老更狂一本
破黃巾一本
斬貂蟬一本
魯男子一本
城南柳一本
秋夜梧桐雨一本　與元人雜劇同目
東方朔一本
黃鶴樓一本
黃粱夢一本
截髮留賓一本　與元秦簡夫作同目
同心記一本
三星下界一本
大聖收魔一本
目蓮入冥一本
華光顯聖一本

元夜鬧東京一本
人月重圓一本
明皇望長安一本
舞翠盤一本
鬭龍圖一本
蟠桃三祝一本
蘇亭記一本
詩羅夢一本
碧蓮會一本
打虎報冤一本
採桑戲妻一本
朱樓會合一本
翠亭傳音一本
虎合鴛鴦一本
古調新聲金鐲一本

懷益傳一本
延祥夢一本
聞歌鬧妓一本
借屍還魂一本　與谷子敬作同目異辭。
忍字夢一本
魚兒珠一本
嫂奸姑一本
司馬相如歸西蜀一本
衞將軍元宵會友一本

△右明雜劇計錄五百肆拾有叁目。

來　鎔　計四種。
藍采和長安鬧一本　翻北劇及古南曲本。刊本署元成子譔。遂誤混入無名氏。
阮步兵隣廨題詩一本
鐵氏女花院全貞記一本　簡名鐵氏女又名俠女新聲。以上三種總名秋風三疊。
挑燈劇一本

張韜　計四種.

杜秀才痛哭霸亭廟一本

戴院長神行薊州道一本

王節使重續木蘭詩一本

李翰林醉草清平調一本　以上四種總名後四聲猿.

吳偉業　計二種.

通天臺一本

臨春閣一本　以上二種刻本均署作灌隱主人

黃周星　計二種.

試官述懷一本

惜花報一本

毛維　計六種.

蘇園翁一本

秦廷筑一本

金門戟一本

鬧門神一本

雙合懽一本

醉新年一本

鄭　瑜　四種。

汨羅江一本

黃鶴樓一本

滕王閣一本

鸚鵡州一本

周　起　計一種。

馮驩市義一本　按此劇據史記前半節譜爲楔子。而以戰國策所載彈鋏收債焚券及孟嘗就國於薛百姓相迎各事敷成四折。與明本馮驩焚券雜劇關鍵稍異。每誤混目。

袁　晉　計一種。

雙鶯記一本　刻本署幔亭仙史

查繼佐　計一種。

續西廂一本

薛　旦　計一種.
　昭君夢一本
鄭仲愔　計一種.
　風流塚一本
王元模　計一種.
　醒中仙一本
高應玘　計一種.
　北門鎖鑰一本
李天根　計三種.
　紫金鐶一本
　白頭花燭一本
　顛倒鴛鴦一本
尤　侗　計五種.
　讀離騷一本
　黑白衞一本

弔琵琶一本

桃花源一本

清平調一本　一名李白登科記。

王夫之　計一種。

龍舟會一本

丁　澎　計一種。

演騷一本

黃兆森　計四種。

鬱輪袍一本

夢揚州一本

飲中仙一本

藍橋橋一本

徐石麟　計四種。

買花錢一本

大轉輪一本

浮西施一本

拈花笑一本

鄒　兌　計一種。

空堂話一本

洪　昇　計一種。

四嬋娟一本　或列入傳奇，實誤。

黃方胤　計七種。

倚門一本

再醮一本

淫僧一本

偸期一本

督妓一本

孌童一本

懼內一本　以上七種合刻曰陌花軒雜劇。

萬　澍　計八種。

珊瑚球一本

舞霓裳一本

藐姑仙一本

焚書鬧一本

三弟宴一本

青錢賺一本

罵東風一本

玉山庵一本

唐英　計八種.

笳騷一本

蘆花絮一本

梅龍鎮一本　此係翻弋班東調雜本.

麵缸笑一本　此係翻弋班高調雜本.

虞兮夢一本

梁上眼一本　此係翻紐絲雜曲

四九六

三元報一本　此係翻弋腔本

人中人一本　此係翻西調雜曲本

周如璧　計二種.

夢幻緣一本

孤鴻影一本

王道民　計一種.

鰊詩讖一本

張來宗　計一種.

櫻桃宴一本

陸世廉　計一種.

西臺記一本

堵廷棻　計一種.

㦛花符一本

黃家舒　計一種.

城南寺一本

張龍文　計一種.

旗亭燕一本

嵇永仁　計二種.

揚州夢一本

讀離騷一本

孫源文　計一種.

餓方朔一本

吳雪舫　計二種.

赤豆軍一本

美人丹一本

田　民　計二種.

蓬島瓊瑤一本

花木題名一本

吳秉鈞　計一種.

電目書一本

蔣士銓　計八種.

四絃秋一本

一片石一本

采石磯一本

第二碑一本　又名後一片石

康衢樂一本

長生籙一本

昇平瑞一本

忉利天一本

龍　燮　計一種.

芙蓉城一本

桂　馥　計四種.

李昌谷一本

白香山一本

蘇東坡一本

陸放翁一本　以上四種合稱續四聲猿。

裘　璉　計四種。

昆明池一本

集翠裘一本

鑑湖隱一本

旗亭館一本

梁廷枏　計二種。

園香夢一本

江梅夢一本

劉　翬　計一種。

楊狀元進諫謫滇南一本　一名議大禮。

楊潮觀　計三十二種。

新豐店馬周獨酌一本

大江西小姑送風一本

李衛公替龍行雨一本

黃石婆授計逃關一本
快活山樵歌九轉一本
窮阮籍醉罵財神一本
溫太眞晉陽分別一本
邯鄲郡錯嫁才人一本
賀南山謫仙贈帶一本
開金榜朱衣點頭一本
夜香臺持齋訓子一本
汲長孺矯詔發倉一本
魯仲連單鞭蹈海一本
荷花蕩將種逃生一本
淮口二郎初顯聖一本
魏徵破笏再朝天一本
動文昌狀元配暂一本
感天后神女露筋一本

華表柱延陵挂劍一本
東萊郡暮夜却金一本
下江南曹彬誓衆一本
韓文公雪擁藍關一本
荀灌娘圍城救父一本
信陵君義葬荆釵一本
偷桃捉住東方朔一本
換扇巧逢春夢婆一本
西塞山漁翁封拜一本
諸葛亮夜祭瀘江一本
凝碧池忠魂再表一本
大葱嶺支履西歸一本
寇萊公思親罷宴一本
翠微亭卸甲閒遊一本　以上三十二種刻本曰吟風閣雜劇。
宋琬　計一種

祭皐陶一本

王　曇　計六種。

玉鈎洞天一本

歸農樂一本

萬花緣一本

遼蕭皇后一本

十香傳一本

魚龍褩一本

舒　位　計五種。

卓女當壚一本

樊姬擁髻一本

酉陽脩月一本

博望訪星一本

列子御風一本　署作小弁山人。實卽鐵雲別號。未刻行世。

嚴保庸　計六種。

紅樓新曲一本
同心言一本
奇花鑑一本
呑壇報一本
雙煙記一本
盂蘭夢一本
單瑤田　計一種.
四時春一本
黃憲清　計一種.
凌波影一本
王　復　計一種.
豔禪一本
石韞玉　計九種.
伏生授經一本
羅敷采桑一本

桃葉渡江一本

桃源漁父一本

梅妃作賦一本

樂天開閣一本

賈島祭詩一本

琴操參禪一本

對山救友一本　以上九種。合稱花韵庵花間九奏。

林奕構　計二種。

奔月一本

畫薔一本

徐爔　計一種。

寫心劇一本

吳鎬　計一種。

紅樓夢散套　後經班中敷配角色。及賓白釁弄。故附繫之。

湛然　計二種。

金魚翁證果魚兒佛一本
地獄生天一本
葉小紈　計一種。
鴛鴦夢一本
何珮珠　計一種。
梨花夢一本　與明李唐賓作同目。
吳　藻　計一種。
飲酒讀騷一本
承應雜劇　計三十一種。
萬里輯瑞　萬壽蟠桃　萬福朝天　萬實累豐　萬花先春　萬里安瀾　萬騎騰雲　萬卷瑯環　萬舞鳳儀　萬國梯航　以上十種。呂星垣撰。合稱康衢樂府。係乾隆時迎鑾曲。每種一套。實與散套相當。以其附有賓白腳色。故備列之。
羣仙祝壽一本　乾隆時迎鑾曲。吳城撰進。
百靈效瑞一本　乾隆時迎鑾曲。厲鶚撰進。
三農得澍一本

龍井茶歌一本

祥徵冰繭一本

海宇歌恩一本

燈燃法界一本

葛嶺丹爐一本

仙醞延齡一本

瑞獻天台一本

瀛海清晏一本　以上九種。係乾隆時迎鑾曲。王文治撰進。

燈賦　山水清音　太平有象　風花雪月　龍袖驕民　貨郎擔　日本燈詞

賣癡獃　豐登大慶　以上九種。署作柳山居士太平樂事。柳山居士姓字待查。

萬壽圖　署作擊壤民。姓字待查。　以上十種。江南應制進呈未用。

無名氏　計五十六種。

北孝烈一本　一名鐵塔寃。刻本署青霞寓客。姓字待考。

魚水夢一本　刻本題惜春主人。姓字待查。

萬家春一本

萬古情一本

豆棚閒話一本　以上三種合稱三幻集。

贖雛鬟司業義捐一本

棄徵官監州貪倚玉一本

桃葉渡吳姬泛月一本

謝秋影樓上品詩牋一本

王翹雲閣中擲金釧一本

解語花浣沙自歎

侯月娟贈婕私盟一本

紗帽巷報信傷春一本

牡蠣園尋秋說豔一本　刻本署題雪樵居士姓名待查。

排家宴四美祝花朝一本

助公車羣賢爭雪夜一本

鵝羣閣雙豔盟心一本

田鷄營六鷄識俊一本

莫愁湖江采蘋命字一本
鷲峰寺唐素君皈禪一本　以上十六種。刻本署蓉鷗漫叟青溪笑叟金閶人。姓字待查。
半臂寒一本
長公妹一本
中郎女一本　以上三種。刻本題南山逸士撰。姓字待考。
盧從史一本
長門賦一本
燕子樓一本　以上三種。刻本題群玉山樵撰。姓字待考。
平津閣一本
十錦堤一本　以上兩種蕊棲居士撰。
鐵漢樓一本
不了緣一本　碧蕉軒主人撰。姓字待查。
夢花因一本　刻本題作鷗波亭長。姓字待查。
翠微亭一本
補天夢一本

可破夢一本
王維一本
裴航一本
杜牧一本
飲中八仙一本
蓬島瓊瑤一本
花木題名一本
助鬼獄一本
瑤池會一本
香山宦跡一本
天寶燈遊一本
盤絲洞一本
快樂吟一本
紅玉簪一本
鬪嬋娟一本

梅妃怨一本

靈泉介祉一本

△右清雜劇計錄二百五十有七目 內除零作不計實得二百五十六種。

吳　梅　計七種

西臺痛哭記一本

墮溷記一本

湘眞閣一本　原名煖香閣

香山老出放楊柳枝一本

湖州守甘作風月司一本

高子勉題情國香曲一本

陸務觀寄怨釵頭鳳一本　後四種合稱惆悵爨

△右昭代雜劇計錄七目

一、傳奇之作。以明為盛。然唐伯亨李寶諸傳奇。遠起元代。即東嘉惠美由元入明。其琵琶幽閨二記。實傳播於正始末葉。是則南風北漸。已啓其端。故其詞質聲樸。猶近絃索。明成化宏治正德三朝。始純南音。關目分腳。雜襲南戲遺制。而配宮選套。又實為南雜劇之延長。於是聯宮成劇之義浸失。集曲漸為濟困之丹。嘉隆以次。曲譜水磨。華靡其詞。紆和其韻。絃索分曹。舊法既亡。律管起陽之調亦廢。駸駸然南風其不競矣。清初承水磨遺聲。若孔東塘洪昉思萬紅友輩。按譜塡詞。不失規矩。至笠翁十種。尤擅爨弄之勝。要皆不肯以後人退讓前賢者。道咸而後。徒逞詞華。協律之作。稀若星鳳。聲之亡也。運實啓之。昔季札觀樂。擯自鄶下。曲雖末藝。實亦關盛衰。輶軒風使能無懼乎。著明清傳奇凡一千四百五十二種。昭代製作三種。亦附及焉。

喬吉　計一種　**金縢記**

高明　計一種　**琵琶記**　明嘉靖刊本題作蔡中郎忠孝傳。汲古閣所收乃係爨本。至存諸綴白裘中之剪髮一場則又係李漁改筆。

施惠　計一種　**幽閨記**

朱權　計一種　**荊釵記**　權自號丹丘子。或誤作元柯丹丘。乃有元四大傳奇荊劉殺拜之說。實是附會。

徐畛　計一種　**殺狗記**　非俗本殺狗記。從戲文翻製坊刻又稱玉環記。今已散佚。

邱濬　計四種　**五倫記**　明世德堂刊本題作新刊重訂附釋出相五倫全備忠孝記四卷。

投筆記　舊入無名氏祁氏曲品以為華山居士所撰。按邱雖籍隸瓊州。但亦嘗自署為華山居士。

舉鼎記

羅囊記　以上據古人傳奇總目列登・除五倫審係邱作外・後三種存疑待考・

蘇復之　計一種

金印記　一名黑貂裘・此劇每誤與合縱記混爲一目・按曲品均言之甚明餘參見後新金印記條・

王　濟　計一種

連環記　按長樂鄭氏藏鈔本二卷署題明烏程王濟雨舟譔・現有影本傳佈・又纍本易記爲計遂與北雜劇同目異製・

姚茂良　計三種

雙忠記　明富春堂刻本題作新刻出像音註唐朝張巡許遠雙忠記二卷・

金丸記　別題作金彈記或粧盒記・遂與北雜劇抱粧盒同目異製・按大興傅氏藏抄本金丸記二卷現有影本傳世・

精忠記

沈　采　計六種

千金記　按本劇有大興傅氏所藏萬曆間金陵刻本籤題作仇實甫繪像千金記・又富春堂刻本署題沈珼新刻出像・音註花欄韓信千金記四卷・現有影本傳佈・

還帶記　譜裴度香山還帶事・遂與北雜劇同目異製・又與無名氏作同目異辭・

曲江記　譜杜子美事以寫春景・

東山記　譜謝安石事以寫夏景・

赤壁記　譜蘇東坡事以寫秋景

郵亭記　譜陶秀實事以寫冬景・以上春夏秋冬四劇・總題名四節記・或將四節記另立一目・實譔・又四節・或作四紀・似待考・

沈受先　計四種

銀瓶記

三元記　此譜馮京事・與無名氏作同目異事・

龍泉記　一名龍泉劍．又名全忠孝．舊時著錄或誤一爲二．

嬌紅記　此本係傳奇．與金文質湯式劉兌所作之北雜劇同目異製．與盧伯生孟稱舜作同製異辭．

徐時敏　計一種　五福記　譜徐勉事．與鄭若庸作同目異事．

李開先　計三種　寶劍記　嘉靖原刻本題作林沖寶劍記二卷

斷髮記

登壇記　按遠山堂曲品寶劍記條下謂尚有登壇一記未見云云．足證寶劍登壇．原是二劇．又查嘉靖二十八年原刻本之寶劍記及同年王九思署題本之新編林沖寶劍記下均無登壇名目．海寧王氏曲錄據藝苑卮言語．未予著錄．殆疑二目爲一耳．茲細玩藝苑卮言所謂「所爲寶劍登壇記亦是改其鄉先輩之作．二記余見之．尚在拜月荆釵下」云云．實可義取兩端．謂二劇一指原本．一指伯華改本．固通．但亦可謂二記均指係伯華所改．至寶劍登壇連稱．亦得視作行文簡筆．且祁氏曲品去中明不遠．既引元美語於前．豈有不知寶劍登壇有改本之說．若果係一目．又何必末更復言「尚有登壇未見」之一語耶．槑伯今樂考證亦祇錄寶劍一目．特辨明之．

盧　柟　計一種　想當然　按曲考題作大名盧次楩柟作．槑伯今樂考證引周亮工語「門人邗江王漢恭名光所作想當然今托盧次楩之名以行．實出漢恭手」云云．茲以盧柟既實有其人．而明刻譚友夏批點之想當然傳奇二卷．祇題款思居士編次．並未明標王漢恭名字．故仍從舊著錄．並附姚說以俟詳考．

王世貞　計一種　鳴鳳記　實係門客體弇州所塡耍孩兒北散套曲敷衍編次．乃竟託名流佈．弇州原套尚收入此記夫婦死節齣中．今班本改題爲「法場」．又增丐辱醉二兩齣．遂成俗唱．

梁辰魚　計一種　浣紗記

另散作一種　無雙傳　補陸采明珠記。舊誤列入雜劇。

張大倫　計一種　符節記　萬曆刻本摘錦奇音輯錄此劇一折。別題爲煉丹記。按煉丹係譜鄭元和事與此不同。疑出冒混。

鄭若庸　計三種　玉玦記

大節記

珠毬記

薛近兗　計一種　繡襦記　李亞仙翻本。雜襲北劇曲江池關目而加剔目勸學事。遂又誤稱爲剔目記。參見剔目條。又本劇現有影印明初朱墨印本四卷行世。國內書晟並藏存有於林閣刊本。

沈　璟　計十九種　桃符記　此劇現有影印明鈔本傳世。

義俠記　明繼志齋刊本重校義俠記二卷前置鬱藍生序。現有影本流佈。

埋劍記　此劇現有影印明繼志齋刊本傳世。

分柑記

紅蕖記　刻本託名施如宋。而曲中用離合體隱寓吳江沈璟伯英六字。

十孝記

分錢記　與無名氏北雜劇同目異製。

結髮記

珠串記

雙魚記　本說部單符郎全州佳偶故事而成劇。刻本託名施如宋作。

鑿井記

博笑記

四異記

墜釵記　每與改本混稱一種情・按墜釵係新釵之重作・而一種情則係其侄沈伯明譔・未容混淆・

合衫記

奇節記

鴛衾記　以上十七種總名屬玉堂傳奇・

同夢記　改玉茗還魂本一稱合夢記・

新釵記　改玉茗紫釵本・或又誤與一種情混目・

湯顯祖　計五種

紫簫記

紫釵記　紫簫改編本・

還魂記　譜柳夢梅杜麗娘事・與另七種同目異事・爨本簡名牡丹亭浙東本又名丹靑記・按明毛刻六十種內收呂碩園改本還魂一種・殆爲梨園爨弄所宗・若究其實・則屬阿俗簡墨・難與諸改本相較論・附繫於次・不再另立專目・

邯鄲記

南柯記

梅鼎祚　計二種

玉合記

長命縷　或列入清無名氏內．實誤．

陳與郊　計四種　櫻桃夢　鸚鵡洲　靈寶刀　麒麟罽

△以上四種總名詅癡符．署題任誕軒．按與郊自署所居曰任誕軒．又嘗化名作高漫卿．曲考曲目遂題為與郊作鸚鵡洲而以其餘三種歸任誕先作．並誤軒為先．竟疑另有其人矣．近人著錄乃沿其失．又麒麟罽亦別名麒麟墜．

朱有燉　計一種　鼎仙傳　此係傳奇．與北雜劇昇仙會異製．每互混目．實誤．

陸　采　計五種　明珠記　即無雙傳．按今傳唱之煎茶一齣．則係李漁改筆．

懷鄉記

分鞋記　與沈鍊川作每相混目．此譜程鵬舉白玉娘事．

椒觴記　與顧仲雍作同目．

南西廂　與崔實佩李日華之作同製異詞．明刻本新刋合併陸天池西廂記二卷赤水屠隆長卿父校正．樂天周居易子平父校梓．現有影本流佈．

劉鍵邦　計一種　合劍記　此譜彭士弘事與太華山人所作同目異事．或誤混二為一．鍵邦一作建邦．

崔時佩

李日華　計一種　南西廂　崔作止於廿八齣．李後據北劇增補共足成三十六齣．崔原以南譜逐北調．李作既傳．崔本遂晦．按南詞敍錄有李景雲之名．或謂景雲即日華．皆長洲人（今蘇郡吳縣）另嘉興人萬曆進士李君實名日華者實與此劇無關而舊時著錄每誤牽混．又綴白裘所收曲文乃係水磨霽本與此不同．其中著棋壹場則竄入明初崔時雨所補之西廂奕棋曲詞．並非元末王生原筆．王生所補蓋用南呂一枝花一套北詞尙刋存弘治十一年金台岳刻本內現有彭本傳佈．諸家箸錄或郢書燕說並附明之．又崔李兩本．早相混合不分．故併目登錄．

李日華 計二種 四景記 南琵琶記

卜世臣 計四種 乞麾記 四節記 冬青記 雙串記

許潮 計一種 錦蒲團 據日本京都大學藏本傳奇彙考標目查登清吳寵作與此異詞．

單本 計二種 露綬記

蕉帕記 明於林閣刻本題爲新刻五闗蕉帕記二卷．按單本字槎仙．槑伯箸錄作單槎．應係箄誤．

周履靖 計一種 錦箋記 按履靖字逸之．號螺冠．秀水人．舊時箸錄或名號互離．遂致誤一爲二．

端鏊 計一種 扊扅記 與張鳳翼徐應乾作同目．

張鳳翼 計九種 紅拂記 與張泰和作同事異辭．

祝髮記 或云徐復祚作．或又將祝髮與斷髮誤二爲一．

竊符記

灌園記

虎符記 明刊本題作新鐫本朝忠孝節義花將軍虎符記二卷．聾蟬僊張伯起編．班本別名合虎符．

扊扅記 與端鏊徐應乾作同目．以上六種合稱陽春集．或將陽春集專立一目實誤．

平播記

玉燕記

蘆衣記

戴應鰲 計一種 鈿盒記

魏浣初　計一種　八黑誅妖寶劍記　與李開先作同目異事爨本以八黑淨登場爲標榜。遂在本名前加冠四字。

胡邉華　計一種　杏花記

周錫珪　計一種　苦風箏

顧大典　計三種　青衫記
葛衣記
義乳記　以上總稱清音閣傳奇。按清音全刻內附入風教編一種。實是散曲。舊錄混列。玆剔除另計。

屠　龍　計三種　彩毫記
脩文記　明刊本署題一衲道人屠隆偉眞甫譔。係譜陸曜事。按與曲海總目提要所紀不符。
曇花記　按偉眞所作。總稱爲鳳儀閣樂府

陳貞貽　計一種　當爐記

王玄曠　計一種　酨韋記

翁子忠　計二種　白蛇記　與鄭國軒作同事異詞。亦係鸞釵之改本。
鑲環記　舊或入無名氏易題作箱環記。按此劇係以譜藺相如完璧歸趙情節爲主而增衍廉藺交驩入贅平原張九娘毀容全節諸事爲關目。故本劇全題爲完璧藺相如鑲環記（見舶載書目）傳奇考略遂又簡題爲完璧記。

馮延年　計一種　南樓夢　一作南樓記。舊或誤入無名氏。

邵　璨　計一種　香囊記

汪廷訥　計六種　天書記

七國記　爲減竈記之舊本．或混入清無名氏．或歸入清李玉名下均未是．又查諸家目錄尚有高士記一種．茲據祁氏曲品稱係以讚無無居士者．復引張靈墟序中語「好事作以媚昌期非昌期筆也」云云．所稱無無及昌期均係廷訥別署．其指陳甚明．無待置疑．爰將高士記一目．剔除不計．廷訥諸劇明原坊刻輒與陳所聞之作混計爲十三種而遺七國高士兩劇．總名環翠堂傳奇．後俗刻又共增爲十五種．至曲海總目提要卷八長生記條註傳奇十八種總名環翠堂樂府一語．當另有所據．

義烈記

授桃記

二閣記

三祝記

陳所聞　計八種　獅吼記　長生記　威鳳記　同昇記　飛魚記　彩舟記　種玉記　青梅記

以上八目連同高士記一種．舊多混入汪廷訥名下遂計汪作爲十五種按余小浣玉齋夙藏崇禎班本獅吼記宮譜一種．前題「內奉周榮秘授」正文獅吼記總目下署題「陳藎公塡詞」．嗣查明周暉曲品續集下卷所聞條謂「陳藎卿所聞工樂府濠上齋樂府外尚有傳奇獅吼長生青梅威鳳同昇飛魚彩舟種玉．今書坊汪廷訥皆刻爲己作．余憐陳之苦心．特爲拈出」云云．又據顧啓元客座曲語謂「友人陳藎卿所聞亦工度曲．而窮愁不稱其意氣．所箸多冒它人姓氏．甘爲牀頭捉刀人以死．可歎也」云云．兩氏所述可資互證．爰別列陳所聞劇作八種如上．以彰潛幽．

龍　膺　計一種　藍橋記

包胤祺　計一種　採眞記

程守兆　計一種　金盒記　譜紅線女事．「盒」一作「合」．遂與呂文作同目異事．與李旣明作同事異辭．

王國柱　計三種　鸞篦記　舊題夢覺道人撰．混入清無名氏內．茲據祁氏曲品箸錄．

海棠詩　曲海目題作海棠記．薇室澹生老人譔不列姓名．按此劇係譜金言金策事．茲據祁氏曲品箸錄．

碧珠記　長洲吳氏百嘉室藏明刊本碧珠記署題澹生老人譔．

徐應乾　計六種　庚彥記　與端鏊張鳳翼作同事異辭．舊誤入無名氏．　汨羅記　三遷記　篝房記

德政編　丙詩記

鄭汝耿　計一種　刖目記　此譜陳可忠事．或混為繡襦記之別稱．實誤．

王　韶　計一種　金鳧記

何斌臣　計二種　八異記

女狀元　與徐文長北劇同目異製或竟誤為一談．

高汝拭　計一種　不丈夫　舊題藻香子撰．誤入清無名氏．

陳開泰　計一種　冰山記　今曲詞尚散見明刻玄雪譜中．開泰名治徵．槑伯箸錄誤入清代．

江義田　計一種　折桂傳　與紀正倫作同目異詞．

佘　翹　計二種　量江記

賜環記

吳　溢　計一種　雙遇蕉

汪拱恕　計一種　全德記　與王伯穀作同目．舊或混入清無名氏內．實誤．

王　畿　計一種　白鶴圖　舊或混入無名氏．

蘇元儁　計一種　夢境記　明繼志齋刻本題重校呂眞人黃粱夢境記二卷．下題不二道人蘇漢英編次．

朱道明　計一種　完趙記

童養中　計一種　胭脂記　舊混入清無名氏內．茲從祁氏曲品箸錄．

湯子垂　計一種　續精忠　俗名小英雄．

鄭之文　計三種　白練裙　與吳兆合作以譏馬守眞者．兆字飛熊．休寧人．

旗亭記　清全椒金兆燕作與此同目異詞．

芍藥記

葉憲祖　計四種　金鎖記

雙卿記　一名雙脩記．刊本署奉佛紫金道人譔．自序則託名榭園居士．遂或誤入無名氏．按雙脩與雙卿據近人考證應屬兩劇．茲姑循舊目登列．以俟詳考．

玉麟記

鸞鎞記

謝弘儀　計一種　蝴蝶夢　與北劇同目異製．舊誤混入無名氏內．此劇係譜莊周夢蝶證道事．而以赴蟠桃仙讌結穴．故又別名蟠桃讌．與明末清初之爨弄本不同．參見後條．

沈　鯨　計四種　雙珠記

青瑣記

鮫綃記

分鞋記　明文林閣刻本題作新刻全像易鞋記二卷沈鯨撰．現有影本流佈．足徵與陸采董翰二作混稱已久．按祁氏曲品評董氏易鞋記一條首稱大意與涅川之分鞋不遠云云．是沈作原名分鞋而非易鞋．特易鞋故事．久相流播．明時俗刻．遂亦不甚分別．

李梅實　計一種　精忠旗　舊誤混入清無名氏．

王　濬　計五種　金碗記 碗或作桃　紫袍記　蘭佩記　雙合記　孝感記

史　槃　計十五種　夢磊記 一名巧雙緣．

合紗記 即雙舫緣．「合」或作「白」．

櫻桃記

樊甌記

鶼釵記 或誤入無名氏．與另一藁本同製異事．

雙鴛記

焚書記

瓊花記 一名仙桃種

青蟬記

雙梅記

唾絨記 原名唾紅記．槑伯引信州鄭仲夔語曾見唾紅記爲鬱金丸事．極曲中奇幻．唾紅取名未善余改爲唾絨云云．是唾紅乃本名矣．祁氏曲品著錄爲吐紅．疑是筆誤．

朱履記

檀扇記

忠孝記 璧香記改本．譜李青霞事．與無名氏忠孝錄不同．或易互混．

雙串記 改卜大荒本．

陸　弼　計一種　存孤記 曲海總目提要酒家傭條稱係明蘇人陸無從欽虹江合稿．同鄉馮夢龍更定云云．語稍含混．按存孤陸欽兩氏．原各自爲劇．經馮夢龍合二爲一加以改編．始更名爲酒家傭．爲明本末仍判兩目．

欽虹江　計一種　存孤記 曲海總目提要稱與陸弼合稿．非是．應屬同事異辭．各別心裁．

車任遠　計一種　彈鋏記

黃伯羽　計一種　蛟虎記

謝　讜　計一種　四喜記

李玉田　計一種　玉鐲記

楊之炯　計一種　玉杵記　萬曆浣月軒刻本題作新鐫全像藍橋玉杵記二卷．與呂文作同目同事而異詞．按祁氏曲品著錄之炯作文炯．

王穉登　計一種　全德記　按明廣慶堂刻本題作新編全像點板竇禹鈞全德記二卷．太原王穉登編輯．與王拱怨作同目同事而異辭．

徐玄暉　計一種　青雀舫　玄暉或作陽暉．清人著錄因避廟諱復或改玄作元．

沈君謨　計五種　一合相　清邸園作與此同目異事．按沈作係譜尤雲余佩珊事．刻本託名萊涇居士．今尚藏存國內

綉鳳鸞

丹晶墜

風流配

玉交梨

戴子晉　計二種　青蓮記　蓮或誤連

韎韐記

陸江樓　計一種　玉釵記　譜蒯剛謀佔紫芝園事．與心一山人作同目異事．此劇班本別名紫芝園

楊柔勝　計二種　玉環記　綠綺記

張泰和　計一種　紅拂記　與張伯起作同製異辭

錢直之　計一種　忠節記

金无垢　計一種　呼盧記　按祁氏曲品．金无垢作全无垢．

高　濂　計二種　玉簪記　高奕新傳奇品誤題馬瑞蘭譔．按明世德堂刻本新刊重訂出相附釋標註節孝記二卷上卷題作節部賦歸記下卷題作孝部陳情記．或誤入無名氏．此劇係古濟孝子翻本故亦俗稱黃孝子．

　　　　　　　　節孝記

程文修　計二種　玉香記　別名玉如意

　　　　　　　　望雲記　與金懷玉作同目．

陸濟之　計一種　題橋記　與雜劇昇仙橋相如題柱同事異製．或箸錄爲題紅記陳濟之譔．疑誤．按題紅記係祝長生及王伯良所作．與司馬相如事無涉．

吳世美　計一種　驚鴻記

徐　元　計一種　八義記　就八義雙盃記改作．與毛刻六十種所收之本關目互異．曲詞尚殘見萬壑清音中．

祝長生　計一種　題紅記　與王伯良改其大父本同目異辭．

王爐峰　計一種　紅葉記　舊與王伯良改本混稱作題紅記．實誤．

顧希雍　計一種　五鼎記

顧仲雍　計一種　椒觴記　與陸天池作同目．

王應遴　計一種　清涼扇　與史叔考清涼扇餘襍劇每互混目．

王驥德　計一種　題紅記　改其大父紅葉記本．明繼志齋刻本重校韓夫人題紅記二卷．署題王驥德譔．遂與祝長生作同事異詞．

許三階　計二種　紅絲記　與郭元振作同目。

　節俠記　向混入無名氏。萬曆間有梅花墅改本行世。三階原本反見湮晦。

許自昌　計二種　橘浦記　明萬曆刋本橘浦記二卷勾吳梅花墅編。尚有影本傳佈。

　臨潼會　原劇已佚。按清爨弄本中有臨潼會一種坊刻冒題許三階作梅花墅訂字樣。遂滋附會。

　存疑六種　×　種玉記　改汪廷訥本。

×報主記　改王異保主記本

×靈犀記　一作靈犀珮。改王異本。

×節俠記　今存汲古閣六十種中。雖署許三階之名。實係梅花墅改本

×弄珠樓　改王異弄珠樓本。

×水滸記　改王異水滸青樓記本。此本既行。王作反晦。按玄佑所刻之版本每鐫署梅花墅三字　晚明坊間濫將諸劇輯本冒題梅花墅名義冀求攀附。以上各目雖號稱梅花墅本但此改筆是否確出玄佑之手仍存疑待考。

周朝俊　計四種　紅梅記

　畫舫記

　香玉人　後二種據胡文學甬上耆舊詩傳查登。

　李舟記

王翔千　計一種　龍華會　按清張大復作與此同目。

王元壽　計二十三種

壺寶符　鸞書錯　紫綬記　紫臺怨　題燕記　玉扼臂　寶碗記
擊筑記　紫綺裘　玉馬墜　中流柱　領春風　將無同　紫騮馬　北亭記
莫須有　一輪畫　空緘記　又名尺素書．一作空柬記．舊時著錄遂或誤一爲二．
鴛鴦被　與北雜劇同目異製．按明四會堂刻本未署撰者名氏．疑即此目．向混入清無名氏．
異夢記　舊混入無名氏
石榴花　譜羅惜惜事．舊混入清無名氏．此劇一名巧取緣．
梨花記　與張壽卿北雜劇紅梨花同事異製．
鬱輪袍　與西湖居士張楚作同目．原劇未見．是否歧出待查

△以上二十三種係據祁氏曲品著錄．其中一二種諸家或未著錄或混入無名氏內．或與別作同目．姑存疑待考．

王翊　計四種

紅情言
詞苑春秋　一名留生氣．刊本署題主弧者撰．遂或混入無名氏中．
榴巾怨
博浪沙

盧鶴江　計一種

禁煙記

王　恒　計一種　合璧記　古南曲尋母記翻本，一稱教子記，與金鑾本不同。

范受益　計一種　尋親記　合周孝子黃孝子兩古南曲，及時本重作，曲文尚存見萬錦清音中標明蕭爽齋作，蓋從金鑾之齋名署題。

金　鑾　計一種　尋親記

汪　錂　計二種　春蕪記

尋親記　改訂范受益本，按明富春堂刻本新鐫圖像音註周羽教子尋親記四卷下署劍池王錂重訂，現有影本流佈，但諸家箸錄均作汪錂似又非偏旁有誤，姑仍舊題，以俟詳考。

胡文煥　計四種　奇貨記　犀佩記　一名玉章記　三晉記　餘慶記

朱　期　計一種　玉丸記

呂　文　計十二種　神女記　神鏡記　三星記　四相記　二孀記　雙樓記

神劍記　戒珠記　金合記　譜盧子良事，與程守兆李既明作同目異事

四元記　與燕客退拙子作同目，向混入清初范希哲，或李漁名下，茲據王氏曲律列登，參見清范希哲條。

以上十種總稱煙鬟閣傳奇

藍橋記　與龍膺楊之炯等作同製異辭。

李丹記　諸家曲目失收，據祁氏曲名查列。

葉良表　計一種　分金記

朱少齋　計三種　還魂記　此譜梁山伯祝英台事與另種同目異事．浙東本別名英台記．其混襲弋腔之本．又別題爲訪友記．英台海鹽俗腔多（非海鹽曲腔．俗稱高調）訪友則弋陽高腔參半．舊時歌壇僅能爨弄殘餘．唯春中徐氏獨具訪友全譜．

金釵記　全名劉孝女金釵記．係水磨曲本．與古南曲劉孝女不同．舊混入無名氏．

破鏡記

郭元振　計一種　紅絲記　與許三階作同目．

李長祚　計一種　千祥記　刻本題作無心子譔．向歸入清初范文若或李漁名下．茲從日本京都大學藏本傳奇彙考標目查登．

吳　鵬　計一種　金魚記

張從懷　計一種　純孝記

盧伯生　計一種　嬌紅記　據祁氏曲品查登．與金文質湯式劉兌等雜劇同目異製．與沈受先孟稱舜作同製異辭．

楊　珽　計二種　龍膏記

錦帶記　明刊本署題四德堂．不著譔者姓字．

吳大震　計二種　練囊記　與張仲豫合作．

龍劍記

黃維楫　計一種　龍綃記

謝廷諒　計二種　紈扇記

詩囊記　舊或誤題詩囊恨．遂與黃大可及清石龐等作混目．

姜以立　計二種　金魚墜　梨釧記

黃大可　計一種　詩囊恨　按蔣麟徵及清石龐等作與此同目互混．

顧　瑾　計一種　佩印記

趙於禮　計二種　漑園記

畫鶯記　按八能奏錦別題爲題鶯記．萬曲長春別題作黃鶯記．均誤．

張景嚴　計一種　分釵記

鄒逢時　計一種　覓蓮記

沈　祚　計一種　指腹記　傳奇彙考謂即今一種情．按沈自晋有一種情傳奇．是否同事異目．待查．

沈孚中　計三種　息宰河

綰春園　綰或作幻或又誤倌．

宰戍記　按孚中一名嵊．孰屬本名．待查．

黃廷奉　計一種　白璧記　按廷奉舊時著錄一作黃廷俸．

謝天佑　計四種　狐裘記　靖虜記　麥舟記

劍丹記　此劇全名爲八黑劍丹記．故俗稱八黑記．或又誤丹爲舟．舊混入清無名氏．或又列爲明魏浣初作亦誤．　按天佑舊時著錄亦作天瑞．

汪宗姬　計一種　丹笼記

吾邱瑞　計一種　合釵記　譜唐明皇楊貴妃事，與李宗泰作同目異事。按瑞爲元吾邱衍後，舊或題作「丘瑞」「瑞吾」，皆誤。

姚子翼　計四種　遍地錦　或誤入清無名氏。

上林春

白玉堂

祥麟現　一名七子圓。

金懷玉　計十種　香裹記　祁氏曲品香裹題作香毬。

寶釵記　即合簪記，祁氏曲品寶釵作寶簪。

望雲記　與程文修作同目。

妙相記

完福記

摘星記　一名摘星樓。

繡被記

八更記　即鑿壁記

桃花記　以上九種，呂氏曲品均誤入朱春霖名下。

三槐記

徐復祚　計三種　紅梨記

霄光劍　明唐振吾刋本題作霄光記。

投梭記

王　異　計九種　弄珠樓　明武林凝瑞堂刋本不具作者姓字。另有梅花墅改本。同目異辭。

靈犀珮　另有梅花墅改本同目異辭。

檢書記　舊混入無名氏。玆據祁氏曲品查列

香劍記　舊混入無名氏。玆據祁氏曲品查列。

保主記　諸家多未箸錄。玆據祁氏曲品查列。相傳許自昌報主記即係此劇之改筆。

瑪瑙簪　按清鄧志謨作與此同目。

水滸青樓記　節稱水滸記。遂與梅花墅改本混目。另有班串本水滸記又係此劇之簡編。

種玉記

花亭記　改百花亭本。百花亭譜事以鄭化爲主。此則以江六雲爲主。情節略異。舊時著錄遂相蒙混。

李素甫　計五種　稻花刎　落花風　再生蓮　賣愁村

元宵鬧　一名玉麒麟。係譜盧俊義事。每誤與清朱佐朝作混目。

蔣麟徵　計一種　白玉樓　俗名詩囊恨。遂與黃大可及清石龐等作混目

張　楚　計六種　詩賦盟　靈犀錦　金鈿盒　題塔記　明月珠

鬱輪袍　與明王衡之雜劇同目異製．刻本署西湖居士譔．舊列無名氏中．此劇係譜王維事而以干推覆試王侏曾婚爲關目．查祁氏曲品將本目列在王元壽名下．但按其評語所及．實即茲劇關節．以元壽各劇原本未見．無從比勘．而西湖居士本則猶存余小浣玉齋中因兩判列．按張楚一名琦．字叔文．又字旭初．杭州人．別號騷隱．亦署西湖居士．以上六劇刻本或題名西湖居士．或不署姓名．故舊時錄著．多誤入無名氏．

許炎南　計二種　秋藍橋　情不斷

鄒玉卿　計二種　雙嬌璧

清虹嘯　虹或誤作鋼或作缸．本劇以馬超事爲主．而以曹操兵敗割鬚棄袍爲關目．與簷頭水劇略異．參看簷頭水條．

王紫濤　計二種　西螺詩　華山緣

王鳴九　計一種　浮邱儆　或混入無名氏．

張四維　計三種　雙烈記

章臺柳　此與北雜劇同目異製．與古南曲本同事異辭．柳一作記．

嬌璋記

程麗先　計二種　雙麒瑞　笑笑緣

程子偉　計一種　雪香緣

劉藍生　計二種　雙忠孝　半塘會

朱九經　計一種　崖山烈

李雨商　計一種　鏡中花

陳曉江　計二種　讀書種　凌雲記

孫鍾齡　計二種　東郭記　別名飯袋記，舊或混入無名氏。實誤。

醉鄉記　祁氏曲品，題作睡鄉記。曲考誤入清無名氏內。按崇禎刻本題作醉鄉記二卷，有影本傳佈。槑伯著錄白雪樓二種亦作醉鄉。似睡鄉一名，或係俗稱。

周公魯　計一種　錦西廂　與清周杲覺西廂之別稱混目。此劇一名翻西廂，遂又與無名氏作同目異辭。

庚　庚　計一種　歌風記　與更生子作同目。參見後條。

王　烋　計一種　陰德記

陳羆齋　計一種　躍鯉記　明富春堂刻本題作姜詩躍鯉記。

陳　鶴　計一種　孝泉記

陳汝元　計三種　紫環記　或作紫懷記。茲據祁氏曲品箸錄。

金蓮記　此譜東坡遇合事，與譜東坡為五戒轉身之紅蓮債襍劇不同。金蓮或作紅蓮，實誤。

太霞記

王　澣　計一種　軒轅記

丁鳴春　計一種　湘湖記　此劇全名鄭知縣湘湖記・舊或混入無名氏或又混入清代・

許次紓　計一種　合璧記

李旣明　計二種　金合記　與程守兆作同目異詞

畫竹記

汪景旦　計一種　斬袪記

孫一化　計一種　三綱記

吳於東　計一種　興吳記

徐胤佳　計一種　禪眞記

周繼魯　計一種　合衫記　與沈璟作同目異詞・

王伯原　計一種　三槐記

趙閬如　計一種　忠孝記

黃粹吾　計二種　昇仙記　明刊本題作玉茗堂批評新著續西廂昇仙記二卷・明旴江龍客撰・舊混無名氏・此劇一名還魂記・遂與另七種同目異事・

胡笳記

黃　日　計一種　玉花記　按李北海澄樓書目補題在玉花記一目下署史弱翁撰・弱翁爲史立別號・是否一本岐出・待查・

程從周　計一種　青螺記

王素完　計一種　懷春記　按素完或作五完．
王　洙　計一種　合襟記
聞　王　計一種　詩會記
盛於斯　計一種　鳴寃記
黃中正　計一種　雙燕記
陳衷脈　計一種　金牌記
張其禮　計一種　合屏記
何　棵　計一種　翠鈿記
沈應召　計一種　去思記
張應昌　計一種　香羅記
金三秉　計一種　麟遊記
徐守業　計一種　三斷機　見日本京都大學所藏傳奇彙考標目中．是否即斷機記．待考．
徐　霖　計七種　梅花記　留鞋記　枕中記　種瓜記　兩團圓
三元記　即斷機記．譜商輅事．與沈壽卿作異事同目．明富春堂刋本題作商輅三元記二卷．舊入無名氏中．按明周暉金陵瑣事稱「徐霖作三元記．至槑伯今樂考證在此目下所註「當係沈作」應屬誤筆．本劇相傳係吳縣人王鏊嗾他人作此刺成化間之商輅者．實與沈作無涉．茲從周暉紀載．列歸徐霖名下．以俟詳考．

繡襦記　與薛近兗作同目。

△以上七種據明周暉金陵瑣事所記列目。

文九玄　計一種　天函記

韋　宓　計一種　筌蹄記　舊混入無名氏。明半埜堂刊本題作韋狀元自製筌蹄記。此劇有竄本題作唐韋狀元自製筌蹄記二卷。兩本情事繁簡及關鍵不甚一致。近時出現明刻唐韋狀元筌蹄記二卷本則又與半埜堂本相若。茲從祁氏曲品著錄按高奕以爲此劇出自乩筆。而呂氏曲品又以爲越人鄭聖成生作。特坊本假託長賓之名以行耳。

孫禹錫　計一種　琴心記　本司馬相如古傳奇改編。但彼係綜題橋買賦諸事爲關目。此則以譜卓文君相就事爲主。並屬南曲新唱。

湯賓陽　計一種　玉魚記　諸家載記湯賓陽或作楊賓陽或作湯陽賓或題作湯家霖當係各從名號。惟姓氏兩岐或屬筆誤。

張　翀　計一種　錦囊記　舊混入無名氏。茲查明登人張翀名下。按翀字子儀。號渾然子。馬平人。與潼川人張翀異。清乾隆間百本張抄本題作東吳記。

楊　弘　計一種　認氈笠

朱　鼎　計一種　玉鏡臺　與無名氏作同目。

施鳳來　計二種　三關記　五節記

朱從龍　計二種　牡丹記　譜梁山伯祝英台事與鄭國軒作同目異事

玉釵記　此譜丘若山事與心一山人及陸江樓等作同目異事。向混入無名氏。茲據日本京都大學藏本之傳奇彙考標目查歸朱從龍名下。

張子賢　計一種　聚星記

李陽春　計一種　鳳簪記

王崑玉、計一種　進瓜記　與謝惠作同目．

戴之龍　計一種　玉蝶記

蔣俊卿　計一種、雲臺記　按舶載書目題作劉文叔雲台記江西散人薄俊卿譔．玆姑從祁氏曲品著錄．此劇流傳之刋本向署江右散人譔．遂或混入無名氏．

陳顯祖　計一種　合珠記　按祁氏曲品及曲海總目提要均尚列蓮囊記一種．以提要持說稍涉兩端．故不採錄．

沈季彪　計一種　蓮囊記　刻本題四明山環谿漁父編．舊或混入無名氏中．按傳奇考標目題作沈季彪譔．沈係寧波人自署四明山環谿漁父．似較鑿實．因從之．

陳六龍　計一種　雷峯塔　與古南曲本及清爨弄本同製異詞．

程九鳴　計一種　普化記

穆成章　計三種　請劍記　雙鏡記　雙星記

任暐臣　計一種　題扇記

彭南溟　計四種　玉佩記　舊混入無名氏　雙俠記　四義記　遺香記

羅懋登　計一種　香山記　明富春堂刻本題作新刻出像音註觀世音脩行香山記二卷二南里人譔．前有羅懋登序．按懋登字登之號二南里人．籍隸陝西．為明萬曆間人．此劇以本名自序而以別署標題．原係文人狡獪．舊時著錄遂每誤入無名氏．

陳世寶　計一種　八德記

王玉門　計一種　十全記

許以忠　計一種　三節記

吳文義　計三種　還金記　譜劉道卿還金納妾事．與張瑀作同目．

掛印記　刻本題作李綱掛印記

合錢記　此劇全名爲卜式合錢記

陳德中　計一種　賜劍記

葉泰華　計一種　金盃記　與吳懷綠合作．一說係吳人汪希（字蘂房）譔．玆從祁氏曲品查登．

沈　棹　計一種　雙麟記

邵春懷　計一種　金盞記

王萬幾　計一種　椎秦記

陸華甫　計一種　雙鳳記　明世德刊本題作新刻出相雙鳳齊鳴記二卷白下陸華甫纂．有影本流佈

古時月　計一種　跨鶴記

吳德脩　計一種　偷桃記　與偷桃獻壽北雜劇同目異製．

黃　瀾　計一種　赤壁記　與沈練川四節記中赤壁記同目．

胡湛然　計一種　三聘記

金成初　計一種　荊州記

德　計一種　藏珠記

汪湛溪　計一種　孝義記　與謝天佑北雜劇同目異製．

梁木公　計一種　茱園記

席正吾　計一種　羅帕記　崇禎年間坊刻本標題秦淮墨客重校。後來著錄遂或混入無名氏。

鄭國軒　計三種　白蛇記　此譜劉漢卿事。與翁子忠作同事異辭。明富春堂刊本題作劉漢卿白蛇記，浙郡逸士鄭國軒編輯。爲鸚釵記之底本。

牡丹記　與朱從龍作同目異事

鸚釵記　係白蛇記之改本。翁子忠作又係此本之改編。向入無名氏。實誤。

許宗衡　計二種　雷鳴記　三節記

夏　邦　計一種　寶帶記

鄭元禧　計一種　底豫記

張竹亭　計一種　雙節記

謝　恩　計一種　御帶記

謝　惠　計二種　鴛鴦記

玉蝶記　與戴之龍作同目。

沈惟生　計一種　釵魚記

程良錫　計一種　負劍記

陳宗鼎　計一種　寧胡記

陳龍光　計一種　西遊記　與元雜劇同目異製。相傳夏均政亦有此作。諸家著錄不載。存疑待考。

馮之可　計二種　姻緣記　譜賈雲華事。亦名還魂記。遂與另七種混目。

護龍記　按之可一作時可．

董應翰　計一種　易鞋記　與沈鯨陸采兩作同事異辭．或混入無名氏．

葉　倖　計一種　釵書記

暨廷熙　計一種　繡衣記

葉碧川　計二種　瓦盆記　征蠻記

孟稱舜　計二種　嬌紅記　與金文質劉兌湯式等北雜劇同目異製．與沈受先作同製異辭．

張襄梅閨房三清鸚鵡墓貞文記　見槑伯著錄．繫附待考．

凌濛初　計二種　雪裡荷　見日本京都大學藏本傳奇彙考標目．舊入清無名氏．

喬合衫襟記　改高濂玉簪記本．

沈自晉　計四種　翠屏山　俗名水滸記．實誤．

書英會

望湖亭

一種情　以上四種曲考曲目均誤入沈璟名下．玆據南詞新譜訂正．按一種情係改編沈璟之墜釵記．

吳玉虹　計二種　齊天樂　清薛旦所作與此同目異詞．

翻精忠　按清張彝宣如是觀即係此劇改筆．舊時著目．遂致棼混．關鍵名別．未便混爲一談

紀正倫　計一種　折桂記　與江義田作同製異辭．刊本署作秦淮墨客誤．遂或混入無名氏．

王玉峰　計四種　焚香記

釵釧記　刊本署月榭主人譔。遂或誤入無名氏。
半臂記
三生記　此飄馬守眞而作。或入馬守眞名下。實誤。
沈自徵　計一種　冬青樹
朱京藩　計二種　風流院　明聚德堂刊本題作小青娘風流院二卷。與石渠作同事異目
半福記
祁豸佳　計一種　玉塵記
祁彪佳　計二種　全節記　或誤混入清無名氏
玉節記
馮夢龍　計十一種　雙雄記　一名善惡圖
風流記　更訂臨川還魂記。刊本全名爲三會親風流夢
萬事足　改四願居士萬全記
灑雪堂　改梅孝己本
新灌園　改張伯起本。一名還簪記
酒家傭　更訂陸無從存孤記。將欽虹江之存孤與陸作合而爲一。並增衍關目改題今名。

女丈夫　改訂張伯起劉晋充之紅拂記，將二本混合，增衍關目。
量江記　更訂佘聿雲本
精忠旗　更訂李梅實本
夢磊記　更訂史叔考本
楚江情　更訂袁晋西樓記本

吳　炳　計五種
畫中人　情郵記　綠牡丹　西園記　療妬羹　與「朱京藩風流院同事異目。

阮大鋮　計十種
雙金榜　明詠懷堂刋本題作勘蝴蝶雙金榜記，俗稱勘蝴蝶。
牟尼合　亦名馬郎俠，明遙集堂刋本題作馬郎俠牟尼合記，別稱牟尼珠，「合」或誤作「盒」。
春燈謎　一名十錯認。
燕子箋　以上總稱石巢園四種，亦稱詠懷堂四種。
翠鵬圖
井中盟
賜恩環
忠孝環
獅子賺　刋本署百子，山樵譔。
桃花笑

崔時雨　附目一種　西廂奕棋一齣　此用駐馬聽一套南詞以翻王生北調水磨腔起後．就崔詞改譜．今存綴白裘中．俗刊本亦易題爲鬮局．

李宗泰　計一種　合釵記　此譜薛榮事．與邱瑞吾作同目異事．本劇因後來弋陽班盛唱薛榮妾洪氏清風亭認子經緯故亦別名清風亭．或又譌風爲峯．致諸著錄往往判一爲二．按宗泰字峯峯．以方外受法姓法名曰秦鳴雷．舊錄或又混題作李鳴雷實則法名俗姓似宜有別．宗泰本臨海人舊錄或題作長洲．或題作天台．皆誤以其潛脩之地爲籍耳．並辨訂之．

湛　然　計一種　妬婦記

智　達　計一種　歸元鏡　全名異方淨土傳燈歸元鏡三相實錄．此劇俗稱傳燈錄或揲筮著．班本著又混作者．

顧采屏　計一種　摘金園　園或作圓．

馬守眞　計一種　三生傳　三生記之竄本．渲染時彥．變諷刺爲張揚．冒附湘蘭名字刋行．玆姑循俗列錄．以供談助．

梁玉兒　計一種　合元記　此亦係坊本冒名技倆．本應入無名氏．玆姑循俗登列．以供談助．

無名氏　計三七〇種

撮盒圓　磊道人與癯先生合譔．姓名失載．

珍珠衫

翡翠鈿　以上兩種柳姓譔．名字失載．

躍劍記　潘姓譔．名字失載．

砥瀾記　章姓譔．名字失載．

大刀記　夏姓譔．名字失載．

綠華軒　譔者名仲仁。姓氏失載。

放蛟記

蟠龍記　以上兩種樵風譔。姓名失載。

彈指清平　陳情表譔。姓名失載。

廣爰書　三吳居士譔。姓名失載。

秦宮鏡　白鳳詞人譔。姓名失載。

奪解記

文媒記　以上兩秋閣居士譔。按居士吳縣人姓名待查。閣一作閒。或更錄入清代。

天福緣　一名天福記。

雙環記　以上兩種鹿陽外史譔。姓名失載。

遇仙記　心一子譔。姓名失載。

五枚記

合劍記　以上兩種太華山人譔。姓名失載。按此合劍係譜李世民尉遲敬德等事。與劉鍵邦作同目異事。

飲泉記　寒潭主人譔。姓名失載。

雙紅記　明於林閣刻本題作重校劍俠傳雙紅記二卷。翜伯著錄爲更生氏作。按顧曲雜言稱紅線紅綃兩北雜劇合刋名雙紅記。核與此於林閣本編製似不盡符。故仍立目備查。

歌風記　以上兩種更生子譔　向入無名氏內．按庾庚有歌風記一種，庚字生子，且與此更生子同屬杭人（更生子杭州人「更」一作「庚」見槑伯著錄．）疑更生子即生子別署．姑分別存目，待考．

三妙記　若水居士譔．姓名失載．

鹽梅記　青山高士譔．姓名失載．

飛丸記　秋郊子譔．姓名失載．

灌城記　隱求譔．姓名失載．

回天記　水雲逸史譔．姓名失載．

浮鷗記　翀圓生譔．姓名失載．

合義記　初陽子譔．姓名失載．

立命說　萬春主人譔．姓名失載．萬或作蒙．

完扇記　寄名道人譔．姓名失載．

杖策記　涵陽子譔．姓名失載．

鸞絲記　瀔南子譔．姓名失載．

玉釵記　心一山人譔，姓名失載．此譜何文秀事．與陸江樓作同目異事．明富春堂刊本誤題陸作．

脫穎記　漢上公譔．姓名失載．

金環記　木石山人譔．姓名失載

遠帆樓　閒閒子譔。姓名失載。

過眼煙雲　鷗䴈居士譔。姓名失載。

還魂記　欣欣客譔。姓名失載。此劇譜袁文正還魂事。與另七種同目異事。亦名返魂記。

還魂記　譜賈雲華事。與另七種同目異事。與馮時可作同事異目。與另一㬥本同事異詞。係一溧陽人作。姓字失載。

還魂記　譜高文擧事。與另七種同目異事。此劇一名玉龍佩。

賈雲華還魂記　此係㬥弄本。亦爲馮時可姻緣記之改本。余小浣玉齋所藏二種一爲刋本題作還魂姻緣記。不署譔者姓字。一爲宮譜舊鈔本題作賈雲華還魂記。按海寧曲錄收賈雲華一本應即此目。與古南曲本廻然不同並與另七種同目而或異事異辭。

鴛鴦記　海來道人譔。名字失載。

增壽記　覺非子譔。姓名失載。

長鋏記　龍門山人譔。姓名失載。

燕子樓　竹林逸士譔。姓名失載。

粧樓記　玩花主人譔。姓名失載。

葵花記　刋本題秦淮墨客校。或混入紀正倫名下。

七勝記　明唐振武刻本七勝記二卷題作秦淮墨客校。姓名失載。按紀正倫別署秦淮墨客。以刋本明標校而非譔。故仍從舊列入無名氏。

試劍記　長嘯山人譔。姓名失載。

陰扶記　青霞仙客譔。姓名失載。

寬符記　陽明子譔。姓名失載。

文章用　萬曆刻本題作固無居士譔。姓名失載或誤入清無名氏。

錕鋙記　兩宜居士譔。姓名失載。

磨忠記　閬甫譔。姓名失載。明末刻本磨忠記二卷題作閬甫譔。姓名失載。現有影本可查。祁氏曲品・著錄爲閬甫譔。疑係箄譔。

報恩亭　漢眉譔。姓字失載。

王狀元荊釵記　與他種荊釵同事異辭。今尚有貴池劉氏宜春堂影鈔明嘉靖本傳佈題作溫泉子譔。按浙東宮譜本亦同比題。與李景雲所編有異。

王十朋荊釵記　水磨本。李景雲編次。其傳唱齣目今尚存見綴白裘中。

情緣記

高士記　汪廷訥門客所譔。舊混入汪作。此劇譜水光馮閑及海闖黎諸事。與松筠操之別名同目異事。

四德記　沈壽卿三元記之增本。除三元中還妾情事外。再增衍博施毀券斷金各事而成四德。

天賜溫涼盞　纂弄本。或列入清代。

蘭蕙聯芳記　纂弄本。或列入清代。

春桃記

咬臍記　即浙東本白兔記。俗稱十一郎。無白兔牽引父子相會事。明富春堂刊本標題爲白兔記豫人敬所謝天佑校。

白兔記　水磨纍弄本今可傳唱之齣目有白兔導獵事．尚存見綴白裘中．

臥冰記

雙龍珮　清李玉作與此同目．珮一作佩．

風雲記　譜趙普君臣遇合事．與周處風雲記同目異事．

風雲會　明水磨纍本．即趙普風雲記之改本．風雲記雜海鹽舊譜．按清李玉作及清纍本與此同製異詞．

風雲記　此譜周處事與譜趙普之風雲記同目異事．

伏虎緣

青瑣記　韓壽記今本．彼此同事異詞．

碧玉串　一作碧玉劍．又作雙玉串．

太平圖

同庚會　與同甲會每相混目．同甲會係雜劇．

沈香亭　此係傳奇與清洪昇作異製．刊本署題雪蓑漁者編．或列入清代．

雙漸記

青樓記　與王異水滸青樓記異事．或誤二為一．

一夜鬧　即雷世傑．

滅寇記　七國記改本。

破窯記　瓦窯記之時本。浙東纂弄本名爲綵樓記或呂蒙正。遂與綵樓舊本混目。水磨纂本亦稱呂蒙正。

磨塵鑑

西廂記　譜西來傳法事。本西來王子雙恩記話本改編。與驚鴛劇同目異事。清康熙間刊諸山恒忍道人說意本又題作西來意。

一諾媒

通仙枕　一名雙恩義。

桃花罚

孝順歌　一名廿四孝。坊刻亦作二十四孝。或混入清代。

英雄譜　別名聚英雄。舊時著錄或遂判一爲二。

百鍊金

四美記　一名萬安橋。有清初抄本。遂或誤入清無名氏。

金貂記　明富春堂刻本題作新刻出像音註薛平征遼金貂記四卷。尚有影本流佈。

三桂記　原譔者失名。明刊三桂記二卷署題秦淮墨客校正。

鷫鸘記

高唐記　譜水滸朱仝雷橫事。與巫峯事無涉。

珍珠記　或名米欄記或題爲珍珠米欄記・明文林閣刊本題作新刻全像高文擧珍珠記二卷・

醒世圖　一名一笑緣。

金鳳釵

玉鏡臺　與朱鼎作同目・即祁氏曲品所謂孫君之作・名字失載。

古城記　明時舊本・非清容田美本・並與俗本古城會無涉。

雙璧記

昇仙記　明富春堂刻本題作新刻出像音註韓湘子九度文公昇仙記二卷・尚有影本流佈・與黃粹吾西廂昇仙同目異事・與北雜劇韓湘子引度昇仙會又屬同事異製。

射鹿記

目蓮救母　明萬曆刻本題作新編目蓮救母求善戲文二卷新安高石山人鄭之珍編・尚有影本流佈・此劇又簡名勸善記。

金臺記

十義記　明富春堂刊本題作新刊出像音註韓朋十義記二卷・尚有影本流佈・與北雜劇同目異製。

和戎記　明富春堂刊本題作王昭君出塞和戎記按弋陽曲本則題作和番記・浙東本又題爲和藩記・亦別題作青冢恨。

草廬記　明富春堂刻本題作新刻出像音註劉玄德三顧草廬記四卷・尚有影本流佈・此劇俗名西川圖。舊時著錄又或誤一爲二。

桃園記

試劍記　與長嘯山人作同目・按試劍有二種・一以譜劉先主與東吳聯姻事爲主・一則泛譜劉先主事・據祁氏曲品謂此記不若趙雲作生之試劍・猶得附於雅潔云云・殆指長嘯山人作而言歟。

完貞記

百花記　譜安西謀逆事與百花亭無涉。

雙釵記

平妖記　一稱平妖傳

西洋記　譜鄭和事

三遂記

麒麟記　舊入清無名氏。按明刻本題作新編孔夫子周遊列國大成麒麟記二卷。明賓宇顯聖公譔。維係諸筆假託。但流佈明末、應無疑議。至清初無名氏本。又係此本簡筆。未宜混爲一談。

赤符記

松筠操　譜田璋王瑜事。一名高士記。遂與託名汪廷訥本混目。

五桂記

斷烏盆　與北雜劇盆見鬼同事異製。

百子圖　一名辟邪鏡。舊時著錄或混入清代或一劇兩列。

磚礫記

漁樵記

赤松記　一作赤松遊

赤鯉記　諸曲目多題作黑鯉記。惟祁氏曲品以黑爲赤。照錄待查。

百順記

雙福壽　此劇上卷譜郭子儀下卷譜東方朔事。按清張彝宣作與此同目異事。

金雀記　刋本署無心子譔，按千祥記刋本亦署無心子。查據日本京都大學所藏之傳奇彙考標目李長祚名下祇著錄千祥，未入金雀，故仍循舊目登列。

四友記

珠衲記　一名衣珠記

東窗事犯　秦檜東窗事犯之翻本。今可傳唱之齣目尚存見綴白裘及諸宮譜中。舊署用禮重編。明富春堂刋本題作岳飛破虜東窗記。按用禮一說即周禮之訛，禮字德恭號靜軒。餘姚人。惟查富春堂所刋與今各宮譜所傳唱之東窗事犯曲文及排場正復相同。復查余小浣玉齋所藏浙東宮譜本東窗記二卷。除用百葉譜式。及宕眼間作貫眼銜場長引簡唱外。其他曲文排場與富春本。或今通唱之東窗事犯曲本俱無出入。此可證東窗記與東窗事犯原係一劇。富春堂不過據浙東本而易題耳。然無論「東窗」或「事犯」均係水磨調本。至周禮係弘治朝人。正值餘姚海鹽弋陽互見消長之際。而非水磨登場之時。趣尚既有先後。似難鑒證人名。茲仍從舊列目以俟詳考。

兩生天　俗名一文錢。清初又有爨弄本。則專題為一文錢。遂與徐復作之北雜劇混目。今尚傳唱之齣目存見綴白裘中。或疑此劇即靈寶符　似待詳考

雪裡梅　或列入清代無名氏。茲按明末刋本登列。

新金印記　金印記改本今尚傳唱之齣目存見綴白裘中。與蘇復之原本排場有異。

合縱記　每誤與金印記混為一談。按金印記原旨在發明丈夫屈伸行志之義。而合縱則意在耀衡六國封相經緯。特增飾張儀事以廣陪襯。彼此關目迥不相同。本劇有玉夏齋刋傳奇十種本署題高一葦訂。至蘇復之金印曲文尚散見沈氏兩代曲譜中。

翻西廂　與周公魯錦西廂之別名同目。尚有識閒堂編本傳佈。

睢陽節

紅鞋記　譜董秀英事與北雜劇東墻記同事而異目異製。

紅杏記

玉杵記　與龍膺楊星水等作同目。

西湖記　譜秦一木爲書傭求配段女事。按明唐振吾刻本題作新編全相點板西湖記。尚有影本傳佈。

登樓記　此譜崔護事。與王粲登樓劇無涉。

金牌記

寶劍記　俗本以登場紅淨凡七爲標榜。故稱爲七紅寶劍記。亦簡稱七紅記。海寧曲目蓋從俗稱。

白袍記　明富春堂刻本題作新刻出像音註薛仁貴跨海征東白袍記二卷。尚有影本傳佈。萬曲長春選本又別題爲征遼記。

驪山記

三元記　即斷機記。譜商文毅事。明富春堂刊本題作商輅三元記二卷。尚有影本傳佈。與沈壽卿作同目異事。槑伯今樂考證在此目下註稱當即沈作一語。應係一時誤筆。本劇相傳係吳縣人王鏊嫉他人作以刺成化間之商輅者。實與沈作無涉。

玉鈎記

玉環記　明愼餘堂刊本題作韋鳳翔古玉環記二卷。實亦爲楊柔勝所作之底本。

合鏡記　分鏡記之改本。一稱金鏡記。

新合鏡記　合鏡記之改本。與合鏡記同製異詞。

霞箋記

五全記　槑伯註稱或託楊升菴名。

犀合記　此劇全名爲八不知犀合記。爲唐伯亨之水磨本。

贈書記

魚籃記　與北雜劇同目異製。按清初范希哲之魚籃記與此同目。本魚籃記曲調尚散見諸南曲譜中。足證與范作先後之別。

百花亭　與北雜劇血骷髏大鬧百花亭之簡名同目異製。此係傳奇。爲王元功花亭記之藍本。兩劇譜事相同但百花亭則以鄒化爲主。故與花亭記之情節略異。舊時著目或互蒙混。又明季坊刻或將本劇闌入梅花墅叢本中。故傳奇彙考亦遂混題爲許自昌作。

剸犀劍

簷頭水　別名青鋼嘯、或誤鋼爲缸。按此劇雖雜譜馬超曹操等情節。但係以董承董圓事爲劇膽而以因果循環爲主旨。故取俗諺簷頭水滴舊窩之義以命名。後以董承有劍名青鋼嘯遂亦爲茲劇之別稱。致與鄒玉卿作混目。曲海總目提要中武進涉園就本劇所註實乃誤二爲一。

蘆花記　寒衣記之翻本。

泣竹記

喜逢春　明玉夏齋刊本署題金陵桃葉渡者清嘯生檃括。清初又有別本與此同目。

使虜記

平逆記　譜王陽明事。

綈袍記　綈或誤梯。舊入無名氏。明末清初顧覺宇所作。又係此本之改筆。

麗情記

銀屏牡丹　非沈受先本簡稱銀屏記。或入清無名氏中。

羅帶記

醉太平　別名合巹杯。

紙扇記　與北雜劇同目異製。

晬盤記

四門記　此譜崔護事、一名桃花莊。

樓外樓　一名鵲梁記。

離魂記　與北雜劇同目異製。

金釧記

繡春舫　譜石情吉安公主事。見日本京都大學藏本傳奇彙考標目。

雄精劍　譜張巡許遠事。按曲海總目提要所敍節略似與雄精劍一目不甚關聯。並與另本同目異事。

平湖記
金花記
鞏皇圖
花園記
金串記
翼虎記
月桂記
夢天臺
南華記
感虎記
犀軸記
雙叠緣
綵衣歡
玩嬋娟
春秋記
泮宮緣

鸞刀記
麟鳳記
羅衫記
四賢記
恩榮記
香山記
雙孝記
四恩記
青袍記
玉瓅緣
茜囊記
芙蓉屏
幻奇緣
忠良鑑
醒世魔
白猿記

四義記
運甓記
崑崙索
玉掌記
古劍記
花石綱
賽五倫
三益記
馬上郎
瓊臺記
四豪記
絳雪記
投唐記
雙喜記
孤忠記
丹忠記

雙玉人

紫霞觴

磨水記

劉天義

五福記　與徐時勉作同目異事或列爲鄭若庸譔，按呂氏曲品注「韓忠獻事，揚厲甚盛，還妾事已見鄭虛舟大節記中」是大節與五福雖關節互相出入但足證並非一手，呂錄鄭氏諸作中且略此目，本劇或題作五福堂，坊本又別名五福星，

五福記　此譜丘若山事，曲文尚散見羣音類選中，

元寶媒　此譜乞兒張尙禮還遺金事，按淸周穉廉所作與此同目異事，

鴛鴦塚記

△王　陵

△王子高

△張瓊蓮

△孫可寶

△朱夫人

△張　資

△風月亭

△三負高漢臣

△薛　包　與北雜劇薛包認母同事異製。

△高漢卿

△墻頭馬上　與北雜劇同裴少俊墻頭馬上同目異製。此本翻自南戲。

△司馬相如　此以卓文君相就事爲主。爲琴心記之藍本。與題橋記不同。或誤混爲一談。

△李　婉　與北雜劇柳花亭李婉復落娼同事異製。亦簡稱復落娼。係南戲改唱本。

△劉盼盼　與北雜劇劉盼盼鬧衡州（按衡應作邢）同事異製。此係改南戲本。

△進梅諫　與北雜劇趙光普進梅諫同目異製。

△牧羊記　全名爲蘇武牧羊。與明末清初之水磨本同事異辭。與北雜劇牧羊記同目異製。或簡稱蘇武。

△錦香囊

△鄭孔目　與北雜劇鄭孔目風雪酷寒亭同事異製。並亦稱酷寒亭。

△紫香囊

△王公綽　與北雜劇竇兒女沒與王公綽同事異製。

△黃粱夢　與北雜劇開壇闡教黃粱夢同事異製。

△蟠桃記　一作蟠桃會。遂與北雜劇蟠桃會同目異製。按清人亦有此目。乃屬同事異辭

△瑞玉記

△江流記　與北雜劇同目異製．全名陳光蕊江流和尚．亦簡稱陳光蕊或江流和尚．

△金華娘子

△玉清庵　與北雜劇玉清庵錯送鴛鴦被同事異製．

△吳舜英

△菱花鏡　或簡名劉文龍．晚近箸錄亦或誤一爲二．

△唐伯亨　此係古南曲本．與犀合記不同．

△題橋記　與陸濟之作同目異辭．與北雜劇相如題柱並屬同事異製．明刻本題作司馬相如題橋記一卷．致後人箸錄與司馬相如一劇互混．本劇譜圖志進取爲主．與卓文君事無涉．

△盜紅綃　與北雜劇紅綃記同事異製．爲戲文翻本．

△錦機亭

△詐妮子　與北雜劇詐妮子調風月同事異製．亦簡名調風月．

△劉孝女　全名爲劉孝女金釵記．

△秣陵春　按清吳偉業所作之北雜劇雖名目偶同．但與此異製異事．

△楚昭王　與北雜劇楚昭王疎者下船同事異製．

△西窗記

△欒城驛　與北雜劇子父夢秋夜欒城驛同事異製．惟此則由戲文翻製．

△薛芳卿

△蔣蘭英

蔣愛蓮

△蔡均仲

△分鏡記　古南曲爲合鏡記之藍本。

△竹林寺

△蕭翼賺蘭亭　簡稱蕭翼或賺蘭亭。

△劉寄奴　俗稱劉智遠。爲元末明初之古南曲。

△鷓鴣天　按北雜劇中鷓鴣天有二。一譜宋子京事一譜晏叔原事。此係與宋子京鷓鴣天北劇同事異製。亦簡稱宋子京。

△章臺柳　與北雜劇同事異製與張四維作同目異辭。張作係後期南曲。

△崔君瑞　與北雜劇崔君瑞江天暮雪同事異製。亦簡稱江天暮雪。

△王　魁　即王俊民休書記之古本。

△呂星哥

△孟姜女　與北雜劇孟姜女送寒衣同事異製。

△鮑宣少君
△韓玉箏
△賽東墻
△王仙客
△董秀才
△瓊奴傳
△鬼法師
△張翠蓮
△名花榜
△許盼盼
△羅惜惜
△何推官
△鬼做媒

△朱　文

△無雙傳　與北雜劇呂無雙同事異製。

△岳陽樓

△梅映蟾　與北雜劇梅映蟾同目異製。

△借燭還珠

△趙氏孤兒　明世德堂刊本標題新鐫重訂出像附釋標註趙氏孤兒記二卷姑孰陳氏尺蠖齋訂。與北雜劇同目異製。按汲古閣六十種內所收之八義記即係本劇之刪潤本。固與徐叔回作有別。徐為南曲本。汲古所收為水磨本而茲劇又係諸腔未起前之古南曲本。諸家著錄。偶或混為一談。愼宜明辨。

△風流合三十△紅繡鞋△太平錢△李　寶△鄭　信

△還帶記　古南曲本。與北雜劇同目異製。與沈鍊川作同製異辭。

△周孝子　古南曲本。翻自南戲。

△覓水記

△尋母記　為周孝子之翻本。並屬後來尋親記之底本。

　細柳營

△謊郎君

△柳　永　與北雜劇柳耆卿詩酒翫江樓同事異製．亦簡稱翫江樓或柳耆卿．近時箸錄遂偶誤一爲二。

△張金花

△金錢記　與北雜劇李太白匹配金錢記同目異製．

△木棉庵　譜賈似道事．

△耿文遠

△史洪肇　諸宮調翻本．

△女媧氏

△摩勒傳　與北雜劇摩勒盜紅綃同事異製．簡名摩勒傳或盜紅綃．晚近箸錄偶誤一爲二．

△風流院　朱京藩作與此同目．朱作係水磨本．

△賽金蓮　與北雜劇賽金蓮花月南樓記同事異製．簡名南樓記．遂與馮延年作混目．

△玉妃仙

△蟾蜍記　與北雜劇蟾蜍佳偶同事異製．

△錦蘇鞋

△琵琶怨　與北雜劇玉女琵琶怨同事異製．

△洪和尚

△錢神記

△茶舡記　與北雜劇蘇小卿明月夜販茶船同事異製。亦簡名蘇小卿。晚近箸錄間或誤一爲二。

△凍蘇秦　與北雜劇凍蘇秦衣錦還鄉同事異製。亦簡稱衣錦還鄉。遂與諸宮調本同目。

△吳舜英

△曹伯明　與北雜劇曹伯明錯勘贓同事異製。此係就戲文本翻作。

△王瑩玉

△郭　華　與北雜劇王月英元夜留鞋記同事異製。亦簡名留鞋記。

△鬼元宵　戲文翻本

△休妻記　全名朱買臣休妻記。簡稱朱買臣。戲文翻本。

△秦檜東窗事犯　與北雜劇同目與水磨東窗事犯異辭。此係翻自南戲。今傳唱之秦本掃秦兩套北曲。實兼祧之。

△林招得三負心　與戲文同目異製。亦簡稱林招得。遂與北雜劇同目異製。

△黃孝子　此係古南曲。尚存鄭氏藏鈔本。題作黃孝子傳奇二卷。今已影印流佈。

△生死夫妻　與北雜劇史敎坊斷生死夫妻同事異製。清范文若所作又與此同目異詞。

△東嘉韞玉

△洛陽橋　古南曲。亦爲清李玉所作洛陽橋之底本

△子母冤　與北雜劇看錢奴買冤家債主同事異製。亦簡稱看錢奴或冤家債主。近人箸錄遂致誤一爲二。或又與北劇混目。

△賽樂昌

△孟月梅　北雜劇同事異製。

△陳叔文　改南戲本。

△綵樓記　此係明初南曲本。每與爨本綵樓記混目。爨本綵樓係破窰記之別題。

△瓊花女

△東墻記　與北雜劇董秀英花月東墻記同目異製。亦簡名董秀英。

△王　煥　與北雜劇風流王煥百花亭同事異製。此爲古南曲本。一名百花亭。遂與另一百花亭異事混目。

△張　叶

△錦香亭　與北雜劇孟月梅寫恨錦江亭同事異製。亦簡名孟月梅。

△鴛鴦燈

△陳巡檢　一名梅嶺記。

△瓦窰記　按南戲溫州雜劇破窰記入古南曲題作瓦窰記。並爲南曲破窰記之藍本。徐文長南詞敍錄所登應即此劇。

△韓　壽　與北雜劇同目異製。與青瑣記同事異辭。

△摘纓記　非北雜劇之摘纓會。

△元允和

△楊　實

△李玉梅

△趙　彥

△張　希

右明傳奇計錄玖佰有柒目，除零作附目不計．實得玖佰有五種，按南宮牌調幾經蛻變．自中元至元末，猶未全泯，諸宮調中之清律殘跡，明洪武以次諸腔相繼入曲，始益別具面目．及弘治正德前後海鹽稱霸，復多創製，或孳乳程式，或以南逐北，其變制爲用，不一而足，嘉靖以還．水磨登場．繩墨趨同．譜律家視海鹽之聲爲南曲前期．而以水磨爲南曲後期時調．並溯海鹽以往諸聲概歸爲古南曲．此固猶詩餘中雲謠花間之與北宋令詞相出入也．至就劇事而言．水磨以前大抵蹈襲南戲．水磨興後劇本經營乃日紛華．色目增衍穿關縟密．

而南曲尋宮數調．遂亦因應卓樹堂奥．本錄各劇目如金牒幽閨琵琶等劇實皆古南曲一類．然屢經改唱．致流與時劇同列．其餘古南曲性質之劇目．則酌冠△符．籍資識別．旨冀拾級登階．義非後來居上．

范希哲　計一種　補天記　即小江東．康熙金陵刻印八種傳奇本題 名小齋主人譔．槑伯今樂考證明著爲范希哲譔．

○另存疑七種　△萬全記　一名富貴仙．八種傳奇本標名四願居士譔．

△十醋記　即滿牀笏．八種傳奇本標名西湖素岷主人譔．

△雙瑞記　八種傳奇本標名不解解人譔．

△偷甲記　一名雁翎甲．八種傳奇本標名秋堂和尚譔．

△四元記　一名小萊子．八種傳奇本標署燕客退拙子譔．

△雙錘記　一名合歡錘．八種傳奇本標名看松主人譔．

△魚籃記　一名雙錯巹．八種傳奇本標名魚籃道人譔．以上各目按康熙間金陵刻印之八種傳奇本均不著譔者姓字．僅於各劇分題別名而在書端總題爲「湖上李笠翁先生閱定」．致後來誤混入李漁劇目內．查槑伯今樂考證．明著補天記爲范希哲譔而將雙瑞記列入無名氏內．其餘六劇則署爲四願居士撰．其附註謂「案曲考」以偷甲魚籃雙錘四元萬全與笠翁十種並列．云笠翁所作．而入十醋於無名氏．註云龔司寇門客作．或云係范希哲作．或又以萬全一種爲范氏作．近得五種合刻本．署曰四願居士．笠翁無此號．殆爲希哲無疑耶．然讀其詞則斷非笠翁手筆也」「四願居士五種．有十醋記無四元記．聊類錄之」．其大梅山館藏書目中亦並著錄此萬全十醋雙錘偷

甲五種合刻本爲四願居士撰。復按清初笠閣漁翁之笠閣批評舊戲目。將萬全十醋補天三劇。俱標作范希哲譔。至雙瑞一劇。既彙刻在八種傳奇內。而此八種筆墨。又實類同一手。茲爰參酌勘定補天記一種爲范希哲譔外。並將存疑各劇目分冠△符。姑繫附希哲名下以俟詳考。

袁　晉　計七種

西樓記　記俗作夢。其中錯夢一齣乃係馮墨憨所增。

竇娥寃　與其師葉六桐作同事異辭。袁作係水磨本。亦稱金鎖記。遂與葉本混目

玉符記　一稱瑞玉記。刋本署吉衣道人譔。舊時著錄或遂混入無名氏。

珍珠衫　一稱珍珠記。

鷫鸘裘　以上總稱劍嘯閣傳奇五種

合浦珠　與茉蓉山樵作同目異辭。

戰荊軻　與薛旦作同目

吳偉業　計一種

秣陵春　一名雙影記。

陳　軾　計二種

續還魂　一名續牡丹亭。刋本署靜庵居士譔。

練忠貞　刋本署荊溪老人譔。以上兩種舊混入無名氏。茲據日本京都大學藏本傳奇彙考查登。

程　端　計二種。

西廂印

虞山碑　與陸曜峴山碑合稱爲遺愛集。舊時著錄或將遺愛另立一目。實誤。

范文若　計十種　花筵賺　鴛鴦棒　倩畫眉　勘皮靴　夢花酣　花眉旦　金明池　歡喜寃家　雌雄旦
生死夫妻　與明無名氏作同目。△以上總稱博山堂傳奇。
馬佶人　計四種　梅花樓　十錦塘　索花樓　荷花蕩　一名蓮盟記。
岳　瑞　計一種　揚州夢　與嵇永仁作同目異辭。
査繼佐　計二種　鳴宏度　梅花讖
劉　方　計四種　天馬媒
羅衫合　班本俗名白羅衫．向混入無名氏。
紅拂記　馮夢龍據此本改訂爲女丈夫．關目互異．仍是兩作。
小桃源
陸　曜　計一種　峴山碑　與程瑞虞山碑合稱遺愛集。
沈永喬　計一種　麗鳥媒
張　匀　計二種　十美圖　長生樂
沈瑤琴　計一種　春富貴
黃周星　計一種　人天樂　一名北俱盧。

汪光被．計三種　廣寒香　刋本署題蒼山子．

易水歌

芙蓉樓　按光被諸作或署蒼山子或署雙溪鷹山或署西泠鷹山遂每混入無名氏．

曹　寅　計二種　續琵琶

虎口餘生　本名表忠記．刋本題作遺民外史譔．班本俗稱虎口餘生．而表忠本名反晦．且更與鐵冠圖遜國疑等劇互混不分．據曲考銀台子清譔表忠記．按曹寅字子清．曲考所述表忠記以邊大綬事爲終始．核與虎口餘生之關目悉合．至遜國疑係譜建文帝事實兩不相涉．鐵冠圖與本劇雖同傳崇禎間事．但虎口餘生以譜邊大綬爲主．今班本鐵冠圖內所傳唱之探山營關投闖觀圖對刀拜懇別母亂箭刺虎刑拷夜樂諸齣．皆係虎口餘生曲文　或更妄題爲明末遺恨．混目太甚．特略辨明　餘參看鐵冠圖條．

嵇永仁　計二種　雙報應

揚州夢　與岳瑞作同目異辭．曲考誤入雜劇．

王　抃　計二種　籌邊樓　浩氣吟

姚子懿　計一種　後尋親

毛奇齡　計二種　放偷記

買嫁記　原係連廂詞．班本穿插齣目及說白乃成傳奇．並與雜劇混目異製．

王元模　計一種　醒中仙

朱佐朝　計三十種　飛龍鳳　錦雲裘　瑞霓羅　御雪豹　石麟鏡　九蓮燈　纓絡會　賞神龍　萬花樓

建皇圖　乾坤嘯　艷雲亭　奪秋魁　萬壽觀　雙和合　壽榮華　五代榮　牡丹圖

漁家樂　血影石　太極奏　玉數珠　寶曇月　一云陳二白作　埋輪亭　與李玉合譔。

清風寨　與史集之作同目。　軒轅鏡　每與春秋筆之俗名混目。　蓮花筏　一作蓮花寶筏。

元宵鬧　此譜方連英事。坊刻因明李素甫玉麒麟別名元宵鬧　遂亦混題朱本爲玉麒麟。實譔

吉慶圖　一名南瓜傳　四奇觀　與朱皠等四人合譔。

李　玉　計三十二種　一棒雪　人獸關　占花魁　永團圓　麒麟閣　牛頭山　眉山秀　昊天塔　三生果

武當山　萬民安　虎邱山　清忠譜　秦樓月　五高風　兩鬚眉　長生像　風雲魁

羅天醮　千里舟　一品爵　連城璧　麒麟種　太平錢　改古南曲本。

風雲會　與明季譜趙普事之兩劇同目異辭。　禪眞會　與明徐胤佳之禪眞記每互混目。

意中緣　與李漁作同目異辭。　洛陽橋　與許見山作同目　埋輪亭　與朱佐朝合作。

雙龍珮　千忠戮　班本改稱千忠祿或易名爲琉璃塔。弋腔高陽調子弟魏慶林藏鈔本則題作方孝孺。

萬里緣　緣一作圓。

邱　園　計八種　虎囊彈　黨人碑　歲寒松　鬧勾欄　幻緣箱　一合相　與明沈蘇門王元壽等作同目異事。

朱　𣪞　計十八種

百福帶　別名御袍恩．舊時箸錄或遂誤一爲二．惟曲海總目提要不誤．
蜀鵑啼　嶰雪所作傳奇實祇八種．舊時箸錄將御袍恩百福帶判列．遂誤增一目．
一箸先
十五貫
文星現
振三綱
瑤池宴
四聖手
錦衣歸　一名雙容奇．又名梨花槍．
未央天　俗名九更天．
狻猊璧
忠孝閣　閣或作圖．
聚寶盆
龍鳳錢　俗名雙跨鸞．
朝陽鳳　別名爲丹鳳忠　或誤判一爲二．
全五福

萬年觴　一名瑤觴記．

通天臺　與吳偉業作同目異製．此係傳奇．吳本係雜劇或誤混為一談．

大吉慶

翡翠園　園一作緣．一名雙熊兆或云薛旦作．待考．

定蟾宮　與過孟起合譔．

四奇觀　與朱佐朝等合作．按此劇譜包公斷酒色財氣四案．酒色案由朱佐朝．朱㿥分譔．其餘兩案譔者名字待考．

徐士俊　計二種　香草吟

戴花舲　刻本署耶溪老人譔．遂或混入無名氏．

周　杲　計十四種　太白山　竹灑籬　八仙圖　火牛陣　福星臨　綈袍贈　指南車　萬金資　後西園

鏡中人　金橙樹　玉鴛鴦　陽明洞　竟西廂　一名錦西廂．遂與明周公魯本混目．

張彝宣　計二十三種　醉菩提　海潮音　釣魚船　天下樂　娘子軍　小春秋　天有眼　發琅釧　龍飛報

癡情譜　讀書聲　芭蕉井　雙節孝　吉祥兆　金剛鳳　獺鏡緣　坊本易題為繡衣郎

翻精忠　或稱倒精忠或稱如是觀．與明吳玉虹作實同事異詞．張係改本並緣吳本題名以為目．

井中天　與種香生作同目．大復似無此別署．當係另本．　龍華會　與明王翔千作同目

快活三　一說朱佐朝作．　雙福壽　此譜周勃周勝事．與明無名氏本同目異事．

沈　沐　計一種　芳情院

胡介祉　計一種　廣陵仙

史集之　計二種　五羊皮

清風寨　一說朱佐朝作。待考。

李　漁　計十種　愼鸞交

蜃中樓

奈何天　一名奇福記。「記」一作報。

比目魚

美人香　一名憐香伴

風箏誤

凰求鳳　一名鴛鴦賺。

巧團圓　一名夢中樓。俗名巧會合。

玉騷頭　一名萬年歡。

意中緣　按以上十種均係笠翁所作。至坊刻附會列目者尚有八種。參看范希哲條。

孔尚任　計二種　小忽雷　桃花扇

薛　旦　計十七種　書生願　狀元旗　醉月緣　一宵泰　後西廂　昭君夢　長生桃　賜繡旗

玉麟符　粉紅襴　齊天樂　與明吳玉虹作同目異詞・　飛熊兆　一說李玉作・

喜聯燈　一名雙盃記・　蘆中人　俗名鬧荊鞭・　戰荊軻　與袁于令作同目・

續情燈　刋本署訢然子或誤入無名氏・按既揚由明入清・舊時著錄中亦將此目列在明代・

葉時章　計八種　女開科　八義飛　琥珀匙　三擊掌　英雄概　人中人　與唐英作同目異製・

遜國疑　曲考註云即鐵冠圖・按遜國疑與千忠祿同譜建文君事・兩本實相近・至鐵冠圖・乃譜崇禎末年事・迥不相同・未便混爲一談・

開口笑　一名胭脂虎・

畢　魏　計六種　紅芍藥　萬人敵　一呼盧報　杜鵑聲　竹葉舟　一說張大復作・待考・　三報恩　刋本署第二狂作

盧見曾　計一種　旗亭記

尤本欽　計一種　瓊花館

沈起鳳　計五種　報恩緣　才人福　文星榜　伏虎韜　桐桂緣

錢維喬　計二種　乞食記　記一作圖・亦名虎阜緣・　鸚鵡媒

歸　莊　計一種　萬古愁

王　曦　計一種　東海記

仲振履　計一種　雙鴛祠　刻本署岱覽庵傳奇木石老人作。

黃　振　計一種　石榴記

吳可亭　計一種　地行仙　一名後曇花記

薦清軒　計一種　合箭記

吳梅岑　計一種　馬上緣

沈　筠　計一種　千金壽

周聖懷　計一種　喜西廂

陳莘衡　計一種　正西廂

李蕋庵　計一種　蓋世雄

俞德滋　計一種　一團花

盛際時　計四種　人中龍　飛龍蓋　胭脂雪　雙虬判

朱雯虬　計十三種　靈犀鏡　齊眉案　照膽鏡　人中虎　石點頭　別有天　赤龍鬚　兒孫福　兩乘龍

萬壽鼎　一笑緣　一名醒世圖。舊入明無名氏。茲據日本京都大學藏本之傳奇彙考標目查列。

龍燈賺　與高奕春秋筆之別名混目。或云係改本。存疑待考。　小蓬萊　與旦陽道人作同目

天錫貴　一名喜重重・　紫瓊瑤　一說醉且作・

高　奕　計十四種　貂裘賺　如意冊　古交情　雙奇俠　風雲緣　學香園・　千金笑　聚獸牌　續情樓　四美坊　錦中花　固哉翁　梅山嶺　春秋筆　一名龍燈賺・坊本班本或混名為軒轅鏡渾儀鏡及犀鏡圓・圓一作緣・

呂藥庵　計四種　回頭寶　狀元符　雙猿幻　寶硯緣

呂守齋　計一種　金馬門

陸世廉　計一種　八葉霜

郎灒長　計一種　十大快　班本俗稱福壽榮・

容美田　計一種　古城記　與古本同名異目為九峯三弄之一

靈皐軒　計一種　節義譜　改明徐叔回八義記本・

周　書　計一種　魚水緣　黃稗客盧見曾幕・稿成貝曾為之潤色・曲考署為盧作・實誤・

朱　介　計一種　玉尺樓　此劇一名平山冷燕・舊時著目又誤判一為二・

蔡灒莊　計一種　紫玉記　改玉茗紫簫紫釵兩劇・

黎　簡　計一種　芙蓉亭

高宗元　計三種　續琵琶　新增南西廂　改增玉簪記

許見山　計一種　洛陽橋（與李玉作同目。
邱相卿　計一種　彩鸞牋
裘叔度　計一種　砭癡石
朱　英　計四種　野狐禪
鬧烏江
醉揚州
倒鴛鴦（一名鬧鴛鴦
吳又翁　計一種　換身榮
顧景星　計一種　虎媒記
蔣秋崖　計一種　桃花夢
羅　隱　計一種　禱河冰
仲雲澗　計一種　紅樓夢（與高蘭墅陳鍾麟等作同異辭
萬玉卿　計一種　醒石緣（前爲瀟湘怨。後爲怡紅樂。總名爲醒石緣。一稱紅樓夢。
劉赤江　計一種　一片心
彭劍南　計二種　香晼樓
影梅庵（與周雲岩合作。

石　龐　計六種　蝴蝶夢　與嚴鑄及明謝弘儀作同目。別名因緣夢。此係改弋腔高陽調本。故亦援弋陽班本而稱煽墳記。

詩囊恨　與明黃大可謝廷諒等作同目異辭。

梅花夢　南樓夢　鴛鴦塚　後西廂

吳幌珏　計一種　河陽覲

曹　岩　計一種　風前月下

徐述夔　計一種　五色石

朱龍田　計一種　壺中天

過孟起　計一種　定蟾宮　與朱確盛國琦合撰。

盛國琦　計一種　定蟾宮　與朱確過孟起合撰

石　琰　計四種　兩度梅　錦香亭　天燈記　酒家傭　與馮猶龍本同名異辭。一名香鞋記。

顧　彩　計二種　南桃花扇　後琵琶記

陳二白　計二種　雙官誥　稱人心　即巧移花。班本妄名稱心如意。亦稱詩扇緣。

張　堅　計四種　夢中緣　梅花簪　俗名賽荊釵。

懷沙記

玉獅墜　以上總稱玉燕堂四種

夏　倫　計六種　無瑕璧　杏花村　瑞筠圖　廣寒梯　南陽樂　花萼吟

李本宜　計一種　玉劍緣

王　墅　計二種　拜針樓　後牡丹亭

楊國賓　計一種　東廂記

顧元標　計一種　情夢俠

王聖徵　計一種　藍關度

袁　聲　計一種　領頭書

吳　龐　計四種　沒名花

合歡圖

紅蓮案

錦蒲圖　一名金不換。遂與另本混目。

洪　昇　計八種　回文錦

錦繡圖　與無名氏本同目。無名氏作係纂本。又妄稱西川圖。

鬧高唐

節孝坊

沈香亭　與無名氏作同目。

舞霓裳

長生殿　初名沈香亭。刻本行世後入李泌輔肅宗事。更名舞霓裳。最後專寫鈿盒情緣。更名長生殿。歷十餘年始成定稿。前後三易　均有刻本。故並列目。

迴龍院

萬　樹　計九種　風流棒　空青石　念八翻　錦塵帆　十串珠　萬金甕　金神鳳　資齊鑑　玉雙飛

王續古　計二種　非非想　與無名氏本同目異詞。

黃金臺

徐石麟　計三種　九奇緣

胭脂虎　與葉稚斐作同目。

珊瑚鞭　傳奇彙考列爲徐善撰。曲海列爲石麟作。當係一人兩名。

張世漳　計一種　玉麟記　與葉六桐作同目。

尤　侗　計一種　鈞天樂

陳貞禧　計一種　梅花夢

黃兆森　計一種　忠孝福

顧景星　計一種　虎媒記

唐宇昭　計一種　桃花笑

龍　燮　計一種　瓊花夢

鄭小白　計一種　金瓶梅　瓶或誤屏。混入無名氏。

吳　綺　計四種　秦樓月　嘯秋風　繡平原　忠愍記

汪　祚　計一種　十賢記

汪　楫　計一種　補天石

查愼行　計一種　陰陽判

石子斐　計三種　正昭陽　龍鳳衫　鎭仙靈

周穉廉　計三種　珊瑚玦　雙忠廟　元寶媒

△以上三種合刻本署題可笑人塡詞。或誤混入無名氏。又周作通稱爲容居堂樂府。

毛鍾紳　計一種　澄海樓

王維新　計一種　夜光球

汪　愷　計一種　芙蓉劍

嚴　鑄　計一種　蝴蝶夢　與明謝弘儀作同目異詞。

金兆燕　計一種　畫壁記　刊本全題作旗亭畫壁記。與金椒作同事異辭。與明鄭之文作關目不同。

陳子玉　計三種　三合笑　歡喜緣　玉殿緣　緣或作圓。班本亦名金鑾配。

李蔭桂　計二種　梅花詩　小河洲　一名雙奇俠。俗本又或誤雙爲三。

丁　鈺　計一種　一封書

郎玉甫　計一種　萬花亭

劉伯章　計一種　瓦崗寨

路術淳　計一種　玉馬琊

蔡　東　計一種　錦江沙　一名忠孝錄

范　梧　計一種　紅玉燕

裘　璉　計二種　繡當壚　醉書箴

許紹珣　計一種　萬壽圖

許　恒　計一種　二奇緣　爲千里駒之底本。

胡士瞻　計一種　後一捧雪

沈名蓀　計一種　鳳鸞儔

陸次雲　計一種　昇平樂　俗名圓圓曲．

謝宗錫　計一種　玉樓春

唐　英　計一種　雙釘案　原名釣金龜．

另散作六種　巧換緣一齣　英雄報一齣　清忠譜「正案」一齣　女彈詞一齣

長生殿「補闕」一齣　十字坡一齣　以上散作．類係就舊曲及雜曲原劇改補一二．（十字坡係改弋腔本）並非全璧．女彈北詞一套．雖具首尾．然排場不足．究難與單折北雜劇相類附．至唐所作．除一二單行外．統彙刻稱古栢堂傳奇．

吳次叔　計一種　人天語

程命三　計一種　還婦篇

莊伯鴻　計一種　茂陵秋

張蠡秋　計一種　青溪三笑

宋鳴珂　計一種　杜陵春　春或作花．

陳治徵　計一種　冰山記

毛季連　計一種　鬧揚州

李雲墟　計一種　紫金環

謝堃 計四種 黃河遠 血梅記 繡帕記 十二金釵記
瞿頡 計二種 鶴歸來 雁門秋
左潢 計二種 蘭桂仙 桂花塔
王渥 計一種 回心院
徐檎邨 計一種 鏡光緣
趙埜航 計一種 酬紅記
張衢 計二種 芙蓉樓與汪光被作同目異辭· 玉節記
陸繼輅 計二種 洞庭緣 碧桃記
朱仲香 計一種 碧窗吟
梁廷枏 計一種 了緣記
湯貽汾 計一種 劍人緣
崔應階 計二種 煙花債 情中幻
蔣士銓 計六種 雪中人 香祖樓 臨川夢 桂林霜 冬青樹 空谷香
鄭含成 計一種 富貴神仙
張異資 計四種 崖州路· 麒麟夢 鴛鴦榜 黃金盆

万成培　計一種　雙泉記
高蘭墅　計一種　紅樓夢
陳鍾麟　計一種　紅樓夢　與高蘭墅仲雲澗作同目異辭
金　椒　計一種　旗亭記
董　榕　計一種　芝龕記
董定園　計二種　琵琶俠　花月屏
程　枚　計一種　一斛珠
張新梅　計一種　百花夢
舒　位　計五種　博望乘槎　樊姬擁髻　卓女當壚　酉陽修月　人面桃花
周若霖　計二種　玉釵怨　祀招財
張九鉞　計一種　六如亭
陳　烺　計五種　仙緣記　海虬記　蜀錦袍　燕子樓　梅喜緣
嚴保庸　計一種　盂蘭夢
李文瀚　計四種　紫荊花　胭脂舄　鳳飛樓　銀漢槎
黃憲清　計七種　茂陵弦　帝女花　鶺鴒原　鴛鴦鏡　凌波影　桃谿雪　居官鑑

張雲驤　計一種　芙蓉碣

楊恩壽　計六種　麻灘驛　桃花源　姽嫿封　桂枝香　再來人　理靈坡

曾茶村　計一種　蕙蘭考

李　楝　計一種　犢鼻褌

周文泉　計八種　宴金臺　定中原　河梁歸　琵琶語　紉蘭佩　碎金牌　紞如鼓　波弋香

王　曇　計三種　萬花緣　十香傳　魚龍孌

李　凱　計一種　寒香亭

夏秉衡　計二種　八寶箱　詩中聖

錢樹川　計一種　鸚鵡媒

顧覺宇　計三種　織錦記　一名天仙記．又名織絹記或賣身記．係翻古南曲之孌本．

錦袍記　改明舊本綈袍記．

躍鯉記　改明舊本．

顧以恭　計一種　五香毬　張仲芳潤色．按覺宇以恭均謳家．覺宇由明入清後益見尊菊部．每值班本編刊．輒假其名行世以為矜貴．以恭係雍乾間名優．四十年前．前吳中傳字班子弟名傳玠者即以恭族裔．猶能孌弄五香毬中一二齣目．爰酌附及．藉資談助．

張中和　計一種　西來記

姜玉潔　計一種　鑑中天

梁孟昭　計一種　相思硯

林亞清　計一種　芙蓉峽　按曲考題錢夫人林亞靑作而槑伯歸入錢名臣名下（大鶴山房墨稿本作錢石臣）亞靑爲名臣室．係淸初諸才媛之一．因循曲考登列．

承應戲目　計九種　月令承應　法宮雅奏　九九大慶　勸善金科

昇平寶筏　以上五種張照譔進．

鼎峙春秋

忠義璇圖　以上二種周祥鈺鄒金生譔進．

羣仙祝壽

百靈效瑞　以上二種爲乾隆南巡迎鑾曲．吳城厲鶚同譔．

無名氏　計叁百捌拾玖種　宣和譜　介石逸叟譔．姓名失載．

豐樂樓　蒼山子譔．姓名失載．

海烈婦　一名此丈夫．又名三異記．刊本署餘石卿後人撰．姓名失載．

遊子鑑　半隱主人譔．姓名失載．

棲雲石　一名人月圓．蕉窗居士譔．姓名失載．

才星現　刊本署衡棲老人譔．姓名失載．

定天山　鐵笛道人譔．姓名失載．與另本同目異辭．

玉門關　青城山樵譔．姓名失譔．

鴛鴦幻　獨逸道人譔．姓名失載．

合家歡　一名一篇錦．抱影子譔．姓名失載．

雙仙記　研露樓主人譔．姓名失載．

百花舫　紫虹道人譔．姓名失載．

化人遊　野航居士譔．姓名失載．

布袋錦　臞道人譔．姓名失載．

醋菩提　叉盧居士譔．姓名失載．按盧疑作廬．

藍橋驛　混名藍橋記．與明代各舊本同目𢍎辭．刋本署洞口漁郎譔．姓名失載．

浣花舟　石樵山人譔．姓名失載．

百舟亭　擁書主人譔．姓名失載．

雙奇會　湖上逸人譔．姓名失載．

四大記　竹中人譔．姓名失載．

井中天　與張彞宣作同目．刋本署題種香生譔．姓名失載．

癡情種　文漣閣主譔，姓名失載。

名花譜　種花農譔，姓名失載。

摘纓會　與雜劇同目異製，刋本署筆花主人譔，姓名失載。

醒蒲團　衡棲老婦譔，姓名失載。

宮梟記　嗇軒道人譔，姓名失載。

花萼樓　有情癡譔，姓名失載。

酣情盼　痴野詞憨譔，姓名失載。

西湖扇　紫陽道人譔，姓名失載。

芙蓉影　西泠長（泊庵）譔，姓名失載。

蜃樓記　雲溪散人譔，刋本不載姓名，劇譜康熙時王素貞事，雲溪一作雪溪，李氏海澄樓書目列入明代，當係由明入清之曲家。

錦上花　霅川樵者譔，西泠釣徒校，姓名失載。

鳳棲亭　休休居士譔，姓名失載。

合浦珠　與袁晉作同目異辭，芙蓉山樵譔，姓名失載。

雙珠記　意園譔，姓名失載，與明沈鯨作同目異辭。

月中人　月鑑主人譔，姓名失載。

五倫鏡　雪龕道人譔。姓名失載。

晉春秋　看雲主人譔。姓名失載。

小蓬萊　刊本全題小蓬萊全孝義　旦陽道人譔。姓名失載。

聯珠記

渡花緣　以上四種蓉鷗漫叟譔。姓名失載。

翻西廂　與前載明清各本同目異辭。

賣相思　以上兩種研雪子譔。日本京都大學所藏之傳奇彙考標目則署爲易山靜寄軒主人譔。

三生錯　西湖放人去村譔。姓名失載。

添繡鞋　離幻老人譔。姓名失載。

綱常記　改明邱濬五倫全備綱常言。係清初纂本。

混元河　河一作盒。遂與雜劇混目

三異緣

北孝烈　此與雜劇北孝烈同目異製。爲乾嘉間纂本。

醋葫蘆

雷峯塔　與明古南曲及陳六龍各本同目。係清初纂本。亦別名白蛇傳。弋陽及浙東本則別題爲義妖記。能串演之齣目而選入綴白裘中者。乃又係新安方成培之改筆。方刻託名岫雲詞人。不署姓字。

目蓮記 按明鄭之珍刊印目蓮救母求善戲文三卷．簡名爲勸善記．凡百餘齣．清初浙東廟戲漸儉．作場不過旬日．因就鄭本删繁就簡．改編此目蓮記．於是有浙東本目蓮記之稱．今尚爨弄之齣目並見 存於綴白裘中．

兩情合

財星照 一作財星現．後來箸目遂誤判一爲二．

牧羊記 清初爨弄本．與明初蘇武牧羊古南曲同目異詞．曲文尚存見綴白裘中．

報珠緣

一藏金

翻琵琶

萬利倍

順天時 一名三山關．

天降福

玉蜻蜓 別名芙蓉洞．

三雋圖

鐵冠圖 按本劇與曹子清之虎口餘生雖同譜崇禎末年事．但鐵冠圖以鐵冠道人畫圖爲主．故劇末以鐵冠道人說明畫圖爲結穴．今傳唱之詢圖撞鐘分宮等折．方係本劇曲文．乾嘉以降．歌壇將虎口餘生與本劇混爲一目．而懷庭曲譜亦苟循時尚未予判明．大成譜將虎口餘生題作大紅袍．亦誤．餘參見虎口餘生條．

盤陀山　陀或作蛇，誤。

楊枝露

五色蓮

綠牡丹　與明吳炳作同目異詞。

織錦廻文

五龍祚　譜劉知遠事，別名後白兔。班本又名劉智遠。

兩堅心

櫻桃詩

賺青衫

高唐夢　與南雜劇同事異製。

出師表　此譜諸葛亮事與另本同目異事。

千門譜

道情緣

十大快　與鄭瀶長作同目異詞，係乾嘉間鈔本。

闘鏤樹　班本誤闘為金。

五虎寨　或誤虎爲常。

爲善最樂

太平山　曲考「太平」作「天平」。

珍珠旗

文武闈　闈一作圍。

慶有餘

千鍾粟　與千忠祿無涉。

褒忠譜

琉璃塔　此係另一爨本、與李玉千忠戮之別名混目。

造化圖

千里駒　改許恆二奇緣本。

春富貴

月華緣　一名狀元堂．又名齊天福。

百花臺　與北雜劇同目異製。

鬧金釵

北海記

千秋鑑

鸞釵記　此係清初纍本．與明本異詞．

黃河陣

未央天　此係另一班本．亦稱九更天．每與朱㿥所作混目．

太平錢　此係纍弄本．與李玉原作異詞．

風月亭

玉麒麟　此係清初纍弄本．與明李素甫原作同事異詞．尚可傳唱之齣目存見綴白裘中．

醉將軍

凡仙緣

風流烙

三世修　改明金懷玉妙相記．與原作同事異目．

觀星臺

蝴蝶夢　纍弄本．與明清各本同目異詞．齣目尚存見綴白裘中．弋腔本稱煽墳記．水磨本稱蝴蝶夢．並與明纍本名同實異．向誤混爲一談．

封神榜

西川圖　節取明草廬記　復雜湊錦繡圖關目成一纍弄本．浙東班題作西川圖．上都大班則混稱爲錦繡圖實與洪昇原作無關．近人著錄遂或牽混　本西川圖尚可傳唱之齣目．並存見綴白裘中．

蟠桃會　清初纍本與前列元明各本同目異辭。
乾坤鏡
昭君傳
定天山　與鐵笛道人本同目異詞。
碧玉燕
醉西湖　譜時可比與雲衣事。與明本同目異事。
雙和合
白羅衫　纍弄本與劉晉充原作同目異辭。其尚傳唱之齣目並存見綴白裘中。
好逑傳
描金鳳
雙飛石　一名飛石緣。
天緣配
八寶箱　別名杜十娘。
珍珠塔
三鼎爵　一名四全慶。
種種情
三笑姻緣　清中葉後大章班混襲弋腔高陽調纍本。別題名爲百花亭。未是。

元寶湯

龍圖案　一名雙蝴蝶、

情中義

江天雪　與北雜劇同目異製。與明古南傳奇本同製異詞。

弓鞋記

玉連環　係另本。非五局傳奇。

鳳求凰　每與笠翁之作混目。按本劇譜君子好逑事。而笠翁則譜三女在求鳳堂共事一夫。故劇題名凰求鳳。二劇舊時著目或未分別。

天然福

爛柯山　譜朱買臣事。休妻記之翻本。與襍劇王質觀棋異事異製而混目。其尚傳唱之齣目並存見綴白裘中。

後漁家樂

三奇緣　一名桃花牋。又名奇緣配。

黃鶴樓

馬陵道　就元人襍劇敷衍而成傳奇。爲清熙雍間之㸃本。

七子圖

三多記　一名慶豐年。此劇譜郭子儀多福多男多壽事。班本及坊刻應因世情。輒妄易劇名。類皆庸俗無謂。概不贅列。

壽卿記

樂安春

一片雲

百合香

續西樓

慶龍歸

雙熊夢　班中忌夢串本遂混稱雙熊兆．實與朱㿥無涉．

麒麟夢　即明大成麒麟記之翻本

畫中玉

飛來劍

連環計　此係清初爨本與元明間古美人計及連環記同事異辭．浙東串本別名美人計．湖屬書會本一題作王司徒弋腔義烏（浙郡弋腔梆子）班本又題作鳳儀亭．其齣目尚選存綴白裘中．

豐年瑞

桃林傳　譜李佑事．而以被困桃林為關鍵．故名桃林賺．

挾彈緣　因譜李佑事遂被誤混為桃林賺．實則本劇以李佑裴蘭芳試彈聯婚共平元濟為關目．與桃林賺情詞俱異．

天中天

龍鳳合

金不換　清中葉前後之爨本．齣目尚選存綴白裘中

臨潼會　清爨弄本與明徐自昌原作情詞有異　與吳龐原作情詞俱略出入．

玉堂春
人天慶
一柱天
福鳳緣
祝家莊
夢瓊圓
金帶圍
人中記
義貞記
鐵面圖
飲中仙
財神濟
納履記
夢中緣
雙翠圓
鶼釵記
臨濠春

翠翹記
錦繡旗
文星劫
慈悲願
隋唐記
天然合
瑤池春
白沙記
雙鳳環
陀羅尼
情中岸
人生樂
雙容貴
鋸鋼俠
一匹布
三孝記
紫珍鼎
彩燕詩

寶林闈
後岳傳
合薇鏡
忠孝節義
馬嵬坡
倒浣紗
奪崑崙
大椿樓
鳳和鳴
兩香丸
龍鳳圖
三星照
兩榮歸
廬夜雨
鬧花燈
兩卷雲
天燧閣
彩霞旛

碧文犀
片片錦
鴛鴦笑
風月仙
三虎賺
雙姻緣
賜錦袍
天貴圖
鸞鳳釵
洞庭紅
翻七國
劉成英
倭袍記
莽書生
狀元香
平妖傳
飛熊鏡
二龍山

四大慶
雲合奇蹤
九錫記
九曲珠
君臣福
彩衣堂
通天犀
續千金
青蛇傳
四屏山
桃花寨
臥龍山
平頂山
姊妹緣
沈香帶
快活仙
翻浣紗
梨筐雪

河燈賺
後珠毬
四安山
雙珠鳳
鐵弓緣
佐龍飛
玄都觀
三鳳緣
十二紅
丹心照
督亢圖
節義先
萬事稀
虎狼緣
情不斷
海市現
定心猿
獸錦袍

安天會
天上有
樊榭記
逍遙樂
接引庵
鳳雛圖
花神報
七奇緣
豹翎崗
征東傳
陰功報
大造化
鬧虎丘
秦州樂
雙金環
天宮寶
鴛鴦結
震山關

東塔院
曹王廟
燕臺筑
萬壽圖
鬧華州
三多全
壽爲先
扶龍位
禪真逸史
三俠劍
後繡襦
贅人龍
杜陵花
奉仙緣
玉燕釵
紫金魚
曲春衣
瓊林宴

倒銅旗
反三關
想世情
呼雷駮
合歡殿
玉馬緣
雙龍墜
百鳳裙
杏花山
廣寒清曲
雙魁元
忠義烈
人難賽
世外憔
生平足
葡萄架
一枝梅
璃虎釧

趕三鞭
金蘭誼
十眉圖
天樞賦
桃花雪
天緣夢
紫金鞍
白玉蟾
八陣圖
續春秋
三跨鳳
鴛鴦絲
五侯封
鷹揚會
情生文
合歡慶
四郡記

曇花夙
洞庭秋
鴛鴦孩
龍虎嘯
芙蓉識
鬥寶蟾
忠義堂
翻天印
紅繡鞋
江南春
天緣箭
十奇緣
千秋節
天緣會
繡佛閣
旌陽劍
賣花聲
洪都賦

翻千金

薄情種

珊瑚柳

銅雀臺

義中尤

天緣記　俗名擺花張四姐思凡．據鼓書改編．

傑中禪

西川圖　此譜明劉永誠監鎮甘涼及嗣子（實誠之族侄）聚平西番建功事．與譜三國劉備事之錦繡圖或西川圖均不相涉．舊時著錄或多牽混．

晉陽宮

杞梁妻　本孟子所謂華周杞梁一事而增飾墮城情節．按杞梁即杞殖妻．爲齊人．故劇中以姜女相稱．班本不察．遂將本劇誤稱爲孟姜女．舊時著錄或誤一爲二．或又與長城記相糾纏．參見次條

求如願

清平樂　譜時化事

全家慶

羣星輔　一名漢中興．班本又稱龍鳳翔．

喜逢春　與明玉夏齋刊本同目異詞．

雙鴛珮

小天台　按雙鴛珮與小天台同譜馮鈺陸韜事．而關目互異．仍是兩本．

赤壁記　此譜三國赤壁鏖兵事與明本譜蘇軾事者同目異事。

蟾宮會

長城記　此劇情節即俗傳孟姜女萬里哭長城事。但以長城在臨洮與樂府詩所謂城築遼東者並相乖誤。當係清初手筆。蓋循一時顧忌遂改遼東爲臨洮耳。舊時著錄每與杞梁妻一劇相牽混。余小浣玉齋藏本則全係弋腔譜。蓋又係此劇之翻本。

出師表　此譜明嘉靖間沈襄事。今古奇觀說部中有沈小霞重會出師表。應爲茲劇命名之由來

珊瑚釧　與明本西湖記同事而改編。

善慶緣

雙俠賺　醉西湖之改本。醉西湖譜時可比吳雲衣事。但此劇關目並異。

雙忠俠

三世記　記一作紀。

耳鳴冤

非非想　與王香裔作異事同目。王作雖涉及張幼于事。但以佘重、佘千里爲主。本劇則純以張幼于事爲主。關目迥異。

三殿元　一名三鼎甲。

鳳鸞裳

五福傳　與明本五福各劇異事。

七奇俠

△右淸傳奇計錄玖佰叁拾有叁目．內除合譔重目及零作不計實得玖佰貳拾叁種．

按淸代襍劇暨傳奇中之無名氏本．多係由明入淸．惜的據難稽．姑循舊目酌錄．至道咸以次．文士製劇又或同虎賁中郞．徒成貌似．光宣末造．品彙紛陳．而每志存慷慨．不屑繩墨．諸凡此類名目概予省列．

吳梅　計三種　風洞山

長宏血　原名血花飛

無價寶　與湘眞閣惆悵爨合刻爲霜厓三劇

△右錄昭代傳奇凡三目

一．散曲之興．實承宋大樂中之小令（亦稱小曲）及遍曲而來．金元以小令爲葉兒．遍曲爲散套．竝配淸音小唱．小令或以琵琶或以三絃爲主．輔以啞觱篥．散套則純以絃樂配之．幽咽頓挫．供燕遊之低廻．本非張樂華堂．歌風鳴盛之用．有元一代．如關漢卿．馬致遠．白仁甫．盧疏齋．張小山．貫酸齋．喬吉符等．偶出緒餘．發爲綺聲．並皆付諸紅牙．不失淸音雅奏．明代而後．漸鶩詞章．散套每存詞遺譜．僅憑惟敏．梁辰魚．沈靑門諸家．尙恪守樂章．從容調律．至於淸代．如楊蓬海．陳潛翁之作。則直類詞餘。韵格雖高。祇宜口誦。蓋精律之士。壹其志於雜劇傳奇。而文章俊傑。又騁馳於綺語之餘。視散曲如欬唾耳。然而尺幅千里。聲詞雙兼。散曲似易爲而有其不易爲者在。若夫諷詠之旨。存乎於天籟間者。寔此性靈。又毋乃騷雅之遺。或不可或廢者乎。嗚呼。紅蟫蛻盡。刼火頻仍。斷素零縑。騷魂墨淚。存精靈於恍惚。拾碎珮於殘餘。孰知一臠僅嘗。而風流頓盡也。略舉存篇。難期全璧。著元明清昭代散曲凡　若干目。

元別集　計三十種

東籬樂府一卷　馬致遠撰

天籟集摭遺　白樸撰　近人輯刊

喬夢符小令一卷　喬吉撰李開先輯隆慶元年刊

雲莊樂府一卷　元張養浩撰

詩酒餘音　元曾瑞撰

本道齋樂府小稿　元吳本撰

金縷新聲　元吳宏道撰

醉邊餘興　元錢霖撰

九山樂府　顧德潤撰
昇平樂府　朱凱撰
月湖今樂府　周月湖撰
沈氏今樂府　沈子厚撰
睢景臣詞一卷　睢景臣撰　近人刊本、
北曲聯樂府三卷外集一卷補遺一卷　張可久撰　元刊本　又道光刊本增入蘇堤漁唱一卷
吳鹽一卷　張可久撰
蘇堤漁唱一卷　張可久撰　以上兩種均明初刊本
張小山小令二卷　張可久撰明李開元輯本　又小山樂府六卷　近人輯刊
惺惺道人樂府一卷　喬吉撰　又夢符散曲二卷　近人輯刊
小隱餘音一卷雲林淸賞一卷　汪元亨撰
雙溪醉隱樂府　耶律鑄撰
夾漈餘聲樂府一卷　鄭杓撰
樂府一卷　馮華撰
竹窗樂府　沈禧撰

酸甜樂府二卷　貫雲石徐再思散曲合刻。原刻已佚。近人復輯成二卷。仍襲舊名。

雲林先生樂府一卷　倪瓚撰　近人輯刊

益齋小令一卷　盧摯撰　近人輯刊

馬九皋詞一卷　馬九皋撰　近人輯刊

秋澗樂府一卷　王惲撰　近人輯刊

明別集　計一百三十五種

明誠齋樂府　朱有燉撰

沜東樂府二卷　又續一卷　和李中麓詞一卷　康海撰

僑菴小令一卷　李禎撰　又詩餘一卷　附本集刊行

李中麓樂府　又中麓小令　李開先撰

碧山樂府一卷　又續稿一卷　又新稿一卷　摭遺一卷　王九思撰

南曲次韻一卷　李開先王九思合撰

葵軒詞餘　夏暉撰

陶情樂府四卷　又十段錦詞二卷　又博南新聲一卷　楊愼撰　又玲瓏唱和楊愼黃娥等撰

又楊升菴夫人詞曲五卷黃娥撰徐渭編訂　又楊夫人樂府一卷　又升菴夫婦散曲合集時人輯刻

獄中草一卷　夏完淳撰

晩宜樓雜曲　毛瑩撰

欸乃篇　王澹翁撰

芳茹園樂府二卷　趙南星撰

筆花樓新聲一卷　顧仲方撰

懷舫集雜曲一卷　魏荔彤撰

天樂正音譜一卷　吳漁山撰

情癡寱語一卷　又散曲一卷　詞隱新詞一卷　曲海青冰二卷　沈璟撰

新機錦一卷　祝允明撰

鷗園新曲一卷　又桂州近體樂府六卷　夏言撰

隅園集　陳與郊撰

鈍吟樂府一卷　馮班撰

南峰樂府一卷　楊循吉撰

息柯餘韵一卷　陳鶴撰

林石逸興一卷　薛論道撰

樂府二卷　又筆花集一卷　湯式撰
寫情集二卷　常倫撰
西樓樂府一卷　王磐撰
樂府餘音一卷　楊廷和撰
柏齋樂府一卷　何瑭撰
太平清調迦陵音一卷　葉華撰
江東白苧四卷　梁辰魚撰
海浮山堂詞稿四卷　馮惟敏撰
詞臠一卷　又空中語一卷　又短柱效顰一卷　又閒中一笑一卷　又都邑繁華一卷　又蓮步
新聲一卷　又良辰樂事一卷　又混俗陶情一卷　劉效祖撰
蕭爽齋樂府一卷　金鑾撰
貽拙堂樂府二卷　盛鸞撰
歸田詞一卷　王衡撰
和樂餘音十卷　朱見沛撰
近體樂府一卷　兪彥撰
三徑詞一卷　朱載堉撰

溪上閒情一卷　張四維撰
秋江詞一卷　朱彌鉗撰
蚓竅清娛一卷　文詹清嘯一卷　陶輔撰
風教編　顧大典撰。以彙刻在清音閣傳奇內，舊錄遂誤入劇目
樂府一卷　朱彌鍄撰
射陽先生曲存一卷　吳承恩撰近人輯刊
秋碧樂府　又梨雲寄傲一卷　又滑稽餘音二卷　又秋碧軒詞稿　又公餘漫興一卷　陳鐸撰
臧春樂府一卷　劉秉忠撰
濠上齋樂府　陳所聞撰
崇雅堂樂府一卷　顧應祥撰
笑詞一卷　屠本畯撰
東村樂府二卷　謝九耆撰
龍廣山人小令一卷　司馬泰撰
西野老府一卷　袁崇冕撰
陌花軒小詞一卷　黃方蔭撰

灤函樂府一卷　葉奕繩撰
唾窗絨一卷　沈仕撰　近人輯刊復襲舊名原刊已佚
鶴月瑤笙一卷　周履靖撰
方諸館樂府一卷　王驥德等
蓮湖樂府一卷　夏文範撰
齒雪餘音一卷　史槃撰
敲月軒詞稿一卷
山居詠一卷　王徵撰
山居詠和一卷　張炳濬撰
長春競辰餘稿附刊葉兒一卷　朱讓栩撰
樂府遺音附刊北小令一卷　瞿吉撰
六如曲集　萬曆本　又伯虎雜曲一卷　唐寅撰近人輯刊
花影集五卷　施紹莘撰
雙溪樂府一卷　張鍊撰
萬古愁一卷　歸莊撰

栩齋集附刻蘂兒一卷　王與端撰
自娛集附刻散曲一卷　俞琬倫撰
步雪初聲　張瘦郎撰
淮海新聲一卷　朱應辰等撰
清明詞一卷　陳繼儒撰
松林暢懷詞二卷　郭豸撰
舜耕詞二卷　王田撰
醉鄉小稿一卷　高華峯撰
小隱藥農集一卷　南溪散人撰
龍溪詞一卷　喬龍溪撰
烟霞小稿一卷　蘇雪簑撰
梧院塡詞一卷　陳元明撰
泰然亭樂府一卷　李先芳撰
擬樂府二卷　皇甫百泉撰
苑洛隱音一本　韓邦奇撰

鞠通樂府三卷　又越溪新詠一卷　又不殊室近草一卷　又黍離新奏一卷　沈自晉撰

宛轉歌一卷　馮猶龍撰

全家錦囊一卷　無名氏撰

藍關道曲一卷　無名氏撰

江漁譜一卷　無名氏撰

義山樂府一卷　無名氏撰

清溪樂府一卷　無名氏撰

缶歌一卷　無名氏撰

閒情雜擬一卷　無名氏撰

蘿月齋樂府一卷　無名氏撰

三餘樂事二卷　又摘錦一卷　無名氏撰

海底眼一卷　無名氏撰

審齋樂府一卷　無名氏撰

吟囊覽一卷　無名氏撰

金縷集一卷　無名氏撰

可雪遺音一卷　無名氏撰

聽雨齋小詞一卷　無名氏撰

月香小詞一卷　無名氏撰

塡詞一卷　無名氏撰

清別集　計十九種

紅豆曲一卷　王維新撰

昨非集一卷　沈謙撰

自怡軒樂府四卷　許寶善撰

香消酒醒曲一卷　趙慶熺撰

養默山房散套一卷　謝元淮撰

櫻桃花下銀簫譜一卷　沈清瑞撰

曝書亭集附刻葉兒樂府一卷　朱彝尊撰

樊榭山房集附刻北調樂府一卷　厲鶚撰

亦山草堂集附刻小令一卷　陳維嵋撰

林蕙堂集附刻葉兒一卷　吳綺撰

西堂集附刻百末詞餘一卷　尤侗撰

忠雅堂集附刻南北曲一卷　蔣士銓撰

有正味齋集附刻南北樂府一卷　吳錫麒撰

昨非集附刻樂府一卷　劉熙載撰與沈謙作同名。

江山風月譜散曲一卷　許光治撰

坦園叢書附刻詞餘一卷　楊恩壽撰

收簃餘聲一卷　張文虎撰

壺中樂一卷　又繙書圖一卷　胡薇元撰

昭代別集　計一種

霜厓曲錄二卷　吳梅撰

△右錄南北曲別集之屬凡一百八十五目

一。曲本寄情之作。求快已意。匪娛他人。散曲吟謳攄懷。固已弗論。即如劇曲。仍藉場上衣冠。自銷胸中塊磊。驅使性靈。揮灑雲煙。則積素盈章。乘興聚散。殆勢然也。矧詞餘末藝。通人所輕。偶有墨稿。亦僅副貳。別裁未必清閟石室。人方存也。倘忽其言。閱世遷變。迹可尋乎。此固抱殘守缺者所唏噓。博古徵獻者所感慨。即文字精靈。潛幽永晦。有不發厲嘯於松楸。徒踴躍於藜案者哉。至於飲海酌山。五侯合味。取精用宏。借助瑑𤎭。挹九天咳露。供奕世沐薰。證風月因緣。延翰林香火。是則有心之士。總纂散逸。輯成專編。又不得目為好事者矣。元明以來。詞林珠玉。源富藍田。若天祿一一籤題，將亦誇敵經庫，而乃付清淚於銅駝，任飄蓬於泥溷，若元明大家，迄今所存，不過什一，其餘姓字，甚或沉湮，賴此總集，尚見梗概，陽春白雪，太平樂府，實開其端，仍世相承，蒐羅亦逾精博，舉其目錄，可得言焉，著元明清以來南北曲總集之屬，凡八十四種，

劇曲類　計二十七種

元曲選一百卷　明臧懋循編

元人雜劇選三十卷　明息機子編

古名家雜劇選集五十二卷　明陳與郊編

盛明雜劇二集共六十卷　明沈泰撰

六十種曲一百二十卷　明毛晉編

戲曲大全三冊

改定元賢傳奇　明李開先編

古今名家雜劇　明脈望館趙琦美輯藏・後歸清錢曾王氏・稱也是園孤本雜劇。

元人雜劇選　顧曲齋輯刊

元明雜劇　錢塘丁氏舊藏明刻本・南京圖學國書館覆印・改訂今名。

陽春奏　明黃正位輯

古今名劇合選　明孟稱舜編。內柳枝集酹江集共選元明雜劇計五十六種

名劇彙　明祁理孫輯

羣音類選　明胡文煥編

萬壑清音　止雲居士編

四太史雜劇　明無名氏輯

四大癡四卷　明無名氏輯　此係彙輯酒色財氣有關之雜劇四種。計酒集收李逢時酒懂一本。色集收無名氏蝴蝶夢一種。財集收徐復祚一文錢一本。氣集收孟稱舜鄭節度殘唐再造一本。崇禎間山水隣刊本。姚某伯列爲傳奇別集。殆一時失檢。

四段錦　明無名氏輯

雜劇十段錦　明無名氏輯

元槧古今雜劇三十種　此書原藏清人黃丕烈家。均元刻雜劇計三十種。黃氏裝訂。錫名曰元刻古今雜劇。日本大正三年京都帝國大學文科大學覆刻原本，改題爲元槧古今雜劇三十種。

今樂府選　清姚燮編　計收元明雜劇傳奇凡五百卷，定稿一百九十餘卷。

綴白裘四十八卷　清錢德蒼編

暖紅室傳奇彙刻　清劉世珩輯

古今名劇選　昭代吳梅輯

奢摩他室曲叢共二集　昭代吳梅輯

元明孤本雜劇　昭代王季烈校編　據也是園藏劇選編、由涵芬樓刊行。

元劇大觀　昭代坊本

散曲類　計五十七種

朝野新聲太平樂府九卷　元楊朝英編

樂府新編陽春白雪前集五卷後集五卷　元楊朝英編

北雅三卷　明朱權輯

雍熙樂府二十卷　明郭勛編

樂府群玉五卷　明胡存善輯

江湖清思集　明錢霖輯

吳騷集四卷　王穉登輯　又白雪齋吳騷合編四卷　張旭初纂訂

吳歈萃雅　周之標輯

北宮詞紀六卷南詞紀六卷　明陳所聞編

彩筆情詞六卷　明張栩序選

四詞宗合刻八冊　明汪廷訥序

南北宮詞十八卷　南詞六卷北詞六卷北詞別集六卷

中州元氣十冊

仙音妙選

曲海

百一選曲

樂府羣珠　按錄鬼簿胡世臣條下有其子存善・能繼父志・羣玉叢珠・裒隻諸公所作・編次有倫等語・或與羣玉一編・同出存善手歟・存此以待考證。

自然集一卷

樂府新聲三卷

諸家宴燕詞三十冊

風月錦囊一冊

選唱賺詞一冊

十曲會二冊

名賢珠玉集一冊

名媛詩緯雅集　王玉映輯

盛世新聲十二卷

南北詞廣均選十九卷
南北宮詞紀年一卷
明朝樂章
詞林逸響
精選樂府一卷　明無名氏輯
南九宮詞一卷　明三徑草堂刊
濟遊齋樂府十卷　明無名氏輯
雅音彙編十二卷　明無名氏輯
詞林選勝　明無名氏輯
三徑詞選　明無名氏輯
青樓韵語廣集八卷　方悟輯
歆拍調古今詞一卷　李開先輯
增訂樂府珊瑚集四卷　明周之標輯
古今大雅　明鄭所聞輯
新編太平時賽賽駐雲飛　明金臺魯氏輯
明婦人散曲集

詞林摘豔十卷　明張祿輯

套數選詞一卷　明無名氏輯

九宮詞一本　明無名氏輯

金元詞餘十卷　明無名氏輯

詩酒餘音　明無名氏輯與夢符曲集同名

雲崖續編　明無名氏輯

遴奇振雅　明無名氏輯

北詞拾遺　明無名氏輯

天機碎錦　明無名氏輯

三家曲輯　清朱靜輯

曲選　昭代吳梅編

散曲叢刊　昭代坊本

元九十五家小令類輯　昭代坊本

飲虹簃所刻曲　昭代坊本

右南北曲總集之屬凡八十有四目

一、夫擊壤有歌。喜起有詠。歌成天籟。詞由心聲。載聲曰曲。敷文曰詞。方其始也。乘興吟謳。殊無定式。及其行也。歌風化俗。四方效慕。或擬乎詞句之製。或摹乎口舌之間。程軌紛殊。將迷體用。於是曲譜之書。不得不作。存其牌調。標其字句。有骷髏其格。有範例其詞。雖取徑不一。要皆立定制。樹紀律。闢前代荆棘。開後人通路。明季南音三籟。骷髏格。實肇其端。閱世嗣作。網羅益備。陰陽平仄分明。宮商韻律具載。曲譜宮譜。琳瑯竝陳。治曲經綸。探索不竭。爲堂奧之階梯。作汪洋之津渡。其書雖晚。其用莫可廢也。著明清以來譜律之屬凡二十目。

曲譜類　計錄十五種

太和正音譜　明朱權纂

博山堂曲譜　明范文若纂

南九宮譜二十二卷　明沈璟撰

嘯餘譜　明程明善纂

南音三籟四卷　明凌濛初撰

南北字辨一卷　明無名氏纂

骷髏格　明無名氏纂

南詞新譜　卷　明沈自晉纂

欽定曲譜十四卷　清王奕清等奉勅撰

太古傳宗六卷　清莊親王奉勅纂

北詞廣正譜十八卷　清李玉撰

南詞定律十三卷　清呂士雄楊緒劉璜唐尚信合纂

南十三調九宮正始　清徐子室纂訂．鈕少雅原稿．

隨園曲譜　清胡介祉撰

南北詞簡譜十卷　昭代吳梅纂

宮譜類　計錄五種

欽定九宮大成南北曲宮譜八十五卷閏一卷　清莊親王等奉勅纂

吟香堂曲譜　清馮起鳳纂．

納書楹曲譜四夢譜八卷曲譜正集四卷外集二卷續集四卷補遺四卷共二十二卷　清葉堂撰

集成曲譜　昭代王季烈劉富樑合纂

與衆曲譜　昭代王季烈纂．按坊印諸俗譜．如六也．遏雲．春雪之類．層出不窮．概予省列

右南北曲譜律之屬凡二十種

遠祧第三

一．戲劇之興．絲來甚古．其劇本今尚可考者．唐宋以來有參軍戲．大樂雜劇．撰其脚色關目．要不得不謂爲南北劇曲之肇祖．唐以前古劇．僅知種類．至脚本名目．不盡可考。金人紘索諸宮調雜劇．始啓元劇

規模。而宋元間戲文。又兼孕南雜劇傳奇㸌弄之機運。此猶炎帝子孫。策封萬姓。若追溯蠁祀。則氣應同根。存其支流。辨其倫序。崇其祈報。而本末明焉。爰闢專節。剬輯古劇名目。排比尋繹。或於南北曲劇淵源之跡。亦有足供參證者在。取義由親及親。列目由近及遠。其與南北曲劇瓜葛較淺者。則概略焉。著唐宋金元古劇之屬凡　若干目。

董解元　計壹種

西廂諸宮調一本　俗稱摶彈西廂。實以諸宮調塡詞。惟所用曲牌。與後來北曲最爲接近。其編制形式。實啓元劇規模。雖係金人手筆。但確爲北曲近祧。故冠篇首。至金迄元初諸院本雜劇。僅㸌弄稍啓新聲。其本質仍以諸宮調爲經。而以時曲爲緯。面目固異。要不得離諸宮調範圍。因併列於後。

無名氏　計六佰九十一種

諸宮調弱王一本　諸宮調雜冊兒一本以上二本係宋人諸宮調襍劇

月明法曲一本　鄆王法曲一本

燒香法曲一本　送香法曲一本

上墳伊州一本　燒花新水一本

熙州駱駝一本　列良瀛府一本

病鄭逍遙樂一本　四皓逍遙樂一本

四韻逍遙樂一本
撏廉降黃龍一本
壺堂春一本
金明池一本
六變妝一本
打草陣一本
錯入內一本
探花街一本
打毬會一本
柳絮風一本
牆外道一本
楊柳枝一本
方偸眼一本
晝堂前一本
梅花底一本
窄布衫一本
賀貼萬年歡一本
列女降黃龍一本
太湖石一本
縣繫山一本
萬歲山一本
賞花燈一本
問相思一本
斷上皇一本
春從天上來一本
紅索冷一本
共粉淚一本
蔡消閒一本
呆太守一本
夢周公一本
三笑圖一本
呆秀才一本

隔年期一本
賀方回一本
王安石一本
斷三行一本
競壽芳一本
雙打梨花院一本
悲怨霸王一本
范增霸王一本
草馬霸王一本
散楚霸王一本
三官霸王一本
補塑霸王一本
喬記孤一本
且判孤一本
計算孤一本
雙判孤一本
百戲孤一本
哨咕孤一本
燒棗孤一本
孝經孤一本
菜園孤一本
貨郎孤一本
合房酸一本
麻皮酸一本
花酒酸一本
狗皮酸一本
還魂酸一本
別離酸一本
王魁酸一本
謁食酸一本
三揲酸一本
哭貧酸一本

揷發酸一本
毛詩旦一本
鬭三旦一本
哮賣旦一本
書櫃兒一本
蔡奴兒一本
喜牌兒一本
繡篋兒一本
似娘兒一本
師婆兒一本
雞鴨兒一本
稜角兒一本
小丸兒一本
病襄王一本
鬧學堂一本
寬布衫一本

酸孤旦一本
老孤遣旦一本
禾哨旦一本
貧富旦一本
紙欄兒一本
剃毛兒一本
卦冊兒一本
粥碗兒一本
卦鋪兒一本
教學兒一本
黃丸兒一本
田牛兒一本
醜奴兒一本
馬明王一本
鬧浴堂一本
泥布衫一本

趕湯瓶一本　紙湯瓶一本
鬧旗亭一本　芙蓉亭一本
壞食店一本　鬧酒店一本
壞粥店一本　莊周夢一本
花酒夢一本　蝴蝶夢一本
三出舍一本　三入舍一本
瑤池會一本　八仙會一本
蟠桃會一本　洗兒會一本
藏鬮會一本　打五臟一本
蘭昌宮一本　廣寒宮一本
鬧結親一本　倦成親一本
强風情一本　大論情一本
三園子一本　紅娘子一本
太平還鄉一本　衣錦還鄉一本
四論藝一本　殿前四藝一本
競敲門一本　都子撞門一本

呆大郎一本
問前程一本
長慶館一本
兩相同一本
五變妝一本
洪福無疆一本
窮相思一本
調變漸一本
鬧巡鋪一本
大勘刀一本
鬧平康一本
賣花容一本
無鬼論一本
鬧棚闌一本
鬧文林一本
雙捉壻一本

四酸擂一本
十樣錦一本
獺將軍一本
競花枝一本
白牡丹一本
赤壁鏖兵一本
金壇謁宿一本
官吏不和一本
判不由己一本
同官不睦一本
趕門不上一本
同官賀授一本
四酸諱喏一本
變欒盤街一本
四國來朝一本
酒色財氣一本

醫作媒一本
風流藥院一本
監法童一本
漁樵問話一本
鬭鵪鶉一本
杜甫游春一本
鴛鴦簡一本
四酸提候一本
滿朝歡一本
月夜聞箏一本
鼓角將一本
鬧芙蓉城一本
雙鬬醫一本
張生煮海一本
賒饅頭一本
文房四寶一本
謝神天一本
陳橋兵變一本
雙揭榜一本
賺匵質庫一本
雙福神一本
院公狗兒一本
告和來一本
佛影燒猪一本
酸賣徠一本
琴劍書箱一本
花前飲一本
五鬼聽琴一本
白雲庵一本
迓鼓二郎一本
壞道場一本
獨脚五郎一本

賣花聲一本
錯上墳一本
打五鋪一本
四道姑一本
硬行蔡一本
咭師姨一本
劉盼盼一本
刺董卓一本
四拍板一本
捧龍舟一本
渰藍橋一本
雙防送一本
香藥車一本
九頭頂一本
趕材禾一本
兩同心一本

進奉伊州一本
醫五方一本
拷梅香一本
隔簾聽一本
義養娘一本
論秋蟬一本
牆頭馬一本
鋸周村一本
大論談一本
擊梧桐一本
入桃園一本
海棠春一本
四方和一本
鬧元宵一本
眼藥孤一本
更漏子一本

陰陽孤一本
三索債一本
偖賣旦一本
怕水酸一本
晉宣成道記一本
海棠園一本
海棠院一本
慶七夕一本
風流增一本
紫雲迷四季一本
女狀元春桃記一本
妮女梨花院一本
大江東注一本
不抽關一本
紅梨院一本
鬧夾棒六么一本

提頭巾一本
防送哨一本
是耶酸一本
回回梨花院一本
海棠軒一本
棠海怨一本
魯李王一本
再相逢一本
王子端捲簾記一本
張輿夢孟楊妃一本
粉牆梨花院一本
龐方溫道德經一本
吳彥舉一本
不掀簾一本
玎璫天賜暗姻緣一本
鬧夾棒法曲一本

望瀛法曲一本
送宣道人歡一本
擠綵延壽樂一本
夜半樂打明皇一本
山水日月一本
打白雪歌一本
夜深深三磕胞一本
琴棋書畫一本
太公家敎一本
滕王閣鬧人妝一本
風花雪月一本
噴水胡僧一本
恨秋風鬼點偌一本
論語謁食一本
再遊恩地一本
送羹湯放火子一本

分拐法曲一本
逍遙樂打馬鋪一本
諱老長壽仙一本
歡呼萬里一本
集賢賓打三敎一本
地水火風一本
佳景堪游一本
喜遷鶯剗草鞋一本
十五郎一本
春夏秋冬一本
上小樓衮頭子一本
汀注論語一本
詩書禮樂一本
下角瓶大醫淡一本
累受恩深一本
播鼓孝經一本

香茶酒果一本
徐濆黃河一本
皇都好景一本
雙聲疊韻一本
三偌一卜一本
倬刀饅頭一本
背箱伊州一本
蓑衣百家詩一本
偷酒牡丹香一本
抹鄒上壽仙一本
四喏祈雨一本
王母祝壽一本
四喏劈馬樁一本
和燕歸梁一本
羹湯六么一本
喏請都子一本

船子和尚四不犯一本
單兜望梅花一本
四偌大提猴一本
上皇四軸畫一本
調猿卦鋪一本
河轉迓鼓一本
酒樓伊州一本
埋頭百家詩一本
雪詩打樊噲一本
四喏賈諢一本
松竹龜鶴一本
四喏抹紫粉一本
截紅鬧浴堂一本
蘇武和番一本
河陽舅舅一本
雙女賴飯一本

一貫質庫兒一本
清朝無事一本
一人有慶一本
金皇聖德一本
背鼓千字文一本
摔盒千字文一本
木驢千字文一本
講來年好一本
講樂章序一本
神農大說藥一本
人參腦子爨一本
變二郎爨一本
講百花爨一本
講百禽爨一本
變柳七爨一本
打王樞密爨一本

私媒質庫兒一本
豐稔太平一本
四海民和一本
皇家萬歲一本
變龍千字文一本
錯打千字文一本
埋頭千字文一本
講聖州序一本
講道德經一本
食店提猴一本
斷朱溫爨一本
講百果爨一本
講蒙求爨一本
講心字爨一本
三跳澗爨一本
水酒梅花爨一本

調猿香字爨一本
煎布衫爨一本
雙揲紙爨一本
跳布袋爨一本
開山五花爨一本
打謝樂一本
錯打了一本
說狄青一本
枝頭巾一本
鶯哥猫兒一本
小陽唐一本
三般尿一本
小驚睡一本
小分界一本
唐韻六貼一本
情知本分一本

三分食爨一本
賴布衫爨一本
謁金門爨一本
文房四爨一本
打三十一本
打八哥一本
錯取兒一本
憨郭郎一本
小鬧撾一本
大陽唐一本
歇貼韻一本
大驚睡一本
大分界一本
雙雁兒一本
我來也一本
喬捉蛇一本

鐺鍋釜竈一本
代元保一本
母子御頭一本
背苗一本
山梨柿子一本
打淡的一本
一日一箇一本
村城詩一本
胡椒雖小一本
蔡伯喈一本
遮截架解一本
窄磚兒一本
三打步本
穿百倬一本
盤榛子一本
四魚名一本
四坐山一本
提頭帶一本
天下樂一本
四怕水一本
四門兒一本
說古人一本
山痲稭一本
喬道場一本
黃風蕩蕩一本
貪狠觀一本
通一毋一本
串梆子一本
拖下來一本
啞伴哥一本
劉千劉義一本
歡會旗一本

生死鼓一本
三聶頭一本
淨瓶兒一本
苗青根白一本
鬭鼓笛一本
調劉霸一本
身邊有藝一本
霸王草一本
左必來一本
合五百一本
一借一與一本
舞秦始皇一本
支道饅頭一本
驢城白守一本
定魂刀一本
年紀大小一本

搗練子一本
酒糟兒一本
賣官衣一本
調笑令一本
柳青娘一本
請車兒一本
論句兒一本
難古典一本
香供養一本
嬾嬾噴一本
己己己一本
學像生一本
打調圾一本
呆大木一本
說罰錢一本
打扇一本

盤蛇一本
告假一本
照淡一本
投河一本
調賊一本
僉押一本
羅打一本
求楞一本
轉花枝一本
長嬌憐一本
蘆子語一本
大支散一本
轤軸不了一本
門簾兒一本
衙府則例一本
天下太平一本

相眼一本
捉記一本
矇𥈭一本
略通一本
多筆一本
扯狀一本
記水一本
燒奏一本
計頭兒一本
歇後語一本
廻且語一本
襄陽會一本
鞭敲金鐙一本
天長地久一本
金含楞一本
歸塞北一本

春夏秋冬一本
叫子蓋頭一本
石榴花詩一本
說古棒一本
日月山河一本
糞搵地一本
罵呂布一本
打論語一本
十般乞一本
劉金帶一本
四厨子一本
望長安一本
風花雪月一本
睡起敎杜一本
三文兩撲一本
小護鄉一本

鬬百草一本
大劉備一本
啞漢書一本
唱柱杖一本
胡餅大一本
屋裏藏一本
張天覺一本
十果頭一本
還故里一本
四草蟲一本
四妃豔一本
罵江南一本
錯寄書一本
打婆東一本
大對景一本
少年游一本

打青提一本
酒字詩一本
睡馬杓一本
喬唱諢一本
麥屯兒一本
喬打勝一本
謝天地一本
請生打納一本
縛食一本
破巢豔一本
鞍子豔一本
四王豔一本
撅子豔一本
修行豔一本
棗兒豔一本
快樂豔一本

千字文一本
三拖旦一本
五生厲一本
桃李子一本
大菜園一本
杏湯來一本
十隻脚一本
建成一本
毬棒豔一本
開封豔一本
打虎豔一本
蝗蟲豔一本
七捉豔一本
般調豔一本
鐙子豔一本
慈烏豔一本

眼裏喬一本
衆牛一本
范蠡一本
鞭寨一本
慼吾智一本
金鈴一本
套靴一本
俯飲一本
襄陽府一本
照天紅一本
著棋名一本
樂人名一本
握龜一本
敲待制一本
押刺花赤一本
老鴉一本

訪戴一本
陳蔡一本
扯休書一本
枚杋掃竹一本
諸宮調一本
彫出板一本
舌智一本
斂髮多一本
仙哥兒一本
琴家弄一本
衮骰子一本
悶葫蘆一本
說駕頑一本
上官赴任一本
青鵰一本
厮料一本

鷹鴿鷂鶻一本

石竹子一本

調狗一本

散水一本

厨難偌一本

蘑茹菜一本

成佛板一本

爺娘佛一本

盤驢一本

害字一本

劉三一本

一板子一本

數酒一本

三元四子一本

孟姜女一本

遮蓋了一本

詩頭曲尾一本

虎皮袍一本

杜大伯一本

大黃一本

禿醜生一本

衙下僧一本

坐化一本

唐三藏一本

入口鬼一本

則要胡孫一本

大燒餅一本

淸閒眞道本一本

大口賦一本

六十八頭一本

拂袖便去一本

紹運圖一本

十二月一本
風魔賦一本
捧著駱駝一本
說卦象一本
混星圖一本
二十八宿一本
萬民快樂一本
奠延一本
共牛一本
合死漢一本
安排鍬钁一本
便癰賦一本
甲仗庫一本
陣敗一本
水龍吟一本
則是便是賊一本

胡說話一本
療丁賦一本
看馬胡孫一本
由命賦一本
柳簸箕一本
春從天上來一本
咬的響一本
九斗一石一本
三十六風一本
馬屁勃一本
三百六十骨節一本
針兒線一本
軍鬧一本
方頭賦一本
腳言腳語一本
後人收一本

桃李子一本
朕聞上古一本
絹兒來一本
是故榜一本
受胎成氣一本
梅妃一本
三教一本
救駕一本
石婦吟一本
水母一本
走鸚哥一本
瞎腳一本
武則天一本
拔蛇一本
新太公一本
哈來一本

上一上一本
刀包待制一本
罷筆賦一本
一遍生活一本
模石江一本
浴佛一本
姜武一本
趙娥娥一本
變猫一本
玉環一本
上料一本
易甚一本
告子一本
鹿皮一本
黃巢一本
蛇師一本

沒字碑一本　臥草一本

衲襖一本　封碑一本

鋸周村一本　史弘肇一本

懸頭梁上一本

△右諸宮調雜劇計六百九十二種

戲文　計三十一種

趙氏孤兒報冤記一本　孟姜女送寒衣一本

王祥行孝一本　忠孝蔡伯喈琵琶記一本

樂昌公主破鏡重圓一本　孟月梅寫恨錦江亭一本

揚德賢婦殺狗勸夫一本　金鼠銀貓李寶

王俊民休書記一本　曹伯明錯勘贓一本

蘇小卿夜月泛茶船一本　負心陳叔文一本

鶯燕爭春詐妮子調風月一本　風流王煥賀憐憐一本

秦太師東窗事犯一本　柳耆卿詩酒玩江樓一本

陳巡檢妻遇白猿精一本　董秀英花月東牆記一本

包待制判斷盆兒鬼一本　崔鶯鶯西廂記一本

呂蒙正風雪破窰記一本　張資鴛鴦燈一本
薛雲卿鬼做媒一本　唐伯虎因禍得福一本
鄭孔目風雪酷寒亭一本　朱文鬼贈太平錢一本
王瑞蘭閨怨拜月亭一本　鎮山朱夫人還牢末一本
何推官錯認屍一本　小孫屠一本
宦門子弟錯立身

青箱雜劇　計四十三種

王魁負桂英　鬼元宵
王十朋荊釵記　朱買臣休妻記
司馬相如題橋記　陳光蕊江流和尚
孟姜女送寒衣　裴少俊牆頭馬上
劉錫沈香太子　史宏肇故鄉宴
陳叔萬三負心　京孃怨燕子傳書
歡喜冤家　呂洞賓三醉岳陽樓
周處風雲記　王月英月下留鞋
劉智遠白兎記　趙氏孤兒

蘇秦衣錦還鄉

宋子京鷓鴣天一本

崔君瑞江天暮雪一本

王公綽一本

柳文直正旦賀昇平一本

秋苑欒城驛一本

馮京三元記一本

薛雲卿鬼做媒一本

呂洞賓黃粱夢一本

賈似道木棉菴記一本

柳毅洞庭龍女一本

蘇武牧羊記一本

林招得三負心一本

唐伯亨八不知音一本

百花亭一本

冤家債主一本

劉文龍菱花鏡一本

劉盼盼一本

生死夫妻一本

寶妝亭一本

敎子尋親一本

劉孝女金釵記一本

黃孝子一本

周孝子一本

崔護一本

溫州雜劇　計九十三種

鄭孔目風雪酷寒亭一本

風流會一本

盜紅綃一本

燕子樓本

復落娼一本
李勉一本
一夜鬧一本
同庚會一本
韓玉箏一本
王孝子尋母一本
楊寶錦香囊一本
韓壽竊香記一本
鬼法師一本
子父夢欒城驛一本
王仙客一本
王陵一本
王瑩玉一本一作王玉瑩
史弘肇一本
朱夫人一本
西窗記一本

趙普進梅諫一本
風月亭一本
呂星哥一本
瓊花女一本
琵琶怨一本
崔護覓水一本
李勉負心一本
磨勒盜紅綃一本
子母冤家十孝記一本
王子高一本
王母蟠桃會一本
王質一本
方達英一本
玉清菴一本
朱心心一本
宋心心一本

李玉梅一本
吳舜英一本
金童玉女一本
宣和遺事一本
鬼子揭鉢一本
孫元寶一本
祝英台一本
高漢卿一本
梅竹姻緣一本
許盼盼一本
章台柳一本一作芙蓉仙
陶學士一本
張文擧一本
張浩一本
張瓊蓮一本
琵琶亭一本

李亞仙一本
京娘怨一本
洪和尚一本
柳穎一本
耿文遠一本
浣紗女一本
高漢臣一本
留鞋記一本
曹伯明一本
淮陰記　又名十八功勞登壇拜將
現團圓仙桂輪一本
貂蟬女一本
張希一本
張翠蓮一本
崔懷寶一本
借燭尋珠一本

多月亭一本　無雙傳一本
溫太眞一本　董秀才一本
楚昭王一本　詩酒紅梨花一本
甄文素一本　甄皇后一本
楊曼卿一本　趙彥一本
銅雀妓一本　蔡均仲一本
鄭信一本　鄭瓊一本
玩燈時一本　蔣愛蓮一本
蔣蘭英一本　鮑宣少君一本
辥包一本　賽金蓮一本
賽東牆一本　賽樂昌一本
韓彩雲一本　羅惜惜一本
蘭蕙聯芳樓一本

右南戲計戲文、靑箱雜劇、永嘉雜劇之屬總一百六十七目

法曲襍劇　計四種

棊盤法曲　孤和法曲一本

藏瓶兒法曲
車兒法曲一本

大曲雜劇　計一百零三種

爭曲六么一本
扯攔六么一本
教聲六么一本
鞭帽六么一本
衣籠六么一本
厨子六么一本
孤奪旦六么一本
王子高六么一本
崔護六么一本
骰子六么一本
照道六么一本
鶯鶯六么一本
大宴六么一本
驢精六么一本
女生外向六么一本
慕道六么一本
三偌慕道六么一本
雙攔哮六么一本
趕厥夾六么一本
羹湯六么一本
索拜瀛府一本
厚熟瀛府一本
哭骰子瀛府一本
醉院君瀛府一本
懊骨頭瀛府一本
賭錢望瀛府一本
四僧梁州一本
三索梁州一本

詩曲梁州一本
食店梁州一本
四孛梁州一本
鐵指甲伊州一本
裴少俊伊州一本
桶擔新水伊州一本
燒花新水一本
請客薄媚一本
傳神薄媚一本
本事現薄媚一本
拜褥薄媚一本
土地大明樂一本
三爺老大明樂一本
雙旦黃龍一本
入寺降黃龍一本
趕厥胡渭州一本

頭錢梁州一本
法事饅頭梁州一本
領伊州一本
鬧五伯伊州一本
食店伊州一本
雙孛新水一本
簡帖薄媚一本
錯取薄媚一本
九妝薄媚一本
打調薄媚一本
鄭生遇龍女薄媚一本
打毬大明樂一本
列女降黃龍一本
柳毗上官降黃龍一本
偷標降黃龍一本
單番將胡渭州一本

銀器胡渭州一本
單打石州一本
趕厥州一本
單打大聖樂一本
霸王中和樂一本
大打調中和樂一本
託合萬年歡一本
駱駝熙州一本
大打調道人歡一本
雙拍道人歡一本
打勘長壽仙一本
分頭子長壽仙一本
霸王劍器一本
義養娘延壽樂一本
能知他泛清波一本
五柳菊花新一本

看燈胡渭州一本
和尚那石州一本
塑金剛大聖樂一本
柳毅大聖樂一本
馬頭中和樂一本
喝貼萬年歡一本
迓鼓兒熙州一本
二郎熙州一本
會子道人歡一本
越娘道人歡一本
偌賣旦長壽仙一本
病爺老劍器一本
黃傑進延壽一本
扯籃兒賀聖樂一本
三釣魚泛清波一本
夢巫山彩雲歸一本

青陽觀碑彩雲歸一本
禾打千秋樂一本
牛五郎罷全往一本
催妝賀聖樂一本
封涉中和樂一本
唐輔採蓮一本
雙哮採蓮一本
病和採蓮一本
檻偌保金枝嘉義慶樂一本
進華慶雲樂一本
裴航相遇樂一本

時調爨弄　計一百七十六種

打地舖逍遙樂一本
相如文君一本
崔智韜艾虎兒一本
病鄭逍遙樂一本
王宗道休妻一本
崔護逍遙樂一本
漆護逍遙樂一本
李勉負心一本
四鄭舞楊花一本
四偌皇州一本
浮漚傳永成雙一本
浮漚暮雲歸一本
兩相宜萬年芳一本
三十拍爨一本
新水爨一本
天下太平爨一本
百花爨一本
三十六拍爨一本

四子打三教一本
大孝經孫爨一本
說月爨一本
醉青樓爨一本
錢手帕爨一本
醉花陰爨一本
鶻鶼爨一本
大徹底錯爨一本
睡爨一本
上借門兒爨一本
夜半樂爨一本
借衫爨一本
調燕爨一本
木蘭花爨一本
醉還醒爨一本
撲胡蝶爨一本

孝經借衣爨一本
喜朝天爨一本
風花雪月爨一本
宴瑤池爨一本
詩書禮樂爨一本
錢爨一本
借聽爨一本
黃河賦爨一本
門兒爨一本
抹紫粉爨一本
火發爨一本
燒餅爨一本
棹孤舟爨一本
月當廳爨一本
鬧夾棒爨一本
鬧八妝爨一本

鍾馗爨一本
戀雙雙爨一本
像生爨一本
王煥一本　宋黃可道撰
四小將軍整乾坤一本
王魁一本
睡孤一本
論禪孤一本
大暮故孤一本
老姑遣妲一本
雙孤慘一本
四孤醉留客一本
四孤好一本
四孤擂一本
王魁三鄉題一本
文武問命一本

銅博爨一本
惱子爨一本
金蓮子爨一本
樂昌分鏡一本
四季夾竹桃花一本
思鄉早行孤一本
迓鼓孤一本
諱藥孤一本
小暮故孤一本
孤慘一本
三孤慘一本
四孤夜宴一本
四孤披頭一本
病孤三鄉題一本
強偌三鄉題一本
兩同心卦鋪兒一本

一井金卦鋪兒一本　滿皇州卦鋪兒一本
變猫卦鋪兒一本　白苧卦鋪兒一本
探春卦鋪兒一本　慶時豐卦鋪兒一本
三哮卦鋪兒一本　三哮揭榜一本
三哮上小樓一本　三哮文字兒一本
三哮好女兒一本　三哮檐脚一本
襤哮合房一本　襤姐店休姐一本
襤哮負酸一本　秀才下酸擂一本
急慢酸一本　眼藥酸一本
食藥酸一本　風流藥一本
黃元兒一本　論淡一本
醫淡一本　醫馬一本
調笑驢兒一本　雌虎一本
解熊一本　鶻打兎變二郎一本
二郎變二郎神一本　毀廟一本
入廟霸王兒一本　單調霸王兒一本

單調宿一本
單頂戴一本
單折洗一本
單搭手一本
雙厥送一本
雙打毬一本
雙圓子一本
雙三教一本
雙養娘一本
雙捉一本
雙羅羅啄木兒一本
圍城啄木兒一本
小雙頭蓮一本
小雙慘一本
雙排軍一本
雙寶姐一本

單背影一本
單唐突一本
單兜一本
雙搭手一本
雙厥投拜一本
雙頂戴一本
雙索帽一本
雙虞候一本
雙快一本
雙禁師一本
賴房錢啄木兒一本
大雙頭蓮一本
大雙慘一本
小雙索一本
醉排軍一本
三入舍一本

三出舍一本　　三笑月中行一本
三登樂院公狗兒一本　　三教安公子一本
三社爭賽一本　　三頂戴一本
三偌一賃驢一本　　三盲一偌一本
三敎鬧著棋一本　　三借綵貨兒一本
三獻身一本　　三敎化一本
三京下書一本　　三短鐙一本
打三敎菴字一本　　普天樂打三敎一本
滿皇州打三敎一本　　領三敎一本
三姐醉還醒一本　　三姐黃鶯兒一本
賣花黃鶯兒一本　　大四小將一本
四小將一本　　四國朝一本
四脫空一本　　四敎化一本
泥孤一本　　君聖臣賢爨一本
楊飯一本　　四偌少年游一本

右宋大樂雜劇計法曲、大曲、及時調纂弄之屬總二百八十三目

詁辭第四

一歌詠方興本乎言語于思于思奈何奈何魯謠吳諺明見典籍至於只些兮耶以永情舉棹年少以促節時語入詞云謂入樂騷雅之什已無避忌矧南北曲源出俗樂口語方音殆不能免大抵北曲雜胡音多重譯成言南曲襲舊韵羼唐宋俗音而各運俗成雅自具風標譬彼金谷上林猶費田園野趣雲鬟霧鬢不辭裙布荊釵是則諺語入曲抑有其白描生動之用第文義難憑用趣時尚不有詮釋轉晦旨趣强作解人糾纏益棼爰犅舉南北曲習用俗言略詮其義以附篇末藉供參考若云求備當俟異日著詁詞凡若干目

准　（一）折償也（二）抵補也

爭　（一）怎也（二）差一點兒也（三）僅僅也

渾家　本闔府義後引申爲妻之代稱

則箇　**之個**　（一）猶這箇也（二）加重語氣之云謂詞

兀的　**兀得**　**阿的**　（一）驚異或鄭重之云謂語也（二）猶這箇那箇也（三）眞是也眞正也以上三義視曲文語氣而定

咱　（一）我也（二）是也（三）猶「者」云謂語也均視文義而定

則是 （一）猶祇是也。（二）「則」一作「子」。北劇中同只。（三）法則也。（四）轉語云謂字也均視文義而定用法。

處分 （一）猶吩咐也・囑咐也。（三）處置也。

下的 **下得** 捨得也

去來 去也。「來」此處作語尾助詞。無義。

賽 （一）勝似也。（二）比得上也。（三）勝過也。

靜辦 （一）清靜也。（二）安靜也。

驀 （一）忽然也。（二）猛然也。（三）同邁。跨過也。視文義而定用法。

敢 （一）莫非也。（二）大約也。

禁受 （一）承當也。（二）忍受也。

大都來 （一）大抵也。（二）不過也。（三）算來也。

乞留曲律 **曲律** （一）彎曲也。（二）曲折也。

長錢 **短錢** 宋時幣制以八十或九十錢當值一百謂爲短陌或短錢。十足者稱爲長錢。

肯酒 卽文訂酒也。示女方首肯之意。

王留 **沙三** **伴哥** **牛表** **牛觔** 元劇中人物之泛稱也如今人口語中張三李四者是。

迤逗　（一）勾引也。（二）招惹也。

搊搜　（一）剛愎也。（二）兇狠倔强也。（三）固執也。（五）執滯不靈活也以上均視曲文語氣而定義。

圞標　圞欙 圞焦　卽草寮也。

無梁斗　斗爲古時盛酒器。器上有提梁。無梁則掌握失據如「口似無梁斗」。卽無憑據不可靠也。

髭髿　鬔也。

打乾淨球兒　歇後語。泥不沾身。猶言置身事外。了無關涉也。

賭當　當賭（一）對付也。（二）堵擋也。

噇　啉　酗酒無節也。

急張拘諸　局促不安也。急張拒逐義同。

齒留沒亂　後亂　迷迷糊糊也。

壹留兀渀　伊里烏蘆 一六兀剌　（一）狀口中不絕之語聲。（二）狀含混不清之音。（三）狀鼾聲。

六陽魁首　歇後語。卽頭也。按醫經謂手足三陽之脈。總會於頭。故頭爲六陽魁首也。

白鑞　（一）喻人糊塗也。（二）喻人蒙敝也。如李逵負荆云。兩頭白鑞撥與撥。卽喻兩面弄是非。要手段也。俱與常義異。

骨堆　即土堆也。

布線行針　即縝密安排意。

滴留撲　狀滑跌聲。

可叉　可擦　磕擦　磕叉　磕槎　狀斫擊聲。

花木瓜　中看不中喫也。

無賴　無倒喻神經錯亂也。

沒肚皮攬瀉藥　歇後語。既無肚皮可資承受。復攬瀉藥。以速腹疾。猶言既無把握。復謂言生事也。

敦　用勁置物也。與常義異。如李逵負荊云敦蘆摔馬杓。即用力放下酒葫蘆。使勁丟去盛酒杓也。狀忿然作色貌。

鐵落　酒漏斗也。

驀古　即糊塗也。

擡頦　台孩　胎孩　狀氣概莊嚴貌。

不伏燒埋　（一）即不伏判決也。（二）不伏罪也。按元時法例。對枉死者。經官驗明正身。判決犯罪者以應得之刑款外。並應對苦主償付燒埋費用。故借以爲喻。

風團　（一）銳利也。（二）速度快也。

扠　拇指與食指伸直。兩端間之長度也。本作「柞」。

涎鄧鄧　形容癡眉鈍眼狀。

滴屑屑　滴羞跌屑　滴羞蹀躞　迭屑屑　（一）形容怯慄貌。（二）狀顫動貌。

無始　永遠無頭緒也。按佛典。一切世間如衆生法均無始。盖輪迴轉刼。展轉推究。永無起點。故引以爲喻。

三田　道家以兩眉間爲上丹田。心下爲中丹田。臍下爲下丹田。三田。盖總稱也。

黃芽　道家煉丹所用之鉛。

攛斷　（一）攛弄也。（二）抛擲也。

摩弄　（一）調弄也。（二）拖延也。

羅刹女　梵語。食人之鬼女也。

崒嵂　高大貌。

離摘　摘離　（一）脫離也。（二）離開也。

比及　（一）既然也。（二）假如也。（三）與其也。（四）等到也。動詞與常義同

扒沙　扒扠　爬行也。

忽喇　語助詞。隨曲文爲義。如熱忽喇。卽炎熱也。

使數　奴僕也。

剔團圞　**禿團 突欒**　（一）非常團圓也。（二）非常圓滿也。唐人蹴踘本圓形體。剔透皆圓滾如意。無停滯無損缺也。

急煎煎　煎煎加重動詞也。所以形容焦急之狀。

拔短籌　（一）短命也。（二）半途而廢。不終局也。籌所以計算數目。賭博以籌計勝負。市井無賴博勝輒不俟終局。拔籌而退。故以拔短籌爲不終局不到頭之義。

端的　眞的也。

也波　**也麽**　曲句中語助詞。無義。專塡音節脈絡之用。以曲句語氣爲語氣。

羞答答　答答語助詞。羞之甚也。

不中　中念去聲。不可也。行不得也。

筍條　竹根所生幼芽。喻年少也。

剗的　**剗地**　（一）無緣無故而然也。（二）「平白地」解。（三）「一味地」解。（三）倒也。云謂詞用（四）還也。云謂詞用（五）反而也。均視文義而定用法。

乾　（一）白費氣力不取償也。（二）動詞。義同上。（三）濕之對也。

生受　（一）對己而言係受苦受罪之意。對人而言係指「辛苦」「有勞」「難爲」之意。

闌珊　闌刪　猶懶散也。

不禮　（一）無禮貌也。（二）不理會也。

厮　（一）對男子賤稱也。如這厮那厮之類。（二）作相互之「相」字解。如「厮似」即相似也「厮見」即相見也。用法均視文義而定。

村　（一）山村也。（二）粗野也。（三）質樸也。（四）鄙俗也。

坑　（一）土坑也作名詞用。（二）陷害也。拖累不得自解也。作動詞用。

挣闘　挣鬬　挣揣　挣側　（一）同掙。用力謀取也。用力取得也。（二）同掙扎。勉强支持也。

銅斗兒家緣　銅斗量家緣也。喻家產殷實牢固之義。

情受　承受也。

惱懆　煩惱不安也。

區處　分別處置也。

葫蘆提　胡盧題　胡盧提　（一）糊塗也。（二）含糊籠統也。（三）漫不經心也。

打緊　緊要也。不打緊。不緊要也。

斷送　（一）丟却也。（二）送去也有送去無回意（三）葬送也。（四）度過也。（五）妝奩也。

足律律　急速狀

攛掇　（一）慫恿也。（二）促成也有勸誘意

門神戶尉　舊俗更歲。戶門張神像。左門丞右戶尉。所以退鬼邪。安家宅也。豪勢家門吏拒客。亦以門神戶尉目之。

喬才　一罵人語。猶今俗語所謂壞蛋者是也。（二）作僞之人也。

折對　（一）對質也。（二）對證也。（三）折辯也。

生相　（一）儀貌也。（二）長像也。

子弟　元劇多指不正當之紈袴少年。如狎客。或與優伶爲暱友者均是。有時亦指伶優娼妓。如所謂倡家子弟是也。

謊徹梢虛　（一）扯謊也。（二）虛與委蛇也。

板障　（一）猶阻碍也間阻也。（二）從中作梗也。

脚搭着腦杓　喻迅速也。人疾行時。足跟撅起。後腦顛仰。彼此若可相及。故有是喻。

遮莫　折麽 者麽 者莫　（一）儘管也。（二）不論也。不問也。

合撲地　阿撲　俯面撲地也。

賣查梨　似梨而酸。喻以劣作優也。含冒充。欺詐義。

敲鏝兒　敲詐錢財也。錢之背面曰鏝兒。故引以為喻。

羊羔利　元時一種高利貸。由權貴放款貧民。到期倍索利率以償。謂之為羊羔兒利。

人情　（一）酬應交往也。（二）餽贈禮物也。

虛脾　虛情假意也。

蛇蜋皮　蛇蜋即蜣蜋。嗜食動物屍體及糞便。鞘翅類昆蟲。烏黑有光。以喻飾外敝內之小人也。

窨子裏秋月　窨。地穴也。以喻不可能之事也。正如愚公移山義同。

舍人　本宦名及宮內人之稱。宋元以來俗稱顯宦子弟亦曰舍人。與「公子」意同。

捎　稍　順便帶致也。捎書捎物義同。

巴劫　巴結　趨附也。奉承也。

嘴盧都　撮嘴也。喻不悅意。

跌了彈的斑鳩　鳩中彈撲地。哀鳴不絕。喻受損之人呼冤不已也。

作念　猶念記也。

嘇可可　磣可可　墋磕磕　淒慘可怕狀也。

實丕丕　（一）十分實眞也。（二）實實在在也。丕丕作「狠」「大」解。死丕丕。即十分固愚解。氣丕氣丕丕。卽氣性極大。解均可例推。

禁持　（一）擺佈也。（二）牽纏也。（三）虐害也。

背槽拋糞　（一）反臉無情也。（二）忘恩負義也。牲畜面槽就食。食後卽便溺槽下。不因食槽而有所愛惜。所以引喻爲飲惠負恩也。

乾茨臘　乾支剌　茨臘　茨臘。語助詞。乾茨臘。猶乾枯意。一作空空無有解。

軀老　身幹也。老爲語助詞。無義。如眼爲睩老。鼻爲嗅老。老字均無義。

粧儇　粧懁　（一）慧黠也。（二）裝假也。指情態而言

肋底下插柴自穩　歇後語。不堪之情。强自隱忍也。

道兒　（一）猶機詐也。（二）詭計也。着了他道兒。卽中其詭計也。餘可類推。

肉弔窗兒　喻眼皮也。元劇中常用肉弔窗兒放下來一語。卽閉眼不理也。

正了本　「本」指本錢。正了本。卽言已够本也。

脫空　托空　（一）說謊也。（二）不踏實也。（三）故弄玄虛也。

無徒　指潑皮無賴之人。

虧圖　暗算也。陷害也。

嚶挣　寒挣　㥶挣　（一）打寒噤也。（二）猛然喫驚也。（三）發怔也。

另巍巍　高聳狀也。

不甫能　甫能　不付能　付能　剛能　（一）剛剛也。（二）恰纔也。

一搭兒　猶言一帶也。指方位而言。

迭辦　（一）辦到也。（二）準備也。

屹刺刺　各剌剌　扢剌剌　形容聲響之甚也。

常好　暢好　正好也。恰好也。

占姦　占奸　奸佞意。

沒揣的　（一）沒料到也。（二）猛然也。

招颭　猶招展也。

明丟丟　明亮狀。丟丟無義。亦作明彪彪。

惡噷噷　猶惡狠狠也。

齊臻臻　整整齊齊也。

沙　語助詞。以曲句文義爲義。如既不沙。即既不然也。如村沙勢。即粗野也。或用在語中或用在語尾。視語氣而定。

密匝匝　（一）嚴實也。（二）周圍嚴密也。

半掐　猶半星兒也。細微意。

簇合沙　緊緊包圍也。沙語助詞用。

戰欽欽　即戰戰兢兢也。

吃緊的　**赤緊的**（一）當眞也。（二）實在也。（三）眞正也。

請受　（一）領受也。（動詞用）（二）糧餉也。薪俸也。（名詞用）

胡拿　猶亂捉模也。「模」疑「摸」

大古　**大古裏　特古裏**（一）大概計算也。（二）總計也。（三）特別也。（四）特意也。

生各支　**生各扎　生各查　生扢支　生各擦　生扢扎　生磕擦　生跎支**　喩勉强作成之義。

酩子裏　（一）暗地也。（二）背地也。（三）忽然也。

軟款　（一）腼腆也。（二）溫柔也。（三）柔緩也。

閃　（一）捨棄也。（二）閃瞥而不見也。

唱道　**暢道**（一）猶簡直是也。（二）眞正是也。

打疊　**打當　打點**（一）安排也。（二）準備也。

一弄　（一）猶一處也。（二）一派也。（三）猶「一塊兒」也。

暗付　**窨付**　暗中忖度也。

孤虛　不吉日也。陰陽家以甲子旬中無戌亥。戌亥卽爲孤辰。己卯爲虛。孤虛又稱爲空亡日。不利婚姻。

歲君　卽太歲也。陰陽家以木星爲太歲。主凶煞。犯之有災。

影神　祖先之神像也。

破題兒　卽開始也。按詞賦及後來制藝篇章首數句須點出題旨。謂之破題。因以爲喻。

扢搭幫　**各扎邦**　**扢扎幫**　本狀動作之聲音。因借喻動作之乾脆也。迅速也。

迓槌　**牙堆**　**牙推**　**牙槌**　宋元時術士之通稱。星卜醫算皆是。按牙槌本係衙推之訛。衙推古官名。宋元訛用以稱術士。

笆壁　**巴鼻**　**巴臂**　（一）把柄也。（二）把握也。（三）辦法也。

存濟　辦法也。如無存濟。卽無辦法也。與常義異。

生忿　（一）不孝不友也。（二）落漠無情也。

雲陽　本市名。李斯被刑於雲陽市中。元劇中因借諭爲刑場之代名也。

粧么　故意作態也。按大樂中舞六幺者。輒妝飾衣冠登場作種種舞態。故借以爲喻。

丟抹　**彫抹**　**抹丟**　羞赧也。

眼腦　**眼老**　卽目也。又睩老。義見前。

戰篤速　寒冷或驚恐狀。

喬　（一）矯飾也。（二）狡猾也。（三）作假也。喬才，狡猾僞人也。參見前條。

湯　接觸也。與常義異。

夯　氣塞也。怒則氣積不抒也。按建築時以木樁槌地，使基地堅實，宋時俗語曰夯，因借以爲喻。

決撒　（一）敗露也。（二）破裂也。

愚濫　**餘濫**　愚魯又不檢其行也。

水晶塔　歇後語。表面玲瓏，裏面實在，以喻人貌似聰敏內則糊塗也。

不倈　語助詞，無定義。通常補助轉折或加緊語氣用。

不氣長　即不爭氣也。

覷當　即看管也　照顧也。

打十三　宋時杖刑分五等，最輕者打十三杖，因喻打人爲打十三。

懸麻　狀大雨也。

古丟古堆　狀水浪衝擊音也。

失留疎剌　**吸溜疎剌**　**出流束剌**　狀風聲。

希留急了　狀風撼樹聲。

乞紐忽濃　（一）狀行於泥淖中之聲音。（二）狀行於泥淖中之情態。

疋丟撲搭　必丟不搭　必丟疋搭　劈丟撲搭　（一）狀行於泥淖中之聲音。（二）狀滔滔不絕之口語也。恒指語多而聲不清也

乳　草鞋穿繩之兩耳曰乳。與常義異瓶罌之屬亦同。

壁廂　（一）邊也。（三）面也。一壁廂猶這一邊也。一面也。四壁廂猶言四面也。四圍也。餘義類推。

業　與孽通。寃孽也出佛家語。

打頦　咨孩　打孩　語助詞悶打孩。卽無聊也。歪打孩。卽不正也。均隨句文爲義。

兀喇　語助詞。如軟兀喇。卽癱軟也。或消極無振奮力也。均隨句文爲義。

兀那　指點詞。猶言「那」也

窨約　「窨」本係地穴。與陰隱暗等義相近。「約」有隱約意。合義卽暗自忖度也。

定虐　定害　（一）打擾也。（二）擾害也。均視用法而異義。

潑　輕蔑斥辱語對婦女而言。如潑賤婦是也。與潑水之潑異義。

控弦　（一）彈弓也。（二）彈弓手也。卽弓箭手。

合無　盍不也。

刷選　搜尋也。挑選也。

填還　(一)償還也。(二)報答也。

破賺　即破綻也。

諸餘　(一)種種也。(二)這般也。

僝僽　(一)憂怨也。(二)煩惱也。

投至　(一)到也。(二)等到也。

搖裝　昔俗。將有遠行。事先擇吉出門江邊。親友傍岸祖餞。上船移棹即返。另日再正式出發。謂之搖裝。

兀良　語助詞。無義。有時用以表驚訝意。

把都兒　**巴阿禿兒**　**拔突**　勇士也。蒙古語巴圖魯同義。

哈喇　**阿蘭**　殺也。蒙古語。

毛團　對禽獸泛稱。

不爭　(一)不要緊也。(二)無所謂也。(三)如其……也。(四)祇爲……也。視文句語氣而定義。

得命　(一)命窮也。(二)薄命也。

魔合羅　**摩睺羅**　**磨喝樂**　梵語音譯。宋元習俗用土木雕塑小兒狀。加飾衣服。七夕供養。稱魔合羅。後遂成爲玩具。

悶葫蘆　玩具。中空外實。積物其中。以爲猜投之戲。破而視之。猜中者所貯之物即作彩獎。故有打破悶葫蘆之喻。

顋子　腦門也。

板闥　板搭　門板也。

澀道　灩澦　有波紋之階踏。行走時不易滑跌。是謂澀浪。

仰剌叉　仰面跌顛也。

家生哨　奴婢所生之子女也。

哨　哨子　哨厮　流氓無賴。不安分之人也。

問當　訊也。當作語助詞用。

攮　忙亂也。與常義異。

赤瓦不剌海　竊辣駭　敲殺也。本女眞語。又作「應被人打」之詈人語用。

明降　歇後語。明降旨意也。引義爲明白裁決也。

研窮　元代刑律名詞。詳追審問也。

出脫　（一）開脫也。指罪行。　（二）出清也。指貨品。

可撲魯　喻推擠狀。

燕喜　喜樂也。　歡愉也。

依頭縷當　一件一件均辦好也。有解決義。縷當本了當之聲轉。卽了斷也。

啜賺（智賺）　（一）哄騙也。（二）誆誘也。

迷丟沒鄧　迷迷糊糊也。

喳喳忽忽　虛張聲勢也。

斷場　闈場也。

撒燈　蒙古語。卽親姬義。

兔鶻　金時一種束帶名稱。玉飾爲上。其次用金。其次用犀象骨角。

中注（中珠）　面像也。按宋時除授官吏。注記其年齡容狀於冊。謂爲中註。元劇中引申其義。作面貌解。

屹登登　狀馬蹄着地聲也。亦作矻登登。屹鄧鄧。圪蹬蹬。義同。

曳喇（曳落阿　爺老）　走卒也　契丹語。

析證　（一）對質也。（二）對證也。（三）析辯也。

懷躭　懷胎也。

㑳憿憿　（一）剛愎也。（二）固執也。（三）兇狠也。

啋（采）　（一）幸運也。（二）采頭也。

肯分　（一）恰恰也。（二）湊巧也。

氣分　（一）氣概也。（二）志量也。

不恇　不匡　不料也。

印板兒　歇後語。永記不遺也。

片雲遮頂　歇後語。人尚在世也。人立於地面方能雲過頂上。頂上者頭頂之上也。

軸頭兒厮抹着　遇見也。相逢也。有不期而遇意。亦歇後語。

一拳兒　即一批也。一椿也。

生喇喇　即活活地也。刺刺語助詞。

行貨　貨物也。

水底納瓜　歇後語。浮而不沈也。喻飄浮不實意。

掿沙　歇後語。沙揑不攏。喻離散不能團聚也。

必律律　狂風吹弄狀。

半合兒　（一）頃刻也。

傒倖　（一）尷尬也。（二）疑惑也。

寧奈　（一）忍耐也。（二）耐心也。

剔騰　踢蹬　踢騰　（一）揮霍也。（二）敗壞也。指敗壞家業解

芒神　糾纒也。與本義異。勾芒本古時木官。後世作爲神名。木初生時。勾屈而有芒角。故曰曰勾芒。北劇中遂借爲糾纒之義。

歪刺骨　**歪𨄔**　**歪刺**　潑辣不正也專用作侮辱婦女語。

小妮子　宋俗語稱未婚女奴爲小妮子。

儱頼　（一）潑賴也。（二）調皮也。

悔氣　卽晦氣遇事失利也。

接脚　夫死再贅新夫謂之接脚婿省稱接脚。

天喜　日支與月建相合吉日也。

古門道　**鬼門道**　義喻舞台之下場處也。出場所扮者爲古人。入場又復本來面目。出入之間。生死判然。故謂鬼門道也。

將來　（一）猶送來也。（二）猶拿來也。俱與常義異。

打鳳　**撈龍**　安排圈套以陷人也。

虛囂　（一）虛浮也。（二）僞詐也。

怜悧　（一）乾淨也。無牽累意。

證候　症候也。卽病狀也。

撥調　撥弄也。調唆也。

可知　（一）當然也。（二）難怪也。（三）可得而知也。

三推六問　推、推求勘察。問、審訊。三推六問。喻多次審訊也　多次盤詰也。

祗候　本宋代武官名。至元成為較高級衙役之通稱。漸至富門僕役領班亦稱祗候。或祗候人。

攛廂　**攛箱**　縣吏聽訟衙役排侍開箱檢取狀詞。謂之攛箱。

刷卷　元制。每年由肅政廉訪使稽查所屬各衙門處理訟詞案牘。依限辦清。不令積壓。此類稽催督責。稱為照磨。磨刷。或刷卷。

插一簡　（一）附帶而為也。（二）順便參預一份也。（三）乘機分潤一角也。

榜州例　例子也。榜樣也。

委的　**委實的**　即確實意。

伏狀　承招罪狀也。

也麼哥　語助詞。有聲無義。依曲句語意用之。通常作加重語氣用。

瀽　（一）傾倒也。（二）潑也。

一陌兒　陌通百。（一）一百張也。（二）一百串也。

呫題　**惦題**　（一）口中懸念不已也。（二）心中懸念也。

拘箝　（一）管教也.　（二）拘束也.

取次　（一）輕易也.　（二）隨便也.

抹搭　（一）渙散也.指精神.　（二）怠慢也.懈怠也.指神態.

瞤眩　昏迷也.本作瞑眩.古法用藥使人昏迷.再後瘉之.

山間滾磨旗　歇後語.見不得人作事不公開也.舊制官員出巡.例用旗官磨旗開道.磨即揮舞移動意.讀去聲.今避至山間磨旗.無人見其威儀.徒自行事耳.又作自說自話解.

惺惺　（一）聰明也.（二）機警也.（三）淸醒也.指頭腦言.

口硬　（一）言詞崛强不讓也.　（二）年齡較小較壯之牲口也.

撒和　牲口飢困時.弛其結束.聽其溜步.飼以草料.是謂撒和.

各白世人　（一）各不相涉之人也.　（二）各無關係之人也.

馬扁　騙也.拆字格.

篩子喂驢　歇後語漏豆了.篩籃有孔眼.盛豆即漏出.義喻財產霍揮淨盡也.

胳肢裏扎上一指頭　隱喻語.即塞腰包行賄賂也.凡私惠而互利者.皆可用之.

磨扇墜着手　即不禁便意.亦隱喻語.

兜搭　（一）膠附也.　（二）膠着也.　（三）固執也.　（四）乖僻也.　（五）難與也.

合子錢兒　對本利息也。

鴛鴦客　二人共一席也。

鬆寬　富裕也。

脫皮兒裏劑　即惹事生非也。亦歇後語。劑。猶餡也。皮。外包之麪皮。無皮之餡遇物即黏附本體。愈裹愈不淸也。因假以爲喻。

天甲經　一切欺人之僞經僞典也。

落可的　語助詞。無定義。

阿撲　俯面仆於地也。與合撲地同義。

賤降　對己誕辰之謙稱。

花白　（一）搶白也。（二）責備也。

把體面　（一）按照規矩也。（二）假以禮貌也。

可可　即恰恰也。

世做的　業已完成也。

行唐　（一）言行不謹也。（二）不經意也。（三）怠懈也。（四）遲緩也。

那堝兒　**那答**　即那邊也。這答即這邊也。均指地位。

轆軸退皮　（一）不會有之事也。（二）可怪之事也。按此爲隱喻語。轆軸以鐵或木爲之。蓋無皮可退也。

搳　拔毛也。與本義異。

促掐　陰損人也。

兀兀秃秃　兀秃之重言。兀秃爲溫暾之轉音。其義卽溫熱也。

行首　名妓之泛稱也。按宋時官私妓女分三等。上等紅衣。帶皀時髻。謂爲行首。行首者行酒之首面也。亦稱粉頭。

波波　奔波也。

合口　爭執也。俗稱鬭口。

鑊鐸　（一）忙亂也。（二）喧鬧也。

死沒騰　懨懨無生氣也。

孤撮　孤兒也。

卽世　七世　（一）死亡也。（二）現世報也。（三）狡猾也。（四）虛僞也。以上四義均視文義而定用法。

狐由　胡由　飄忽不定。不可捉摸也。

末浪　鹵莽也。

卽留　精細也。機靈也。

使長　**侍長**　元代奴僕對主人之尊稱也。

大厮八　有勢派貌。

阿媽　**阿馬**　女眞語。呼父爲阿馬。

斡脫銀　高利貸放出之款。曰斡脫銀。元舊制。官吏對人民高利貸放銀兩。並設機構以董之。放出之銀曰斡脫銀。其機構曰斡脫所。

抅肆　卽勾欄也。

醒睡　卽說書者所用之醒木也。

銅駝陌　唐時洛陽有銅駝街。爲繁華處。北曲中卽喻爲最繁華街道之代稱。

挑泛　(一)唆使也。(二)挑撥也。與「調犯」「調泛」「調販」義同。

挑茶斡刺　尋隙也。蹈瑕也。

俏簇　十分俏也。猶俗語十分俏皮也。

管請　(一)一定也。(二)確保……也。

束杖　卽使免刑之意。

斗子　管理倉庫之役夫也。

多羅　梵語。目也。引申爲精明之義。

打鷄窩　宋元人民對賦吏徵糧時，故使量米之斛有隙，使米外漏，而有勒索額外償補之行爲，即曰打鷄窩。

剋落　即剋扣也。

總成　即作成也。有助人於成之意。

四堵墻　一種贋幣，表銀而內鉛，謂之爲四堵墻。

磨滅　磨折也。與本義異。

刁蹬　刁難也。蹬一作[illegible]。

掀騰　即張揚也。

四星　（一）秤之尾端，釘有四星，引申其義爲下梢也，下場也，前程也。（二）北斗七星，隱去斗柄，僅餘四星，引申其義爲零落也，淒涼也。

能可　猶寧可也。

虎刺孩　強盜之通稱也。蒙古語。一作忽刺孩、忽刺海，義同。

鶻鴒　**胡伶**　**兀伶**　**胡伶**　靈活也。機警也。隼眼銳利靈活，因引申以爲義。

一了　猶從來也。

倒斷　（一）間斷也。（二）休止也。（三）了結也。

方頭　枋頭　拘執不圓通也。

不劣方頭　倔強不馴。又固執不通也。

仯　同㤘（一）固執也。（二）剛愎也。（三）兇狠也。

落解　（一）稀疏也。（二）稀薄也。

撒鏝　揮霍無度也。錢背文曰鏝。

三不知　（一）突然也。（二）不料也。

賣皮鵪鶉兒　隱語。卽賣淫之意。

頂缸　（一）頂替也。（二）頂缺也。（三）替人承過也。

令器　猶言美材也。

打箱　以別技求賞也。

薄暮　薄音博。磨上聲。義猶毋也。與向晚之義異。

九百　風魔也。宋人云九百尙在。六十猶癡。

包彈　包拯爲中丞。善彈劾。故世謂物有可議者曰包彈。如沒包彈。卽無瑕疵可議也。

虛脾　虛情也。五臟惟脾最虛。

搄擺　把持也。

動使　什物器皿也。

嗹嗻　能而大也。

僂角　（一）癡人也吳謂獃子。（二）又女子對所歡之暱稱也。含倢少而不更事意。

評跋　以言論人曰評。以文論人曰跋。

波查　猶言口舌也。北音凡語畢。必以波查助詞。故云。

入跋　入門也。倡家謂門曰跋限。

妝局　宋有吉慶事。則聚人治之謂之結局。

行徑　（一）門墻也。猶言家風也。（二）猶行爲作風也。

摟羅　矯絕也。唐人語曰欺客打客當摟羅。今以目綠林之衆卒。亦作嘍羅。

間架　𧰼𧰼　難進難退也。與𧰼𧰼義同。

端相　細看也。

若爲　猶怎麼也。

打脊　古人鞭背。故罵人曰打脊。唐之遺言也。

恁的　猶言如此也。吳人曰更箇。
僤饠　整治酒席也。按唐人以麫爲湯餅名曰僤饠。今遂引申其義。作設治筵宴解。
畢竟　猶到底也。本唐人語。
爭得　怎得也。唐無怎字。借爭爲怎。
支吾　枝梧　（一）猶言遮攔也。（二）不坦白也。虛詞支應。又不能自圓其說也。
恁　（一）你們二字合呼爲恁。（二）猶怎也。
頂老　伎之諱名也。
俑俏　美俊也。
辣浪　風流爽俊也。
入馬　進步也。倡家語。
世不　誓不也。
喒　咱門兩字合呼爲喒。
解庫　質庫也。
龐兒　貌也。
奚落　（一）遺棄也。（二）冷嘲或數說也。指對人不善意之指斥。

唧溜　猶精細也。

技掚　事太也。

籌兒　根株也。

顚不剌　（一）［清呂種玉言鯖］西廂記顚不剌見了萬千。舊釋者以顚不剌爲美女非也。萬曆初張江陵當國。將南京太祖所藏寶玩盡取上京中有顚不剌寶石一塊重七分。老米色若照日。祇見石光所以爲寶也。今人不知。　（二）［浴血生語］西廂記驚豔折顚不剌的見了萬千。這般可喜娘罕曾見。金聖歎批云言所見萬千亦皆絕豔。然非今日之謂也。釋義顚張生自指。不剌元時北方助語詞。又或以爲外方所貢美女名。又徐文長以顚不剌解作不輕狂。至牡丹亭圓駕折。見了俺前的爹卽世嬤。顚不剌倘靈魂立化。長生殿彈詞折。顚不剌。懵不剌。撇不下心兒上。俱作顚倒解。

遮莫　猶言儘敎也。初見干寶搜神記「遮莫千思萬慮。其能爲患乎」。後爲唐宋人口語。遮莫。亦作折莫。

衠　音諄。猶正也。西廂云衠一味風淸月朗。衠作正解。

七靑八黃　格古要論謂金品七靑八黃。九紫十赤。因引申其義。作不知高下解。

六老　淥老　睩老　睩謂眼。老乃語詞也。

演撒　有也。凡心中擇定之人。謂演撒。

潔郎　僧衆之通稱也。

薄藍　或作孛籃。蒲籃、卽竹籃也。

沒掂三　不緊要也。

大小　猶偌大也。

鄧　方言。猶奚落也。

之個　猶則箇也。

撑　掙搶　方言。均謂美也。

殺剁　詈詞也。市井語。

鄧將軍　卽日也。

曲學例釋　終

弟子郁元英恭校

中華語文叢書

曲學例釋（增訂本）

作　　者／汪經昌 編著
主　　編／劉郁君
美術編輯／鍾　玟

出 版 者／中華書局
發 行 人／張敏君
副總經理／陳又齊
行銷經理／王新君
地　　址／11494 台北市內湖區舊宗路二段181巷8號5樓
客服專線／02-8797-8396　　傳　真／02-8797-8909
網　　址／www.chunghwabook.com.tw
匯款帳號／華南商業銀行　西湖分行
179-10-002693-1　中華書局股份有限公司

法律顧問／安侯法律事務所
製版印刷／維中科技有限公司　海瑞印刷品有限公司
出版日期／2019年5月六版
版本備註／據1984年3月五版復刻重製
定　　價／NTD 650

國家圖書館出版品預行編目（CIP）資料

曲學例釋 / 汪經昌編著. -- 六版.-- 臺北市 :
中華書局, 2019.05
面 ; 公分. -- (中華語文叢書)

ISBN 978-957-8595-73-6(平裝)

853　　108004141

NO.H2078
ISBN 978-957-8595-73-6（平裝）